汉译世界文学名著丛书

孤寂深渊

〔英〕拉德克利夫·霍尔 著

张玲　张扬 译

Radclyffe Hall
THE WELL OF LONELINESS

根据 Sun Dial Press 1928 年版译出

汉译世界文学名著丛书
出版说明

　　1902年，我馆筹组编译所之初，即广邀名家，如梁启超、林纾等，翻译出版外国文学名著，风靡一时；其后策划多种文学翻译系列丛书，如"说部丛书""林译小说丛书""世界文学名著""英汉对照名家小说选"等，接踵刊行，影响甚巨。从此，文学翻译成为我馆不可或缺的出版方向，百余年来，未尝间断。2021年，正值"汉译世界学术名著丛书"出版40周年之际，我馆规划出版"汉译世界文学名著丛书"，赓续传统，立足当下，面向未来，为读者系统提供世界文学佳作。

　　本丛书的出版主旨，大凡有三：一是不论作品所出的民族、区域、国家、语言，不论体裁所属之诗歌、小说、戏剧、散文、传记，只要是历史上确有定评的经典，皆在本丛书收录之列，力求名作无遗，诸体皆备；二是不论译者的背景、资历、出身、年龄，只要其翻译质量合乎我馆要求，皆在本丛书收录之列，力求译笔精当，抉发文心；三是不论需要何种付出，我馆必以一贯之定力与努力，长期经营，积以时日，力求成就一套完整呈现世界文学经典全貌的汉译精品丛书。我们衷心期待各界朋友推荐佳作，携稿来归，批评指教，共襄盛举。

商务印书馆编辑部
2021年8月

译者前言
《孤寂深渊》——写畸形人的健康书

一、一部小说的公案

将近七十年前，也就是一九二八年的十一月，伦敦弓街的违警罪法庭推出了一场轰动性的诉讼。原告是当时英国内务大臣威廉·乔恩森-希克斯，状告小说《孤寂深渊》，作者是拉德克利夫·霍尔，出版人是乔纳森·凯普。起诉书宣读后，几乎没有传唤听证，法官就断然判定该书为"淫秽"，应予立即销毁。

"抗议，我强烈抗议！我是这部书的作者！"拉德克利夫·霍尔小姐面对诽谤，拼命喊叫起来，但立即被强行制止，重新落座。判决后提出的上诉，也迅即遭到驳回。

一部小说就这样给查禁了。这是经过作家数年酝酿、两年苦作才完成的作品，出版仅四月有余，而且颇得读书界好评。

其实，对这部小说的问难，在它出版后的三个星期即已开始：正在伦敦报刊纷纷发表评论，交口称赞这部小说在主题和艺术方面的特点时，《星期日快报》的编辑詹姆斯·道格拉斯撰文，强烈谴责这部小说，并建议出版商立即予以撤毁。他在文章中写道：

"我清清楚楚地知晓,性倒错和性反常现今存在于我们当中,是可怕的事。他们这些人越来越厚颜无耻地招摇过市,更加盛气凌人地大肆炫耀。那些耸人听闻、令人作呕的恶行劣迹,绝大多数都是他们干的。这些颓废主义的鼓吹者再也不遮掩他们的堕落和潦倒……他们不忌抛头露面,而且一反其道,刻意追求这种机遇,并以他们的风流艳遇为乐。其结果则是这种有害的东西正在浸淫年轻人的灵魂。"

伦敦违警罪法庭所指控的"淫秽"和道格拉斯文章中所指斥的"有害",都是针对这部小说所涉及的女同性恋内容。

小说女主人公是富有贵族之家唯一的继承人。她的父母菲力普·戈登爵士和安娜夫人婚后一直切望给自己的莫顿庄园添一个男性继承人,而且早就给他取好了男性的教名斯蒂芬,但是事与愿违,出世的却是女儿;更加出人意料的又是,这个女婴四肢修长,宽肩窄臀,男相十足。随着年龄增长,斯蒂芬的言谈举止、兴趣爱好,更异于寻常女儿。她的父亲首先发觉了她生理与心理上的反常,是唯一能理解和引导她成长的人;她的母亲则自始至终不肯正视这一严酷的现实,而且对自己的这个亲骨肉深恶痛绝。斯蒂芬在孤寂与受敌视的环境中长大成人。在一次社交场合,结识了一位加拿大青年马丁·哈拉姆。二人一见如故,意气相投;但在马丁向她求婚时,她却本能地反感,他们之间的友谊,就此戛然而止。不久,父亲因一场偶然事故而去世,斯蒂芬在继承了大笔遗产的同时,也陷入了绝对的孤寂。一个偶然的机会,使斯蒂芬结识了乡邻克罗斯比的太太安吉拉。此女出生于美国南方没落的农场主之家,婚前为美国酒吧歌女,商人出身的丈夫常使她感到厌倦、乏味。孤寂无聊将斯蒂芬与安吉拉连接在一起，她们之间反常的恋情为双方的家人及乡邻所不容。在斯蒂芬发现安吉拉欺骗和背叛了自己之后，毅然离开了她挚爱的庄园故土。

斯蒂芬携其少年时代的女教师帕德从莫顿庄园来到伦敦独立生活，依父亲生前引导，开始写作小说，处女作发表后，初获成功。为了扩展生活范围，继续发展创作事业，她接受性倒错戏剧作家布罗克特的劝告，与帕德去国东渡，定居巴黎。在帕德敦促下，她继续写作，力争以笔为武器，保卫自己，立足社会。与此同时，她初步接触了以同性恋社交明星瓦莱里·西摩为核心的巴黎同性恋社会群落。

第一次世界大战爆发，斯蒂芬像普通正常人一样，满怀爱国热情和责任感，参加了前线的战事服务，成为女子救护队司机。她在烽火硝烟中表现得智勇过人，并光荣负伤，获得了军功十字奖章。女子救护队中有一女孩名玛丽·卢埃林，一度做过斯蒂芬的助手，她是威尔士人，父母早亡，一无所有，但年轻漂亮，天真热忱，温婉宜人。斯蒂芬与玛丽在枪林弹雨中出生入死，相互关照，相互帮助，发生了超乎友谊的感情。

战后，斯蒂芬邀玛丽重返巴黎，正式同居。在巴黎这座独领新潮的世界大都会中，她们二人结识了很多主要以从事文艺创作为生的男女同性恋者，有时还出入于巴黎同性恋群落的下等酒吧、餐馆，目睹了这类人的真实生活。斯蒂芬继续笔耕不辍，希图以自己的文名取得正常人社会对她与玛丽关系的认可，但在埋头写作时，又忽略了与玛丽相伴，陷入一种恶性自相矛盾的境地；而她们欲取得社会承纳的种种试探，又屡屡受挫。斯蒂芬不忍目睹玛丽以一正常人而陪伴自己虚掷青春，心理负担日益沉重。此时，久违的马丁·哈拉姆出现在巴黎。他始终未婚，来此是为医治参战留下的创伤。斯蒂芬将玛丽介绍给马丁，她与玛丽的生活选择也得到了他的充分理解。与马丁交游，又给她们的生活增添了活力和安全感。相处日久，斯蒂芬突然悟出，马丁与玛丽已互有非只泛泛的好感，深为痛苦。她与马丁面对面做了一次大丈夫气概的交谈，彼此坦诚表明对玛丽的情意。尔后，斯蒂芬经历了剧烈的内心斗争，强抑对玛丽的爱，对马丁的妒，对失去玛丽的怕，做出最后的决断。她佯装对玛丽已经厌倦，并已另有新欢，刺激玛丽愤然离开了自己。在她眼见玛丽投入马丁的怀抱时，似乎觉得有大批性倒错者向自己涌来。她立即融入这群人当中，并虔诚地祈祷："上帝，起来维护我们吧。在全世界面前承认我们，也把我们的生存权利给我们。"

评介小说作品，尤其是为其作序，叨叨于讲述故事，通常是一种愚蠢做法。笔者不避其嫌，不惜占用篇幅，原原本本介绍情节，不过是试图引起读者诘问：如此一部小说，通篇又没有具体性行为描写的只言片语，究竟与"淫秽"有何瓜葛？

当时的英国读书界，就这部小说所遭到诽谤错待，早有反映。是年八月，道格拉斯的批评文章一发表，论战即已开始。《泰晤士报星期副刊》上最有代表性的评论说，这部小说"真实、坦诚、勇敢无畏、意向崇高，而且许多地方很为优美"。当时担任牛津大学学院院长的塞德勒著文，称这部小说是"杰作"，"泼辣、生动、感情深刻，是卢梭的《忏悔录》之属，是将心理研究寓于小说的散文佳作"。著名性心理学家哈夫洛克·埃利斯特为此书扉页所写的赞辞，更在学术上给予它极高的评价。

在这部书的诉讼案进行前后，当时知识界名流曾给予热切关注和支援。热心公益的老作家阿诺德·班奈特在《星期六晚报》上发表文章说：《孤寂深渊》是大自然恶作剧的一个受害人的故事，哈夫洛克·埃利斯支持它……我不能不同意他的观点。"萧伯纳接受访问时表示："如果这类事发生而没有对之提出抗议，在英国就不会再有任何书出版了。"H.G.威尔斯发表声明说，他对此书遭查禁是否合法表示怀疑。共有四十余位著名文人联名写信表示声援，作家当中除上述三位外，还有 E. M.福斯特、T. S.艾略特、休·华尔甫尔（1884—1941）、弗吉尼亚及列奥纳德·吴尔夫夫妇、罗斯·麦考利夫人（1881—1958）、阿兰·赫伯特（1890—1971）、塞克维尔-威斯特（1892—1962）、斯托姆·詹姆森（1891—1986）、里顿·斯特莱切（1880—1932）等，还有记者兼编辑戴斯芒德·麦卡锡（1877—1952）、学者兼作家朱利安·赫胥黎（1887—1975）、画家兼作家劳伦斯·豪斯曼（1865—1959）等，以及美国的海明威、多斯·帕索斯、费兹杰拉德、德莱塞等著名作家。

令英国出版当局更为始料不及的是，判决查禁引起了适得其反的效果，促成了这部小说的广为流传。精明的出版人乔纳森·凯普在审判之前已摸清了官方对这部书的不利意向，立即致函《泰晤士报》，公开声明停止这部书的印制和出版；同时又通知他的印刷所，将此书铅版的模型运往巴黎一家专门出版英文书刊的新出版社；随后自己又亲自奔波在英法、英美之间，与巴黎和纽约的出版印刷商洽谈。判决虽已宣布，法、美方面都迅速传来了此书在彼处畅销的好消息。好奇的英国读者，千方百计想得到此书，他们去法国或美国旅行的时候，归国途中，行李箱内往往夹带一本，从而使它在英国本土仍然流传。一个法国出版商还曾建议，出版少量此书手抄精品版，高价出售。还有一个法国女演员曾亲自与作者及其代理人商讨，准备将此书改编成剧本，搬上巴黎舞台。美国还有一个女同性恋群落，欲以拉德克利夫·霍尔的名字给她们的俱乐部命名。这些善良的创意，当然都遭到作家本人否定。直到一九四九年，也就是作家死后六年，这部小说才在英国重新出版，此时的英国出版法章，已早有修订。此时直到九十年代以来，这部书在英、美、法、德、澳等国，每隔十年左右总有新的一轮出版、发行。它的法、德、意、西等语种的译本，也早在欧美大陆流行。有关这部小说和作者的传记、回忆录和研究著作，在六七十年代以后，也陆续出版。以作家日常生活中的别名"约翰"为名的剧本，在八十年代中期果然搬上了美国的舞台。

这样的一部作品，当初在英国朝野之间，为什么会引起这样天壤之别的分歧？

这主要得归因于时代——时代对同性恋的态度。

二、时代是友也是敌

在人类文明史上，同性恋是一个十分古老的命题——一种始终存在的生理、心理及社会文化现象，经过专家学者考证，在中国史简中，已将此种人生存现象的记载，上溯至三千多年前的商周时代。即使通常较为人知的所谓"龙阳之兴""断袖之癖",先后源发于战国及西汉,距今也都已有两千多年。荷兰著名汉学家高罗佩(R. H. Van Gulik)在他的著述《中国古代房内考》中指出,中国封建时代一夫多妻制所造成的后宫女同性恋现象,已非仅有个别事例。据我们所知,关于这种后宫女同性恋,至少在西汉已有记载,名曰"对食"。在西方,文明古国希腊的同性恋现象,早已为后人发现。著名女诗人萨福(约前628—约前568)对她女弟子刻骨铭心的爱恋之情,在她的作品中,已有遗证,以至她出生并长期居住的海岛的名称勒斯波斯(Lesbos),已经演化成为代表女同性恋的专用名词(Lesbian);从其后柏拉图(约前427—约前347)《对话集》之《费德罗篇》中所谈的所谓师徒之爱,也可追寻到男同性恋的蛛丝马迹。但是,西方社会由于基督教的禁欲主义,对同性恋的拒斥更加变本加厉。《圣经》的很多章节都记载有同性别的人相交为有罪的律令。从《旧约·创世记》开始,至《新约·启示录》为止,反复提示索多玛(Sodom)与蛾摩拉(Gomorrah)二城因犯淫邪之罪而被上帝降天火焚烧一光,并引以为戒。那里所指的淫邪,在《犹大书》第一章第八节等处又明确指出,就是"随从逆性的情欲"。由于从宗教方面的提倡,又由于中世纪长达一千多年的封建禁锢,对于同性恋现象及文化——尽管在特权圈内又当别论——始终是抱仇视、拒斥、压制、打击的态度和手法。十四五世纪以后,人文精神兴起,人对自身及自身的价值认识日益明确,但这只是限制在正常人的范围之内;同性恋者,仍被视为"异类",理所当然地被划除在外,实际上不被当作真正意义上的人。直到十九世纪后期,工业革命逐步完成,科学技术快速发展，心理学脱离哲学而成为一门独立学科，对它的研究，与同代生理学、医学、神经病学相互结合，对人的生理、心理（神经）机制有了较为客观、科学的认识，从而也向对同性恋抱有的成见提出疑问和挑战。他们的学说，主要是正视和承认了性异常、性倒错这样一些客观存在，但是从他们的这些取名即可知，他们仍然是承袭长期以来的异性恋中心观念，视同性恋为不正常、反自然。二十世纪更是一个心智洞开、气象万千的时代，起初出现的弗洛伊德学说，就人的性格和情欲提出很多新见，起码说明了这些问题的复杂性。特别是六七十年代的性解放运动，使社会对于同性恋有了进一步的宽容。生物学家不断从遗传基因和染色体组成方面为同性恋提供新的科学依据，到九十年代初，生物学和医学界甚至提出了人至少有五种性别分类的见解。欧、美、亚洲的一些国家也先后在法律上明令同性恋非刑事化。同性恋者当中的艺术家、文学家又以他们的生活和艺术实践向世人提出挑战。当前，在世界上一些发达国家和地区，同性恋者不仅要求承认和宽容，而且要求一种与异性恋同样平等的对待，已经成为一种世界潮流。从生物、生理、心理、历史、社会、文化方面对同性恋进行综合研究已经成绩斐然；对《孤寂深渊》一书及其作者的研究，在八九十年代又掀起一阵小小的高潮，也都是受潮流的趋动。

《孤寂深渊》创作并出版于第一次世界大战过后的第一个十年。这次战争固然给人类和平宁静的生活造成巨大冲击和毁损，但也同时带来意想不到的正面效应。在英国最明显的就是打破了维多利亚时代遗留的陈规和禁锢。思想解放、女权运动乘势而起，文学艺术、科学文化事业也焕发出新的生命力。T.S.艾略特以他那一曲里程碑式的《荒原》(1922)揭开了现代主义的大幕。小说方面，乔伊斯，还有吴尔夫和她的布鲁姆斯伯里团体的作家，都正处于他们创新小说事业的巅峰。此时另一引人注目的事件就是，继奥地利的犹太医生弗洛伊德和这部小说中也提到过的克拉夫特-埃冰(1840—1902)之后，上述英国的科学家哈夫洛克·埃利斯在他那部七卷本的煌煌巨著《性心理学》(1897—1928)的第一卷，专门研讨了女同性恋。这位心理学家像弗洛伊德一样，以一位多年行医的医生而放弃本职，转而从事临床实验，经过长期反复的摸索，才得出性倒错是先天使然，而非后天人为的结论。这正是霍尔理直气壮地设定这部小说主题的科学依据。

然而这些科学结论在当时还是具有石破天惊的性质，这是由于一种新事物、新见解骤然出世，往往很难立即为大多数人认同。二十世纪二十年代的英国，就宽松气氛而言固然较前大有改观，但也仍然处于渐进的过程。在《孤寂深渊》这部小说出版的三十三年前，著名戏剧家兼小说家奥斯卡·王尔德因同性恋，依英国当时的法律而遭缧绁之祸；就在这部小说发表的八年前，英国上议院还曾就性犯罪法案展开辩论，试图将女同性恋定为有罪。《孤寂深渊》一案，虽有很多社会名流关心，并亲自到庭旁听，但当时的笔会主席、老作家约翰·高尔斯华绥等，就以工作繁忙，不宜出庭为由，拒绝为他的会员的作品做证；更可引以为憾的是，曾为此书特作赞辞的大专家哈夫洛克·埃利斯，由于本人亦有同性恋倾向，认为自己少说为佳，而没有站到证人席上，当众表示自己对此书的支持。因此，霍尔的权威传记作者，生于加拿大的出版人兼作家洛维特·狄更森曾经论说，埃利斯是一位学者，但不是斗士，他的脊梁上缺少一根铮铮硬骨。再以当时叱咤英国文坛的布鲁姆斯伯里团体主要成员弗吉尼亚·吴尔夫及E. M.福斯特为例，他们虽然素以勇于创新、思想前卫自诩，而且前者在《孤寂深渊》稍后，也出版了以女同性恋为题材的小说；后者本人亦有同性恋行为，并写有男同性恋小说《莫瑞斯》(1913年写，只在私下传阅，1971年作家逝世以后正式出版)，也仅止于以维护创作自由为由，反对官方的查禁，而对此书本身的价值，避而不谈。相形之下，拉德克利夫的勇气和斗志，则更加可贵。

三、走出一本书作家的误区

通常辞书传略上，常称拉德克利夫·霍尔是因一本书《孤寂深渊》而留名文学史的作家。其实她早年先以诗而闻名，共出诗集五部：《尘世与星空之间》(1906)、《诗札》(1908)、《今昔之诗》(1910)、《三郡之歌及其它》(1913)、《遗忘之岛》(1915)。她共出版长篇小说七部：《未燃之灯》(1924)、《锻炼》(1924)、《周六生活》(1925)、《亚当的面包》(1926)、《孤寂深渊》(1928)、《房屋的主人》(1932)、《第六福祉》(1936)；一部短篇集《奥格威小姐找到了自我》(1934)。她的诗，以抒发爱情为主要内容，感情诚挚、率真，富有节奏和韵律。其中有些被谱成歌曲，广为流传。她的小说，重在写人物心理，写家庭及社会生活中人与人之间心灵的碰撞，富有哲理和宗教色彩。其中《亚当的面包》曾获"妇女幸福生活奖"和"詹姆斯·退特·布莱克纪念奖"。1930年,她本人又获得"艾歇尔贝格人文金质奖章"。她发表诗歌时,以玛格瑞特·拉德克利夫-霍尔署名,这是她的本名;她发表小说后,才以拉德克利夫·霍尔署名。而在日常生活中,她为自己取名约翰——一个最普通的英国男性用名,这是因为,在性别上,她不是一个普通正常的女性,而是有男性生理、心理、意向和行为的女同性恋者,她早年即向社会公开宣称,自己是天生的性倒错者。

她的一生,比她的作品,更富传奇色彩。

这位女作家是一对英国父亲和美国母亲的独生女。按家族谱系追根溯源,在她的父系方面,是莎士比亚女儿一族的后裔;在她的母系方面,则是十六至十七世纪著名的印第安公主玛托阿卡(Matoaka)、英文名波卡汉特斯(Pocahontas)的后裔。一八八○年,玛格瑞特·拉德克利夫-霍尔生于英格兰南部汉普郡沿海西克利夫附近的萨里·隆。她的父亲,拉德克利夫·拉德克利夫-霍尔,牛津出身,受过良好教育,但只是英国社交界有名的花花公子,一生无所事事,仅靠其父的遗产悠哉游哉地享受当时上流社会的种种声色犬马之乐。他的父亲,查理斯·拉德克利夫-霍尔,之所以遗留大笔遗产,是由于他聪敏好学、精力充沛而又勇于开拓,是名医和结核病专家,又是早期催眠术的探索者。玛格瑞特的母亲与她的父亲结婚前,是一位寡妇;因夫妻感情不合,玛格瑞特落生仅数月,父母即告离异,因此她是个不受欢迎的孩子,从小跟随母亲生活,先在伦敦,靠母亲离婚时所赢得的财产维持生计。三年后,其母再嫁伦敦皇家音乐学院的声音教授阿尔伯特·维塞蒂,全家迁居肯辛顿区。这里地近王宫,是伦敦著名的中上阶层聚居区。

霍尔的童年，全在孤独中度过。在家庭中，她是忙于课徒的继父和耽于冶游的母亲所忽视的孩子；在学校邻里中，她是离过婚的美国女人的孩子。她只见过生父两次，第一次，她已经十五岁；第二次是三年以后，在她父亲临终的病榻旁。父亲死后，按照遗嘱，她成为父亲及祖父财产的主要继承人。同年，她进入伦敦国王学院，并到美国游历寻根。此时她已明显地显示出性异常现象，迷恋上跟从她继父学习声乐的年轻女歌手。霍尔二十一岁时，依法正式继承了全部应得遗产，成为经济上独立的人，立即与母亲、继父分居另过，伴随她的只有从童年就抚养照看她的美国外祖母。此时的霍尔已经完全长大成人。她生得秀骨清相，颇似俊秀少年，又酷肖生父。她开始屡作欧洲大陆游学，盘起秀发，穿上男服，走路雄视虎步，而且坚持要人称呼她"约翰"。她时而住在伦敦，时而照当时富人的习惯，居于乡间别墅。她选择的地点是小说中提到的伍斯特郡莫尔文潭的村舍，并参加了那里的狩猎俱乐部。此时她从父亲方面秉承的音律天赋开始崭露峥嵘，从二十八岁开始，陆续发表诗歌。

诗歌赢得的文名，将她带到文艺家赞助人梅伯尔·贝顿面前。她是英国驻印度殖民地官员的遗孀，爱尔兰人，社交界有名的大美人，俗称蕾蒂，比霍尔年长二十三岁，初遇霍尔时，已徐娘半老。起初她只是视霍尔为一颗文坛新星，对她加以支持和引导。经过一阵疑虑、犹豫与克制，二人还是切实地堕入了情网，而且不顾舆论反应，正式同居。在与蕾蒂共同生活将近十年中，霍尔在艺术欣赏、文学创作，甚至生活情趣、待人接物方面，都受到蕾蒂的影响，意想不到地弥补了她早年家庭教育之不足。也是由于蕾蒂的影响，霍尔皈依了天主教。

在与蕾蒂相伴的第九年，霍尔遇到了另一位年轻灵秀的贵族女子尤娜·楚布瑞吉。她比霍尔年轻七岁，是一位很有前途的雕塑家。她也是爱尔兰人，还是蕾蒂的表亲。与霍尔相识前，已是英国海军上将恩内斯特·楚布瑞吉续弦的妻子，生有一个女儿。但是天生的性异常（双性人）常使她对异性爱的夫妻生活感到生理与心理的不适。她与霍尔一见钟情，如鱼得水，结识次年，蕾蒂病逝，不久，尤娜与丈夫离婚，正式与霍尔同居，从此成为她终生的伴侣，又是她文学创作事业上的支持者和助手。她们二人出则同行，入则同宿，形影不离，经常出席各种上流社会的午宴、晚宴，参观画展和歌剧音乐的首展和首演式，以其不同凡响的服饰和风采而成为十分抢眼的一对。蕾蒂病逝时固然年事已高，尤娜骤然介入她与霍尔之间，自然是直接诱因，故此蕾蒂逝世，在霍尔心中永远留下一种难以弥补的歉疚。像中国的汉武帝和唐玄宗在他们的宠妃李夫人和杨玉环死后不断请方士招魂降灵，以求与亡人重逢一样，霍尔也一度热衷于灵学研究。这在当时的欧美各国，正是流行广泛的热门儿伪科学，霍尔为从事此项研究而加入灵学会，并曾当选为一任理事，还发表过有关这方面探讨和体验的论文。

自从出版最后一部诗集《遗忘之岛》，中途经过蕾蒂逝世及与尤娜结合，先后这七八年时间中霍尔没有从事写作。她在早年从事诗歌创作的同时，也曾试笔短篇小说，并由蕾蒂推荐给出版人威廉·海默门。他是一位很有眼光和见地的鉴赏家，从不对初试笔锋者滥加过誉之辞。在他宴请霍尔与蕾蒂共进午餐当中，却对这些短篇小说大加赞扬。但是等霍尔心怀忐忑试问他是否会出版这些作品时，他的回答却是："我不想将你作为短篇小说作者推出来……你应该立刻开始给我写一部长篇。等你把这部书写好，我就给你出版。"海默门的这一要求，并未在他与蕾蒂生前得到回应，但是从一九二四年开始，霍尔连续不断地出版了几部小说。在它们早期版本的扉页上，常常印有这样的献辞："献给我的三个自我。"

通过写小说和参加文学圈的活动，霍尔结识了许多作家同行，成为笔会成员。著名女作家梅·辛克莱、蕊白卡·威斯特、罗斯·麦考利、埃维·康普顿-伯内特和法国女作家茜朵妮·柯莱特，与她都非泛泛之交。爱尔兰诗人叶芝、美国诗人庞德和德国小说家托马斯·曼等，也都与她有所过从。她的小说不仅在英国，而且在美国、法国、德国、加拿大等国也同时出版，其中的《未燃之灯》《亚当的面包》《孤寂深渊》等，还先后译成德、法、西班牙、意大利、捷克等多种文字。《孤寂深渊》在英国遭禁后，诉讼的轰动效应使霍尔与尤娜声名大噪。霍尔除继续写作，还携尤娜继续在国内外旅行，所到之处，受到文学同行和同性恋圈内朋友以及社会上广大读者的欢迎。到一九三二年，她的最后一部重要长篇小说《房屋的主人》出版，报刊评介虽仍热烈，实际销售却并不理想。此时，她与尤娜都已步入中年，精力体力均不复往昔，在社交场中的特殊魅力，也日渐消减，孤寂之感渐渐袭来。一向纤巧细瘦的尤娜，更是缠绵病榻。一九三三年，她们二人在法国旅行期间，尤娜病重，她们从巴黎医院中请来一个年轻看护。

她名叫叶甫金尼亚·索林，是旧俄将军的女儿，才貌平庸，霍尔却莫名其妙地迷恋上了她，并成为她的情人。此后将近十年，索林经常与霍尔、尤娜三人同住，时而在意大利，时而在法国，时而回英国。一九四三年，索林不辞而别，不知下落。次年，霍尔发现自己已身患癌症，不久，在伦敦与世长辞。她将身后的十万镑遗产及版权，全部遗留给了尤娜。一九六三年尤娜去世，又将这笔财产捐献给了天主教的慈善机构；霍尔作品的全部版权，根据尤娜的遗嘱，赠给了洛维特·狄更森；一大摞霍尔的私人信函和尤娜的九大本日记，则赠给了在法国英文版霍尔作品出版人。狄更森受尤娜生前之托，写出霍尔的第一部传记《拉德克利夫·霍尔在孤寂深渊》，于一九七五年首先在美国出版。

四、走出另外两个误区

由于霍尔在当时英国社交界是知名度很高的女同性恋者，更由于《孤寂深渊》一书涉及女同性恋而曾遭查禁，至今人们提起这部作品，通常总称它是写女同性恋的小说。

从上述小说主要情节可见，它确是以女同性恋为题材，而且，据考查，还是第一部英语文学中的女同性恋小说。它以女主人公斯蒂芬·戈登一生的活动为主要线索，展示了一个女同性恋者的成长过程、生活经历和心路历程。她初生即显示出异常的形貌，初谙世事又表现出特殊心理。童年时代的纳尔森崇拜和充满尚武精神的白日梦，对女仆柯林斯的痴情与对其情人的嫉恨，对骑术和击剑的爱好，对女装和女性社交的尴尬，与马丁·哈拉姆富有阳刚之气的友情和对他谈婚论嫁的厌恶，与同性别女友安吉拉的恋情，直到与玛丽·卢埃林的相遇、相爱、同居、分手的全过程，都写得准确可信，细腻传神。小说中也写斯蒂芬与自己的同类和异类的交往与冲突；与深切理解自己的父亲和孤陋愚顽的母亲的关系和谈话，与安垂姆太太及子女的冲突，与布罗克特和瓦莱里·西摩的交游与戏谑玩笑和严肃对话，更是对同性恋问题生动有趣而又带有一定深度的研讨，表达了作家本人对这一问题既有切身体验，又有真知灼见的观点。小说第五卷，斯蒂芬与玛丽战后在巴黎共同生活的阶段，作家一反往常单线直述的方法，繁衍出一些几乎可以独立于主线情节之外的章节，着重描绘其它一些巴黎女同性恋和男同性恋群落的生活场景，诸如音乐研究生杰米和巴巴拉的生死之恋、巴黎同性恋者聚会的上等和下等酒吧、餐馆的夜生活等等，它们既是斯蒂芬与玛丽生活感受的有机组成部分，又是有关这些被歧视、受排斥的异类向来鲜为人知的一些独立画面。只有以这些情节和画面作为补充，小说全幅图卷才更加富有层次和透视感，更加全面、深刻地表达了这类人的苦闷、困惑、恐惧、沉沦、毁灭和奋争。作家在表现手法上，能够达到那样触目惊心的程度，除了依靠她身为天生小说家的才能之外，正是由于她在创作中以同类者的身份积极地主观介入，真正体现了感同身受。这也正为一般非同性恋作家站在旁观者的立场所难企及。

霍尔在一些小段落中，也纯写非同性恋者的生活和情感，特别是处于社会下层的普通人，在霍尔笔下，他们大多善良、纯朴，赋有更丰厚的人性。诸如斯蒂芬幼儿时代的法语教师迪福小姐及其盲姐朱利虔诚恬淡、安贫乐道的生活方式；巴黎侍女阿德尔与让纯真、温馨的婚恋。这些描述都反衬了所谓异常者的孤凄与不幸；而安垂姆太太及其子女、马希夫人母女等对待性倒错者势利、狭隘、冷酷、刻薄的态度和精神上的虐待，则正是社会成见的代表。

题材对于小说的性质，固然重要，而作者如何看待和处理题材，对于它的品位的贵贱高低，尤为至关重要。正如同样以异性恋为题材的小说，有些可以写得雅洁优美、赏心悦目，有些可以写得庸俗低下、不堪入目。我国小说盛行的明清两代，主要写男同性恋的小说，亦有多种流传，诸如《龙阳逸史》《弁而钗》《宜春香质》《品花宝鉴》等，另在《红楼梦》《金瓶梅》《聊斋志异》等名著中及一些名著的续书中，更有不少有关男女同性恋的情节。这些作品当初也屡遭禁毁，除其中一部分（主要指那些名著）牵涉政治、民族纠纷，主要是由于其中多有具体而微的性行为描写和污言秽语，因此至今难登大雅之堂。至于欧美各国，仅以笔者之孤陋所见，从十九世纪末到二十世纪初，以同性恋为主要题材的小说，已经出现。奥斯卡·王尔德的《道林·格雷的画像》、美国亨利·詹姆斯的《丛林之兽》、法国纪德的《无德者》、德国托马斯·曼的《魂断威尼斯》、英国D. H.劳伦斯的《恋爱中的女人》、E. M.福斯特的《莫瑞斯》、法国普鲁斯特的《追忆逝水年华》第四部《索多玛和蛾摩拉》等，都或明或暗表现了男同性恋。近日，美国学者又就英国十九世纪重要作家狄更斯、哈代等人小说中所涉及的同性恋开始发掘。而就在《孤寂深渊》出版同一年的几个月之后，就出版了两部专写女同性恋的小说：其一是弗吉尼亚·吴尔夫的《奥兰多》；另一是康普顿·麦肯济的《奇女子》。这些小说，都出自名家之手，虽然风格不同，表现手法各异，但都是将同性恋现象置于历史和社会的大环境中，作为一种文化现象而加以表现，是将其视作严肃的课题加以处理，而不是以表现低级情欲取悦读者，因此而形成现代主义文学的一个分支旁系。

综观霍尔的小说创作，她也是一位很有修养的严肃小说作家。她向以雅洁优美的文字构建她的作品。在《孤寂深渊》中，她主要写人的恋情及对偶生活，虽然属于同性恋范围，但也像异性恋的优秀小说一样，真切自然、细腻浪漫、如梦似幻；其涉及具体性欲及性关系以及"闺中"之事，着笔都很含蓄、委婉。作家本人为女性倒错者，站在自己同类人的立场，身负为她们代言、为她们请命的重担，这又使她的作品，赋有一种高蹈劲健、清丽脱俗的格调，毫无糜腐粗劣之态。又由于霍尔善作高瞻远瞩，以其自身经历深解此类人的命运一时难以更改，从而深怀孤愤，使她这部作品通篇敷有苍凉悲壮之气。这样一部作品，对于与其主人公具有类似身世的读者，正像哈代的《德伯家的苔丝》当初对于"失身"女读者那样，自然会引发强烈的共鸣。因此，在社会和家庭中对同性恋问题大多尚且讳莫如深的时代，就像斯蒂芬所处的环境那样，这部小说一俟出版，心中久蕴难言之隐的女同性恋者以及他们的父母亲友，就要如饥似渴地暗中披览，从中寻求慰藉、启示和勇气。美国研究霍尔的学者在就此书进行读者调查中发现，确有不少长期隐忍的性倒错读者，是在读过这部书之后，挺身而出公开了自己的身份，开始过起这类人的正常生活。也正因如此，这部书长期以来又被视为女同性恋者的圣经。

霍尔的小说创作事业,始于她四十岁以后的中年,历时十年。这通常是一个人在人格、心理、思想及生活阅历等方面已臻成熟的阶段。在此之前,她曾尝试音乐,后由音乐转而为诗歌,同时试写短篇小说,随后又曾涉足灵学探讨,但她一生中最宝贵的岁月,却集中奉献给了小说创作。《孤寂深渊》是她七部长篇中的第五部。在此书之前,她先以普通异性恋人为题材,写他们的生活、心理、感情及人际关系,借此取得文名后,特别是在第四部小说《亚当的面包》获奖后,她着手创作了《孤寂深渊》,此时,她正处于自己创作的巅峰之上。根据尤娜记述,这部小说,正如其中主人公斯蒂芬所表达的创作意向一样,曾经霍尔长期孕育,是作家心怀深切的使命感有意而为;而它所取得的社会效果则说明,霍尔有幸,已经圆满地完成了她为自己郑重设定的使命。这种使命感本身,就带有明显的挑战性,这使她不仅得罪了有关当局,触犯了刑律,而且也不得意于她那些当时正在孜孜于艺术创新的文学同行。他们虽然也曾站在坚持创作自由的立场,反对当局查禁这本书;但是由于力主艺术的目的就是艺术本身,艺术创作的非理性化,而对负有使命感的"主题小说"不以为然,从而对这部小说的艺术成就避而不谈。吴尔夫的《奥兰多》和麦肯济的《奇女子》由于在艺术上多下功夫,仅以幽默和讽刺的笔法反映女同性恋的生活,因而与《孤寂深渊》的命运,否泰有别。

时代的脚步真是迅猛得出人意料,经过六七十年代的性解放运动,写女同性恋的小说陆续出版,此题材已不足为奇。就当代西方激进的女权主义者和年轻一代女同性恋者看来,像《孤寂深渊》这样的作品,已嫌过于传统和保守。小说最后的悲剧结局,也遭到那些视自身价值高于一切的现代读者否定。他们认为，像斯蒂芬那样沉郁、悲壮的自我牺牲，实在是大可不必。这种对作品的接受态度，与当今我们的社会那些过分强调自我价值，否认崇高英雄行为的议论，可谓东西方同出一辙。

从整个小说的情节安排、人物刻画、情理抒发、景物描述来看，这确是一部很传统的小说，它以主人公生活的五个时期，从出生长成、离家独立、去国流寓、投笔从戎，到重新生活，共分五卷，构成一部流畅的人物生活史。霍尔写儿童生活和心理，写父母和女儿三位一体中各人不同的心理活动，写热恋中的人的激情澎湃、无私忘我，是狄更斯、乔治·艾略特、艾米莉·勃朗特、哈代的传统；她写斯蒂芬自始至终对故园莫顿的眷恋，是英国乡绅固有的情怀；她写英格兰乡村宁静安谧的美景和西班牙海岛奥罗塔瓦异国情调的生活，显示了她那诗人的气质和技巧。小说第四卷篇幅稍短，但也写出了军旅生活紧张热烈的气氛；她表现战争和战争如何净化人的灵魂，都极有男子汉气概，很易使人联想到瓦尔特·司科特那种恢宏壮丽的场面。从这一卷里，我们也看到了一个没有经历过战争生活而将战争写得有声有色的作家的才气。霍尔赋有一个非同寻常女子的特殊才能，运笔凌厉、视角高远，将拟人、比喻、象征以及排句、骈语、警句等修辞手段运用自如，毫不牵强，这使她的作品具有一种传统史诗式的气势。作为一个传统小说的继承者，她在这部作品中充分表现了小说大家的风范。

《孤寂深渊》出版的年代，正是乔伊斯、吴尔夫、福斯特等一批作家独领风骚、大谈实验创新的时期，他们以"前卫"而颇为世人瞩目，霍尔不为新潮所动，坚持自己的道路和风格，也是一种具有独特意义的反潮流。不过霍尔的固守传统也并非拒绝创新。在这部作品中，她也采用时新的科学名词和艺术手法表达时新的思想潮流。成年斯蒂芬回忆童年、思恋故乡时，常常出现意识流和镜头的回闪；而且，小说中不仅有人的意识流，还有马的意识流、狗的意识流。她还从负面写家庭中三位一体；从女权主义立场写男性中心社会对女人的种种束缚，而在她笔下，首先奋起反抗，挣脱这些限制与束缚的，不是那些正常人中的淑女贤妇，而是像斯蒂芬这样半男不女的人。霍尔运用新手法表达新思想时，只不过没有故作奇奥艰深、神秘莫测，也不刻意矫揉造作，立异标新，而是紧贴现实，顺应情节发展和人物刻画信笔直书。

由于霍尔这种主要以主人公生活轨迹为线索的写法，更由于主人公的特殊身份与作家本人相同，而且作家在写作过程中主观介入很多，通常认为这又是一部自传性的小说。其实，稍将作家生平与小说内容对照，即可见它并非自传性质的小说。主人公是女同性恋者，后成长为小说家，确与它的创作者本人一致，但是主要人物斯蒂芬的父母，贵族世家出身的乡绅夫妇，和霍尔的花花公子父亲及浅薄庸俗的美国母亲大相径庭；倒是从卑琐无聊的安吉拉身上，或许能看到霍尔母亲的身影。斯蒂芬初恋安吉拉时神不守舍、寤寐思服的情态，也许来自霍尔少年时单恋继父女学生时的感受；斯蒂芬在与安吉拉初始往来、接触时的踯躅进退和负罪感，可能正是霍尔与蕾蒂早期交往的投影。但是斯蒂芬的恋人安吉拉、玛丽与现实生活中霍尔的恋人蕾蒂、尤娜，更有天壤之别；特别值得注意的是：蕾蒂与尤娜都是爱尔兰人，而小说中斯蒂芬的母亲安娜也是爱尔兰人，这也提示我们留意作家在移植现实生活于小说时，提高和理想化小说人物的思路。小说中的次要人物，女教师帕德可谓是由霍尔的外祖母幻化而来，但二人的文化素养与气质也大不相同；其他如剧作家布罗克特、社交明星瓦莱里·西摩以及她周围那些性异常的艺术家、学者、文人，固然都能从霍尔及尤娜在伦敦和巴黎的生活圈中找到原型，但也都经过了作家整形、转化和重塑。英国研究者克劳第亚·弗兰克斯在她1982年出版的《〈孤寂深渊〉之外》中提出，与其说这部小说是自传性作品，还不如说它是写作家成长的书，确实不无道理。在这部书中，从主人公童年开始，作家就对她的资质、天赋作了精细的描绘。对她在思考、阅读、感受等方面所做的创作前准备，也叙述备尽。主人公的文学创作生涯开始以后，又真切表现了她在写作道路上的探索、惶惑与成功，事业与爱情生活的矛盾。即使像狄更斯的《大卫·考坡菲》那样写作家成长的作品，也没有像这样详尽具体地涉及实际创作问题。

《孤寂深渊》全书四十余万言，是霍尔小说中最长者之一，在二十世纪小说篇幅日渐短缩的趋势下，从篇幅方面说，这也十分传统。正是在这样传统的篇幅中，以上述传统的方法，霍尔给她的这部作品注入了远远超出同性恋小说和自传性小说所能涵盖的内容，对于非同性恋者具有同样启示、激励的作用。至少，在一个人由于自身生理、身世、历史等主观因素或环境背景、政治、种族等客观因素而成为异类，陷入与斯蒂芬·戈登同样苦闷、惶惑、恐惧的困境之时，阅读这部小说后他会相信，振作精神，奋争不息，永葆高尚情操，避免沉沦和毁灭者，早有人在。

五、译者赘语

十年前,译者的研习偶然步入一个新领域,即英国心理小说的源流及发展,它的成果是后来成书的《世界心理小说名著选》《英国部分》(贵州人民出版社,1992年),就是那时,初步涉猎了霍尔的这部小说,粗读之间,即为它的坚实和力度所吸引,从而留下深刻印象。由于此书的历史情况,在国内得来不易。我曾遍寻京城及外埠几家藏书较丰的图书馆,最后只在北京图书馆借到一九二八年美国纽约日暮出版社出版的一册。又从扉页上该书的印章得知,是可敬的巴金先生赠书。由于以稀为贵,奉还前特将全书复印了一份,心底隐约存念:来日或许可就此多做些许事情。此后数年间,又顺手积攒了少量与此书同性恋内容相关的各种资料,但从未料到天津百花文艺出版社展露雄才,筹划推出了这套《外国争议文学名著丛书》,《孤寂深渊》一书正在选题篇目之列,于是在老同事及旧同窗韩耀成先生携百花社王绍明先生前来约稿时,当即欣然承命,与外子张扬共同承担了此书翻译工作。由于其间有三五其它撰写、翻译、出访工作穿插,从开译至结稿,历时近十个月;由于手头原文书仅此一种,而且除去哈夫洛克·埃利斯的赞辞,没有序跋及注释文字,在翻译中遇到难点、典故、生僻专名,只能求助通用工具书,又由于此书涉及心理、医学及英国以外欧洲大陆数国生活、语言,都给译事增添了不少繁难。多亏我们的加拿大老友戴安及马文·泰勒夫妇,他们恰是霍尔的远房后代亲属,听到我们已完成译稿消息,立即慨然寄赠洛维特·狄更森的霍尔传记及霍尔小说《周六生活》。今夏我们访问北美期间,又到西海岸维多利亚市他们的寓所小住,与他们交流读此书心得。还要多谢美国加利福尼亚大学尔湾分校的资深图书馆员安吉拉·杨(宋曼玲)女士,在我们造访期间,为我们提供了该校图书馆藏有关霍尔的有益资料。他们的帮助,使我们删除了翻译和撰写序言中遗留的不少疑难之点。我在社会科学院外国文学研究所的同事和过去北京大学旧同窗金志平先生,在忙中为我们解决了原文中的许多法文难点,并亲手翻译了第一卷第六章一至三节和第三卷第三十二章二节中的长段法文原文,更应致谢。

张　玲
一九九七年八月下旬
美国加州尔湾初稿
一九九七年十一月上旬
北京双榆斋定稿

目　录

评论……………………………………………………………… 1

作者的话………………………………………………………… 3

第一卷

第一章…………………………………………………………… 7
第二章…………………………………………………………… 16
第三章…………………………………………………………… 37
第四章…………………………………………………………… 49
第五章…………………………………………………………… 61
第六章…………………………………………………………… 75
第七章…………………………………………………………… 91
第八章…………………………………………………………… 102
第九章…………………………………………………………… 113
第十章…………………………………………………………… 125
第十一章………………………………………………………… 134
第十二章………………………………………………………… 143
第十三章………………………………………………………… 155
第十四章………………………………………………………… 166

第二卷

第十五章 …… 175

第十六章 …… 185

第十七章 …… 197

第十八章 …… 208

第十九章 …… 213

第二十章 …… 220

第二十一章 …… 234

第二十二章 …… 247

第二十三章 …… 253

第二十四章 …… 268

第二十五章 …… 276

第二十六章 …… 283

第二十七章 …… 294

第三卷

第二十八章 …… 307

第二十九章 …… 321

第三十章 …… 332

第三十一章 …… 350

第三十二章 …… 368

第三十三章 …… 378

第三十四章 …… 392

第四卷

第三十五章 ········· 409
第三十六章 ········· 419
第三十七章 ········· 434
第三十八章 ········· 449
第三十九章 ········· 462

第五卷

第四十章 ········· 471
第四十一章 ········· 482
第四十二章 ········· 491
第四十三章 ········· 498
第四十四章 ········· 513
第四十五章 ········· 527
第四十六章 ········· 540
第四十七章 ········· 550
第四十八章 ········· 560
第四十九章 ········· 581
第五十章 ········· 587
第五十一章 ········· 600
第五十二章 ········· 608
第五十三章 ········· 621
第五十四章 ········· 630
第五十五章 ········· 639
第五十六章 ········· 648

评 论

我怀着极大兴趣读了《孤寂深渊》，因为它不仅是一位艺术素养极高的作家所写的一部优秀小说，而且还具有心理学和社会学上的特别意义。就我目前所知，以完全忠实的笔触和毫不含糊的形式提出如今存在于我们当中性生活的一个独特方面，这本书还是英国小说中的滥觞。有些人的确不同于他们的人类同伙，然而有时他们却又是佼佼者：品格最崇高，天资最聪颖。他们与他们生活行动于其中的社会，常常格格不入；他们与这个抱有敌意的社会之间的关系，存在着困难而且尚未解决的种种问题。由此而产生的那种触目惊心的势态，在书中展现得如此真切生动，然而又毫无唐突不当之处，因此我们一定得把拉德克利夫·霍尔的这本书列于高超的品位。

哈夫洛克·埃利斯[①]

[①] 哈夫洛克·埃利斯（又译蔼理士，1859—1939），英国内科医生、学者，后放弃行医，专门从事心理科学研究及文学创作，著有心理学巨著《性心理学》及小说、散文集多种。

作者的话

本书所有人物纯属虚构，作者在书中任一章节采用的姓名，如与现今任何人士有任何关连，均系信笔偶合。

战争期间①，确曾有一由英国女司机驾驶的急救汽车队，在盟军法国前线提供过优良服务，本书提到的车队，虽然在颇为相同的地区活动，成员中有斯蒂芬·戈登，但此种情节仅为作者虚构，从未实际存在。

---

① 指第一次世界大战。

第一卷

第一章

一

离塞文河畔阿普顿不太远的地方,实际上也就是在它和莫尔文山之间,有一座布兰姆里的戈登家族①的别业,那里林木苍翠繁茂,农舍错落有致,篱垣界断整齐,水源回环通畅丰富。谈到河水,有一道溪流恰到好处,一分为二,正够灌注那一带地方的两个大湖。

那幢房子是乔治式的红砖房,靠近屋顶的窗户都是好看的圆弧形。这座房子宏伟壮丽而不虚张矫饰,矜持沉稳而不盛气凌人,安闲凝重而又不呆板拙笨,对于那些了解它的精神风貌的人来说,它那种略显遗世独立的神态,更增添了它作为家园的价值。它的确酷似某些纯洁可爱的女人,她们现在老态龙钟,属于过去了的一代,可是年轻的时候却是热情奔放,美貌动人,当年要赢得芳

---

① 布兰姆里的戈登家族,指此家族的基业在布兰姆里。

心是难上加难,而一旦赢得,她们就恪守妇道,从一而终。她们正在纷纷谢世,可是她们的家宅犹存,而莫顿就是这样一所家宅。

安娜·戈登夫人芳龄刚过二十的时候就作新娘来到莫顿大厦。也只有爱尔兰的女人才能像她那样姣好可爱,她的举止带有安详自得的神态,她那明眸露出热烈期望的光芒,她浑身透着美好前程的气息——这是一位完美无缺的女人的原型,造物的上帝一直把她作为善的化身。菲力普爵士①远在克莱尔郡遇上了她——安娜·莫洛,这位身材苗条的童贞少女,纯朴素洁得无以复加,而他那满腹惆怅就投入她的胸怀,有如倦鸟归巢——而且确实有这样一只倦鸟,她告诉他,曾经飞到她身上,躲避暴风雨对它的肆虐。

菲力普爵士身材高大,而且特别漂亮,可是他的迷人之处倒是不大在于容貌,而是在某些机警的表情,这是一种宽容忍让的表情,几乎可称之为高贵;还有,在那双深陷的淡褐色眼睛里表露出来的带点儿忧郁却又豪侠大度的神情。他那坚实的下巴颏上有一道浅浅的凹窝。前额显出他智力过人,头发带点儿红褐色。他那鼻孔很大的鼻子表明他的性子暴躁,可是他的嘴唇很有样子,而且显得又敏感又热烈——这些都说明他是个梦想家,是个大情人。

他们结婚的时候他二十九岁,已经干过不少拈花惹草的事,可是安娜天性真诚,这使她对他深信不疑。她的监护人本来并不喜欢他,反对他们订婚,可是最后她还是自行其是了。而事情的结果却是,她的选择一直是美满的,因为很少有两个人像他们爱

---

① 指戈登家的家长。

得这么深；他们爱情的火焰历久不衰；因为他们成熟了，他们的爱情也跟着他们成熟了。

菲力普爵士的妻子在他们结婚十年左右怀孕了。在这以前，他一直没有意识到他多么想要一个儿子；直到那时候他才懂得，这意味着完成一桩天职，他们俩一直在等待的一桩天职。她告诉他这件事的时候，他找不到言词来表达自己的感情，只能扭头伏在她肩上哭泣。他脑子里从来没有闪过安娜可能给他生个女儿的念头；他总是只把她看作几个儿子的母亲，她提醒他也没有用。他给那个还没出世的婴儿取了个男孩的名字斯蒂芬①，因为他崇敬那位圣者的勇气。他天生不是一个虔信宗教的人，也许是太多的书生气，他读《圣经》是因为它的美好的文学价值，而斯蒂芬一直吸引着他的想象力。他常常这样讨论他们这个孩子的前途："我想，我要把斯蒂芬送到哈罗公学②去上学。"或者"我愿意送斯蒂芬到海外去深造，这可以让一个人的人生观更开阔。"

老听他这么说，安娜也越来越相信了。他这样坚信不移也就打消了她那隐隐约约的担心，于是她也想见到自己和这个小斯蒂芬在育儿室里，在花园里，在清香扑鼻的草场上玩乐。"你看他那可爱的小伙子的模样，"她想到她那些农民③柔和的爱尔兰语调，常常会这么说，"你看他眼睛里的那点点星光，还有他心里狮子般

---

① 斯蒂芬：圣徒，死于约公元34年，第一个维护基督教的殉难者，被诬为亵渎圣殿和犹太法，为乱石击毙。

② 为英国著名的贵族学校之一，位于伦敦西北部一小镇。

③ 指贵族、乡绅领地上的佃农、雇农。

的勇气!"

这个婴儿在她腹内躁动的时候,她常常这样想,他踢得这样猛,因为她怀的是个雄健的男孩;于是她内心由于重新获得巨大的勇气而变得豁然开朗,因为她要生的是个男孩。她常常坐在那儿,把针线活儿掉在膝头,双眼遥望着蜿蜒在塞文河谷群山构成的漫长地平线。她常常从一棵古老的雪杉下她喜爱的那个座位上,凝视欣赏莫尔文山的美景,那些隆起的山峦好像增添了新的意义。它们都像怀了孕的女人,出类拔萃儿子的母亲:乳房高耸、勇气十足、浑身青春焕发。在整个夏天的那些月份里,她就这样坐在那儿遥望群山,菲力普爵士也常常陪她坐着——他们常常手握手坐着。因为她心存感恩之情,所以对穷人施舍很多。菲力普爵士也常去教堂,而从前他很少有这样的习惯。教区牧师也常来赴宴,即将临盆之时,许多家庭主妇前来拜访,给安娜提供了很好的意见。

但是,"谋事在人,成事在天",在圣诞节前夕,事情正是这样发生的,安娜·戈登生了一个女儿,一个屁股窄、肩膀宽、小蝌蚪似的婴儿,还大哭大叫,一刻不停地大哭大叫,足足用了三个小时,好像对自己降生到这个世界上来感到痛恨不已。

二

安娜·戈登把婴儿抱到胸前,给她喂奶,但是她感到悲伤,因为她丈夫等了这么久是指望得个儿子。菲力普爵士看到她那么悲伤，就把自己的懊恼藏了起来，他爱抚着这个婴儿，仔细查看那些手指头。

"你看这手呀！"他说，"怎么十个手指头上都长出指甲来了呀，小小的、漂亮的、粉红的指甲呀！"

于是安娜就擦干了眼泪，拥抱她，亲她的小手。

他一定要把这孩子叫斯蒂芬，不仅这样，还要用这个名字给她洗礼命名。"我们叫她斯蒂芬叫了那么久，"他告诉安娜，"我真弄不懂，为什么我们不继续……"

安娜感到疑惑，可是菲力普爵士坚决要这么办，他有时心血来潮就是这样。

教区牧师说，这有点不大正常，就把他的想法缓和了一下，说要再加几个女性的名字。这孩子就在村上教堂受洗礼，命名为斯蒂芬·玛丽·奥莉维亚·格特鲁德——她茁壮成长，外表上强壮有力，等她头发长起来了，看得出是红褐色的，和菲力普爵士的一样。她下巴颏上也有一道浅浅的凹窝，那么细小，初看起来就像一道阴影似的；过了不久，等她像小猫小狗还有其它的小动物那样，眼睛里的蓝色褪掉了，安娜看出来，她那双眼睛慢慢变成了淡褐色——而且觉得，那种眼神和她爸爸的一样。总的看来，她是个反应正常的婴儿，因为，毫无疑问，她体格健壮，除了初生时候那头一阵大哭大叫的抗议，几乎没有哭叫过。

在莫顿有个孩子是叫人高兴的，那幢老房子和那个孩子一样，也变得更加欢快了；孩子现在长得很快，开始学走路了，摇摇摆摆，东倒西歪，要不就在地上爬来爬去，地板反正早已对孩子们这种走路的样子习以为常。菲力普爵士常常在打猎归来，浑身泥土，还来不及脱下靴子，就冲进育儿室，手脚着地趴在地上，让斯蒂芬爬到他的背上。这时候菲力普就假装喝醉了酒似的，又蹦又跳，乱尥蹶子，弄得斯蒂芬只好紧紧抓住他的头发，或者他的领子，而且用她那双了不得的小拳头狠命揍他。安娜让这种稀奇古怪的吵闹吸引过来，看见他们这种模样，就会归咎到地毯上的泥土上面。

她常会说："得了，菲力普，得了，斯蒂芬，别再闹了！现在到了吃茶点的时间啦。"好像他们俩都是孩子。于是菲力普爵士就会伸手抓住斯蒂芬，把她抱下来，然后亲亲斯蒂芬的母亲。

三

他们期待的那个儿子似乎迟迟不来；直到斯蒂芬七岁了，他也还没到。安娜也没有再生一个女儿。因此斯蒂芬就独自在鸡窝里称雄了。很可怀疑，独生子女是不是值得羡慕，因为没有一个同类的伙伴可以信任，也就只能信任自己。谁也不能说，一个七岁的孩子，心里就有什么严重的问题解脱不开而感到苦恼，然而，她已经开始摸索，可能已经在为一阵阵小小不顺心的事情烦恼，或许已经在奋力搏斗想抓住生活——抓住周围环境中有限的生活。七岁的孩子也有自己那微型的爱与恨，然而却是日益扩大并且极其令人心烦的爱与恨。甚至有时还会出现一种影影绰绰的挫折感，而斯蒂芬常常有这种感觉，尽管她还无法用语言表达出来。然而，为了抗拒这种感觉，她有时会大闹脾气，在一些通常让她觉得扫兴的鸡毛蒜皮的生活琐事上发作起来。刚一碰到别人稍有违拗的迹象，她就会跺起脚来，接着就是号啕大哭。这样爆发一通之后，她就会觉得痛快多了，会觉得驯顺听话也并没有什么困难。她用那种模模糊糊的孩子气的方式对生活迎头反击，这件事就让她恢复了自尊。

安娜有时会让人把她这个蛮不讲理的孩子找来，会对她说："斯蒂芬，小宝贝儿，妈妈并不是真的不高兴了——告诉妈妈，什么事儿让你这样大发脾气，妈妈会答应，你要是说了，妈妈会尽力谅解的……"

她的话固然温和亲切，可是她的眼神看上去却是冷冷淡淡的，她用手抚摩着她，可是那手却迟迟疑疑不大情愿。那手是努力想要爱抚，斯蒂芬也会感觉到这种努力。于是她抬起头来注视着那张平静而且可爱的脸，心里会突然充满悔恨，突然深深地感觉到自己的缺点；她很想把所有这些都和盘对她母亲讲出来，可是却站在那儿，张口结舌，什么话也没说。因为这两个人莫名其妙地彼此感到羞怯——像她们这种存在于母女之间的羞怯，简直到了稀奇古怪的程度。安娜感觉到了这一点，而且透过她那个尽管年纪很小的斯蒂芬，越来越意识到这一点；她们本来应该靠近挨在一起，却始终有些疏远。

斯蒂芬对于美是十分敏感的，她母亲的容貌在她心里唤起了一种几乎等于崇拜的感情，她隐隐约约想望能表达出这种感情。但是，安娜严肃认真地注视着自己的女儿，看到她头上丰满的褐色头发，和她父亲如此相似的那对果敢的浅褐色眼睛——孩子的整个表情和风貌也确实如此——心里不禁充满了突然而起的某种几乎是怒火一般的敌意。

她常常在夜里醒来，思考这件事情，带着悔恨的心情鞭笞自己，责怪自己心肠冷酷，是个不近人情的母亲。有时她想起这个还不会巧言令色的斯蒂芬，就慢慢流下伤心的眼泪。

这时她又会想到，"父女俩这么酷似，我应当感到得意呀，看到这一点，应当感到得意、幸福、高兴呀！"这时，那种几乎是怒火一般的敌意就又涌上心头。

安娜看起来一定是要发疯了，因为女儿和自己丈夫的这种酷似让她感到像是一种凌辱——好像这个可怜的、天真无邪、年仅七岁的斯蒂芬在某种方面是对菲力普爵士的一种歪曲；是一种大为逊色、毫不足取、遭到阉割的复制品。——然而她又明明知道，这个孩子是俊美的。可是现在有许多时候，这孩子柔软的肌肉差不多让她感到讨厌了；她痛恨斯蒂芬走起路来或者站着不动的姿态，痛恨她那种大大落落的样子，那种缺少优雅略带粗鲁的动作，那种她自己也意识不到的别扭劲儿。这时母亲的心思溜回过去的时日了。那时这个小东西紧紧贴在她的怀里，用自己的软弱无力来逼着她非爱她不可；一想到这里，她双眼又饱含泪水，因为她来自那个母亲都为孩子忠诚献身的种族。这件事偷偷袭上她的心头，正如敌人暗地里袭来一样——它缓缓地袭来，阴险狠毒，致人死命；斯蒂芬自己越长越壮，它也随着越长越壮，在某种意义上说，长成了斯蒂芬的一部分。

安娜·戈登在床上辗转反侧，祈求得到开导和指导，祈求永远不要让她丈夫怀疑到她对他的孩子的这种感情。他对她的过去一直到现在都了如指掌；在这整个世界上，她除了这个极其不近人情、极其荒唐怪诞的非仁非义之想而外,没有其他任何隐私,而她的意志又没有比它更强大的力量去摧毁它。然而菲力普爵士爱斯蒂芬,把她当作偶像崇拜;差不多就好像是他凭直感察觉到,她的女儿正在暗中受到欺骗,承受着本来不应有的负担。他从来没有对他的妻子讲过这些事情,可是她把这些统统看在眼里,越来越肯定,他对孩子的爱当中包含着一种非常近似怜悯的成分。

第二章

一

正在这个时候,斯蒂芬第一次意识到,自己迫切需要爱。她敬慕她父亲,但那又是另一回事;他是她自己的一部分,他永远都在那儿,她无法想象,世界上可以没有他——可是那个女仆柯林斯,事情就不同了。柯林斯是人们所说的"中不溜丢",也许有一天她还可能得到提升。而且她又长着红润的脸蛋儿、饱满的嘴唇、饱满的胸脯,对于一个二十岁的年轻姑娘来说,的确可说是相当丰硕的了,但是她那双眼睛却蓝得出奇,特别引人注意,是一对非常漂亮、喜欢盘根究底的眼睛。斯蒂芬见到柯林斯打扫楼道都有两年了,每次都是毫不在意地走过去;可是有一天早晨,那是斯蒂芬刚满七岁的时候,柯林斯抬起头来,突然笑了笑,于是斯蒂芬立刻懂得了,她爱她——真是个令人吃惊的意外发现!

柯林斯殷勤有礼地说:"早上好,斯蒂芬小姐。"

她一向总是说:"早上好,斯蒂芬小姐。"可是这一次听起来却很有诱惑力——诱惑力那么强！斯蒂芬于是想摸摸她，她有点儿迟疑地伸出手来，触到她的袖子。

柯林斯把这只手拿起来一看，"啊，天哪！"她大叫一声，"手指甲多脏呀！"伸出这些指甲的这姑娘一听这话，懊恼得脸蛋儿唰地一下变得通红，赶快冲上楼去修理指甲。

"马上把剪刀放下来，斯蒂芬小姐！"这时候在忙着收拾浴室的保姆，发出了专横的声音。

但是斯蒂芬不为所动，回答道："我在把指甲弄干净，因为柯林斯不喜欢我的指甲——她说它们太脏了。"

"多么无礼！"保姆十分恼火，骂了一句，"让她管自己的事去吧，谢谢她啦！"

冰安太太终于把那把修剪用的大剪刀拿到手了，就直接去找那个冒犯小姐的仆人；她可不是个能够容忍触犯她的身份地位的人。她在顶层楼梯口找到还在打扫的柯林斯，劈头就责备她："干自己的活，别管闲事。"她这样教训她，彻头彻尾地把她数落了一通，不到五分钟就把她所有的过错都抖搂出来，大概足可以叫这个中不溜丢再也别想升级了。

斯蒂芬静静地站在育儿室的门口。她可以感觉到她的心在胸腔中怦怦猛跳，充满了愤怒和对柯林斯的同情。这个女仆这时跪在那儿一声不吭，手中的刷子停下来了，嘴唇微微张开，眼神透着相当恐惧。过了好长时间她终于讲话了，声音显得谦卑胆怯。她生性软弱怯懦，而那个保姆口尖舌利，早已成了家里的笑柄。

柯林斯当时说："干涉你的孩子？啊，没有，冰安太太，绝对没有！俺希望，俺想，俺还不光是懂得俺的职分，——是斯蒂芬小姐自己朝俺伸出那脏指甲来着；她说：'柯林斯，你看，我的指甲不是脏透了吗？'俺这才说，'斯蒂芬小姐，这事你得问你阿姨呀。'难道这像是俺干涉你的工作吗？俺可不是那种人呀，冰安太太。"

啊，柯林斯，柯林斯，亏你有那么漂亮的蓝眼睛，那么俏皮迷人的微笑！斯蒂芬自己的眼睛因为充满惊异而睁大了，接着它们突然涌出了希望幻灭的泪水，变得模糊不清了，因为柯林斯撒谎，这种不正当的行为，比起她胆小怕事还要糟糕得多——可是这种不正当的行为却又把她拉得和柯林斯靠近了，因为她尽管瞧不起她，可还是爱她。

斯蒂芬在这天剩下的时间一直闷闷不乐地盘算着柯林斯的这个缺点，可是整个这一天她都想要柯林斯，每逢她看到她的时候，她总觉出来她自己在微笑，怎么也找不到足够的勇气来皱起眉头，对她表示自己出自本性的不以为然。而柯林斯呢，如果保姆没朝她看，也会微笑，而且还会举起她那肥胖的红手指，指指那些指甲，对越走越远的保姆的身影做个鬼脸。斯蒂芬看到她这样，心里觉得很不高兴，还很难为情，倒不怎么是为自己，而主要是为柯林斯；因为这种感觉越来越明显，所以一想到她，就让斯蒂芬脊背发麻。

柯林斯那天后半晌摆放茶点的时候，斯蒂芬找到机会让她一个人留下。"柯林斯，"她小声说，"你说假话了——我可从来没要你看我的脏指甲！"

"当然没！"柯林斯说话吞吞吐吐，"可是俺总得说点啥呀——你没往心里去吧，斯蒂芬小姐，对不对？"就在斯蒂芬未置可否抬起头来盯着她的脸的时候，柯林斯突然弯下身来亲了她一下。

斯蒂芬站在那儿，高兴得一句话也说不出来，她所有的疑虑都一扫而光了。在那个时刻，她除了美和柯林斯以外，什么也不知道，而这两个又合成了一个，这一个就是斯蒂芬——可是又还不是斯蒂芬，而是一种什么大得多的事情，一个七岁孩子的脑子里可找不出什么名字来叫它。

保姆嘟嘟囔囔地走过来了，"得了，快着点，斯蒂芬小姐！别那么傻不愣登地呆在那儿！去洗洗脸，洗洗手，再来用茶点——就这么一件事，我得告诉你多少次呀？"

"我不知道……"斯蒂芬小声咕噜着。的确，她也真是不知道。在那一会儿，她确实不知道这些鸡毛蒜皮的事情。

二

从那以后，斯蒂芬就走进了一个全新的世界，她围着柯林斯这条轴线转。那是一个常常充满激动人心的冒险，充满得意之感、赏心乐事以及不可思议的愁烦的世界，而且又是一个美妙的大好胜地，可以猛冲进去，到处扑腾，就像一只飞蛾扑向灯火。时间一天天翻飞而过，宛如一个秋千一会儿高高荡起掠过树梢，一会儿又坠落地下，可是却很少悬在半空。而斯蒂芬也和时日一起飞度，紧紧抓住秋千，每天早晨一醒就满怀隐隐约约的兴奋激动——按道理这是只有过生日和圣诞节还有到莫尔文去看童话剧才有的那种激动。她常常一睁开眼睛就跳下床来，还睡意蒙眬，根本想不起为什么她会觉得那么高兴；然后才恢复记忆——她知道，她在这一天真的要去看柯林斯了。想到这一点就会让她坐在浴盆里的时候弄得水花四溅，穿衣服的时候，急得把纽扣都扯掉了，刷指甲的时候那样狠命用力，把手指头都刷疼了。

她上课的时候开始变得很不专心，嘴里咬着铅笔，眼睛望着窗外，或者更加糟糕，根本就不听讲课，而只是盼着柯林斯的脚步声。保姆抽打她的手，罚她站墙角，不让她吃果酱，可是这都无济于事；因为斯蒂芬只是笑笑，把自己的秘密保守得更严——为柯林斯挨罚也值得。

她越来越躁动不安，甚至保姆高声朗诵的时候也没法让她安安静静地坐着。有一段时间，她非常喜欢听人朗读，特别是诵读全是英雄人物的故事书；可是现在，这些故事强烈地激发了她的雄心，她一心一意想自己也像他们一样成为英雄。她，斯蒂芬，现在渴望成为威廉·退尔①，或者纳尔森②，或者整个巴拉克拉瓦③冲锋战中的勇士；这就引出了在育儿室的碎布袋里东翻西找，在猜谜哑剧中用过的衣服堆里搜搜捡捡，装模作样又吵吵嚷嚷，装腔作势还趾高气扬，而且朝着镜子照个不停。有时候育儿室里看来

---

① 威廉·退尔，传说中的瑞士民族英雄，最早出现于十五世纪，后发展为欧洲家喻户晓的文学形象。

② 纳尔森（1758—1805）为英国海军军官，以骁勇无畏著称，在著名的特拉法加战役中，大败法国西班牙联合舰队，壮烈牺牲。

③ 1854年克里米亚战争中，英军在塞瓦斯托波尔附近的小港巴拉克拉瓦对俄军进行的一次冲锋战，战斗惨烈。

像是遭到地震的破坏，椅子上和地板上到处堆着斯蒂芬翻找出来但又给扔掉的零七八碎的东西，所以有段时期一切都弄得一塌糊涂。然而，一旦打扮完毕，她就雄赳赳地走了出去，专横地把保姆扔在一边，经常总是去寻找柯林斯，而这个女仆可能早就溜到地下室去了。

柯林斯有时特意逗弄纳尔森，"哎呀，你看起来真棒！"她会大叫一声。然后就对厨娘说，"快来这儿，威尔森太太！斯蒂芬小姐是不是活像个男孩儿？俺相信她就是个男孩儿，她长得是他们那种肩膀，他们那种可笑的又粗又笨的腿！"

这时候斯蒂芬就会一本正经地说："是的，我当然是个男孩儿。我就是小纳尔森，而且我要说：'有什么可怕的？'你知道，柯林斯，我一定是个男孩儿，因为我觉得刚好和男孩儿一样，我觉得就和楼上那幅画上年轻的纳尔森一模一样。"

柯林斯会笑起来，威尔森太太也一样。等斯蒂芬走了，她们俩就议论起来。柯林斯说："她真是个怪娃娃，老是把自己打扮起来演戏——真是好玩。"

可是威尔森太太却表示异议，"我可不赞成这种胡闹，不配一个年轻小姐的身份。斯蒂芬小姐和其他那些年轻小姐完全不同——她一点儿也没有她们那种可爱的样儿——真可惜！"

然而，有些时候，柯林斯看到斯蒂芬白费力气去装扮纳尔森，好像很不高兴。"好了，别缠着俺了，小姐，俺还有活儿要干呢！"要不就说，"你去让保姆看吧——是的，俺知道你是个男孩儿，可俺还有活儿要接着干呀，你让开吧。"

斯蒂芬只好溜回楼上去，完全泄了气，说不出来的不痛快，随后就变得心虚卑怯,把她那么喜爱的那些服饰扯下来,换上她厌恶的衣着。她是多么痛恨那些软绵绵的衣服和腰带饰物、丝绸饰带、珊瑚串珠和网眼长袜呀!她穿上马裤两条腿就觉得自由、舒服;她也爱好衣服上有口袋,可是这都是不允许的——至少不让有那些真正合用的口袋。她对育儿室也觉得很不痛快,因为柯林斯怠慢拒绝了她,因为她感到什么都不对劲儿,因为她非常渴望当个真正的什么人物,而不仅是斯蒂芬假扮成的纳尔森。她一阵怒气发作,走到橱柜那儿,把那些玩具娃娃都拿出来,对她们横加折磨。她一向都看不起那些呆头傻脑的东西,可是每逢圣诞节和生日,她们还是源源而来。

"我恨你们!我恨你们!我恨你们!"她一面抱怨,一面敲打她们那些无关痛痒的脸。

但是有一天柯林斯比平常更不高兴,好像突然满心都是悔恨。"这都怪俺的膝盖骨囊炎,"她向斯蒂芬透露,"这不是因为你,亲爱的,是俺的膝盖骨囊炎。"

"这很危险吗?"孩子问她,觉得很害怕。

于是柯林斯出于她那个阶级的本性说:"可能——可能要做个可怕的手术。俺可不想做啥手术。"

"怎么回事呀?"斯蒂芬问。

"嗐,他们会给俺一刀,"柯林斯带着哭腔,"他们得给俺一刀,把水放了。"

"啊,柯林斯!什么水呀?"

"俺膝盖里的水呀——你要是按按它,你就会知道了,斯蒂芬小姐。"

就只有她们俩站在那间宽敞的夜间育儿室里,柯林斯一瘸一拐地铺床,这是一次难得而美妙的机会,斯蒂芬可以和她崇拜的女神不受打扰自由自在地聊天儿,因为保姆寄信去了。柯林斯把那粗糙的毛袜卷下来,让她看腿上那有病的部位;那地方斑斑点点,肿得老高,非常难看,可是斯蒂芬用手指头一碰,眼睛里立刻就焦急得涌出了泪水。

"你瞧!"柯林斯叫了起来,"看见这凹进去的印儿吗?那就是水!"接着她又加了两句,"这儿那么疼,真叫俺难受,这都是擦那些地板闹的,斯蒂芬小姐,俺不该去擦那些地板的。"

斯蒂芬一本正经地说:"我真希望,是我得了病——我希望我得了你那个膝盖骨囊炎,柯林斯,因为那样我就可以替你受那份罪了。我愿意为了你受可怕的伤害,就像耶稣为了有罪的人受伤害一样。我要是拼命祈祷,你难道就不相信,我可以得这种病吗?要不,我要是用我的膝盖和你的膝盖来回蹭呢?"

"主保佑你!"柯林斯笑了,"这可不像麻疹;不,斯蒂芬小姐,这是擦那些地板引起的。"

那天晚上,斯蒂芬变得闷闷不乐,于是她拿起一本《儿童圣经故事》,仔细看耶稣钉在十字架上那幅画,她觉得,她懂得他了。她常常感到困惑,不大了解他,因为她怕疼痛——她在花园里让沙砾把小腿上的皮擦破了,要强忍住不流眼泪都是很不容易的——可是耶稣呢,他本来可以把所有那些天使召来,却宁愿自己去为有罪的人受苦!啊,是的,她从前觉得他很奇怪,现在她已经不奇怪了。

上床的时候,她母亲来听她做祷告,这是当时的风俗习惯,斯蒂芬丝毫没有虔诚信仰的意思，可是等到安娜亲了她①，把灯灭了以后，斯蒂芬这时才汗流浃背地陷入真正狂热的祷告之中。

"主啊，请你赦免了柯林斯，让我替她得上膝盖骨囊炎吧——让我得吧，让我得吧，我主耶稣呀，求你啦，主啊，我愿像你做的那样，忍受柯林斯所受的一切痛苦，我也不想要什么天使！我愿用我的血去为柯林斯冲洗，我主耶稣啊——我非常愿意当柯林斯的救主——我爱她，所以我愿像你那样受到伤害；求你啦，亲爱的主啊，请让我那样做吧。请你让我的膝盖里也长满了水吧，这样我就可以做柯林斯的手术。我愿替她挨那一刀，因为她害怕极了——可我一丁点儿也不怕！"

她翻来覆去地这样祈求，一直到睡着了，做起梦来，梦见她很奇怪地成了耶稣，柯林斯跪在她面前亲她的手，因为她，斯蒂芬，居然用骨头做的裁纸刀截掉了她的膝盖，把她治好了，还把截下的膝盖接到她自己的身上。这场梦把欢乐和苦恼合二为一，让斯蒂芬很久都记在心中难以忘怀。

第二天早晨她醒来的时候觉得非常兴奋，只有在全心全意信仰的时候才会有这种感觉，她洗澡的时候仔细查看自己的膝盖，发现一点儿毛病也没有，只有几处以前的疤痕，还有最近摔跤摔破了的地方结的一个上面有皱纹的褐色小痂——这当然叫她感到非常失望。她揭掉了那块痂，这当然有些疼，可是她觉得一定不像真正的膝盖骨囊炎那么疼。然而，她决定继续祈祷，可不要那么随随便便地就灰心丧气。

---

① 与她亲吻告别。

有三个多星期，她都是祈祷得浑身冒汗，而且每天都用那些问不完的问题去纠缠可怜的柯林斯："你的膝盖好一点儿了吗？""你觉得我的膝盖肿了吗？""你有信仰了吗？因为我有——""你觉得不那么疼了吗，柯林斯？"

可是柯林斯的回答总是那个样儿："一点儿也没好，谢谢你，斯蒂芬小姐。"

到了第四个星期的末尾，斯蒂芬突然停止，不再祈祷了，她对我主说："主啊，你不爱柯林斯，可是我爱她，我就要得上膝盖骨囊炎的。你看我得不得！"接着她又觉得有些害怕，所以又谦恭地加上了一句，"我是说，我只是想要——你不反对吧，我主耶稣呀，是不是？"

育儿室的地上铺着地毯，这对斯蒂芬来说显然是相当不幸的，如果铺的只是镶花木地板，像客厅和书房那样，她觉得，那样也就比较好达到她的目的了。反正如果她跪得够长，那也够硬的——确实有那么硬，她要是跪上二十多分钟，就得咬紧牙关了。这可比在花园里把小腿上的皮蹭破了要糟糕得多，甚至比揭掉伤口上一个痂也糟糕多了！纳尔森帮了她一点儿忙，她会这么想："我现在是纳尔森，我是在特拉法加打着仗呢——我膝盖上中弹了！"可是她又会想起来，纳尔森逃脱了痛苦的折磨。然而，遭受痛苦倒确实还是件好事——它当然像是把柯林斯拉得靠近多了，这好像让斯蒂芬感到，她因为这样尽心竭力渴求为她受苦，就有权利拥有她。

在育儿室的旧地毯上有数不完的脏点子，可以让斯蒂芬假装在那儿擦洗，老是在那儿细心模仿柯林斯的动作，一面小声哼哼，一面来来回回地擦洗。等她最后站起来的时候,她就得抓着她的左腿,一瘸一拐的,还一直小声哼着。她的长袜子上露出了一些新的大破洞,透过这些破洞,她可以仔细地看自己那发疼的膝盖,这件事招来了指责:"别再胡闹啦,斯蒂芬小姐!你撕扯你的长袜子,这样做太丢人现眼了!"但是斯蒂芬做着鬼脸一笑,她喜欢公然反抗,这就促使她继续胡闹。然而到了第八天,斯蒂芬开始醒悟到,应该让柯林斯看看自己诚心诚意的证据。那天早晨她的膝盖给磨得特别厉害,所以她就一瘸一拐地去找那个连想也没有想到这件事的打杂女工。

柯林斯吓了一跳:"俺的天,这是咋啦?你干啥了,斯蒂芬小姐?"

这个时候,斯蒂芬才说出来:"我已经像你一样,得了膝盖骨囊炎啦,柯林斯!"她说的时候,并非没有露出她那份情有可原的得意。柯林斯弄得莫名其妙,傻呆呆地看着,于是斯蒂芬又说,"你知道,我想分担你的痛苦。我祈祷了好多好多,可是耶稣根本不听,所以我得用我自己的办法来得膝盖骨囊炎——我可再也等不及耶稣啦!"

"啊,嘘!"柯林斯吓得毛骨悚然,压低嗓门说,"你可别说这些个事儿:这可太糟了,斯蒂芬小姐。"但是她又不由得微微笑了一下,然后突然满怀热情地紧紧搂住这个孩子。

然而,柯林斯那天傍晚还是鼓起勇气对保姆谈到斯蒂芬。"她的膝盖全都又红又肿,冰安太太。难道你听说过有像她这样一个稀奇古怪的人吗?还祈祷也要得上俺这种膝盖病。她可真是一个跟人两样的孩子!唉,她要是不想方设法去得这种病该多好!嗯,要说这还不是真正有爱心,那俺也就不明白啥叫爱啦。"柯林斯这时候轻轻笑出声来。

在这以后,冰安太太拿出了她的权威。那种自我折磨的事情被迫停止了。如果斯蒂芬还要继续追问的话,柯林斯这边就得奉命撒谎。这样,柯林斯也就大模大样地撒起谎来了:"好些了,斯蒂芬小姐,这一定是你祈祷来的——你瞧,耶稣听到你祈祷了,俺料想,他看见你那双可怜的膝盖会觉得心疼的,俺懂得,因为俺看见了就心疼!"

"你跟我说的是实话吗?"斯蒂芬问她,她还忘不了爱情的青春之梦开头那一天的事儿,所以心里还有些怀疑。

"嘻,俺告诉你的当然是实话呀,斯蒂芬小姐。"

听了这话,斯蒂芬也就只能心满意足了。

三

经过膝盖骨囊炎这件事以后,柯林斯变得更有感情了;她和厨娘现在都把这个孩子叫作"怪人",可她却不由得对这个孩子产生了新的关注,斯蒂芬更多地受到了偷偷摸摸的宠爱,而她对柯林斯的爱也一天天地增长。

这时候已经到了春天这个情意缠绵的季节,斯蒂芬第一次感觉到春天。她以一种默默无言的孩子气的方式,觉察出来春天的芬芳,房屋让她觉得厌烦至极,她老想到草原上去,到一片白色的刺树①丛中去。她那充满青春活力的身体永远在躁动,坐立不安,而她的内心却笼罩在一片温柔的朦胧烟雾之中,她想尽办法要把它告诉柯林斯,可怎么也无法用语言表达出来。它整个就是柯林斯,然而又不大相同——它和柯林斯开朗的微笑毫不相干,和她那双红色的手,甚至和她那对蓝颜色的、引人注目的眼睛也毫不相干。然而,那整个的就是柯林斯,斯蒂芬的柯林斯,也是这些漫长、温暖的日子的一部分,也是姗姗其来而在斯蒂芬上床以后一小时又一小时地流连不去的那一连串黄昏的一部分;而且如果斯蒂芬能够懂得的话,也是她自己越来越锐敏的孩童感觉的一部分。在这一个春天,她第一次对布谷鸟的叫声欢乐激动得发抖。她站在那儿静静地谛听,把头偏到一边,这种从远方传来的呼唤具有的魅力,注定要在她这一生中永远伴随着她。

有些时候她想要离开柯林斯,然而另外一些时候,她却总是渴望挨近她,渴望非得到自己的爱心所乞求的回应不可,但是柯林斯很少让她得到,这是相当明智的。

她常常说,"我爱你可真是爱死了,柯林斯。我爱你爱得那么厉害,都把我折腾得要哭了。"

而柯林斯常会这样回答:"别犯傻了,斯蒂芬小姐。"这可不能让人满意——完全不能让人满意。

于是斯蒂芬可能会突然一下把她推开,怒火冲天:"你是个畜牲!我多么恨你呀,柯林斯!"

现在斯蒂芬开始每天晚上都睁大眼睛不睡觉,以便构建出种

---

① 可能指曼陀罗,春天盛开白花,夏秋结满刺果。

种幻想的画面：柯林斯在各式各样快乐的场合陪伴着她。也许她们俩手牵着手在花园里散步，或者在山坡上停下来听布谷鸟唱歌；或者也许她们乘着一条挂着三角形羊腿帆的怪模怪样的小船，就像神话故事中的那种小船，掠过辽阔的蓝色海洋。斯蒂芬有时又幻想出这样的情景：在一条有座水磨坊的小河边上，就只有她们俩住在一座低矮的草顶小房子里——她在离阿普顿不很远的地方见过这种小房子——水流很急，发出喧哗的声音；有时还有几片落叶顺流而下。最后这种是一种非常亲切的情景，细致逼真，甚至还有在高高的壁炉架两头各摆着一个红色的小瓷狗。还有一座有摆的座钟滴答滴答地大声响着。柯林斯把鞋脱了坐在壁炉旁边。"俺的脚又肿又疼，"她说。这时斯蒂芬就会去切些优质面包再加上黄油——待客式的黄油面包，也就是面包少，黄油多——把水壶放在火上，为柯林斯沏茶，柯林斯喜欢喝浓浓的滚烫的茶，她可以就着她的茶碟一口一口地抿。在这个场景中，是柯林斯在谈论爱，而斯蒂芬则在温和而又坚定地拒斥她："得了，得了，柯林斯，别犯傻了，你真是个怪家伙！"然而，在这整个期间，她一直都渴望告诉她，这该是多么奇妙呀，真像金银花一样，像那样甜甜蜜蜜——或者像太阳光下的田野里，散发着新收割的牧草那样浓烈的香味。也许她会告诉她，刚好在这种情景就要结束的时候——刚好在这最后一幕场景就要隐去的时刻。

四

在这些日子里,斯蒂芬更加依恋她父亲,这在某一方面是因为柯林斯,她没法告诉你为什么会那样,她不过觉得是那样。菲力普爵士和女儿有时在山坡上散步,在黑刺李林中和新生的绿色欧洲蕨丛中走进走出;他们手牵手走着,深深地感受到他们之间的友好感情,深深感到相互之间的理解。

菲力普爵士对所有野花野果,对小狐狸和兔子还有那些人都了如指掌。在靠近莫尔文的那些小山上还有许多稀有的小鸟,他把那些都指给斯蒂芬看。他教给她一些比较简单的自然法则,这些法则虽然简单,却永远让她心里充满了奇妙之感;树液怎样通过树枝流动,风怎样激起树液流动,鸟类怎样活动和筑巢,布谷鸟怎样变换叫声,在六月份就变成"可古——谷"。他是出于对自然法则和对学生这两者的爱才教她的,而且他这样教斯蒂芬的时候,也同时在观察她。

有时候,这孩子的心里充满了以往的负担,她必须把她的那些问题用短短的语句结结巴巴地告诉他。告诉他,自己多么渴望是不同的另外一种人,渴望是像纳尔森一样的那种人。

她有时会问:"你觉得,要是我拼命地想——或者祈祷,我能成为一个男人吗,父亲?"

这时菲力普爵士就会面带笑容,轻轻抚摩她,并且告诉她,总有一天,她会想要有漂亮的连衣裙的,而且他的抚摩总是额外地温柔,一点儿也不会引起伤害。

但是,有时他又会严肃地仔细端详女儿,用一只手紧紧托住他那坚实而且有凹窝的下巴。他常常观察她在花园里和狗玩耍,观察她的动作中很奇怪的暗含力量的模样,她四肢那种长长的线条——按她的年龄她长得很高——她的头在过分宽阔的肩膀上的姿势。这时他也许会皱皱眉头,陷入沉思,也许会突然叫她:

"斯蒂芬,到这儿来!"

她高兴地来到他跟前等着,以为他会讲些什么;可是说不定他会用手把她搂到自己怀里,过了一会儿又突然松手把她放开。然后他站起来回到宅子里,走进书房,那天其余整个时间都在看书。

菲力普爵士是一个怪异的混合体,集运动家与研究家于一身。他的藏书室属于英格兰最精美的藏书室之列,而他最近又开始每天夜里有一半时间都在看书,他以往并没有这种习惯。他独自一人待在他那肃穆安静的书房里,把他那张巨大写字台的一个抽屉上的锁打开,取出最近得到的一本薄薄的书,在寂静的深夜读了又读。作者是一个德国人卡尔·亨里希·乌尔里希,菲力普爵士读着读着,眼睛里就显出困惑的神色;于是他摸出一支铅笔沿着洁白的页边写些边注。有时他一跃而起,在室内来回迅速踱步,时而停下来注视一幅画——米莱[①]头年给斯蒂芬和她母亲画的一幅肖像。他注意到安娜的优雅之美,那样完美无缺,那样完全让人

[①] 约翰·埃非里特·米莱爵士(1829—1896),英国画家,画宗教、文学故事,晚年转画风景、人物肖像。

心安；可斯蒂芬却是那种让人捉摸不定的气质，她穿的衣服让她看起来很不对劲儿，好像她的人与衣服很不协调，但是首先是她与安娜很不协调。过了一会儿，他就蹑手蹑脚，偷偷上床，深怕吵醒自己的妻子，怕她会问："菲力普，亲爱的，这么晚了——你看什么书了？"他不想回答，也不想告诉她；就是这个缘故，他必须轻手轻脚。

第二天早晨，他对安娜会非常温柔——但是对斯蒂芬则更加温柔。

五

正当春光越来越明媚灿烂，并且长驱直入夏季的时候，斯蒂芬也越来越感觉到，柯林斯也在变化之中。这种变化刚开头几乎是触摸不到的，但是儿童的本能是骗不过去的。终于有一天柯林斯对她厉害起来，也没有拿自己的膝盖为由来作任何说明。

"现在别老是围着俺脚跟前转啦，斯蒂芬小姐，别老跟着俺，别老盯着俺。俺讨厌让人看着——你上楼到育儿室去吧，这底层没年轻小姐的地儿。"从此以后，要是斯蒂芬不管在哪儿靠她近点，就会经常遭到这种拒斥。

可悲的不解之谜！斯蒂芬的心灵暗中到处摸索着寻求解答，就像一只瞎了眼的小田鼠老是处在黑暗中一样。她完全处于惊慌失措，因为受到这样强力压制的约束，她的爱反倒越来越强烈了，于是她想方设法讨好柯林斯，给她水果硬糖和巧克力糖球，这些东西这个女仆都收下了,因为她喜欢吃糖。柯林斯也不是像她表现的那样,应该受到责备,因为从她那方面来说,她也是受感情操纵的木偶。新来的男仆长得又高又大,而且特别漂亮。他一直用赞许的眼神望着柯林斯。他说过:"别让那个讨厌的小东西缠住你不放;要不,她会拿着俺们的事儿到处乱讲。"

现在斯蒂芬懂得什么是寂寞无聊了,因为她没有一个可以吐露衷情的人。她甚至不愿意告诉她父亲——他——他可能理解不了,他会微笑,他会抚摩她——如果他抚摩她,不管多么轻柔,她知道,她是忍不住自己的眼泪的。甚至纳尔森也突然变得十分遥远了。努力当纳尔森又有什么用处呢?乔装打扮又有什么用处呢?——假装又有什么用处呢?她不想吃东西,越来越肌肉松软,脸色苍白,无精打采;到后来安娜感到十分惊慌,派人去请大夫。大夫来了,开了一剂以大黄为主的泻药,因为他发现病人没有什么大病。斯蒂芬一口喝下那令人作呕的药水,哼都没哼一声——差不多就像是她喜欢喝药似的!

事情常常是这样,结局突然而来;它是这样来的:这个孩子那天一个人在花园里,还在可怜巴巴地琢磨着柯林斯的事儿,她有几天都避开不见她了。斯蒂芬溜达到搭了很久的一个栽盆花的小屋,她在那里没有看见别人,只看见了柯林斯和那个男仆,他们在一起好像谈得非常起劲,这让他们都没听见她来了。于是一件引起大祸的事情发生了,因为亨利粗暴地抓住柯林斯的手腕,把她拉到自己跟前,对她粗手粗脚,而且对准她的嘴亲了起来。斯蒂芬突然脑袋发热,头晕眼花,充满难以理喻的无名怒火;她想要高声喊叫,可又根本叫不出来,只能啐唾沫。但是,她随后马上就抓起一个破花盆，不偏不倚狠狠地扔到男仆的身上。它正好砸到他脸上，开了一道口子，鲜血慢慢地流下来。他目瞪口呆地站在那儿，轻轻地擦着伤口，柯林斯则哑巴似地盯着斯蒂芬。他们俩谁也没说话，都觉得是犯了罪过——他们也都十分惊讶，所以哑口无言。

这时斯蒂芬转过身来，发疯似地从他们那儿逃跑了。跑呀，跑呀，不管怎么跑，不管跑到哪儿，只要她不再看见他们就行。她一边跑，一边捂着眼睛哭，经过灌木丛的时候把衣服撕破了，撞上横在路上的枝条又把长袜和腿上的皮也划破了。但是突然之间，这孩子给一双强有力的胳臂抱住，她的脸紧贴在她父亲的身上，菲力普爵士把她抱回房子里，沿着宽敞的过道来到他的书房。他把她放在自己的腿上，忍住没有问她。开头她蜷缩在那儿，就像不知怎么把自己弄伤了又不会说话的小动物。但是她的心太嫩了，装不住这份新添的苦恼——心里觉得太重了，难以负担，所以这份苦恼就从心里汩汩而流，于是她就趴在菲力普爵士肩头把事情抖了出来。

他心情沉重地听着，只是抚弄着她的头发。"是的——，是的——"他轻声细语，然后又说，"接着讲吧，斯蒂芬，"等她讲完了，他停了一会儿，什么也没说，只是继续抚弄着她的头发。然后他才说："我想，我理解，斯蒂芬——这件事儿，好像比已经发生过的任何事情，都更加可怕，更加可怕得多——可是，你将来会发现，它总会过去的，而且会完全忘掉的——你一定得想法儿相信我的话，斯蒂芬。现在我就开始把你当作男孩，你得记住，当个男孩就必须永远保持勇敢。我可不准备装假，好像你是个胆小鬼；我知道你很勇敢，我干吗要装假呢？我明天就打发柯林斯走；你理解吗，斯蒂芬？我要打发她走。我并不是不讲仁义，不过，她明天得离开，另外，我也不想要你再见她。开头，你会想念她，这是很自然的，可是过段时间，你就会发现，你会把她忘得一干二净；这点苦恼好像根本就不算一回事儿。我告诉你的都是实话，亲爱的，我发誓。你记住，要是你需要我，我永远在你身边——你什么时候愿意，都可以到我书房里来。什么时候你觉得不高兴，想找一个伴儿说说话，你都可以来和我谈谈。"他停了一会儿，然后突然在最后说了这么一句："别去烦你妈妈，只来找我，斯蒂芬。"

斯蒂芬还在那儿屏着气儿，直眉瞪眼地看着他。她点了点头，菲力普爵士发现自己那双悲伤的眼睛从他女儿沾满泪水的脸上收了回来。但是她的双唇显得更加坚定，她下巴颏儿上的那道凹窝显得更带有一种新的孩子式的勇武之气。

他弯下腰来亲了亲她，完全沉默无言——好像是签署了一份可悲的合同。

六

安娜在这件不幸的事情发生时不在家里，回来的时候发现丈夫在厅里等着她。

"斯蒂芬又淘气了，她现在在楼上育儿室里；她又耍了一次脾气。"他说。

尽管他很显然是等在那儿想截住安娜,他现在说起来却是轻描淡写的神气。他告诉她,柯林斯和那个男仆必须辞退。至于斯蒂芬,他早已和她长谈过了——安娜最好让事情过去就算了——也不过是孩子气地使使性子。

安娜急忙上楼去看女儿,她自己从前不是个激动不安的孩子,所以斯蒂芬每次发作都让她觉得不知所措;然而她早有充分准备会发生更坏的事情。但是她看到斯蒂芬用手托着下巴颏儿坐在那儿,安安静静地凝望着窗外;她的眼睛仍然肿着,脸色苍白,除此以外倒看不出有什么明显动感情的迹象;确实,她还真是对安娜绽开了微笑——不过是死板板的微微一笑罢了。安娜谈得很和善,斯蒂芬静静听着,不时点点头表示默认。但是安娜却感到手足无措,好像出于某种缘由,是这个孩子在着急地想要她放下心来;那微笑的意思就是让人放心——这是那种非常没有孩子气的微笑。这位母亲发现只有她一个人在说话。斯蒂芬没谈她对柯林斯的感情;在这一点上她很坚决,硬是滴水不漏,她把一个破花盆扔到了男仆头上,她对自己这个行动既不辩解也不肯定。

"她是在想法隐瞒某种事情。"安娜寻思,越来越觉得进退两难。

到了最后,斯蒂芬一本正经地拉起她母亲的手,开始抚摸它,仿佛是她在安慰妈妈似的。她说:"别着急,因为你一着急就会让父亲着急——我答应,我要想法让自己不发脾气,可是你也得答应,不再继续着急。"

尽管这事儿好像很荒唐,安娜还是听到自己说出了这句话:"那就好——我真的答应,斯蒂芬。"

第三章

一

斯蒂芬从来没到她父亲的书房去谈她为柯林斯伤心的事。这么小小一个孩子这样沉默不语是很怪的,再加上她又感到一种新的顽固难解的骄傲,这样她就死不开口,所以她在这场战斗中只能孤军奋战,而菲力普爵士也让她这样去做。柯林斯消失得无影无踪,那个男仆也同她一起走了,来了个新的第二号女仆顶替柯林斯,她是冰安太太的侄女,甚至比她的前任还要更加胆小怕事,总是闭口无言。她长得难看,长着一对又小又圆像醋栗一样的黑眼珠,而不是像柯林斯那样充满好奇的蓝眼睛。

这个插足者匆匆忙忙来回走动,干着柯林斯那份工作的时候,斯蒂芬就咬着嘴唇,梗着脖子,盯着她看。她常常坐在那儿沉下脸来恶狠狠地怒视这个可怜的文弗瑞德,弄出一些小小的麻烦折腾她——比如踩在垃圾箱上,把里面的东西弄得乱七八糟,或者把扫帚、刷子和工作罩衣藏起来,文弗瑞德给搅得心慌意乱,直到最后才从那些最不合适的地方把它们找出来。

"这些工作罩衣咋会跑到这搭儿了！"她在育儿室的垫子下面找到它们的时候小声咕噜着。等她朝冰安太太那边望过去的时候，她就因为担心害怕脸上起了疙瘩。

可是到了夜里，这孩子孤零零地躺着不能成寐的时候，这些在白天本来是作为某种安慰的行动，这些出自忠于柯林斯而感到走投无路才冒出来的行动，却又好像那么渺小、愚蠢而且又毫无益处，因为柯林斯根本就不知道，也看不见，于是在白天忍了一天的眼泪，这时都涌到斯蒂芬的眼眶里来了。在这孤单寂寞无眠空守的夜晚，她也无法鼓足勇气去责备我主耶稣，虽然她觉得，如果他肯让她得上膝盖骨囊炎，本来是可以给她很大帮助的。

她常常这样想："他不爱我，也不爱柯林斯——他是为了自己才需要一切痛苦；他并不分担痛苦！"

随后她又会觉得后悔："啊，我真抱歉呀，我主耶稣，因为我的确不知道，你爱所有有罪的可怜人！"她也许冤枉了耶稣，想到这点又会让她更加热泪盈眶。

那些在哭泣中度过的不眠之夜，在对主和他的仆人柯林斯的怀疑中度过的那些不眠之夜，真是非常可怕。那一个又一个钟头，在无法忍受的黑暗中拖拖沓沓慢慢走过，而且仿佛顺路把斯蒂芬的身体包了起来，让她觉得一时热，一时冷。楼道平台上的老落地钟嘀嗒嘀嗒响着，听着它那不自然的巨大声音让她感到头痛——每到半点或正点它打点的时候，它发出的声音让整幢宅子里充满了恐怖，斯蒂芬最后只好爬到铺盖下面躲起来，究竟躲什么，她也不知道。但是蜷缩在毯子底下，这孩子这时由于有了一点温暖的安全感而得到了安慰，她的神经也放松了，她的身体因为床铺令人昏昏欲睡的温软柔和而变得懒洋洋了。于是她突然打了一个又大又舒服的哈欠，下面跟着一个，接着又是一个，最后黑暗和柯林斯和那座威胁人的大座钟和斯蒂芬自己，全都掺在一起，合到一块儿，变成一个十分友好而且和谐的某种不可分开的整体，既无恐惧又无疑虑——我们称之为睡眠的那种幸福的幻境。

二

柯林斯走了以后的几个星期，安娜尽力非常温和地对待自己的女儿，更经常地和她待在一起，更精心地爱抚斯蒂芬。母女俩常在花园里散步，或者一起在草场上四处走走。这时候安娜想起她在梦中的那个儿子，他曾经和她一起在那些草场上游戏。一大片忧伤的云影会笼罩在她眼前，在这片刻之间，她满怀无限的憾意俯视着斯蒂芬；而斯蒂芬迅速觉察出这种忧伤，就会用她那小小的着急的手指头，紧紧抓住安娜的手；她很想问问，是什么让母亲觉得烦恼，可是由于腼腆，却一句话也没说。

草场的各种香味很奇异地感染了这母女俩——雏菊的花心中散发出的奇特刺鼻的气味，浅绿色像青草的毛茛的气味；还有长在树篱边上的珍珠花的气味。有时斯蒂芬得猛地揪住妈妈的衣袖——真没法忍受那浓浓的香味！

她有一天说过："站住别动，要不你就会破坏这香味啦——它把我们都包围起来了——它是一种纯洁幸福的香味，它让我想到你!"这时候,她脸红了,迅速抬起头来向上瞟了一眼,要是她看见安娜笑,就会很害怕的。

可是她母亲好奇而又严肃地看着她,让这个浑身好像都阴差阳错的小东西给弄糊涂了——一会儿那么冷酷,一会儿又那么文雅,甚至文雅到了温柔的程度,在树篱旁边吸到那珍珠花的香味,安娜感到激动起来了,正如她的孩子也激动起来了一样;因为在这方面,她们母女是完全一样的,彼此的血管里都有热情的凯尔特人①血液,容易注意这类事情——如果她们能够仅仅只看透这一点那就好了,这类简单的事情就会形成一道把她们联结在一起的链条。

安娜·戈登在那洒满阳光的草场上,突然兴起了一种渴望爱的强烈意愿——她们俩站在一起的时候,双方都有了这种意愿,它填平了成人与儿童之间的那道鸿沟,她们俩相互凝视着,仿佛在寻求什么,每一方都向另一方寻求;这种时刻一会儿就过去了——她们默默地又继续朝前走,在精神上一点儿也没有比以前更接近。

三

安娜有时坐车带斯蒂芬到大莫尔文去,逛逛商店,到埃比饭店去叫上冷牛肉和有益健康的大米布丁作为午餐。斯蒂芬讨厌这

---

① 公元前1000年左右中西欧的部族,为如今爱尔兰、威尔士、苏格兰人的祖先。

种短途旅行，因为这需要梳妆打扮，但是她都忍受下来了，因为在陪伴母亲走过那些街道，特别是教堂大街的时候，她觉得这有关她自己的体面，因为那条大街有人来人往的长斜坡，人人都可以在那里见到你。出于敬意，帽子常常要摘下来①，更加谦恭的人还把手指掠向额头发边；妇女都鞠躬，有几个甚至还对这位莫顿的夫人行了屈膝礼——这些女人来自乡下，她们戴着斑斑点点的遮阳帽，看起来好像是她们的母鸡。她们和善的脸就像是干瘪的褐色苹果一般。安娜这时一定得停下来问问那些小牛、婴儿和小驹的情况，在农场上这些小东西都很兴旺，她的声音总是很温和，因为她爱那些小东西。

斯蒂芬站在她后面一点，看了她那苗条优美的肩膀，再比比本内特老太太那因为辛苦操劳而变得厚实的后背，比比年轻的汤普森太太那丑陋弯曲的脊背——她讲话的时候咳嗽，所以老说："请原谅！"好像心里觉得在像安娜这样一位女神面前不得咳嗽——心想她多么高雅可爱呀。

安娜这时回过头来找斯蒂芬："噢，你在这儿，好宝贝！我们得去杰克森的店里换妈妈的书。"或者，"保姆想再要几个碟子；我们到兰利的店里去买吧。"

斯蒂芬有时忽然一下留起神来，特别是在她过马路的时候。她会左右看看有什么来往行人车辆，把手伸到安娜的胳臂下面。

"跟着我走，"她指挥着，"注意那些水坑，因为它们可能弄湿你的脚——紧紧靠着我，母亲！"

---

① 表示恭敬。

安娜会感觉到抓住自己胳臂的那只小手，心想那些指头的劲儿大极了，觉得它们力气又大又很能干，就像菲力普爵士的手一样，而这一点总是隐隐约约地让她感到不愉快。然而她还是对斯蒂芬微笑着，让孩子领着她走来走去避开水坑。

她会说："谢谢你，亲爱的，你壮得像一头狮子！"同时还努力让自己的话音里不带一丝这种不愉快。

她和母亲一起单独出门的时候，斯蒂芬总是这样特别小心保护。尽管她自己有一种奇怪的羞怯感，可是并不妨碍她小心保护，同样，安娜自己的羞怯感，也不会让她不接受这种保护。她只好屈从于这样一种煞费苦心、亲切温顺然而又是极其固执的监管。可是，这是爱吗？安娜常常自己寻思。她觉得很肯定，这不是斯蒂芬总是对她父亲所感到的那种忠诚信任；它更像一种出自本能的赞美，再加上一种大度宽容的亲切善意。

"只要她对我说话同她对菲力普说话一样，我就能够理解她了，"安娜常常暗自思忖，"真是太奇怪了，不知道她在想什么，感觉到什么，让人怀疑背后还老是藏着点儿什么。"

她们从莫尔文坐车回家，一路上通常都一言不发，因为斯蒂芬更觉得，自己的任务完成了，她母亲现在不再需要她保护了，因为马车夫照看着她们俩——他，以及那几匹尽管大模大样还是那么温文有礼的灰色矮脚马。至于安娜，她总是叹口气，倚靠在她那个角落里，因为老得想办法去谈点儿什么，她都感到厌倦了。她弄不清楚，斯蒂芬是累了，还是不高兴了，或者，这孩子根本就是笨。也许，她对孩子应当感到歉疚？她从来都没法儿在心里完全肯定下来。

这个时候斯蒂芬欣赏着这辆四轮轿式马车,她会陷入那种千变万化的沉思默想之中,那种沉思默想本来是属于暮年的,不过偶尔也光顾儿童。汤普森太太的驼背。它看起来像是一张弯弓——不是一道弯弯的彩虹,而是一张射箭用的那种弓;如果你从她的头到她的脚紧紧拉上一根弦,你能用汤普森太太射出箭来吗?瓷狗——在兰利店里有些好玩的瓷狗——它们让你想起个什么人;啊,对了,当然是柯林斯——柯林斯还有小房子和几只红色的瓷狗在一起。可你是尽力不去想柯林斯的呀!有那么一片奇怪的光华斜照在小山上,一种金色的光环,它让你感到辛酸——为什么一片金色的光华那样照射到小山上就让你感到辛酸?——大米布丁,差不多和木薯粉一样糟糕——然而也不是很像,因为它不是那样黏糊糊的——木薯粉让你怎么使劲也嚼不着,让人讨厌,就像是咬在自己的牙床子上似的。那些胡同里闻着有股潮湿气味,一种很奇妙的气味!可是保姆洗东西的时候,就只闻见肥皂味——当然,上帝清洗世界的时候是不用肥皂的;也许,当了上帝,他就不需要任何东西了——你却需要很多,特别是洗手的时候——上帝洗手的时候不用肥皂吗?母亲谈论小牛犊和小婴儿,看起来就像教堂里的圣贞女玛丽亚,彩绘玻璃窗和耶稣在一起的那一位,这又让你想起教堂街,那毕竟不是一个不好的地方;教堂街真是挺叫人激动的;男人不仅露出笑容,而且戴的礼帽也可以摘下来,那该多么好玩呀——一顶高顶硬礼帽一定比一顶麦辫编的那种莱亨鸡似的草帽好玩得多——你没法对着母亲把它摘下来致敬。

白色的大路两边是枝干粗壮、叶片繁茂的树篱,树篱中间星星点点地长着野蔷薇,四轮轿式马车沿着大路平稳地向前滚动;

乌鸦和画眉高声歌唱，唱得非常响亮，斯蒂芬可以听到歌声盖住了圆石子互相迅速撞击的叭叭声和马车沉闷的隆隆声。这时她一定觑起眼睛来瞧安娜一眼，她知道，安娜喜欢乌鸦和画眉的歌声；可是安娜的脸藏在暗影里，两只手握在一起安安静静地搁在那儿。

这时候那几匹马因为已经靠近马厩了，就加足劲冲进了大门，莫顿庄园园囿的那座高高的铁门，也就是尽心尽力把守着、永远代表家的那座大门。那些古树都一掠而过，然后就是马厩附近放牧牲口的围场——伍斯特郡牛都长着那种怪里怪气的白脸；然后就是两座幽静的湖，天鹅在那里抚育着它们的幼雏；然后就是草坪，最后是靠近宅邸的车道那宽阔的弯道，一直通向宏伟的入口。

但是这孩子还太幼小，不懂得为什么在预想到黄昏即将来临，莫顿庄园笼罩在午后太阳的金色光华下显出的这幅美景，总会让她嗓子眼里好像有一块东西堵着。她有时想大叫一声表示一种抗议："停下——停下，你们在破坏它啦！"这已经是非常接近于马上就要泪如雨下了。但是刚好相反，她狠命地眨着眼睛，紧紧地闭着嘴唇，说不快乐，又很快乐。那是一种怪异的感情；那对斯蒂芬来说还是太大，事情牵涉到了精神领域，而她还那么小。因为莫顿的精神会成为她的一个部分，并且会永远留在她内心深处的某个地方，超然于随之而来的那些岁月以及生活的压力和丑恶之外，丝毫不为所动。在往后的那些岁月里，某些香味会唤醒这种精神——生长在水边的那些潮湿的灯心草的香味；牛群中那种轻微的牛奶味；干玫瑰叶、香根鸢尾和紫罗兰放在一起的那种香味，它隐隐约约让人想到老是悬在安娜那些屋子周围的蜂蜡。这时斯蒂芬仍然与莫顿共有的那个部分就会懂得，可怕的孤寂之感是怎么一回事,就像一个人梦中醒来,发现自己是个多余的人,在天地之间四处流浪。

四

安娜和斯蒂芬脱掉外衣,去书房找菲力普爵士,他通常都是在那里等着她们。

"喂,斯蒂芬!"他常是用他那愉快、深沉的声音叫她,而眼睛则望着安娜。

斯蒂芬的眼睛也总是追随着她父亲的目光,所以她也就站在那里瞧着安娜,有时她看到那宁静之美这样完满无缺,不禁惊讶得屏住了气,她从来没有对她母亲的美貌习以为常,每次见到的时候总是感到惊讶;它属于那种不知为什么令人无法忍受的事情,就像树篱下面珍珠花的香气一样。

安娜可能说,"什么事呀,斯蒂芬?看在老天爷的分上,宝贝儿,别那么瞪着看!"于是斯蒂芬就会感到羞愧难当狼狈不堪,因为她在盯着看让安娜抓住了。

菲力普通常总是给她打圆场:"斯蒂芬,这儿是那本关于打猎的图片集";或者说:"我知道有一种印刷精美的纳尔森年轻时的肖像;你要是乖乖的,明天我就给你去订一张。"

可是还没过一会儿,他和安娜就一定聊起来了,不顾斯蒂芬只管他们自己开心,像两个孩子一样,弄出一些荒唐可笑的小游戏来,可是常常又不要真正的小孩子参加。斯蒂芬坐在那儿一声不吭地看着，但是她的心却成了那种再奇怪也没有的感情的俘虏——这些感情是一个七岁的孩子对付不了的，而且也给它们找不到适当的名称。她所能懂得的不过是，看到她父母怀着那种心情待在一起，让她心里充满了渴望，她还说不清楚的对某种事情的渴望——而这种事情可以让她和他们一样欢乐。这种事情又总是和莫顿交织在一起，和像她父亲的书房那样的一些庄严华贵的屋子交织在一起，和那些窗户所面临的景色交织在一起，充足的阳光和宽阔花园中的馥郁芬芳都是那些窗户引进来的。她思想上老是在摸索一种理由，可什么理由也找不到——除非它就是柯林斯——但柯林斯又不肯在这幅图景中对号入座，即使爱也得承认，她不属于那个位置，丝毫不亚于刷子、水桶和工作罩衣，不属于那间高贵的书房。

这时斯蒂芬必须去用她的茶点了，把那两个成年的孩子一起留在那儿，心里暗暗地猜测，他们俩谁也不会想念她——连她父亲也不会。

她回到育儿室很可能挺不痛快，因为她心里感到非常空虚，很想大哭一场；或者是因为她照了镜子，终于断定，她讨厌她那满头浓密的长发。她抓起一大片涂了黄油的面包，打翻牛奶罐，或者摔破一个新茶杯，或者用手指头把她衣服的前襟弄得肮脏不堪，弄得冰安太太发火。在这样的时候，她要是讲话，那通常总是威胁："我要把我的头发统统剪光，你看我剪不剪！"或者说："我痛恨这白色的衣服，我要去把它烧了——它让我觉得像个白痴一样！"但是一旦发作起来，她就要翻出这几个月牢骚不满的老账来，回到自命为小纳尔森的时候，高声抱怨，身为一个女孩子，把什么都弄糟了——甚至连纳尔森也给弄糟了。那天晚上其余的时间她都用来嘟嘟囔囔了,因为一个人不快活的时候总要嘟囔的——至少一个人七岁的时候总要嘟囔的——再往后,嘟囔好像就没有多少用处了。

最后到了洗澡的时候了,尽管还在嘟囔,斯蒂芬却必须向冰安太太屈服,她在保姆那粗鲁的手指头摆弄下怎么办都不行,就像一条狗落到了修剪狗毛人的手里一样。她站在那儿假装在发抖,这个身强体壮的小家伙,屁股狭狭的,肩膀宽宽的,侧面身子又瘦又结实,就像灵猩①一样,甚至比灵猩更是一刻也不安闲。

"上帝不用肥皂!"她可能突然冒出来一句。

对这句话,冰安太太就得笑笑,虽然并不大和善:"可能不用,斯蒂芬小姐——他不用给你洗呀;如果他要给你洗,他就需要许许多多的肥皂了,我可以担保!"

澡洗完了,斯蒂芬穿上她的长睡衣,接着就是停很长一段时间,就是所谓"等待母亲",如果母亲因为某种原因没能来,也可能要停顿足足二十分钟,或者,如果斯蒂芬很幸运,育儿室的钟又不太准,还带点儿老处女的脾气,那就甚至要等半个钟头。

"那么来吧,做你的祷告,"冰安太太有时也命令她,"你最好请求亲爱的主宽恕你——不敬神,我是这样看的,你这个年轻的小姐!就这样下去吧,因为你成不了个男孩儿!"

斯蒂芬跪在床边上,可是在这样一种心情之下,她祈祷的声音听起来像在生气。保姆会提出反对:"别那么大声,斯蒂芬小

---

① 一种身体细长,动作敏捷,善于长跑的狗。

姐!请你放慢一点儿,别对着上帝嚷嚷,他不喜欢这样。"

但是斯蒂芬继续用一种不起作用的蔑视的语调,对着上帝嚷嚷。

第四章

一

童年的悲伤总算手下留情地过去了,因为只有发育成熟时候才会使土壤变得肥沃,这时痛苦才可以深深地扎根。斯蒂芬思念柯林斯的痛苦,尽管十分强烈,或者也许正因为很是强烈,所以正像一场过境的狂风暴雨,到了秋天就变得雨过天晴,无影无踪了。到了圣诞节的时候,风雷再起,也就算得十分温和,掀起来的也不过是一股淡淡的哀愁罢了——临到圣诞,要唤回柯林斯那引人的魔力,就需要成心作一番努力了。

斯蒂芬感到困惑,而且相当不安;当初爱得那么深,而现在又忘得那么快!这让她觉得很幼稚,而且非常愚蠢,就像她割破了手指头就号啕大哭一样。正如在一切庄严的场合,她想着上帝,记起他对那些可怜的罪人的爱:

"教给我用你的办法去爱柯林斯吧,"斯蒂芬祈祷,在祈祷过程中还拼命想挤出几滴眼泪来,"教给我爱她吧,因为她自私而且冷酷，不是一个知道悔悟的合适的罪人。"但是眼泪流不出来，祈祷也不像以往那样；它缺少点儿什么——她祈祷的时候不再出汗了。

接着出现了一件糟糕透顶的事，那个女仆的影像越来越模糊了，斯蒂芬不管多么努力，也回忆不起来从前曾经让她着迷的那些已往的表情了。现在她甚至在黑暗的地方努力在心里想念，也根本看不清柯林斯的脸了。她感到十分不满，就仔细回想她那些书，童话故事书，以前她不大喜欢它们，特别是那描写符咒、妖术和邪魔外道行径的书。她甚至要求冰安太太给她念点儿《圣经》里的段落，这可让她吃惊。

"你知道念哪儿，"斯蒂芬说好话哄着她，"就是上星期他们在教堂里念的那些，讲的是扫罗和一个巫婆，名字像是依多[①]——就是那一段，她把一个什么人召来了，因为国王忘了他是什么样子。"

但是，如果说祈祷让斯蒂芬失败了，她那些符咒也没让她成功；他们的确像符咒所做的那样，倒着念的时候让她瞧见什么，但却不是她希望见到的那个人，而是完全不同的一个有生之物。因为柯林斯现在有了一个劲敌，一个不久前出现在马厩里的敌手。他并没有染上真正的膝盖骨囊炎，而是有四条棕色的、肌肉使劲抖动的长腿——他多出了两条腿，又多出了一根尾巴，和柯林斯

[①] 依多为斯蒂芬误记，应为隐多珥，见《圣经·旧约·撒母耳记上》第28章第7节：扫罗吩咐臣仆说："当为我找一个交鬼的妇人，我好去问她。"臣仆说："在隐多珥有一个交鬼的妇人。"

相比好像不大公平！那年圣诞节，斯蒂芬八岁，菲力普爵士给她买了一匹强壮的栗色矮种马；她在学骑马，而且已经能骑了，因为她天生灵巧，而且天不怕地不怕。斯蒂芬坚持要跨着骑①，还和安娜热烈地辩论了一场。在这一点上，她表现得很有一股犟劲儿，每次用女鞍她都摔下来——当然这摔下来的过程看得明明白白②，可是足以让安娜屈服。

现在斯蒂芬常常在马厩里花上几个小时，穿着灯芯绒裤子大摇大摆，和威廉斯亲密交谈，威廉斯是一向饲养种马的老马夫，他对这个孩子很有感情。

她常常说："来吧，马！"学着威廉斯的声调；或者根本不懂却装出一副懂行的样子说："马蹄上边那个球节是不是有点儿肿了？在我看来有点儿肿，让咱们给他敷块湿绷带吧。"

于是威廉斯搓搓他那粗糙的下巴，仿佛在思考似的；"可能是这样——也可能不是——"他常常精明地采取两可的态度。

她慢慢地喜欢起马厩的那股味儿来了；它比柯林斯的香水更加迷人得多：柯林斯下午外出的时候一向总要洒些伊拉似蜜香水，以前闻起来是那么美妙。现在，这矮种马！他那双圆圆的温和的眼睛，内心里充满了勇敢精神，那么强壮，那么令人完全满意——他肯定比柯林斯更值得让人艳羡，柯林斯因为有了那个男仆，待你太坏了！然而——然而——你对柯林斯欠了点儿什么，就是因为你爱过她，虽然你再也爱不了啦。现在你想享有这匹新来

---

① 旧时骑马男女有别，女士为偏骑，用偏骑马鞍。
② 指斯蒂芬是故意而为。

的马，可是又有这一切苦苦的相思，真叫人烦恼得要命！斯蒂芬常常站在那儿搓着自己的下巴颏儿，模仿威廉斯几乎丝毫不差。她弄不出摩擦短短的硬毛而起的那种声音，尽管有这种不足，这个举动还是安抚了她。

后来有一天她突发了一个奇想："来吧，马！"她拍拍那匹马，给他下命令，"来吧，马，让我挨着你的耳朵，因为我要给你说句重要得要命的悄悄话。"她把脸蛋儿挨着他那结实的脖子，满怀柔情地说："你再也不是你啦，你是柯林斯！"

就这样，柯林斯就舒舒服服地变过来了，这是斯蒂芬最后一次努力要把她记住。

二

终于有了这一天，斯蒂芬骑着马和她父亲一起去参加追猎前那场集会。这是个光辉灿烂、永志不忘的日子。父女俩并排缓步走过大门，看守人的妻子看见斯蒂芬跨骑在她那匹漂亮的栗色马上，看她那么像菲力普爵士，显得很滑稽，一定笑了起来。

"俺们那小姐，不是个男娃，真可惜呀。"她对她丈夫说。

那是一个安安静静、微微有霜的早晨，树篱朝北的一面很不好走。农家烟囱的炊烟像支通火的通条直直地升起；燃烧木头或树枝的火堆虽然在后面很远的地方，那烟味还是一个劲儿地往鼻孔里冲。这是个清澈明亮的早晨，像汲出了一股春天的清水；人在年轻的时候，这种早晨该多么美好。栗色马套上了笼头拼命蹦跳，他高兴得直发抖，因为他不是新手了；他懂得马厩里所有的迹象和新奇的事情，比如早早就喂上了精饲料，长时间额外刷毛打扮，披上粉红色有铜钮的上衣，就像菲力普爵士身上穿的那种猎装。他欢快地跳跃着跑上大路，不断地装模作样，这都要求他的骑手得有点儿技巧，但是这孩子的手强壮有力，然而又格外轻柔——她拥有那种稀有的天赋，一双精通马术的好手。

"这比当小纳尔森好，"斯蒂芬心想，"因为这样一来我很高兴，因为我就只是我自己了。"

菲力普爵士很满意俯首看着自己的女儿；他断定，她看起来很好。然而，他的满意又不很完美，所以他很快又向别处望去，叹了一口气，因为不知为什么，他这些日子已经开始为斯蒂芬叹气了。

这是一次很大的集会。人们注意到了这个孩子。集会的主人安垂姆上校骑马过来，很和气地说："你可有一匹好矮种马呀，可是他需要一点儿驾驭的本领！"然后他转身对她父亲说："她跨着骑安全吗，菲力普？维奥莱特在学骑马，可是用的是女鞍，我宁愿这样——我从来不认为，女孩子跨着骑能够抓得住；她们生来就不是干这个的，没有足够的体力；不过毫无疑问，她可以靠平衡贴在上面的。"

斯蒂芬脸一下红了："毫无疑问，她可以靠平衡贴在上面的！"这种话刺在她心里，啊，深深地刺在她心里。维奥莱特在学用女鞍骑马，那个小软面团儿，要是你捏她一把，她就会失声嚎叫；那个身披纱巾丝带、头发绕在保姆手指头上就吓得发抖的东西！哼，维奥莱特每次来用茶点都得哭一鼻子，哪一次做游戏也没有不把自己弄伤的!她还长了一双摇摇晃晃的大肥腿,就像个破布娃娃——还把你,斯蒂芬拿去和维奥莱特比呢!真是荒唐透顶,可是突然之间你又觉得,穿着那条漂亮的马裤就不那么特别明显了。可你觉得——嗯,倒不是确确实实的愚蠢,而是觉得有点难为情——不大自在,有点不太妙。那差不多又像是你在装扮成了小纳尔森,不过是在装模作样。

但是你说:"我长出力气了,难道没有吗,父亲?威廉斯说,我已经长出骑马的力气来了!"然而你把靴后跟狠狠向马身上扎去,因此马就突然打起转来,弓起腰,用后腿站起来。可你呢,死死地稳坐在马背上。这还不足以让他们服了你吗?

"坐稳,斯蒂芬!"传来菲力普爵士要她警惕的声音。这时候集会的主人说:"她坐得稳极了。我得承认——维奥莱特骑在马上有一点儿害怕,不过,我想过一段她的胆子就会大起来的;我希望是这样。"

这时候猎狗都向隐蔽处冲去了,摆动着尾巴,很像举着旗帜的一列军队。"嗨,明星——范西!冲过去,小母狗!嗨,玩主儿,好好干,玩主儿!"

长长的鞭子打得准极了,要么打在腰上,要么打在肩上,那些四条腿的壮健母狗聚在一起,向等在前面的大差事奔去。"嗨,明星!"鞭子抡得噼啪响,那些马也躁动起来;斯蒂芬骑在马上得聚精会神,不能分心。她没有时间去想她的力气和她的苦恼,一心一意只想夹在她那两个膝盖中间的牲口。

"一切都好吧,斯蒂芬?"

"是的,父亲。"

"好，你跳栅栏要坐稳；今天早晨可能有点儿滑。"但是菲力普爵士的口气根本没有一点儿担心的意思；而那口气里还确实有些深感得意的味道。

"他懂得，我不是一个什么破布娃娃，不像维奥莱特；他懂得，我和她可不一样！"斯蒂芬心想。

三

猎狗发现猎物之后从隐蔽处狂吠所发出的那种莫名其妙、不依不饶、撕肝裂肺的音乐，猎手站在马镫上发出的吆喝；马匹奔过一路葱绿、连绵起伏的草原，马蹄无情敲打在地上的嘚嘚声。草场像在火车上见到的那样向后飞去，接连不断地向你身后飞去；马一路跑着散发的那种苦辣的汗味；湿皮子味，泥土和踏碎了的青草的气味——一切都突然而来，一切又一晃而过——然后又是广阔空间的味儿，空气的味儿，清凉然而又像酒一样甘醇的味儿。

菲力普爵士回过头来望着后面问道："一切都好吗，斯蒂芬？"

"啊，是的——"斯蒂芬的声音像是喘不过气来似的。

"坐稳！坐稳！"

他们骑到一道栅栏前面，斯蒂芬抓得更紧了一点儿。那匹矮种马阔步跨越栅栏，姿态非常优美；有一瞬间，他似乎在半空中悬着，好像长了翅膀似的，然后又落到地面上来，好像停也没停又继续飞奔前进。

"一切都好吗,斯蒂芬?"

"是的,是的!"

菲力普爵士宽阔的背脊弯向前面,凌驾在他那猎手①的宽肩上;他那红棕色的卷发飘在他的颈背上,冬天的阳光照在上面闪闪发光;这孩子跟在那坚强果断的脊梁后面,心里觉得自己全心全意、毫无条件地爱着它。在那一刻,那个脊梁好像现出了全部的慈爱、全部的力量和全部的理解。

四

他们中止的地方离伍斯特并不很远;刚才那是一场剧烈的追猎,这个打猎季节中最好的一次。安垂姆上校缓步朝斯蒂芬走过来,她的本事让他高兴,也让他吃惊。

"嘀,嘀,"他咧着嘴一边笑一边说,"你也到了,小姐,还一直是一边一条腿骑在你的马上呢。我这就要告诉维奥莱特,她一定得加把劲儿。顺便问问你,菲力普,斯蒂芬星期一能来喝喝茶吗,在罗杰返校之前?她能来吗?啊,好极了!哎呀,咱们那条尾巴②在哪儿?我们这位年轻的斯蒂芬,我想,还是你收下它吧。"

固然说起来很奇怪,可是有些令人难忘的时刻常常是和一些

---

① 指马。
② 打猎时常将猎获的动物,特别是狐狸的尾巴割下保存,作为纪念。

非常细小的事情联系在一起的,这种小事往往具有一种夸大了的分量,特别是在我们还是孩子的时候。如果安垂姆上校把英国的王冠放在红丝绒的托盘上献给斯蒂芬,她感到的自豪,和这个猎手来到她的面前,把她第一次打猎的战利品——那条跋涉过多少英里艰苦途程、拖得又湿又脏、可怜巴巴的小尾巴——献给她,使她感到的自豪,是不是可以相提并论,倒是很可怀疑的。她看着手里的这个软乎乎、毛茸茸的东西,只有一瞬间感到疑惑,但是如愿以偿的快乐让她兴奋不已,而且由于懂得了个人的勇气更是自鸣得意,所以她一想起她斯蒂芬的本事,就把狐狸的悲哀也忘掉了。

菲力普爵士把狐狸尾巴捆在她的马鞍上。"你骑得很好。"他简简单单说了一句,然后就转向集会的主人。

但是她知道,那一天她没给他丢脸,因为他那双眼睛看着她的眼睛的时候神采奕奕。她在这对忧郁的眼睛里见到过伟大的爱,同时还见到由于对她的青春缺乏理解而显出的那种非常惆怅的表情。现在有许多人都对斯蒂芬眉开眼笑,拍拍她那匹矮种马,把他叫作飞毛腿。

一位老农人说,"他真是匹了不起的马,那骑手也同样了不起——恕我唠叨。"

斯蒂芬听了这话必定要脸红,而且做了一点儿戏,假装把一切功劳都归于这匹马,假装出一副恭谨谦虚的样子来,其实她自己知道,她根本就没觉得这样。

"走吧!"菲力普爵士叫她,"今天不干了,斯蒂芬,你那个可怜的小家伙跑了一天也够受的。"他这话可是不假,因为柯林斯这时浑身颤抖,要跟上那些虚荣心极强的猎手该多么兴奋激昂,他那四条短腿该得多么使劲飞奔。

大家把鞭子触触帽子:"再见,斯蒂芬,不久还出来吧——星期二见,菲力普爵士,还骑那匹克茹姆①。"于是野地里又平静下来,只等重新调换马匹,以备再次对隐蔽处重做搜寻。

五

父女俩在日暮黄昏时策马回家,树篱中间现在已经没有野蔷薇花了,树篱的叶子也都落了,因为铺上了雾凇而一片灰白,成了细嫩枝条结成的网。地面就像刚洗过的衣服一样,有一种洁净的气味,正如斯蒂芬所说的那种"上帝洗过的"气味,在左面,从远处一所农舍里传来一条看家狗汪汪的叫声。小屋那些尚未拉上窗帘的窗户闪烁着点点灯火,依然亲切友好;再往远处可以看到莫尔文高大的群山衬着苍白的天穹显得蔚蓝,点点烛火闪着光亮,在山冈祭坛上新近点起的家庭灯火,是献给山冈上和家宅中的上帝的。路边的树上没有小鸟唱歌,而是一片寂静,这比有小鸟歌声更可爱;这是冬天富有思想和神圣意境的寂静,深信不疑等待着的耕犁的寂静。因为土地是古往今来一切时代最伟大的圣者,从来不知道急躁、恐惧或疑虑为何物,只知道信仰,而从信仰中兴起滋养人类所必需的福祉。

---

① 指马。

菲力普爵士问:"你快活吗,我的斯蒂芬?"

于是她回答:"我快活得要命,父亲,我快活得不得了,这都让我觉得害怕了,因为我可能不会总是这么快活——不会总像这样。"

他没有问她为什么可能不会总是这么快乐;他只是点了点头,仿佛承认了某种理由似的;但是他把自己的手抚在她抓住缰绳的手上,他那只让人感到鼓舞的大手在她手上待了一会儿。这时斯蒂芬完全沉浸在黄昏的平和气氛之中了,这是健康的身体因为新鲜空气和很多剧烈运动弄得疲乏不堪而进入的平和境界,所以她在马鞍上有点儿摇晃,几乎都要睡着了。那匹马甚至比骑在他身上的人更加疲乏,脖子垂着,让缰绳松松地耷拉着,缓步向前走着,他累得太厉害了,见到蹲在那儿准备吓唬他的那些吃人魔鬼似的怪影,也毫不害怕闪避。他那小小的心眼儿毫无疑问是专注在饲料上,精心调配有稀粥的水桶上,马夫帮他刷毛和包扎的时候嘴里发出的抚慰性嘶嘶声上,在冬天让他感到那么舒服的温暖的毯子上,而最重要的是肯定在马厩里等着他的那铺满了厚草的黄金似的床铺上。

现在一轮明月非常缓慢地升起来了,月亮似乎停在那儿,紧紧地盯着斯蒂芬,这时雾凇变白了,钻石一般白闪闪的,树影变黑了,天鹅绒一般层层叠映在昏昏欲睡的树篱脚下。但是树篱外边的草场变成了银白色,通向莫顿的路也变成银白色了。

六

他们最终回到马厩的时候已经很晚了,老威廉斯提着灯笼等在院子里。

"你打着猎物了吗?"他按照老习惯问道;随后他见到斯蒂芬的战利品,轻轻笑了。

斯蒂芬想学父亲刚才的样子,轻便地从马鞍上跳下来,可是她的腿好像不争气。让她感到惊恐和烦恼的是,她的两条腿像木头做的一样直挺挺地向下垂着,她根本控制不了它们;而让事情更糟糕的是,柯林斯现在变得没有耐心了,径直朝他那间有饲料的马房走去。这时菲力普爵士用两只强壮有力的胳臂抱住了斯蒂芬,把她像婴儿一样整个儿举了起来,只是含含糊糊说了点什么,直接走向宅门,进了门——确实是直接进了温暖舒适的育儿室,那儿正等着她去洗一个热气腾腾的热水澡。她的头向后仰着,靠在他的肩上,眼皮低垂,因为急需睡眠而变得沉重;为了能睡得好一点儿,不得不几次挣扎着眨眨眼。

"快活吗,宝贝儿?"他悄悄对她说,他阴沉的脸俯下来更靠近她,她都感觉到他的脸颊紧贴在自己的额头上了,到了晚上胡子茬儿粗糙扎人,她喜欢这种粗糙,所以举起手来抚弄它。

"快活得厉害,那么厉害,父亲,"她小声说,"快活得那么厉害——"

第五章

一

斯蒂芬第一天出去打猎过后的那个星期一,早上醒来的时候真好像有个什么东西压在她的胸上;不过两分钟,她就知道了这是为什么——她要去安垂姆家喝茶。她和其他孩子的关系是很特别的,她自己这么想,其他孩子也这么想;他们对这件事弄不清楚,斯蒂芬也弄不清楚,不过反正都是一样。她是个勇敢的孩子,本来应该很得人缘,可是她并不是这样,这件事她推测出来了,这就让她和她那些同玩的小伙伴在一起时感到不自在,而他们那边也同样不自在。她常常以为那些孩子在悄悄议论她,平白无故地悄悄议论和嘲笑;不过这种事固然发生过一次,但也并不像斯蒂芬想象的那样经常发生。她有时因为过分敏感而很痛苦,她受的罪也就同样非常痛苦。

在斯蒂芬极其害怕的孩子中间,安垂姆家两兄妹维奥莱特和罗杰名列前茅,特别是对罗杰,他还只有十岁,可是已经浑身染满了男性的骄气,他那年冬天才升入伊顿公学①,可这却让他更加骄横,不可一世。罗杰·安垂姆生了一对和他妈妈一样的棕色圆眼睛,一道笔直的短鼻梁,有朝一日也可能显得英俊;他是一个相当厚实肥胖的小男孩儿,屁股裹在伊顿制服外套里显得太大了,特别是在他把双手插在裤袋里趾高气扬地走着的时候,而他又常常这样走路。

罗杰是个爱以大欺小的孩子。他欺侮他妹妹,本来他也非常喜欢欺侮斯蒂芬;但是斯蒂芬让他狼狈不堪。她的胳臂那么壮实有力,他从来都没法把斯蒂芬的胳臂反扭到背后,像他对付维奥莱特那样;他捏斯蒂芬或者乱拽她崭新的发带的时候,斯蒂芬从来都是不动声色,随后就在做游戏的时候打败他,他对这件事气愤至极。玩板球的时候,她投球比他投得直得多;她爬树的技巧和本事令人吃惊,纵然爬树对女孩子来说毕竟很明显是丢脸的,她在爬的时候有时甚至把裙子撕破。维奥莱特从不爬树,她只是站在树下为罗杰的勇气鼓劲儿。他越来越恨她,把她看成一个敌手,当成闯进他特有领地的人。他总想胜她一筹,让她受辱,但是他智力迟钝,所以办法很笨——不像敢作敢为的斯蒂芬,她反应敏捷,常占上风。至于斯蒂芬,她讨厌他,而她的厌恶又由于让人感到极其屈辱的忌妒心而加强了。不错,尽管他有那些缺点,她可是忌妒小罗杰穿着那种粗笨厚重的靴子,他剪得很短的头发和他的伊顿制服;忌妒他的学校和他那些男性伙伴,他可以体面地把他们称作"所有那些其他的小伙子们!"忌妒他有权利爬树,

---

① 英国著名贵族学校之一,在伦敦以西伊顿镇。

打板球，踢足球——他完全凭天生就有的权利；最重要的是，她忌妒他壮丽辉煌的信念：做个男孩子成了生活的特权；她可以很清楚地懂得那种信念，但是这不过更增加了她的忌妒。

斯蒂芬发现，维奥莱特愚蠢得叫人无法忍受。她碰了自己的头的时候，也和罗杰拼命折磨她的时候一样，总是号啕大哭。但是让斯蒂芬更生气的是，她怀疑，维奥莱特几乎是以这些折磨为乐。

"他那么强壮有力，真可怕！"她向斯蒂芬吐露，在她的声音里还透着某种骄傲。

斯蒂芬老想打掉她这一点，"我可以捏你捏得和他一样狠！"她还威胁说，"要是你觉得他比我力气大，我可以让你试试看！"维奥莱特一听这话吓得尖声大叫，立刻逃走了。

维奥莱特早已经满是女人样了；她爱布娃娃，不过并不像她装出来的那么爱。有人说，"瞧瞧维奥莱特，她真像个小母亲了；看到一个小孩子有这种天性，真叫人感动！"于是维奥莱特就变得更叫人感动了。她老是把她那些玩具娃娃塞给斯蒂芬，要她给他们脱衣服，送他们上床睡觉。"现在，你就做保姆吧，斯蒂芬，我做格特鲁德①的母亲，或者，你要是愿意，这次你也可以做母亲——哎哟，小心，你会把她弄坏的！现在你看，你扯掉一个扣子了！我还真的以为，你会更像我那样玩呢！"于是维奥莱特就缝扣子，或者嘴上说她缝扣子——斯蒂芬除了打结从没见过别的。"你不会缝吧？"她会以不屑一顾的样子看看斯蒂芬，"我会——

---

① 一个玩具娃娃的名字。

母亲把我叫作'亲爱的小家庭主妇'!"这时候斯蒂芬就会按捺不住自己的性子,粗鲁无礼地说:"你是个亲爱的小傻瓜,那就是你!"她必须和维奥莱特一起愚蠢地玩娃娃游戏,一玩就是几个小时,因为罗杰不愿意老在花园里玩真正的运动比赛。他痛恨被打败;然而,她又能有什么办法呢?难道她可以把球投得不比罗杰的直吗?

这些孩子,他们根本没有什么共同的地方,但是,安垂姆家是邻居呀,连菲力普爵士,那么溺爱自己的孩子,也坚持要斯蒂芬有些和她年龄不相上下的朋友一起玩儿。有几次斯蒂芬请求让她待在家里,他说话就很严厉了。的确,那天吃午饭的时候,他讲话就很严厉:

"请吃你的布丁吧,斯蒂芬;来,赶快吃完!如果所有这些大惊小怪的事都是因为安垂姆兄妹,那么爸爸就不答应了,那太荒唐了,宝贝儿。"

所以斯蒂芬匆匆忙忙咽下了她那碗布丁,就逃上楼回到育儿室去了。

二

安垂姆家离勒伯利半英里,在山岳的那一边。从莫顿赶车去他们的庄园有相当长一段路——斯蒂芬是坐单马车去的。她坐在威廉斯身边一声不响,闷闷不乐,她上衣领子翻起来,一直遮到耳朵。她心里充满了觉得不公平的苦涩感。为什么他们一定要作这次愚蠢的远征？连她父亲在吃午饭的时候也因为她愿意和他一起待在家里而很不高兴。为什么要强迫她去结识别的孩子呢？他们并不需要她，她也不需要他们。特别是安垂姆家那伙孩子！那个白痴维奥莱特——还在练习用女鞍骑马的维奥莱特——还有那个罗杰，穿着伊顿校服神气活现地走着，老吹牛皮，因为自己是个男孩就老吹牛皮——还有他们那个母亲，自以为对斯蒂芬是屈尊俯就，因为已经长大成人就让她端出那副架子来。斯蒂芬都能听见她那令人生气的声音，那种专为对待孩子们的声音，"啊，你来了，斯蒂芬！喂，喂，小不点儿，往前跑，到教室里去好好美餐一顿吧，那儿的糕饼多的是；我知道斯蒂芬就要来了，我们全都知道斯蒂芬吃糕饼的那份能耐！"

斯蒂芬好像都能听见，他们迎接她这次来访的时候，维奥莱特那偷偷傻笑和罗杰那哈哈大笑。她仿佛可以感到他那肥胖的指头掐住她的胳臂，在他装模作样地陪她走着的时候偷偷地狠命地掐。他并且还小声说："你是一口猪！你吃得比我多得多，母亲今天还这么说过呢，男孩子比女孩子需要更多！"接着维奥莱特也说："我并不很喜欢李子饼，它让我觉得恶心——母亲说，这是消化不良。我从来都不能像斯蒂芬那样吃下那么大块大块的李子饼。保姆说，我是个吃东西很讲究的人。"那时斯蒂芬本人，根本什么都没说，只是斜着眼看了看罗杰。

马车缓缓爬上小莫尔文山那边叫作英国帐篷的那座长而陡的山坡。这时在高高的河谷上面，寒冷的空气变得更冷了，可是却出奇地纯净。帐篷峰在当天早晨稀疏落下的小雪衬映下，清晰地显露出来。在右边，远处是怀河河谷，这是一条有深蓝色浓荫的漫长可爱的河谷，其中有小小的宅院和尽心环护的树木，坐落在徐缓起伏的连绵坡地上，广阔宁静的空间通向一线模糊的远山——通向就在边境那边的威尔士群山。斯蒂芬因为喜爱这种英格兰式的山谷，所以就转过头来定睛观望。所有她那些忧虑和不公平的感觉，并不能让她盲目，得不到视觉方面的享受。她肯定是凝视又凝视，她肯定是让自己沉醉其中，欣赏寓于这样一种美景中的宁静、神奇；这时她眼眶中饱含着她不愿流出的眼泪——她都无法知道，为什么它们会涌到那儿。

现在他们的马车正在迅速飞驰下山；山谷看不见了；但是又有毫无遮拦显现出来的那片可爱的伊斯诺尔林，林子里树木的树形比起手植树木的树形更加完美无缺——除非那是上帝之手所亲植的。斯蒂芬的目光又转过来了；她不可能老不高兴，因为这些都是她和她父亲一起赶车去过的树林。每年春天他们都要两次赶车去到那些树林，并且穿过林子去到那边延伸很远、林木稀疏的草原。那儿园囿里养着许多鹿——他们有时还走出双轮马车，好让斯蒂芬去喂喂那些母鹿。

她于是从牙缝里柔和地吹起哨来，她为她的这种伴奏感到很骄傲。阳光洒遍了那些光秃秃的树枝，空气像水晶一样清新明亮，那匹矮腿马不折不扣地在空中飞驰，让威廉斯不得不使出全身的力气来紧紧抓住他——在这样的时候，根本不可能继续觉得愤愤不平了。

"稳着点儿，小子，稳着点儿跑！他觉得出天气变化——是天生的，这也让他那么容易受惊——这会儿，跑得安静点儿，你这个小坏东西！瞧瞧，你瞧见了吗，他跑得浑身都冒汽了！"

"让我来赶车吧,"斯蒂芬恳求,"啊,求求你,我求求你啦,威廉斯!"

但是威廉斯摇摇头,粗里粗气地对她咧嘴笑着说:"俺可是把老骨头啦,斯蒂芬小姐,下霜天,老骨头断得快,俺老是听别人这么说。"

三

安垂姆太太在起居室等候斯蒂芬——她老是在起居室等着,好把她中途截住,或者让斯蒂芬看着是那样。起居室是一间装饰品太多的屋子,里面摆满了没用的小桌子和笨重的大椅子。你扑通一声跌坐进椅子里去,冷不防就绊倒在桌子上;至少如果你是斯蒂芬,就会这样。还有一个陷阱是你防不胜防的,地板上铺了一张大北极熊皮。它的头填满了东西,朝一个最别扭的角度伸着,你脚上的大拇指怎么也逃不掉要绊在它的头上。斯蒂芬老是和以往多少次一样,跌跌撞撞地向安垂姆太太走过去,这时候,她脚上的大拇指就给狠狠地绊了一下。

"哎哟哟,"那位女主人说,"你是个了不起的姑娘;为什么你的脚要比维奥莱特的大一倍呀!到这儿来,让我看看你的脚。"于是她大笑起来,仿佛有什么事让她非常开心似的。

斯蒂芬很想揉揉自己的大拇指,但是她觉得,最好还是不作声忍受下来。

"孩子们!"安垂姆太太喊开了,"斯蒂芬来啦,我相信,她饿得和一个打猎的人一样了!"

维奥莱特穿着一件月白色的连衣裙;还不过七岁,她就图慕自己外表上的虚荣了。她大哭大闹终于得到允许穿那件月白色的连衣裙,这件衣服通常是留在盛会时才穿的。她棕色的头发都仔细地卷成了弯儿,还系了一个蓝丝带打得非常大的蝴蝶结。安垂姆太太把自己的目光迅速从斯蒂芬身上转过来,带着做母亲的那种得意的神色朝维奥莱特看了一眼。

罗杰鼓鼓囊囊撑在他那身伊顿校服里,他圆圆的脸蛋儿像吹肿了似的,红粉粉的,一副要打架的架势,他围着一个显然是刚刚浆洗过的白领子,一对眼睛从领子上冷冷地看着斯蒂芬。上楼的时候,他用手掐住斯蒂芬的腿,斯蒂芬迅速向后面干净利落地踹了一脚。

"我猜想,你觉得你会踹!"罗杰的小腿骨那一会儿疼极了,他疼得直哼哼,"你连个跳蚤的劲儿都没有;你这一下我都没觉着。"

按照维奥莱特的请求,就他们几个人一起去用茶点。她喜欢当女主人,她母亲就惯着她,特地把一把特别的小茶壶找出来,好让维奥莱特拿得动。

"要糖吗?"她举着糖夹问道,"还要加奶吗?"她又学着她母亲,添了一句。安垂姆太太老是这么问:"还要加奶吗?"用这么一种调子——它让你觉得,你一定是很贪吃的。

"啊,别啰嗦了!"罗杰咆哮起来,他的小腿骨这时还疼着呢。"你知道,我要牛奶和四块糖。"

维奥莱特的下嘴唇哆嗦起来了,可是她却以出人意料的坚定态度不肯退让。"我可以再给你加点牛奶吗,斯蒂芬,亲爱的?或许,你愿意不加牛奶,只加柠檬吗?"

"这儿根本没有柠檬,这你明明知道!"罗杰大嚷起来。"来,把我的茶给我,要不,我就把你的发带扯断。"他抓起他的杯子,差点儿把它打翻。

"哎哟,哎哟!"维奥莱特尖声叫喊,"我的衣服!"

最后他们总算坐好吃起来了,但是斯蒂芬注意到,罗杰一直在盯着她;她每吃一口,都能感觉到他在盯着,所以她觉得难为情。她午饭吃得不多,现在饿了,可是现在她又无法很好享用她那块饼;罗杰自己在狼吞虎咽,可是他的眼睛一直盯着她的脸。罗杰和斯蒂芬打交道总是个低能儿,这时拼命想要出点高招儿妙计,简直要憋死了。

"我说,你呀,"他开口了,嘴里还塞满了东西,"好端端一位小姐,干吗要出去打猎?干吗要一边一条大肥腿跨在马上,像个猴子骑在一根棍子上,让每个人都来笑话!"

"他们没有。"斯蒂芬突然脸红了,大声叫道。

"啊,笑了,可他们是笑了!"罗杰挖苦她。

这时候,斯蒂芬如果聪明的话,她可以把这撇在一边就完了,因为只有一方面参加的争论是没有什么意思的,可是一个八岁的孩子不是总会那么聪明,而且她很骄傲,这一下可戳到痛处了。

她说:"我倒愿意看看你得到狐狸尾巴呢;你为什么坚持不了,不能沿着围场跑!我看见你不过跳了一个障碍就摔下来了;我倒愿意看见你出来打猎的!"

罗杰又咽下了几口饼;现在可以不慌不忙了;他已经放了根

长线,捞到一条鲭鱼了。他原来非常担心,怕她不肯上钩——要让斯蒂芬上钩,常常不是轻而易举的事。

"得啦,现在听着吧,"他慢慢腾腾地说,"我可以告诉你一点儿事儿。你以为,你蹲在你那匹矮种马上,他们大家都赞美你啦,你以为,你穿上你那条新骑裤,戴上你那顶黑丝绒帽,你就神气得了不得啦,我敢打赌;你以为,就因为你千方百计想当个男孩儿,他们就会觉得,你看起来就像个男孩。老实告诉你,如果你真要知道的话,他们都笑破肚子啦。哼,我父亲这么说的。他看到你骑在肥得像海豚的那匹老乏马上的滑稽相,他就一直在笑。哼,他给你狐狸尾巴,那不过是好玩儿罢了,因为你是那么一个小娃娃——他这么说的。他说:'我把狐狸尾巴给了斯蒂芬·戈登,因为我想,我要是不给她,她会哭鼻子的。'"

"你撒谎,"斯蒂芬低声说,她面色变得非常苍白。

"啊,我撒谎?好哇,你问父亲去。"

"别吵啦——"维奥莱特抽搭着,又哭起来了:"你们真讨厌,你们这是在破坏我的茶会。"

但是罗杰取得了他第一次完全的胜利,他已经看见斯蒂芬眼里的神情了,"还有我母亲也说了,"他接下来说得声音更大,"说你母亲一定很古怪,怎么让你去干那种事儿;她说,让女孩子那种样子去骑马,真可恶;她说,她对你母亲觉得惊讶得不得了;她说,她本来还以为,你母亲比较通情达理呢;她说,那不庄重;她说——"

斯蒂芬突然一跳站了起来:"你好大胆!你胆敢——我母亲!"她激动得说不清楚。此时她都快气疯了,只觉得一阵势不可挡的冲动,想痛骂罗杰一顿。

一个盘子摔到了地上,维奥莱特有气无力地尖声喊叫。罗杰这时也把椅子向后一推;他那两只圆眼睛大睁着,相当恐惧;他以前从来没有看见过斯蒂芬像这种样子。她实际上已经把自己衬衣的袖子卷了起来。

"你这个下三烂!"她大声喊叫,"我要为这个跟你打一仗!"她紧握拳头,对罗杰晃着,这时候罗杰侧着身子离开了桌子。

她穿着她那宽松式的衬衫,举着像男孩那样结实的前臂,那样子既显得怒气冲冲,又滑稽可笑。她的长发有一些从发带里掉了出来,蝴蝶结松松地垂着,歪歪扭扭的,显得傻里傻气。她脸上那些粗重的部分全都显露出来了,那轮廓鲜明的下巴,那又宽又大的脑门儿,又粗又密的眉毛,按照美的标准,是浓得过分,也宽得过分了。然而她身上有一种出类拔萃的气质——虽然有点儿荒唐,在那一刻却很是出类拔萃——古里古怪而又出类拔萃,像是孕育在过渡时期那种躁动不安年龄段中的某种原始的东西。

"你敢来和我打一仗吗,你这胆小鬼?"她提出挑战,同时绕着桌子走过去,面对着欺侮她的人。

但是罗杰把双手深深地插进自己的口袋里;"我不和那些女孩子干仗!"他神气活现地说。然后他就逛逛荡荡地走出了教室。

斯蒂芬自己的双手落了下来,耷拉在身子两边;她的头低垂着,她站在那儿向下盯着地毯。她站在那儿向下盯着地毯的时候,整个人突然垮了,显得孤立无助。

"你怎么能这样!"维奥莱特鼓起勇气开口了,"小姑娘是不打架的——我就不打,我会怕死了——"

但是斯蒂芬把她的话打断了:"我走了,"她说话声音嘶哑;"我回家找我父亲去。"

她迈着沉重的脚步下了楼,进了门厅,在那里戴上帽子,穿上外衣;然后沿着宅子走到马厩,去找老威廉斯和马车。

四

"你回家很早呀,斯蒂芬,"安娜说,可是菲力普爵士却仔细看着他女儿的脸。

"发生什么事了?"他问她,声音里流露出焦虑。"到这儿来,把事情给我讲讲。"

这时候斯蒂芬忽地一下泪流满面,她站在那儿当着他们的面哭呀,哭呀,她把那丢人现眼的感觉全部发泄出来,讲出罗杰说她母亲的所有那些话,讲出如果不是罗杰不肯和一个女孩子干仗,她就会怎样去维护母亲的所有那些想法。她毫无节制地哭了又哭,简直不知道自己说了些什么——反正在那种时候也顾不得了。菲力普爵士手托着头听着,安娜听着,惊得发呆,不知所措。她极力想亲亲斯蒂芬,把她抱在怀里,可是还在抽抽搭搭的斯蒂芬把她推开了,在这种悲哀激动的关头,她对别人的安慰觉得反感,最后安娜只好把她带回育儿室,交给冰安太太去照管,她感到孩子并不要她。

等安娜不声不响地回到书房的时候,菲力普爵士仍然用手托着头坐在那儿。她说,"是你该明白的时候了,菲力普,你固然是斯蒂芬的父亲，可我是她母亲。到现在为止，你一直用你自己的方式管教这孩子，我并不认为，这是很成功的。你一直这样对待斯蒂芬，好像她是个男孩儿——也许这是因为，我没有给你生个儿子——"她声音有点儿颤抖，但是她还是郑重其事地说，"这对斯蒂芬不好；我知道，这不好，而且有时候还让我害怕，菲力普。"

"不，不是的！"他断然回答。

但是安娜还是坚持说，"是的，菲力普，有时还让我害怕——我没法告诉你为什么，可是这好像全不对头——它让我觉得——这孩子身上有一种很怪的东西。"

他用他那对多愁善感的眼睛注视着她："你不相信我啦？你不能想法子相信我吗，安娜？"

可是安娜摇了摇头，"我弄不懂，你为什么不该相信我，菲力普？"

于是菲力普爵士因为对他挚爱的这个女人怀有恐惧之感，做了平生第一次的怯懦行为——他这个自己从不逃避痛苦的人，却不能忍受将痛苦加在安娜身上。出于对斯蒂芬的母亲无限同情和怜悯，他对斯蒂芬犯下了非常深重的罪过，在那位母亲面前，强压住自己的信念，那就是她这个孩子和其他孩子不同。

"并没有什么事要你去弄懂的，"他坚定地说，"不过我愿意你在所有的事情上都相信我。"

在这之后，他们就坐在那儿谈论这个孩子，菲力普爵士非常心平气和，并且也让人放下心来。

"我一直想让她有个健康的身体，"他解释说，"所以我就让她过得多少有些放任；不过，也许我们最好现在找个家庭女教师，就像你说的那样;如果你愿意要一个的话,亲爱的,就找一个法国女教师——我老想以后请个有学问的女子,请个上过牛津①的人。我希望,用我们的爱心和钱财所能够提供的一切,让斯蒂芬受到最好的教育。"

可是安娜再次表示不赞成。"对一个女孩子来说,这一切又有什么好处呢?"她和他辩论,"难道因为我那时候不会做数学,你当初就不那么爱我了吗?难道因为我如今扳着手指头数数,你现在就不那么爱我了吗?"

他亲了亲她。"那可不一样,你是你呀。"他笑着说,可是他眼睛里出现了一种她了解的神色,一种冷静果决的神情,那个意思就是,任何劝说很可能都是徒劳无功。

这时候他们上楼去到育儿室,菲力普爵士用手挡住烛光,他们俩站在一起低头注视着斯蒂芬——孩子这时睡得很熟。

"你看,菲力普,"安娜低声说,感到可怜又感到震惊,"你看,菲力普——她脸上还有两滴大泪珠呢!"

他点点头,用胳臂悄悄搂住安娜;"走吧,"他轻声低语:"我们会惊醒她的。"

---

① 指牛津大学。

第六章

一

冰安太太走了,她自己不觉得悲伤,也没让大家觉得悲伤,取而代之的是一位年轻的法国女教师迪福小姐,她那张愉快的长脸让斯蒂芬想到一匹马,和马有点像,至少在一个方面是幸运的——斯蒂芬一见面就喜欢上迪福小姐了——不过这也没叫她出于尊敬而百依百顺。相反,斯蒂芬感到非常亲近,和睦亲近,而且十分自在;她抚爱迪福小姐,迪福小姐很孤独,爱想家,还应该承认,她喜欢斯蒂芬抚爱她。斯蒂芬常常跑去给她拿一个软垫,或是一只脚凳,或者在十一点钟的时候给她送杯牛奶。

"这小姑娘出身高贵,她有这样一颗善良的心,"[①]迪福小姐常常这样想,可是也不知道为什么,地理课就好像没有那么要紧了,算术课也一样——小姐力求严格,可是没用,她那位学生总是甜言

[①] 迪福小姐是用法语思考,后面也常讲法语。

蜜语哄着她。

迪福小姐根本不懂马经,尽管她的脸看起来很像一匹马,而斯蒂芬却常常很得意地大讲一通马的炮骨瘤和跗节内肿,牛的跗关节和腹绞痛,把兽医学上那一大堆东西乱七八糟拼凑在一起。要是威廉斯在听她讲,他一定会搓搓自己的下巴颏儿,可是实际上威廉斯没有在那儿听她讲。

至于迪福小姐,她是真正深受感动了:"真是这样一个了不起的孩子,一个了不起的孩子!"她老是惊叹不已,"你已经成了一个真正的小巾帼英雄啦,斯蒂芬。"①

"可不是吗?"②斯蒂芬表示同意,她正在学法语。

这孩子表现出很有学法语的才能,这让她的老师很高兴;六个月下来,她就可以相当自如地讲个没完,还敏捷地做点小小的表情,耸耸肩膀。她喜欢讲法语,这让她觉得很好玩,她也不讨厌去精通语法。她不能忍受的是那又长又可笑的听写课,听写专用于教诲训导的罗斯文库中的段落。迪福小姐固然对斯蒂芬很宽容,但是唯有在听写这方面却坚持不肯放松;罗斯文库是她的权威的最后防线,所以她决不退让。

"'那些模范的小姑娘,'"迪福小姐会这么念出来,而斯蒂芬却感到说不出的厌烦直打呵欠。"现在我们再去找索菲——我们念到哪儿了?啊,对了,我记起来了,'这种信任的表示感动了索菲,越发让她后悔过去表现太坏。

"'她想,我怎么可以这样发脾气?我怎可以对这里这些善良

---

①② 原文为法文。

的朋友这么坏，对像德·弗勒维尔夫人这样温柔、这样可亲的人如此放肆！'"

课程常常会有变化，听写一些甚至更带教诲性质的段落，《好孩子们》也会选作听写的材料，受到斯蒂芬的轻视和嘲笑。

"那是妈妈。把你的心交给她吧，我的亨利；这是你能够给她的最好的东西了。"

"——我的心？亨利说着就解开了他衣服的纽扣，将衬衫敞开。可是怎么办呢？我需要一把刀。"听到这里，斯蒂芬会格格地笑了起来。①

有一天，她在书页的空白处加了她自己的一段评语："小东西，他不过是在装假！"而迪福小姐这时猝不及防走了进来，刚好碰上她的学生在笑话她。从那以后，教室里的纪律约束自然就比以前少了，而友谊却大大增加了。

无论如何，安娜似乎感到很满意，因为斯蒂芬的法语学得越来越好了；菲力普爵士见自己的妻子这些日子不像以往那么焦虑，什么也没说，反正来日方长。他下了决心，他女儿这方面这种不知掩饰自在逍遥的偷懒，过些时候应该制止。与此同时，斯蒂芬越来越喜欢这位面目温厚的法国女人，而她反过来也爱慕这个不同寻常的孩子。她常常把自己的烦恼吐露给斯蒂芬，这是困扰这位女教师的一些家庭苦恼：妈妈年老体弱，又很穷困；姐姐嫁了个心术不正而又挥霍无度的丈夫；现在她姐姐得给巴黎那些大商店做小袋子，挣钱很少；而且因为给那些商店做玻璃珠小袋子，

---

① 以上五段多为法文，偶尔略用英文。

她逐渐丧失了视力；那些商店根本不关心别人，付的工钱很低。迪福小姐把自己挣的一部分钱给她妈妈，当然有时还得帮助姐姐。她妈妈每到星期天都必须吃鸡："天哪，必须活下去——至少总得吃东西呀——"后来总是美美地做一个小锅鸡，这是用鸡肉和一点点卷心菜的叶子做的——妈喜欢这种小锅鸡，它热热乎乎的，让她那老牙床子觉得舒服一点。

斯蒂芬很有耐心地听这些长篇大论，而且显然很能理解。她时常很懂事地点点头："但是这很艰难，"她会发点议论，"这太艰难了，这种生活！"

但是她却从不吐露自己特别烦恼，迪福小姐有时对她有些纳闷："她幸福吗，这个古怪的小家伙？"她常常纳闷："她以后会幸福吗？谁知道！"[①]

二

在教室里，懒散与平静延续了两年多，直到前中士斯米利从地平线上冒出来，开始宣告，由他教体操和击剑。从那一刻起，教室里就没有平静可言了；或者说，在府邸里因此事而闹得鸡犬不宁。迪福小姐表示反对，说体操和击剑让脚腕子变粗，可是说了没用，安娜也表示不赞成，可是说了也没用，斯蒂芬根本不理睬她们的意见，而去和她父亲商量。

---

① 以上三段主要为法文。

"我想去学桑道①,"她对他说,好像他们是在讨论她的前途。

他笑了起来:"桑道?嗯,那么,你怎样开始呢?"

于是斯蒂芬就讲起前中士斯米利的事来。

"我明白,"菲力普爵士点点头,"你想学击剑。"

"还要学用我的肚子来举重,"她说得很快。

"为什么不用你那几颗大门牙?"他故意逗她。"啊,好吧,"他接着又说:"击剑或者体操都没有什么害处,当然,这还有个条件,就是你不得想方设法把莫顿大厦给毁了,就像参孙②把非利士人的房子给毁了似的;我预见到这种事可能很容易发生的——"

斯蒂芬咧着嘴笑了,"但是,如果我把头发剃了,那就不会了!我可以把头发剃了吗?啊,就让我剃了吧,父亲!"

"一定不让,我宁可冒点儿险让宅邸毁了,"菲力普爵士说得斩钉截铁。

斯蒂芬蹦蹦跳跳跑回教室。"我要去上那些课啦!"她得意扬扬地宣告。"下个星期我就要坐马车到莫尔文去啦;我星期二开始去,而且我要去学击剑,这样就可以把你姐夫杀了,他简直就是

---

① 尤金·桑道(1867—1925)美国体育家,生于德国柯尼斯贝格。1893年在芝加哥世界博览会上一举成名。他所倡导的俄—德派体育理论以他命名,风行于世。

② 参孙为《圣经·旧约》中记载的以色列力大无比的勇士,娶非利士女子达利拉为妻。她从参孙口中探得他的神力来自他的头发,于是趁他睡觉时剃去他的头发,遂为非利士人所俘,备受凌辱,而且双眼被刺瞎。他求告神再次赐给他力量,终于在最后一次被召往非利士人宴会厅表演时,双手拉倒立柱,使大厦倾倒,与敌人同归于尽。

一个畜牲，对你姐姐那么坏，我要去为那些受苦受难的妻子决斗，就像巴黎的那些男子汉那样，我还要去学在我肚子上举钢琴，办法就是扩展什么——腹部肌肉——还有，我要把头发剃了！"她撒了一句谎把话说完了，还斜着瞅了一眼，看看她这一个晴天霹雳的效果如何。

"上帝呀，发发慈悲吧！"[①]迪福吸了一口气，两眼望着苍天。

三

没过多久，前中士斯米利就发现，斯蒂芬是一颗明星的苗子，他对斯蒂芬说，"要是你真正刻苦学习，总有一天你会成为击剑冠军的。"

斯蒂芬并没有学习用肚子举钢琴，可是过了一段时间，她真成了一个很熟练的体操和击剑运动员；而且正像迪福小姐对安娜吐露的，看她表演毕竟是非常有趣的，她的动作那么柔和轻软、生气勃勃、迅速敏捷。

"还有，她击剑有如一位天使，"迪福小姐满怀情爱地说，"她现在击剑差不多和她骑马一样高明了。"

安娜点了点头。她本人看过斯蒂芬击剑多次，心想，像这样小的一个孩子，这真是精彩的表演，但是她不喜欢击剑，所以她觉得很难称赞斯蒂芬。

---

① 原文为法文。

"我讨厌女孩子干这种事情，"她缓缓地说。

"可是她击剑就和一个男子汉一样，动作那么强而有力，姿势那么优美动人，"迪福小姐还不那么圆滑老练，又喋喋不休说了一番。

现在斯蒂芬的生活又充满了新的兴趣，这种兴趣完全以她的身体为中心。她发现，自己的身体是值得珍视的，有价值的，因为身体具有的力量可以让她高兴。她虽然年轻，却非常勤勉地关心自己的身体，早晚都用微温的水洗澡——冷水浴是禁止的，而她又听说过，热水浴有时可以减弱肌肉的力量。为了体操，她把头发梳成一条辫子，可是辫子在其它场合又引起麻烦。尽管一再遭到反对，她还是记不住，常常梳了一根整整齐齐、光彩照人的辫子下楼来吃早点，所以安娜最后还是让步了，她叹了口气说：

"你就梳根辫子吧，孩子，如果你觉得非梳不可的话——不过，我可没法说，你适合梳辫子，斯蒂芬。"

可迪福小姐则傻里傻气地表示钟情。斯蒂芬常常在上课中间停了下来，卷起了自己的袖子，审视一下自己胳臂上的肌肉；这时迪福小姐不仅不反对，还要笑笑，并且赞美她那发达得出奇的小小二头肌。斯蒂芬对体育的狂热与日俱增，它现在已经开始侵犯到教室里来了。教室的书柜里出现了哑铃，穿得有点旧的运动鞋藏在屋子的角落里。除了这孩子锻炼身体的那份热情，什么事都抛在一边了。菲力普爵士下一步必须要做的也就是写信到爱尔兰，去订购一匹猎马——一匹真正纯种的猎马给他女儿去骑。他必须说的也就是："那匹马是因为小罗杰才买的！"这样一来，斯蒂芬觉得她自己一想到小罗杰就笑得很舒心；这就大大有助于弥合长期在她心中化脓的那道创伤——也许这就是菲力普爵士写信到爱尔兰去订购那匹纯种猎马的原因吧。

猎马到了，这是一匹全身灰色、体格瘦长的马，他的眼睛像爱尔兰的清晨一样柔和，他的果敢使他有如爱尔兰的日出一样，显得精神抖擞，而他的气质又和爱尔兰那野性未驯的心一样年轻，但是坚贞不屈、忠心耿耿，而且热情洋溢，随时准备服务，而且他的名字念起来朗朗上口，令人愉快，叫拉夫特里。是依照那个诗人的名字取的。斯蒂芬爱拉夫特里，而拉夫特里也爱斯蒂芬。这是一见倾心。他们在他那间格式厩栏里相互谈心，一谈就是几个小时——不是讲的爱尔兰语或者英语，而是讲的一种没有什么字词、只有许多小小的虚词和许多小小动作的无声的语言，而这些对他们双方却有超越词语的意义。拉夫特里说："我要勇敢地载着你，只要我活着，我就要永远为你服务。"她回答说："我要日日夜夜关心你，拉夫特里——在你活着的所有日日夜夜。"就这样斯蒂芬和拉夫特里在他那散发着牧草清香的马厩里共同发出了海誓山盟。在双方信誓旦旦的时候，拉夫特里是五岁，斯蒂芬则是十二岁。

她和拉夫特里第一次出外打猎的时候，从来没有一个骑手比斯蒂芬更自豪、更幸福的了；在跳栏的时候也从来没有一匹年轻的马比拉夫特里显得更聪明、更勇敢的了；那一天，斯蒂芬横跨在拉夫特里的背上，清风扑面而来，烈火在心中燃烧，使生活变得灿烂辉煌，无上荣光，即使贝勒罗芬①也从来不可能达到她这样兴奋激动，意气风发。在追猎刚刚开始的时候，那只狐狸转向莫顿方向逃跑，实际上它是在穿越了北边的大围场以后，又转过头去逃向阿普顿。围场中树起了一道威风凛凛的树篱，其中隐藏着横木，是一个阴森可怕的地方，这两位年轻的勇士一定得径直奔去，平安飞越——当时在场目睹拉夫特里飞身跃过那道树篱的人，事后从来没有对他的勇敢无畏产生过任何怀疑。等到他们回到家里，安娜正在那里等着爱抚拉夫特里，因为她再也无法拒绝他了。因为，她是爱尔兰人，她的手喜爱在那纤纤十指抚摸马的肌肤所产生的那种令人愉悦的快感——因为她确实非常需要温情对待斯蒂芬，需要理解。但是等到斯蒂芬翻身下马，满身泥浆、披头散发，又加上孩子的父亲那反常的脸色，安娜原来一直准备想说的那些话，还没等到出口，就消失得无影无踪了——她从孩子的身边缩了回来；不过这孩子那个时刻大喜若狂，过分开心，所以根本没有觉察到。

---

① 贝勒罗芬为希腊科林斯王之子，因杀人被流放，投奔阿尔戈斯，因拒绝该国王后引诱反被诬告，国王普罗托斯听信谗言，但又不愿损害自己优待来归者的美名，便派他送信给岳父吕喀亚国王伊俄巴忒斯，请予杀害。后者于是指派他去完成消灭三头怪物齐麦拉等三项致命的任务，他借助飞马珀珈索斯的神力胜利完成任务，安然归来。伊俄巴忒斯于是同他分享王位，并将另一女嫁他。但他因遭神嫉，终遭不幸。

四

那些快乐的时光,那些不断取得小孩子的成就的灿烂时光呀;但是这一切全都逝去得过于匆促,让位给了另外的季节,于是冬季到来了,这时斯蒂芬十四岁。

一月份的一天下午,阳光灿烂,迪福小姐坐在那儿轻轻擦着自己的眼睛;因为她必须离开她所爱的斯蒂芬了,必须让位给她的对手——一位能教希腊文和拉丁文的对手——她自己,可怜的迪福小姐,则要回巴黎去,照顾她那年迈力衰的慈母。

这时候,斯蒂芬十四岁,又高又细,瘦骨伶仃。她在书房里正站在她父亲面前。她静静地站在那儿,但是目光不停地向窗户那边瞟过去,瞟向那好像透过窗户在向她招呼的阳光。她穿着马裤和长统靴,准备骑马去,而她的思想是在拉夫特里身上。

"坐下,"菲力普爵士说,他口气非常严肃,所以她的思想猛地一下跳了回来,"你同我得把这件事情谈清楚,斯蒂芬。"

"什么事,父亲?"她踌躇了一下,突然坐了下来。

"你那样懒散,我的孩子。现在已经到了这样的时候啦,老是玩,不用功,就会让你变成一个头脑迟钝的斯蒂芬了,我们非通力合作不可了。"

她把她那双有模有样的大手搁在膝盖上,弯身向前,专心致志地察看她父亲的脸。她看到的是一种安安静静不可动摇的决心,从嘴唇一直伸展到眼睛。她突然变得不安起来,好像一匹小马驹儿,在反对让它咬马嚼子的那种相当难受的训练。

"我说法语,"她突然讲了起来,"我说法语就和土生土长的法国人一样;我的法语能够说得、写得和迪福小姐一样好。"

"可是除了这个,你简直一无所知,"他告诉她:"这是不够的,斯蒂芬,相信我吧。"

接下来是一阵长时间的沉默,她用她的鞭子轻轻敲打自己的腿,他则在琢磨着她。然后他说话了,但是十分温和:"我一直在考虑这件事——我一直在考虑你受教育的问题。我想要你受到的教育,得到的优点,就和我会让我的儿子得到的完全一样——只要是可能的话——"他后面添了那么一句,眼睛离开了斯蒂芬。

"可是,我不是你的儿子呀,父亲,"她说得非常慢,甚至在说这句话的时候,她的心情都感到沉重——沉重而且悲哀,有几年她都不这样了,从她还是一个很小的孩子起,她就不这样了。

听她这么说,他又回过头看着她,眼睛里充满了爱,爱和某种像是怜悯的情意,于是他们的目光相遇了,融合在一起,就这样待了一会儿,默默无言,然而又表达了他们的心意。她自己的眼睛湿润朦胧了,于是她死盯着自己的鞭子,她感到害羞,深怕眼泪会涌出来。他看到了这一点,于是又接着更快地讲起话来,好像是急于要掩饰她那种惶惑不安。

"你完完全全就是我已经得到的那个儿子,"他告诉她,"你英勇果敢,四肢健壮,可是我还希望你聪明,我希望你聪明是为了你自己,斯蒂芬,因为要过最优越的生活需要极大的智慧。我想要你学会和你的书交朋友,总有一天你会需要他们的,因为——"他犹豫了一下,"因为你可能发现,生活并不是那么轻松容易的,我们谁也不觉得是那样,而书则是好朋友。我并不想要你放弃你的击剑和体操,或者放弃骑马,但是我想要你表现得有节制。你的身体已经发育好了,现在让你的头脑也发育起来吧;让你的头脑和肌肉互相帮助,而不是互相妨碍——这是做得到的,斯蒂芬,我自己就做到了,在许多方面,你都像我。我把你培养长大,同对大多数女孩子都很不相同,你必须懂得这一点——你看看维奥莱特·安垂姆。我一直宠着你,我觉得,但是我并不认为,我把你惯坏了,因为我毫无条件地相信你。凡是牵涉到你的事情,我也相信我自己;我相信我自己完美无疵的判断。但是,现在得由你来证明,我的判断是稳妥周全的。我们双方都得向我们自己同时也向你母亲证明这一点——她对我这种不同寻常的办法,一直是非常有耐性的——我现在要接受考验了,她就是我的裁判。帮帮我吧,我马上就需要你的全面帮助了;你要是失败了,那么我也就失败了,我们得一起去迎接考验。但是,我们并不是要去失败,你是要在你的新教师来的时候刻苦用功,而等你年岁大了,你就要成为一个优秀的女人;你必须做到这一点,宝贝儿——我那么深深地爱你,所以你决不能让我失望。"他的声音迟疑了一下,然后他伸出手来:"那么,斯蒂芬,到这儿来——直直地看着我的眼睛——什么是荣誉,我的女儿?"

她对着他那急切、询问的眼睛望进去:"你就是荣誉。"她十分简单地说。

五

斯蒂芬吻别迪福小姐的时候，自己哭了，因为她觉得，有点什么要离去了，而且永远也不会再回来——这是不必承担责任的童年。它就要走了，像迪福小姐一样。和善的迪福小姐，那么痴情地爱，那么易于受人强迫，那么高兴接受劝告。那么热切地相信你在尽最大的努力，尽管你在她面前表现得十分明显是稀稀松松的。和善的迪福小姐，她不应该微笑的时候却满面春风，她不应该乐呵呵的时候却开怀大笑；而现在，她哭了——而且哭得只有拉丁民族的人才能哭得那样涕泗滂沱，还大声抽泣。

"亲爱的——我的小娃娃，小宝贝儿！"①她一边抽泣，一边紧紧地趴在瘦骨伶仃的斯蒂芬身上。

泪如雨下，直泻在迪福小姐的斗篷上，把早已显得软绵绵的那可怜的皮毛都淋湿了，把毛粘在一起，毛的颜色因为泪水而变黑了，所以迪福小姐想把泪水擦掉。可是她越擦就越湿得厉害，因为她的手绢只是更添麻烦，斯蒂芬开始帮助她的时候，才发现她自己的那条大手绢也不是很干的。

从莫尔文驶出来的轻便旅行马车到了，男仆抓住了迪福小姐的行李。这是那么又轻又小的一件行李，所以她挥手谢绝了车夫的帮助，一只手就把箱子提起来了。这时候迪福小姐突然说了英

---

① 原文为法文。

语——只有天知道是因为什么，也许是出于动情。

"这不是永别，这不会是永远的——"她抽搭着说，"你会来，这是我感觉到的，来巴黎。我们会再见面，斯蒂芬，我可怜的小乖乖，等你再长大一点，我们俩再见面——"而斯蒂芬，这时候已经长得比她还高了，为了让迪福小姐高兴，还真想再长回小的时候。因为法国人即使在真正感情激动的时刻也是注重实际的，所以这时迪福小姐找到自己的手提包，在提包底下摸索了一阵，拿出半张纸片来：

"这是我姐姐在巴黎的地址，"她吸着鼻子说，"我那个做小袋子的姐姐的地址——如果你听说哪位小姐太太，斯蒂芬——哪位小姐太太想买一个小袋子——"

"好，好，我会记住的，"斯蒂芬低声说。

她终于走了；轻便马车沿着宅邸车道摇摇晃晃赶走了，最后转过弯去了。一张湿漉漉的脸从车窗里伸出来，一直到最后，一条湿漉漉的手绢疲疲沓沓地向斯蒂芬挥动着。雨水一定和迪福小姐的泪水交流在一起了，因为天气突然变了，现在下起了雨。这确实是一个悲伤凄凉的离别的日子，浓雾封盖了塞文河谷，开始爬上两岸的山坡……

斯蒂芬一路回到那个空荡荡的教室，除了乱七八糟，真是空空荡荡，一无所有；在某些人身后弥漫着的乱七八糟——在迪福小姐身后接踵而来的老是这种样子。歪倒在那儿的椅子上摆了些毫无用处的零星杂物——揉皱了的纸张，一个破了的鞋拔子，只剩下一只而且还掉了两个扣子的破手套。桌上搁着一个用得很旧的粉红色吸墨纸滚台，斯蒂芬曾经撕掉了滚台上的边角，可并没有受到斥责——上面横七竖八来来回回地印上了漂亮的法文笔迹，最后它那满是疤痕的面上都变成紫色了。那儿还有半瓶紫墨水，瓶颈上还有新溅上的墨水；还有一支蘸水笔，笔尖尖得像一根细针尖一样，又细又硬的笔尖老把纸划坏。紫墨水瓶旁边摆满了东西，其中有一张小小的圣约瑟夫像的虔敬片①，它显然是从迪福小姐的弥撒书中掉出来的——圣约瑟夫看来非常体面和仁慈，和大莫尔文的鱼贩子一样。斯蒂芬拿起了那张卡片，盯着看了看圣约瑟夫。他的边角上写了些什么，仔细看看，她把那行写得很小的字念出来了："请为我的小斯蒂芬娜祈祷。"②

她把那张卡片拿走，放在自己的书桌里；把吸墨纸滚台和墨水藏在食品柜里，和老是划纸、早该付之一炬的那个别别扭扭的钢笔尖放在一起。然后把那些椅子摆正，扔掉那些乱七八糟的东西，接着就去找了一把扫帚，把书柜里剩下的几本书一一打扫干净，其中包括那部罗斯文库。她把她那些听写笔记本摆成一摞，和另外一些书放在一起：那些写得很不精确的算术簿，其中大多数都做得很草率，打了叉子；那些英国历史簿，斯蒂芬居然在其中一本上开始写起马的历史来了！几本地理簿上面有迪福小姐用紫墨水写得批注："太不专心"。最后她收起了那些撕坏了的教科书：它们东倒西歪、反反正正地搁在那儿——反正是随意乱丢在抽屉或食品柜里，而很少摆在书柜里，因为书柜里装了另外的一些东西，乱七八糟、漫不经心放在一起的东西：各种规格、木制

---

① 圣约瑟夫为基督教十二圣徒之一，信徒常藏有各圣徒像的卡片，以示崇敬。
② 原文为法文。

和铁制的哑铃——几根做体操用的健身棒，其中有一根的把裂开了——运动鞋上的棉织鞋带，运动服上的皮带。其次是马厩纪念品，包括在某些特别场合拉夫特里戴过的头带，柯林斯曾经高高踢起来的一块小马蹄铁，一根吃掉一半的胡萝卜，现在已经瘪了，烂了，还有两根猎鞭，皮条都没有了，早该送给马具工去修理的。

　　斯蒂芬心里盘算着，一边搓着下巴颏儿——现在已经成了不自觉的习惯——最后决定把那个宽大的深沙发当作合适的容器。现在只剩下那根胡萝卜了，她把胡萝卜抓在手里站了很长时间，心烦意乱，满腹惆怅——这样清理现场准备接受严格精神活动，的确令人丧气。但是最后她把那根胡萝卜扔进了壁炉里，它在火里令人痛苦地摇晃，咝咝地响着，哼哼地叫着。然后她坐下来，狠下心来凝视着那壁炉里的火焰，看着它们烧掉拉夫特里吃过的第一根胡萝卜。

第七章

一

迪福小姐离开了以后,在莫顿很快就出现了两件明显的革新大事:帕德顿小姐到来掌管教室;菲力普爵士自己买了一辆汽车。这是一辆潘哈牌的汽车①,在塞文河上的阿普顿附近地区引起了人们的激动。英格兰中部地区那些怀疑一切革新的保守派人士,一直都不赞成汽车,现在回顾起来简直不可思议,菲力普爵士当时被视为先锋派。潘哈车前面肩头很高,狮子鼻,像个畸形怪物,声音很大很粗野,脾气难以捉摸。它常常犯消化不良的毛病,是火花塞不好造成的。它那几个座位叫人不舒服极了,它那粗糙的排挡很不顺手,而且噪音很大,但是尽管如此,它却可以达到每小时跑十五英里的速度——感谢上帝的慈悲,加上司机的努力,它常常能做到这样,而不是因为消化不良痛苦抽搐。

---

① 十九世纪末英国生产的一种牌号的汽车,外形像四轮马车。

安娜对新买的这件东西感到怀疑。她是那种女人，年龄过了四十，平平稳稳地坐上自己的四轮轿式马车，或者在夏天坐坐法国式的双人四轮折篷马车，就感到心满意足了。她讨厌自己戴上挡风镜的那种样子，讨厌不得不把帽带系紧，讨厌坐汽车的时候菲力普爵士坚持她非穿不可的那种笨重、带有男性式样的粗呢大衣。这些东西都违反了她的本性；伤害了她喜爱优美的感情，她对柔软适体的服装的爱好，她倾向平静、缓慢、柔和动作的天性，她对女性温柔秀美的热爱。安娜虽然年已四十，依然体态修长，黑色的头发丝毫没有灰白，爱尔兰式的蓝色眼睛仍然和她作为新娘来到莫顿的时候一样明亮坦诚。她依然优美动人，这个事实让她为了自己的丈夫而暗暗觉得非常高兴。然而安娜也并没有无视中年；她以尊严和勇气半带妥协地迎接它的到来；现在她柔和的衣衫的颜色有所保留，她的动作比以往小心了一点儿，她的心情比以前有了较多严格节制和警惕防范——这些日子更是警惕防范过多，她因为兴趣狭窄了，逐渐变得越来越不那么宽容了。汽车本身原本是件无关宏旨的事情，然而却具体反映了安娜身上某种退步的倾向，对不同一般的事物的某种与生俱来的厌恶，对未知事物的某种根深蒂固的恐惧。

老威廉斯是公然蔑视和敌视的；他认为那部汽车是对他的马厩的一种凌辱——那些洁白无瑕的马厩和其中宽敞的马车房，那些用草和马具匠的红色和蓝色长带整齐编织在一起的宽宽的绳索和那至今保持纤尘不染的壮观的马厩院子。那辆潘哈一来，看哪，那石板地上一片片的油坑，那略带绿色、气味难闻，擦也擦不干净的油；车房里形形色色怪模怪样的工具，全都黏糊糊的，一摸就蹭你一手油；几个大罐子，里面装的好像是黑凡士林；为了摆放一些备用的车胎，木制构件已经钉好钉子了；装有老虎钳的工作台是为发动机的内部构件而设的，因为那些地方时常要拆卸。那辆单马双轮马车早已毫不留情地从车库里赶出去了，现在它得和那辆双马四轮马车挤在一起，把地方让给那华丽而又俗气的新闯进来的家伙和它的贴身仆人，那个称作司机的年轻仆人——他来自伦敦，身上穿着皮制的衣服。他满口伦敦土话，公然在车库里当着威廉斯的面吐痰，然后用脚去把痰涂掉。

"你可别指望让你在俺车库这儿吐痰，俺告诉你！"威廉斯咆哮起来，气得都要中风了。

"啊，别价，别价，老大爷；咱们可不是在诺亚方舟①里！"这位新来的人就这样回答威廉斯。

威廉斯和司机伯顿之间展开了一场血战——伯顿对那些马表示了很大的蔑视。

"你的日子现在已经玩儿完啦，老大爷，"他老是这么说，"那些马的日子也都玩儿完啦——最好还是去学学当个司机吧！"

"俺巴望着，还等不到那样作践俺自个儿的时候，俺就死了，你这个小坏蛋！"气极了的威廉斯大声咆哮，他越来越生气，连吃的饭都发酵了，让他肚子胀气，弄得他很难受，所以他妻子也为他着急。

"这会儿你就别着急啦，亚瑟——瑟②，"她好言劝说，"俺们

---

① 典出《圣经·旧约·创世记》第6章至第8章。意指空间局促。
② 马夫的名字是亚瑟，威廉斯是姓。

老了,俺和你,这世道在往前走呢。"

"走到地狱那儿去,它就这么走着呢!"威廉斯一边揉着肚子,一边哼哼。

让事情变得更糟的是,菲力普爵士的举止行为就和一个弄了点儿可恶的新玩意儿的小学生一样。他让他那位新种马的马夫迷惑住了,仰卧在地上,把脚从发动机的罩子下面伸出来,等他从那儿钻出来的时候,颧骨上、头发上,甚至鼻尖上都是油烟,他看起来驯顺得了不得,威廉斯后来是这样对他妻子说的:

"看起来真是可怕,他脏得一塌糊涂,他那么一个干干净净的绅士,穿上那个伯顿的那件脏透了的旧上衣。那个伯顿朝着我龇牙咧嘴地笑,还一个劲儿不声不响地指指画画,因为老爷瞅不着他,俺家老爷叫起伯顿来可亲热哪:'喂,喂,这机器出了点儿毛病,管子里没油啦!'可伯顿不听俺老爷的,'是那个活塞的毛病!'他说,那调门要多冷有多冷。"

斯蒂芬给那辆车迷得神魂颠倒,那程度丝毫也不亚于她父亲。斯蒂芬和可恶的伯顿交上了朋友,而伯顿巴不得要得到一个同盟军,很快就开始教她引擎的各个部件;他还教她开汽车,菲力普爵士也愿意;他们常常三个人一起出去,留下威廉斯盯着看汽车一会儿就跑得无影无踪。

"她是那么棒的一个女骑手,啥都好!"他一边闷闷不乐地搓着下巴颏儿,一边嘟嘟囔囔。

如果说威廉斯觉得心都碎了,这并不是言过其实,他就像一个非常不幸的老婴孩;他的坏脾气常常发作,常常一脸苦相,常常磨他的掉了牙齿的牙床,显得十分孩子气。而这一切说不说都没关系，因为菲力普爵士和他女儿在骨子里都有马的爱好——另外还有拉夫特里，拉夫特里爱斯蒂芬，斯蒂芬也爱拉夫特里。

二

开汽车当然是个最了不起的乐子，但是——它还真是个很大的乐子，也确实如此——等到斯蒂芬回到家里，回到莫顿，进到教室，总有一个小小的灰色身影坐在桌子前面改练习本，或者准备第二天早上的功课。小灰影可能抬起头来笑笑，它这样做的时候，它的脸是动人的；可是它没有笑的时候，那么它的脸就是很难看的，整个儿的形象都太硬、太方——除了额头以外，它倒是圆圆的，亮亮的，活脱就是一个光秃秃的膝头，可是装着知识。如果这个小灰影从桌子旁边站起来，你会大吃一惊，因为它确实浑身上下都是方方正正的——方肩、方臀，平平的胸部也是方块形的；方方的手指头，方方的脚趾头，而且全都小小的；它让人想到一个小巧的匣子，几个角都拼接得整整齐齐的。年龄不详，脸色苍白，头发铁灰，眼睛浅灰，穿的衣服一成不变老是深灰，帕德顿小姐看起来并不是令人很起劲儿的——事实上也根本不像一个有威信的人。但是，靠近仔细观察一下，你得承认，她的下巴颏儿虽然微小，却是咄咄逼人。她的嘴也是坚定不移的，除非她微笑时的温和幽默把那份坚定融化了——那种微笑是在嘲弄、怜悯和质询这个世界，而且也许还包括对帕德顿小姐自己。

从帕德顿小姐刚刚到达的那个时刻开始，斯蒂芬就产生了一种很不舒心的信念，这个小小的古怪女人是要有点什么名堂了，是要待下不走了。的确不错，她马上就安顿下来了，所以还不到两个月的工夫，斯蒂芬就觉得好像帕德顿小姐必定是早就一直都待在莫顿，必定是早就一直坐在那张核桃木的大桌子旁边，必定是早就一直在用那种枯燥无味带有牛津腔调的声音说："你忘了点儿什么，斯蒂芬，"接着又说，"书是不能自己走到书柜里去的，可是你能，所以得要你把它们顺手拿过去。"

真是令人大感惊讶，教室里变样了，没有一本书待得不是地方，没有一个架子是杂乱无章的；连那个箱式躺椅也得打开，哑铃，健身棒都成双成对整整齐齐摆在那儿——帕德顿小姐老是喜欢事情成双成对，也许是出自尚未认识到的求偶的天性。而现在斯蒂芬发觉，自己生平第一次受到了管束，她厌恶这种感觉。有许许多多的规章，所以得把一张很大的时刻表贴在教室的黑板上。

"因为，"帕德顿小姐把那东西钉在上面的时候说，"连我的脑子也受不了你那种毫无章法的习惯，它是传染性的，这张时刻表就是我的解毒剂，所以请你不要把它撕坏了！"

数学与代数，拉丁文与希腊文，罗马史，希腊史，几何学，植物学，它们把斯蒂芬的脑子变成了一座蜂房，每一个蜜蜂都可以在里面嗡嗡劳作而只受到最少的干扰刺激。她常常用惊异的神态凝视着帕德顿，心想，这个小小的方匣子里居然装进了所有这些讨厌的知识！帕德顿小姐见到她这种凝视，就会绽开最热情迷人的笑容，一边笑一边还说：

"是的，我知道——不过，这还只是初步的努力，斯蒂芬；现在你的脑子里就像这间教室一样干净整齐了，然后你才可以找到你要的东西,根本用不着翻箱倒柜大伤脑筋了。"

但是斯蒂芬一做完功课,就一定常常溜出去,到马厩去看看拉夫特里:"啊,拉夫特里,我讨厌那一套!"她常常对他说,"我觉得就像我如果把你套上挽具的时候你感觉到的那样——就像你套上辕勒上防踢皮带那样,拉夫特里——但是,我的宝贝,我永远也不会给你套上挽具的!"

而拉夫特里根本不懂他该怎样答话,因为所有的人,就他对他们的了解来说,都得夹在挽具中间跑——尽管他们都像天神一般,他们毫无疑问也得夹在挽具中间跑……

没有别的东西,只有斯蒂芬对她父亲强烈的爱,才帮助她熬过了这刻苦学习的前六个月——那种爱和她自己顽强、高傲的意志使她痛恨给别人打败。她常常狂怒一般地挥舞健身棒,举哑铃,用对自己肌肉的自豪来安慰自己,帕德顿小姐看到她这样做,常常发笑。

"你一定觉得你的老师是某种侏儒,斯蒂芬——你想一下子就扫掉的某种侏儒!"

这时斯蒂芬也笑开了:"是呀,你是个小小的,帕德[①]——啊,对不起。"

"没什么,"帕德顿小姐告诉她,"如果你喜欢,就叫我帕德,反正对我都一样。"从那以后,在家里就听不到帕德顿小姐了,代之而起的就是帕德。

[①] 此处斯蒂芬省略了小姐的称呼,而且把"帕德顿"这个姓的最后一个音节也略去了,结果意思成了"水坑",太不礼貌,所以赶紧道歉。

这位帕德好像无足轻重，可是有些时候却是毫不含糊坚持己见的。她随时都愿意帮助料理家务，比如帮助安娜算清她那些一塌糊涂的账目，或者为杰克森编制图书室的书目，可是对她自己的权力也毫不放松，十分敏捷地声明和坚持自己的立场。帕德懂得自己需要什么，而且保证要得到，不论是在教室以内或在教室以外。然而，每个人都喜欢她；她给出多少就拿取多少，而且她拿取多少就给出多少。是这样的，不过有时她略为多给出一点点——而且这种多给一点点就是整个教的艺术，事实上也是整个生活的艺术，帕德顿小姐懂得这个道理。因此慢慢地，啊，开始的时候是非常慢地，她就把她那位学生不自觉的反抗制服了。她用机敏灵巧的手指头把斯蒂芬的脑子抓住了，爱抚它，用自己的方式使它成型。她对这个脑子谈话，让它看到新的图景；她给它新的思想，新的希望和抱负；她让它确信不疑，而且对成就感到自豪。在这样做的时候，她也从来不小看斯蒂芬的肌肉，帕德一次也没有嘲笑过这位体育家，一次也没有哪怕只是眨一下眼皮，来表示她对她的学生有些什么自己的想法。她好像把斯蒂芬的一切看作是理所当然的，好像一点儿也不觉得惊讶，或者甚至觉得好玩，而斯蒂芬和她的关系则变得自由自在、轻松舒畅起来。

"我现在和你在一起总是觉得很痛快，帕德，"斯蒂芬常常用很满意的腔调说，"你就像一把娇小玲珑的椅子；虽然你是那么窄小，可是别人总能伸展自如，我不懂，你怎么能做得到。"

这时帕德就会笑笑，那种微笑可以让斯蒂芬感到温暖，同时对她也是一点小小的嘲弄；但是它也嘲弄了帕德自己——她们分享那温暖微笑的嘲弄和善意，所以她们俩谁也不会觉得受到伤害或者显得狼狈。她们的友谊于是生了根，长得壮实，枝繁叶茂，就像在教室里茁壮生长的一棵四季常青的月桂树。

斯蒂芬终于开始理解，帕德具有天才，教授的天才；这种天才能迫使自己的学生分享她本人对古典作品的热烈爱好。

"啊，斯蒂芬，你要是能读这本书的希腊文本该多美呀！"她有时说，声音里充满了激情："它那种美，那种光彩夺目的高贵——那就像大海一样，斯蒂芬，它惊心动魄，但却壮丽辉煌；这就是这种语言，它远比拉丁文雄浑有力。"于是斯蒂芬就会感染到那种突如其来的激情，决心更加努力地学习希腊文。

但是，帕德也并不是仅仅靠老古董生活，她教斯蒂芬欣赏文学中所有美好的东西，因为她观察到她这个学生具有真正优秀的判断力，对遣词造句具有非凡的感受力。这样就为新的兴趣开拓了一片辽阔的领域，斯蒂芬开始表现出擅长作文，她发现她能把长期沉睡在她心中的许多东西写出来——例如她能把全部自然之美写出来，使她自己感到非常惊奇。童年的许多印象——山坡上金色的光华；杜鹃的初次啼叫，那么神秘，具有奇异的魅力；多少次狩猎以后和父亲一起骑马归来——光秃秃的犁沟，那些光秃犁沟所包含的意思。多少种古怪的愿望和古怪的渴求，古怪的欢乐和甚至更加离奇的灰心丧气。力量、非凡体力和勇气带来的欢乐，健康、酣眠和精力充沛醒来所感到的欢乐。拉夫特里背负马鞍跳跃的欢乐，骑着拉夫特里迎风飞驰前进的欢乐。然后又是什么呢？突然出现一片深不可测的黑暗，突然出现一片宽广无边、空无一物的虚无和黑暗；突然出现一种不可名状的恐惧的感觉："我迷路了，我在哪儿呀？我在哪儿呀？我是虚无——是的，我是，我是斯蒂芬——可是，那也是虚无——"于是让人心悸的恐惧的感觉。

写作，那就像天赐的镇痛剂，那就像地层深处流出的清泉，那就像解除精神上的负担；随之而来的某种解脱感，某种宽慰，写作的时候可以写许多事情而不会觉得难为情，不会觉得害羞、惭愧和愚蠢——甚至可以写想当小纳尔森的那些日子，写的时候面带一丝微微的笑容。

有时候帕德会一个人坐在自己的卧室里看斯蒂芬那些奇怪的作文，看了又看；看到那些激流澎湃、青春洋溢的事迹奔泻而出，她一会儿皱皱眉头，一会儿又绽开微笑。

她常常想："这是个真正有才气的人，真正炽烈的才气——在那个了不起的体育家身上发现这种才气真有意思；可是她可能利用她的才气去干什么呢？她要是知道了自己有这种才气，她就要奋起反对这个世界了！"这时候帕德就会摇摇头，看来好像没有把握，于是对斯蒂芬而且总起来说也对这个世界感到抱憾。

三

这就是斯蒂芬如何征服了另一个王国的故事，到了十七岁，她已经不仅是一个体育家，而且也是个有学问的人了。在帕德的精心教诲下历时三年，这个姑娘对自己的头脑也和对自己的肌肉一样感到自豪——有点儿太骄傲了，越来越自负，越来越自鸣得意，甚至妄自尊大，弄得菲力普爵士也得逗她了："问问斯蒂芬吧,她可以告诉我们。斯蒂芬,那条引证阿代曼托斯[1]的话是怎么说的,关于真正的人的心智的那些话——它不是来自欧里庇得斯[2]吧,在什么地方呢?啊,不,我忘了,它自然来自柏拉图;我的希腊文都生锈了,真丢人!"这时候斯蒂芬就知道菲力普爵士是在取笑她,可是他是非常和善的。

尽管近来学到了许多书本上的知识,斯蒂芬还是十分经常地去和拉夫特里谈话。现在已经十岁了,自己也增长了很多智慧,所以他能关心注意地听着。

"你知道,"她常常告诉他,"发展脑力和发展体力一样,都是非常重要的;我现在就正双管齐下——静静地站着呀,拉夫特里!别想那个装麦子的旧箱子啦,也别转着眼睛四处望——发展脑子是非常重要的,因为这可以让你得到比人们更好的长处,可以让你更有能力在这个世界上做你喜欢做的事,克服条件的限制,拉夫特里。"

拉夫特里并没有想那个装麦子的箱子,转着眼睛是在想办法好回答,他想说的是自己的语言不足以表达的某些事情,他那种语言最多也不过是包括一些小小的声音和小小的动作罢了;他想说的是他的某种强烈的感觉,觉得斯蒂芬没抓住真理。但是,他怎么可以希望能让她理解所有无言的动物那种世代相传的智慧呢?那种来自平原和原始森林的智慧,那种从世界的青年时代传下来的智慧。

---

[1] 公元前四世纪希腊哲学家。
[2] 欧里庇得斯(公元前485—公元前406),希腊悲剧作家。

第八章

一

斯蒂芬十七岁就长得比安娜还高,而大家认为,女人像安娜这样就相当高了,可是斯蒂芬差不多和她爸爸一样高——在邻居看来,这就不算个美人儿了。

安垂姆上校常常摇头,还说:"我喜欢她们长得丰满敦实,那样更可爱。"

他的妻子,的确是丰满敦实,她长得那么敦实,穿上紧身褡的时候,她都感到几乎出不了气儿啦,她常常说:"可是斯蒂芬是非常不同一般,差不多——嗯,差不多都有一丁点儿变态了——真可惜,可怜的孩子,这可是一个可怕的缺点;青年男子确实讨厌那种样子,难道不是吗?"

但是尽管有这一大堆议论,斯蒂芬的身材是优美端庄的,平平宽宽的肩膀,颀长的身段,腹部平平,动作果断,姿态优美,她走起路来有体育家的那种从容大方,充满自信。她的手对于女人来说虽然嫌大,不过还是修长的,细心护理过的;她对自己的手感到骄傲。她的面容从小孩的时候起就没有什么变化,仍然有菲力普爵士那开阔、宽容的表情。那上面的变化倒只是更加强了父女之间特殊相像的地方,因为现在她儿时圆乎乎的样子逐渐减少了,所以她脸上的骨骼更明显了,颔部那富有决断的样子和菲力普爵士的一样,结实的下巴颏上那道凹痕的阴影也和他一样;轮廓鲜明而且敏感的嘴唇也像他那样。面貌姣好,非常讨人喜欢,可是安娜坚持要她戴的那顶大宽檐帽,让她的面貌变得不对劲儿——大檐帽缀着丝带或是玫瑰或是雏菊,本来是想让这幅面貌变得柔媚的。

斯蒂芬照镜子看到自己的样子常常觉得有点儿不大自在;"我的样子看起来很古怪吗,还是不呢?"她会纳闷儿,"我要是把我的头发梳得更像母亲那样呢?"于是她松开她头上光闪闪的厚发,从中间分开,向后披散着。

结果老是显得并不好看,所以斯蒂芬又匆匆把头发编成辫子。她现在把辫子紧紧盘起来放在颈后,用黑缎带打了一个蝴蝶结。安娜讨厌这种发型,而且还不断地这么说。可是斯蒂芬坚持不屈:"我按你的样子试过了,母亲,可是我看起来就像个稻草人;你长得美,亲爱的,可是你的小女儿并不美,所以按你那样办太难了。"

"她不肯努力把自己的外表打扮的好一点儿,"安娜常常很严肃地责备她。

这些日子,她们之间在穿衣服的问题上经常开战,倒是一场温和得体的战事,因为斯蒂芬正在学着控制自己的火爆脾气,安娜又很少不是温文有礼的。然而它毕竟又是一场公开的战事，两种相互对立的性格之间无可避免的战事，双方都刻意在穿着上表现自己，因为服饰归根到底还是自我表现的一种形式。胜利有时归于这一方，有时归于那一方；有时候斯蒂芬穿上一件很厚的羊毛针织品，或者一套从莫尔文最好的裁缝那儿偷偷定做的粗花呢服装。有时候安娜会取得胜利，因为她老远地去伦敦购买了柔软舒适而且非常昂贵的服装，她女儿为了让她高兴只好穿上，因为她经过这样长途跋涉，回家来总是疲乏不堪。总的说来，安娜这一次实现了自己的想法，因为斯蒂芬常常会突然放弃争斗，由于安娜表示失望而妥协投降，而且失望总是比仅仅不肯赞成更为有效。

"行，把它给我吧！"她会用颇为生硬的态度一边说，一边从她母亲手里夺过那精致的服装。

于是她马上跑开，把衣服穿上，弄得完全不对头，所以安娜毫无办法只好叹叹气，拍拍她，重新调整，解开又重新扣上，努力平息穿衣人和样板[①]之间的矛盾，她们之间的对立情绪很明显是双方都有的。

有一天斯蒂芬突然直言不讳地说："这是我的脸，"她声言，"我的脸上有点儿不对头。"

"胡说，"安娜大声说道，而且脸上还有些泛红，好像这姑娘的话是对她的冒犯，于是她很快转身走开，好隐藏自己的表情。

可是斯蒂芬已经瞅见了她那一掠而过的表情，她母亲离她而

---

① 指作为样板的安娜。

去，她就一个人非常安静地站在那儿，她自己的脸色因为愤怒而变得阴沉，心里感到有种无法理解的不公平。她用力撕扯那身衣服，把它远远扔开，拼命想把它撕成碎片，把它毁坏，在这样做的时候还想伤害自己，心里一直都有一种很委屈的感受。但是这种情绪突然又转成了自怜；她想坐下来，为斯蒂芬大哭一场；突然一阵冲动，她又想为斯蒂芬祈祷，好像她是另外一个什么人，然而在自己这种苦恼中又确实是她自己本人。她走到衣服跟前去，慢慢把它摩挲平，这好像变得极其重要，这好像变得大有祈祷的重要意义，因为这可怜的、皱巴巴的东西给扔在那儿，乱糟糟的，瘫作一团。然而斯蒂芬这些日子并没有做祈祷，自从她学了比较宗教学以后，上帝已经变得那么不符现实，那么难以相信了；她虔心学习，就把他忘在脑后了。而现在，她呆在那儿，不知道如何解释她面临的难题，于是又非常渴望祈祷："我不幸极了，亲爱的，未必会存在的上帝呀——"这可能不是个非常合适的开始。然而在这种时刻，她是在想要有一个上帝，一个实实在在的上帝，非常和善和慈爱；这位上帝白须飘洒，天庭饱满，是一位仁慈的父亲，他在一群有翅膀的小天使和众天使的拱卫下，从天国俯身下望，而且侧过脸来，以便更好地从祥云缭绕中倾听下界。她想要的是家庭中一位英明年长的上帝，有数不清的天国亲戚簇拥着。她尽管有重重烦恼，还是开颜淡淡一笑，这一笑有助于打消自怜；而且它也不会冒犯那位尊敬的长者，他的形象一直留在小孩子的心中。

她小心翼翼地穿上那身新衣服，把那些弯曲的地方拉起来，把皱纹抚平。她那双大手有些笨拙，可是这双手这时候却是心甘情愿，非常愿意悔改，非常愿意顺从。这双手摩挲着又停下，然后又继续在那无穷无尽掩饰精巧的扎紧扣牢的地方摩挲。她叹息了一次，或者又叹息了一次，但是这些叹息是耐心十足的，也许斯蒂芬毕竟用这种方式祈祷了。

二

安娜继续不断为她女儿烦恼；再就是，斯蒂芬在社交活动中老是惹祸，然而许多女孩子到了十七岁就得介绍正式参加社交活动，可是这种想法一提出来就吓坏了斯蒂芬，所以只好放弃了。在花园茶会上，她总是个失败者，总是显得很不自在，不得体。她握手太重，把戒指压进了手指头里面，这完全是精神紧张不自觉的反应。她完全一言不发，要不就信口开河滔滔不绝，弄得安娜在自己与别人谈话的时候也常常发呆：她得眼耳齐用来仔细注意她的讲话——这对安娜的确是困难已极。但是，如果说对安娜困难，那对斯蒂芬就更困难了，她极其害怕这种喜庆聚会。她这种害怕的确是毫无道理的，成了一种不可理喻的困扰。看来她好像完全失去了任何自信，结果弄得可能刚好在场的帕德不禁作了一个严酷的对比，对比眼前的这个斯蒂芬和那个动作优美、步履轻快、技巧熟练的年轻体育家，那个聪明而又多少有点儿自负，并且迅速在才能方面超过了她自己这位老师的学生。是的，帕德有时坐在那儿严酷地对比着，而且她这样做的时候一点儿也没感到局促不安。这时候她看到自己的学生遇到了一点儿苦恼的事情，所以她必然得与她分忧,但是她同样又不想去提醒斯蒂芬。

"哎哟,"她心想,"她为什么不反击?真荒唐,让那么几个没受多少教育的卑劣乡巴佬弄得那么不高兴——而且是脑子这么好的一个姑娘——真是荒谬绝伦,简直是荒谬绝伦!如果她要让自己不给别人压倒,她还得更强有力地对付生活!"

但是,斯蒂芬把帕德完全忘掉了,她深深陷入她长期疑虑不安的剧痛之中,那种从童年开始就一直缠着她的疑虑不安——她常常认为,别人在笑话她。她那么过于敏感,她偶尔听到一句话,一个词儿,或者偶尔瞥见一个眼神,就让她从内心崩溃。很有可能,别人根本就没有想到她,更没有议论她的外表——这也没用,她老是想象,以为那个词儿,那个眼神,完全是有个人含意的。她会不恰当地用手猛地拉拉自己的帽子,或者笨手笨脚地走着,就像她以前那样耷拉着脑袋,直到安娜小声对她说:

"把胸挺直,你的背有点弯。"

或者等帕德不高兴地大喊一声:"怎么回事儿呀,斯蒂芬!"

这一切让她更觉得难为情,只是增加了她的苦恼。

她和别的年轻姑娘,没有什么共同的地方,而她们反过来又觉得她惹人讨厌。她对某些问题羞羞答答一本正经,有人偶然提到,她还真会满面羞红。这样一来就让她那些伴侣觉得古怪荒唐——毕竟是在女孩子之间——确实每个人都懂得,有的时候不应该把脚打湿了,也就是在某些时候,不要玩游戏——确实也没有什么值得大惊小怪的呀!而且她对其它一些事情也很古怪。有许多事情,她都不愿意提起。

最后,她们都对她完全丧失了耐心,让她自己一个人去标新立异，胡思乱想，因为她们不喜欢有她在场碍手碍脚，不喜欢为了显得温文尔雅甚至不敢委婉提到那些天生的必要机能。

但是有时候斯蒂芬又痛恨自己的孤立，于是她做出点拙劣的友好接近的表示，眼神里露出点歉意，就像个失宠的狗那种眼神。她参加她们那些无忧无虑的谈话，在那些伙伴面前努力摆出一副自由自在的样子。她在聚会上有时漫步走到一伙年轻姑娘跟前，咧嘴笑笑，仿佛对她们的那些小玩笑很开心似的，或者在她们聊起衣服或是访问过莫尔文的某个走红的男演员的时候，一本正经地站在旁边听着。只要她们不谈太亲昵的细节，她就会一厢情愿地以为，她的兴趣合格通过了。她站在那儿，两只强有力的胳臂抱着，她的脸因为凝神倾听而多少有些紧张。她一方面瞧不起这些姑娘，然而另一方面又渴望能像她们一样——的确是这样，在那种时刻她渴望能像她们一样。就在她们在一起说长道短的时候，她突然发现，她们好像非常快活，对她们自己把握十足。在她们那种女性的密切交谈中间，有某种很有把握的东西，一种很有把握的相互理解、团结一致的东西；每一个人都能理解其余所有人的热望。她们可能各有忌妒，甚至还有争吵，但是她总是看得出来，在内里存在着团结一致的感觉。

可怜的斯蒂芬！她从来都骗不过她们；她们总是能够看穿她，正好像她是一个窗户可以看过去似的。她们完全知道，她一点儿也不关心什么衣服呀，走红的演员呀。她们的谈话慢慢变得结结巴巴，然后就完全断了气儿，她一在场就让她们灵感的源泉枯竭了。她努力想让自己显得和悦可亲，却把事情搞砸了；她们倒真是喜欢她脾气暴躁的时候。

要是斯蒂芬遇见的男子能够平等相待,她就会老是选择他们作为自己的伙伴;她宁愿选取他们,是因为他们豪爽开阔的眼界。和男子在一起,她有许多共同点——比如运动。但是,如果她大胆放开,他们会觉得她太聪明能干;如果她羞怯退缩,他们又会觉得她太笨拙无能。除此以外,她身上还有点对抗的情绪,一种毫无觉察的自以为是的情绪。尽管她可能显得羞怯,他们还是感觉到这种自以为是;这让他们厌烦,让他们觉得自己处于防御地位。她长得俊美,但是她的身体和思想都太高大而且毫不屈服,而他们喜欢的是那种小鸟依人式的女人。他们是橡树,愿意有常春藤似的女人来盘绕。它可能绕得很紧,最后把人箍死。事情也常常是这样,然而他们喜欢这样。事情既然如此,他们对斯蒂芬感到愤恨,怀疑她身上有点什么就像苦涩橡子似的东西。

三

在这段时间,对斯蒂芬最严酷的考验是在这个好客的郡里大家轮流举行的宴会。它们都是漫长的,上了过多的菜肴;因为充满了彬彬有礼的谈话而显得沉闷;因为摆满了家庭拥有的银器而显得华贵;而最主要的则是坚定不移的保守精神,就像婚礼本身一样保守,而且几乎总是保持着男女的区别。

"阮姆齐上尉,你陪戈登小姐入席好吗?"

他弯起胳臂,温文有礼:"十分愉快,戈登小姐。"

于是排起了庄严而又非常荒唐可笑的行列,那些动物都成双成对地走进诺亚方舟,非常有把握能得到神的庇护——上帝他创造了男男女女!斯蒂芬的裙子很长,她一只脚给绊住了,她又只有一只手可以自由活动——队伍停了下来,是她把这个行列弄得停下来的!她把这个行列弄得停下来了!无法容忍的想法!

"我太抱歉了,阮姆齐上尉!"

"哎哟,我可以帮帮你吗?"

"不——这真是——没事儿,我想我能够——"

但是,啊,弄得乱成一团,一定有人在笑,真叫人丢脸,阮姆齐上尉看来很有耐心,可是得挂在他的胳臂上受他支撑,真叫人气愤。

"弄坏的不多,我想你只是把褶子边撕坏了,不过我常常纳闷儿,你们妇女怎么能做得到。想象一下,一个男子要是穿上像那样的衣服,想想都觉得太可怕了——想象一下要是我穿上它!"接着是笑声,并不是不怀好意,可是有那么一点点不好意思,还不仅是一点点自鸣得意。

斯蒂芬安全地到达了她在长餐桌上的座位,于是竭尽努力要笑得灿烂,谈得机灵,而她的同伴则在想:"天哪,有她在场,真是个重负;我倒希望陪她母亲;唉,现在有这么个可爱的女人!"

而斯蒂芬想的是:"我是个让人讨厌的人,这又是为什么呢。"然后又想到:"可是,如果我是他,我就不会是个让人讨厌的人了,我可以就是我自己,我可以觉得十分自然。"

她脸上因为愤恨和烦恼而露出很多红斑点;她觉得她的脖子都红了,她的手也弄得不知所措。她觉得窘困不安,于是坐在那儿低头看自己的双手,这双手好像越来越弄得不知所措。真是无地自容！无地自容啊！阮姆齐上尉有副好心肠，他尽量努力显得客气大方；他那双灰色的眼睛看着斯蒂芬的时候竭力表现出爱慕之情，彬彬有礼的爱慕之情。他的声音显得更加柔和，更加自信，是那种有教养的男子对善良妇女的声音，是带有保护性的，对人尊重的，然而又有一点点意识到性的区别，有一点点期待着羞怯的回应。但是斯蒂芬觉得自己对每句温和的话语和每个献殷勤的暗示则是越来越生硬。对于可怜的阮姆齐上尉，或者另一个什么倒霉人，要想显示男子汉的气概尽力履行自己的义务，斯蒂芬都会感到公开对立。

在这种心情之下，有一次她喝了一点儿香槟酒，只是一小杯，这是她生平的第一次。她不顾死活仅仅一口就全喝了下去——结果不是酒给她壮了胆，而是让她打嗝。连续不断难以制止地猛打，响遍了整个长长的餐桌。本来谈话当中有些间歇是常有的，而斯蒂芬在这一次间歇中一直都在打嗝。于是安娜开始非常高声地讲起话来；安垂姆太太一直在微笑，他们的女主人也是一样。女主人最后挥手招唤男管家，"给戈登小姐端杯水来，"她小声说。自那以后，斯蒂芬就像躲开瘟疫一样躲着香槟酒——她下了决心，宁可郁郁不乐，消沉绝望，也不要打嗝！

真是奇怪，她努力想和别人交往的时候，她那个优等的头脑居然好像帮不上她什么忙；尽管她自信地向拉夫特里夸口，可是她的头脑好像根本帮不了她的忙。这也许是因为她那身衣服，因为她一穿上安娜让她穿的衣服，她的一切自负就都没有了；在这种时候，衣服对她影响很大：让她充满信心，或者丧失信心。但是尽管事实如此，别人总觉得她特殊，对他们来说，这就等于非难。

因此，斯蒂芬相信，对她自己来说，在莫顿那些坚固、友好的古老大门之外，就没有真正的栖身之地，于是她就越来越死守着她的家，死守着她父亲。尽管感觉到惶惑和不快，她在一切社交场合总是找她父亲，并且就坐在他身边。她身躯魁伟、肌肉发达，却还是像个很小的孩子一样，在他身边坐着，因她感到孤独，因为年轻人多半都是理所当然地讨厌孤独，而且因为她还没学会她艰难的一课——她还没有懂得：这个世界上最孤寂的地方是没有男性的地方。

第九章

一

菲力普爵士和他女儿有一种新的共同爱好:他们现在可以讨论书籍了,书的编写和书的情调、品位和精髓——这是一种强有力的纽带,饱含魅力的纽带。他们可以相互理解地讨论这些问题;他们在父亲的书房里一谈就是几个钟头,菲力普爵士发现这个姑娘的心里蕴藏着一种尚未告人的志向,就像在深厚的土壤中埋有一粒种子一样;他作为她身体和精神的优秀园丁,给她松土,给这粒志向的种子浇水。斯蒂芬常常让他看她那些古怪的作文,在他看的时候,平心静气地等在一边;后来有一天晚上他抬头看着她脸上的表情,微微一笑:

"那么说,你想当个作家。嗯,干吗不?你很有些才能,斯蒂芬,你要是当了作家,我就会很得意了。"在这以后,他们对编写书籍展开的讨论,甚至更有事关重大的魅力了。

但是安娜到书房却越来越少了,她常常一个人闲坐着。帕德在楼上教室里工作着,可能在拼命锤炼她的希腊文,好适应斯蒂芬的步子,但是安娜只是把双手搁在膝上坐在那宽敞的客厅里,那里处处协调优美,打磨精细的古老胡桃木家具雅致宜人,蜜蜡、香根鸢和紫罗兰散发芬芳——安娜常常独自一人在空落落地枯坐,抱着白净的双手,无所事事。

她一直是个漂亮可爱、悠闲自在的女性,尽管年事渐高,仍然如此,不过没有学问,啊,没有,离博学可是非常遥远——的确,这就是菲力普爵士一直爱她的原因,这就是他一直觉得她总是那么令人心旷神怡的原因,这就是他经过很多年以后依然爱她的原因;她的单纯朴素比博学多才更有力量稳住他。可是现在安娜到书房去的次数越来越少了。

这并不是因为他们没能让她感到她受欢迎,而是他们掩藏不住他们自己对她不大了解或者毫无所知的问题怀有极大的兴趣。对于古典作品,她知道点什么,或者说她关心些什么呢?对伊拉斯谟①的作品,她有什么兴趣呢?她的神学不需要什么博学的讨论,她的哲学只包括一个打扫得整洁、布置得华丽的家,至于诗人嘛,她喜欢简单的诗章,至于其余的诗,她就专靠她丈夫了。所有这一切,她都了如指掌,而且也不想改变,不过近来她遭受到一些痛苦,折磨人的痛苦,她不敢说出来的痛苦。每当她去到那个书房看到菲力普爵士和他们的女儿在一起,也了解在他坐着给斯蒂芬念些什么的时候,她在场丝毫也不会给他增添什么幸福。

---

① 伊拉斯谟(1466—1536):人文主义哲学家,生于鹿特丹,死于巴塞尔,一生坚持保卫学术,主张宽容、理性与和解,反对战争和一切暴力。

这种痛苦就啃啮着她的心。

她注视着这个姑娘，她就会看到这个孩子和父亲有一种不可思议的相似，令人反感的相像；她会注意到他们的动作相似到让人觉得古怪；他们的手是一样的，姿势是相同的，她心里突然一怔，觉得有无可名状的愤恨，同时她又责备自己，悔恨得直打哆嗦。安娜尽管悔恨哆嗦，她有时听到自己对斯蒂芬讲话的那种腔调又暗自感到羞愧。她有时听到自己隐约机巧地嘲笑他们，巧妙得让斯蒂芬只能抬起头来莫名其妙地看着她；巧妙得甚至连菲力普爵士对她所说的也提不出异议来；于是喜欢也罢，不喜欢也罢，如果轻松脱身了，她就会笑笑，好像这一切都不过是玩笑罢了，斯蒂芬也会笑起来，一阵友好的大笑。但是菲力普爵士不笑，他那双眼睛带着诘问、惊异、怀疑和愤怒的神色，想盯住安娜的眼睛。这就是为什么现在每逢菲力普爵士和女儿在一起的时候，她很少到书房去的原因。

但是有时候只有安娜和丈夫在一起，她就会突然默不作声扑到丈夫身上。她把脸藏在他坚实的肩上，越趴越紧，好像她觉得恐惧，好像她害怕他们的这种了不起的爱似的。他会非常安静地站着，克制自己不动，克制自己不问，因为他为什么要问呢？他早已知道了，而且她也知道，他是知道的。然而他们俩谁也不说破这件不愉快的事情，他们的沉默像一团有毒的雾瘴包围着他们。那个幽灵，也就是斯蒂芬，好像在旁边盯着，菲力普爵士轻轻脱身出来，放开安娜，她抬起头来，看着他那双困倦的眼睛，那里面不再是愤怒，不过是非常不愉快。她会这么想，那双眼睛是在恳求，是在求情；她会想："他在为斯蒂芬向我求情。"于是她自己的眼睛里也充满了悔恨的泪花,当天晚上她跪了很久,向她的造物主祈祷:"让我得到安宁吧,"她哀求主,"请开导我的心灵吧,好让我学会,怎样爱我自己的孩子。"

二

菲力普爵士现在显得比自己的年龄更苍老了,安娜见到这一点,简直忍受不了。她全身心都拼命反抗,所以她想把这些年头全都推回去,用她自己那瘦弱的身躯来阻挡它们,不得越雷池一步。即使这些年头是一列挥舞着明晃晃的刀剑的武士,她也会心甘情愿地用自己的身躯来阻挡他们不得越雷池一步。

菲力普爵士现在经常待在自己的书房里直到凌晨。他的这种习惯是近来逐渐形成的,而安娜醒来发现自己孤零零一个人,觉得不安,于是蹑手蹑脚下楼去听听。走过来走过去,走过来走过去!她听见他孤独的脚步声在室内回响。他为什么来来回回地踱步,而她又为什么老是不敢问他?为什么她把手伸向房门准备扭开门柄的时候总是心存恐惧呢?啊,可是它,这个挡在他们中间的东西,是很强大的,是因为他们俩联合在一起的躯体的力量而变强大的。它从他们俩的青年时代,他们俩的热情,从他们俩的热情所蕴含的辉煌而又深长的意义获得了自己的生命——这就是它怎样生龙活虎地跃入人生,而现在又插进来挡在他们俩中间的,他们日渐衰老,仅仅留存着爱心——爱心愈文静也许愈完美——和作为这种爱心一部分的他们相互之间的忠贞,以及作为莫顿安宁一部分的他们的安宁。走过来走过去,走过来走过去!那种持续不断、孤独寂寞的脚步声四处回响。安宁?在那间书房里确实没有安宁,倒是有苦恼,威胁,预示!然而预示什么呢?她不敢问他,她同样也不敢扭动门柄。一种灾祸来临的预感纠缠着她,让她带着她那没有提出的问题溜走了。

这时有某种东西吸引着她,不是吸引她回到自己的卧室,而是吸引她上楼去到他们女儿的屋子。她轻轻打开房门——一点一点地打开。她伸出手来挡住烛光,站在那儿俯视着熟睡的斯蒂芬,正像她和她丈夫很久以前所做过的那样。但是现在她俯视的不是一个小小的孩子,不是一个柔弱无能激起母亲可怜的小孩。斯蒂芬直直地躺在那儿,很大,很长,躺在绣着整整齐齐花样的被子下面。常常有只胳臂露在被单外面,因为胳臂平放在那儿,衣袖甩在一边,那只胳臂看起来坚实有力,而且好像要拥有什么,在烛光映照下,她那张脸也好像如此。她睡得很熟,她的呼吸均匀平静。她的身体好像陶醉在养精蓄锐之中。早晨起床她就会神清气爽精力充沛;她就会吃饭,说话,活动——她就会在莫顿四处活动。在马厩里,在花园里,在附近的驯马围场里,在书房里——在莫顿四处活动。出于固执的天性,安娜会盯着这副光彩照人、充满青春活力的躯体,她会感觉到,而且确实感觉到,她看到的是某个陌生人。她会回忆起这个陌生人刚刚降临人世的情景,用这来鞭笞自己的心和焦急不安的灵魂:"小小的——你当时多么小啊!"她轻声细语,"你咂我的奶,因为你饿了——又小而且又老是饿得不得了——不过,还是个好娃娃,是心满意足的小小的娃娃——"

斯蒂芬有时在睡梦中翻动一下,好像她模模糊糊感觉到了安娜在那儿似的。这以后,她又安静地睡了,深沉、宁静,吐故纳新一下一下呼吸着。这时安娜依然在鞭笞自己的心和焦急不安的灵魂。她弯下身来亲亲斯蒂芬,非常轻非常快地亲了一下她的额头,好不把她惊醒。为了不让她惊醒过来也来亲她。她只是很轻很快地在她额头上亲了一下。

三

年轻人眼睛的观察是非常敏锐的。青年都有自己的危机时刻,有敏锐的直觉,即使正常的青年也是如此——但是那些处于两性之间的年轻人的直觉,则是极其无情,极其尖锐,极其准确,极其致命,简直成了额外的灾难;正是凭着这样一种直觉,斯蒂芬发现了,她父母的情况不妙。

从外表看来,他们的生活平静无波;到现在为止也没有任何事情扰乱莫顿外表的宁静。但是他们亲生的孩子用灵魂的眼睛看出了他们的内心;作为他们的骨肉,她是从他们的心里跳出来的,所以她知道,那两颗心是很沉重的。他们什么也没说,但是她感觉得到,某种深沉隐秘的烦恼正在折磨他们双方;她可以从他们的眼睛里看到这一点。她可以从他们并未说出的话语中听到这一点——它就在那儿,填满了那些沉默的裂隙。她想到,她从父亲迟缓的动作中觉察到这一点——的确,他的动作近来不是变得更加迟缓了吗?而且他的头发已经相当灰白了;整个头发都相当灰白了。

有一天早晨他坐在阳光下,她看到这点不觉微微一惊——以往阳光照在他脖子后面,那头发一向看来都是红褐色的——现在整个都是暗灰色的了。

但是这还无关紧要。和某些更加重大的事情,和他们的爱比较起来,甚至他们的烦恼也无关紧要,他们的爱,那才是唯一的事关重大的事情,而且也正是他们的爱,现在最为严重地遭到了危险。他们之间的这种爱一直是一种了不起的光辉;她整个一生都和它一起共同呼吸,但是直到它受到威胁以前,她从来没有感觉到,她真切了解它的真正意义——让莫顿庄严而美丽的灵魂成为有血有肉的现实。是的,这就是它真正的意义。然而,对她来说那还只是它的一部分意义,它还意味着某种比莫顿更伟大的事情,它一直是圆满无缺完成职责的象征——她记得,甚至还只是个很小的孩子,她就朦胧觉察到那种圆满无缺的完成职责。这种爱一直像一座伟大的友好灯塔闪光照耀,这是一种坚定不移而且非常让人安心的事情。尽管是毫不自觉的,她一定要常常用它来使自己感到温暖,一定要用它来化解她的疑虑和她那些模模糊糊的不安。这永远都是他们的爱,相互之间的爱;她知道这一点,而它也一直是她的灯塔。但是现在那些火光不再是稳定的了;有某种东西居然敢干扰它,使它减色。她渴望用自己的青春和力量一跃而起,把这种东西从她那神圣而又神圣的殿堂赶走。那圣火决不能熄灭而让她置身于黑暗之中。

然而她却是完全孤立无助的,她也懂得是这样。她所做的一切好像都是不合时宜的,孩子气的:"我是个孩子的时候,我说话像个孩子，理解事情像个孩子，想事情像个孩子，"①她想起圣保罗，于是发狠做出决定：她确实仍然是个孩子。她可以坐在那儿死死地盯着他们——这对可怜的受到伤害的情侣——用那种受到伤害的、严厉谴责的目光盯着他们："你们决不能让任何东西破坏你们的爱，我需要它，"她的目光可以向他们发出那种信息。反过来她也可以爱他们，占有欲很强的、强烈的爱："你们是我的，我的，我的，是我周围的一种圆满无缺的东西。你们是一体的，你们都是我的。我害怕，我需要你们！"她的思想可以向他们发出那种信息。她可以开始抚摩他们，笨手笨脚地，畏畏缩缩地，用她那瘦而有力的手指头抚摩他们的手，先抚摩他的手，然后抚摩她的手，然后或是又一起抚摩他们俩的手，因此他们尽管有自己的苦恼还是微笑了。但是她不敢站起身来谴责他们，对他们说："我是斯蒂芬，我就是你们，因为你们生养了我。我不让你们抛弃自己，好这样来抛弃我。我有权利要求你们，要你们不要抛弃我！"不，她不敢站起身来对他们说这番话——她从来没有从他们那儿强要任何东西。

有时候她又把他们想成是和她一样的普通人，命运让他们做了她的父母。她的父亲，她的母亲——一个男人，一个女人；这时她会很惊异地发现，她对这个男人和这个女人简直是一无所知。他们从前也是个婴儿，后来长成了小孩，不知道什么是生活，而且他们也互不相干。这看起来好像很奇怪，不知道什么是生活——她父亲是十分柔弱的，而且还是独立的。他们甚至也像她

---

① 见《新约·哥林多书》第13章第11节。

自己一样，进入了青春期，也许有时候也感到不愉快。他们有过一些什么样的思想，那些隐藏的思想，那些从未谈起过的朦朦胧胧的焦虑不安？她母亲身上打上成年妇女标记的时候，她曾经感到愤恨，表示反对而向后退缩吗？肯定没有，因为她母亲不知道怎么样总是那么完美，所以落在她头上的同样也总是完美的——她母亲把造化拥入自己的怀抱，当作朋友，当作热爱的同伴来拥抱。但是她，斯蒂芬，却从来没有过那样友善的感觉，她猜想，这一定是说明，她缺少某种美好的本能。

她母亲在爱尔兰曾经度过青春的年代；她有时也谈起过，不过都是隐隐约约的，就像他们现在已经非常遥远，就像从来没有认真考虑过似的，然而她一直是漂亮可爱的安娜·莫洛，一直备受赞美，备受爱慕，备受追求——而她父亲呢，他也见过世面，去过罗马，去过巴黎，经常在伦敦——在那些岁月，他在莫顿住的时间不多；而且看起来多么奇怪，有那么一段时间，她父亲实际上并不认识她母亲。他们相互之间根本谁也不知道谁，他一直到二十九岁，她则刚刚满二十，然而他们一直是相互吸引着，总是不由自主地愈靠愈近。终于有一天早晨在克莱尔郡，这两个人突然互相见到了，从那一时刻起，就懂得了生命和爱情的意义，这只是因为他们互相见到了对方。她父亲很少谈起这些事情，但是他还是告诉了她这许多，所以一切都变得非常清楚——他们互相认识对方的时候，那感觉如何？把事情看得清清楚楚，懂得了事情最根本的原因，那感觉又如何呢？

莫顿——她母亲来到了莫顿，来到了奇妙的、逐渐展开的莫顿这个家里。她第一次走过光闪闪的半圆形楣窗下面那沉重的白色门洞。她走进那古老的方形大厅，厅里摆着熊皮，还有戈登家那些怪里怪气正襟危坐的先辈们的肖像——厅里有马鞭架，斯蒂芬的马鞭就放在那儿——厅里还有美丽的彩虹颜色的窗户，俯视着窗外的草地和花园沿边种植草本植物的花坛。于是，也许是手牵着手，他们穿过大厅，她父母一男一女，就注定了命运——而他们的那个命运就是斯蒂芬。

十年。有十年的时间，他们只有他们自己，他们自己和莫顿——的确是奇妙的十年。但是在所有那十年里，他们在想些什么呢？也许他们想了一点关于斯蒂芬的事？啊，可是她怎么可能有希望去知道这些事情，他们的想法，他们的感觉，他们隐秘的雄心壮志呢？她，那时候甚至还没有进入娘胎，她，那时候还没有来到这个世界。他们生活在她还没有放眼观看的这个世界；日日夜夜，一周复一周，一月复一月，一年复一年都过去了。时光存在过，可是她，斯蒂芬，并没有。他们活过了那段时光；它进入了他们的生命发展过程；他们的出现是它忍痛受累的结果，是从它的子宫里跳出来的，就像她从她母亲的子宫中跳出来那样，不过她并不是那忍痛受累的一部分，不像她是她母亲那忍痛受累的一部分。毫无希望！然而她必须努力去了解他们，这两个人，他们心中的每一寸地方，他们脑子里的每一寸地方；而了解他们，她就必须努力去保卫他们——但是首先是保卫他，啊，首先是保卫他——她没有问为什么，她仅仅知道，因为她爱他，就像她表现的那样，所以他总是第一个出现。爱绝对就是这样；它只乘自己的一时之兴，不问任何问题——它极其简单。但是为了他的缘故，她也必须爱他之所爱，她的母亲，虽然这种爱不知道为什么却是很不相同；这更多是他的，而不是她自己的，是他把它硬加给她的；它不是她生命的一个不可分割的部分。然而也还是得好好照顾，因为一个人的幸福也是另一个人的幸福。他们俩是不可分离的，是同一血肉，同一灵魂，而且不管潜入他们中间的是什么，都是在努力要把这个同一体撕得粉碎——这也就是她，他们的孩子为什么必须挺身而出，只要可能就必须帮助他们的原因，难道她不是他们这个同一体的产物吗？

四

有些时候她以为，她一定是弄错了，并没有什么烦恼笼罩着她父亲；这常常是他们俩坐在他的书房里的时候，因为这时候他好像是心满意足的。菲力普爵士坐拥书城，摩挲着他那些书的封皮，看来又无忧无虑，心境怡然了。

"世界上没有任何朋友能像书一样，"他对她说，"看看待在这个古老的羊皮护封里的家伙吧！"

也有一些时候，他们出去打猎，他似乎显得非常年轻，就像拉夫特里在第一次追猎季节那样。但是年满十岁的拉夫特里现在可比菲力普爵士聪明，因为爵士的行动就像个冒冒失失的学童一样。他让斯蒂芬领头从惊心动魄的险处跳过去，等她跃马安全跳过去以后，他就转过头来咧开大嘴对她憨笑。他这些日子喜欢她在他那些骑手中名列前茅，而且暗中夸耀她本人。这种运动让他的眼里又闪耀出往日的光芒，他的眼睛落在他女儿身上，就会显露出快乐的神色。

她常常想:"我一定是大错特错了。"于是心里感到十分平静。

他们缓辔徐行走在朝着莫顿往家里走的道上,他会说:"你注意到了吗,我这匹马驹是怎样越过那道非常难以对付的木栅栏的?五岁口的小马,真不简单,它会很有出息的。"也许他还会加上两句:"五岁口再加上三岁口,你也可以对你那匹老家伙说,它也不赖!我五十三了,斯蒂芬,我要是不马上把烟戒了,我就要出问题了,那是一定的!"

这时候斯蒂芬懂得,她父亲觉得自己还年轻,非常年轻,想要她对他说两句恭维话。

可是这种情绪维持不久,常常是等到他们俩一回到马厩,情况就变了。她突然内心痛苦地注意到,他走路的时候驼着背,还不大严重,可是已经有一点儿了。她很爱他那宽阔的脊背,她一直都是喜欢它的——那敦厚仁慈、让人放心、给人以保护的脊背。这时会出现这样一种想法,也许那敦厚仁慈就像背上了一种重负,把他的脊背压弯了吧,于是又出现了这种想法:"他确实是背上了重负,不是他自己的,是别的什么人的——可是是谁的呢?"

第十章

一

圣诞节到了,这姑娘十八岁的生日也和它一起到了,但是笼罩她家的阴影并没有减少,在那阴影中四处摸索的斯蒂芬也找不到一条路可以通向光明。每个人都想方设法显得高兴和快乐,就像甚至愁肠百结的人在圣诞节努力表现的那样,那几个花匠则搬回大把大把的冬青树枝,来装饰戈登家先辈们的肖像——那些枝叶繁茂、长着小红果的冬青长在小山上,年复一年地从山上送到莫顿府上来。戈登先辈们那英勇果敢的目光从花圈中死板板地向外看着,好像他们正想着斯蒂芬。

大厅里竖着斯蒂芬小时候的圣诞树,因为菲力普爵士喜爱古老的德国习惯,他们好像是坚持认为,即使老年人也和孩子们一样,在上帝生日那天和他一起玩耍。挂在圣诞树顶上的圣婴小蜡像上下左右摇摆着,他身上穿着闪闪发光的睡衣,上面缀着金色和蓝色的彩带;这个圣婴小蜡像老是向下面和向旁边看,因为他虽然很小，可是却很重——或者像斯蒂芬小时候所想的那样，因为他在找他的父母。

早晨，他们都上村里的教堂，那里面冷飕飕的，散发着新砍下来的枝叶的气味，像月桂呀，冬青呀，刺鼻的松柏枝条呀，人们用这做成花环挂在橡木的讲道台上，也用这装饰祭坛；那只脸上带着急切神色的鹰，在翅膀上载着《圣经》，也显出一副节日喜庆的样子。这个小小的教堂，同它那些唱诗的孩子，他们的脸蛋儿红得像苹果，穿着洗干净了的衣服；还有来自牛津的那位年轻牧师，他在夏天为了上帝的光荣和本郡的福利而打板球；还有附近一带衣冠楚楚的乡绅，他们新近购置了一架上好的风琴，所以现在可以听到赞美诗的音乐而有自我满足的感觉；但是还有其它一些更接近天国的东西，因为还有那些古老动人的圣诞歌曲，这一切都带有浓烈的英格兰味儿。唱诗班唱起了不分男女、无忧无虑的歌声。"牧羊人守望着他们的羊群……"唱诗班这样唱着；而安娜柔和的女中音与她丈夫深沉的轰鸣和帕德的女高音交相应和。接着斯蒂芬完全是为了唱唱高兴也跟着唱了起来，不过她的声音有点沙哑："牧羊人在夜晚守望着他们的羊群，"斯蒂芬唱着——因为某种原因，她想起了拉夫特里。

做完礼拜以后，根据老习惯互致圣诞问候："圣诞快乐。""圣诞快乐。""彼此同乐！"然后回到莫顿家里，丰富的午宴——火鸡、加白兰地奶油的李子布丁，还有百果馅饼，帕德吃了这种馅饼总会消化不良。然后就是甜食，从盒子里拿出各种甜甜的果脯，那透明的果脯弄得你手上发黏，还有从莫顿的暖房里取来的水果；还有谁也记不得从哪儿来的娇小玲珑的红苹果，你要是嘴馋，连皮带肉两口就吃光了。

整个长长的下午都在等待天黑，到那时安娜就会点起圣诞树上的蜡烛；不用打铃去打扰那些仆人，等到他们全都排成一列等待给他们礼物的时候才打铃；那些礼物都在圣诞树下面堆得高高的了，树上的蜡烛安娜都会点着的。黄昏时刻，拉好窗帘，现在屋子里够黑的了，有人去给安娜拿来那支细小的蜡烛，可是安娜得当心那蜡制的小圣婴，虽然烛火会把他烤化，他还是喜欢好多蜡烛。

"斯蒂芬，爬上去，好吗，把圣婴拴得靠后一点，他的大拇指都快碰上那只蜡烛了！"

这时候安娜拿起那支点着了的细小的蜡烛，沿着一根一根的枝条点上去，十分缓慢，小心庄严，好像她是在完成某种宗教仪式，好像她本人就是执行仪式的女祭司——安娜身材苗条高挑，她那身长袍上柔软的褶子环绕在她的身上，一直围到脚腕子。

"打三次铃，好吗，菲力普？我想，蜡烛都点好了吧——不，等等——现在都点好了，我把顶上那支蜡烛忘了。斯蒂芬，开始分礼物吧，请你分吧，亲爱的，你父亲刚刚打了铃召仆人来。啊，帕德，你可以把那张桌子推过来，我要用上了——不，不是那一张，是窗户旁边的那张——"

大家窃窃低语，小声笑着，仆人排着队穿过钉上绿呢的门走进来，除了管家和几个穿号衣的马夫男仆的模样还熟悉以外，其他穿便服①的人全都像陌生人一般。厨娘威尔森太太穿着新式剪裁

---

① 平时他们都穿制服。

的黑色绸衣，洗碗女仆穿的是铁青色的开司米羊毛衫，一个女仆穿的红紫色，另一个穿的绿色，三个女仆中地位较高的那一个则穿的暗褐色，而安娜的贴身女仆穿的是安娜的一套旧衣服。然后是在外面，在花园和马厩工作的仆人——这些男仆平常都是戴的便帽，现在都光着头——老威廉斯头上的秃顶越来越大了，没穿马裤，而是穿上了紧身的长裤；老威廉斯走起路来直挺挺的，因为他那套新衣服穿起来感觉像硬纸板似的，还因为他那白领子太高了，还因为他那现成的黑色硬蝴蝶结老歪歪扭扭的。马夫和男仆一个个都油光锃亮，从他们擦满了油的头上直到擦亮了的鼻尖，粗使的男仆都显得尴尬，袖子很短，露出粗糙的手，虽然想显得干脆利索，却还是显得笨手笨脚。花匠由一本正经的霍普金斯先生领头，他身着黑色的节日盛装，刚做完礼拜，他懂得马的葡萄疮可以遗传，所以脸上带着忍耐和痛苦的表情。那些工人身上有股泥土味，尽管他们狠狠擦洗过；那些工人的脖颈上和手上横七竖八地布满了细小的塞满泥土的皱纹——有些工人由于侍候地球很早就累弯了脊背。他们紧跟着一本正经的霍普金斯先生站在那儿，眼睛盯着那棵点满蜡烛的高大圣诞树，而他们费了那么多时间辛勤劳动栽培花木，他们却从来没有仔仔细细地看过。从来没有，反而是现在他们站在那儿，傻呆呆地瞅着这棵树，好像点上了蜡烛，挂上了圣婴和其它种种东西，它就变成了丘园①里从国外移来的奇花异木了。

---

① 丘园为伦敦西郊一个巨大植物园，里面栽种了来自英国和国外的许多奇花异木。

然后安娜叫着那些工人的名字，送给每个人一份圣诞节礼物；他们向她致谢，向斯蒂芬和菲力普爵士致谢；菲力普爵士感谢他们的忠诚服务，这是莫顿多年来一直传下来的优良习俗，就连菲力普爵士本人也记不清起自何时了。这一天就这样按照老规矩过去了，每一个人从最高到最低的都记住了；安娜也没有忘记她给村里送的礼物——温暖的披巾、一袋袋的煤炭、咳嗽药水和糖果。菲力普爵士给牧师送去一张支票，这可以维持他很长时间打板球时穿法兰绒运动服；斯蒂芬给拉夫特里带去一根胡萝卜，给年老发胖的柯林斯两块糖。给他喂糖的时候，他因为瞎了一只眼，把斯蒂芬的手都咬了。帕德给她住在南方康沃尔的姐姐写了一封长信，她把姐姐忘了，只有在圣诞节这种勾起人们记忆的场合，我们不知何故总是回忆往事的时候，她才想起她来。仆人们都饱餐一顿，猎马则在他们那散发着草香的马厩里休息；在田野里，海鸥深入到内陆来，也饱餐较小的生物——地蚕和蚰蜒，以及其它不幸的小鱼，这些东西飞禽嗜之如命，农人则恨之入骨。

夜幕降临，笼罩着这所宅院，从黑暗中传来村里小学生急切而稚嫩的声音："圣诞节，圣诞节——"那急切稚嫩的声音喊着，莫顿的女主人用糖果犒劳他们。菲力普爵士翻动大厅壁炉里的木头让它们熊熊燃烧，安娜一下坐进深深的椅子里看着它们燃烧。她那双手因为大量送礼而感到疲劳，就搁在炉火映红的椅子把上，炉火照出了她手上的戒指，和那些钻石较白的光芒交相辉映。这时菲力普爵士站起身来，注视着自己的妻子，而她却注视着壁炉中的木头，好像并没有注意到他，但是斯蒂芬默默地坐在她那个角落里观察着，似乎看到了一道黑影溜到他们俩中间——可惜她的视力模糊，要不然她一定会认出那道黑影的。

二

除夕的晚上，安垂姆太太办了一场舞会，她说是要让维奥莱特高兴高兴，她还有点儿太年轻，没法参加猎人的舞会，可是她又非常喜欢欢乐的场面，特别是跳舞。维奥莱特长得丰满，没规没矩，又正是青春时期，近来一直都硬要把自己的头发挽起来。她喜欢男性，结果男性也总是喜欢她，因为牵涉到两性关系的时候总是投桃报李的，而维奥莱特是充满了人们所说的"魅力"的，或者用更简短明了的话说，就是充满了吸引力。罗杰从桑赫斯特①回家来了，他可以在家帮帮自己的母亲。他现在将满二十岁，是一个漂亮的青年，他常常没有把握似的用指头去捋捋他蓄着的那一撮小胡子。他摆出一副在人生道路上整整经历了十九个寒暑那种人的了不起的神气。他希望不久就能参加他那个团，这一点大大增加了他的自高自大。

如果安垂姆太太能够把斯蒂芬·戈登看作没有这个人存在似的，她差不多肯定会这样做的。她不喜欢这个姑娘，她一直就不喜欢她；她称之为斯蒂芬身上的"古怪"的东西，引起了她的猜疑——究竟她猜疑什么，她也从来没弄清楚，不过她觉得很有把握，那一定是点什么稀奇古怪的事儿："一个年轻女人，像她这

---

① 桑赫斯特为英格兰南部一小镇，英国陆军军官学校位于此地。

种岁数,像个男人那样骑马,我说这是荒唐可笑的!"安垂姆太太说。

可以很有把握地说,斯蒂芬长到十八岁还没有越过她对安垂姆那家人的疑惧;那一家只有一个人喜欢她,她知道,那就是那位小个子、怕老婆的上校。他喜欢她是因为,他本人是一个优秀的骑手,他崇拜她的骑术和外出打猎的勇气。

"当然真可惜,她长得那么高大——"他老爱嘟囔,"但是她真是懂得马,懂得怎样驾驭他。我那些孩子固然可以在马盖特①长大成人,可他们只配在海滨沙滩上骑骑毛驴!"

可是安垂姆上校不考虑举办舞会,的确很少考虑在自己家里举办。斯蒂芬得容忍安垂姆太太和维奥莱特——而现在罗杰又从桑赫斯特回家来了。他们的对抗从来没有消除,也许是因为过分涉及根本问题吧。他们现在用彬彬有礼的外衣把它掩盖起来,但是这两位在内心里仍然是敌人,而且他们也懂得这一点。不,斯蒂芬并不想去参加那场舞会,她去那儿不过是让她母亲高兴。斯蒂芬那天晚上到安垂姆家的时候神经紧张,局促不安,而且忧心忡忡,根本没想到,命运这位最会捉弄人的专家,正等在那附近准备让她上圈套。情况也确实如此,因为那天晚上斯蒂芬遇见了马丁,马丁也遇见了斯蒂芬,他们会面对他们俩都是一个了不起的预兆,虽然他们谁也不知道。

一切都发生得十分简单,就像所有这种事情发生得那样。是罗杰介绍了马丁·哈拉姆;是斯蒂芬说了,她跳舞跳得很不好;

---

① 马盖特为伦敦东一著名的海滨疗养地。

是马丁建议,他们不去跳舞,在外面坐坐。于是——事情发生得多快呀,是不是事先就预定好了的呢——他们一下就知道了他们互相喜欢对方,某根弦拨动了,发出了令人高兴的震颤,既然如此,他们就坐在那儿,让许多场舞都过去了,那天晚上他们交谈了很久。

马丁住在不列颠哥伦比亚[①],看来好像他在那里拥有几所农场和许多果园。他母亲去世后,他去那里准备待六个月,可是因为爱那个国家而一直待下去了。现在他回英格兰度假——这就是他认识年轻的罗杰·安垂姆的缘由,他们在伦敦相遇,罗杰请他来住一个星期,所以他到了这里——但是重返英格兰,他感到几乎是举目无亲。后来他谈到那个国家虽然很新却又很古老,国土辽阔;谈到那里积雪的高山,大大小小的峡谷,水深壮丽的大河,众多的湖泊,尤其是那些辽阔广大的森林。马丁谈到它们的时候。他的声音都变样了,简直是一副崇敬的声调;因为这个年轻人爱树木是带着原始的本能,带着奇特而且无法解释的忠诚。他喜欢斯蒂芬,所以他可以谈他的树木,而且她也喜欢他,所以她可以静静听他谈话,觉得她也可以爱他的那些辽阔广大的森林。

他的脸很年轻,刮得干干净净,棱角突出;他的手是褐色的,骨节突出,手指扁平;至于其它方面,则是个子很高,身体结实。由于老是骑马,所以走起路来有点儿稀松的样子。但是他的脸上有一种吸引人的魅力,特别是在他谈到他那些树的时候,他马上容光焕发,好像内心燃烧起来了似的,要求对方真正诚心理解那

---

① 加拿大西部的一个省。

些树的耐心、美丽和善良——急切期望你的理解。然而，尽管他性格上有这么一点浪漫的情调，而且这种情调在他的声音中时时流露出来，他讲起话来却很简单，就像一个男子对另一个男子说话那样，非常简单，并不想要造成什么深刻印象。他谈起树来就像某些人谈起船来一样，因为他们爱好这些事物，爱好这些事物所赞同的那种因素。斯蒂芬本来局促不安，羞羞答答，舌头好像上了锁似的，这时也听见自己非常轻松自如地谈起话来，听见自己向他提出没完没了的问题，问起林业、农业和照管广阔果园的问题，这都是些很有见解的问题，丝毫也不浪漫，但是非常恰当——就像一个男子问另一个男子那样。

然后马丁希望了解她的情况，他们谈到她的击剑，她的学习，她的骑术，她还谈到拉夫特里，说这是根据诗人命名的。整个这段时间，她都觉得很自然，很快乐，因为这儿这位男子对她的一切都认为是理所当然的，他好像觉得她或是她的爱好丝毫没有怪异离奇的地方，但是他只是把她的一切都看作理所当然的。如果你要马丁·哈拉姆解释，他为什么能按照这位姑娘自己的评价来看待她，他肯定没办法告诉你——事情发生了，这就完了，事情也就到此为止。但是不管是什么理由，他觉得自己给这种突如其来的友谊吸引住了。

安娜带着女儿离开舞会之前，邀请这位年轻人驱车过来看望他们；斯蒂芬对这个邀请感到很高兴，因为现在她可以和莫顿一起分享她这位新结交的朋友了。那天夜里她在自己的卧室里对莫顿大厦说："我知道，你会喜欢马丁·哈拉姆的。"

第十一章

一

马丁到莫顿来了,而且来得非常勤,因为菲力普爵士喜欢他,而且鼓励这种友谊,安娜也喜欢马丁,而且她让他感觉到,他是受欢迎的,因为他很年轻,而且又没有母亲。她有点儿娇惯他,就像一个没有儿子而想过继别人的孩子的女人那样娇惯他,所以马丁有任何小麻烦都去找安娜,他出去打猎着了一点凉,她就给他治病,在类似的这些事情上,他都出自本能去找她,而从来不去找斯蒂芬,尽管他们之间有友谊。

然而现在他和斯蒂芬老在一起,他在阿普顿的旅馆里住着,住了一段又住一段,表面上是为了打猎,而实际上是因为斯蒂芬,她现在正在填补他生活上空了很久的一个壁龛,这个壁龛是为那个完美无缺的伴侣保留着的。这位马丁·哈拉姆是个古怪而且敏感的人,对树和原始森林有他奇特的爱好,却不是个喜欢结交许多亲密朋友的人,结果就成了一个孤独的人。他没有读什么书,一直是个懒散的学生,不过斯蒂芬和他在别的事情上有共同点;她骑马骑得好,关心马,了解马;他击剑也很好,现在经常和斯蒂芬一起击剑;而且斯蒂芬把他打败了,他看起来也并不恼火;他看来确实觉得这是很自然的,只是会笑他自己剑术太差。出去打猎的时候,这两个人常常紧紧靠在一起,而且回来的时候常常骑马到阿普顿;或者有时候他会和她一起来到莫顿,因为安娜也总是喜欢见到马丁,菲力普爵士让他自由使用马厩,甚至老威廉斯也不得不嘟囔两句:

"他人可靠,他就是这么个样儿,"威廉斯说,"连那些马也懂这个,也按这么着办。"

可是把斯蒂芬吸引到马丁身边去的还不仅是运动,因为他的心灵和她的一样,对美发生共鸣,她也告诉他她所爱的乡间,从阿普顿到莫顿城堡公地——在小山脚下的公地。但是她还把他带到比莫顿城堡更远的地方。他们有时骑马直下那条弯曲的小道去布朗斯贝罗,然后渡过克林契磨坊边那道小溪,穿过伊斯诺尔冬季光秃秃的丛林缓步回家。她还告诉他那片群山,安娜怀着孩子的时候,本来以为那是一个儿子,她坐在那里遥望群山的时候,山中那些林丰草满、酷似乳房的山丘,曾经让她想到那都是腰围绿色紧身褡的母亲,有许多儿子的母亲。他们爬上伍斯特郡那令人肃然起敬的灯塔峰,它耸立在那儿护卫着总共七座山峰的莫尔文山,或者越过韦尔斯的山丘,爬上俯瞰怀河流域的那古老的英国帐篷。这条流域的这一带一半在明处,一半在暗处,再往前就是威尔士和影影绰绰的黑山山脉了。这时斯蒂芬的心有点儿紧张,她每逢见到这种美景总会这样,所以有一天她说:

"我还是个小孩子的时候,这常常让我想大哭一场,马丁。"

他回答说,"我们中间有一部分人看到美好事物的时候,老是泪流满面。"可是她问他为什么会这样,他却慢慢摇摇头,无法告诉她。

有时他们步行穿过哈利布什林,然后又爬上瘦石山那座有些传说而显得恐怖的山冈——根据传说,它的影子落在谁身上谁就会遭到不幸或死亡。马丁停下来察看那些带刺的树,那些古老的刺条经历过许多多严冬。他用轻柔、带着同情的指头摸着刺条。

"看哪,斯蒂芬——这些老家伙多么勇敢:他们全都是弯弯曲曲的;看着他们我很伤心,但是他们还是忍着,只管生长——你想到过树木的巨大勇气吗?我想过,而且这好像让我很感到惊异。老天爷砰地一下把那些树压倒了,可是他们不管出了什么事都坚持生长——这该要有多么大的勇气!"有一天他还说,"别以为我发疯了,可是如果说我们能抗住死亡,那么树木也能抗住;所有那些坚贞不屈——那些坚贞不屈的树木,一定也有某种森林的天堂。我期望着他们带着他们那些鸟儿一起去;为什么不呢?'而且他们到死也不分离。'"于是他笑了,可是她看见他眼神十分庄严,所以就问他:

"你相信上帝吗,马丁?"

"是的,因为上帝的那些树。你不信吗?"

"我弄不准——"

"啊,我可怜的、盲目的斯蒂芬!再看看,继续看下去,一直到你真的相信。"

他们一起十分率直地讨论过许多问题,因为在他们俩之间没有一丝一毫的羞怯。他的青春和她的青春相遇,而且并肩携手同行,所以她懂得了,在马丁到来之前,她的青春该是多么孤单寂寞。

她说,"除了父亲,你是我一向所有的唯一真正的朋友——我们的友谊多么奇妙,不知为什么——我们俩像兄弟一样,我们共享所有同样的事情。"

他点点头:"我知道,奇妙的友谊。"

群山让斯蒂芬向他倾吐他们的秘密,极其巧妙地隐藏着的羊肠曲径的秘密;完全不为人所觉察的那些小小的绿色洞穴的秘密;完全隐秘生长的蕨类植物的秘密。她甚至展示了鸟儿的秘密,还指给他看春天含羞的杜鹃游戏的地方。

"他们在这儿飞得很低,不过还是可以看得见他们:去年有一对杜鹃刚好从我身边飞过,还在叫着呢。如果你不那么快就离开,我们过些时候还可以再来——我爱让你来看看他们。"

"我也爱让你去看看我那些广阔的森林,"他对她说,"为什么你不能和我一起回加拿大?真糟糕,这一切讨厌的常规陋习;你和我,我们真是一对好搭档,我会感到孤独得要命的——天啊,我们生活在多么愚昧的一个世界上呀!"

她十分率直地回答:"我很爱和你一起去。"

于是他开始给她讲他那些广阔的森林,那么广阔,让人觉得那郁郁葱葱是永恒不变的。他谈到那些巨大无比的树木,直立高耸的冷杉,经历过许多世纪,树干都像巨人一般。还有些较小的树木,他谈起它们就像亲密无间的朋友,在河床旁边生长的栂树喜欢冒险和清澈的流水,白色苗条的云杉长在湖边;在落日余晖中像铜一样放光的红松。这些红松真是些不幸的树,由于坚韧挺拔而让建筑工人梦寐以求。

"可是我却不愿意我的屋梁是从它们身边砍来的,"马丁说,"那样我就会觉得像个不折不扣的杀人犯了!"

快乐的日子就这样在群山和马厩之间度过了,在此之前一直处于孤独寂寞之中的这两个人享受着快乐的日子,而现在还有他们奇妙的友谊——斯蒂芬从来没有过像这样的事情。啊,可是要有他在身边该多好呀,他那么年轻,那么健壮,那么理解人。她喜欢他那带有细心周到腔调的平和的声音,喜欢他那悠然顾盼、满含思想的蓝眼睛,所以他的目光转过来,慢慢地转过来的时候,她常常微笑着用自己的目光迎上去。她曾经渴望和男性做伴,渴望他们的友谊,他们的善意,他们的容忍,现在她在马丁身上都得到了,而且还多得多,因为他极其善解人意。

有一天夜晚她在教室里对帕德说:"我变得喜欢上马丁了——只有一两个月的友谊就这样,这不奇怪吗?可是不知道为什么,他与众不同——他走了,我会想他的。"

她这番话对帕德产生了极其奇怪的效果,她突然对斯蒂芬喜笑颜开,并且亲了她——帕德是个感情绝不外露的人,这时却十分突然地对斯蒂芬喜笑颜开,并且还亲了她。

二

人们因为斯蒂芬的双亲让马丁和斯蒂芬这样自由往来而有一

点儿窃窃私议,不过总的说来他们的议论还是十分友善的,带着很多微笑和点头。这个姑娘毕竟还是和别的姑娘一样——他们几乎对她不再表示愤恨了。同时,马丁继续留在阿普顿,他让斯蒂芬的魅力和不同凡响紧紧抓住了——正是她的不同凡响,把他迷住了,然而在这整个时期,他必定是想到他们的友谊,甚至不会承认那种不同凡响。他用那些关于友谊的想法哄骗自己,但是菲力普爵士和安娜都没有受到哄骗。他们相互注视着,最初是羞怯的,简直都难于启齿,后来安娜鼓起了勇气,对她丈夫说:

"这孩子已经爱上马丁了,这可能吗?当然,他也爱上她了。啊,亲爱的,这会让我快乐得要命——"她的心这时对斯蒂芬又充满了感情,而这个姑娘打从婴儿时候起就从没有得到过这份感情。

她的希望走到了事情的前面,高高飞翔。她开始为她女儿的前途筹划了。马丁一定得放弃他那些果园和森林,买下现在已经在市场上出售的坦利庄园。它包括几个大农场和几个优良牧场,足够让任何一个男子汉忙忙碌碌、快快活活的了。后来安娜又突然变得深思熟虑了:坦利庄园有很好的育儿室,朝南的几间屋子又大,光线又好,又可以照到太阳,还有浴室,窗户上还加了防护栏——一切齐备,都是现成的。

菲力普爵士摇摇头,提醒安娜慢慢来,可是也没法让自己的眼睛不露出极大的欢乐,让心里不升出希望。他难道错了吗?也许归根到底,他是错了——现在,希望在他心里怦怦地响着。

三

残冬让位给初春的这一天终于来了，黄水仙花大步穿过整个田野从莫顿城堡公地直到罗斯，而且还在往前，在河边上安营扎寨，鹅耳枥在树篱上镶嵌了一片片的绿色，山楂冒出一包包的嫩芽；莫顿的草地上那棵古老的雪松在它高雅的枝头长出了红红的小尖；山坡上的野樱桃刻苦地展现树叶和花朵；马丁注视自己的内心，看见了斯蒂芬——看见她在那儿一下变成了女人。

友谊！他现在感到很惊异，自己怎么这样糊涂，这样盲目，根本感受不到肉体和心灵。他献给这个姑娘的一直是他的友谊这冷冰冰的外壳，这对她的青春、对她作为一个成年妇女，对她的美丽都是一种侮辱——因为他现在看她用的是一双情人的眼睛了。对他这样一个敏感而又克制的男子，爱情的到来是令他眼花缭乱的意外发现。他根本不懂得女人，而他所知道的那一点点，却仅限于他最想忘掉的那些事件。总的说来，他过的是一种非常童贞的生活，这是因为他生性挑剔，而不大是由于小心谨慎。但是现在他深陷爱海，那些克制的年头现在也来向可怜的马丁要求补偿了，所以他在自己的感情面前瑟瑟发抖，对于它的力量觉得惊奇，感到心烦意乱。他这个人本来一向是平和、谨慎的，现在肯定是已经晕头转向，变得一反常态。他是那样急不可耐，有一天早晨，他很早就匆匆忙忙跑到莫顿来找斯蒂芬，最后在马厩里把她找到了，原来她在那里同威廉斯和拉夫特里谈话。

他说:"别管拉夫特里了,斯蒂芬——我们到花园里去,我有事要告诉你。"她以为一定是从他家里来了什么坏消息,因为他那种声音,还因为他脸色苍白得出奇。

她跟他出来了,他们一言不发地走了一阵,后来马丁停下不走了,对斯蒂芬很快地说了起来。他说的是令人惊讶难以相信的事情:"斯蒂芬,我亲爱的——我确确实实完完全全地爱你。"他一边说一边伸出他的双臂,她感到莫名其妙往后退缩。"我爱你,我深深地爱上你了,斯蒂芬——看着我,难道你不了解我说的话吗,心爱的?我要你嫁给我——你也爱我,难道不是吗?"这时候,他好像突然受到了她的打击似的,倒退了一步:"天哪,怎么回事,斯蒂芬?"

她现出一副恐怖得目瞪口呆的样子死死盯着他,死死盯住他那双充满强烈愿望的眼睛,同时在她那失去血色的脸上逐渐布满了一副极其厌恶的表情——他在她脸上看出了恐怖和厌恶,而且还有点别的什么,一副好像遭到凌辱的神情。他无法相信他眼见的这件事情,这种对他奉为神圣的一切所加的侮辱。有一阵子,他一定也是死死地盯着,然后他向前移进了一步,仍然无法相信这一切。但是她看见他这样,于是扭头就走,发狂似的从他身边逃走,逃回她总是受到保护的宅院,甚至没有给他撂下只言片语,在她逃跑的时候也没停下来回头看上一眼。然而甚至在这突然感到惊恐的瞬间,这个姑娘还是觉察到某种像是惊异的东西,对自己感到惊异。她一边跑一边理解到了:"这就是马丁——马丁——"又说了一句:"这就是马丁!"

马丁一动不动地站在那儿,一直到树木把她挡住看不见了。

他惊得目瞪口呆,根本无法理解。他所能够懂得的就是他一定得离开,离开斯蒂芬,离开莫顿,抛开紧随而来的种种想法。不到两个钟头,他就坐上汽车去伦敦了;不到两个星期,他就站在一艘轮船的甲板上,那艘船会把他载回他那位于地平线那边的森林去。

第十二章

一

在莫顿,谁也没有问;大家都没有怎么说起。连安娜也克制着不去问她女儿,她从她女儿苍白的脸色上看出的某种事情把她打住了。

和她丈夫单独在一起的时候,她才吐露出她的疑虑不安,她的深深失望。"这真叫人伤心,菲力普。出什么事啦?他们看来好像都互相倾心。你可以问问这孩子吗?的确,我们俩总得有个人应该——"

菲力普爵士平静地说:"我想,斯蒂芬会告诉我的。"安娜也不得不因此而安下心来。

斯蒂芬现在完全一声不吭地在莫顿走动,她眼睛里透露出惶惑不安和郁郁寡欢。晚上她睡不着躺在床上想起马丁,怀念他,为他悲伤,仿佛他死了似的。但是她没法接受这种死亡而不追根究底,而不感到自己负有某种罪责。她究竟是个什么人;有些什么稀奇古怪的行为举止竟会让像马丁这样一个情人反感呢？然而，她是给惹起反感了，甚至她对这个男人的同情也扫除不掉那种比较强烈的感情。她把他赶走了，因为她身体内部的某种东西，忍受不了马丁身上新展露的那种东西。

啊，但是她又为他那善良忠诚的友谊感到悲伤；他把那种友谊从她身边带走了，而这是她迫切需要的东西——不过说到底这也许是根本不存在的，要么就是掩盖另一种感情的外衣。于是她躺在那儿，夜愈来愈深，她对将来等待着她的事情不禁畏缩起来，因为刚刚发生的这一切还可能再次发生——除了马丁，世界上还有其他男人。傻瓜，以前从来没有想象过这种事情，从来没有面对过这种可能性，现在她懂得了，为什么那些男人的声音变得柔和悦耳、低声下气的时候，她就对他们感到憎恶。是的，现在她完全懂得了恐惧的意义，是马丁教了她恐惧的意义——她的朋友——她曾经信赖过的那个男人揭开了她眼睛上的阴翳，让她把事情看清楚了。恐惧，真正的恐惧，因为这种恐惧而感到的羞愧——那就是马丁遗留给她的馈赠。然而开头的时候，他曾经让她那么快乐，她当时感到那么心满意足，和他在一起感到那么自然，但是那是因为他们当时像两个男人，两个伙伴，共享他们的兴趣爱好。想到这里，她的苦涩悲伤全都翻腾上来了；他欺骗了她，只等时机一到就把那另一面强加给她，这真残酷，他也真是个懦夫。

但是，她是什么人？她的思绪又溜回到了自己的儿童时代，她发现，她过去有许多事情让自己大感不解。她从来没有像其他小孩子那样，她总是觉得孤独不满，她总是想别的什么人——这就是为什么她曾经把自己扮成小纳尔森。回忆起那些时光，她想到她父亲,而且也拿不准,他现在是否能像当年那样帮助她。假定她去请求他解释马丁是怎么回事?她父亲聪明,而且有无限的耐心——然而不知道为什么,她从本能上感到不敢去问他,孤独——感到这么孤独——感到自己同别人不一样,真叫人害怕。有时候,她曾经很欣赏这种与众不同——她曾经很欣赏扮成小纳尔森。然而,她真的欣赏过吗?或者,那只是作为某种不适当的、孩子气的不满才那样发泄出来的?但是,她打扮一番,冒充起来,在宅院里趾高气扬走来走去,也是要发泄她的不满吗?在那些岁月,她曾经想当个男孩子——这就是假装成那个可怜而又可笑的纳尔森的意义吗?现在又怎么样呢?她曾经想要马丁把她当男人看待,期望他能这样……这些问题她都找不到答案,在黑夜里越积越多,单只是问题的数目就够重的,压得人难受、窒息了,最后她觉得自己给压在下面了;"我不知道——啊,上帝,我不知道!"她小声嘀咕着,翻来覆去,好像要把那些问题从身上掀掉似的。

后来有一天夜晚快到黎明的时分,她再也忍受不住了;她得赶走恐惧,必需得到安慰。她要请她父亲给她解释她自己的情况,她要告诉他,她因为马丁而感到分外凄凉孤独。她要问:"我有什么奇怪的地方吗,父亲,就像我对马丁感觉到的那样?"然后她要尽量保持平静向他解释,她感到的是什么,是十分紧张。她还要努力让他理解她的疑虑:她这种感觉是一件带根本性的大事,比仅仅堕入情网的事要重要得多;比不愿意嫁给马丁这件事要更加重要得多。她要告诉他,为什么自己这样大惑不解;告诉他,她曾经爱上过马丁那青春健壮的体魄,他那忠厚老实的棕色脸膛,他那悠然顾盼、满含思想的眼睛,还有他走起路来随随便便的姿态——所有这一切,她都曾经爱过。然后因为马丁表现出从未预见到的变化而引起突然的恐惧和厌恶——这是一种把友谊变成爱情的变化——实际上,事情也并没有多出点什么,朋友已经变成情人了,已经要从她那里得到她不能给他的东西了,或者说,不能给任何男子的东西了,原因是她那种深深的厌恶。然而,马丁本人并没有什么东西该遭到厌恶,她也不是个孩子才感到那种恐惧。她懂得生活中的某些事实,已经有一些时间了,这并没有让她对别人反感厌恶,直到这落到她自己的头上了,这些事情才让她感到又恐惧又厌恶。

她下了床,这些永远不得解决的问题折磨着她,让她喘不过气来,想睡也没用。她很快穿好衣服,蹑手蹑脚下了宽阔的楼梯,走到通花园的门,然后出门来到花园里。日出时分的花园显得不那么熟悉,就像一张很熟的脸突然改变了模样。花园里有些冷漠和令人望而生畏的东西,好像它陷入欢欣若狂的虔诚之中了。她尽力把步履放轻,因为她感到歉意,她和她的苦恼闯进了花园,他们的出现破坏了那奇特无声的交流气氛。这种万物归于一体的状态中有些东西超过了他们的知识领域,而那却是花园的心灵所熟知和热爱的。这种浑然一体是一种神秘而又奇妙的东西,她要是懂得了它的真谛,它就是饱含着慰藉的——她在自己内心深处的某个地方感觉到了这一点,可是她怎么努力也无法在思想上领会它;也许花园也把她拒于它祈祷者的行列之外,因为她打发马丁走了。一只画眉在雪松上唱起歌来,他的歌声里充满了野性的欢乐;"斯蒂芬,看着我,看着我!"那只画眉唱道,"事情都很简单,我很快活,快活!"这支歌唱得很有点无情,因为它只是让她想起了马丁。她闷闷不乐地朝前走着,陷入了沉思。他走了,很快他就会回到他的森林里去——她没作任何努力把他留在自己身边,因为他想当她的情人……"斯蒂芬,看着我们,看着我们!"那些鸟儿又唱起来,"事情都很简单,我们都快活,快活!"马丁在幽暗、葱绿的地方走着——她可以想象得出他远远的在森林中的生活,男人的生活,美好而又具有危险的真髓,一种原始的、强有力的、绝对必需的东西——男人的生活,她也应当过这种生活——于是她眼睛里充满了沉重、悔恨的泪水,然而,她并不大知道,她是为什么在哭。她只知道,她陷在巨大的失落感之中,陷在巨大的不完美的感觉之中,她让泪水一滴滴地流到脸上,又用手指一滴一滴地擦掉。

现在她经过那个搭了很久的栽盆花的小屋,柯林斯曾经在那儿躺在那个男仆的怀里。她忍住自己的眼泪,走过那个小屋,尽量想回忆起那个姑娘的容貌。灰眼睛,不,蓝眼睛,圆滚滚的身材——胖乎乎的手,柔软的皮肤因为常泡在肥皂水里而布满皱纹,当女仆的人膝盖疼得很厉害。"看见这凹进去的坑儿吗?那就是水……它那么痛,真叫俺腻得慌。"于是一个扮成小纳尔森的怪里怪气的小姑娘对她说,"我愿意为了你受可怕的伤害,就像耶稣为了有罪的人受伤害一样……"栽盆花的小屋散发出泥土味和潮气,有一边陷下去了一点儿,倒下了一面——柯林斯躺在男仆的怀里,他放肆地、粗野地亲柯林斯——一个小孩手里拿着一个破花盆——愤怒,狂怒——精神上巨大的痛苦——鲜红的血在惊讶得发白的脸上,鲜红的血慢慢地流出来——逃跑,疯狂,激动得说不出话来拼命跑,跑呀,跑呀,不管怎么跑,不管跑到哪儿——皮肤划破了很疼，长袜撕破了——

她有好多年都没有回忆这些事情，她本来以为这全都忘掉了，这么长时间没有什么东西可以让她回忆起柯林斯，只有那匹发了胖、瞎了一只眼睛、受到娇惯的老马。真奇怪，这些回忆怎么今天早晨一下都涌出来了呢；近来她曾经躺在床上，努力想重现柯林斯在她身上激起的那种孩子气的感情，可是都没有成功，然而，今天早晨它们却都清清楚楚地返回来了。但是花园里现在又充满了新的记忆，充满了关于马丁的悲伤往事。她突然转过身来，离开了那个小屋，走向在远处微微闪着光亮的湖边。

在下面湖边，让人感到极其静谧，鸟儿的歌声也扰乱不了的静谧，因为在这个地方有那种奇特的精神上的静谧，看来能和声音相互渗透融合。一只天鹅在他那个小岛前面轻轻游着，守望着，因为他的伴侣看着一窝小天鹅，他虽然对斯蒂芬很熟悉，可是现在有了那些小天鹅，所以还是时不时斜过头来把她看上一眼。他浑身雪白，白得耀眼，简直让人难以置信，他也引为骄傲，而且父爱让他雄视一切，威风凛凛，所以斯蒂芬从口袋里摸出一块饼干，他竟不肯去她手上就食。

"来啄食吧，来——啄——食——吧！"她唤他，可是他一边游，一边把脖子歪过去——摆出一副不屑一顾的神气。"也许他以为我是个怪物呢，"她心灰意冷地默默想着，由于这只天鹅而更觉孤苦了。

这几个小湖由一些古老巨大的山毛榉护卫着，这些大树耸立在那儿，树身下部深深埋在它们自己的落叶之中。它们把树叶编成光彩漂亮的地毯，铺在莫顿那亲切的棕黄色土地上。每年春天都爆出新的小嫩叶,到时候就给这幅大地毯添上经丝纬线,所以一年又一年,它变得更加辉煌夺目。斯蒂芬从童年起就爱上了这块地方,现在她情不自禁地又到这里来寻求安慰,但是这里的美景不过更增添了她的伤感,因为美景也像一把双锋剑一样可以伤人。她无法回应它那宁静的精神而产生共鸣,因为她无法使自己的精神保持宁静。

她心想:"我再也不能与宁静平和合为一体了,我将永远处于这种静谧之外——只要这个世界上哪儿有静谧与平和,我就会永远孤立在它的外面。"这些想法在某个方面仿佛成了未来的预言,所以她内心微微颤抖了一下。

这时那只公天鹅居然嘘嘘地大声叫了起来,恰似在向她炫耀,他是个地地道道的父亲。"彼得,"她责备他说,"我不会伤害你的小仔儿——你信不过我吗?我去年整个冬天都喂你呢!"

但是彼得好像根本信不过她,因为他呱呱地向他的老伴大叫,这位老伴就从灌木丛中钻出来,也朝她嘘,还怒气冲冲地用力拍打翅膀,那意思就是说,"走开,斯蒂芬,你这个拙笨、尴尬、荒唐可笑的家伙;你破坏鸟巢,打扰小仔,在这美丽的清晨,你是个飞不起来的大坏蛋!"于是这一公一母一齐向她嘘:"离开这儿,斯蒂芬!"斯蒂芬于是离开了,让他们去照看他们那些小天鹅。

她想起了拉夫特里,于是就向马厩走去,那里是一片混乱,大家都在忙忙碌碌。老威廉斯恶狠狠的,完全是一种敌对情绪;他在训人:"这小子真讨厌,他在干啥?来呀,干呀!快干,给那两匹马套上笼头,今儿个早晨可别忘了给他们套护膝——那个桶可不该放在那儿,那把扫帚也搁的不是地方!吉姆把栗花马送到铁匠铺了吗?天啊,干吗没送?她的掌都薄得像块纸啦!这儿来,吉姆,你咋老不听俺的,你要是再那么——来吧,小子,把那两匹马备好啦?对,那就好了,你去吧!你不想不备鞍吧,要是你备了鞍,就不会给擦伤!"

那几匹油光发亮的漂亮猎马牵出来了,都披着护马衣——因为早春的清晨还是冷得刺骨——拉夫特里也跟他们一起出来了,他还是那么瘦而精壮,胆小易惊,戴着头罩,那对眼睛从编织得很整齐的两个眼孔里向外看着,像鹰眼一样奕奕有神。他那两只尖尖的小耳朵从头饰上方两个小孔里伸出来,此时很兴奋地动着。

"等等!"威廉斯大吼一声,"你咋搞的?快,把缰绳收紧,你可不是在马戏团!"这时候他看见了斯蒂芬,"太对不住了,斯蒂芬小姐,可是,不把那匹马的缰绳收紧,那简直是犯罪,得把他制服住,让他能好好跳舞才成!"

他们站在那儿看着拉夫特里蹦蹦跳跳地出了大门,老威廉斯温和地说,"他真是了不起,俺在马房干活干了五十年还多呢;可俺没瞧见过有哪匹牲口像拉夫特里,他可不是匹平常马,他像个正派人,比俺知道的好些人还强——"

斯蒂芬回答说,"或许他就是诗人,像和他同姓的诗人那样;我想,他要是写作,他会写诗的。据说,所有爱尔兰人从骨子里都是诗人,所以他们也许把这种才能也传给他们的马了。"

于是他们俩都微微笑了起来,两个都有点难为情,不过他们的眼里流露出彼此之间的友谊,年深日久的友谊,现在由于他们都热爱拉夫特里而变得更加深厚了——也没有什么可大惊小怪的,可以有把握地说,马厩里从来没有走出过更加英武飒爽或者更彬彬有礼的马了。

"唉,"威廉斯叹了一口气,"俺已经变得这么老啦——拉夫特里也快满十二岁口啦,可他还觉着他那四条腿像我觉着的那样——俺这寒腿今儿个冬天害得俺可难受死了。"

斯蒂芬又待了一小会儿,安慰威廉斯,然后就非常缓慢地走回府邸。"可怜的威廉斯,"她心里想着,"他越来越老了,不过谢天谢地,拉夫特里还没有什么。"

斜射过来的阳光照着府邸,好像它正在晒它的肩角。她抬起头来迎面看着这幢建筑,想象着,莫顿正在想着她呢,因为那些窗户都好像在招呼她,请她进屋:"回家来吧,回家来吧,快回到屋里来,斯蒂芬!"好像他们都真的在这样叫她,于是她回答:"我来了,"于是加快了她那拖沓的脚步,跑了起来,响应这极其热情的善意。是的,她真是跑过了那坐落在半圆形楣窗下面的厚实的白色门洞,上到楼梯上,楼梯就在大厅里,厅里挂着戈登家祖祖辈辈有趣的老画像——那些人早已逝去了,可是却仍然奇妙地活着,因为他们的思想形成了莫顿的美好动人之处;因为他们的爱由父及子,子子孙孙,世代相传,一直传到斯蒂芬出生。

二

那天傍晚,她去到她父亲的书房,他抬起头来,斯蒂芬就想到,他等着她来呢。

她说:"我想对你谈谈,父亲。"

他回答说:"我知道,在我身边坐下吧,斯蒂芬。"

他用他那又长又瘦的大手遮住自己的脸,这样她就看不见他面部的表情了,然而在她看来,好像他知道得相当清楚,她为什么要到书房来找他。于是她告诉他关于马丁的事,告诉他所发生的事情,不漏一个细节,不隐瞒一件事情。她老老实实地为辜负了她的这位朋友表示悲伤,而且她自己也为辜负了这位情人而表示悲伤——菲力普爵士默默静听,一言不发。

她讲了很长一段时间,最后鼓起勇气来提出自己的问题:"我身上有什么东西很特别吗,父亲,所以我才应当对马丁有我现在这样的感觉?"

事情终于来了。就像给他心上重重的一击。他遮住自己苍白面容的那只手索索发抖,因为他的灵魂让一阵巨大的颤抖攫住了。他的灵魂在他身体内部胆怯退缩了,所以他不敢面对斯蒂芬。

她等了一会儿,然后接着又问:"父亲,我身上有什么东西很特别吗?我还记得,我还是个很小的孩子的时候——我从来都不怎么喜欢所有其他那些孩子——"

她的声音显得有一种歉意,没有把握,而他知道,泪水已经快涌到她眼睛里来了;他也知道,他现在要是看她,就会看到她嘴角在抽动,泪水让她眼圈周围憋出了一道难看的红圈。他的下身因为怜惜自己产出的这个果实而疼痛起来——一种难以忍受的疼痛,一种无法承担的怜惜。他害怕极了,因为自己的怜惜而成了一个懦夫,就像很久以前对她母亲曾经做过的那样。慈悲的上帝呀!一个男子汉怎么可以回答呢?他能说什么呢;而且他又是一个父亲?他坐在那儿,而从内心来说,是卑躬屈节地匍匐在她面前:"啊,斯蒂芬,我的孩子,我的小不点儿斯蒂芬。"因为现在处于他的怜惜之下,她好像在他面前又变得很小很小、幼弱无助了——他回忆起她那双手又是像婴儿的那双手了,粉红色的小手,长着精致细小的指甲——他曾经抚弄过她那双手,对那双手发出感叹,因为他们那样精致无比而感到惊奇:"啊,斯蒂芬,我的小不点儿斯蒂芬。"他想要大声疾呼为这件事向上帝抗议,他想要大声疾呼:"你让我的斯蒂芬残废,我做过什么呢,或者我父亲做过什么呢?或者我父亲的父亲或者他父亲的父亲又做过什么呢?要报应在第三代和第四代的身上……"斯蒂芬还在那儿等待他的回答。于是菲力普爵士让他灵魂的嘴凑近苦杯,它一定得喝下这杯欺骗的苦酒:"我不会告诉她,你也不能要求我这样做——有些事情就是你上帝也不能要求的。"

这时候他才转过身来,从容不迫地面对着她;他面含微笑直看着她的眼睛,口齿流利地撒起谎来:"我亲爱的,别犯傻了,你身上没有什么东西是特殊的,有一天你会遇到一个男人,你可以恋爱。如果你遇不到,嗯,那又有什么呢,斯蒂芬?婚姻并不是女人唯一的事业。最近我就考虑过你的写作,而且我要送你去牛津;可是这个时候你一定不要傻乎乎地胡思乱想,那根本没用——你不是那种人,斯蒂芬。"她直瞪瞪地瞅着他,他很快转过身去,"宝贝儿,我忙着呢,你得离开我这儿啦。"

"谢谢你,"她非常平静、非常简单地说,"我觉得,我本来是要问你关于莫顿的事情的——"

三

她走了以后,他一个人坐着,那撒谎的苦味在他坐在那儿的时候一直苦到他灵魂深处,这时他把自己的脸蒙起来,因为他内心感到羞愧——可是,由于他内心的爱,他哭了。

第十三章

一

马丁走了,大家议论纷纷,在这件事情上,安垂姆太太自有她那一份贡献,甚至还不止她自己的那一份,每次有人提到斯蒂芬的名字,她就摆出一副又聪明又神秘的架势来。每个人都感到愤愤不平。他们本来都切盼欢迎这个姑娘成为他们中间的一分子,而现在竟然发生了这种奇怪的事情——这让他们觉得自己很傻,进而又让他们感到愤怒。

春天的那场场约会招来了大量心照不宣的非难——像哈拉姆那样良好的年轻人,决不是无缘无故地跑掉的;那两个人都没有订婚,简直是一大丑闻;他们俩一起到处都逛遍了。这种心照不宣的非难都触及到了菲力普爵士,而且又通过他触及安娜,指责他们给了那两个人太多的自由;做母亲的本来应该小心看管自己的女儿,可是斯蒂芬却总是得到太多的自由。毫无疑问,这也是她跨鞍骑马、参加击剑以及其它一切荒唐事情的缘由;等她真地遇上一个男人，她根本毫无约束，举止行动简直骇人听闻。当然如果有了正当的订婚那又另当别论——但是很明显，从来就没有那回事。他们回忆起自己的宽怀容忍，他们确实一直是极其宽容大度的，回想起这些事他们不胜惊讶。一个异乎寻常的姑娘，她总是很古怪，而现在由于某种原因，却好像比以往更加古怪了。斯蒂芬本人从来没听到过一句可能遭到冒犯的话，然而她完全懂得，她那些邻居原先的好意不过是转瞬即逝的东西，完全以马丁为转移。是他，提高了她在他们中间的地位——是他，那个陌生人，甚至和他们那个郡都毫无瓜葛的一个陌生人。他们大家都肯定认为，她打算嫁给马丁，这种事马上受到他们的欢迎，而且使他们变得态度友好；突然之间，斯蒂芬十分渴望受到欢迎，而且从内心希望，她嫁给马丁就好了。

奇怪的事情是，她在某个方面理解她那些邻居，也恰好因此而谴责他们；确实，如果她本性不那么果敢，她可能早就变成非常像他们那样了——生儿育女，主持家计，细心勤恳经营牧场。斯蒂芬并没有多少真正拓荒者的气质，尽管她以前也向往森林。她属于莫顿的土地和丰饶的收获，属于它的畜牧场和围场，属于它的农庄和牛群，属于它那安安静静、绅士气派秩序井然的传统，属于那红砖砌就的古老豪门的尊严和骄傲，而这又都不是讲究外表和排场。她属于这些东西，而且由于戈登家族过去许多代人的权利而会永远属于这些东西。这些先辈的思想造就了莫顿的美丽怡人，他们的血肉也传给了斯蒂芬。是的，她是他们的，那些逝去的先人的；他们可能蔑视她——他们全都是身强力壮，儿孙满堂——他们甚至可能从天国横眉竖目向下界怒视，并且说："我们完全拒绝承认这个名叫斯蒂芬的怪家伙，"但是不管怎么样，他们没法抽掉她的血，而且她的血也是他们的，所以不管他们会怎么办，他们也无法完全摆脱她，她也摆脱不了他们——他们的血统完全是一样的。

但是菲力普爵士，他们的另一个后人，却找不出什么借口来对付他那些苛刻的邻居。因为他爱的多，所以他相应地遭罪也多，有时就只能愤愤度日。现在他和斯蒂芬一起出去打猎的时候，他就特别小心提防，又担心又警惕，免得任何一件小小的意外会伤害到她，免得她在任何时候感觉孤独。在猎犬都停下，大家集合的时候，他会开点儿小玩笑，让女儿高兴高兴，他绞尽脑汁想出点儿这类可怜的玩笑，好让大家看见斯蒂芬在笑。

有时候他会小声说："好好地逗逗他们，斯蒂芬，你旁边的那个年轻人喜欢跨点围栏——别管我，我知道，你不会让他的膝盖毁了的，你只不过就跑在他们前面一点，让我看看他们是不是追得上你！"因为很少有人真的能够追得上她，他痛苦的心就可以尝到一点儿短暂的宽慰。

然而大家吝啬得连这点胜利也不肯给她，纷纷点出这个姑娘的马很棒，"谁骑上那号马都可以跑到那儿，"等斯蒂芬走到听不到的时候，他们就这样嘟囔着。

但是，小个子安垂姆上校虽然并不总是态度善良，听到他们这种说法就会反驳："去它的吧，不是那么回事儿，那是因为骑术，是那个姑娘骑的，这才是问题的关键；至于你们中间别的人嘛——"接着他就滔滔不绝地讲了一通不堪入耳的话。"如果我认识的那些混蛋傻瓜骑得像斯蒂芬一样好，我们就可以他妈的给农场主们少付好多钱啦,"还讲了一大堆这种意思的话,每句话里都赌咒发誓,掺上许多脏词——据说他是整个英国的脏话大王,这个小个子安垂姆上校。

嗐,不过他也是的确喜欢好骑手,他赞赏的时候也是骂骂咧咧的,脏话连篇。有一天甚至当着一个追猎牧师的面,他讲话也毫不检点;的确,他当着牧师的面谈起斯蒂芬的时候也是赞不绝口,脏话不断。一个怕老婆的小个子无能之辈——在他自己家里,连"该死"都不让他出口,他都不得在他那不见天日、不宜住人的书房之外抽一根雪茄。他也不得养他喜欢的诺里奇金丝雀,因为安垂姆太太说,金丝雀招老鼠;他不得在宅子里养宠物狗,那条"粉红仔"就因为维奥莱特而被赶出了家门。他对艺术的爱好也受到严格的限制,甚至他自己的卫生间墙上,也什么都不让挂,只能挂十六年前和孩子们一起照的那张全家福。

星期天,他坐在教堂里很不舒服的条凳上,而他太太则在用沾沾自喜的歌喉唱着赞美诗。她心情欢畅沉醉在自己得救的高歌声中。"啊,来吧,让我唱歌赞颂我主。"他忍受这一切还有其它许多事情,的确,他一辈子多半都是在忍受中度过的——要不是有那些节日可以出外打猎,他可能早就从无聊厌烦转变成忧郁症患者了。但是,他实际上觉得自己还是主人的那些时光,早已逝去了,恢复不了他那害了贫血症的男子气概;而那些时光他可以说良好的英语,就像某些根深蒂固的情结①所懂得的那样,应该说——有血性地,干脆利索地,掷地有声地说,还得说得兴高采

---

① 指传统的大男子主义心理。

烈，有时还说得完全肆无忌惮——特别是在他偶尔想起安垂姆太太的时候，他说得就更会是肆无忌惮了。

但是他的誓言和咒骂现在在邻居中间也救不了斯蒂芬，马丁走了，所以什么也救不了她——他们自己也不知道出于什么原因，他们都怕她。正是害怕，激起他们的敌意。他们从本能上嗅出了一个法外之民，所以他们就承担起带有警察性质的任务。

二

安娜坐在她那宽敞而又布局匀称的客厅里，她的自尊心受到痛苦的伤害，老怕邻居捅破那层薄纸提出问题，也害怕自己的丈夫那不祥的沉默。她从前对自己的孩子怀有的那种反感，就像那污鬼①一样，又搜罗了七个更加邪恶的家伙，一起回到了她的身上，所以她近来的情况比最初的情况更糟，有些时候她都得调转目光不去看斯蒂芬了。

她受到这样的折磨，所以在她丈夫面前变得越来越没有分寸了，现在她老用问不完的问题缠着他："可是你为什么不肯告诉我，斯蒂芬那天晚上到你书房里去，对你究竟说了些什么呢，菲力普？"

而他则极力保持耐心，回答说："她说，她不能爱马丁——这

---

① 《圣经·新约·马可福音》第1章第22节和第2章第11节、第30节等处，均记述耶稣驱逐污鬼，为人治病的事。

件事不是什么犯罪。让这孩子自己待着吧,安娜,她已经够不痛快的啦,为什么就不能让她自己待着呢?"然后他就匆匆忙忙改变了话题。

但是安娜却没法让斯蒂芬自己待着,她从不离开马丁这个话题。她和这姑娘谈话,常常一直谈到她粉腮透红;菲力普爵士看到这种情景,不禁愁眉暗锁,等到卧房里只有他和妻子两个人的时候,他就常常狠狠地责备她。

"残酷——你这样真残酷得可怕,安娜。看在上帝的分上,你干吗要那样对斯蒂芬唠叨个没完呢?"

安娜的神经紧张得要崩溃了,所以她回答的时候,也总是那么恶狠狠的。

有一天晚上,他突然粗暴地说:"斯蒂芬不愿意出嫁——我并不要把她嫁出去;这也不过是场天降的灾难罢了。"

对他这句话,安娜大发雷霆,立即反驳。她为什么不出嫁?她希望她出嫁。他发疯了吗?他说灾难,是什么意思?没有哪个女人不结婚可以算是完满的——他说的灾难究竟是什么意思?他紧锁眉头,不肯回答她的问题。斯蒂芬,他说,一定要上牛津。他决心让这个孩子接受良好的教育,她有朝一日可以成为一个优秀的作家。结婚并不是女人唯一的事业。看看帕德吧,这就是个例子,她上过牛津——一个极其令人赞羡、稳稳当当、通情达理的人。明年他就要送斯蒂芬去上牛津。安娜冷笑起来:是呀,一点不错,他可以看得上帕德!她就是这种高等教育的产儿——一个孤独的、没有完成天职的中年独身女人。安娜不想要她女儿过这种生活。

然后是:"真可惜,你都不能老老实实地说,菲力普,那天晚上在你书房里究竟说了些什么。我觉得,你背着我干了些什么事——那太不像马丁做事的样子了;一定有些什么你没有告诉我的事,让他走了连一封信都没有来过——"

他立刻发起火来,因为他心感内疚。"我根本不在乎什么马丁!"他急躁地说,"我所关心的就是斯蒂芬,她明年要上牛津;她是我的孩子,同样也是你的孩子,安娜!"

于是安娜突然失去了自制,而且让他窥见了自己饱受折磨的灵魂;以前他们相互之间从未说过的话,她现在都用粗暴丑恶的语言说出来让他去听:"你对我再也没有一点关心了——多少年来你都是这样。"她自己都给这话吓了一跳,然而她还是继续说下去:"你和斯蒂芬——啊,我已经看了多少年啦——你和斯蒂芬。"他瞪眼看着她,眼睛里露出了警告的神色,但是她还是发疯似的喋喋不休:"我已经看了多少年啦——这件事真残酷;她把你从我身边夺走了,我自己的孩子呀——这件事真是说不出口的残酷呀!"

"残酷,是的,可是不是斯蒂芬残酷,安娜,——是你残酷;因为这孩子从出生到现在,你都从来没有爱过她。"

丑恶的、可耻的、相当可怕的事实,可是还只是事实真相的一半,而他是知道整个事实真相的,但是他又不敢说出来。一个人知道自己是个懦夫是很糟糕的,而潜身藏匿在气势汹汹的言词后面却是很容易的。

"是的,是你,她的母亲,在迫害斯蒂芬,你折磨她;我有时候想:你恨她!"

"菲力普——上帝呀!"

"是的,我想,你恨她;但是,安娜,你得当心,仇恨孕育仇恨,而且记住,我是坚持我孩子的权利的——你要是恨她,你就得恨我;她是我的孩子,我不会让她单枪匹马面对你的仇恨的。"

丑恶的、可耻的、相当可怕的事实,可是还只是事实真相的一半。他们唇枪舌剑,相互指责,而他们内心都感到痛楚。他们眼冒怒火,仇恨敌视,而他们内心则都暗暗流泪。他们互相指责,一直骂到深夜,而以前他们从来没有大吵过。有某种东西,很像他刚才说到的仇恨,蹿了出来,简直像烈火一般,有时可真让他们害怕。

"斯蒂芬,我自己的孩子——她夹到我们中间了。"

"是你,安娜,是你把她插在我们中间的。"

疯狂,简直是疯狂!他们是那么忠诚的爱侣,正是他们的爱情,造出了他们的孩子。他们知道,这样干是发疯,然而他们又坚持不停,而他们的愤怒又为自己挖出了一道深沟,所以将来的愤怒可以更加轻易地沿着这道沟蹿过来。他们谁也不肯宽恕,所以谁也无法睡觉,因为谁要是得不到对方的宽恕,那就睡不着,而在他们之间不时蹿出来的仇恨,则在他们内心流淌着的泪水中淹没了。

三

像某种多生高产令人厌烦的东西一样,这第一场争吵也滋生繁殖起来，莫顿的静谧安宁遭到了破坏。整个府邸似乎都在悲伤，因而也就陷入了自我封闭之中，斯蒂芬因此到处寻找莫顿昔日的精神也是枉然。"莫顿，"她低声呼唤，"你在何处，莫顿？我一定要找到你，我多么迫切需要你呀。"

现在斯蒂芬知道了她父母屡屡争吵的原因，她也认清了好像在圣诞节袭入他们之间的那重阴影的形态，既然懂得了，所以她就展开双臂向莫顿请求安慰："我的莫顿，你在何处？我需要你。"

帕德变得严酷而且满腔怒火，那个小小的像个灰色方匣子的女人老待在她的教室里；她生安娜的气，因为她那样对待斯蒂芬，但是对菲力普爵士甚至有更强烈的愤怒，他明明知道整个事情的真相，或者说她猜想是这样，可他就是把那种真相瞒着不告诉安娜。

斯蒂芬有时和她坐在一起，把头俯下托在自己的双手里。"啊，帕德，是我不好；我横在他们俩中间了，而他们都是我所拥有的呀——他们是我的一个完美无缺的整体——我真受不了——我为什么要横在他们俩中间呢？"

帕德这时缅怀往事怒火满腔而面色泛红了，她的心溜回到过去，越过漫长岁月又回到了昔日的悲伤，昔日的苦难，这些早已妥善埋葬了的往事，现在因为眼前这个可怜的斯蒂芬而又翻腾出来了。她好像循着逝去的岁月又生活了一遭，然而她的灵魂毫无反悔，仍然大声疾呼，反对那些不公平的事情。

她对她的学生皱起眉头，言词尖刻地对她说："别当傻瓜，斯蒂芬。你的脑子在哪儿，你的脊梁又在哪儿？别老托着头，继续念你的拉丁文。我的上帝呀，孩子，今后你还会碰上比这更要糟的事情——人生并不是吃喝玩乐,我老老实实告诉你。现在来吧,干起来,继续学你的拉丁文。记住,你不久就要去上牛津了。"但是过了一会儿,她又拍拍这姑娘的肩膀,而且说起话来声音很生硬:"我不是生气,斯蒂芬——我的确都理解,我亲爱的,我真的都理解——我不过是想方设法好让你有自己的脊梁。你太敏感了,孩子,而敏感的人就受罪——嗯,我不想看见你受罪,也就是这样。我们出去走走吧——今天我们学拉丁文学得够多的了——我们散步经过草场去阿普顿。"

斯蒂芬紧紧抓住这个小小的、灰色方匣子似的女人,就像一个快要淹死的人紧紧抓住一根圆木头。帕德非常严峻,不知为什么倒很能起安慰作用——它看来好像很具体,是一种你能信任、你能依靠的东西,他们之间的友谊原本就像枝繁叶茂的绿色月桂树,现在长得更加坚强,更加经久不枯了。确实不错,他们这两个人都需要他们的友谊,因为现在在莫顿几乎没有什么幸福了;菲力普爵士和安娜深深陷入不幸——他们之间不断地争吵,这让他们俩都深深感到屈辱。

菲力普爵士心想:"我明天一定得告诉她——我一定得告诉她,我认为斯蒂芬的真情实况究竟是什么。"他果然去找他妻子,可是等到他找到她了,他又张口结舌站在那儿,眼里充满了怜悯。

有一天,安娜突然大哭起来,除了她感到了他深切的怜悯以外,别无其它任何理由。她不知道也不管他为什么怜悯,反正就是哭,所以他也就只能安慰她。

他们紧紧偎在一起,就像悔过的孩子似的。"安娜,原谅我吧。"

"原谅我吧,菲力普——"因为在争吵间隙的时间,他们有时就像小孩子一样,天真烂漫地相互请求原谅。

菲力普爵士用亲吻来亲掉她可怜红肿眼睑上的泪珠的时候,自己的决心就动摇了,消失了。他心想:"明天吧——我明天再告诉她——我不能狠心让她今天更伤心了。"

于是一星期又一星期过去了,他依然什么也没有说;夏天来了又走了,然后就是秋天。又一个圣诞节来到了莫顿,菲力普爵士还是没有说。

第十四章

一

二月份来了,还带来了多年未见的暴风雪。一片雪白封盖了群山,封盖了山脚下的山谷,也封盖了莫顿那些广阔的花园——天地笼统,一片雪白。湖上都冻了冰,山毛榉的树枝都显得亮晶晶的,树叶铺成的光闪闪的地毯变脆了,现在脚一踩上去就嚓嚓作响,成了打破那里的冰封沉寂的唯一声响,而那地方本来就总是完全静寂无声的。那只傲慢的天鹅彼得变得友好了,他和他的全家现在都欢迎斯蒂芬,她每天早晨和黄昏都来喂他们,他们也都兴高采烈,把她的恩赐吃得精光。安娜在草坪上摆出一个食盘喂鸟,上面摆满了切碎的牛羊板油、种子和一小堆一小堆的面包屑;在下面马厩里,老威廉斯把草铺了几个大圈好来遛马,因为莫顿周围的道路都泥泞不堪,那些马都没法牵出大院。

那些花园都安安静静地盖在积雪下面,既没有受到打扰,也没有感到不安;只有它们的一个伙伴感到焦急,那就是那棵古老的雪松。它的枝杈都远远地张开，沉重的积雪压在枝杈上让它感到很痛——它的枝杈像老人的骨头一样变得很脆弱了；那就是雪松感到焦急的原因。但是它喊也喊不出，摇也摇不掉它身上的痛苦；不，它只有耐心忍受，希望安娜会注意到它的苦恼，因为安娜一个又一个夏天都坐在它的浓荫下。——因为很久以前，有一次她坐在它的浓荫下，梦想着自己可以给丈夫生个儿子。有一天早晨，安娜真的注意到了它的困境，于是叫菲力普爵士，他就匆匆忙忙从他书房里赶来。

她说："看吧，菲力普！我担心我的雪松——它给压得弯下来了——我真觉得发愁呢。"

于是菲力普爵士就派人去阿普顿买链条和带有毛毡的结实垫木来支撑那些枝杈；他本人一定要亲自指挥那些园丁，让他们爬上树去，扫掉积雪；他本人一定要亲自督促他们架好那些结实垫木，上面垫有毛毡，免得把枝杈擦伤了。因为安娜爱那棵雪松，他爱安娜，所以他一定要站在树下面指挥那些园丁。

突然传来可怕的一下断裂声。"爵士，注意！菲力普爵士，注意，爵士，它要倒了！"

轰的一声，然后是一片静寂——可怕的静寂，比那可怕的断裂声还要可怕得多。

"菲力普爵士——啊，老天爷，它正砸在他前胸！它扎进他胸脯里啦——这是那根大树杈断下来了！什么人去请大夫——快去请伊文斯大夫。啊，老天爷，他的嘴里在流血——它扎进他胸脯里啦——没有谁去请大夫吗？"

霍普金斯先生用沉重而又相当武断的声调说："沉住气，托马斯,慌张可没好处。罗伯特,你最好赶快去马厩,告诉伯顿开汽车去请大夫。你,托马斯,帮我来搬开这根树杈——继续沉住气,再往右边靠一点——好啦,轻点,轻点,伙计——抬!"

菲力普爵士非常安静地躺在雪地上,鲜血缓缓地从他的两片嘴唇中间流出来。他躺在白雪上,直挺挺的,两条长腿直直地伸开来,他身材高大,看起来像巨人一般,所以托马斯傻里傻气地说:"他个子不大呀——俺不知道,因为俺从前留神——"

这时候有个什么人急急忙忙在雪地上跑过来,气喘吁吁,跌跌撞撞,怪模怪样,又蹦又跳——原来是老威廉斯,没戴帽子,只穿着衬衣——他一边跑一边叫:"老爷,啊,老爷!"等他走到滑溜溜的雪地上,他就怪模怪样又蹦又跳起来。"老爷,老爷——啊,老爷!"

他们找到一块栅栏,小心翼翼地把莫顿的这位主人抬到上面,抬着这块栅栏极其缓慢地走过草坪,穿过菲力普爵士本人刚才半掩着的门。

他们缓慢地把他抬进大厅,他那疲倦的眼睛甚至更加缓慢地睁开了。他用微弱的声音说:"斯蒂芬在哪儿?我要——这孩子。"

老威廉斯瓮声瓮气地嘟囔着:"她来了,老爷,她在下楼!她在这儿,菲力普爵士。"

这时候菲力普爵士想试着动一下,他相当大声地说:"斯蒂芬,你在哪儿?我需要你,孩子——"

她走到他跟前,一句话没说,可是她心里在想:"他要死了——我的父亲。"

她把他那只大手抓在自己手里,轻轻抚摩着,但是依然一言不发,因为在一个至亲至爱的人躺在那儿就要死去的时候,一个满怀情爱的人,是根本没有什么可说的。他用狗的那种虽然不会说话,但是依然要求宽恕的祈求目光看着她。她也懂得,他的眼神是在请求宽恕,可是宽恕什么,这都超过了她那可怜的理解力范围之外;所以她点点头,并且只是继续抚摩他的手。

霍普金斯先生悄声问道:"我们把他抬到哪儿去?"

斯蒂芬也同样悄声回答:"抬到书房去。"

于是她亲自领头到书房去,步履沉着,仿佛什么也没发生似的,就仿佛她到了那儿,就会看到她父亲躺在扶手椅里念书似的。但是整个这段时间她却一直在想:"他要死了——我父亲——"仅仅是这个想法看来好像不是真实的,显得荒唐。她看起来好像想的是别的什么人,事情那样不真实,所以显得荒唐。然而,等大家在书房把他放下了,她听到的却是她自己的声音在发号施令。

"告诉帕德顿小姐立刻去我母亲那儿,把这件事儿轻轻地告诉她——我留在这儿看着菲力普爵士。请你们中间哪位去叫个女仆带上纱布、毛巾和一盆凉水到我这里来。你们说,伯顿已经去请伊文斯大夫啦?这做得对。现在我要你们去搬一个床垫下来,从那个蓝色屋子里搬一个就成——快去搬。还要带些毯子和两个枕头来——我可能还需要点儿白兰地。"

他们赶快照办,没过多久,她就帮助把他抬到垫子上了。他哼哼了一下,后来他觉得她强有力的胳臂搂着他,就真的露出了笑意。她不断擦掉他嘴里流出来的血,她手指上也沾满了血;她看着自己的指头,但是一点也不害怕——那不可能是她自己的手指头——正如同她刚才的想法一样,它们肯定是别的什么人的。可是现在他的目光越来越不安——他在寻找一个什么人,他在寻找她母亲。

"你告诉帕德顿小姐了吗,威廉斯?"她小声问道。

威廉斯点点头。

然后她说:"母亲就来,亲爱的;你静静地躺着。"她的声音很轻柔,有劝哄的味道,仿佛她是在和一个受罪的小孩子说话似的。"母亲就来了;你安安静静地躺着吧,亲爱的。"

她来了——不大相信的样子,然而睁大着眼睛,充满恐惧。"菲力普,啊,菲力普!"她在他身边蹲下来,把她苍白的脸靠近枕头贴在他的脸上。"我亲爱的,我亲爱的——你伤得好厉害呀——请告诉我,伤在哪儿啦;请告诉我,心爱的。树杈砸的——因为积雪——它砸在你身上啦,菲力普——可是请告诉我,哪儿伤得最厉害,我心爱的。"

斯蒂芬走到仆人身边,于是他们慢慢走出去了,大家都低着头,因为菲力普爵士一直是个好朋友;他们爱他,每个人用他或者她自己的方式,每个人都根据他或者她爱的能力。

而那可怕的声音总是不断地在说,可怕,是因为它很不像是安娜的声音——它是平板单调的,它一再地问着同一个问题:"请告诉我,哪儿伤得最厉害,我心爱的。"

但是菲力普爵士正在和疼痛搏斗,和那种剧烈的、无法抵抗、无法控制的疼痛搏斗。他默不作声地躺着,没有答复安娜。

于是她用柔言软语,用她那乡音犹存变得柔软了的话语哄着他。"你是最最可爱的男子,"她轻声细语,"而且你眼睛里闪着上帝的光芒。"但是他躺在那儿,无力答话。

现在她好像忘记斯蒂芬的存在了，因为她说话用的是一个情人对心上人的话语——傻乎乎的，满怀蜜意柔情，叫着表示爱的称呼，正如一个情人对心上人的话语。斯蒂芬守望着他们俩，就看到了一个伟大的奇迹，因为他睁开了眼睛，他的目光和她母亲的目光碰到一起，于是好像有一片光辉映照在他们可怜的颜面上，用胜利的喜悦和洋溢的爱改变着他们的容颜——他们俩就这样在死亡幽谷的阴影中为他们的孩子再度燃起了指引航程的灯塔。

二

下午很晚的时候大夫才到；他整天都在外面奔忙，而且道路又泥泞难行。他一接到消息就动身赶来，以一辆汽车在雪地里能够克服困难驶出的速度到达了。他做了力所能及的一切，但是收效甚微，因为菲力普爵士神志清醒，而且希望听其自然不必勉强；他不让他们用药物来减轻疼痛。他只能非常缓慢地讲话。

"不——不是那个——紧要的事——我要——要说。不要药——我知道我就要——要死了——伊文斯。"

大夫把要滑下来的枕头摆好，然后转身小心地悄悄对斯蒂芬说："好好照顾你母亲。他就要走了，我想。现在时间不会很久了。我在隔壁屋子里等着。你要是需要我，尽管来叫我好了。"

"谢谢你，"她回答，"如果我需要你，我会来叫你的。"

菲力普爵士几乎使出了最后一点精力，以体力方面惊人的勇气报偿了他那焦急不安的可怜心灵上的罪过；他鼓起，他激起他越来越弱的力量来作一次巨大而且可怕的努力:"安娜——那是斯蒂芬——听着。"他们的手握在一起。"那是——斯蒂芬——我们的孩子——她是,她是——那是斯蒂芬——不像——"

他的头向后仰得相当突然,然后就很安静地躺在了安娜的怀里。

斯蒂芬松开了她握着的那只手,因为安娜弯下身去正亲着他的嘴唇,拼命地、热情地亲着他的嘴唇,仿佛是要把生命重新吹回他身体里面去似的。谁也没有在那儿做那件事情的见证人,除了上帝以外——那位死亡与不幸的上帝。同时也是那位爱的上帝。斯蒂芬转过身来偷偷溜走,离开了他们,让他们俩单独留在慢慢阴暗下来的书房里,让他们俩以始终不渝的忠诚单独待在一起——手牵着手,生者与死者。

第二卷

第十五章

一

菲力普爵士之死让他的孩子失去了三件宝物：由真正理解产生的精神伙伴关系；在她与外部世界之间的一道坚强屏障；还有最重要的一点：爱——愿意为了她免于苦难而忍受一切痛苦的那种真挚的爱。

斯蒂芬先是震惊得可怜地麻木了，等她苏醒过来，面对她有生以来第一次深切的悲哀，就处于一种根本不知所措的境地，仿佛一个小孩子，不知为什么一直牵着她的手松开了，让她迷失在人群中。想到父亲，她就明白了，她是多么地依赖那个深怀慈爱的人，她是多么确信他那坚定不移的护卫，她又多么地把这种护卫视为理所当然。再加上她继续不停地悲伤，加上她怀念从没离开过他而感到的痛苦，让她懂得了，真正的孤独是什么样的。她想起，在他活着的时候，她伸出一根指头就可以摸着他，说出一句话就可以听到他的声音，举目一看就可以见到他在自己的跟前，那时候她居然还觉得自己很孤独，这真让她惊奇。而现在她也懂得了一些小事情上表现出的凄凉，那些小小的无生物如一本书、一件穿旧了的衣服、一封未写完的信、一把心爱的扶手椅当中，也隐藏着能给人无限痛苦的东西。

她心想："它们继续留着——它们根本什么也不是，然而它们继续留着，"处理它们是令人痛苦的，然而她又老是要碰到它们。"多么奇怪呀，这把旧扶手椅活得比他还长，一把旧椅子——"摸着椅子上皮革的褶皱和靠背上她父亲的头枕过因而陷进去的那个小窝，她不禁因为这种无生物能够经久不灭而恨它，或许她是爱它，而且她还发现自己为它伤心哭泣呢。

莫顿成了一个缅怀往事的地方，它用旧日的回忆紧紧包围着她，控制着她。这是痛苦的，然而现在她又比以往更崇拜它，崇拜草原上的每一块石头，每一片叶子。在她想象中，它也在为她父亲伤心，也在向她寻求安慰。因为莫顿的缘故，一天又一天都得继续下去，所有不足挂齿的小事都得按时完成。有时候她感到纳闷，为什么成了这个样子，而且一时起了愤恨的情绪，可是她转念一想，她这个家仿佛是依靠她和她母亲供养的某种有生之物，于是愤恨之情也就烟消云散了。

她非常严肃认真地听取了来自伦敦的律师的意见。"这地方在你母亲生前为她所有，"他对她说，"她一去世，当然就属于你了，戈登小姐。但是你父亲还单独列了一条；等你满了二十一岁，也就是大约再过两年，你要继承相当大的一笔收入。"

她问："那还有足够的钱留给莫顿吗？"

"比那还多，"他微笑着向她保证。

在这幢安安静静的老宅里，秩序井然，主人逝世，这事已经过去了，可是依旧井然有序。就像那穿旧了的衣服和心爱的扶手椅一样，秩序也安然度过了这场巨大的变迁，有时让那些空荡荡的屋子充满了非现实的奇怪感觉，充满了新的而且令人非常困惑的怀疑：究竟什么是现实：是生还是死？那些仆人又洗又刷，又扫又擦。一个给钟上发条的年轻工人每星期从莫尔文来一次，他十分细心地把那些钟上得非常准确，所以他走了，那些钟全都一起敲响，相当匆忙地全都同时敲响，仿佛因为时间极其重要而显得慌慌张张似的。帕德添了很多书，而且给厨娘订了膳食表。男仆手下的那个高个子助手擦玻璃窗——他擦的是面向草地的彩色窗和半圆形的楣窗。花园里工作照常进行。花匠修枝锄地，辛勤栽种。伴随着杜鹃的欢叫，春天也活跃起来，树都开花了，菲力普爵士书房窗外，因为爵士生前专爱郁金香而只种这一种花的几处老式的花坛，繁花似锦，光艳夺目。根据老习惯，先植球根，现在一仍旧例，所以只开放了郁金香。马厩里那几匹猎马都放出去吃青草了，天花板和墙壁全都粉刷一新。威廉斯去阿普顿买回了细绳，几个马夫现在正在编打粗辫绳；稍远一点靠近山毛榉林子的围场上，两匹母马正在下小驹——所以在莫顿一切事情都是按部就班依照时序而完成。

但是安娜呢，她现在每句话都成了说一不二的法律，可是却变成了那种跟笑意绝缘的人；成了个安安静静、逆来顺受、极度伤心的女人，眼睛里总是带有耐心等待的表情。她对斯蒂芬温文有礼，然而却冷漠得惊人；她们在这种极其窘困的时刻，两个人必定还是因为往日那种暗中作祟的隔阂而生分。然而斯蒂芬对莫顿的依恋却越来越紧；她确切不移地放弃了去上牛津的一切想法。帕德极力反对也是徒然，她每天都提醒她这个学生，菲力普爵士下了决心一定要她去，但也是徒然，都没有用，因为斯蒂芬总是这样回答：

"莫顿需要我；父亲会要我留下的，因为他教导我爱它。"

帕德一点办法也没有。既然有义务必须保持绝对沉默，她又能做什么呢？她不敢对这个姑娘解释她自己是怎么一回事，不敢说："为了你自己的缘故，你必须去牛津，你必会需要你的头脑能提供给你的每一件武器，不管你是怎么样，你用得着每一件武器，"因为这样一来，斯蒂芬就会开始提出问题，而她作为师长受到信任的这样一种地位，却又让她不能回答她那些问题。

帕德觉得，世界上的人为了自己的好处和舒适采取一种向来采用的滑头的鸵鸟政策，因而必须保持顽固而又自私的绝对沉默，这简直无法容忍。他们把自己的头埋藏在陈规陋习之中，所以既然什么也不看，就可以逃避真理和现实。他们还为自己辩解："如果说眼见心服，那么我就不愿意看——如果说沉默是金，那么在这种情况下就非常有用。"有些时候，帕德真恨不得向这个世界大声喊叫。

有时她想辞职不干，因为她感到厌倦，不想再为斯蒂芬焦急苦恼。她心想："我把自己急病了，又有什么用处呢？我帮不了这个姑娘，但是我可以帮助自己呀——这在我看来，又成了一件纯粹是保护自己的事。"于是她内心一切真诚和忠实的信念又会抗议："最好还是坚持下去，很可能有朝一日她会需要你，你得待在这儿好去帮助她。"所以帕德还是决定坚持下去。

她们很少做功课，因为斯蒂芬由于伤心而变得疏懒，不再关心自己的学习。她从写作中也找不到安慰了，因为悲痛常常给人带来两件事：一种是打开灵感的源泉，另一种是让灵感的源泉完全枯竭，而对斯蒂芬来说，则是后一种，她渴望从文字中寻求一条出路得到安慰，可是现在文字却总是不肯露面。

"我再也写不出东西来了，写作已经抛弃我了，帕德——父亲已经把它带走了。"于是她伤心落泪，泪如泉涌，直泻纸上，把纸上那寥寥数行都沾湿了，而这几行文字的作者本人也完全知道，这没有多大意义，根本无助于减轻她自己业已增长的孤单寂寞。

她坐在那儿就像个愁眉苦脸的孩子，帕德心想，她生平第一次遇到悲痛，显得多么孩子气呀；同时也觉得惊异，她这么身强力壮，怎么会一下子流这么多眼泪呢。而且因为她自己眼睛里也是泪如泉涌，所以她对斯蒂芬说话也常常颇为严厉。于是斯蒂芬就自己走开，舞弄起她那些大号的哑铃来，想用体力运动来求得解脱，想耗掉她肌肉丰满的身体的力量，因为悲伤已经耗尽她精神的力量了。

到了八月份，威廉斯把几匹猎马从草场上牵回来。斯蒂芬有时很早起床，帮忙驯马，但是尽管如此，老人的心里还是很感忧虑，因为看来她一反常态，不愿谈论打猎的事情。

他想："兴许是因为她父亲过世了，可是她天生来就血性强，只要她头一回跨马飞跑起来，一定啥事儿都没啦。"或许他是在耍花招儿，指指拉夫特里说："看看，斯蒂芬小姐，你见过这么壮实的腰和腚吗？他可真是个了不起的好牲口，在草原上待了这么久，还能让自个儿长得这么精壮！俺真相信，他是有意那么办的；俺相信,他是害怕丢了打猎的机会,丢一天都不成。"

但是秋天悄悄溜走了,冬天也快过完了。那群猎狐狗都在莫顿的大门口守着,然而斯蒂芬就是忍着,不给马厩发出威廉斯一直在焦急等待的那些命令。到了三月的一天早晨,他再也忍耐不住了,突然责备起斯蒂芬来:"你这是在叫俺那些马在马房里生霉发臭哇。这太丢人啦,斯蒂芬小姐,你是个那么好的骑手,俺们这马房是郡里最棒的,你父亲对你的骑术可是得意得不得了哇!"接下来又说:"斯蒂芬小姐——你不会躺倒不干了吧?你后天不骑拉夫特里去打猎吗?猎狐狗就离阿普顿不远待着呢——斯蒂芬小姐,你不会都撂下拉倒吧!"

实际上他已经是忧心忡忡,老泪盈眶了,为了安慰他一下,她简洁作了回答:"那么好吧,我后天去打猎。"可是由于某种奇怪的理由——连她自己也不理解——这种事已经不再让她高兴了。

二

在一个高空飞云、阳光照耀的早晨,斯蒂芬骑着拉夫特里进入阿普顿,走过横跨塞文河的那座桥,来到邻村那个集合点。在她后面跟着来的是次骑手,骑的是菲力普爵士心爱的那几匹小马当中的一匹。这是一匹瘦削、挺拔、暴烈的栗色马,这时眼睛耳朵都准备好迎接即将到来的猎事;但是伴随她行程的却只有往日的回忆和心痛。然而她还是不时迅速调转头来,仿佛肯定是有个人在她身边似的。

她的心沉浸在极其奇特的幻想之中。她好像见到她父亲非常严肃和焦急,不像往日他们骑马到集合地点来的时候那样高兴,那样心旷神怡。因为这一天的生活那样生机勃勃,所以斯蒂芬很难承受死亡这个概念,甚至一只小小的红狐也是这样,而且她发现自己在想:"今天早晨我们是否感到,我们俩在这儿是完全孤独的,每个人的手都在反对我们。"

在集合的地方,她完全给自己感到的畏怯控制了,所以她以为大家都在窃窃私议。现在已经没有那双能够承担重负的弓形肩膀挡在她和那些不友好的人中间了。

安垂姆上校走过来,"很高兴看到你又出来了,斯蒂芬。"但是他的声音显得有些不大自然,因为他不知所措——每个人都有点不知所措,正像人们碰到居丧那样。

这时她也感到那么别扭,显得那么孤僻,弄得谁也不好表示友善。他们回想起菲力普爵士,回想到他的去世对他女儿意味着什么,所以也觉得有些怯懦,不止一个人本来是想要打个招呼,话到嘴边也就留住了。

这时她又心情阴郁地想着:"我们俩是完全孤独的,每个人都在动手反对我们。"

他们发现他们要追的狐狸藏在第一个隐蔽处,于是就散围到那还没长出青草的开阔牧场上,拉夫特里飞奔向前,而斯蒂芬的那些奇奇怪怪的幻想则越来越强烈,她开始深陷其中。她幻想:大家都在追逐她,那些猎狗不是跑在她的前面,而是在她后面;那些满面通红、目光灼灼的人正在对她穷追不舍,这些冷酷无情、不依不饶、不知疲倦的人——他们人数很多,而她却只是孤零零一个，每个人都在动手反对她。为了摆脱他们，她突然改变了自己的路线，驱策拉夫特里越过那些危险地带；可这马倒更是心甘情愿，尽力施展出全身的力气。平平安安地落地——然而她总是想象在受到追逐，而现在是这个世界在和她作对。整个世界都怀着仇恨，怀着要摧毁她的强烈、无情的意愿，对她穷追不舍——整个世界都在反对一个无足轻重的人，她这个无处可以寻得同情和保护的人。她的心因为恐惧而紧缩起来，她非常害怕那些满面通红、目光灼灼的人，他们紧紧跟在她的后面。她有生以来从来没有缺乏过肉体上的勇气，现在却由于恐惧而汗流浃背，拉夫特里直觉到她的恐惧，飞奔前进，越来越快，老是越来越快。

这时斯蒂芬看见前面有个什么东西，而且还在动。她猛然勒住拉夫特里，仔细看看那个东西。原来是一只正在爬着、长着红条纹的毛、可怜巴巴的动物，舌头耷拉着，胸腔痛苦得都快要胀破了。它那双因为追得走投无路而感到绝望的眼睛由于恐惧而发亮，一时看看这边，一时看看那边，好像是在寻找什么。斯蒂芬马上想到："它是在寻找创造它的上帝。"

在这样一个时刻，斯蒂芬感到一种迫切的需要，一定要相信这只受伤的动物确有个造物主，于是她自己的眼睛也变得明亮起来，但是又因为她强烈需要信仰而变得泪眼模糊，这种需要比身体方面的疼痛更厉害，因为它是由于精神上的痛苦而产生的。这只小东西在泥土里拖着粗大的尾巴，还一瘸一拐的，于是斯蒂芬从马上跳下来。她向这只不幸的动物伸出双手，一心想要救它，保护它，可是这只狐狸不相信她这双慈善的手，却爬着钻进一个小灌木林中去了。就在这个死一般可怕的寂静中，一群猎狗嘴和鼻子贴着地面，风驰电掣般从她身边跑过去。安垂姆上校紧随在后面飞奔过来，为了躲开树枝，身体低低地贴在马鞍上，他身后还有两个猎手和几个勇敢的骑手，他们都一直坚持追猎。接着在灌木林中发出了一阵狂野的叫声，猎狗都陷入了野性的狂吠，斯蒂芬完全明白，那种声音的意思就是死亡——她慢腾腾地重新跨上了拉夫特里。

她往家中骑着的路上，感到筋疲力竭，而且觉得惶惑。她思想里又充满了她父亲的形象——他好像和她近在咫尺，近到令她难以相信。有一会儿，她以为她听到了他的声音，可是等她侧过身去想仔细听清的时候，却又毫无声息，只有拉夫特里疲倦的有节奏的蹄声响在路面上。等到她头脑平静下来，她好像觉得，她父亲早已把一切都教给她让她懂得了，他活着的时候教给她勇气和真理，还有荣誉，死的时候又教给她慈悲为怀——他本来缺乏慈悲的胸怀，他是通过死亡这个重大的冒险经历教给她的。通过一次突如其来的领悟，她理会了所有生命都不过是同一个生命，所有欢乐和所有痛苦确实都不过是同一的，所有的死亡都不过是同一个死亡。而且她还懂得了，因为她曾看见过一个男子在巨大的痛苦中死去，然而却保持了永生不死的勇气和爱情，所以她决不会再胡作非为把毁灭或者痛苦加在任何一个可怜而又不幸的生物身上。正是这样，菲力普爵士在斯蒂芬面前逝世，却由于把在那天获得的慈悲心怀传给自己的孩子而永生不死了。

但是肉体与精神的距离仍然非常遥远，肉体对尘世上那些原始的欢乐——对太阳、风和悠然起伏的草原，对漫不经心的动作立时感到的兴高采烈，都紧握不放，所以斯蒂芬感觉到拉夫特里夹在她强有力的双腿之间,就突然充满了歉意。是的,在这种她有了精神顿悟的时刻,她感到无限的悲伤,于是她对拉夫特里说:"我们再也不打猎了,我们俩,拉夫特里——我们俩再也不一起出来打猎了。"

因为拉夫特里以他自己的方式理解了她,所以她感觉到他的腹腔为了发出一声表示服从的长叹而鼓了起来;听到他因为理解了她而发出长叹把濡湿了的肚带扯得嘎吱作响。这是因为拉夫特里内心仍然热爱这种追猎,热爱那蔚为壮观的不可预见的险境,热爱清爽的早晨和冰霜封冻的黄昏,热爱回家途中那漫长幽暗的道路。他因为兽类世代积累的智慧而显得聪明,这是真的,但是这种智慧并未免于屠杀之罪,而且在他温和、忠实的内心深处还潜藏着某些野性的祖先传给他的记忆。这种记忆里都是空旷无人的地方,在战斗中鼻孔大张、牙齿裸露的凶残场面;一次次稳准无误、踏死猎物的马蹄,一大股随风飘动宛如旗帜一般桀骜不驯的鬃毛,伴随着这猎猎旗帜的嘶鸣和野蛮残暴让人难以置信的战斗叫嚣。所以他现在也感到无限的悲伤,于是他叹息起来,把他那结实的肚带撑得嘎吱发响,在这之后,他停下不走,使劲摇动身体,想努力甩掉那抑郁消沉的情绪。

斯蒂芬向前弯下身来,轻轻拍着他的脖子。"我真抱歉,对不起,拉夫特里,"她严肃认真地说。

第十六章

一

莫顿的马厩解散了,马厩里那些忠心耿耿的马夫也随着解散了。年迈终于让威廉斯付出了代价,让他完全不行了。心口疼痛,加上经常气喘和腿脚不灵,他于是退休了,得到一笔养老金,回到他自己那座舒适的村舍;整个冬天都在那里咳嗽、嘟囔,夏天则在他那侍弄得整整齐齐的小花园里,膝头裹着毯子坐在椅子上,郁郁不乐地一袋又一袋抽着烟斗。

"真是作践人,"他现在老是这样说,"再说她打起猎来可真是个了不起的女人呀!"

随后他渐渐就回想起往日的光荣,他也就为菲力普爵士伤心起来。他还要哭一小会儿,因为他仍然爱那位爵士,这时他太太就得给他送一杯酽茶来。

"得啦,得啦,阿瑟,你很快就要去会老爷啦;俺们都老了,俺和你——现在不会很长了。"

威廉斯听到这些总是瞪着眼说:"俺可不想上天堂——天堂里像是没马——俺倒想让老爷下到俺这儿马房来;上帝心里明白,他们还缺个老爷!"

因为现在除了安娜那几匹驾辕拉车的马,往日那些讲究的马厩里只剩下了四匹马:拉夫特里和菲力普爵士那匹年轻挺拔的栗色马,叫作詹姆斯的那匹短腿马,还有那匹老柯林斯,他年老力衰已经养成恶习,而且一直非要吃自己的垫草不可。

安娜十分平静地同意了这种剧烈的改变,正如她现在许多事都同意一样。这些日子在牵涉到莫顿的事情上,她很少反对她女儿。但是安排卖马的重担都由斯蒂芬承当;她一匹匹地对那些猎马说再见,望着他们一匹匹地给牵出场院,嗓子眼里好像堵了什么东西,简直憋得喘不过气来,他们都走了以后,她转过身来向拉夫特里寻求安慰。

"啊,拉夫特里,我真是罪孽深重呀——看着他们走,我心里简直难受死了!我们不要再去看他们那些一格格的马房了吧——"

二

又过了一年,斯蒂芬二十一岁了,她成了一个又有钱,又独立的女子。现在不管什么时候,她要上哪儿就可以上哪儿,她想干什么就完全可以干什么。帕德还继续干她的工作;她带着严酷的心情等待着发生某种事情。但是并没有发生多大事情,也不过是斯蒂芬现在穿上了裁缝量身做出的衣服①,安娜对此也不表示反对了。然而生活逐渐对这个姑娘重申自己的要求,这也不过是自然而然的事情,因为这个年轻人不必总受死者支配,或者总受无法安抚的悲哀支配。她依然悼念她父亲,她常常悼念他,但是在二十一岁的年纪,而且身体健康,因此终究有一天她注意到了阳光照耀,嗅到了沃土芳香,发出了感激之情,而且突然懂得了,尽管有死亡,可是自己还活着,而且活得很开心。

就在这样一个六月份的清晨,斯蒂芬开上自己的小汽车去了阿普顿。她本来打算到银行去取点现金,她本来打算到当地鞍具店去看看,她本来打算去买双新手套,然而,这些事她后来一件也没做。

原来是在肉铺外面发生了狗打架的事。卖肉的有一条老得不中用的粗毛杂种猎狗,他像往常一样守在肉铺的门道里,这已经成了他的习惯了。这时街上来了一条浑身雪白、产自西部高地的小小猠狗,他长得匀称但是好斗,踮着脚伸着脖子走过来;或许他是在找捣乱的机会,如果真是这样,那么不到两分钟他就真的找到了。他吠得那么响,所以斯蒂芬把车停下来,在座位上掉过头去,看看发生了什么事情。只见卖肉的冲了出来大喊大叫,把事情搅得更乱,而他吼叫的命令,谁也不听。他想抓住他那条狗的尾巴,可是尾巴太短,根本抓不住。这时候根本不知道是从哪里来的,突然出现了一个气急败坏的年轻女人,她拿着一把遮阳伞,把它当作长矛似的,打算介入战斗。她感到绝望号啕大哭,

---

① 在欧美,此种衣服比成衣讲究、昂贵得多。

把那两只狗的吠声都压倒了。

"托尼！我的托尼！没有谁来制住他们吗？"她还当真打算自己去制止他们，不过那把遮阳伞头一个回合就给折断了。

但是托尼大叫着，像雪貂一样顽强，而且那条粗毛杂种猎狗还咬住了他的脊背，所以斯蒂芬赶忙下了车——托尼的命好像顷刻就要完了。她一把抓住那条老狗的颈背，这时那个卖肉的赶忙去取一桶水来。那个气急败坏的年轻女人抓住了她那狗的一条腿；她使劲拉，斯蒂芬也使劲拉，她们俩一齐拉。这时候斯蒂芬又狠命地一扭，把那条杂种猎狗的注意力分散了，他想咬她；可是只有一张嘴，就不得不松口放掉托尼，托尼立刻就紧紧趴在了他主人的怀里。这时卖肉的提着一桶水赶到现场，斯蒂芬还紧紧抓住那条杂种猎狗的脖子不放。

"我很抱歉，戈登小姐，我真希望你没有给伤着。"

"我没事儿。来吧，把这个灰色的恶魔抓住，揍他一顿；他真胡闹，想吃掉一条只有他一半大小的狗。"

这时候托尼浑身流着血，他的女主人看来好像也给咬了。她一会儿拼命想给托尼的伤口止血，一会儿又吮吸她自己那直流鲜血的手。

"最好把你的狗给我，你到对面药房去，你的手需要包扎一下，"斯蒂芬说。

托尼立刻就交在她手上了，那女主人有气无力地笑了笑，这说明她已经精疲力尽。

"现在很好了，"斯蒂芬很快地说，非常怕这个年轻女人要哭。

"他能活吗，你觉得？"一个微弱的声音问道。

"是的，当然能活；可是你的手——到药房去吧。"

"啊，别管那个啦，我惦记着托尼呢！"

"他没事儿，等到把你的手看完了，我们就可以带他直接去找兽医，这里有个很好的兽医。"

药剂师用了很强的石炭酸；那只手有两个指头给咬伤了，斯蒂芬对这个陌生女人的勇气产生了深刻印象，她咬紧牙关默默地忍着。手包扎好了，她们就开车去看兽医，很幸运，他正在家。他给可怜的托尼缝了几针。斯蒂芬抓住他的前爪，他的女主人虽然自己的手受了伤，还是尽量好好地按住他的头。她把他的脸按在她的肩膀上，想必是好让他看不见那根针。

"别看，宝贝儿——你绝不能看，亲爱的！"斯蒂芬听见她小声对托尼说。

最后给托尼也涂了石炭酸，包扎了伤口，斯蒂芬利用这段时间仔细观察了她那位同伴。她忽然想起，她最好自我介绍一下，所以她说："我是斯蒂芬·戈登。"

"我是安吉拉·克罗斯比，"她回答，"我们买下了格兰吉庄园，就在阿普顿的那一边。"

安吉拉·克罗斯比皮肤头发都是浅色的，显得光彩照人，她的头发并不是那种很浅的金黄。她把它留得很短，就像个骑士侍童，又是直直的，刚好垂到耳垂，这在那个时兴把头发往上梳，还有许多弯曲的时代，使她有一种不同一般的模样。她的皮肤非常白，斯蒂芬判定，这个女人从来都不会有很深的颜色，她那张略微有点大的嘴也从来不会是红的，老是保持浅淡的珊瑚色调。她所有的颜色看来都集中到她的眼睛上，那双眼睛很大，周围有美丽的长睫毛，那非同一般的蓝色看起来有点发紫，那种直率的表情就像出自一个孩子——是那种非常天真无邪、深信不疑的表情。斯蒂芬注视这双眼睛，想起她听说过那些关于克罗斯比一家人的流言蜚语，不禁愤然。

据她所知道的，克罗斯比这家人是深招人怨的。克罗斯比原是伯明翰一个显要的巨富，新近由于健康不佳，或者是流言蜚语这样传说，退出了某个金属制品康采恩。据谣传，他的妻子曾经在纽约登过舞台，所以她的出身值得怀疑——根本就没有任何人真正了解她的任何事情，但是，她那奇怪的头发让你有理由表示怀疑，一个当过演员的美国妻子成了克罗斯比非常糟糕的负担。克罗斯比本人也不是个讨人喜欢的人；按这个郡的标准来判断，他是打入另册的。而且他还有许多迹象表明他是吝啬到了无法原谅的地步。他给打猎协会的捐款只是微不足道的五个畿尼[①]，他还写信说，他身体很不好，不会去打猎，而且还确实加了一句：他希望打猎协会避开他的那些隐蔽处！于是每个人都自然而然地感到愤恨，当初怎么会为了钱把那个庄园卖掉——那是相当小的一个条顿式宅院，然而却非常完美精致。但是它从前的业主阮姆齐上尉最近去世了，遗下大笔债务，所以他的继承人、住在伦敦的年轻侄子，立刻把庄园卖给了第一个出价高的投标人——于是克罗斯比先生就来了。

斯蒂芬注视着安吉拉，想起了这些事情，但是看来这些好像突然之间就失去重要意义了，因为现在那双天真的眼睛看着她，

[①] 英国旧制金币。

而且安吉拉还在说："你救了我的托尼，我不知道要怎样感谢你，你真是好极了！要是你刚才不在那儿，他们就会让他给咬死的，而我可是全心全意爱托尼。"

她说话是南方那种软绵绵、慢腾腾的腔调，一种散散淡淡的腔调，非常慵懒、悠闲。这种软绵绵的、南方人慢腾腾的语调斯蒂芬听着很是新鲜，所以她觉得意外地高兴。这时这个姑娘觉得，这个女子挺可爱——她就像在黑暗中生长起来的某种奇花异卉，就像某种稀有的、色泽浅淡的花卉，纯洁无瑕，于是斯蒂芬粉面通红，说："我高兴帮助你——你要是愿意的话，我可以开车送你回格兰吉庄园。"

"嗯，我们当然愿意让你送，"对方立刻回答。"托尼说，他对你感激不尽，是不是，托尼？"托尼相当轻微地摇了摇尾巴。

斯蒂芬把托尼裹在汽车背后的一块车用毯子里，他躺在那儿好像筋疲力竭似的。安吉拉呢，她则让她坐在自己的旁边，而且小心翼翼地帮她在座位上坐好。

这时候安吉拉说，"感谢托尼，我终于碰见你了；我一直想望能见到你！"她瞪着斯蒂芬，显得相当仓皇失措，然后面露笑容，好像她看见某种让她很高兴的东西。

斯蒂芬感到纳闷，为什么有人想望见到她。她突然觉得很难为情，因此起了疑心："谁对你谈起我啦？"她突然唐突地问道。

"是安垂姆太太吧。我想——是的，是安垂姆太太。她说，你本来是个了不起的骑手，但是，唉，为了某种原因，你放弃了打猎。啊，是的，她还说，你击剑就像个男子汉。你击剑像个男子汉吗？"

"我不知道,"斯蒂芬低声咕噜了一句。

"嗯,等我看了你击剑,我就可以告诉你,你究竟怎么样;我父亲有一段时期是个相当出名的击剑家,所以我在美国也学到不少击剑的东西——或许哪一天,戈登小姐,你会让我看看你击剑吗?"

这时候斯蒂芬的脸涨得绯红,她紧紧抓住方向盘,好像要把它弄坏似的。她很想转过头看看她这个同伴,想看看她的那种愿望,但是连眼睛都僵得难以转动,所以她一声不响一直望着那长长的满是尘土的路。

"别那样毁害那个可怜的笨东西,"安吉拉嘟囔着,"它不过是个木头,它又有什么办法!"然后她仿佛自言自语似的继续说,"要是那条恶狗把托尼咬死了,那我又该怎么办呢?他在我散步的时候真是个好伙伴——如果不是为了托尼,我不知道我会做些什么,他是个那么忠心耿耿、聪明伶俐的小家伙,这些天我会老牵挂着我的狗——孤零零一个人散步是件令人伤感的事,可是我一直总是喜欢散步——"

斯蒂芬本来想说:"但是我也喜欢散步;让我什么时候来和你也和托尼一起散步。"这时她突然鼓起勇气在座位上扭过身来,注视着这个女人。他们俩的眼光碰到一起,并且相互注视了一会儿,这时某种让人心慌意乱的东西在斯蒂芬身上骚动起来,所以汽车很危险地偏向一边。"对不起,"她急忙说,"车开得太糟糕了。"

可是安吉拉没有回答。

三

汽车摇摇晃晃地开上来停住的时候，拉尔夫·克罗斯比站在开着的门口。斯蒂芬注意到，他规规整整地穿着一身灰色的粗花呢套服，按常情来说应该是很旧的。但是他身上的每一样东西看起来都好像是崭新崭新的，他那头发就有一股新劲儿——浅棕色的头发闪光发亮，仿佛涂了亮油似的。

"我真纳闷，他是不是把头发和靴子一起摆在门外了[①]。"斯蒂芬很有兴趣地观察他，心里暗想。

他属于那种很难讲述清楚的人，他既不高又不矮，既不胖又不瘦，既不老又不少，既不漂亮也不真正难看。正如他太太说的，要是有人问起她，他不过是个"平常人"，这句话把他描写得正好，因为他外表上唯一的特点就是他的新颖和他的嘴唇那倔强的表情——他的嘴唇显得非常倔强。

他说话的时候，他那高嗓门显得很焦急。"你究竟干什么去了？现在都两点多了。我从一点钟就在这里等着，午饭一定都放坏了；我真希望你尽量能遵守时间，安吉拉！"他好像并没有注意到斯蒂芬在场，因为他唠叨得没完没了，仿佛就只有他们俩似的。"啊，我明白了，你那条倒霉狗又打架了，我很想揍他一顿；哎哟我的上帝，你的手怎么啦——你该不是说你自己也给咬了吧？"

[①] 中上层人家把靴子放在门外，由仆人擦亮打油。

真的,安吉拉,这可有点太糟糕了!"他整个举止表示他自己觉得很难过。

"得啦,"安吉拉慢吞吞地说,把包扎了的手伸给他看,"我并没有去修指甲,拉尔夫。"她的声音是温和的,然而明显地带着火气,所以他马上感到不安而且有点退缩。这时她像是突然想起了斯蒂芬:"戈登小姐,请让我介绍我丈夫。"

他弯了弯腰,并且打叠起了精神:"谢谢你开车送我太太回家,戈登小姐,我相信,这真是太客气了。"但是他看来并不显得很友好,他继续盯着安吉拉给狗咬伤了的那只手,而他那种口气,斯蒂芬心想,明摆着是很冷淡的。

她下了车启动了发动机。

"再见,"安吉拉微笑着伸出一只手,那只左手,斯蒂芬把它抓得太紧了:"再见——也许哪一天你能来喝茶。我们打电话联系:阿普顿二十五号;打电话来,告诉我,你最近哪一天来。"

"非常感谢,我一定打。"斯蒂芬说。

四

下午三点钟斯蒂芬无精打采地走进教室,帕德高高兴兴地问她:"休息了一会儿,还是干了点什么?"

"没有——不过克罗斯比太太的狗打架了。她给咬伤了,所以我开车送她回格兰吉庄园了。"

帕德竖起耳朵:"她什么样子?我听到过传说——"

"哼，她根本不像他们说的那样，"斯蒂芬打断了她的话。

接着是一阵沉默，这时候帕德心里在思考，但是思考并不见得总是能想出聪明的主意，现在帕德非常糟糕地打破了沉默："她可是很有些让人讨厌的吧，是不是，斯蒂芬？据说，他在纽约不知从什么地方把她挖出来了；安垂姆太太说，她原先是个音乐厅里的演员。我想，你是不得已让她搭了你的便车，可是你得小心点儿，我相信，她在大举进攻。"

斯蒂芬突然发起火来，就像个感情用事的女中学生："我不要和你讨论她，如果你的意见是那样的话；克罗斯比太太完全是位体面的女士，一点也不比你差，在这方面一点也不比这儿的任何一个人差，我对你们那些卑鄙的流言蜚语讨厌死了。"她猛地转过身来大踏步走出了教室。

"啊，主啊！"帕德嘟囔着，皱起了眉头。

五

那天晚上斯蒂芬给格兰吉庄园打电话了。"是阿普顿二十五号吗？我是戈登小姐——不，不，是莫顿的戈登小姐。克罗斯比太太怎么样，那条狗呢？我希望，克罗斯比太太的手不是很疼了吧？是的，当然，你去问她，我等着。"她觉得难为情，然而异常果敢。

管家立刻回来了，口气严肃地说，克罗斯比太太刚刚见了医生，现在已经上床了，因为她的手很疼，不过托尼倒是感到好了一些,并且向她问好。他又加了一句:"太太请问你,愿意星期天来喝茶吗?如果你愿意来,她真是非常高兴。"

斯蒂芬回答:"请你谢谢克罗斯比太太,并且告诉她,星期天我一定来。"然后她又把这口信整个重复了一遍,说得非常慢而且一再停顿:"请你——谢谢——克罗斯比太太——并且告诉她——星期天——我一定来。你完全听懂了吗,我讲得很清楚吗?说我星期天来喝茶。"

第十七章

一

到星期天也不过只有五天,可是对斯蒂芬来说,那五天仿佛就成了好多年。现在她每天傍晚都打电话到庄园去询问安吉拉的手和托尼的情况,所以她很熟悉那位管家了,熟悉他的声音,他咳嗽的习惯,他挂断电话的方式。

她不断地分析自己的感情,她只知道自己觉得欣喜若狂——毫无缘由地觉得欣喜若狂,浑身是劲,充满信心。她独自在山丘上散步,一走就是几英里,一会儿也不能真正安静地停下来。她觉得她自己变得明察秋毫,现在她发现了各式各样的奇事:例如叶子上面的脉络,野蔷薇细嫩的花心,从她脚边振翅而起,一边唱歌一边飘忽不定地轻轻掠过的云雀。但是最主要的是她重新发现了杜鹃——那时正是六月份,所以杜鹃改变了自己的节奏——她一定是常常站在那儿屏息静听:"咕咕——咕,咕咕——咕",在山间四处回响;黄昏时分则是鸫鸟和画眉的歌唱。

她有时候也会信步走到她以前和马丁一起去过的地方，只是现在她可以在想到他的时候带着感情，带着容忍，甚至带着柔情。她现在以一种奇特的方式理解了他，而这是以前从未有过的，结果就是宽恕了他。那是某种相当可怕的错误，他的错误，然而她现在理解了他当时一定有些什么感觉；而想起马丁，她可能又开始感到相当恐惧——她要是也犯了那样一种错误，那又该怎么办呢？但是这种恐惧却让她自己的幸福感和美妙的狂喜驱赶到幕后去了。她脚踏的土地仿佛也喜气洋洋，从土地里生长出来的生机勃勃的青草绿树，各种小鸟，满山遍野"咕咕——咕"的叫声——以及黄昏时分鸫鸟和画眉的歌声，全都喜气洋洋。

她现在对自己的外表比以前更加担心得多了；这五天早晨她穿衣服的时候都在镜子里琢磨自己的脸——毕竟她还不是那么难看，她的头发有点煞风景，它们太浓太长，但是她很高兴地注意到至少它们是有波浪的——这时她突然又爱上她头发的颜色了。她打开一个又一个衣柜，仔细察看了一遍自己的衣服。这些衣服都是老式的，而且多半都明显地寒酸。她当天下午就要去莫尔文，在她做衣服的裁缝店定做一身新的法兰绒套装。套装应当是灰色的，胸前一定要有个口袋。她要带上黑领带——不，最好还是灰领带，她配新套装上的小细白条。她定做了不是一套而是三套新套装，还定了一双棕色的皮鞋；的确，那天下午的大部分时间她都用来订购自己个人的饰物了。她听到自己在一些细琐事情上瞎操心，都达到了荒唐可笑的地步：和她那个裁缝争辩用什么扣子；和她那个鞋匠争辩穿什么鞋，鞋底要多厚，要用多少翻毛皮子；和那个卖给她手绢和领带的年轻人争辩该配什么领带——因为现在这些区区小事也都赋有了重大的意义；事实上她已经变得对这种小事纠缠不休了。

那天晚上，她把她那几条时髦的领带拿给帕德看，帕德的态度是很不满意——她咕咕噜噜。

现在好像有个什么人老是在她的近旁了，这些东西准备得妥妥帖帖就是为了哪个什么人——购买三套新套装，棕色皮鞋，那六条精心挑选、价格高昂的领带。她在山丘上长时间的散步是这个人的一部分，那野蔷薇的花心也是，叶子上面细微的脉络和杜鹃改变节奏体现出来的六月份的剧变也都是。那闪着夏天的大星星的黑夜和夜的沉寂，孕育着一种新的、神秘的意愿，所以在这种年深日久的意愿支配下，斯蒂芬感到一阵阵颤抖的愉悦从黑夜里溜出来，溜进她的身体，她常常从床上起来，站在开着的窗户前面，心里老是想着安吉拉·克罗斯比。

二

星期天到了，上午是去教堂做礼拜；然后是午饭后那漫长的两个小时，在这两个小时里，斯蒂芬换了三次领带，沾上水把她那浓密的栗色头发往后梳，仔细察看鞋上有没有纯然出于幻想的尘土，最后从帕德手中粗暴地抢走指甲刷，用力地刷自己的指甲。

出门的时候终于到了，她试探性地问安娜："你不去克罗斯比家拜望一下吗？母亲？"

安娜摇摇头："不，我不去，斯蒂芬——这些天来我哪儿也不去;这你是知道的,我亲爱的。"

但是她的声音很温和,所以斯蒂芬很快又说:"那好吧,我可以请克罗斯比太太到莫顿来吗?"

安娜犹豫了一会儿,然后点点头说:"我想可以吧——如果你真的希望请的话。"

开车只花了大约二十分钟,因为现在斯蒂芬心急如焚,简直是在飞。她本来是兴高采烈、自鸣得意而显得神气活现,这时却完全垮了——尽管她小心翼翼地系上了崭新的领带,一想到安吉拉·克罗斯比却垮了。她到达格兰吉庄园,心里觉得自己过于硕大,逾于常人;她的双手看来十分粗大,完全不合比例,而且她以为那个管家在死死盯着她的那双手。

"戈登小姐吗?"他问。

"是的,"她咕噜了一声,"戈登小姐。"这时他咳嗽起来,和他打电话时一样,突然之间斯蒂芬觉得自己很蠢。

她给引进了一间镶有橡木的小客厅,高大开阔的窗户都朝向香草花园,壁炉中燃着苹果木,虽然这时天气温暖,这是因为安吉拉老是觉得有点冷——据她说,是英格兰的天气造成的。炉火散发出一股甜甜的、有点刺鼻的气味——略带潮气的木头和干灰的气味。开始倒真是很顺利,接着托尼汪汪叫了起来,差不多都要把伤口缝线崩开了,所以靠在躺椅上的安吉拉不得不来抚慰他。一只圆滚滚的红腹灰雀在装饰华丽的黄铜鸟笼里,翅膀半开着高声歌唱。他唱的歌有时听起来好像是《黄鼠狼噌地跑了》。不管怎样,这都是一种很无礼的曲调,所以斯蒂芬觉得很讨厌那只红腹灰雀。安吉拉花了整整五分钟才让托尼安静下来,这期间斯蒂芬满怀歉意站在那儿,但是一言未发。在这情绪一落千丈非常可笑的时刻,她简直哭笑不得。

这时安吉拉哈哈一笑就解决了问题:"我很抱歉,戈登小姐,他是感到很别扭。这也是很自然的事,可怜的小羊羔,他一个晚上可难熬了,他就是讨厌像个大枕头一样浑身给裹得紧紧的。"

斯蒂芬走过去,把一只手伸给他,托尼立刻舔了舔,所以这件麻烦就算完了;可是安吉拉起身的时候把自己的衣服撕了,这好像让她很扫兴——她老是用手指头捏着那道口子。

"我可以帮帮你吗?"斯蒂芬一边问,一边希望她会说不用——她看了斯蒂芬一眼,果然十分坚决地说不用。

安吉拉最后又躺回躺椅上。"过来坐在这儿吧,"她面带笑容请她。于是斯蒂芬就过去坐下来,她坐在椅子边上,好像她坐的是那个有刺的摇篮①似的。

她忘了问问安吉拉遭狗咬的伤口的情况,虽然她包扎着的那只手就搁在靠垫上;她也忘了正正她的新领带,因为她很激动把它弄得有点儿歪扭。过去几天她曾成百上千次地预演过她们的这次会面,精心准备了长长的讲话;在她心里还想出了一些尊贵的姿势,然而她现在坐在椅子边上,仿佛它是那个有刺的摇篮似的。

这时安吉拉用南方那种软绵绵、慢腾腾的腔调说,"那么你终于找着上这儿来的路了。"然后停了一下又说:"我很高兴,戈登小姐,你知道吗?你来这儿给我带来了真正的愉快。"

---

① 典出童话故事。

斯蒂芬说："是呀——噢，是的——"然后又陷入了沉思，显然是专心注意着地毯。

"我把我的烟灰或者别的什么东西洒了吗？"女主人问道，她的嘴角轻轻抽动了一下。

"我想，没有，"斯蒂芬假装看了看低声说，然后抬头朝旁边那只无礼的红腹灰雀看了一眼。

那只红腹灰雀这时候变得柔情满腔，他用很低的声音唱着，而且表情丰富。"啊，冷杉哟，啊，冷杉哟，你的叶子多么绿呀。"①他一边唱着，一边沉甸甸地从一根栖木跳到另一根栖木上，还用一只小珠子似的黑眼珠死死地盯住斯蒂芬。

这时候安吉拉说，"这事儿真是奇怪，可我觉得，我好像认识你许多年了。我不想做得我们仿佛是陌生人似的——你觉得我这样太美国味了吗？我应当一本正经、冷冷淡淡，带英国味儿吗？如果你说应当那样，我也可以，可是我也感觉不到有英国味儿。"她的语言虽然相当稳重和严肃，还是明显地透出丝丝笑意。

斯蒂芬抬起头用困惑的目光看着她的脸："我非常希望做你的朋友，如果你愿意有我这个朋友的话，"她说，这时候她满脸绯红。

安吉拉伸出她那只没有受伤的手来，斯蒂芬握住她的手，但是怀着诚惶诚恐的心情。她刚把它握在手里一会儿工夫，就又笨拙地把它推回到它的主人那儿去了。于是安吉拉就仔细查看自己的手。

---

① 原文为德文。

斯蒂芬心想:"我做了什么粗鲁的或是不得体的事情了吗?"于是她的心在胸中猛烈撞击。她想重新握住这只给推开了的手,可是很不幸,它现在正在抚摩托尼。她叹了一口气,安吉拉听到了她这声叹息,就抬起眼睛望过来,好像在询问似的。

管家把茶端来了。

"要糖吗?"安吉拉问。

"不要,谢谢,"斯蒂芬说;这时候她又突然改变了主意,"要三块,谢谢,"她一向不喜欢喝茶不加糖。

茶太热了,把她的嘴唇烫得很厉害。她满脸涨得通红,满眼是泪。她为了掩饰自己的慌张失措,又咽下一些茶,这时候安吉拉巧妙地故意看着窗外。但是等她觉得没事转过头来的时候,她的表情固然还显着有一点觉得可乐,却带着某些体贴。

现在她使出她那整套机敏和浑身解数,好让她这位古怪的客人谈起话来比较自由一点,而安吉拉的机敏可是非同小可,她的解数也是一样,如果她真要运用一番的话。慢慢地这个姑娘就变得比较轻松愉快了;这是件爬坡一样比较吃力的工作,但是安吉拉成功了,所以最后斯蒂芬谈到了莫顿,也极少地谈了一点她自己的事。虽然好像是斯蒂芬一直在谈,可是不知怎么回事,她发现她知道了她那位女主人的许多事情;例如,她知道了,安吉拉很寂寞,非常希望得到她的友谊。安吉拉许许多多的烦恼都是以拉尔夫为中心的,他并不总是和蔼可亲的,至于让人喜欢则更为罕见了。斯蒂芬一想起拉尔夫,就可以完全相信这一点,于是她说:

"我想,你丈夫并不喜欢我。"

安吉拉叹了一口气:"十之八九不喜欢。我喜欢的人,拉尔夫从来不喜欢;我想,他的原则是反对我交朋友的。"

于是安吉拉更加坦率地谈到拉尔夫。现在他正好住在他母亲那里,但是下个星期他就要回到格兰吉庄园来,那时候他肯定会令人讨厌。"他只要和他母亲一起过上一段,他就那样——她挑唆他来跟我作对,我根本不知道是为了什么——当然,除非因为我不是英国人,我是家里的陌生人。大概是这样。"而斯蒂芬表示反对的时候,安吉拉就说:"啊,可是的确是这样。我时常给弄得觉着像个陌生人。就说这周围的人吧,你觉得他们喜欢我吗?"

斯蒂芬还没学会装假,这时显得狼狈不堪,一言不发,死死盯着自己的鞋。

就在门外,钟响了七点。斯蒂芬不觉一怔:她在那儿待了将近三个小时了。"我得走了,"她突然站起来说,"你看起来累了,我来坐得太久了。"

她的主人没有多留她:"好吧,"她微笑着说,"欢迎再来,请你经常来——如果你不觉得没有意思,戈登小姐,就请经常来;我们在格兰吉庄园安静得太厉害了。"

三

斯蒂芬回家的路上车开得很慢,因为既然事情已经过去了,她觉得自己就像一部机器,突然转完了。她的神经放松下来。她精疲力尽,然而又颇以这种不同寻常的感觉为乐。六月里炎热的黄昏屡屡出现雷鸣。远处不知从什么地方传来羊群咩咩的叫声，她现在有点闷闷不乐，那种令人伤感的羊叫声恰和她这种心情混合交融在一起了。一种淡淡而又挥之不去的郁闷，像一件轻柔的灰色大氅，整个罩在她的身上；而她并不希望脱掉这件大氅，只是想把它更紧地裹在自己的身上。

回到莫顿，她把汽车停在湖边，坐在那儿透过树丛看着那粼粼波光。她在那儿坐了很长一段时间而不知道是为什么，除非她是想回忆。但是她发现，她甚至记不清楚，安吉拉穿的是什么样的衣服——她记得起来的是，她穿的是某种轻软的料子，非常轻软，所以很容易撕破，其它的东西她记忆就很模糊了——虽然她非常强烈地想要想起她的服装来。

从西方隐隐传来隆隆的雷声，那边的乌云越聚越厚，现出预兆下雨的紫色。一些没头没脑狂躁不安的燕子，应着雷声上下翻飞。她的郁闷这时大大不如刚才那样淡泊，它时时刻刻都在增长，变成一种哀愁。她从精神上、心情上和肉体上都感到哀愁——她的身体感到软绵无力，她浑身上下都是愁丝。就在这个时候，有人在马厩那边吹口哨的声音传了过来，她揣测是老威廉斯，因为那口哨不成曲调，他的牙脱落了，也让他吹的口哨没劲；是的，她肯定那一定是威廉斯。一匹马在长嘶，伴随着两只水桶也在相碰——这些声音在黄昏时刻传得很清晰；他们是在给马饮水。安娜用来驾车的那几匹岁口轻的役马大概是在用蹄子扒草，他们都渴得受不了。

然后大门嘭的一声关上了。那大概是放牧小母牛的那座牧场的大门。牧场上因为驴蹄草而变得一片黄。自家农场①的一个工人正在值班巡逻,确保日落以前所有大门都紧闭。什么东西砰的一声落在汽车罩上,她抬起头来见到一对松鼠的眼睛;他正用他细小的前腿牢牢地撑着向前探着身子,很不痛快地向下窥着;他把他的坚果掉在车罩上了。斯蒂芬走下车来,拿到了他的晚餐,扔到他等在那里的那棵树下面。他闪电一般地冲下树来,然后又爬回树上,叉开双腿稳坐在树上赶紧吃他那个坚果。

周围全是黄昏时刻的家务活动,饮马,照顾牛群——在夜幕降临万物归于安宁休息之前种种静谧愉悦的事情。突然斯蒂芬渴望同他们分担这些工作,她内心迸发出一种需要和他们分担的强烈想望,而且因为怀有这种急切的想望而心急如焚。而这多少也是她身体软绵无力的部分原因。

她继续开车,把它停在马厩,然后回身走向宅邸,她到了那里,打开书房的门,走了进去,父亲不在了,她感到寂寞得要命。她坐在父亲走了依然摆在那里的昔日那把扶手椅上,把自己的头靠在他的头曾经休息过的地方,把自己的手搁在她知道他的手曾经无数次地搁过的扶手上。她闭上眼睛,努力想从想象中看见他的脸,他那有时显得焦急的慈祥的脸;但是那幅图像姗姗其来,又立刻隐去了,因为死者必须常常让位给生者。斯蒂芬坐在她父亲往日坐过的那把椅子上的时候,一直坚持不肯消退的是安吉拉·克罗斯比的面容。

---

① 指自家经营、生产自家食用作物的农场。

四

安吉拉在那间镶着橡木、面向香草花园的屋子里,一边向窗外凝望,一边打着哈欠;这时候她对自己的一些想法突然大声笑了起来;然后她又突然皱起眉头,气冲冲地对托尼说话。

她怎么也没法把斯蒂芬从自己的脑子里赶走,这既让她恼火,又让她觉得有趣。斯蒂芬个子那么大,却又张口结舌,害怕得发呆——是个怪人,可是却不乏吸引力。以某种方式——她自己的方式——而论,她差不多可说是俊美的;不对,是相当俊美;她的眼睛很秀丽,头发很漂亮。她的身体像运动员一样柔韧,狭臀,宽肩,她击剑一定非常好。安吉拉很想看看她击剑;无论如何,她一定得想法安排一次。

安垂姆太太说过许多事,而实际上简直什么也讲不出来;但是安吉拉现在既然已经认识斯蒂芬·戈登了,就更不需要听她那些提示了。再说她现在无所事事,对处境又不满足,而且感到厌烦,另外她又肯定没有过分的道德方面的约束,所以她也就一定要把自己的心思不恰当地放在这个姑娘的身上了,而她的好奇也恰与她的心思并驾齐驱。

托尼伸直身体号叫,所以安吉拉亲了他一下,然后坐下来写了一封非常简短的信:"后天一定来吃午饭,并且给我布置花园出出主意。"信上草草谈了谈园艺的事,结尾写道:"托尼说,请一定来,斯蒂芬!"

第十八章

一

三个星期后,斯蒂芬在一个美丽的黄昏把安吉拉接到了莫顿。她们和安娜、帕德一起喝了茶,安娜对女儿的这位朋友客客气气、冷冷淡淡,但是帕德却相当气愤——她极不信任安吉拉·克罗斯比。但是现在斯蒂芬自由地把莫顿展示给安吉拉看,而且郑重其事地这样做,仿佛这第一次介绍自己的家具有某种神圣的意味,仿佛这位淡黄头发的小女人光临,在某一方面具有重大意义。然后她们郑重其事地走遍整个大厦——甚至还进了菲力普爵士昔日的书房。

她们从这幢大厦又去马厩,斯蒂芬依然郑重其事地对她的朋友谈到拉夫特里。安吉拉听着,摆出一副很感兴趣的样子,实际上根本不是这么一回事——她怕马,但是她喜欢听这姑娘有点粗哑的声音,这种年轻热情的声音,让她着迷。拉夫特里用鼻子嗅她,随后又用鼻孔喷气,仿佛不愿意接受她,安吉拉简直吓昏了,不禁向后倒退，发出尖声叫喊，所以斯蒂芬拍拍拉夫特里宽大的灰背说："别这样，拉夫特里，来吧！"拉夫特里受到嫌恶，于是就走开，对着他的燕麦喷鼻子，发泄他受伤的感情。

她们丢下他，穿过几处花园四处漫游，可怜的拉夫特里很快就差不多给忘在脑后了，因为花园里有夜间散发香味的苗木和其它一些在黄昏时最香甜的浅淡花卉的芬芳，这时斯蒂芬心想，安吉拉·克罗斯比正像这些花一样——她也是香气袭人而且肤色浅淡，所以斯蒂芬轻轻对她说：

"你好像就属于莫顿似的。"

安吉拉缓慢地绽开带有询问意味的微笑："你这么想吗？斯蒂芬？"

斯蒂芬回答："我这么想，因为莫顿和我是合为一体的。"她并不大理解她这句话当中奇特的含义，但是安吉拉理解，所以她很快回答说：

"啊，我不属于任何地方——你忘了，我是个陌生人。"

"我知道，你就是你。"斯蒂芬说。

她们默不作声继续走着，光线变化了，而且颜色变深了，越来越变得更带金黄色，然而也更加捉摸不定了。许多鸟儿都喜欢那种奇异的光线，他们一个一个地歌唱，然后又全体一起歌唱："我们很快乐，斯蒂芬！"

斯蒂芬于是转向安吉拉，回答鸟儿的歌唱："你在这儿，让我这样快乐。"

"如果那是真的，那么你为什么那么难为情，不敢叫我的名字？"

"安吉拉——"斯蒂芬嘟囔出了这个名字。

这时候安吉拉又说:"我们从见面到现在还只过了三个星期——我们的友谊发生得多么快呀。我猜想,这就是说,我相信命运。你头一天到格兰吉庄园的时候害怕得要命;你那时候为什么那样害怕?"

斯蒂芬缓慢地回答:"我现在还害怕——我怕的是你呀。"

"然而你比我更加强壮有力——"

"是呀,这就是让我那么害怕的原因,你让我觉得强壮有力——你想要我这样觉得吗?"

"嗯——也许——你是那样非常不同一般,斯蒂芬。"

"我是吗?"

"当然,难道你不知道你是那样的吗?嗯,你和别的人完全不同。"

斯蒂芬有一点儿颤抖:"你在乎吗?"她结结巴巴地问。

"我知道你就是你呀。"安吉拉逗她,又笑了笑,但是她伸出手来,抓住斯蒂芬的手。

那只手有一种什么奇特的、生机勃勃的力量,深深地激动了她,所以她把自己的指头握紧了,"看在上帝的分上,你究竟是什么人?"她小声说。

"我不知道。继续像这样紧紧握住我的手——握得更紧一些——我喜欢挨着你的手指头的那种感觉。"

"斯蒂芬,别胡来!"

"继续握住我的手,我喜欢挨着你的手指头的那种感觉。"

"斯蒂芬,你在伤人,你要把我的戒指捏坏了!"

现在她们来到了湖边的树下,她们的脚软软地踩在发亮的绿茵上。手牵着手,她们进入了那一片寂静的地方,只有她们的呼吸才短暂地打破沉寂,而寂静随即又集结起来,把她们的呼吸也笼罩在下面了。

"看,"斯蒂芬说,她指着那只叫作彼得的天鹅,这时他正映着他自己那白色的倒影悠悠游过。"看,"她说,"这就是莫顿——一派美与静谧——它就像那只天鹅一样,在平静无波的深水中飘游。而这一派美与静谧都是为了你,因为现在你已经是莫顿的一部分了。"

安吉拉说,"我从来不知道什么是静谧,它不在我的心里——我并没觉得,我在这儿找到它了,斯蒂芬。"她一边这么说,一边松开了手,离这个姑娘远了一点儿。

但是斯蒂芬继续喃喃细语;她的声音几乎就像梦话一般:"美丽可爱,啊,它真美丽可爱,我的莫顿。冬日的黄昏,这些小湖都封冻了,你和我在冬天来站在这里,冰封的湖面在落日的映照下恍如铺上了一层金砖。而在我们漫步归来的时候,还没等到我们看见家门,我们就早早闻到原木燃烧那种好闻的气味了,因为它意味着家,而我们的家就是莫顿——我们很幸福,幸福——我们完完全全地心满意足,感到和平宁静,我们在这里充满了和平宁静之感——"

"斯蒂芬——别说了!"

"我们俩都充满了莫顿古老的和平宁静之感,因为我们互相爱得那么深挚——而且因为我们是完美无缺的,完美无缺的人,你和我——不是彼此分开的两个人,而是一个人。而且我们的爱点燃了一个伟大的、给人安慰的灯塔,所以我们再也不必害怕黑暗了——我们可以用我们的爱温暖我们自己。我们可以躺在一起,我的胳臂拥抱着你——"

她突然打住了,她们彼此注视着对方。

"你知道你在说些什么吗?"安吉拉悄声说。

斯蒂芬回答说:"我知道我爱你,除此以外,在这个世界上没有任何事情值得一提了。"

这时候,也许是那个富有魔力的黄昏,加上它那诡异奇特、超凡脱俗的灵气,再加上那莫名其妙而又难以忍受的对温馨的渴求,安吉拉向斯蒂芬靠近了一步,然后又靠近了一步,后来他们的手触到了一起。于是她所有的过去,她过去和将来的一切,也许甚至还有明天,在这一瞬间都化作一个强有力的冲动,一种迫切的需要,那就是斯蒂芬。在要得到满足的那种盲目而又无法理解的力量驱使下,斯蒂芬的需要现在也成了她的需要了。

这时斯蒂芬把她抱进自己的怀里,她完全嘴对嘴地亲着她,像情人一样。

第十九章

一

从此以后的漫长岁月,给她们带来梦想与失望,欢乐与哀愁,成功与失败,但是斯蒂芬从来没有忘记过这个夏天,她当时顺应自己天性的主使,十分简单而且自然而然地堕入了爱河。

对她来说,她爱上安吉拉·克罗斯比,丝毫也没有什么奇怪和邪恶之处。对她来说,这似乎是一种不可避免的事情,就像她要呼吸一样完全是她自己的一种本分;然而它好像又超越了自我,而且她是仰望尊崇自己的爱情的——因为年轻人的眼睛总是被引向仰望高空星辰,年轻人的精神是很少局限在风尘俗世上的。

她爱的深沉,比许多敢于无畏地宣告自己已经堕入爱河的男子汉要深沉得多。因为这是一个难于出口的悲痛事实;大自然为了她自己的目的——常常是秘而不宣的目的——牺牲了一些人,有时候就赋予他们强大的意志力去爱,同时又赋予他们无尽的能力去忍受,这种忍受力和那种爱的意志一定是携手并进的。

但是斯蒂芬的眼睛起初是给引向仰望高空星辰的,她只看见了一缕又一缕天国的荣光。她对安吉拉·克罗斯比所产生的出于肉体的感情,在她的精神上激起了一种奇特的反应,所以那种不时把她引入超出她自己理解范围之外的一次次热烈冲动,总是同时带来一种并非发自肉体的冲动;一种具有伟大的美与勇气的精美、忘我的东西——她会为了她心爱的这个女人欣然献出自己的身体去遭受痛苦折磨,如果有必要还会献出自己的生命。高空星辰投进那些年轻恋人眼中的缕缕天国荣光,使他们完全盲目,因此她在空洞无物的地方竟看见了完美无缺;在纯属虚构的幻境中竟看见了耐心受苦;在安吉拉本性所能达到的范围之外竟想象出忠心耿耿。

所有安吉拉给予的东西都好像是爱情的馈赠,所有安吉拉不肯给予的东西都好像是出于自重才予以拒绝;"如果我是自由之身就好了,"她总是说,"但是我不能欺骗拉尔夫,你知道,我不能,斯蒂芬——他生着病呢。"在这样巨大的同情和自重面前,斯蒂芬于是感到脸红,感到羞愧。

她对自己自残自贱到如同尘芥,仿佛自己成了一个毫无价值的人:"我成了禽兽,宽恕我吧;我完全完全错了——这些日子里,我有时是发疯了——是的,当然,还有拉尔夫呢。"

但是想到拉尔夫又让人忍无可忍,所以她还是要去握住安吉拉的手。于是她们十之八九又会搂在一起,亲吻起来,可是那种撩拨人而又毫无实惠的亲吻让斯蒂芬彻头彻尾地泄气。

"上帝呀!"她低声嘟囔着,"我想走啦!"

安吉拉听到这话就会哭起来:"别离开我,斯蒂芬!我多么寂寞呀——我不过是想对拉尔夫还能过得去就是了,为什么你不能理解呢?"于是斯蒂芬又待了一个小时,两个小时,第二天她又到格兰吉庄园来了,因为安吉拉感到那么寂寞。

因为安吉拉怎么也不能让这个姑娘走。她自己偶尔也觉得大惑不解——她并不爱斯蒂芬,这一点她很肯定,可是这种稀奇古怪的事情本身又具有吸引力。斯蒂芬逐渐变成了一种很有效力的药剂,成了打发无聊没趣的缓解剂。于是安吉拉懂得了,她自己有制服她的力量;她能够玩火而不烧身。她只要痛哭不已就可以让斯蒂芬产生同情,结果就能变得温柔和顺。

"斯蒂芬,别伤我——你这样简直把我吓死了——你让我害怕,斯蒂芬!我还没遇见你就嫁给拉尔夫了,这难道是我的罪过吗?好好待我吧,斯蒂芬!"接着就是簌然泪下,所以斯蒂芬一定就得抱住她,好像她是个孩子似的,轻轻地抱着她,来回地摇着她。

她们开车出去,一直开到那些山丘上,还带着托尼。托尼喜欢追捕兔子——他野性大发,跃到空中然后又扑到地面,可是除了草木一无所获,这时她们俩坐在那儿,紧紧靠在一起,看着托尼奔跑。斯蒂芬知道在那些宽容大度的群山之间,有许多地方是情侣流连之处,那些人也像这样坐着,问心无愧。斯蒂芬她们坐在那儿,有些时候斯蒂芬突然陷入一片茫然,即使安吉拉轻轻地亲她的脸,她也毫无反应。甚至也不扭头看一眼,只是继续盯着托尼。然而另外有些时候,她又很奇怪地感到情绪高涨起来,于是扭过头来看着偎靠在自己肩头的那个女人,有一天她突然说:

"在这儿什么都无所谓。你和我都那么渺小,我们比托尼还要渺小——我们的爱情算不了什么，不过是爱情的汪洋大海中的一滴而已——它还是很让人感到慰藉的——难道你不这么想吗，我心爱的？"

但是安吉拉摇摇头："不，我的斯蒂芬；我不喜欢大海，我属于尘世上的凡人，"然后又说："吻我吧，斯蒂芬。"所以斯蒂芬就吻她好多次，因为年轻人的热血可以很快激动起来，安吉拉的芳唇变成了神秘的海洋，可以热烈地赠予和接受一次又一次的亲吻。

但是他们那天黄昏回到格兰吉庄园的时候，拉尔夫等在那儿——他在厅里来回踱步。他说："下午过得好呀，你们这两位女士？开车带着安吉拉满山转悠吧，斯蒂芬，或许还干了些别的？"

他叫起她的名字斯蒂芬了，但是他的声音现在透着严重的怀疑，同时他那双无神的眼睛还死盯着安吉拉，所以为了她的缘故，斯蒂芬一定得撒谎，而且撒得很圆——而且这也不是第一次了。

"是的，谢谢。"她不慌不忙地撒起谎来，"我们去了突克斯伯里，又看了看那座寺院，我们在镇上喝了茶。我们回来晚了，我很抱歉，化油器堵死了，开头我修不好，我的汽车需要好好检修一次了。"

谎言，老是谎言！她越来越伶牙俐齿善于说谎，让拉尔夫放下心来，或是无论如何都要让他无言以对，狼狈不堪，甘拜下风。可是她突然又陷入某种恐惧之中。她觉得这样说的时候身体发软。她头昏眼花，于是抓住门边上的立柱好稳住自己——在这种时刻，她想起了自己的父亲。

二

两天以后，她们单独坐在莫顿的花园里，斯蒂芬猛然转向安吉拉："我再也不能这样继续下去了，不知道为什么，反正总是卑劣的——这是肮脏的，它把我们俩都给毁坏了——难道你看不出来吗？"

安吉拉吓了一跳："你这究竟是什么意思呀？"

"你和我——然后还有拉尔夫。我告诉我，这是肮脏的——我要你离开他，和我一起远走高飞。"

"你疯了吗？"

"不，我是清醒的。这是唯一正派的做法，这是唯一清白的做法。你喜欢去哪儿，我们就去哪儿，去巴黎，去埃及，或者回美国。为了你的缘故，我准备抛弃我自己的家，你听见了吗？我甚至准备抛弃莫顿。但是我不能在拉尔夫面前继续为你撒谎了。我要让他知道，我是多么爱慕你——我要让全世界都知道，我是多么爱慕你。拉尔夫连爱的门都没入，他是个唠叨不休、心地卑劣的下流男人，但是有一件事情连他也是有权力知道的，这就是真情实况。我对这些谎言腻烦透了——我要把事实真相告诉他，你也要这样，安吉拉；我们告诉他以后，我们就远走他乡，完全公开地生活在一起，你和我，我们亏欠我们自己和我们的爱情的，就是这个。"

安吉拉瞪着眼睛看看她，吓得脸色煞白："你真的疯了，"她缓慢地说,"你疯得说胡话了。告诉我,为什么?我让你成了我的情人吗?你知道,我一直是忠于拉尔夫的;你完全知道,除了有几次女学生式的亲吻以外,没有任何事情要告诉他。如果你是——很显然你是那种人,我又能有什么办法呢?啊,不,我亲爱的,你不要去告诉拉尔夫。你不会为了想挽回自己的自尊心,就装模作样去对拉尔夫说,你是我的情人,而把我周围的事情弄得一团糟的。即使你愿意抛弃你自己的家,我也不愿意牺牲我的,请你明白这一点。拉尔夫固然算不上什么男子汉,但是他也比什么都没有强呀,而且到现在为止我操纵他一点也不费事。对他来说,最重要的就是把他引上一条岔道,分散他的注意力,这就像掐诀念咒一样。我要他走哪条道,他就会走哪条道——你把他交给我,我对自己的丈夫了解透了,比你可强多了,斯蒂芬,而且我不要你掺和到我家里来。"她害怕极了,太害怕了,简直顾不得选择自己的字眼,不考虑这些字眼对斯蒂芬会有什么影响,除了处于她那样可怕而又急迫境地的安吉拉·克罗斯比以外,不考虑任何人。所以她又说了一遍,不过这次说话的声音更响了:"我不要你掺和到我家里来!"

这时斯蒂芬转过身来对着她,激动得脸色发白:"你——你——"她结结巴巴地说,"你残酷得难以形容。你知道吗?因为我用我这种方式来爱你,还因为你喜欢我用这种方式来爱你,你让我怎样地受苦受罪,你一天又一天地从我这里索取爱情——难道你不明白,我爱你爱得那么厉害,连莫顿我都可以放弃?任何东西我都可以放弃——我可以放弃整个世界,安吉拉,听着;我总是关心你。安吉拉,我很有钱——我愿意永远照看你。你为什么不信任我？回答我——为什么？难道你不认为，我是值得信任的吗？"

她疯狂一般地说着，简直不知道自己说了些什么；她只知道，她需要这个女人，那么强烈地需要，不管安吉拉值不值得，在这个时刻她就是她唯一指望的人。现在斯蒂芬站了起来，非常高大，非常强壮，然而处于她那种可怜的激动之中又显得有点滑稽，就这样她浑身发抖看着她的安吉拉——她身上有某种相当可怕的东西。她脸上一切粗线条的东西都显露出来：那有棱有角的下巴，又方又宽的额头，按照美的标准，显得太浓太粗的眉毛；她看上去就像据推测在远古强横狂暴的过渡时期那种原始的生物。

"安吉拉，来吧，远走高飞——随便什么地方，唯一的就是来和我一起马上走——明天。"

于是安吉拉强使自己赶快盘算了一下，她只说了这样几个字："你能娶我吗，斯蒂芬？"

她说这句话的时候并没看着这个姑娘——她没法那么做，也许是出于某种原因，因为这是她对这个姑娘最容易心生同情的地方。接着是一阵长久的、几乎是连呼吸声都没有的沉默，安吉拉等待着，把眼睛望着别处。一片树叶落下来了，她听见它缓缓地、轻轻地落下，树枝让它那片树叶掉下去的咔嚓一响，像是一缕微风吹过花园。

这时一个平静枯涩的声音打破了这片寂静，这声音她听起来好像是个陌生人的声音："不——"它说得非常缓慢，"不——我没法娶你，安吉拉。"等到安吉拉终于鼓起勇气抬头一看的时候，她才知道就只剩下她自己一个人坐在那儿。

第二十章

一

有三个星期她们互相回避,也没有写信或者尽力想法再见面。安吉拉一向谨慎,她当然不会写信。"沉默是金。"[1]这是一条很好的箴言。——和斯蒂芬这样一个惹是生非的人打交道的时候,也最好坚持遵守。斯蒂芬曾经让她害怕极了,她懂得必须谨慎从事;然而,一想到那不可思议的一幕,她又发觉这种回忆很是令人激动。现在既然失去了那种打发无聊没趣的缓解剂,她也就把不友好的目光转到了拉尔夫身上,而他这么一个机能不全、老爱激动的可怜家伙,再加上他那些模模糊糊的猜疑和慢性的消化不良,当然也不大能够让他妻子高兴——现在他的白天,还要加上大部分黑夜,都用来找茬儿唠叨。

他喋喋不休地数落托尼,这条狗也是活该倒霉,竟然认定花

---

[1] 原文为拉丁文。

园里鼹鼠猖狂。"如果你不能让那条嗜血成性的狗规规矩矩，他就得滚。我可不愿意让他在我的玫瑰花周围到处挖洞！"然后他就开始数落托尼一生下来就干出的种种坏事。他喋喋不休地谈起那大量的绿豆蝇，慨叹他们也有繁殖器官。"大自然是个傻瓜！居然让那类害虫也具有了不起的生殖能力！"然后他就变得近于下流，大谈绿豆蝇的滥于交配。但是他数落得最多的还是斯蒂芬，因为就他所了解的而论，这让他的妻子颇为激动。"你那位畸形人现在怎么样啦？最近我有好久没见到她了；你们吵架了，还是怎么的？你们要是吵了，那倒的确是件好事。她真叫人吃惊，我这辈子也没见过这样的一个大姑娘。腿上穿了条裤子就大摇大摆地到这儿来转悠。她干吗不能像个普通女人那样骑马？老天爷呀，她这样足可以让每个男人都生气；那一类东西一生下来就得干掉，我真希望建立国家毒气屠杀室！"

或者他也许采取另外的手法，抱怨说他近来遭到忽略。"最近每次吃一顿倒霉的饭——你总是围着那个姑娘转——你一点儿也不关心我怎么样了。多么关心我的消化不良呀！我这些天来吃的都是那老一套，不是像牛皮就是像砖头似的。好哇，你听我说吧，我花了钱可不是为了这个；你好好想想吧！我花了钱是要准时吃顿好饭；准时，你听见没有？而且我希望我的妻子在我的餐桌上有她正当的地位，保证摊鸡蛋煎得火候合适。到底是怎么一回事，你不能继续自己给我摊鸡蛋？咱们刚结婚的时候，你总是亲自给我摊鸡蛋呀。我不愿意吃那烂糟糟的一堆黄东西，中间还加上几根香菜——它让我想起那条狗生病的时候，真让人恶心！我也不想再谈这种事了，下次再发生这种事，我就要让厨子滚蛋。真他妈的,我在纽约见到你的时候,你实际上是在饿肚子呢,我帮了你的忙,你那时候可是够高兴的——但是你现在老是跟着那个大姑娘开车出去乱跑。这一切都怪这个该死的畜牲让你见到了她!"他常常拦腰一脚把那个吓得要死的托尼踢出去,这条狗近来一直代斯蒂芬受过。

但是最糟糕的是拉尔夫开始哭泣的时候,因为,据他说,他妻子再也不爱他了,还因为,他并不老是这么说,他觉得他那痛苦的慢性消化不良让他难受。有一天他一定是想用他的泪水来弥补乏弱无力的做爱;"安吉拉,到这儿来——用你的胳臂抱住我,来坐在我的膝上,就像你一向做的那样。"他泪眼模糊,看上去有气无力,但却相当贪婪:"用你的胳臂抱住我,就像你想要的那样——"他最不中用的时候总是还想挺下去。

那天晚上,他穿着他最好的丝绸睡衣过来了——那件让他的肤色显得灰黄的粉红睡衣。他爬上床,带着安吉拉痛恨的狡诈表情——那样一副色迷迷的样子。"嗨,老伙伴,别忘了,你在这个家里还有个男人;你没有忘吧,是不是?"然后就来一两次松懈无力的拥抱,再加上神气活现的那种男性的虚张声势;而安吉拉这时只好躺在那儿容忍这一切,突然之间想起了斯蒂芬。

二

斯蒂芬在自己的卧室里焦躁不安地走来走去,她在想念安吉拉·克罗斯比——安吉拉那天在花园里讲的那句话老在她心里翻腾,搅得她痛苦不堪:"你能娶我吗?斯蒂芬?"然后又是另外那句刻薄无情的话:"如果你是——很显然你是那种人,我又能有什么办法呢?"

她怀着某种绝望的心情在想:"老天在上,我究竟是个什么人——某种让人厌恶的人吗?"一想到这件事,她心里就充满了极大的痛苦,因为她爱得很深,她的爱情对她自己来说是神圣的。她无法忍受让那些侮辱性的话靠近她的爱情。所以她现在一个晚上接着一个晚上走来走去,苦思苦想一个难题,殚精竭虑对付一道空墙——那道毫无破绽、无法理解的空墙:"为什么我是我现在这样子——我究竟是个什么人?"她精神变得衰竭的时候,她的思想就退缩了。一层巨大的黑暗仿佛笼罩在她的精神上——好像没有一丝光线来消灭这层黑暗。

她常常想起马丁,因为现在她确实在恋爱,正如马丁曾经爱过的那样——这一切都好像发疯似的。她常常想起她父亲,想起他那些安慰的话:"别犯傻了;你身上没有什么奇怪的地方。"啊,他一定是可悲地错了——他去世了,然而还是可悲地错了。她又会想起她自己古怪的童年,努力回忆搜寻每一个细节。但每有一点回想之后,却一定又会跳回来,跳回她令人悲痛的现在。她吃惊地认识到这种爱情的出现让她怎样陷于完全盲目的境地,不禁大感震惊。她曾经长久地注视着爱情的光辉,直到现在她才看到它黑色的阴影。于是袭来了最强烈的痛苦,最后最尖锐的凌辱。保护——她根本不能对她所爱的人提供保护。"你能娶我吗,斯蒂芬?"她既不能用爱来保护和捍卫,也不能用爱来奉献荣誉;她两手空空,空无一物。她本来是乐意给她以生命,却只能是两手空空地去爱,像个乞丐一样。她仅仅能够贬低她想望推崇的,玷污她想望保持纯洁和清白的。

黑夜逐渐变成了黎明;黎明从敞开的窗户照进来,带来了小鸟那令人难以容忍的歌唱:"斯蒂芬,看看我们,看看我们,我们都很快乐!"从远处传来一阵粗哑的叫声,湖边那些天鹅粗野、嘶哑的叫声——那只名叫彼得的天鹅,在保护、捍卫他的伴侣对付某个不受欢迎的侵入者。从威廉斯那座舒适小屋的烟囱里升起了黑黑的浓烟——早晨的第一次浓烟。家,家的意思就是两个人生活在一起,因为他们高尚体面的生活而受到尊重,两个人在青年时代有权利相爱,到了老年也不会分开。两个穷苦而又值得羡慕的人,在他们那伙人的眼里,他们没有污点,无须羞愧。他们充满自尊,能够毫无畏惧地面对世人,无须害怕世人的咒骂。

斯蒂芬整夜痛苦不眠,累得精疲力竭,于是扑倒在床上。

三

在这可悲的几个星期里,有个人一直追随着斯蒂芬所走的每一步,这个人就是那位忠心耿耿而且十分关切的帕德。本来只要斯蒂芬信任她,她是可以给她出很好的主意的,但是斯蒂芬为了安吉拉·克罗斯比的缘故,把自己的苦恼藏在心里。

由于灾难的预兆越来越明显,帕德现在像条蚂蟥死死地盯着这个姑娘,然而好心得不到好报——斯蒂芬对这种密切的监督深感痛恨:"难道你不能让我自己待着吗?不,我当然没生病!"她立即大发脾气说。

但是帕德看透了她的心病和她的病因,所以很少让她独自待着。她看到斯蒂芬的眼神感到非常害怕,因为那是一种怀疑、诧异、受到伤害的表情,好像她是努力在想弄明白,为什么她居然遭到如此巨大的伤害。帕德一再谴责自己,不该对安吉拉·克罗斯比表示出那样公开的憎恨,结果才弄到现在这样子:如果不是帕德拙笨地把她的名字拉扯进来,斯蒂芬是决不会谈起她来,决不会提到她的名字的,而且斯蒂芬还会马上转变话题。现在帕德越来越讨厌和藐视沉默的谋略,因为它让她无法开诚布公地讲话。这种沉默的谋略让这个姑娘丝毫得不到保护,径直落入那个女人的怀抱。那个徒有其表、浅薄透顶的女人只是追求刺激,根本不关心斯蒂芬。

帕德有几次感到简直走投无路了,有一天晚上她终于下定决心。她要去到这个姑娘面前,对她说:"我知道。我知道这件事情的来龙去脉,你可以相信我,斯蒂芬。"然后她就会给她出主意,并且努力鼓起她的勇气。"你既没有违反自然,也不令人讨厌,也没有发疯,你和其他任何人都一样,完完全全是人们称作正常人中的一分子,只是到现在为止,人们还没把你解释清楚——在天地万物中,你还没有找到你合适的位子。但是这样一天一定会来的,在这之前,你不要退缩害怕,而是要平静、勇敢地面对自己。鼓起勇气,尽最大努力挑起你的重担。但是首先要光明磊落,为了那些和你一样承当了负担的人,决不放弃荣誉与体面。为了他们的缘故,你得向世界表明,像你这样的人和他们,都能够和人类中其余的人一样,达到同样的无私和优秀。用你的生活来证明这一点——这是一件真正伟大的毕生事业，斯蒂芬。"

但是这种决心由于安娜的缘故而减弱了。她肯定是愿意共同携手采取沉默的谋略的。她决不容许这种毫无畏惧的坦诚谈话。要是她知道了这件事，她就会让帕德打铺盖卷了，那样就会只剩下斯蒂芬孤独一人了。不，她为了那个姑娘，还不敢实话实说，虽然她现在本来应当直言不讳。但是假设到了那一天，斯蒂芬本人认为可以信任自己的朋友了，那么帕德就会不畏困难挺身而出："斯蒂芬，我知道。你可以信任我，斯蒂芬。"要是这么一天不久就会到来该多好呀！

因为谁也没有这个浑身灰色的小女人懂得更清楚：一个敏感的、以高标准组成的性格第一次面对它自身伤痛的时候，必须忍受什么样内心的煎熬；谁也没有这么清楚地懂得：性倒错者的那些可怕的神经，那些永远处于等待中的神经；那些超级的神经，他们的回应只有呼唤这种回应成为现实的那种气质才能旗鼓相当——这就是帕德对斯蒂芬牵肠挂肚的原因。

但是所有她能做的，至少就目前来说，只能是非常和缓并且是非常有耐心的："把这杯可可喝了吧，斯蒂芬，我亲自给你冲的——"然后又微微一笑，"我加进了四块糖！"

这时候斯蒂芬肯定会变得悔恨交加："帕德——我真是人面兽心——你待我永远都是那么好。"

"废话！我知道你喜欢弄得甜甜的可可，所以我才加上了那四块糖。我们来一次地道的长途散步吧，好不好，亲爱的？几个星期了，我一直想作一次地道的长途散步。"

撒谎——最最善良而又富有自我牺牲精神的撒谎！帕德讨厌

长途散步，特别是和斯蒂芬一起，她散步总是大步流星，好像飞跑一般，而且按她的想法，在田野上散步就只是按她自己的路线越沟翻篱——是的，这的确是最最善良而又富有自我牺牲精神的撒谎呀！因为帕德已经不像以前那么年轻了，她的脚又时不时犯点毛病，她的膝盖又时不时感到剧烈的刺痛。她敏锐地怀疑到这是风湿性关节炎。然而，她又必须不断地接近斯蒂芬，这是出于让她心悸的那种恐惧——对那个姑娘眼中现在须臾不离的那种探询、受伤的表情所怀的恐惧。于是帕德拿出据说可以防潮的她那双厚重的鞋来，勇敢地、一跛一拐地跟在她照管的那个人身边，可那个人却没注意到她在身边。

所有这一切当中只有一件事让帕德觉得惊奇，那就是安娜显然对这一切都视而不见。安娜看来没有注意到斯蒂芬发生的变化，没有为她感到着急，也像往常一样，这两个人相互之间彬彬有礼，像以往一样，他们互不侵扰。然而在帕德看来这简直难以置信，这个姑娘的生身之母居然什么也没注意到。不过情况也正是这样，因为安娜已经逐渐变得越来越沉默寡言，越来越心不在焉。她听任生活的浪潮把她缓缓地带向她思想所寄的天国。她这种视而不见的态度让帕德苦恼痛心，所以愤怒之火也就常常让位于怜悯之情。

她常常这样想："让上帝帮助她吧，这个满怀忧伤的女人；她什么也不知道——他为什么不告诉她呢？这太残忍！"于是她又时常这样想："是的，但愿她母亲真知道的那一天终究来临，上帝会帮助斯蒂芬——到了那一天，斯蒂芬又会有何等遭遇呢？"

慈善而又忠心的帕德；她夹在这两个都值得同情的人中间，

觉得要给撕成两半了。除此以外，现在斯蒂芬又把她的那些记忆从墓穴中挖掘出来，让她备受折磨——斯蒂芬自己的痛苦，唤醒了一种久已逝去并且早已安适埋葬的哀愁。她的青春又回返过来，带着责备的神情直盯着她的眼睛，所以她那些最优良的美德似乎也比尘芥好不了多少了。她常常叹息着忆起自己甜中带苦、无助而又勇敢的青年时代——这时她就会注视着斯蒂芬。

但是有一天早晨斯蒂芬出人意料地声称："我这就出去。午饭请别等我。"她说话的声调毫无商讨或询问的余地。

帕德默默地点了点头。她没有必要问，她完全知道，斯蒂芬要到哪里去。

四

斯蒂芬满腹委屈、垂头丧气地骑马再次去到格兰吉庄园。她一路走着，时常因为对自己这样做感到羞愧而满脸通红。但是她的眼睛又时常因为想念之苦而热泪盈眶。

她把矮脚马交给马厩里的一个马夫，然后就拐过去走进香草植物花园；她发现安吉拉独自坐在花园的荫处，手里拿着一本书，但她并没读。

斯蒂芬说："我回来了。"然后没等回答，紧接着又说，"如果你让我回来，我愿意做你想要的任何事。"甚至就在她讲这些话的时候，她的双眼也低垂着。

但是安吉拉回答说："你一定得回来——因为我一直想要你，

斯蒂芬。"

这时候斯蒂芬过去跪在她的身边,把自己的脸埋在安吉拉的腿上,在她们俩分开的这几个痛苦难熬的星期里,从未这样流出过的泪水,从她眼里哗哗直淌。她像个孩子似的哭了起来,把脸贴着安吉拉的膝头。

安吉拉让她接着哭了一会儿,然后扶起她热泪纵横的脸来,一边亲吻一边说:"啊,斯蒂芬,斯蒂芬,习惯于这个世界吧——它是一个可怕的地方,充满了可怕的人,但是它就是现存的一切,而且我们就生活在这个世界上,难道不是这样吗?所以世界上人家怎么办,我们也得怎么办,我的斯蒂芬。"这样一个人儿竟然会哭,这似乎很奇怪而且有些令人伤感,所以安吉拉有一阵儿出于某种类似爱情的东西而激动起来:"别再哭了——别哭,好宝贝,"她低声细语,"我们在一起;别的任何事其实都无关紧要。"

就这样,一切又重新开始了。

五

斯蒂芬留在那儿吃午饭,因为拉尔夫去伍斯特了。他在午茶前两个来小时回到家里,发现她们俩一起在他的玫瑰花丛中。她们是为了躲阴凉从香草园过来的。

"啊,是你呀!"他一看见斯蒂芬就大喊了一声。他声音里赤裸裸地流露出扫兴,对她再次露面充满了不快,正是这使她有一小会儿对他觉得抱歉。

"嗯,是我——"她回答,一时不知道说什么好。

他咕噜了一下,就去取他的修剪刀,他很快就用它修剪起玫瑰来了。但是尽管他情绪不佳,他仍然是一把好手,修剪起来很是灵巧,总是刚好剪在叶芽的上方,因为这个人真是喜欢他那些玫瑰。既然懂得了这一点,斯蒂芬就得在他这种爱好上耍花招,因为她现在的营生就是要逗引他建立友谊。这是件有损人格的营生,可是为了安吉拉的缘故,为了让她不至于因爱而受苦,却非做不可——"你能娶我吗,斯蒂芬?"那句话真是不可思议。

"拉尔夫,看这儿,"斯蒂芬喊道,"这枝约翰·兰太太[①]折断了!如果我们用麻绳把她绑起来,可能还不迟。"

"啊,天哪,她真断了吗?"他一边说一边赶忙走过来。"立刻到库房去,给我拿点来,行吗?"

她去给他拿来了绳子,和他一起把她,那株满树盛开粉红花朵的约翰·兰太太绑好了。

"那儿,"他一边剪掉绳子头,一边对她说:"你应当过那边去看看,小姐!"

附近长了一株好看的卡尔·德鲁什基太太[②],于是斯蒂芬赞美她白得耀眼,看得出来拉尔夫对这句赞扬明显地感到高兴。他就像一群漂亮孩子的父亲,老想听到陌生人赞美他们。她把这点记在心里:"他喜欢人家赞扬他的玫瑰。"

他想谈谈那株卡尔·德鲁什基太太:"她是个美人!她身上

---

① 玫瑰花一个品种的名字。
② 玫瑰花一个品种的德文名字。

有点什么冷静得出奇——就像你说的,她那种白色——"于是他还没来得及让自己住口就说出了:"不知为什么,她让我想到安吉拉。"话刚一出口,他就皱起了眉头,于是斯蒂芬就死死盯着那株卡尔·德鲁什基太太看。

但是他们从一个花坛走向另一个花坛的时候,他的眉头又舒展开了。"我买这块地方的时候,"他自鸣得意地说道,"我花了三百镑,可从来没见过哪个花园竟是这样地一塌糊涂——得培上新土来栽这儿的这些玫瑰,这全都是新的苗木,为了弄到这批苗木,我开车跑遍了半个英格兰。看到那边那道约克和兰开斯特树篱吗?它们并没有花多少钱,因为已经不时兴了。但是我喜欢它们,它们花很小,可是很高雅,我觉得——它们里面有点徽记方面的名堂。"

斯蒂芬表示同意:"是的,我也对它们喜欢得要命。"拉尔夫解释说这些品种可以追溯到玫瑰战争①的时代,斯蒂芬在旁相当一本正经地听着。

"有历史意义,这就是我说的意思,"他继续解释,"任何古老的东西我都喜欢,你知道,女人除外。"

他这么新派,她一边想,一边内心窃笑。

这时候他的声调带上一股惊讶:"我从来想象不到,你会喜欢玫瑰。"

"我喜欢,为什么不呢?我们在莫顿也种了不少。你干吗明天

---

① 1455—1485年英国约克与兰开斯特两大王族为争夺王权而进行战争。约克家族徽记为白玫瑰,兰开斯特家族徽记为红玫瑰。

不去看看我们那些玫瑰？"

"你们那些威廉·艾伦·里查森①好吗？"

"我想是的。"

"我的那些不好。我也弄不清楚。当然，今年他们受到那些大绿豆蝇的糟害。过来看看这些嫁接的花吧。他们都给那些东西活活叮死了！"接着他又像对一位理解他的朋友那样说起来："我好像觉得玫瑰很好——你知道我讲的意思，他们有很多优点——香味好，摸着好，长得也好。我过去总是摆一些在我办公室的写字台上，他们好像能让整个办公室显得生气勃勃，没治了。"

他从口袋里掏出一支自来水金笔，开始在标签上描那些花的名字。"是的，"他低着头写那些标签的时候小声说，"是的，我总是摆三四枝在我的写字台上。但是伯明翰对栽玫瑰可是个糟糕的地方。"

听到他这番话，斯蒂芬心想，所有的人都有点纯朴之处，从一些无可指责的东西中找到乐趣，从来都想望接触自然。马丁就喜爱巨大、原始的树木；甚至这个卑鄙的小男人也爱他那些玫瑰。

安吉拉大步跨过草地走来，"来吧，你们俩，"她高兴地叫道，"茶备在大客厅等着你们呢！"

斯蒂芬退缩了一下，"来吧，你们俩——"这句话很刺耳，但是她知道，安吉拉畅快极了，因为等拉尔夫走到听不见悄悄话的时候，她就小声说：

"在他那些玫瑰上你可真机灵！"

---

① 玫瑰花一个品种的名字。

喝茶的时候，拉尔夫故态复萌，脸色阴沉，又缄口不言；他好像对自己刚才那股好兴致有点后悔似的。他吃得相当多，让安吉拉感到不安——她怕他的消化不良复发，这病一犯，一般总有坏脾气随之而来。

他们大家都喝完了茶，他还赖在那儿不走，最后安吉拉说："啊，拉尔夫，那台割草机呀，普拉特让我告诉你，它根本不能使了；他觉得最好把它送回制造厂。你现在去写封信，好吗，免得赶不上邮差？"

"我想是的——"他咕噜了一句；但是他是慢慢腾腾地离开屋子的。

这时候他们才互相注视着，然后才相互靠拢，仿佛有些内疚似的，每听到一点声音就吓一跳。"斯蒂芬——看在上帝的分上，千万小心——拉尔夫——"

于是斯蒂芬把手从安吉拉肩头抽下来，她把嘴唇闭得紧紧的，免得再有任何不满的话必然冲出来；她没有权利表示不满。

第二十一章

一

那年秋天,克罗斯比一家去了苏格兰,斯蒂芬和她母亲去了康沃尔。安娜身体不好,需要换换环境。医生告诉他们去水门湾,就是这个缘故,他们去了康沃尔。对于斯蒂芬来说,她到哪里都无关紧要,因为她没有得到允许去苏格兰和安吉拉相会。安吉拉十分坚决毫不退让:"不行,亲爱的,那不行。我知道,拉尔夫会闹翻天的。我不能让你跟在我们后面去苏格兰。"所以这件事也就不得不作罢了。

现在安娜安安静静地看书,什么问题也不问,斯蒂芬也就可以坐在那儿,闷闷不乐地想自己的烦恼。安娜很少问什么让女儿心烦,甚至对她的信件也很少表示有任何兴趣。

帕德经常从莫顿来信,安娜认出了她的笔迹,就会问问:"一切都很好吗?"

斯蒂芬就会回答:"是的,母亲,帕德说,一切都很好。"——

在莫顿情况也确实是那样。

但是从苏格兰,消息好像来得非常慢。斯蒂芬去的信常常得不到回答;而且她收到的回信却又不让人满意。因为安吉拉谨小慎微,这本身就是一个非常严格的检查官。斯蒂芬发现,她本人也必须非常小心地写信,好让那一位检查官放心。

她每天两次去旅馆看门人那里,那是一个红脸膛的老好人,对爱侣们都很同情。

"有我的信吗?"她问道,努力表现出一想到信件就感到很苦恼的样子。

"没有,小姐。"

"七点钟还有另一批邮件吧?"

"是的,小姐。"

"嗯——谢谢你。"

她慢慢地走了,那个看门人暗自寻思:"她看着不像是个找上了小伙子的姑娘,可是你怎么也说不清。不过她好像很着急——我真希望,这位可怜的年轻小姐万事如意。"他渐渐对斯蒂芬真正感兴趣了,有时还和自己的太太谈到她:"你注意过她吗,阿丽斯?那个样子古怪的姑娘,个子很高,戴着硬领系着领带——你知道,像个男人。她还像是刚刚换了一套晚间套装——穿了一套深颜色的——从来不穿晚礼服。那母亲仍然是位漂亮女人;可是那个姑娘——我不懂,她总有点什么——不管怎样,我很奇怪,她竟找上了一个小伙子;虽说她一定得找上一个,看她等信的那副样子,有时候真为她难受。"

但是她到办公处去,并不总是毫无收获:"有给我的信吗?"

"有，小姐，刚好有一封。"

他带着慈父一般的表情看着她，十分高兴地想着，她那位小伙子写信来了；而斯蒂芬从他脸上猜想到他内心的想法，不禁感到难为情，而且气愤。她一手抓过信来就匆忙赶到海滨，那里的岩石成了一个宽怀的隐身之处，也没有人用父辈的目光来看她，只是偶尔有只海鸥飞过而已。

但是她念信的时候，内心感到很空虚；某种尖利的东西像她身体上的疼痛似的传遍全身："亲爱的斯蒂芬，我很抱歉没有早一点给你写信，不过拉尔夫和我一直都忙得要命。我们有地地道道的社交狂欢会，我非常高兴，他喜欢这种游猎会……"安吉拉近来写的就是这类东西——也许是因为她小心谨慎。

然而，一天早晨来了一封不同寻常的长信，谈的都是安吉拉的活动："顺便告诉你，我们遇见了安垂姆家的男孩子罗杰。他同拉尔夫很熟识的皮科克家的人住在一起；他们弄到了一座妙极了的古堡；我想，我一定得把他们的情况告诉给你。"接着是详细描述那座古堡，还有皮科克家祖上的情况。接着就是："罗杰谈了很多你的事；他说，你们还是小孩的时候，他老是逗你。他说，有一天你要和他打架——这让我简直笑死了，这多么像你呀，斯蒂芬！他长得很好看，而且是个不错的人。他告诉我，他们那个团驻扎在伍斯特，所以我请他便中到格兰吉庄园去做客。在伍斯特，我想，一定是很烦闷的……"

斯蒂芬念完了信就坐在那儿望了一会儿大海，后来她猛然站起身来。她把信插进口袋，扣上她上衣的扣子；她觉得有点冷。她需要散步，一次真正很长的长途散步。她轻轻快快地朝新码头那个方向走去。

二

在康沃尔那漫长而又让人焦急的两个星期里，斯蒂芬生平第一次确实相信，她对她和她母亲之间的鸿沟究竟有多么深，这两个人的立场究竟多么截然不同有了认识。然而，女儿注视安娜那安详的日渐衰老的面容，却又为她的美所震撼，这种美好像平息了岁月的波涛，超越了时间和忧伤而永远立于不败之地。而现在，也正和她童年的岁月一样，这种美丽像某种奇迹一般注入她的内心；它那样地平静，那样地自信，那样地完满——然后再看她母亲那双深邃的眼睛，蓝得像遥远的群山，现在再加上用湛蓝的眼睛眺望远方的神情，就好像它们能看透那遥远的远方。斯蒂芬的心这时会突然紧缩一下；她浑身会笼罩上一层巨大的失落感，同时还加上了一种既不完全知道自己失落了什么，又不知道为什么会失落——她会凝视着安娜，仿佛沙漠中一个焦渴难熬的旅人会凝视水的蜃景。

一天傍晚，她突然起了一阵愚蠢的冲动——想向这个女人倾谈自己的秘密。这个用极其优雅完美的躯体孕育了自己这令人不安的躯体并赋之以生命的女人。她想要向这位母亲倾诉、恳求，不，是强索她的理解。对她说："母亲，我需要你。我迷了路——把你的手伸给我，让我在黑暗中能够握住。"可是，天哪，这太愚蠢，太疯狂了！这种供认是卑鄙的背叛！把安吉拉供出来，背叛她——真是太傻、太冒失了。

然而,有时候安娜和斯蒂芬坐在一起,眺望康沃尔那浓雾迷蒙的海岸线,听着大海那单调沉闷的搏动和海鸥相互呼叫的时候——他们坐在一起的时候,斯蒂芬好像觉得,自己的心里完全充满了安吉拉·克罗斯比,所有她的痛苦,所有她的甜蜜,既然那颗做母亲的心和自己的心跳动得这么近,它一定也会受到刺激而加速跳动,因为,难道她自己不是曾经偎依在那颗心的下面吗?而且她现在的需要是那么迫切,因此她必然要常常寻找安娜那冰冷的手,把它放在自己手里握上一小会儿,好从它那里汲取一点安慰。

但是触到那只冰冷洁白的手,会让她觉得难受,激起她在精神上渴望许多单纯体面的人能够享受的单纯体面的东西。于是所有那些对某些人显得平淡无奇的东西,对她就好像成了来之不易、完满无缺的东西了。一对恋人手挽着手走过——不过是一对并不显眼的未婚夫妻,既不俊秀,也不聪明,更谈不上富有,不过是一对并不显眼的未婚夫妻——在她那羡慕的眼光中竟赋有了不可思议的光荣和自豪。因为假如安吉拉和她能成为那样幸运的爱侣,他们就可以满怀幸福,喜气洋洋地站在安娜的面前。安娜作为母亲就可以慈祥地谈笑,宽容地接受,因为她也有过自己恋爱的日子。不管他们走到哪里,年长的人就会回忆,而回忆就会对他们的爱情微笑,慈祥地谈话。全世界知道了这件事,都会为你们的高兴而高兴,肯定会使天堂更加靠近人间。

一天晚上,安娜面对面看着她自己的女儿:"你累了吗,我亲爱的?你好像有点疲乏。"

这个问题来得出乎意料，因为一般人都认为斯蒂芬根本不懂得什么叫作疲乏，她身体的健康有力是远近闻名的。那么是否她母亲最后总算看出了她精神上已经疲惫不堪？斯蒂芬突然觉得像个孩子似的毫无顾忌了，而且像个想要得到安慰的孩子似的说话了：

"是的，我累极了。"她的声音有点颤抖；"我累昏了——我累极了，"她一再重复。她听到自己发出这种要求同情的微弱呼唤，感到惊讶不已，然而她又无法制止自己。假如安娜这个时刻伸出自己的胳臂，她马上就会知道安吉拉·克罗斯比的事了。

但是她没有这样，而是打了一个呵欠："是因为这空气，它太不清爽了。我们回到莫顿的时候，我就会很高兴了。什么时候了？我差不多都快睡着了——我们上去睡吧，你觉得怎样，斯蒂芬？"

这好像是泼了冷水；而且对这个姑娘的自尊心也是件好事。她振作起精神来："好的，走吧，已经过十点了。我也觉出来这空气潮乎乎的。"她想起刚才那要求同情的微弱呼唤，脸唰地变得绯红。

三

斯蒂芬离开康沃尔毫不感到惋惜；这里的一切好像都令她沮丧。它那略带严酷的美景，要是在别的时候本来会对她那带有阳刚之气的天性深具吸引力的，可是在这远离安吉拉·克罗斯比的几个星期简直度日如年，所以只是增加了她的消沉和惆怅。她那惶惶不安与日俱增，所以她总是处在重重疑虑和隐约恐惧的包围之中；忧惧惶惑，不能肯定自己的控制能力，也不能肯定安吉拉的意志是否能为这场充满危险然而又半死不活的恋爱把稳。她的身体横遭剥夺使她痛苦万分，于是她就迈着沉重的脚步在海滩和高丘上踟蹰，诅咒她身上那股青春的力量，想方设法要踏灭她那青春之火，却反而使它有增无减。

但是这场考验现在终于到了尽头，她开始感到不那么沮丧了。再过一个星期，安吉拉就会从苏格兰归来；那时候起码斯蒂芬眼睛的饥渴可以缓和一下——渴望亲眼见到心爱的人真是一件可怕的事情。那时候安吉拉的生日也快到了，这肯定可以作为送件礼物的借口。因为拉尔夫的缘故，她坚决拒绝礼物，连小小的纪念品也不行——然而，生日就不一样了，无论如何，斯蒂芬下了决心要冒险一试。送点礼物对所有情侣来说都是一件普通的事情，可是她那股冲动却大得超过了限度，所以她想象着安吉拉头戴可与克丽奥巴特拉①比美的冠冕。于是她坐在那儿看她的银行存款簿，看到余额一栏时两眼不觉冒出怒火。如果不能为自己爱恋的人花钱，有那么多钱又有什么用处呢？嗯，这次一定得这样花钱，而且要大量地花。这次买礼物决不要有什么限额！

金钱最多也不过是一种没有价值、令人讨厌的东西，但是它至少能让情人的心平静下来。一个情人减轻了他自己的钱包，他

---

① 克丽奥巴特拉（公元前69—前30），古埃及女王，公元前51至前30年在位，以妖艳著称，一生多阴谋、浪漫传奇，成为后世欧洲文学艺术作品的原型。

也让自己的心轻快起来了，虽然这样挥霍并不算什么美德，因为这种赠与也许是人类所知道的最狡猾的自我放纵方式。

四

斯蒂芬有一次漫不经心地对安娜说："我们在回莫顿的路上，要是在伦敦停留三四天怎么样？你可以上街买点东西。"安娜同意了，她想的是那幢大宅里亚麻布的床单台布之类的东西需要换一次了；但斯蒂芬却一直想着邦德街①上的那些珠宝店。

现在他们真的到了伦敦，住在一家安静而且昂贵的旅馆里；但是安吉拉的生日礼物的问题，对斯蒂芬来说好像还只是刚刚开始。她想要什么，或者更加重要得多的是，安吉拉想要什么，她一点主意也没有；而且她也不知道，怎样才可以摆脱她母亲，现在她老人家好像没有人做伴就不愿意出门了。四天逗留，头三天斯蒂芬又焦急又恼火；安娜好像从来没有这样依赖别人。在莫顿，他们俩现在是自己过自己的生活，可是在伦敦这儿，他们却总是在一起。斯蒂芬再怎么机灵，也找不出任何借口单独一人去逛邦德街。然而到了第四天，也就是最后一天的早晨，安娜让剧烈的头痛制住了。

斯蒂芬说，"如果你真是不需要我，我想，我就出去呼吸点新鲜空气——我觉得精力很充沛！"

---

① 伦敦城市中心偏西一条名牌衣饰商店集中的街道。

"好的，去吧——我不需要你待在这儿，"安娜呻吟着，她渴望安宁，只要一片阿斯匹林。

一出门走上人行道，斯蒂芬就叫了她碰到的第一辆出租汽车。她兴致勃勃，显得相当可笑。"去邦德街靠皮卡迪利①那一头，"她一边上车把门关上，一边命令。然后很快把头伸出车窗："到了拐角的地方，请停下。我不要你沿邦德街开过去。我自己走。我要你停在皮卡迪利拐角处。"

但是等到她真正站在那个犄角——左手那个角落——的时候，她倒觉得拿不准究竟应该从邦德街的哪一边先开始了。应该先看右边，还是先看左边呢？她决定先看右边。她穿过街道，然后慢慢向前走。每到一个珠宝店，她都站住，细看陈列在橱窗里的货品。现在她在为一个新的问题发愁了，这就是宝石的问题；那里有那么多品种。绿宝石还是红宝石，或者就干脆是钻石？噢，肯定既不是绿宝石又不是红宝石——安吉拉的颜色应当配白色。白色——她找对了！一串珍珠——不，一颗珍珠，一颗毫无瑕疵的珍珠，嵌在一枚戒指上。安吉拉有一次带着羡慕的心情描述过这样一枚戒指，但是，哎哟，那是巴黎造的。

人们都盯着这位带男相的姑娘瞧，因为她那么专心致志地瞄着那些女人用的装饰品。还有个人，一个男的，笑了起来，用胳臂肘轻轻推了推他的伙伴："看看那个！是怎么回事儿？"

"我的老天，究竟是怎么回事儿？"

她听见了他们的议论，一路朝店里走进去，突然觉得兴致不

---

① 伦敦市中心著名的繁华圆形广场。

那么高了。

她声音相当大地说:"我要个珍珠戒指。"

"珍珠戒指?哪一类,女士?"

她迟疑了一下,一时说不出自己究竟要哪种了:"我也不大清楚——反正是要个大的。"

"你自己戴吗?"她心里暗想这个男人笑了一下。

当然他根本没笑[①];但是她却有点结结巴巴了:"不——啊,不——不是我自己戴。是给一个朋友买。她让我给她挑一个大的珍珠戒指。"她自己的耳朵听起来,这些话显得笨拙而又慌乱。

那个店里没有她想要的东西,所以她又得去面对邦德街上的扫射[②]。这时她加快了脚步,而且觉得自己跨着大步;她加快了速度,还是觉得自己像在闲逛;她老是觉得别人在盯着她看,或者是想象别人在盯着她看。她觉得可以肯定,她说要买一枚大的、没有瑕疵的珍珠戒指的时候,那些店员都显得满腹狐疑;她从镜子里看了一下自己的样子,断定他们当然是显得满腹狐疑——她的外表是难以让人联想到珍珠和那种价格的。她把手偷偷插进自己的口袋,摸到支票簿又安下心来,这种感觉给她鼓起了勇气。

她看完那条大街的东边,迅速穿过街面再回头向她起初的那个街角走。到这个时候她已经颇为扫兴和不满了。想想看,如果她在邦德街找不到她想要的东西呢!她根本不知道再到哪里去找——她对伦敦的知识远远不够充分,但是很显然,上帝总是仁慈

[①] 此类商店的店员不论在任何情况下,通常都会以良好的服务态度对待顾客。
[②] 指被街上人侧目、议论。

的，因为又走了不远，她在一个小铺子门前停下了，她本来以为，这是个很简陋的小铺子，而事实上，它一点也不简陋，因为它那个不起眼的窗户中间还装上了铁栏杆。于是她盯着细看，因为在一块白色天鹅绒衬垫上摆着一颗珍珠，看起来就像一块圆圆的、光闪闪的大理石，镶在一个细细的白金小圈上的一块大理石——某种天外飞来的大理石；它就刚好是安吉拉在巴黎见过的那样一个戒指，从那以后她就一直在羡慕的那样一个戒指。

柜台后面的那个人仪表堂堂。他年纪很大，戴了一副玳瑁边的眼镜："是的，女士，它的确是个非常精致的品种。镶嵌的框子是法国式的，只是一条薄薄的白金细条，丝毫无损这颗珍珠的美。"

他轻轻地把它从衬垫上拿起来，斯蒂芬也同样轻轻地把它放在自己的掌心里。它闪耀着白光，比她的白皮肤还要白，相形之下，皮肤就显出日晒风吹的痕迹了。

于是那位很有派头的老先生小声说出了价钱，一边说还一边带着好奇心看了这个姑娘一眼，但是她却好像十分镇定自如，所以他又说："你愿意戴在手指上看看怎么样吗？"

然而，听到他这样说，他那位顾客立刻脸红了："它跟我的手指差远了！"

"我可以把它扩大到你希望的任何大小。"

"谢谢，不过这不是给我自己买的——是给一个朋友买的。"

"你知道你的朋友戴多大的尺码吗，比如说戴手套？你觉得她的手大还是小？"

斯蒂芬脱口而出："手很小，"然后立刻显得而且也觉得难为情。

到了这时候,那位老先生就公然直视着她说:"对不起,"他嘟囔着说,"真是特别像……"于是更加放胆地说道:"你和莫顿大厦的菲力普·戈登爵士有点亲属关系吗?爵士去世了——那一定是在大约两年前——由于发生了某种事故?我相信是棵树倒下来——"

"啊,是的,我是他女儿,"斯蒂芬说。

他点点头,露出了笑容:"当然,当然,你只能是他女儿。"

"你认识我父亲?"她惊奇地问他。

"很熟识,戈登小姐,从你父亲年轻的时候就认识。那时候菲力普爵士就是我的一位顾客了。他还在牛津念书的时候,我就卖给他第一批珍珠袖扣了,还卖给他至少四枚领带别针——菲力普爵士在牛津的时候有点讲究时髦。可是我为他做了给你母亲的订婚戒指,这件事会让你感兴趣的;一枚镶有几颗精美钻石只用半箍的大戒指——"

"是你做的那个戒指吗?"

"是我做的,戈登小姐。我记得很清楚,他给我看了安娜夫人的小画像——我还记得他说的话,他说:'她是那么纯洁,只有最纯洁的宝石才配得上她的手指。'你瞧,他还在念伊顿公学的时候就认识我了,所以他才对我说起你母亲来——我觉得十分荣幸。噢,是的——哎呀——你父亲那时候还年轻,深深陷入了爱河……"

她突然问了一句:"这颗珍珠和那些钻石都一样纯洁吗?"

"它真是完美无瑕。"

于是她取出支票簿,他把钢笔递给她,好用它签那张巨额支票。

"你想要点什么证明吗?"她瞟了一眼那个数额,心想他得信任她才行,于是问他。

但是听她这么一说,他笑了起来:"你的脸就是你的证明,如果你能允许我这样说的话,戈登小姐。"

他们握了握手,因为他以前认识她父亲,然后她把戒指揣进自己的口袋,离开了那家铺子。她走到街上的时候陷入了沉思,所以如果有人这时盯着看她,她也不会再去注意了。在她的耳朵里继续不断地响着过去的那句话,很久很久以前他父亲也是一个年轻情人的时候,他讲过的那句话:"她是那么纯洁,只有最纯洁的宝石才配得上她的手指。"

第二十二章

一

他们回到莫顿的时候,帕德在大厅里,脸上带着她那种温和的微笑,总含有一点嘲弄的意味,然而又深具同情,那种意味纷呈的笑让她的容颜极其动人。看到这位身穿灰色衣服、忠心耿耿的小个子女人,让斯蒂芬认识到,自己一直在想念她。她发觉,她对这女人的怀念,和她那仿佛日益缩小的小小身材完全不成比例,分别这几个星期重新回家,斯蒂芬觉得帕德甚至变得更加瘦小,拥抱她的时候,不觉笑了起来。于是她突然把她双脚离地举了起来,轻轻松松仿佛举起了一个婴儿。

莫顿很好闻,因为壁炉里燃着原木,莫顿很好看,因为有家的好处。斯蒂芬带着某种非常像是满足的情绪吁了一口气:"天哪!我又回来了,该多么高兴呀,帕德。我的前生一定是只猫;我讨厌陌生的地方——特别是康沃尔。"

帕德冷冷地一笑。她觉得,她懂得斯蒂芬为什么讨厌康沃尔。

喝完茶,斯蒂芬在屋内到处闲游,用她那充满感情的手指头一会儿摸摸这,一会儿又摸摸那。但是现在她又去到马厩,给柯林斯带点糖,给拉夫特里带些胡萝卜。拉夫特里这时正在自己那宽舒自如、散发着干草香味的马房里等着斯蒂芬。他从喉头发出一点奇怪的声音,他那双柔和的爱尔兰眼睛在说:"你回来了,回家了,回家了,我等着,希望你回家,我都等累了。"

她于是回答:"是的,我回到你身边来了,拉夫特里。"

这时她伸出她强壮有力的胳臂抱住他的脖子,他们一起谈了很长一段时间——不是用爱尔兰语,也不是英语,而是用的一种安静的语言,话很少,但是有很多短促的声音和很多小小的动作,它们比语言的含意还要多得多。

"自从你走了以后,我发现了一件神奇的事,"他告诉她,"我发现,你对我就是上帝。这就像我们低等人有时候那样,我们认识上帝,只有通过他的凡人的化身才能认识他。"

"拉夫特里,"她低声说,"啊,拉夫特里,我亲爱的——你到莫顿的时候,我还那么小。你还记得吗,第一次出猎的时候,你在我们北边那个大牧场跳过了那个巨大的树篱?多么了不起的一跳呀!它应当记在历史上。你当时那么冷静,那么泰然自若,真是了不起。谢谢上帝,你那么镇定——我当时还不过是个孩子,不管怎样,我们都够傻的了,拉夫特里。"

她给他一根胡萝卜,他很满足地从他的上帝手里咬住,开始用力嚼起来。她看着他嚼那根胡萝卜,也感到很满意,还希望那根胡萝卜水分又多又甜;希望他那无忧无虑的快乐之怀永远装得满满的,满得溢出来。她的确像上帝一样,照顾他的需要,给他在食槽里调制晚餐,把水桶举到他的嘴边,让他在那清凉、明净、有益健康的水中吮吸。这时来了一个马夫,带来几捆新干草,他打开捆,抛在拉夫特里的草垫中间;然后他拿下来白天披的漂亮的蓝红条护马衣,给他盖上晚间御寒的毯子。在远处紧靠窗户的马房里,菲力普爵士那匹年轻的栗色马踢着叫着要吃晚餐。

"喔,马呀!起来!别踢那些隔板!"马夫说着就匆匆忙忙去照顾那匹栗色马了。

柯林斯刚刚吐掉了给他的那两块方糖,现在正忙着病态地发着脾气。他的肚子鼓胀得都要爆了——老柯林斯由于吃草不舒服,难消化,再加上他自己的白齿可怜地全掉光了,肚子鼓胀得像个气球,他睁着他那蓝中透白的眼睛对着斯蒂芬,可是什么也看不见,斯蒂芬摸摸他,他就咕噜咕噜——这种不大礼貌的声音,意思是说:"让我自己待着!"所以她轻轻责备了他一下,就让他带着他的罪过和消化不良自己待着了。最后但却不是最不重要的,她大步走向那个两腿生物的家,想当年,他曾经高高在上堂堂皇皇地统治过这所盛极一时而今却败落下来的马厩。室内的灯光经过没挂窗帘的窗户照出来迎接她,所以她顺着灯光走了过去。一窄条黄色的光直通老威廉斯那所舒适小房的门廊。她看见他坐在那儿,《圣经》摆在膝头,透过眼镜瞅着那本经文。他喜欢自己给自己朗读经文——一件令人伤感动情的营生。他现在就在这么做。斯蒂芬进屋的时候,听他正在咕咕噜噜地念《启示录》中的一段:"马的头好像狮子头,有火,有烟,有硫磺,从马的口中出来。"①

---

① 见《圣经·新约:启示录》第9章第17节。

他抬头一看,赶紧扯下眼镜:"斯蒂芬小姐呀!"

"好好坐着——待在那儿别动,威廉斯。"

但是威廉斯虽然谦卑却有傲气。他一向以他事业中的严格传统规矩自豪,他的这种自豪感使他不能在她面前安坐不动,尽管他们之间有多年交往的亲切友情,可是他讲话的时候,还是得发点牢骚,仿佛她依然是那个很小的孩子,搓着下巴,在马厩里大摇大摆地逛来逛去,模仿着他的每个表情和姿态。

"你不该心里没马,斯蒂芬小姐,把他们扔下不管,"他嘟嘟囔囔,"这些天,拉夫特里就没人喂。俺跟那个吉姆讲过,你那些存货都是干啥的!年纪轻轻就蛮不讲理的坏东西,还要和俺顶嘴,好像俺没有权利讲俺的意见了。可是俺跟他讲:'你等着吧,小子,'俺说,'你等着,等俺逮着了斯蒂芬小姐再说!'"

因为威廉斯怎么也不能和马厩一刀两断,他一到那儿就唠叨个没完。他尽管不干那份差事了,可还是没有让他那一大把年纪压倒,像一般马夫吃了苦头也就懂得了。他那沉沉的橡木手杖在院子里敲得嗒嗒一响,就足以让吉姆和他手下的人飞也似的跑去把刷马毛的梳子和刷子都藏得不见踪影。每逢那里弄得乱七八糟,威廉斯用不着戴眼镜就可以看得出来。

"这地方是个马厩,还是个猪圈,俺真纳闷?"这句话成了他对他们常用的见面礼了。

他的太太也从厨房里出来忙活一通:"请坐下,斯蒂芬小姐,"一边还擦拭着一把椅子。

斯蒂芬坐下来,看了一眼仍然打开放在桌上的《圣经》。

"对了,"威廉斯阴郁地说,仿佛是在回答斯蒂芬的话似的,

"俺已经贬到只能读读讲到天国里那些马的书了，像俺这么个人，跟菲力普·戈登爵士当差那么多年，让他的两条腿跨过的猎马，是这个郡，或者说不管哪个郡，所见过的最好的猎马，有这么个结果就是不错的了！俺可不信他们那些脖子上长着个狮子头、嘴里喷着硫磺烈火的畜牲，那违反了造化。不管是谁写了那个《启示录》，他准保没在马厩里待过。俺也不信啥'天马'——天国没有啥马；看看那上面咋写的，也是件好事儿。"

"你真让俺吃惊，阿瑟，咋能这么对《圣经》不恭敬呀！"他太太一本正经地责备他。

"哼，马厩还没有百科全书呢，这准保没错，"威廉斯龇牙咧嘴笑开了。

斯蒂芬看看这个人，又看看那个人。他们俩都老了，很老了，很快就要走完他们的旅途了。他们人生的圆圈不久就会画完了，那时候威廉斯就能够和圣约翰争论那些关于天马的问题了。

威廉斯太太抱着歉意，看了一下斯蒂芬："请原谅他吧，斯蒂芬小姐，他越来越孩子气了。他不读《圣经》里那些好的地方，专读讲马车什么的那些地方。他尽谈那些讲到马的事，那时候他就不信神灵了——真可怕！"但是她看她的老伴却是用的一个慈母的眼神，非常柔和而且非常容忍的眼神。

斯蒂芬看见这两个人在一起，可以想象出来，他们年轻力壮的年月一定过着欢欢喜喜的日子。因为她觉得她这时透过岁月的尘埃追望过去，可以看见一个姑娘隐隐约约闪动的身影，她那是在和她年轻的小伙子威廉斯谈情说爱的那些小道上流连难舍的情景。她这时看见威廉斯在她面前站着，颤颤巍巍，弓腰缩背，她觉得自己追望到一个年轻小伙子隐隐约约闪动的身影,那个魁伟漂亮的年轻人正走在那些小道上,一边说着悄悄话一边亲吻,他的头一个劲儿地向下边又向两边摆动。而且因为这时他们虽然老态龙钟,却还是形影不离,所以她心里觉得痛楚;如果说是为他们,倒不如说是为她斯蒂芬。和他们那正直体面的高寿相比,她自己的青春年少不过是尘芥一般,因为他们俩是那样形影不离。

她说:"让他坐着吧,我不想要他站着。"她站起来,把自己坐的那把椅子推到他跟前。

但是威廉斯老太太缓缓摇着她那白发苍苍的头,"别价,斯蒂芬小姐,在你面前,他不应该坐,请你包涵吧,硬要阿瑟坐下,那会伤他的心;那会让他觉得,他当差的日子真是过去了。"

"俺用不着坐,"威廉斯宣告。

于是斯蒂芬和他们俩道了晚安,答应很快还会再来看望他们;威廉斯蹒跚着走出来站在小路上,现在这整条小路满是黄光一片了,因为小屋的门完全敞开,灯光普照在小路上,威廉斯光着头站在那儿,望着她离去。这时候她走在大树下,她的双脚又让阴影包围,又让阴影裹住了。

但是这时候飘来一股熟悉的芳香——原木在莫顿宽大、友好的壁炉中烧起来了。原木燃烧着——这些小湖很快就会封冻了——"你和我在冬天来站在这里,冰封的湖面在落日的映照下,恍如铺上了一层金砖……而在我们漫步归来的时候,还没等到看见家门,就早已闻到了原木燃烧的美好气味了,我们爱这种美好的气味,因为它意味着家,而我们的家就是莫顿……因为它意味着家,而我们的家就是莫顿……"

啊,原木燃烧的让人难以承受的芬芳啊!

第二十三章

一

安吉拉并没有在一星期后回来,她决定在苏格兰再逗留两个星期。她现在好像是住在皮科克家里,要等她过了生日才返回。斯蒂芬注视着那只美丽的戒指,看着它在它那小小的白色天鹅绒匣子里闪着亮光,心里憋着那种孩子气的失望和懊恼。

但是维奥莱特·安垂姆在皮科克家里住过一段,已经回家来了,一副神气活现的样子。有一天下午她走过来找斯蒂芬,说她已经同年轻的亚历克·皮科克订婚了。她订了婚,显得傲慢已极,弄得神经早就按捺不住的斯蒂芬,真想马上就给她一个耳光。维奥莱特现在可以居高临下瞧不起斯蒂芬了,觉得自己新近掌握了一点关于男人的知识——她以为懂得了亚历克,就懂得了所有的男人。

"像你现在这种穿着,简直太可怜了,亲爱的,"她说话的口吻就像一个六十岁的老太太了,"一个年轻姑娘,要是柔和一点就会动人多了——难道你不觉得，你可以把你穿的衣服弄得稍微柔和一点吗！我的意思是，你真是该结婚了，难道不是吗？一个女人只有到结婚了，才是完美无缺的。归根到底，没有哪一个女人能够真正地独立孤行，她总得要有一个男人来保护她。"

斯蒂芬说："我一切都不错——过得很好，谢谢你！"

"啊，不，你不可能很好！"维奥莱特坚持说，"我同亚历克和罗杰谈起过你，罗杰说，女人要是打错了主意，那可是个可怕的错误。他认为你简直是在胡思乱想；他告诉亚历克，只要你不再去模仿那些你本来不该有的东西，你就会比女人还要有更多女人味了。"这时候她两眼逼视着斯蒂芬："那位克罗斯比太太——难道你真是喜欢她吗？当然我知道，你们是朋友，如此而已——但是，你们为什么成了朋友？你们没有任何共同之处。她就是罗杰所说的那种彻头彻尾的属于男人的女人。我自己觉得，她有点像个野心家。难道你想当一把梯子，让人爬着上去攻占本郡的堡垒吗？皮科克那家人认识老克罗斯比许多年了，他在钢铁器材方面是个巨头，但是我认为，他们并不多么看重她——亚历克说，她是个想男人想得发疯的人，不管这句话是什么意思，反正她好像对罗杰着迷得要命。"

斯蒂芬说："我希望，我们没谈克罗斯比太太就好了，因为，你知道，她是我的朋友。"而且她说话的声调和她那双手一样，都是冷冰冰的。

"噢，当然，如果你觉得这件事是那样的话——"维奥莱特笑了起来，"不过说句老实话，她对罗杰着了迷。"

维奥莱特走了以后，斯蒂芬立即站起来，但是她好像失去了方向感,因为她把头重重地撞在了一个沉重书架的边上。她摇摇晃晃地站在那儿,用两只手捂住自己的太阳穴。安吉拉同罗杰·安垂姆——那两个人——但是那不可能,维奥莱特是故意在撒谎。她喜欢折磨人,她就像她哥哥,一个爱欺侮人的家伙,一个喜欢折磨人的魔鬼——那不可能——维奥莱特是在撒谎。

她站稳了,然后离开那间屋子,离开了宅院,去到马厩,到那儿把她的汽车开出来。她开车到了阿普顿的电报局,发了一封电报:"回来,我必须立刻见到你。"而且特别注意预付了回电报的费用,免得安吉拉找借口不回答。

电报员用铅笔的另一头数了字数,然后注视着斯蒂芬,感到很奇怪。

二

第二天早晨,安吉拉冷淡生硬的电报到了:"两周后星期一返家一天也无法提前请勿再来电报拉尔夫心烦吵闹。"

斯蒂芬把电报撕得粉碎,然后扔掉。她突然气愤得难以自持,浑身发抖。

三

一直到安吉拉返回的时刻,那一股怒火都支持着斯蒂芬。它像一股火焰蹿过她的血管，这股火焰消耗人，然而又让人兴奋，所以她从自我保护意识出发，有意扇动这股怒火。

回家的那天终于来到了。安吉拉现在一定到了伦敦，她肯定是坐的晚快车。她会赶上十二点四十七分到莫尔文的火车，然后坐汽车到阿普顿——现在是将近十二点。现在是下午了。三点十七分，安吉拉的火车就会到达大莫尔文——现在火车到了——再有二十分钟，她的汽车就会路过莫顿的大门。四点半。安吉拉一定到家了；她很可能正在客厅喝茶——在那小小的橡木客厅，那只老是哨着的红腹灰雀也在客厅里，鸟笼总是放在窗台旁边的。很久以前，简直是上一辈子，斯蒂芬曾经慌慌张张地走进了那个客厅，托尼在叫，那只红腹灰雀唱了一支很感伤的德国古曲——但是这肯定都是上一辈子的事了。现在五点了。维奥莱特·安垂姆显然是撒了谎；她是故意撒谎来折磨斯蒂芬——安吉拉和罗杰——这不可能；维奥莱特撒了谎，因为她喜欢折磨人。五点一刻了，安吉拉现在干什么呢？她离得很近，不过几英里远——也许她生病了吧，因为她没写信；是的，一定是那样，安吉拉当然是病了。眼睛一直渴望见到她，想得要命。生气，那是干什么呀？那种愚蠢念头，那种胡思乱想，那种懦弱无能，都在这种渴望面前粉碎了。安吉拉不过是几英里之遥呀。

斯蒂芬去到自己的卧室，打开一个抽屉，拿出那只小小的白匣子，然后把那个匣子轻轻放进自己短上衣的口袋里。

四

她发现安吉拉正在帮助女仆打开行李；他们看来好像都给埋在一堆堆柔软的内衣中间了。卧室内充满浓浓的安吉拉的香味，那种香味很厚重，然而又略微有点刺鼻。

安吉拉从一堆乱七八糟的长丝袜上抬头一看："哈罗，斯蒂芬！"她这声招呼是随随便便客客气气的。

斯蒂芬说："噢，过了这么些星期，你好吗？从苏格兰回来这一路可好？"

女仆说："是我把你那些新双绉睡衣①拿去洗，夫人？还是应该把它们送到洗衣店去？"

随后，不知怎么，他们大家都一言不发。

为了打破这具有暗示性而且令人难堪的沉默，斯蒂芬有礼貌地问候起拉尔夫。

"他有事在伦敦要待三两天；他很好，谢谢。"安吉拉简单地答了两句，又转身去整理她的长袜子。

斯蒂芬审视她。安吉拉看来好像不大好，她嘴角好像孩子似的有点下垂；眼睛下面又添了些新起的阴影；而这些阴影又衬出了她脸色的苍白。好像是这种急切的注视让她感到局促不安，她突然把那些长袜捆在一起，有点不大耐烦地说：

---

① 原文为法文。

"来吧,我们下去到我的客厅里去!"然后又转过头来对女仆说:"我想还是你把那些睡衣洗了吧。"

他们沿着那宽阔的橡木楼梯走下来,都没有说话,进到镶着橡木的小客厅。斯蒂芬关上了门。这时候他们面面相觑。

"嗯,安吉拉?"

"嗯,斯蒂芬?"又停了一会儿,"你怎么了,给我发那样一张荒唐的电报?拉尔夫抓住这件事问了我许多问题。有时候你真是那么一个彻头彻尾的傻瓜——你清清楚楚地知道,我根本回不来。为什么你做起事来要像个六岁的孩子似的,难道你就连一点普通情理都不懂?这到底都是怎么回事?你那些做法还不仅仅是幼稚可笑——那是很危险的。"

这时候斯蒂芬紧紧抓住她的肩膀,把她转过来,好让她面朝着光亮。她用年轻人那种生硬粗鲁的方式提出自己的问题:"你觉得罗杰·安垂姆有肉体上的吸引力吗——你是不是发觉,他在那方面比我更能吸引你?"她平静地等待着,好像是在等她回答。

因为这种明显不祥的平静,安吉拉吃了一惊,所以她近乎叫嚷似的说:"当然我没有!我痛恨这种问题;我不让人家这样问,即使是你,斯蒂芬,也一样。天知道,你从哪儿弄出你这些荒唐想法的!你和维奥莱特那么个姑娘谈论过我吗?如果你谈过,那么我认为那真是令人难以容忍。她是本郡心眼最坏的讨厌鬼。和我的邻居谈论我的事情,我亲爱的,这可不是像你这样一个高雅正派的人应该做的,是不是?"

"我拒绝和维奥莱特·安垂姆谈论你,"斯蒂芬告诉她,她说得仍然很平静。但是她还是紧紧抓住自己的论点不放。"难道那都错了？难道除了你丈夫，再没有别人插在我们中间？安吉拉，看着我——我要了解真相。"

安吉拉以吻她作为回答。

斯蒂芬强壮可是不幸的胳臂抱住了她，而且她突然伸出手来，把桌上的小台灯关了，这样屋子里就只有壁炉里火焰的亮光了。他们互相再也看不清楚彼此的脸，因为只有炉火。斯蒂芬说出了一个情人心里压得快要爆炸的时候才会说的那些话，说出了一个情人的疑虑让位退缩，并且让他那种不可抑制的激情的洪流一扫而光的时候才会说出的那些话。在那个只有火光闪闪、幽影憧憧的屋子里，她说出了情人们说的那些话，那些自从上帝凭借神圣而又甜蜜的疯狂把爱情的意念投入世间万物之中以来情人们说的那些话。

但是安吉拉突然把她推开了："不要，不要——我受不了这个——这太过分了，斯蒂芬，它伤了我——我受不了这种事——为了你。这全都错了，我不配，不管怎么说，这也全都错了。斯蒂芬，这让我——难道你不能理解吗？这太过分了——"她不能够，也不敢解释。"如果你是个男人——"她突然一下住了口，忍不住哭了起来。

不知道为什么，这次的哭泣不同于以往的任何一次，所以斯蒂芬发抖了。这中间包含着一种害怕和孤凄的成分，就像个吓坏了的孩子抽抽搭搭地在那儿哭。这个姑娘出于怜惜和觉得需要去安慰别人，忘了她自己的凄凉处境。她比以往更强烈地感到需要保护这个女人，给她安慰。

她突然变得毫不生气而且温文有礼地对她说："告诉我——想

法告诉我，我心爱的，什么错了。不要害怕会惹我生气——我们互相爱恋，这才是重要的。想法告诉我什么错了，然后让我来帮助你；只要求你别这么哭——我受不了啦。"

但是安吉拉用手蒙住脸："没，没，没有什么；我只是太累了。过去这几个月真紧张得让人害怕。我不过是个软弱的人，斯蒂芬——有时候我认为，我们比疯了还要糟。我必定是疯了，才让你像这样爱我——总有一天，你会瞧不起我，恨我的。这是我的错，但是我真是寂寞得要死，所以才让你闯进了我的生活，可现在——啊，我解释不清楚，你不会理解的；你怎么会理解呢。斯蒂芬？"

可怜的人性竟复杂到那样离奇，以至于安吉拉真是相信自己的感情。在这个时刻，她想起在苏格兰的那几个有罪的星期，突然感到害怕和自责，她相信，她对眼前这个人感到怜悯和歉疚，因为这个人爱她，而且她那炽烈的爱却为另外一个人铺平了道路。她出于软弱，离不开这个姑娘，暂时还不能——她身上有某种那么强而有力的东西。她似乎把一个男人的力量和一个女人更温婉更细腻的力量混合在了一起。而想起罗杰那个年轻粗野的畜牲，想到他那鲁莽的、对感官的兽性吸引力，安吉拉心里充满了羞愧，她为自己的那些行为而痛恨自己，而且她清楚地知道，出于那种感情上的迫切需要，她还会再有那些行为，为此她也痛恨自己。

她觉得自己很卑贱，于是伸手去摸索这个姑娘亲切的手；然后尽力轻声细语："你会永远宽恕我这个非常可怜的罪人吗？斯蒂芬？"

斯蒂芬并没有领会她这句话的含意，她说："如果我们的爱情是罪过,那么天堂必定是充满了这种像我们一样的温柔而且忘我的罪孽。"

他们坐下来,紧紧靠在一起。他们疲倦得要死,可安吉拉打着喳喳说:"再用你的胳膊抱着我吧——不过轻一点,因为我困极了。你是个心眼好的情人,斯蒂芬——有时候我想,你简直是心眼太好了。"

斯蒂芬回答:"我不愿意逼你,倒不是因为心眼好——我是不能够设想居然有那么一种爱。"

安吉拉·克罗斯比默不作声。

但是她现在渴望得到认罪那种不可思议的舒畅之感,这对女人的心灵是如此珍贵。她因为感到自己做了错事而使自己的自我怜悯增加了——她心神不安,由于自我怜悯几乎要得病了——因为缺少勇气承认目前的罪过,所以她就一心一意回想过去。斯蒂芬一向都是避免提问,因此他们从未讨论过去的事情,但是现在安吉拉觉得十分需要讨论过去。她并未分析自己的感情;她只知道自己极力希望自己显得谦卑,求得怜悯,从这个爱她的人儿,从这个古怪、壮健、敏感的人儿,获取最后得到宽恕的希望。就在那个时刻,在她躺在斯蒂芬怀里的时刻,这个姑娘竟然有了极大的重要性。说来奇怪,但是事实正是那样,背叛看来是更加坚定了她想紧紧抓住这个姑娘的愿望,安吉拉动了一下,所以斯蒂芬轻柔地对她说:

"静静躺着——我还以为你睡熟了呢。"

安吉拉回答说:"不,我没有睡着,最亲爱的,我一直在想。有些事我得告诉你。你从来没问过我过去的生活——你为什么不问呀,斯蒂芬?"

"因为,"斯蒂芬说,"我知道,总有一天你会告诉我的。"

于是安吉拉开始从头讲起来。她描述了英国殖民时代在弗吉尼亚的一家人。那儿有一幢很有气派的灰房子,门口有立柱,花园俯临一条水深流急的河,这条河有个相当漂亮的名字,叫作波托马克①河。房子一旁种着木兰花,许多古树荫蔽着花园。夏天萤火虫在树间闪亮,像移动的灯火在树枝中间飞来飞去。于是炎热的夏夜到处是流光闪闪,炎热的夏日空气中散发出浓郁的香甜。

她描述她的母亲,她在安吉拉十二岁的时候就去世了。这个可怜的什么也不会的女人。她的阿婆和母亲几代人都是奴仆成群,不论多么细微的小事都要他们来侍候,"她很少自己穿鞋穿袜子,"安吉拉这样形容自己那位母亲的时候笑了。

她描述她的父亲乔治·本杰明·马克斯威尔——一个可爱的人,然而又是个无可救药的败家子。她说:"他靠过去的辉煌生活。因为他属于马克斯威尔家族——弗吉尼亚的马克斯威尔家族——他不肯承认,内战已经剥夺了我们大肆挥霍的一切权利。天知道,没有什么剩下了——战争已经把古老的南方绅士都毁了!我祖母还十分清楚地记得那个时候;她把自己衣袖里的细麻布撕下来为我们的伤兵包扎伤口。要是我阿婆活着的话,我的生活就会不同了——但母亲去世几个月,她也去世了。

她描述那场天翻地覆的灾难,那时房子和里面所有的东西

---

① 此河为美国东部重要河流,名称源于印第安语,本意为贸易,可能起初用于当地一部落名,指该部落擅贸易,后此河依此部落名而取名。

都卖了,她和她父亲动身去纽约——她刚刚十七岁,他则贫病交加——想重建挥霍已尽的家产。因为她这时是在形容实际生活的图景,没有想象的色彩,所以她讲得很真实,声音变得极其凄楚。

"地狱——地狱一般!我们败落得那么快。有的日子我都吃不饱。啊,斯蒂芬,那种污浊、那种难以言传的悲惨。上帝呀,我多么痛恨那个丑恶的大城市啊!它是个怪物,它把你压倒,狼吞虎咽——甚至现在,我重返纽约都不能不无缘无故地感到恐惧。斯蒂芬,那个该死的城市把我的神经都毁了。一天父亲死了,也就一了百了啦——他也就像那么个样子!他是受够了,所以躺下就死了;可是我却不能那样做。因为我还年轻呀——再说我也不想死。我该怎么办。我一点主意也没有。但是我知道,人家说我很漂亮,而且好看的姑娘在舞台上有机会,于是我就开始找活儿干。我的天哪,我能把这都忘了吗!"

现在她描述那些漫长、呆板的大街,一英里又一英里望不到头的大街,一群又一群陌生而且毫不友善的面孔——好像一个个假面具似的面孔。后来又出现了一些可能雇用她的那种亲热的面孔,他们死盯着她的脸,亲热得过了火——那些突然摘掉了面具的面孔。

"斯蒂芬,你在听吗?我狠狠地打了一仗,我可以发誓!我发誓,我狠狠地打了一仗——我找到我第一份工作的时候我才十九岁——十九岁还不是那么太大,是不是,斯蒂芬?"

斯蒂芬说:"往下说吧,"她的声音有点沙哑。

"啊,我亲爱的——给你讲可是太难了。报酬糟透了,维持不了生活。——我常这么想:他们是故意这么干的,很多姑娘也都常这么想。他们从来不给我们足够维持生活的。你知道,我没有一点点天分,我只好努力打扮,让自己看起来漂亮一点。我从来没有得到过一个真正有台词的角色,我就只是跳舞,跳得不好,但是我有个好身材。"她停下来,抬起头来想透过幽暗的光看看,但是斯蒂芬的脸让暗影遮着。"噢,然后,亲爱的宝贝——斯蒂芬,我想觉出你的胳臂来,把我抱得更紧一点——噢,然后,我——那时候有个男人想要我——不是像你这样,斯蒂芬,想要保护我,关心我。天哪,不是,不是这样!我当时那么穷,那么累,那么害怕,为什么有时候我的鞋里会灌进了泥浆,因为它们太旧了,而我没有钱给自己买新的——想想看,宝贝儿。我在冬天洗手的时候都哭了,因为手上的冻疮在流血。得啦,我不能再那样下去了,就这些……"

桌上那个镀金小钟走得很响。嘀嗒,嘀嗒!嘀嗒,嘀嗒!那么小那么脆的一件东西,居然发出这种大得惊人的声音。花园里一条狗在什么地方汪汪——托尼在暗夜里追猎他假想的兔子。

"斯蒂芬!"

"嗯,亲爱的?"

"你理解我了吗?"

"是的——啊,是的,我理解你了。往下讲吧。"

"噢,然后,过了一阵儿,他扔下我走啦,我只好又像以前那样往前蹭,我身体有点垮了,晚上睡不着觉,我又接着去跳舞的时候,笑也笑不出来,也装不出快活的样子——拉尔夫看见我的时候,我就是那样——他看了我跳舞,然后就像有些男人那样,拐到后台来。我还记得,觉得拉尔夫不像那种男人,他看起来——

嗯,就像拉尔夫,一点儿也不像那种男人。然后他就开始给我送花;从来不送礼物之类的东西,只送花,上面附上他的名片。我们在一起吃过好多次午饭,他谈起扔下我的那个人。他说,他真想出门就带上马鞭——想象一下,拉尔夫想用马鞭抽一个人!我发现,他们俩互相很熟悉;你知道,他们俩都是做五金生意的。拉尔夫为他那家公司签了一笔大买卖的合同以后就出来了,这就是他突然到了纽约的原因——有一天,他要求我嫁给他,斯蒂芬。我设想,他那时候真的爱上我了,不管怎样,我当时想,他这真是太好了——我想,他思想开通,而且品德高尚。天哪,那以后他就名正言顺地得到了他要的那一磅肉①了;这样他就得到了他想要的对我的控制。我们乘船回欧洲以前就结婚了。我并没有恋爱,可是我有什么办法呢。我走投无路,而且我的身体越来越糟;我们很多女孩子都是在医院的病房里了结一生的——我不希望那样了结。好了,这样你就可以懂得,为什么我做事非得小心谨慎不可;他的疑心大得要命。他认为,既然我穷愁潦倒的时候,我找了一个情人,所以我现在好像也要这么干。他不相信我,这是自然而然的,但是有时候他当着我的面就发作起来,他这样的时候,天哪,我多恨他呀!但是,唉,斯蒂芬,我决不可能从头再来一遍——我心里一点儿斗志也不剩了。虽然拉尔夫作为丈夫根本控制不了我,可是如果他真的大发脾气的时候,我还是吓得要死,原因就在这里。我想,他懂得这一点,所以他毫无顾忌地欺侮人——为了你,他欺负我好多次了——但是,当然你是个女人,所以他没

---

① "一磅肉"源出莎士比亚戏剧《威尼斯商人》,指合法但不合情理的要求。

法用这个来同我离婚——我料想,这就是真正让他那样大发雷霆的原因。反正都是一样,你要我离开他跟了你,我也没有勇气去面对。一旦那样,拉尔夫就会公开诽谤我,这我也受不了;他会追踪我们一直到天涯海角,他会给我们抹黑,斯蒂芬。我知道他,他报复心很强,他决不会善罢甘休,软弱的男人常常总是那样的。仿佛是拉尔夫作为男子汉缺少的东西,他要在报复心强这方面得到补偿。我亲爱的,我不能够再趴在下面了——我不能像那些认错谢罪的人一样,老是趴在下面讨生活,就像一条鱼那样,只是浮上来一小会儿——我是经过了那种特别的地狱才出来的。我想要生活,然而我总在害怕。每一次拉尔夫盯着我看的时候,我总觉得害怕极了,因为他知道,每当他想要做爱的时候,我最恨他——"她突然打住了。

现在她是有点儿在对自己哭了,任凭眼泪滴滴答答流下来。一滴泪水溅在斯蒂芬上衣的袖子上,留在那儿,在衣服上形成一个小小的黑点儿,可是那只有耐性的胳臂晃都没晃一下。

"斯蒂芬,说话呀——说,你不恨我!"

一根木头爆了一下,喷出一点亮亮的火焰,斯蒂芬俯身看着安吉拉的脸。因为她在哭,脸上沾满了泪水,而且也因为哭的缘故,把脸弄脏,弄红了,显得有点丑。正因为那张可怜而又有点弄脏了的脸,加上从这张脸后面透出来的那种软弱可怜,甚至是微贱低劣,却让斯蒂芬此时此刻感到对她爱恋至深,都找不到适当的语言了。

"说话呀——跟我说呀,斯蒂芬!"

这时斯蒂芬轻轻放开自己的胳臂,摸出口袋里的那个小白匣子:"看,安吉拉,我送你这个当作你生日的礼物——拉尔夫不能因为它来欺负你,它是件生日礼物。"

"斯蒂芬——我亲爱的!

"对了——我要你总是戴着它。好让你记住,我多么爱你。我觉得,你刚才谈到恨的时候,就把这忘了——安吉拉,把你的手递给我,那在冬天老是流血的手。"

斯蒂芬于是把那颗和她母亲的钻石一样纯洁的珍珠,戴在安吉拉的手指上。这时她非常安静地坐着,安吉拉则张大双眼不转睛地看着这颗珍珠,因为它美极了。她脸上惶惑的神情这时消失了,此刻她的嘴唇正挨着斯蒂芬的嘴唇,但是斯蒂芬却只是亲了亲她的额头。"你必须休息,"她说,"你不过是精疲力尽了。如果我把你好好地抱在怀里,你能睡得着吗?"

也常有这样的时刻,这种盲目和愚蠢,却挽回了爱的荣誉。

第二十四章

一

对于这个戒指,拉尔夫几乎没讲什么,他能讲些什么呢?一个邻居的女儿,给他妻子送了一件礼物——当然是一件贵得出奇的礼物——可是,他终究又能讲些什么呢?他只好绷起脸来一声不吭。但是斯蒂芬看见他瞪着安吉拉戴在她右手中指上的那颗珍珠,而且他那对呆滞的小眼睛看起来比平时红。也许是由于愤怒吧——人们从来对他的眼睛都说不清楚,他究竟是充满泪水还是充满怒火。

由于这对眼睛和眼中经常流露出的威胁,斯蒂芬必须起调和的作用;而且她必须不理睬他的粗鲁态度而这样做,因为他现在是公然表现粗鲁和敌视。而且他还欺负人。他几乎总好像是每当斯蒂芬在场的时候,就以欺负自己的妻子为乐;她的在场好像就掀起了这个人身上所有那些缺乏教养、气量狭窄、凶狠残暴的劣根性。他几乎是不加掩饰地暗示她以往的身世,这样做的时候还要斜着眼睛看看斯蒂芬;还有一天她看到安吉拉低声下气,惊恐万状而气得怒发竖立的时候,拉尔夫却哈哈大笑:"我不过是个平平常常的商人,这你是知道的;如果你不喜欢我这一套,那么你最好别来这儿。"看到安吉拉的眼神,斯蒂芬也想要大笑一场。

真是让人伤神的事,她常常觉得降低了身份;她觉得自己逐渐丧失了所有的自豪感,甚至起码的体面,所以她在傍晚回到莫顿,从心眼里不愿意细看那座古老的大厦。她不愿意面对挂在大厅里的戈登家那些肖像,免得他们用默默无言来谴责她这个不肖的后人。然而有时她好像又觉得她爱得更强烈了,因为她丧失的那么多——现在除了安吉拉·克罗斯比以外,她已经一无所有了。

二

帕德看到这种致命的摧残威胁着她昔日弟子身上的一切优良特质,她有时候在内心深处非得大声呻吟不可了;她甚至非得和上帝辩论这个问题了。是的,她真是要像约伯一样非同上帝辩论不可了。她记起约伯在苦难中的话,她也非代表斯蒂芬说出那些话不可了:"你的手创造我,造就我的四肢百体;你还要毁灭我。"[①]因为现在除了其它一切事情之外,她还知道出了个罗杰·安垂姆。还不是斯蒂芬向她吐露过的那些,远比那还要多,街谈巷议自有它迅速传播的捷径。罗杰有空的时候多半待在格兰吉庄园。

---

① 见《圣经·旧约·约伯记》第10章第8节。

她听说他老是从伍斯特去那儿。所以过去本来不作多少祷告的帕德，现在非像约伯一样同上帝辩论不可了。因为上帝很有可能倾听心里的话，而不愿意听嘴头的话，他也许宽恕她了。

三

斯蒂芬因为受罪而日渐愚钝，她觉得自己不是罗杰的对手，他平静、自信、骄横无礼而且得意扬扬，随着他长大成人，他喜欢折磨人的毛病毫未减轻。罗杰不是个傻瓜；他照实情推断一切，而且他男性的本能对这个可能威胁他占有权利的人深恶痛绝。不仅如此，那种男性的本能还受到了伤害，他死死盯着斯蒂芬，好像她是匹马，而且他还深切怀疑这匹马先天就不足，然后他又让自己的目光落在安吉拉的脸上。这是那种情人的目光，一种流露占有、要求和紧追不舍的目光——如果当时拉尔夫刚好不在的话。而安吉拉的眼睛里也会出现斯蒂芬曾经见过多次的那种表情。一层迷雾缓缓地罩住了她那蓝蓝的眼睛；它们显得模模糊糊，好像是在掩盖什么东西。这时候斯蒂芬就会很厉害地颤抖一下，这样她就再也站不住了，只好双手紧紧握在一起，赶快坐下，免得那颤抖的手让罗杰看出破绽。但是罗杰往往早已看到，而且缓缓地、会心地、武断地微微一笑。

有时候他和斯蒂芬暗暗互相观察，他们青春焕发的脸会让一种非常可恶的东西糟踏了，两个人本能的反感，一个对另一个的情不自禁的反感——倒不是因为现在这两个人都为一个女人而动心。这时候拉尔夫也会参加到这个隐秘的感情漩涡里来。他的眼睛盯着斯蒂芬,再盯着罗杰,然后又盯着他妻子,而且他的眼睛会是通红的——谁也不知道由于泪水还是出于怒火。这三个人一定是共有某种相同的愿望,所以一时之间形成了一个稀奇古怪的三角。但是,那两个男的固然彼此仇恨,却因为他们共有对斯蒂芬更深的仇恨,所以一会儿就会可耻地勾结在一起,斯蒂芬看清了这一点,反过来也就会仇恨他们了。

四

事情也不会总这样下去而不引起剧烈震撼的,那年圣诞节就是大吵大闹的时间了。安吉拉越来越迷昏了头,她也并不总是把这件事瞒着斯蒂芬。罗杰的笔迹写的信经常来,斯蒂芬现在忌妒得快要发疯了,常常要求看看那些信。她又常常遭到拒绝,于是这种场面接踵而来:

"那个人是你的情夫!我为你受苦受难难道只是为了这个——你竟会把你自己送给罗杰·安垂姆?把那封信给我看看!"

"你怎么敢说罗杰是我的情夫!但是,就算他是,那也不关你的事。"

"你可以把那封信给我看看吗?"

"我不愿意。"

"是罗杰来的。"

"你真让人无法忍受,你愿意怎么想就怎么想吧。"

"我要怎么想?"她出于渴望,所以说:"安吉拉,看在上帝分上,别这样对待我——我受不了。你爱我的时候,还比较容易忍受——为了你,我忍受了——可是现在——你听着,听着……"赤裸裸的自白结结巴巴地从嘴里说出来的时候,她的嘴唇变得煞白了。"安吉拉,听着……"

现在这个性倒错的人那可怕的神经,一直潜伏等待着的神经,把斯蒂芬缠住了。它们像通了电的电线穿过她的全身,引发连续不断无情的折磨,所以门突然一关或者托尼汪汪一叫,都像是重重一击打在她日见萎缩的肌肉上,晚上她躺在床上必须堵住耳朵不听座钟的嘀嗒声,因为这声音在暗夜中恍如雷鸣。

安吉拉常常喜欢用这种或那种借口到伦敦去——她得去看牙医;她得去试衣服。

"噢,那么,让我和你一起去。"

"天哪,为什么呀?我不过是去看牙!"

"那好,我也去。"

"你最好别干那类事。"于是斯蒂芬知道,安吉拉为什么要去了。

那一整天,她眼前都会现出一幅幅令人难以忍受的图景。无论她在干什么,她到哪里去,她都看见他们在一起,安吉拉和罗杰……她心想:"我要发疯了!我可以清清楚楚地看到他们,仿佛他们就在这里我眼前,就在这间屋子里。"于是她用双手蒙住自己的眼睛,但是这样反倒让那些图景更清晰了。

她像那些庸庸碌碌的人一样,经常去格兰吉庄园,拿带托尼出去散步做托词。拉尔夫很可能会在他那座光秃秃的玫瑰园里溜达。他也许会抬起头来看到了她，于是——真是丢人现眼透顶了——他们俩都显得羞愧，因为谁都知道对方的孤寂，而那种孤寂在这一刻把他们拉在一起；他们在内心里几乎都成为朋友了。

"安吉拉去伦敦了，斯蒂芬。"

"嗯，我知道，她去试她的新衣服。"

他们的眼睛都会低下来。这时拉尔夫要尖刻地说，"如果你是来找狗，他在厨房里。"说着便转过身去，假装做出察看他那嫁接过的玫瑰树。

斯蒂芬叫上托尼，走到阿普顿，然后沿着雾蒙蒙的河岸向前走，她会纹丝不动地站在那儿，俯视河水，但是那阵冲动过去了，她以口哨唤回那条狗，转身又匆匆忙忙返回阿普顿。

后来有一天下午，罗杰开了他的汽车来接安吉拉去山丘中兜风。新年一过很快又到了春天，空气中又充满了活力，万物又生机勃勃。冬天过后接踵而来的是一个温暖的二月。许多小鸟在那些小山间活跃起来，情侣们也在山间毫无顾忌地坐在一起——斯蒂芬也曾经坐在那里，怀中紧抱着安吉拉，两人相互热切亲吻。想起这些事情来，斯蒂芬转身离开了他们；正是这种时候她再也无法忍受了。回家的时候她径直去到湖边，坐在那里她突然哭了起来。她整个身体好像都哭得软作一团，于是她扑倒在莫顿仁慈的大地上，任凭泪水像鲜血似的流淌。除了那只名叫彼得的白天鹅以外，没有谁见到这泪水。

五

可怕的心痛欲裂的几个月。她对安吉拉·克罗斯比的爱情无法平静而日渐憔悴。而且如今她会时常因为想到她的钱财毫无用处和无处花费而陷入沮丧。常常会产生些终归毫无价值的想法，尽管如此，这些想法还是坚持不断：罗杰不富；她已经很富，而且有朝一日还会更富。

她到伦敦去，在西区①的成衣店选做新衣服。在莫尔文过去一直给她父亲做衣服的那个人渐渐老了，她以后得到伦敦给自己做衣服。她给自己订购了一辆外形灵巧的红色汽车，一辆长车身，六十匹马力的冶金②。它是那年速度最快的汽车当中的一种，它也当真花费了她一大笔钱。她买了一打手套，一些重磅丝袜，一个方形的蓝宝石领带别针和一把新伞。她在邦德街见到了一套白色真丝双绉睡衣，她也无法抵挡它的诱惑。这套睡衣又引出了一件男式织锦缎睡袍——一件令人眼花缭乱、光闪闪的袍子。然后她又去修指甲，但是没有上油，从这个铺子里，她还买回花露水和一盒香皂，是带石竹味的；另外还有一些保养指甲的油膏。最后但并非最不重要的，她买了一个扣夹上镶着几颗钻石的钱包给安吉拉。

---

① 伦敦东区为穷人聚居区，西区为富人聚集地。
② 指一种汽车牌号，原文为法文。

总起来她花费了可观的数目,这使她得到一阵儿满足。但是坐在火车里朝莫尔文往回走的时候,她凝视着车窗外面,又生出孤寂之感。钱财买不到她生活中所需要的那一桩东西;它买不到安吉拉的爱情。

六

那天晚上她对着镜子注视自己;甚至就在她照镜子的时候,她都痛恨自己的身体:它那肌肉发达的肩膀,它那结实而不丰满的胸脯,还有它那运动员式的细腰。她一辈子都得拖着她的这副躯体,就像套在她精神上的一副可怕的枷锁一般。这副炽烈得奇特然而却又缺乏繁衍能力的躯体,这副必定会仰慕他人然而却又从未受过所爱重的人仰慕的躯体。她渴望让它致残,因为它让她感到残酷;它是那样洁白,那样强壮,而且那样自满自足;然而它又是那样贫弱和不幸的一个让她热泪盈眶,转憎为怜的东西。她开始为此感到痛心,用怜惜的手指轻触自己的胸部,拍打自己的肩膀,让自己的双手沿着自己平直的大腿溜下去——啊,可怜的孤寂已极的躯体!

帕德那个时候实际上正在为她祈祷,这时她也非祈祷不可了,不过是盲目的;她找不到什么话语是符合她的祈祷的,找不到什么话语看来是能包含她自己的意思的——因为她并不知道她自己的意思。但是她爱着,而爱心又在暗中探求着上帝;因为是上帝造就了她,直至这样辛酸的爱。

第二十五章

一

斯蒂芬的烦恼开始让维奥莱特给加重了,她老是开车到莫顿来,表面上是来谈谈亚历克,而骨子里却是要收集情报,了解在格兰吉可能正在发生的事情。她一待就是几个钟头,非常老练地套出一些情况,而只留下关于罗杰的一些令人讨厌的蛛丝马迹。

"父亲要减少给他的补贴,"她说,"如果他继续和那个女人鬼混的话。啊,对不起!我老是忘了,她是你的朋友——"然后用探询的眼光注视着斯蒂芬:"但是我无法理解你们之间的友谊;比如说吧,你怎么能容忍克罗斯比呢?"斯蒂芬又一次懂得了,这个郡里对她的流言蜚语很多。

维奥莱特九月份就要结婚,结婚后他们要住在伦敦,因为亚历克是个律师。他们的房子好像都预订好了:"在贝格拉维亚①的

---

① 伦敦市中心偏南一个环境优美的区。

一所叫人眼馋极了的房子。"维奥莱特打算住在那儿，主要是仰仗愿意慷慨解囊的老爷子皮科克的财力。她这些日子兴高采烈，在她自己的眼睛里，还有在她那些邻居的眼睛里，都充满了傲然自得的神情。啊，是的，整个世界都对维奥莱特和亚历克展露出宽厚的笑容："这样年轻漂亮的一对儿，"大家都这样说，而且立刻就纷纷给他们送上礼品。使徒茶匙①都是成打地送来，咖啡壶、奶油罐、吃鱼用的刀叉也是这样，更不用说亨特家送的那只厚重的大银碗和苏格兰那些感恩戴德的佃户送的那个大托盘了。

结婚那天，不少对眼睛看到这样青春焕发的一对少男少女共结同心要热泪盈眶，因为他们"以上帝在男人清白无邪时建造的体面身份结合在一起"。尽管事实是：那种男人的清白无邪甚至维持不到在和一个女人分享的苹果上咬一口的瞬间——然而这种古老的传统依然是易于令人深深感动的。这对年轻的新婚夫妇要跪在那儿，热切但又由于祝福而变得圣洁，因此他们所做的一切事情，或者至少是几乎一切事情，一定会被认为是符合自然的，是让具有人所创造出来的形象的那个上帝感到高兴的。其实正是那个上帝，在粗心大意的时刻又创造了千千万万的可怜人，他们永远置身于他的祝福之外；而这种事实却决没有困扰那大批的善男信女，或是他们的那些披着白色法衣的牧师，或是那对跪在金线编穗的红天鹅绒软垫上的新婚夫妇。然后就会有大量的香槟酒来温暖那些长者日渐冷却的血脉，还有对新郎和他的新娘不可胜数的握手

---

① 匙柄头上饰有基督教使徒形象的茶匙。为喜庆典礼常用之馈赠物。

和祝贺、以及善意的微笑。这一对新人出发①的时候，有些人甚至还会在心里默默念着转瞬即逝的祝祷："愿上帝保佑你们！"

所以斯蒂芬现在一定从第一手的见闻懂得了，其实爱情的道路是多么笔直，和年深日久的谚语②完全相反；一定比以往懂得更清楚：只有那些完全按照生活的每一种模式雕刻出来的人，才能允许得到爱情；一定像那些处境悲惨、不为社会所容的人一样，觉得必须把自己的痛苦掩藏在谎言和虚饰之下。维奥莱特·安垂姆频频来访之后，她的情绪常常处于低潮，因为她尚未得到钢铁一般坚强的勇气，而这种勇气只有在忧伤苦难的熔炉中才能锻炼，要历经艰辛疲惫的岁月进行锻炼。

二

那部闪光锃亮的新汽车从伦敦到达了，让伯顿感到非常愉快，非常兴奋。新衣服已经做好，穿在订制它的人身上，安吉拉那个昂贵的钱包显然也得到了愉快的认可，想到以前她禁绝礼物，这件事真有点让人惊讶。然而如果斯蒂芬真知道，这件事毕竟也没有什么让人惊讶的，因为这个包让拉尔夫怒火冲天，因此把他那机敏的注意力从某种更加危险的事情上转移开了。

斯蒂芬越来越需要让自己去相信，所以仔细听安吉拉所说的

---

① 指离开亲友单独去度蜜月。
② 英国古谚有："爱情从窗口进，从门口出。"此语自1614年即有记录。

话:"你清楚,我和罗杰之间什么事也没有——如果你还不是这样,那么你就比所有的人都应该更是这样。"这时候安吉拉那孩童一般的蓝眼睛向上看着她,而她从来都抵挡不住那蓝色的魅力。

好像是要证明她的话是真的,罗杰到格兰吉的次数现在少得多了;而且真的来了,如果斯蒂芬在场,他也是安静友好的,根本不像情人,所以斯蒂芬由于急需相信,也就开始渐渐减轻了她最可怕的担心。然而,她以情人的真正本能,又知道安吉拉深藏内心的不快。她固然可以表现得轻松愉快,善于应付,但是她的微笑和逗趣却都瞒不过斯蒂芬。

"你很难受,这是怎么了?"

安吉拉回答说:"拉尔夫又对我耍赖——"但是她接着又会说,拉尔夫一天天更加怀疑罗杰·安垂姆,对他更加无法容忍,所以现在她对她丈夫的那种惧怕,总是与她的恋情交锋。

有时候这姑娘觉得安吉拉好像在利用自己作为鞭子来抽打拉尔夫。她会诱导斯蒂芬表现出钟情的迹象,这在过去是她从来不允许的。拉尔夫那对小红眼睛就会显出深深的愤恨,于是他站起身来,垂头丧气地走出屋子。他们会听见前门给关上了。会知道他带托尼出去散步了。然而,等到只有他们两个人,比较安全的时候,他们亲吻起来却会有点粗鲁,几乎是狠狠的。一种惴惴不安、不得满足、穷凶极恶的样子——他们的嘴唇好像一心要折磨他们的躯体似的。他们谁也不会感觉到摆脱或减轻了他们内心的痛楚,因为他们俩在亲吻的时候都会有某种几乎难以忍受的失落感,某种知道已经生分的急躁情绪。过了一小会儿,他们会低头坐着,因为有些话不便启齿而都没有说话,既不敢正视对方的眼睛,也不敢相互触摸，免得因为不满意这种荒谬的做爱而痛哭起来。

由于完全无可奈何，斯蒂芬绞尽脑汁想找出点什么东西来好让他们两个能松一口气。她提议让安吉拉去看她和伦敦的一位著名击剑大师比剑，这位大师是她用重金吸引到莫顿来的。她想鼓起安吉拉对那辆汽车的兴趣，那辆花了那么大价钱买来的锃亮的新车。她力图弄清楚，钱是否填补得了安吉拉某种无法满足的欲望。

"千万告诉我，我能做点什么。"她恳求说，但是显然没有任何事情。

安吉拉到莫顿来过几次，完成任务似的观看了击剑课。但是他们处得不太好，因为斯蒂芬常会看上她一眼，发现她心不在焉地盯着窗外；这时候，那柄机敏灵活的钝头①就会突破斯蒂芬的防御直刺过来，让她出乖露丑。

他们有时会坐上车到野外走很远，有一天晚上他们停在一家客店用餐——安吉拉打电话给她丈夫用了个一贯沿用的借口，说是身体累垮了。他们自己在一间安静的小屋子里用餐，花园里的芬芳穿过窗户袭来——温馨而又隽永的芬芳，因为现在已是五月，花园里百花盛开。她们以前从来没有像这样做过，她们以前从来没有只有单独两人在远离他们家的路边小店里用过餐，只有她们俩，安吉拉的一只手搁在桌子上，非常白皙，一动不动，斯蒂芬伸出自己的手放在她的手上。斯蒂芬现出某种急切探询的神色，因为现在是五月，年轻人的血液由于初夏的活力而紧张跳跃起来。空

---

① 指未开刃的剑头。

气好像无声无息，因为他们俩谁也没说话，唯恐破坏了这浓郁而又甜蜜的静寂——不过安吉拉慢慢摇了摇自己的头。于是他们都吃不下去了，因为彼此都怀有相同的却又是各自的渴望；所以过了一会儿，他们只得起身离去，双方都因为希望落空而感到痛苦。

他们驱车返回，路上洒满月光，现在安吉拉像个不开心的孩子沉沉入睡了——她早就摘下了帽子，这时她的头柔软无力地靠在斯蒂芬的肩膀上。看到她这种样子，这样孤弱无助地睡着，斯蒂芬大为感动，她开得很慢，生怕把这个女人闹醒；这个睡得像个孩子，把她那姣好的头靠在她肩膀上的女人。汽车从利伯里镇爬上陡峭的山坡，现在宽阔的怀河河谷就在眼前，它的美景早在一个怪里怪气的小姑娘懂得一切美丽都带来痛苦之前，就曾经让她感到惆怅了。这条河谷现在沐浴在一片白色之中，不时闪现出一处屋顶或是一个窗户，但都是白花花的，好像所有善良的河谷居民都已经灭灯就寝了。在远处，古老的黑山层峦叠嶂，仿佛从威尔士那边卷过来的一堆堆乌云。加德浮峰的峰顶凌驾于群峰之上，彭舍里卡山则矗立在地平线上。微风吹皱了山坡上丛生的欧洲蕨，安吉拉的头发给吹到了她紧闭的眼睛上，所以她尽管睡着了还是动了一下，叹息了一声。斯蒂芬俯下身来，轻轻抚慰她。

这时某种超凡脱俗的渴望，在这安宁静谧、超凡出尘的黑夜沁入斯蒂芬的心中。这已经不再是一种肉体方面的渴望，而是身系那副肉体枷锁的疲乏不堪、切盼归宿的那种精神的渴望。等她必得开车通过莫顿的大门的时候，她内心的这种渴望好像已经完全无法克制了，因此她想把这个沉睡的女人抱在怀里，抱着她走过那道大门；抱着她走过那道白色沉重的屋门；还要抱着她走上那宽阔平缓的楼梯,把她放在自己的床上,虽然还在沉睡之中,但是却安全地躺在莫顿的呵护之中。

安吉拉突然睁开了眼睛:"我这是在哪儿?"她睡意蒙眬,喃喃问道。过了一会儿,她眼里饱含泪水,坐在那儿缩成一团哭了起来。

斯蒂芬轻轻地说:"好了,别哭了。"

但是安吉拉还是继续哭。

第二十六章

一

就像一条河一样,水慢慢地越涨越高,最后卷走它前面的一切,现在事情也是纷至沓来,越来越是浩荡,最后走向它们必然的终点。五月底,拉尔夫一定得去看他母亲,因为听说她病在布莱顿家里,危在旦夕。他尽管毛病不少,还是一个孝子,他去看他病危的母亲,在车站和妻子吻别的时候,眼睛红红的,确实是因为流泪过多。第二天早晨他打来电报,说他母亲已经去世,但是要耽搁两个星期,无法马上回家。既是这样他还讲了回家的确切日期和时刻,所以安吉拉对这完全清楚。

他出人意料长期离家让斯蒂芬感到舒了一口气,她更加精细地设想着一切幽会的计划。也许他们要去伦敦逗留几天?也许开车去西蒙阙,在河边的小旅馆里住住?他们甚至可以从那里再向前走,去阿伯加文尼,再从那里开车去逛逛黑山——干吗不去呢?现在天气好极了。

"安吉拉，请和我一起走吧，亲爱的——就只去几天——我们还从来没有做过，可是我常常想这样。你不能拒绝，世上没有什么可以阻止你去。"

但是安吉拉不肯下这个决心，她好像突然担心起她丈夫来了："可怜鬼，他喜欢他母亲喜欢得要命。我不应该去，那个老太太死了，拉尔夫又是那么不幸，我这样做显得多么冷酷无情呀——"

斯蒂芬满怀痛苦地说："那么对我呢？你以为我从来就没有不幸吗？"

于是时间就在痛心和争吵中溜走了，因为斯蒂芬神经紧张得就像有马刺踢在她的太阳穴上，她在极度失望中大发雷霆，大肆责备：

"你假装你爱我，可你却不肯来——而且我等了那么久——啊，我的上帝呀，我是怎样等的呀！而你却是残酷透顶了。而且我要求的那么少，只是要你和我一起过几天几夜——只是睡时把你抱在怀里；只是要在早晨醒来的时候感觉到你在我身边——我想睁开眼睛就看见你，就好像你属于我，我也属于你。安吉拉，我发誓，我不会折磨你——我们也不过是就像我们现在一样，如果你觉得害怕的话。你一定得知道，经过了所有这几个月，你完全可以信任我——"

但是安吉拉一口咬定，就是不肯去："不，斯蒂芬，我很抱歉，但是我还是不想去。"

这时斯蒂芬会觉得，日子已经没法忍受了，有时她会骑上马狂奔几英里——一时骑上拉夫特里，一时骑上菲力普爵士的那匹岁口轻的栗色马，有时会彻夜未眠并未恢复过来，凌晨就独自去骑马，然而却精神百倍，这是因为她的神经在使劲折磨她那不幸的肉体。她返回莫顿会仍然无法安下心来，过一会儿又下去备车，接着就自己开车去格兰吉，安吉拉通常会害怕她来。

她会冷漠地接待她："我很忙，斯蒂芬——我必须在拉尔夫回家以前把这些账单都付清"；或者说："我头痛得要命，所以今天上午别骂我了；我想，你要是骂我，我简直受不住了！"斯蒂芬会仿佛挨了一耳光似的退缩回去；她甚至就会转过身来，返回莫顿去。

拉尔夫回家前那宝贵的最后一天到了，那一天他们在一起确实过得相当平静，因为安吉拉好像在尽力抚慰她。她对斯蒂芬异乎寻常地温和，而斯蒂芬也总是敏于回应，对她也是非常温和。但是他们在那小小的香草园吃过饭以后——趁着天气闷热——安吉拉的头又疼开了。

"啊，我的斯蒂芬——啊，亲爱的，我的头疼极了。一定是因为打雷——这一整天都在打雷。多么倒霉透顶的事呀，还是在我们最后的一个傍晚——不过我很清楚这种病；我只是得听其自然，回去睡觉就行了。我去吞一包药，然后就想法睡觉，所以你回莫顿以后，别给我打电话。明天来吧——早点来。我多么可怜呀，亲爱的，我一想到这是我们最后一个安静的晚上——"

"我知道，可是让你一个人留下，行吗？"

"当然可以。我唯一需要的就是睡睡觉。你不用担心，是吧？答应我，我的斯蒂芬！"

斯蒂芬犹豫起来了。霎时间安吉拉就显得像是病得很厉害，两手冰凉。"你保证，你要是睡不着就给我打电话，我会马上回来的。"

"好,但是,我要是不打电话,你就别回来。可以吗——当然,我应该接你的电话,可是那就会吵醒我,让我的头又猛跳发痛了。"于是仿佛不是受自身而是受这个姑娘奇特的吸引力所驱动,她把脸扬了起来:"亲亲我……啊,上帝呀……斯蒂芬!"

二

她返回莫顿的时候已经十点多了。"安吉拉·克罗斯比给我来过电话吗?"她问帕德,帕德看来好像一直在大厅里等着她。

"没,她没有!"帕德应声回答。她已经到了一提到安吉拉·克罗斯比的名字就讨厌的地步。接着她又加了两句:"你看来真是世间少有了;我要是你,马上就上床睡觉,斯蒂芬。"

"你去睡吧,帕德,如果你困了的话——母亲在哪儿?"

"她在洗澡,看在老天的分上,去睡觉吧!看到你这些天来那副样子,我真受不了。"

"我很好。"

"不,你并不好,你糟糕透了。去照一照你的脸吧。"

"我不大想照,我对那没兴趣,"斯蒂芬微微一笑。

帕德因此气冲冲,上楼回自己的屋子去了,留下斯蒂芬拿着一本书坐在那儿,守着安吉拉也许会打来的电话。她像那种忠实的动物,整个晚上都必须坐在那儿耐心地等着。等到黎明第一道灰蒙蒙的光线照上了窗户和半圆形的窗楣,她才全身僵硬地离开她坐的椅子，来回踱步，心里充满想靠近那个女人的渴望，哪怕只是站在她的花园里，守候着她——她抓起了自己的一件外衣，就走出去开她的汽车。

三

她把汽车停在格兰吉的大门口，沿着车道向里走，非常小心地放轻脚步。空气中有露水和新生的黎明那种不可名状的味道。房子上那几个都铎式的高大烟囱直刺逐渐变亮的天空。斯蒂芬溜进那个小小花园的时候，一只小鸟已经犹犹豫豫地开始唱起歌来了——但是他的歌声由于刚从梦中醒来还有点沙哑。斯蒂芬站在那儿，虽然穿着厚重的外衣还是在发抖；长夜守候伤了她的元气。她有时就像现在这样——碰到一点点刺激，略微有点疲劳，就会发抖，因为她那充沛的体力在慢慢消耗，不断地垮下去了。

她把外衣更紧地裹在身上，眼睁睁盯着那幢在日出中越来越红的房子。她的心急切地跳动着，甚至有些害怕，仿佛有某种她不知道究竟是什么的痛苦预感似的——除了一两个给旭日照得火红的窗户以外，其余都是黑沉沉的。她也不知道她在那儿站了多久，可能是不多一会儿，也可能像一辈子；后来突然有点什么东西在动了——通向那个花园的橡木小门，它小心地动着，开了一点儿，又开了一点儿，直到最后完全敞开，这时斯蒂芬看到一个男人和一个女人转身紧紧拥抱，仿佛谁也舍不得离开对方的怀抱；他们紧紧抱着亲吻的时候，两个人的身体在一起摇摇晃晃地——都陶醉在爱之中。

就像有时发生巨大的痛苦那样,斯蒂芬只能想起那种奇形怪状的样子。她只能想起一个胸脯高耸的女仆躺在一个粗鲁好色的男仆的怀里,于是她大笑起来,笑得像一个疯子一样——笑呀,笑呀,一直笑得直喘粗气,从舌头上吐出血来,因为她不知道怎么咬住了舌头,想不让她自己那样歇斯底里地狂笑;她脸上还留着血痕,是狂笑中猛烈抽搐喷上去的。

罗杰·安垂姆脸色像死人一样惨白,朝花园这边看过来,他那撮小胡子看起来很黑——恰像是让一个顽童不小心用手指头把墨水抹到了他那发抖的嘴巴上面似的。

就在这时,安吉拉的声音传到了斯蒂芬的耳边,不过很不清楚。她在说些什么——她在说什么呢?它听起来不伦不类,仿佛是在祈祷——"主啊!"然后传来一声尖利的——刀刃一般尖利的叫声,刺破空气传了过来:"你呀,斯蒂芬!"

这笑声猝然停止,原来斯蒂芬转身走出了那个花园,沿着不长的车道走到了格兰吉的大门口,她的汽车就等在那儿。她的脸像面具似的,没有任何表情。她的动作死板僵硬,然而又准确得出奇,她摇动把柄,好像毫不费劲就把那马力很大的引擎发动起来了。

她开车的速度很高,但是判断准确,因为她现在的心情就像春水一样明澈,然而她心里还有一些奇怪的空白点——她一点儿也不知道她的车在往哪里开。阿普顿周围每一条道路上许多英里她都了如指掌,可是她就是不知道她在往哪里开。她也不知道她开了多久,也不知道什么时候她停车加了油。太阳高高升在天上，已经很热了；它当头照着她，可是驱除不了她感到的寒冷，因为她老觉得有个死了的东西紧靠着她的心，压迫着它。一具死尸——她带着一具死尸在到处走。那是她对安吉拉的爱的尸体吗？如果是，那么那种爱情死了更可怕——啊，死了比活着更加可怕得多。

她发现她开车驶进了莫顿的大门，这时初升的星星闪闪烁烁，不过光线非常晦暗。听见帕德的声音在叫："等一下，停下，斯蒂芬！"看见帕德站在车道中间挡着，一个小小的然而无所畏惧的身影。

她猛地刹住了车："什么事？怎么回事？"

"你到哪儿去了？"

"我——不知道，帕德。"

这时帕德已经爬上了车，坐在她旁边："听着，斯蒂芬，"她说得非常快，"听我说，斯蒂芬——是不是——是不是安吉拉·克罗斯比？是，我能从你的脸上看出来。我的上帝，那个女人对你干什么来着，斯蒂芬？"

这时候斯蒂芬尽管有那具死尸横在心上，或者，也许正是为了它，还是护着那个女人，"她根本什么也没干——全都是我的错，但是你不会理解——我感到非常生气，接着我就大笑起来，而且笑得止不住了——"稳着点——稳着点说！她告诉她太多了。"不，刚好不是那么回事。啊，你知道我的坏脾气，它老是无缘无故就操之过急。嗯，后来我不过开着车在外面转了转，一直到我冷静下来。我真抱歉。帕德，我应当打个电话的，当然，你一直很着急。"

帕德抓住她的胳膊："斯蒂芬，听着，是你母亲——她以为，你一大清早就动身去伍斯特了，我撒了个谎——我一直着急得简直像丢了魂儿似的，孩子，你要是没有马上回来，我就会不得已去告诉她，我不知道你到哪儿去了。你一定不能，决不能再像这样一声不吭就走了——不过我确实理解，啊，真的，我确实理解，斯蒂芬。"

但是斯蒂芬摇摇头，"不，亲爱的，你理解不了——我还是不告诉你好，帕德。"

"有那么一天你一定得告诉我，"帕德说，"因为——嗯，因为我确实理解，斯蒂芬。"

四

那天夜里，那个压在斯蒂芬心上的负担，和它那种冰冷，都融化了，它变成了一道悲伤的洪流倾泻而出，她抵挡不住那股洪流，所以尽管有灭顶之灾，她还是找出了笔和纸，给安吉拉·克罗斯比写了信。

这是怎样的一封信啊！所有这几个月来压抑着的激情，所有那些可怕的、粉碎性的、摧毁性的挫折失败，一定都从她心里一泻而出："爱我吧，仅仅像我爱你那样爱我吧。安吉拉，看在上帝的分上，尽量给我一点点爱吧——不要把我扔开，因为你如果那样做，我就全完了。你知道我多么爱你，全身心地爱你；如果说，这是错误的、怪诞的、不圣洁的——那么可怜可怜吧，我会言听计从的。啊,宝贝,我现在就是言听计从的呀。我不过是个可怜心碎的畸形人,爱你并且需要你远胜于自己的生命,因为没有你,生命比死亡还糟,还糟十倍。我是某种可怕的错误——上帝的错误——我不知道,是否还有一些像我这样的,我不是为他们祷告,因为这纯粹是下地狱。但是,啊,我亲爱的,不管我是什么人,我只是爱你又爱你。我想过这是死亡,但它却不是。这是活着——今天晚上在我的卧室里那么可怕地活着……"就是这样一页又一页地写下去。

但是一个字没提罗杰·安垂姆,也没提那天凌晨她在花园里见到的事情;某种极端无私地保护那个女人的优良天性,尽管经历了那天的痛苦和一切疯狂,仍然保持了下来。这封信成了对斯蒂芬的一份可怕的起诉状,成了安吉拉·克罗斯比的一份充分的辩护书。

五

安吉拉走进她丈夫的书房。她站在他面前想到自己要做的事,极其震惊,极其恐惧,然而出于一种原始的自卫本能,还是极其无情地决心一定要做。她耳朵里依然回响着那可怕的笑声——那阵离奇可怕、歇斯底里、痛苦难忍的笑声。斯蒂芬疯了,只有天知道,她在发疯的时刻会做出些什么或者说出些什么,于是——但是她还是不敢正视未来。她精神上畏葸退缩,身体颤抖不止,忘掉了那个姑娘的诚挚忠心和坚贞不渝,她的宽恕仁厚的心肠,她的保护他人的热望,这在她那封可怜的信里,都表露得明明白白。

她说:"拉尔夫,我要问问你的意见,我现在处境困难极了——这都是斯蒂芬·戈登闹的。你以为我一直和罗杰关系暧昧——老天爷,你要是知道最近这几个月我受的是什么罪就好了。我和罗杰见过好多次面,这我承认——当然是清清白白的——反正一样,我是见过他——我想,这样可以向她表示,我不是——我不是——"她有一小会儿好像都要说不出话来了,然后又相当坚定地说下去:"我不是个性变态;我不是那种堕落的东西。"

他一下跳起来,"什么?"他大吼一声。

"是的,我知道,这太可怕了。这件事我本来早就应当问问你的意见,但是开头我确实是喜欢上了这个姑娘,后来,嗯——我就着手改变她。啊,我知道,我这是异想天开,如果你喜欢,也可以说是比这还糟糕;从刚刚开头起就是毫无希望的。我对那种事要是懂得多一点,我就会立刻来找你了,但是我从来没遇见过这种事。她又是我们的邻居,这就让事情变得更加尴尬了,还不仅是——她在这个郡里的地位——啊,拉尔夫,你必须帮助我,我完全不知所措了。到底该怎么对付这种事呢?简直是发疯了——我相信这个姑娘准是半疯了。"

于是她把斯蒂芬的信交给他。

他慢慢念了一遍,一边念的时候,他那对无神的小眼睛确确实实变得血红了——整个眼睑变得又红又肿,他把信念完之后,转过身去往地上啐了一口唾沫。这时他说的那些话简直都是不堪入耳的。他把年轻时候在贫民窟和后来在作坊学会的每一句肮脏的骂人话,都向斯蒂芬和所有她那种人拼命扔过去。他请求老天爷惩罚他们。他很痛惜火刑柱这种刑罚已经废止了,而且绞尽脑汁想出种种下流的酷刑。最后他说:"我一定要回这封信,是的,当着上帝的面儿,我一定要回!你把她交给我,我知道我要怎么回这封信的!"

安吉拉问他,现在她声音颤抖了:"拉尔夫,你要对她——斯蒂芬干什么?"

他高声大笑:"我先要把她赶出这个郡,然后——看看运气,再把她赶出英格兰;如果我认为你们两个女人之间有了些什么名堂,我也会照样把你赶走。你可是他妈太走运了,她给你写了这封信,他妈太走运了,要不然,我可能还在疑惑。这一次你总算逃脱了,但是别再想去干你那改变什么的事儿了——你跟改革家没缘,如果真需要什么上帝的羔羊,我自己会关照的,你可别忘了!"他把信放进了自己的口袋。"下次我一定自己会关照它的——带一把斧头!"

安吉拉低着头转身走出了书房。通过这次大叛卖,她得救了,然而她觉得她的得救极其反常地痛苦,她为了自己能够得救所付出的代价是极其可耻的。所以,她鼓起很大的勇气,走到她的书桌前,用颤抖的手指抓起了一张纸,于是她用很带孩子气的笔迹写了几个大字:"斯蒂芬——等你知道我做了什么的时候,请宽恕我。"

第二十七章

一

两天以后,安娜·戈登打发人去叫她女儿。斯蒂芬发现她相当安静地坐在她那间宽敞的会客室里,和往常一样,屋子里有股淡淡的香根鸢尾、蜜蜡和紫罗兰的香味。她那单薄白皙的双手抱在怀里,紧紧抓着两封信;斯蒂芬好像突然看到她母亲非常老了——一个非常年迈的妇人,那双可怕的眼睛无情、冷酷,带着深深谴责的神情,所以在这双眼睛的注视之下,斯蒂芬不禁有点退缩,因为它们毕竟是她母亲的眼睛。

安娜说:"锁上门,然后过这边来,站在这儿。"

斯蒂芬一声没吭,照她说的做了。这样就只是这两个人面对着面,肉连着肉,血连着血,他们面对着面,中间却隔着深深的鸿沟。

这时安娜把一封信递给她女儿:"念吧,"她简简单单地说了两个字。

于是斯蒂芬就念了。

亲爱的安娜夫人：

我怀着深恶痛绝之情拿起笔来，因为某些事情连想都难以想，更不用说落笔写出来了。但是我觉得，我本来应当对你作点解释，我为什么要作出决定，不让你的女儿再进我的家门，也不让我妻子去莫顿。随信附上一份你女儿给我妻子来信的抄件。我觉得，它足够清楚地说明了，我没有必要再多费笔墨，不过我得再加一句：我妻子将戈登小姐赠送给她的两件所费不赀的礼物原璧奉还。

拉尔夫·克罗斯比谨上

斯蒂芬一时间站在那里，变得像个石人一样，纹丝不动；然后她一言不发就把信交还给她母亲，安娜也默默地把信接了过去。"斯蒂芬——等你知道我做了什么的时候，请宽恕我。"她在自己的口袋里摸到了那张带有孩子气的涂鸦，这时那张小条好像突然烧了起来，就像要灼伤她的指头似的——那么，这就是安吉拉所做的那件事情。在一阵耀眼的闪光中，这个姑娘把一切都看清楚了：安吉拉那可怜的懦弱，害怕遭到揭发，害怕拉尔夫，以及对她和罗杰那天晚上犯下的罪过如果让拉尔夫知道了他会干出什么来的恐惧。啊，但是安吉拉本来是可以让她免受这次，这次对她的诚挚忠心和坚贞不渝刺上的最后一刀，这次对她最善良、最圣洁的爱情所施加的最后凌辱——安吉拉居然害怕那个爱她的人自己会告发她！

可是她母亲现在又说话了："还有这封——念一下，并且告诉我，这是你写的，还是那个男人在撒谎。"从拉尔夫用僵硬的书写体抄写的那几页纸上，斯蒂芬不得不阅读她自己弄出来的对自己的嘲弄。

斯蒂芬抬起头来说："是的，母亲，信是我写的。"

于是安娜非常缓慢地说开了，好像她要说的每一个字都不得漏掉；而那种缓慢、平静的声音比发脾气更加可怕。"从你下生以来，我对你一直都觉得非常奇怪，"她慢慢说。"我一直感到某种肉体上的反感，一种不想碰你，也不想让你碰我的愿望——对一个做母亲的来说，这是一种可怕的感觉——这常常让我深深地感到不幸。我常常觉得我这种感觉是不公道的；违反自然的——但是现在我懂得了，我的直觉是对的；违反自然的是你，不是我……"

"母亲——别说了！"

"违反自然的是你，不是我。而且你这种情况就是违反造物主的一种罪过。这种情况首先就是违反了生你养你的父亲的一种罪过，你还竟敢像你父亲的样子。你竟敢长得像你父亲的样子，而且你那副脸就是对他身后声誉活生生的侮辱，斯蒂芬。从今以后，我再也不能看到你而不想到，你这副脸和你这副身子对生你养你的父亲身后声誉就是一种致命的侮辱，我只能感谢上帝让你父亲早就故去了，因此没有让他忍受这种巨大的侮辱。至于你，既然有这种事，我宁愿看见你死在我的脚下，也不愿看见你站在我的面前——这是一种说不出口的凌辱，而你在你并不否认是你写的那封信里把它叫作爱情。你在那封信里说的事，只有男女之间才可以说，从你嘴里说出来，那就是卑鄙龌龊、伤风败俗的下流话——

违反自然、违反创造大自然的上帝。我感到恶心;你让我浑身都觉得难受——"

"母亲——你都不知道你说的是什么——你是我母亲——"

"是的,我是你母亲,可是,正因为这样,你就像是我的一个祸根。我问我自己,我造了什么孽了,要让我女儿把我拖下这万劫不复的深渊。而你父亲——他又造了什么孽?你居然使用爱这个字眼,把它和那——和你那些肉体的欲望,和你那种不平衡的心理以及没有节制的肉体的违反自然的切望扯在一起——你还用上了那个字眼。我爱过——你听见了吗?我一直爱你父亲,你父亲也爱我。那才是爱情。"

这时候斯蒂芬恍然大悟:除非她真的死在这个曾经在她的子宫里生长过的女人脚下,否则,有一件事情她就不能不加争辩而让它轻易通过,这就是对她的爱情所横加的这种可怕的诽谤。她挺身奋起全力以赴一定要去驳斥;去保护自己的爱情不受这种不可容忍的玷污。这是她自己的一部分,而且除非她能拯救它,否则她就再也拯救不了自己。她必须发挥这种爱情的勇敢无畏的精神,宣告自己有权得到承认和容忍,是生是死都在所不惜。

她举起手来,要求安静;要求那缓慢、平静的声音不要再说,于是她说:"像我父亲爱过你一样,我爱过,像男人爱女人,我就是那么爱的——像我父亲一样,爱护备至。我曾经要把属于我的所有一切都献出来。这让我感到无比的强而有力……而且温文侠义,这是善,善,善——我愿意为安吉拉·克罗斯比奉上我的生命千次万次。如果我能够做到的话,我愿意娶她,带她回家——我要带她回家,回到这儿,莫顿。如果说我爱她是像男人爱女人那样爱法，那是因为我没法觉得我是女人。我这一辈子从来没觉得像女人，而且这你也知道——你说你总是讨厌我，总是觉得有一种奇怪的肉体上的反感……我不知道我是什么人；谁也从来没有告诉过我，我和别人不一样，但是我还是知道，我和别人不一样——这就是为什么，我想，你总是有你那样的感觉。在这方面，我原谅你，不管这是怎么回事，反正是你和父亲生就了我这个身体——但是我永远不会原谅的是，你竟敢让我对自己的爱情觉得可耻。我对它并不觉得可耻，我自己没有什么可耻的。"现在她有点狂躁而显得结结巴巴："这是善和——美，"她有点结巴，"我自己最美好的地方——我奉献一切，而且我不要求回报——我只是继续毫无希望地爱——"她一下打住了，从头到脚都在哆嗦，这时安娜冷酷的声音就像冰水浇在怒火冲天、受尽折磨的灵魂上。

"你已经说了，斯蒂芬。我想，除了一件事以外，我们之间再没有什么可谈的了，这就是我们两个再也没法在莫顿一起过了——现在没法了，因为我可能会越来越恨你。就是，尽管你是我的孩子，我可能会越来越恨你。这同一个屋顶下一定再也不能住我们俩了。其中一个必须走——究竟谁得走呢？"她注视着斯蒂芬，等着。

莫顿！他们不能两个都住在莫顿。好像有个什么东西紧紧揪住了这个姑娘的心，而且还在绞它。她死盯着她母亲，一会儿简直惊呆了，而安娜也盯着她——等待她的答复。

但是斯蒂芬突然一下有了她那种男子汉大丈夫的气概，所以她说："我理解，我会离开莫顿。"

于是安娜让她女儿坐在她身边，谈到怎样做好这件事，尽可能不要引起什么流言蜚语:"为了你父亲德高望重的名声,我得请你帮助我,斯蒂芬。"她说,最好斯蒂芬带上帕德和她一起走,如果帕德同意的话。她们可以住在伦敦,或者国外什么地方,用斯蒂芬希望学习作为借口。斯蒂芬可以时不时回莫顿来探望她母亲,在她回来探望的时候,她们俩可以故意多在一起露露面,做做样子,这是为了她父亲。她需要什么都可以从莫顿带走,那些马呀,还有她希望要的其它任何东西。如果她自己的收入不够,可以代她付一部分租金。所有事情都必须做得妥善得体——不过分仓促,不要让人怀疑到母女失和破裂:"为了你父亲的缘故,我要求你这样做,不是为了你,也不是为了我,而是为了他。你赞同这样做吗,斯蒂芬?"

斯蒂芬回答:"是的,我赞同。"

于是安娜说:"我愿意你现在离开我——我觉得累了,我想一个人待一会儿——但是我一会儿就派人去请帕德来,讨论一下将来她和你一起过的事。"

因此斯蒂芬站起身来,自己走了,让安娜·戈登一个人待在那儿。

二

仿佛让某种强大的天生本能牵引着,斯蒂芬径直走向她父亲的书房;她坐在她父亲遗留下来的那把古老的扶手椅里;然后用手把脸捂住。

以前所经历过的所有孤寂和现在这种精神上新的孤寂相比，简直都算不了什么。一种巨大的凄凉之感席卷而来，紧紧压在她的身上，一种巨大的呼唤和求得理解自己的需要，一种巨大的寻求解答她这个多余人之谜的需要。她周围全是一片灰色和处于支离破碎状态的废墟，她的爱情躺在废墟下面血流如注，遭到安吉拉·克罗斯比可耻的伤害，遭到自己母亲可耻的污损和亵渎——一件凄惨可怜、受尽折磨、孤独无人护持的东西，在废墟下面血流如注。

她力图瞻望未来，觉得前途茫茫，她力图回顾过去，又惊得目瞪口呆。她非走不可——她要离开莫顿远行："离开莫顿——我要离开莫顿远行，"这句话在她脑子里沉闷地砰砰敲击，"我要离开莫顿远行。"

这幢庄重秀丽的大厦会再也不认识她了；那座她曾经以一个孩子的朦胧领悟在那里谛听过杜鹃歌声的花园也不会了；那些她曾经在那里和安吉拉·克罗斯比初吻——像情人一样完全用嘴唇亲吻的小湖也不会了。那美好的散发着香甜气味的草场和那些安静的牛群，她要离开他们了；还有那护卫过那些可怜、不幸的情侣的群山；还有那些小路和黄昏时刻睡意蒙眬的野玫瑰；还有塞文河畔阿普顿那个古老的小镇和它那带有战争伤痕的教堂，和那条略带黄色的小河；那就是她第一次见到安吉拉·克罗斯比的地方……

春天会到来，掠过莫顿城堡，把强劲清爽的风，带到开阔的公地。春天会到来，掠过整个河谷，从柯兹沃德山丘直到莫尔文山；把千千万万的水仙，把蓝铃花带到湖边的山毛榉林地，把小天鹅带给老天鹅彼得去护养；把阳光带到大厦去照暖它那些古老的砖石——可是春天她再也不会在那儿了。夏天，玫瑰也不再是她的玫瑰；秋天，树叶铺成的闪光地毯也不再是；冬天，山毛榉绘成的美景也不再是："冬天的黄昏，这些小湖全都封冻了，湖上的冰在夕阳的映照下看起来就像一块块金砖，在冬天你和我来站在这儿的时候……"不，不，不是这种回忆，这太多了叫人受不了——"在冬天你和我来站在这儿的时候……"

她站起来，在屋子里四处徘徊，摸摸那些亲切而又熟悉的物件，拍拍写字台，看看那支放在那儿因为长期不用而生了锈的钢笔；然后她又打开书桌上一个小抽屉，取出她父亲那个锁着的书柜的钥匙。她母亲告诉过她可以拿走她喜欢的东西——她想要一两本她父亲的书。她从来没查看过这个特别的书柜，她也说不上来她为什么突然这样做。她把钥匙插进锁孔转了一下，那举动很奇怪，完全是毫无意识的。她缓慢地用懒洋洋的手拿出几本书来，几乎连书名都没看一眼。这是给她点事情做做，如此而已——她想她是在努力转移自己的注意力。这时她注意到，靠下面一格有一排书放在另一排书后面；她紧接着就把那些书中的一本拿到了手里，看见作者的名字。克拉夫特·埃丙——她以前从没听过这位作者的名字。然而她还是打开了这本磨损了的旧书，接着她比较仔细地看了看，因为书页的空白处有她父亲学者式的笔迹的小字注解，而且她还看到，她自己的名字还出现在这些注解里——她猛地坐了下来，读了起来。她读了很久；然后又回到书柜旁边，从这排书里取出了另一本，然后又是一本……太阳落山了，花园里越来越幽暗，影影绰绰的。在书房里光线更暗，已经无法读书，所以她只得拿起书来走到窗口,而且只得低头把脸紧凑在书页上;可是她在昏暗中还是不停地读下去。

后来她突然站起身,大声说——她是在对她父亲说:"你知道呀?你一直都知道这件事,但是出于怜爱,你不肯告诉我。啊,父亲——而且有那么多我这样的人——成千上万可怜的、多余的人,他们没有爱的权利,没有怜悯的权利,因为他们遭到阉割,令人厌恶地遭到阉割,而且丑恶——上帝是残酷的;他让我们在生成的时候就有了缺陷。"

随后在她还没有弄清楚她在干些什么的时候,她又看见了她父亲那本古老的破损得很厉害的《圣经》。于是她站在那儿请求上天显示奇迹——她请求一定要得到一个不折不扣的奇迹。《圣经》掉下来了,在起头的地方打开了。她念了起来:"耶和华就给该隐立一个记号……[①]"

后来斯蒂芬猛地一下把《圣经》扔得老远,然后完全失去希望、精疲力竭地倒在椅子上,身子前后摇晃,是一种猛烈粗暴然而又很有节奏的摇晃:"耶和华就给该隐立一个记号,给该隐,给该隐……"她现在就是按照这句话的节奏前后摇晃着,"耶和华就给该隐立一个记号——给该隐——给该隐。耶和华就给该隐立一个记号……"

这就是帕德走进来找到她那时的情形,帕德说:"你去哪儿,我就去哪儿,斯蒂芬。你此时此刻正在受的一切苦难,我都受过,

---

① 该隐是《圣经》中亚当和夏娃的长子。因忌妒而杀死其弟亚伯,受到上帝驱逐。此句引文见《圣经·旧约·创世记》第1章第15节。

那是在我很年轻的时候,像你现在一样——但是我仍然记得清清楚楚。"

斯蒂芬用困惑的目光仰视帕德:"你肯和耶和华立了记号的该隐一起走吗?"她说得很慢,因为她还不理解帕德的意思,所以她又问了一遍:"你肯和该隐一起走吗?"

帕德伸出一只胳膊抱住斯蒂芬缩起的双肩,她说:"你有工作要做——来做吧!唉,正因为你是现在这样的你,你实在可以看到,你有一种优势。你可以用一种奇妙的双重眼光来写——以自己亲身的认知来又写男人又写女人。没有什么事情是完全弄错或者白费的,我相信这一点——而且我们都是大自然的一部分。总有一天世界会承认这一点的,但是在这之前,有大量工作在等着呢。为了所有那些像你一样的人,但是他们许多人也许不像你这样强而有力,不像你这样赋有天资,你有责任鼓起勇气去完成,而且我还在这里帮助你去做,斯蒂芬。"

第三卷

第二十八章

一

一抹毫无暖意的惨淡阳光铺在宽阔的河面上,照着一艘开过去的拖船的烟囱,拖船像笨重的犁似的劈开河水,可是水面并不是为了播种,河水随着拖船的尾迹又合拢起来,巧妙地抹平了拖船喧嚣而又蹒跚地走过的一切痕迹。沿着切尔西堤岸①的树在三月里尖利的寒风中弯下身来吱吱作响。风刺激着树枝中的树液以更坚定的意志流动,但是树皮上却沾满了油污,变黑了,用手一摸,手指就沾上油污,这些树也知道这一点,所以总是灰心丧气的,于是对风的刺激的反应也就有点慢腾腾的——这些城市里的树,总是有些灰心丧气的。右岸远处兀立着许多工厂的高大烟囱,直抵着单调的天空,它们深得年轻艺术家的喜爱,特别是那些技术并不高明的艺术家,因为没有什么人会画不好烟囱的,而在河对岸,

---

① 伦敦市切尔西区内泰晤士河的一段河堤。

巴特西公园看来仍然有点雾蒙蒙的,仿佛刚刚开始从浓雾中重新显露出来。

斯蒂芬坐在她那间又长又大,天花板略低的书房里,书房的竖铰链窗都开向那条河流,她把双脚直伸向壁炉,双手插进上衣的口袋里。她眼睑低垂,虽然还不过是刚过中午,她已经是睡眼蒙眬了。她工作了一整夜,这是一种可悲的习惯,也是帕德义正词严加以反对的习惯,但是只要斯蒂芬工作的兴头上来了,和她争辩也毫无用处。

帕德从她那绣花绷子上抬起头来,把眼镜向额头上推了推,好更清楚地看看昏昏欲睡的斯蒂芬,因为帕德已经有很深的远视了,戴眼镜看,屋子里显得一片模糊。

她心想:"是呀,这两年她变化可真大——"接着她长叹一声,半是悲伤,半是满意。"反正她正在很好地做着,"她一边这么想,一边在心头迅速掠过一阵自豪,因为多亏这第一本长篇小说就很优秀,懒洋洋躺在壁炉边的这个长手长腿的姑娘,赢得了一些声誉。

斯蒂芬打了个呵欠,帕德整了整眼镜,又继续她那绒绣的活儿。

一点不假,这整整两年流放的生活,在斯蒂芬的脸上留下了它们的痕迹,这张脸现在瘦多了,而且显出更加坚定的意志。有的人说,她的脸变得坚强果断了,因为她的嘴不那么炽烈,更不那么柔和,嘴角现在有些下垂。下巴粗壮结实的轮廓近来由于消瘦而显得咄咄逼人。在浓重的眉毛和有时在眼眶里显出的淡淡阴影之间,出现了浅浅的皱纹;那对眼睛确实是作家的眼睛,总是略带倦意。她皮肤的颜色比过去苍白了一些，失去了那种风吹日晒的色调——户外生活的色调——从上衣口袋里慢慢伸出来的手指头有浓重的烟味——她现在成了一个没有节制的烟鬼。她头发很短。一天早晨她带着挑衅的情绪，突然去到一个理发店，让理发师把她的头发剪得短短的，和男发一样，于是这一下就成了她自己的发型，因为她脖子后面那条粗大僵硬的辫子，现在再也不会来破坏她优美头部的轮廓了。那头浓密的栗色头发摆脱了原先强加在上面的累赘，可以自由呼吸和摆动了，斯蒂芬现在也喜欢上自己的头发，而且引以自豪——每天晚上总要梳上百下，一直梳得头发显得平整而有光泽。菲力普爵士在他雄姿英发的岁月，也曾经为自己的头发自豪。

斯蒂芬在伦敦的生活是一种经久不息的竭力劳作，因为对她来说，工作已经成了一种麻醉剂。是帕德找到了窗户朝着河的这套住宅，是帕德现在在管账，付房租，付各种账单，管理仆人。所有这些琐事，斯蒂芬都静静地不闻不问，忠心耿耿的帕德也让她这样做。像一个日见衰老而且忧心忡忡的女祭司一样，她悉心照看那灵感的圣火，给它的火焰添加合适的食物——美味的烤肉，清淡的布丁、大量的新鲜水果，几乎不用费心思去碰运气就能从杰克逊、福特南与梅森公司等店铺买到各式各样的。因为斯蒂芬的胃口已经不像从前在莫顿精力旺盛的那些日子，现在有些时候她根本吃不下，或者如果非吃不可，她也是一边吃一边抱怨，烦躁不安地又回到她的写字台那里去。在那种时候，帕德就会溜进书房，带去一听上好的布兰德牌肉罐头——她一点一点地喂这位倔强作家的事，甚至都传扬开了——直弄得斯蒂芬必得笑起来，狼吞虎咽把肉冻都吃了，好继续写作。

除了自己的工作，只有一件事是斯蒂芬从来没有片刻放弃不管的，那就是关心让拉夫特里过得好。那匹短腿马已经卖了，她父亲的那匹栗色马，她已经给了安垂姆上校，他发过誓要对得起他终生的朋友菲力普爵士，决不会把这匹马放手不管——但是拉夫特里，她把他带到了伦敦。她亲自寻找了个马厩，为他租下了，还给吉姆在那上面租了几间屋子，这个马夫也是她从莫顿带来的。每天上午她很早就在公园里骑一次马，这是件没有意思而且麻烦的事，可是现在只有这样才能让这匹马和他的主人在一起待一会儿。有时候她骑着他在海德公园的马道上来回慢跑，她想象着他在叹气，于是就会弯下身来，轻柔地和他说话：

"我的拉夫特里，我知道，这儿不是莫顿城堡，不是那里的群山，也不是那一派葱绿的塞文大河谷——但是我爱你。"

这样因为他理解她，所以就会高视阔步在岔道上跑起来，装作他依然感到青春焕发，装作他因为能围着这马道慢跑而欣喜若狂。但是过了一会儿，这两个悲哀的逐客就会垂头丧气，向前走得无精打采了。每一方都会以自己不同的方式猜透对方的痛苦，因为想念莫顿而来的痛苦。所以斯蒂芬就会不再催马前进，拉夫特里也会不再给斯蒂芬装假了。但是斯蒂芬应母亲的请求每年必须两次回家探望，那么拉夫特里也一起去，这时他感觉到脚下那美好春天的草地，见到莫顿那红砖马厩，在他那间宽大豁亮、空气流通的马房里面铺垫的草上打滚，他的快乐真是无边无沿。岁月会好像是从他的肩头溜走了，他变得油光水滑，显得又会像是刚刚五个岁口的样子了——然而对斯蒂芬说来，他们的这些次回家都是痛苦的，因为她爱莫顿，她常常觉得成了这个宅院里的陌生人，一个只是在那儿忍受煎熬的多余的陌生人。她好像觉得，这所古老的大厦阴郁而又悲哀地在往后退缩，不接受她的爱了，它那些窗户不再指引她，欢迎她说："回家来，回家来，快快回到家里来吧，斯蒂芬！"她也会不敢再奉上自己的爱，而这种爱把她的心都快要压碎了。

她现在必须和她母亲一起去探访许多人家，必须去参加所有的正式社交盛会——完全是为了做做样子，免得左邻右舍猜测她们母女之间关系破裂了。她必须保持那种虚构故事，说是她在一个城里找到了促进她工作所必须具备的因素，而她却是对青山绿林，对广阔空间的清新空气，对莫顿的清晨、中午和黄昏满怀如饥似渴的向往。唉，然而为了她父亲，也为了莫顿，她又必须去做那些事情。

她第一次回家探望的时候，有一天安娜非常平静地对她说，"有一件事情，斯蒂芬，我想我也许应当告诉你，虽然旧事重提对我来说是很痛苦的。这儿一直也没有什么物议——那个男人缄口未谈——为了你父亲，你知道这件事一定会高兴。还有，斯蒂芬——克罗斯比家卖掉了格兰吉庄园，我相信，是去美国了……"她突然停下不说了，也不看斯蒂芬，斯蒂芬点了点头，无言以对。

所以格兰吉现在住的是完全不同的人了，他们比较更投合这个郡的口味——他们是海军将军卡尔森和他那长着一副苹果脸的妻子，她自己没有孩子，可是很热衷做母亲的聚会。斯蒂芬有时得和母亲一起去格兰吉，安娜喜欢卡尔森这家人。斯蒂芬已经变得严肃而且冷峻了，邻居都觉得她现在过分矜持，过分自信了。他们推想，是事业的成功对她的头脑发生了影响，因为现在谁也不得揣测她过去那种糟糕透顶的羞怯，那使得社交活动成了一种痛苦难忍的折磨。

但是至少她免去了会见罗杰·安垂姆，这一点是她深感庆幸的。罗杰和他所属的那个团去了马尔代岛，所以他们俩互相没有见面。维奥莱特结了婚，住的是伦敦"贝格拉维亚的一所叫人眼馋极了的房子"。她会不时突然来访问斯蒂芬，但是不很经常，因为她很顾念婚姻家庭，已经有了一个孩子，另一个也即将来临。她已经有所克制，远远不像初遇亚历克的时候那样母性十足了。

如果说安娜对女儿的成就感到自豪，她说话也从不超过非说不可的那寥寥数语："我多么高兴呀，斯蒂芬，你的书写得很成功。"

"谢谢你，母亲——"

然后这母女俩又像往常那样陷入沉默了。他们这种无声的长时间沉默，在他们碰到一起的时候差不多是天天可见的事情。他们也无法再彼此正视对方的眼睛，他们双方的眼睛总是躲闪回避，有时安娜单独和斯蒂芬在一起的时候，她那苍白的脸颊会微微发红——也许是因为想起了什么。

而斯蒂芬心里则会想："这是因为她不能不回忆往事。"

然而，大部分时间他们出于共同的默契，相互避免一切接触，除非是在公众场合。而这种有意的回避使他们精神十分紧张；他们现在互相都感到困窘，因为互相都是暗中安排计划，好避免会面。因此这些迫不得已对莫顿的探访，成了斯蒂芬难以忍受的刑罚。她回到伦敦以后，常会睡不着，吃不下，也写不成，她刚刚离开那幢庄重古老大厦的时刻沮丧绝望,即将生病似的心痛,因此帕德不得不非常严厉,为的是让她振作起来。

"我真为你感到羞愧,斯蒂芬。你的勇气到哪儿去了?你不配得到你那非凡的成就。你要是继续这样,那就只好靠上帝来帮你写这本新书了。我想,你要成为一个一本书的作家啦!"

斯蒂芬只好圆睁双眼,阴沉沉地回到她的写字台前——她不希望成为一本书的作家。

二

不过,正像谷物进入磨坊一样,所有一切东西都进入那些一生下来就注定要当作家的人的头脑——善与恶,贫与富,乐与悲,一切谷物都进入磨坊——因为莫顿而痛苦虽然使斯蒂芬的精力消耗殆尽,却燃成了光辉炽烈的火焰,而且她写的一切东西,都是她在这个光焰的照耀之下完成的,因此看得特别清晰。她好像处在某种状态之中,她的心思转向了那些非常普通的人,那些来自泥土,来自滋润了莫顿的同样泥土的卑微的人。她自己的那种种奇异的感情丝毫也未触及他们,然而他们却是她自己的感情的一个部分,是她向往质朴与安宁的一个部分,是她奇特地渴望正常状态的一个部分。斯蒂芬虽然还不懂,但是他们的幸福确是来自她愉快的瞬间;他们的悲哀来自她已经经历而且还要经历的悲哀;他们的失败挫折来自她自己的痛苦无能;他们的成就来自她渴望完成的东西。这些人从他们的造物主那里获得生命和力量。像婴儿一样，他们从她的乳房吮吸灵感，获得元气，因而变得强大无比；因而要求、强力要求得到承认。因为确实只有写作好书，他们才一定得力图参与精血的奇迹，那奇异而且可怕的精血的奇迹——成为生命的赋予者，净化者，最后的伟大赎罪者[①]。

三

但是，还有一件事仍然让帕德害怕，这就是这个姑娘老想离群索居。她觉得，这好像是斯蒂芬的一个弱点。她看出了，她现在想离群索居的潜在因素是因为受到伤害而产生了自卑心理，所以她竭尽所能来打消它。是帕德强迫感到窘迫的斯蒂芬接受摄影记者采访，而且也是帕德介绍详细情况，作为发表那些图片的说明："如果你一定要当个寄居蟹，那么我要说些什么，就都由我自己来判断好了！"

"你说什么都行，我可一点儿也不在乎！现在就让我一个人安安静静的吧，帕德！"

现在总是帕德接电话："我很担心，斯蒂芬小姐要忙于工作——你刚才说是什么名字？啊，是《文学月刊》！知道了——嗯，我想，你星期三来吧。"到了星期三上午，又是老帕德守候在那儿，截住那位急匆匆的年轻人，他是奉命来挖掘有关这位新出现的小说家斯蒂芬·戈登的新素材的。这时帕德对这位急匆匆的

[①] 这正是作家霍尔本人对文学创作事业的观点。

年轻人笑脸相迎,把他赶到她自己那间小小的私室里,给了他一把舒适的椅子坐下,把壁炉的火拨得让他觉得暖和点儿。于是这位年轻人注意到她那动人的笑容,心想,这位上了年纪的女人多客气,而穿街过巷去访问那些脾气乖张、摒弃社交的作者又是多他妈难。

帕德一边说着话,一边始终客气地笑着:"我非常不愿意你不弄到点素材就空着手回去,可是戈登小姐这些日子一直昼夜工作,我不敢惊动她,你不介意吧,是不是?现在,如果你可以让我来替她介绍——我确实了解她许许多多的事情;事实上,我过去是她的家庭教师,所以我的确了解她很多事情。"

笔和笔记本掏出来了,和这位善解人意的女士交谈是很容易的:"嗯,如果你能告诉我某些有趣的细节——比如说,她对书籍的爱好,她的娱乐消遣活动,那我就太感激了。她打猎吧,我相信?"

"啊,现在不了!"

"明白了——那么,她过去打过。她父亲不是菲力普爵士吗,他在伍斯特郡有个地方,是因为一棵树倒下来,或者别的什么事情去世的吧?你觉得戈登小姐是一种什么样的学生?我把稿子写好了,我会把原稿送给她看的,不过我确实很想见见她,你知道。"这位年轻人相当精明,他接着又说:"我刚刚看完了《犁沟》①,这真是一本了不起的书!"

帕德滔滔不绝地讲着,那位年轻人一一记了下来,等到最后

---

① 指斯蒂芬的小说。

他刚要动身离开的时候,她把他领到阳台上,在那里他可以看到斯蒂芬的书房里。

"她就坐在她那张写字台旁边!你还想要求别的什么吗?"她得意扬扬地说,同时还用手指着斯蒂芬,她的头发的的确确很短,直挺挺地立着,就像青年作家有时留的那种样子。她甚至偶尔还安排让斯蒂芬自己见见那些新闻记者。

四

斯蒂芬起床了,伸了伸懒腰,走到窗户前面。太阳退到云彩后面去了;一种棕色的微光悬浮在码头上空;因为现在风小了,雾气袭来。她现在怀有一切优秀作家共有的那种胆怯,她讨厌她所写的东西。头天晚上写的好像不合适,没有价值;她决定把它一笔勾销,从头到尾重写这一章。她逐渐在某种惶恐面前畏缩;她的新书会成为一次荒唐可笑的失败,她觉得,她再也写不出一部小说,能具有《犁沟》那样的质量。《犁沟》是她十分奇怪地从某种非自然的内心力量对冲突做出反应的结果。但是她现在再也做不出反应了,她的脑筋像一根拉过了头的橡皮筋,它再也缩不回来了;它变得松弛了,没有反应了。现在有些别的东西让她心烦意乱,她想把这种东西形诸文字,可是又让她羞于启齿。她点燃一支香烟,吸完了又拿出一支,就着烟蒂把它点着了。

"别再绣那个帘子了,看在上帝分上,帕德。我简直受不了你那根针的声音;每一次你把针穿过那绷得紧紧的亚麻布,它扯出的那种嗡嗡的声音就像敲鼓似的。"

帕德抬起头来:"你抽烟抽得太多了。"

"我想是的。我再也写不出来了。"

"从什么时候起?"

"就从我开始写这本新书的时候起。"

"别犯傻了!"

"但是我告诉你,这是千真万确的——我觉得没劲儿,这是一种精神上的空虚,这本新书会失败,有时我想最好把它毁掉。"她于是在屋子里走来走去,她两眼呆滞,但她又紧张得像根绷紧了的弓弦。

"这是因为通宵熬夜,"帕德嘟囔着。

"我精神头来了,我必须写。"斯蒂芬突然使劲儿地说。

帕德放下自己手头的绒线刺绣活。她对这种突如其来的沮丧泰然处之,她已经逐渐习惯了这种文人的喜怒无常,然而她还是略微更加细心地看了看斯蒂芬,她发现她脸上有些东西让她不安。

"你看起来累得要死;为什么不躺下休息?"

"废话!我要工作。"

"你不好再工作了。你看起来都要垮了,不知怎么回事。你到底怎么啦?"接着她又轻轻地说:"斯蒂芬,到这儿来,请你坐在我身边,我一定得知道,究竟是怎么回事。"

斯蒂芬按她说的做,仿佛他们俩又回到莫顿那古老的教室里了,这时她突然用双手捂住自己的脸:"我不想告诉你——我为什么一定要告诉你呢,帕德?"

"因为,"帕德说,"我有权力知道;你的事业对我是很宝贵的,斯蒂芬。"

斯蒂芬这时突然情不自禁地感到获得了幸福的解脱,再次向帕德吐露自己的心事,把自己的这个新的巨大苦恼告诉这个忠诚而又聪明、满头灰发的小个子女人,在过去这个女人曾经伸出手来挽救过她。也许现在这双手又能找到为了挽救她而必需的力量。

她没有看帕德,就迅速说了起来:"有点事情我一直想要告诉你,帕德——是关于我写作的事,它出了点儿什么毛病。我的意思是说,我写的东西本来可以更加有力量得多;我感觉到这点,我知道这点,我在某个方面来说是退缩不前,有些东西我总是抓不着。甚至在《犁沟》中,我觉得,我有些东西没有抓住——我知道,这本书是很优秀的,但是它还不完美,因为我自己就不完美,而且我永远也不会——你能理解吗?我是不完美的呀——"她停了一下,因为找不到她想要的字眼,然后又没头没脑,匆匆忙忙地说起来:"有一大片生活,我从来也不知道,可是我想要知道,如果我要成为一个真正优秀的作家,我就应该知道。世界上也许就有那个最伟大的东西,可是我一直都抓不住——这就是为什么那么可怕,帕德,明明知道它到处都存在,就在我的周围,我总是靠它很近,可又总是退缩不前——觉得普普通通最穷苦的人,最愚昧无知的人,都比我知道得多。知道得比普普通通的这些穷苦的男人和女人还要少,我居然还敢拿起笔来写呢!我为什么没有权利得到它,帕德?难道你不了解,我又强壮又年轻,所以有时候我抓不住的这种东西让我苦恼,所以我再也没法集中精力继续写作?帕德,帮帮我吧——你自己也曾年轻过呀。"

"是的,斯蒂芬——很久以前我年轻……"

"可是为了我,你难道不能回忆一下过去的事情吗?"这时她由于自己的苦恼讲起话来差不多是怒气冲冲的了:"这太不公道了,这太不公道了。为什么我的精神和肉体就应该处在这种完全与世隔绝的状况呢?为什么我就应该这样,为什么?为什么我一直在因为我这个肉体受折磨,这个肉体从来得不到满足,而且总是受到压抑,结果由于这种违反自然的压抑而变得比我的精神强大得多?我做了什么竟得遭这样的灾祸?而现在居然危及我的神圣而又神圣的事情,我的写作——由于我这残废、难堪的肉体,我永远也成不了一个伟大的作家——"她打住不说了,突然感到难为情和羞愧,羞愧得不能继续说下去了。

帕德坐在那里,脸色苍白,一言不发,仿佛死人一样,没有任何安慰可给——也就是说她不敢给她任何安慰——同时她所有的精辟理论,比如为那些别的人而去完成使命;要高尚、勇敢、忍耐、正直、守身如玉,忍耐,因为忍耐是一种权利,性倒错者可怕的与生俱来的权利——帕德所有的这一切精辟理论,都像某个虚假不实的神庙的废墟,散布在她周围,而她在这个时刻只把一件事看得清清楚楚:真正的天才在枷锁中,困在身体的枷锁中,一个优秀的灵魂处在肉体的桎梏中。她从前曾经为了她这个受尽痛苦折磨的人和上帝争论,所以现在她在内心里又向这位曾按自己的意愿创造了斯蒂芬的造物主呼号:"汝之①双手创造了我,在我周围的环境中培育了我,然而汝②又毁了我。"这时一种非常难以忍受的痛苦悄悄爬进了她的心:"然而汝又毁了我——"

---

①② 这里的原文是古文。

斯蒂芬抬起头来,看到了她的脸色,马上机敏地说:"不要紧。没什么,帕德——把它忘了吧!"

但是帕德已是热泪盈眶,斯蒂芬看见她这样,就走到自己的写字桌跟前。她坐下来,找出她自己的手稿:"我要把你赶出去了,我必须工作。如果我吃饭来晚了,别等我。"

帕德非常温顺地悄悄溜出了书房。

第二十九章

一

一过新年,也就是九个月以后,斯蒂芬的第二部长篇小说出版了。它未能像第一部长篇小说那样引起轰动,有点儿令人失望。一位评论家谈到这一点的时候说:"缺乏抓住人的力量,"他的这句评论,总的来说,还是恰如其分的。然而新闻界没有忘记《犁沟》的那些长处,处理是和善的。

但是作者本人对它本身的缺憾还是心中有数,对于并非实事求是的安慰不以为然,因此帕德说:"没关系,斯蒂芬,你不能期望每本书都成为《犁沟》——而且这本书也充满了文学价值,"斯蒂芬在她走的时候才说了一句:"我是在写长篇小说,亲爱的,不是写的小品文。"

在这以后,他们再也没有讨论这本书,因为毫无结果的讨论有什么用呢?斯蒂芬懂得很清楚,而且帕德也懂得,这本书远远落后于作者的能力。就在那年春天,拉夫特里突然瘸了,而且瘸得很厉害，于是其它一切事情都给忘在脑后了。

拉夫特里老了，他现在十八岁，所以他的瘸腿很不容易治好。生活在城市里很让他受罪，他总是向往莫顿那光线充足、空气新鲜的马厩，这里马道铺料下面那死硬的路基把他的腿震坏了。

兽医直摇头，摆出一副一本正经的神色："他是一匹老马，你知道，当然他年轻的时候，你骑他去打猎很自如——这都算数儿。任何事物到头来都有自己的限度，戈登小姐。是的，有时候恐怕是令人痛苦的。"这时他对斯蒂芬的脸看了一眼："我极为抱歉，不能做出一个更叫人高兴的诊断。"

另外一些专家来了。伦敦每一个好兽医都请教了，包括哈布代教授在内。无法医治，无法医治，总是这同一个结论，有时他们还告诉斯蒂芬，这匹老马很受罪；可是这她早就知道得很清楚——她曾经看到拉夫特里肩头暗暗冒出汗来。

这样有一天清晨她走进拉夫特里的马房，她打发马夫吉姆到马厩外面去，然后把自己的脸贴在这匹牲口的脖子上，这时他转过头来，用鼻子闻闻。于是他们俩就非常安静严肃地相互对视，拉夫特里眼里露出一种奇怪的新表情——对人们称作痛苦的这种事情难以理解的半是焦急半是不服的神色："怎么啦，斯蒂芬？"

她强忍住热泪，回答说："也许，为了你，开头，拉夫特里……"

过了一会儿，她到他的马槽去，让饲料从她手指缝里漏过去：可是他还是不愿吃，连让她高兴一下也顾不上了，所以她把马夫叫回来，准备一点粥。她轻柔地给他整理了一下滑到旁边去的衣饰，首先是底层的毯子，然后是漂亮的蓝垫，上面缀有红色的穗带——红色和白色,莫顿古老马厩的颜色。

马夫吉姆,现在长成一个矮胖结实的年轻小伙子了,他怀着替她发愁的心情看着她,但是并未说话;他和他用这辈子的时光来侍弄的这头牲口一样,几乎都是同样哑口无言——也许更哑,因为他的语言只有字句,并没有像拉夫特里和斯蒂芬谈话的时候那样,他们用声音和动作所说的意思要比字句多得多。

斯蒂芬对吉姆说:"我现在就去火车站订一间明天的马用包厢,随后我会让你知道我们动身的时间的。把他好好包裹起来;请多带点衣被给他在路上用,别让他冻着。"

马夫点了点头。她没告诉他去的地方,但是他已经知道了;目的地是莫顿。于是这个大胖小伙子就必得装作去忙着准备一大捆新鲜的干草给马铺垫就走了,因为他的脸变成了紫红色,因为他的厚嘴唇实际上正在哆嗦——这其实也并不非常奇怪,因为谁照料拉夫特里,谁就爱他。

二

拉夫特里安安静静地走进了他那间马用包厢,吉姆麻利地拴好了缰绳,然后碰了一下自己的帽子就匆匆到他坐的三等车厢去了,因为斯蒂芬要在拉夫特里这最后一次旅行回到莫顿田野去的途中,自己和他待在一起。她在专为马夫准备的座位上坐下,打开朝向马用包厢的那个小木窗,于是拉夫特里的口套抬起来了,他的脸向窗户这边看。她抚摸着他口套上那柔软的灰色长毛绒。

这时她从自己的衣兜里拿出一根胡萝卜,但是现在对他的牙齿来说,胡萝卜有点太硬了,所以她咬下一小片一小片的,放在自己的手心中喂他;然后她看着他很不舒服地、缓慢地吃着这些小片,因为他老了,而这显得那么不正常,因为衰老和拉夫特里连在一起总觉得很别扭。

她的思想慢慢追溯,追溯,追溯到拉夫特里到来的年月——一身灰毛,细瘦优雅,他的眼睛像爱尔兰的清晨一样柔和,他的勇气像爱尔兰的日出一样光辉,他的心像爱尔兰那狂放的、永远年轻的心一样年轻。她回忆起他们相互之间说过的话。拉夫特里说过:"我要勇敢地驮着你,我要一辈子侍候你。"她也回答过:"我要日日夜夜照顾你,拉夫特里——你一辈子所有的日子。"她回忆起他们第一次带着猎狗一起去打猎——她是个十二岁的小女孩,他是个五岁口的小马。他们在那一天一起做了了不起的事,至少对他们来说,那些都好像是了不起的事——她骑着拉夫特里飞跃前进的时候,她心里燃烧着一团火。她回忆起她父亲,他那护卫着她的脊背,那么宽大,那么仁慈,那么耐心地护卫着她;而到晚年,它就驼了一点,仿佛它是出于仁慈背上了某种重担似的。现在她懂得了,他一直背着因而把背压弯了的,是谁加给他的重担。他一直以那匹爱尔兰良种马而得意,以他那勇敢的小骑手而极其得意:"坐稳,斯蒂芬!"但是他的眼睛一直和拉夫特里的眼睛一样明亮。"坐稳前进,斯蒂芬,前面就有一道难关!"但是一等他们飞越过去,他就回头微笑起来,更早一些那个冒冒失失的柯林斯尽量伸长那差劲的四条腿,好赶上那些猎马的步伐时,他也一定这样回头微笑的。

很久以前,一切都好像很久以前了。那好像是一条长长的路,通往哪儿呢?她很纳闷。她父亲已经远去,走进了它的憧憧暗影之中,现在跟在他后面,腿有点瘸的拉夫特里也去了,拉夫特里,眼睛凹下去了,原来那么硬实的灰色脖子耷拉下来了;拉夫特里,原来那么亮的白牙现在发黄了,那么没劲,连给他胡萝卜他都咬不动了。

火车颠颠晃晃,这匹马摔了一跤。斯蒂芬跳起来,伸出手去抚摩他。他好像喜欢她用手摸他。"别害怕,拉夫特里。伤着你了吗?"拉夫特里已经熟悉了通往暗影憧憧的那条路上的痛苦。

现在群山在左边出现了,但是离得很远;等到走得稍近一点的时候,突然又出现在右边,离得很近,那么近,她都可以看到山坡上那些白房子了。房子看上去有点发暗;一种安静沉思的幽暗笼罩着群山和山坡上低矮的白房子。下午晚些时候它总是这样,因为太阳越过了宽阔的怀河河谷——它是过了怀河河谷,照在群山的西侧了。烟囱里冒出来的烟向上升起了一点,接着就降下来,形成了一片蓝色的烟雾,因为空气带着春意和潮气而变得很沉重。她倚着车窗,可以闻到春意,这交配的季节,坐果的季节。火车到站停了一分钟,她想象中听到了小鸟的歌唱;唱得非常柔和,但那声音却坚持不懈——是的,的确不错,那是小鸟的歌声……

三

他们从大莫尔文叫了一辆救护车来装拉夫特里,好让他在路上不受颠簸。那天晚上他睡在他自己那间宽敞的马房里,忠心的吉姆整个晚上都不愿离开他;他坐在那儿守望着,看拉夫特里睡在铺满金黄色干草的床上,他站起来的时候草都没到他膝盖高了。这是对这匹最英勇雄伟的马,世界上马厩中最温文有礼的马所做的最后一次难以言传的赞誉。

但是现在太阳从布瑞登峰那边升起,普照塞文河谷,照到河对岸面对布瑞登峰的莫尔文群山的山坡上,给莫顿的古老红砖和那安静马厩上的风信标镀上金色,斯蒂芬走进她父亲的书房,给他那沉甸甸的左轮手枪装上了子弹。

然后他们把拉夫特里牵出,走到晨曦之中,他们小心地把他牵到北面那个大围场,站在曾经让他争得年轻英勇美名的高大树篱旁边。他非常安静地站在那儿,阳光射在他的身上,马夫吉姆牵着他的笼头。

斯蒂芬说:"我这就送你走了,去到很远的地方,自从你到这儿来,当时我还是个孩子,你也很年轻,以后除了很短一段以外,我从来没有离开过你——可是我这就送你远行,去到很远的地方,这是因为你的病痛,拉夫特里,这是死亡;从今以后人家都说,再也不会受罪了。"她停了下来,然后低声对他说,声音低到马夫都听不见:"原谅我吧,拉夫特里。"

拉夫特里站在那儿看着斯蒂芬,他的眼睛柔和得像爱尔兰的清晨,然而又勇敢得和盯着他的那双眼睛一样。这时候,斯蒂芬好像听见他在说话,拉夫特里在说:"因为对我来说,你就是我的上帝,那么我又有什么要原谅你的呢,斯蒂芬?"

她向前跨上一步,把手枪高高举起,顶着拉夫特里那灰白光洁的前额。她开火,他应声倒在地上,像一块石头一般,安安静静地躺在那道曾经让他争得年轻英勇美名的树篱旁边。

但是这时却传来一阵大声的呼叫哀号:"啊,天哪!啊,天哪!他们谋害了拉夫特里!丢人,丢人,俺这是说干了这种事的,他可不是匹凡马,是基督的……"于是又大声抽泣,就像个很小的孩子摔了一跤,伤得很重似的。这时吱吱嘎嘎过来一个柳条编的小洗浴椅,威廉斯坐在上面,由他一个年轻的侄女推着,一路跌跌撞撞地穿过围场走过来。威廉斯老两口现在年老力衰,侄女到莫顿来照顾他们。他头年圣诞节第一次中风,另外也变得几乎像个小孩子了。天知道是谁把这件事告诉了他。本来斯蒂芬一直对他严守秘密,她知道他爱那匹马,所以采取一切措施不让他知道,然而他现在还是来了,他的脸由于中风和抽泣得越来越厉害,歪得不成样子。他想使劲抬起耷拉在洗浴椅扶手上那只半瘫痪的手;他想使劲从洗浴椅上起来,跑到太阳地里拉夫特里直挺挺躺着的地方;他想使劲重新开始说话,可是他的声音变得模糊不清,谁也听不懂他的话。斯蒂芬认为,他已经开始神志不清了,因为他现在的确没有再大喊大叫"拉夫特里",而是好像在说:"主人!"又在说:"啊,主人,主人!"

她说:"送他回家,"因为他不认识她了。"送他回家。你根本不必把他带到这儿来——这是违反我的命令的。谁把这事告诉他了?"

于是那位年轻的姑娘回答:"好像是他刚刚知道的——好像是拉夫特里告诉他的……"

威廉斯抬起头来,用他那模糊、急切的眼睛看着。"你是谁?"他问道。然后他突然破涕为笑:"看到你,主人,这可真好——好像有很久……"他的声音现在很清楚,不过小得出奇,像是从很远的地方传来的一个小小的声音。如果玩具娃娃能说话,那么那声音就可能很像这个老人这一刻发出的声音。

斯蒂芬俯身对着他:"威廉斯,我是斯蒂芬——你认得出我吗?是斯蒂芬小姐。你必须马上回家,回到床上躺着——在这种早春的早晨,还是挺冷的——为了让我高兴,威廉斯,你必须立刻回家。唉,你的手冰凉!"

但威廉斯摇摇头,开始想起来了。"拉夫特里,"他咕咕噜噜,"拉夫特里出事了。"他的抽泣和泪水又重新来劲儿了,吓得他侄女尽力想止住他。

"大爷。安静点,俺求你啦!用这法儿带你来多不好呀,要让俺大妈瞧见你哭得一塌糊涂,把可怜的鼻子弄得又红又脏,又该说啥呀?俺照斯蒂芬小姐说的,带他回家。好啦,好大爷,别吭声啦!"

她猛地一扭把洗浴椅转过去,东倒西歪地推着往那座小房走。一路往回走过北边那个大围场,威廉斯又是哭又是号,还老想下来,可是他侄女用一只年轻粗大的手抓住他的肩膀,另一只手推着洗浴椅东倒西歪地回去了。

斯蒂芬望着他们走了,然后转身朝向马夫。"把他埋在这儿。"她简单说了一句。

四

当天下午她离开莫顿以前,她又一次进到那所光秃秃的大马厩,马厩现在完全变了,因为安娜已经把给她驾车的马都挪到离车夫小房比较近的新地方去了。

在一间马房上面有一块弯得翘了起来的橡木板,上面有柯林斯的血统记录:"马库斯",是用红蓝两种油漆写的;可是油漆由于慢慢长了霉而褪成难看的灰色了,一只蜘蛛在柯林斯的食槽边上结了一个很大的捕食网。地上有一个黏糊糊的破酒瓶,毫无疑问是在什么时候给柯林斯灌药用过的,斯蒂芬离开莫顿不到几个月,这匹马就因为肚子一阵强烈的绞痛死掉了。最远的那个马房窗台上放着一把马梳和两把刷子;梳子已经生锈了,刷子上的鬃毛也掉了几撮。一个果酱瓶装的蹄油,已经硬得有如石头一般,和一根短木柴棍紧紧黏在一起,这是因时间长了,木棍在蹄油里黏死了。但是,拉夫特里的马房里都带有铺了新干草的那种干爽、清洁的气味,闻着让人觉得清爽、愉快。草中间深深陷下去的地方就是他睡觉的时候身体压下去的,斯蒂芬看到这里弯下身去,抚摩了一会儿。然后她低声说:"安息吧,拉夫特里。"

她哭不出来,因为一种极度的凄凉之感深深压在她整个心上,让她欲哭无泪——这种巨大的凄凉之感是因为逝去的事物,因为从我们的生命中永远逝去的事物。而且说到底,我们空流泪又有什么用呢?因为泪水并不能挽住他们不要逝去——不,就连多留一分一秒都不能。她现在四处打量这所空荡荡的马厩,莫顿的这所无人需要、无人关心的马厩。这所马厩以往曾经那么风光,而现在又这么寒酸,甚至寒酸到了遍布蛛网,满铺尘土;这是昔日生龙活虎、今日弃若敝屣的一切场所给人的感觉;让人感到凄凉寂寞,可叹可悲。她闭上眼睛不想再看。这时斯蒂芬忽然想到,这就是结局,她的勇气和耐心忍受的结局——不知为什么,这也是莫顿的结局。她一定不能再看这个地方了,她必须走,她愿意走,走得远远的,拉夫特里已经走得远远的了——她已经把他送走了,走远了,再也无法把他召回来了——但是她还不能追随他越过那道慈悲的界线,因为她的上帝比拉夫特里更加严厉;而且她还必须逃离她对莫顿的爱。她转过身来,匆匆离开马厩。

五

安娜站在楼梯口。"你现在就走吗,斯蒂芬?"

"是的——我这就走,母亲。"

"真是一次短暂的探家!"

"是的,我必须回去工作。"

"我知道……"经过了一阵长长的,尴尬的沉默之后,她又说,"你愿意把他埋在哪儿?"

"北面那个大围场他死去的地方——我已经告诉吉姆了。"

"很好,我会督促他们照你吩咐的去办妥。"她有些犹豫,仿佛又对斯蒂芬觉得难为情,就像以往一向感觉的那样;但是停了一会儿她又很快地说:"我想——我不清楚,你愿不愿意立一块小石碑,在上面刻上他的名字和一点别的什么铭记,只是为给那块地方做个标记?"

"如果你愿意立一块——我不需要什么石块来纪念。"

马车等在外面送她去莫尔文。"再见,母亲。"

"再见——我会立一块石碑。"

"谢谢,谢谢你的美意。"

安娜说:"这件事让我非常难过。"

但是斯蒂芬已经匆匆忙忙上了马车——车门关了,她没有听见她母亲的这句话。

第三十章

一

拉夫特里死去不太久,斯蒂芬在肯辛顿①一次老式的午餐会上,遇见了她已经认识的剧作家乔纳森·布罗克特。她母亲一直希望她参加这种午餐会,因为卡林顿家是他们家的老朋友,安娜一再要她女儿经常接受他们的邀请。大约在一年以前,斯蒂芬在他们家里见到过这个年轻人,布罗克特是卡林顿家的亲戚;如果他那次没去,斯蒂芬也许永远也见不到他,因为他特别厌烦这种聚会,因此他并不常去参加。但是那一次,他却并没有厌烦,因为他那双锐利的灰眼睛看见了斯蒂芬;而且午餐刚要结束,他一得便就立刻一路过来走到她身边,而且一直待在那儿。她发觉很容易和他谈话,因为他其实也希望她能发现他。

---

① 肯辛顿为伦敦肯辛顿王宫及皇家花园所在区,附近多有贵族及律师、艺术家居住。此一带所举行的宴会,为上流社会社交形式之一种。

这第一次见面之后,接着就一起在海德公园的马道上骑过一两次马,因为他们俩都是很早去骑马。布罗克特有一天早晨很偶然地和她骑在了一起。这以后他曾经有过一次探访,和帕德谈起话来就好像他是特意来看她,而且只看她一个人似的——他在所有上了年纪的人面前都是态度迷人、体贴周到。帕德和他很能谈得来,可是不喜欢他的衣着,总是有那么一点过分讲究;而且她也讨厌他的那副袖扣:白金做的还镶着绿宝石。不管怎么样她还是让他觉得很受欢迎,因为对她来说,那时候正是遇见暴风雨,任何港口都好——她甚至会高兴地欢迎魔鬼本人,如果她觉得他能让斯蒂芬提起精神来。

但是斯蒂芬却总是确定不了:乔纳森·布罗克特对她是吸引还是拒斥。在一定的时候,乔纳森·布罗克特才华横溢,然而另外一些时候却又愚蠢幼稚得出奇。他那双手又白又嫩就像女人的一样——她看到他那双手的时候,心头总会暗生一点莫名其妙的愤恨。因为不知道是什么缘故,他那双手和他本人很不相配;他个子很高,肩膀很宽,非常瘦削。他刮得光光的脸略微带点嘲讽,而且显出一种几乎令人不安的聪明;这又是一张刨根问底的脸——让人觉得它刺探起每个人的秘密来,毫不羞怯或宽恕。也许是真正喜欢,或者仅仅是出于好奇,他死命要把他的友谊强加给斯蒂芬。但是不管怎么样,有一段时间他总是几乎每天都给斯蒂芬打一次电话;缠着她去和他一起吃中饭或者晚饭,或者邀请他到她切尔西的那套房子里去,或者更加糟糕,只要心血来潮,就随意过来看她。他的工作似乎从来不让他苦恼,斯蒂芬常常纳闷,他那些好剧本什么时候才能够写成;因为布罗克特就算有过,也是很少谈到自己的剧本,而且很显然也很少写剧本,不过等这位剧作家缺钱花的紧要关头,剧本总会出现。

有一次,为了避免和他争论,斯蒂芬和他一起去过一种颇负盛名的地下室酒店用餐。他刚刚发现这家位于色文·代尔斯的神奇的小店,而且因此非常得意。的确,他还让它在一些文人中间走红。他当晚还不厌其烦地让斯蒂芬觉得,以她自己的才能,她就有权利属于这个圈子,还这样介绍她:"斯蒂芬·戈登,《犁沟》的作者。"但是在整个这期间,他都一直用他那敏锐、探究的灰色眼睛偷偷地观察她。他们坐在那个灯光昏暗的小桌边,她觉得和布罗克特在一起非常自在,这也许是因为她凭本能看出来,这个人对她的要求,决不会超过她能给予的限度——也就是在任何时候他所要求的,也就是友谊。

后来有一天他忽然又不露面了。她听说,他是去巴黎了。每待上几个月,每当伦敦的气候让他心烦的时候,他就常常这样。他就像大蓟草一样,飘然离去了,连一声招呼都不打。他没说再见,也没写个字条,所以斯蒂芬觉得好像她从来没认识他。在他旅居巴黎的这段时间,他就完全脱离了她的生活。后来等她对他有了更多的了解,她就懂得了,这种令人难堪的疏忽大意固然可说是礼貌不周,不过也确实充分说明了这个人的个性,谁要是结交乔纳森·布罗克特,谁就必得对这一点认可。

现在他又回到伦敦来了,在那次卡林顿家的午宴上坐在斯蒂芬旁边。

他若无其事地对待她,仿佛他只是几个钟头以前刚刚认识她似的。"我可以明天去看你吗?"

"嗯——我忙得要命。"

"可是我很想去,请原谅;我可以和帕德聊聊。"

"恐怕她那时候不在家。"

"那么我可以坐在那儿等她回来;我会安安静静的,像只老鼠一样。"

"啊,不行,布罗克特,请不要这样;我会知道你待在那儿,那会打扰我的。"

"原来如此。一本新书?"

"嗯,不是——我在试着写几个短篇小说;《好主妇》给我约稿了。"

"听起来还很红火的。我希望你会得到不错的稿费。"然后停顿了好一会儿。"拉夫特里现在怎么样?"

她待了一会,没有答复,布罗克特凭着敏捷的直觉,后悔不该提这个问题。"不是……不是……"他结巴起来。

"是的,"她缓慢地回答,"拉夫特里死了——他瘸了,我用枪把他打死了。"

他沉默不语,然后他突然抓住她的手,仍然一言未发,只是紧紧握了握。她抬头一看,见到他的眼神不禁吃了一惊:它是那样悲哀,那样充满理解。他以前很喜欢那匹老马,因为他喜欢一切不会说话的动物。但是拉夫特里的死本来对他是无所谓的;然而他那双敏锐的灰眼睛现在由于同情而变得很温柔,因为她不得不用枪打死了他。

她心想:"他是个多么奇怪的人。在这种时刻,我猜想他真是觉得好像有点悲伤——他感到的是我的悲伤——当然,明天他就会把这件事忘得一干二净的。"

情况也的确如此。布罗克特能够把大量的感情压缩在一个令人难以置信的短暂时间里，能够从一切生活把他带到他所结交的人那里，挤出某种感情上的牛肉汁来——这是一种效力强大的补剂，可以保持和恢复他的灵感。

二

斯蒂芬有十天没有再听到布罗克特的任何消息；然后他有一天打来电话，说他当天晚上要到她的公寓来吃晚饭。

"你来简直没有什么东西可吃，"斯蒂芬提醒他，她累得要死，而且也不想见他。

"啊，那好，我带点东西来当晚饭吧，"他爽快地说了一句就把电话挂上了。

八点一刻他才来，比晚饭时间晚了一点，带着大包小包的褐色纸包，像匹驮东西的骡子一样。他显得不痛快；他那双新的驯鹿皮手套给色拉酱弄脏了，因为装龙虾色拉的纸盒渗出了色拉酱。他把那个纸盒塞到斯蒂芬手里。"这个，你拿着——它在滴油呢。能给我一块揩布吗？"可是刚过一会儿他就忘了新手套的事。"我到福特南与梅森公司去搜索了一通——真好玩——我的确爱吃硬纸盒里装的东西。你好，帕德宝贝儿！我送了一棵小树苗给你。你收到了吗？一棵很好的小苗，上面还有褐色的水纹呢。它很好闻，还有一个不伦不类的名字，好像是意大利老皇太后或是什么的。

等一等——它叫什么呀？啊，对了，男爵夫人——这样一个小小的东西，却有那么堂皇的一个名字！斯蒂芬，小心点——别那么摇着那盒龙虾。我告诉过你了，那玩意儿在滴油呢！"

他把他那些纸袋砰砰地放在门厅的桌子上。

"我来把它们拿到厨房里去，"帕德面带笑容说。

"不，让我来，"布罗克特一边说，一边又把它们拿起来。"整个都由我来干；你把这事都交给我。我对别人家的厨房眼馋。"

他显出他那种愚蠢透顶而又讨厌已极的神气——那双白白的手做出种种古怪的小动作，对他那么一个宽肩膀瘦削个儿的人来说，他的笑声太高，动作又太小了一点。斯蒂芬已经开始对他这种神情害怕了；那几乎还有点咄咄逼人的样子；好像是要把这种情绪强加于她，就像一个孩子要在圣诞节晚会上炫耀一番。

她厉声对他说，"如果你可以等等，我就打铃叫女仆来。"可是布罗克特已经闯进厨房里去了。

她紧跟进去，发现厨子显出挺生气的样子。

"我需要很多，很多盘子，"他说。很扫兴的是，这时他忽然注意到那个侍餐女仆刚从洗衣房回来，正在洗盘子。

"布罗克特，你究竟在干什么？"

他已经戴好那姑娘的那顶打褶的帽子，正忙着系上她那个小围裙。停了一会儿。"我这样子如何？真是一条漂亮极了的围裙！"

侍餐女仆格格直笑，斯蒂芬则哈哈大笑。这就是乔纳森·布罗克特最厉害的一着，不管你自己怎么样，他都能把你逗得笑起来——哪怕你非常不愿苟同，你也会不禁大笑一番。

他带来的食品真是稀奇古怪之至：龙虾、奶糖、鹅肝酱，橄榄，一桶什锦饼干，法国喀门伯产的那种气味难闻的干酪。还有一瓶罗斯的酸橙汁和一瓶调好了的鸡尾酒。他开始一包又一包把东西打开，又要盘子又要碟子。他这样做的时候把大部分龙虾色拉打翻了，弄得桌子上一塌糊涂。

他又咒又骂。"该死的东西，搞得这样乱七八糟！把我的手套都毁了，现在看看这桌子！"厨子板着脸，一声不吭地收拾那个烂摊子。

这种失误好像破坏了他的兴致，因为他叹了一口气，摘掉帽子，脱掉围裙。"谁能打开这瓶橄榄？还有这瓶鸡尾酒？来吧，斯蒂芬，你可以对付这块干酪，它好像黏黏糊糊，不肯从筒里出来。"到头来，所有那些活儿都得由斯蒂芬和厨子来干了，布罗克特则坐在地板上，指手画脚瞎指挥。

三

晚饭吃得最多的是布罗克特，因为斯蒂芬疲劳过度，不觉得饿；而帕德的消化力则不如以前，所以吃块肉排也就够了。但是布罗克特大吃特吃，而且一边一口口地吃还一边抽空赞美他自己和他的食物。

"我很聪明，发现了这种鹅肝酱——虽然我对那些鹅也觉得抱歉，你呢，斯蒂芬？糟糕的是，它只有鲜美的味道——我倒希望我懂得，那种不同的感觉混在一起有什么奥秘的含义。"说着他就把匙子伸到好像蘑菇拌得最多的那一边舀了一匙子。

他不时停下来吸一口他喜欢的那种粗劣的小烟卷。里面的烟叶是黑色的，卷烟纸是黄色的，它们来自一个倒霉的小岛，据布罗克特说，那里的居民每年都因为某种热带的热病而大批死亡。他喝下很多罗斯的酸橙汁，因为这种劲很大的粗烟叶老是让他口渴。威士忌上头，葡萄酒伤肝，所以总的说来他只好涓滴不饮，但是一回到家里，他给自己煮的咖啡，却是又浓又黑，和他的烟叶一样。

现在他吃饱喝足了，就说："好了，你们两位，我吃好了——咱们去书房吧。"

他们离开饭桌的时候，他又抓取那桶什锦饼干和奶糖，因为他酷爱甜食。他常常到邦德街去买些甜食，自己一个人的时候享用。

在书房，他深深地躺进沙发里。"帕德亲爱的，你不反对我把脚抬起来吧？都是我那个新鞋匠闹的，让我右脚那个小拇指长了个鸡眼。简直疼得钻心。它可是那么漂亮的一个小拇指，"他嘟囔着，"这个趾头呀，真是完美无缺。"

在这以后，他好像不爱讲话了。他用几个沙发垫给自己造了一个窠，一边抽烟，一边一点点地啃什锦饼干，伸手到饼干桶里去挑他爱吃的。但是他那双眼睛却始终带着一种困惑而且又颇为焦急的眼神，朝着斯蒂芬晃来晃去。

斯蒂芬终于说话了："怎么回事，布罗克特？是我的领结歪了吗？"

"不——不是你的领结；是点别的东西。"他一下坐起来。"我来就是要说这件事的,所以我还是把它说明白好!"

"那就快说吧,布罗克特。"

"你想,如果我坦率直言,你会恨我吗?"

"当然不会。我为什么要恨你呢?"

"那很好,听着吧。"这时候他的声音那么郑重其事,所以帕德把自己的刺绣活都放下了。"你听着吧,你,斯蒂芬·戈登。你最近这本书糟得不可原谅。它根本不像我们大家所期待的东西,就比如我送给帕德的那盆小花不像一棵橡树那样——在《犁沟》之后,我们有权利这么期待,我甚至不愿意把它比作这盆小花,因为这棵花是活的;你这本书却不是。啊,我的意思不是说它写作得不好;它的写作很好,因为你天生是个作家——你对文字的感觉很好,你完全懂得怎样掌握平衡,而且你的英语知识非常好,非常全面。但是这是不够的,还差的远着呢;所有这些都不过是为一副身架准备的合适服装而已。而这一次你是把服装挂在了一个模特儿架子上——一个模特儿架子激不起我们的感情,斯蒂芬。我昨天晚上还对欧吉维讲过,他告诉我,他给了你一个很好的评论,因为他很尊重你的才能,所以他不愿意让你扫兴。他就像是——太慈善了,我老是这么想——他们全都是对你太慈善了,我亲爱的。他们本来都应该,毫不夸张地说,活生生地剥开你的皮——那本来是可以有助于让你明白你的危险的。天哪!你是写出过《犁沟》这种书的!遇到什么事啦?是什么在破坏你的工作?因为不管是什么,这都是致命的!这必定是一种什么不折不扣的蠢事。唉,这太糟糕了,决不能再这样下去了——我们得做点什么,而且要快。"

他停了下来,她深感惊异地看着他。在这以前,她从来没有看到过布罗克特的这一面,这个人身上属于他的艺术、属于整个艺术的一面——他在生活中所尊重的一件事。

她问:"你的意思真是你所说的那样吗?"

"我的每个字都是。"他告诉她。

这时她十分谦恭地问他:"我必须做些什么来补救我的工作呢?"因为她懂得,他说的都是赤裸裸的、痛苦的真理;她也用不着任何人告诉她,她最近的这本书根本没有任何价值——一件可怜巴巴、毫无生气的东西,其中没有任何活力。

他思考了一下。"这是个很困难的问题,斯蒂芬。你自己的气质对你那么不利。你在某些方面那么强,然而又那么胆怯——这样一种混合体——而且你对生活又害怕得要命。究竟为什么?你必须努力,不要再害怕了,不要再把头藏起来。你需要生活,你需要人。人是我们作家所赖以生活的精神食粮。走出去,把这些东西掏出来,吞进去,把它们榨干,斯蒂芬!"

"我父亲曾经告诉过我一些类似的东西——倒不全是在字句上,而是意思非常类似。"

"那么说,你父亲一定是个聪明人,"布罗克特微笑着说,"可是我已经去世的父亲却是个粗野至极的家伙。好吧,斯蒂芬,我给你提个有益的意见——你需要来一个真正的改变。为什么不到国外什么地方去走走?马上离开你的英格兰出去一段时间。等到你拉开了足够距离去观看事物的时候,你大概就可以写出不知道要好多少的东西了。从巴黎开始——这是一个很优越的起跳点。然后你就可以一路去意大利,或者西班牙——到哪里都行,只要是走动走动!毫无疑问你在伦敦这儿是在萎缩退化。我可以让你了解巴黎的人。比如说,你应该认识瓦莱里·西摩。她是个非常有趣而且又非常可爱的人;我有把握,你会喜欢她,每个人都喜欢她。她家的聚会就是某种人类摸彩盒——你只要把你的手伸进去,就可以看出出了什么事。你可以摸到一个彩,也可以摸到一个空白,但是去参加她的聚会,总是值得的。啊,可是老天爷,在巴黎有那么多的刺激人的东西。"

他略微多谈了一点巴黎,然后就起身要走了。"好了,再见吧,我亲爱的,我走了。我把自己弄得消化不良了。看看帕德吧,她都气得蒙了;我相信她要拒绝和我握手的!别生气,帕德——我可真是好心好意的。"

"是的,当然,"帕德回答,但是她的声音里透着冷淡。

四

他走了以后,她们俩相互注视着,然后斯蒂芬说:"多么古怪的启示。谁曾经想到,布罗克特能够这样激动起来?他的情绪是千变万化的。"她故意强使自己说话显得轻松自如。

但是帕德很生气,气得非常厉害。为了斯蒂芬,她的自尊心都给伤透了。"这个家伙是个十足的傻瓜!"她粗声粗气地说,"他说的那一套,我一个字也不同意。我但愿他那是忌妒你的作品,他们大家都忌妒。他们是一伙儿心地卑劣的人,那些耍笔杆子的家伙。"

斯蒂芬注视着她,很伤心地想:"她累坏了——我让她服侍我弄得太累了。要是在几年以前,她决不会像这次这样,想方设法哄骗我——她的勇气渐渐丧失了。"她大声说,"别和布罗克特怄气,他的用意是好的,这我很有把握。我会振作起来写作的——我近来一直觉得有些懈怠,我的写作上已经表现出来了——我想,这是必然的结果。"然后她出于善意撒了一个谎:"但是我一点也不害怕。"

五

斯蒂芬用一只手托着头,坐在她的写字台旁边——这时午夜已经过了好久。她灰心丧气,只有忙了一整天都徒劳无功的作家才能像她这样。她当天写的东西,她都会毁掉,而这时午夜已经过了好久。她转过身来,懒洋洋地四下打量这间书房,忽然感到有一点震惊,好像她是第一次见到这间屋子,而且里面的一切都难看得出奇。布置这套房子的时候,正赶上她心烦意乱,根本顾不上究竟买什么,而现在她所有的东西好像都很粗笨,幼稚,从那些又小又呆的椅子到那张宽大的旋盖写字台都是如此。哪一件东西都没有一点点特色。她怎么会对这间屋子容忍了这么久?她真是坐在这里边写过一本好书吗?她是在这里面度过了一个又一个晚上,每天早上又回到这儿来吗?那她一定是瞎了眼——一个给作家在里面写作用的什么样的地方呀!她从莫顿没带来任何别的东西,只带来她从父亲书房里找到的那几本藏起来的书;她带走这些书，仿佛根据某种难以忍受的与生俱来的权利这一点来说，这些书就是她的，至于其余的东西，她都缩手不动，害怕使这座府第失去它那古老而又体面的收藏。

莫顿——那么安详完美，然而其它一切她都必须飞速离开，她都必须忘掉；但是在现在这种环境里，她又无法忘掉。它们以一种恰成对照的方式来提醒她。布罗克特当天晚上讲的那番话可真奇怪，他要用大海把她和英格兰隔开……考虑到她本来就想这样做的那个已经初步形成的计划，他那番话就像是她那种种设想的空谷回音；这几乎就像是他透过某个秘密的锁眼窥见了她的内心世界，偷偷发现了她的种种苦恼。这个男人长了一双女人柔软、白净的手，又有那么一套配得上这双柔软、白净的手的动作，然而这些却又和他身体的其它部分完全不能相配——这样一个稀奇古怪的男人有什么权利来窥探她呢？他那只眼睛凑近那个秘密锁眼的时候，这个家伙又窥探出了多少东西呢？机灵——布罗克特像魔鬼一般机灵——他所有的奇思怪想和他性格上的种种弱点都掩盖不了他的机灵。他的脸就让他露馅了，一张严酷、聪明的脸加上那双锐利的眼睛让他盯住别人的锁眼不放。这也就是为什么布罗克特能写出那么精美的剧作，那么冷酷的剧作的原因；他用活生生的血肉来供养他的天才。食肉动物的天才。莫洛克①——以活生生的血肉为生！但是她斯蒂芬却是尽量以草，以莫顿那平和的绿草来供养自己的灵感。在短暂的时间，这种食物还算够用，但是现在她的才能已经生病，危在旦夕——或者，她写《犁沟》的时候，

---

① 古代迦南人信奉的偶像，以儿童为他的祭品。

她也是在用血,用她自己的心血来喂养吧?如果是那样的话,她的心也不会再流出血来——或许它已经再也流不出来——或许它已经干涸了。一颗干涸、萎缩了的心;因为她近来想到安吉拉·克罗斯比的时候,已经感觉不到爱了——这必定是说,她的心已经在她自己的身体里死了。真是一个叫人毛骨悚然的伴侣,一颗死去了的心。

安吉拉·克罗斯比——然而有些时候她还是强烈渴望看到那个女人,听她说话,把自己的双臂伸过去紧紧抱着那个女人的身体——不是轻轻地,不是像过去那样很耐心地,而是粗鲁地,甚至是野蛮地。野兽一般地——是野兽一般地。她感到堕落了。她没有爱可奉献给安吉拉·克罗斯比的了。现在没有了,现在只有像个污点似的某种东西,玷污着那曾经有过的爱情之美。甚至连这种记忆也更多是由她自己,而不是由安吉拉·克罗斯比,损伤亵渎的。

她又想起了她在母亲面前的那个难忘的场面。"我宁愿看见你死在我的脚下。"啊,是的——说说死是非常容易的,可是真要去死却不那么容易了。"我们俩没法一起住在莫顿了……其中一个必须离开,究竟是谁走呢?"这个微妙、狡猾的问题,根据常理只能有一种答案!唉,是呀,她已经走了,甚至还会走得更远。拉夫特里死了,没有什么再来留住她,她已经自由了——自由该是一种多么可怕的东西呀。风把那些树连根拔起来,它们就自由了;船从它们的锚链上扯开,它们就自由了;人从自己家里给赶出来,他们就自由了——自由去挨饿,自由去死于饥寒交迫。

现在莫顿住着一个日见衰老的女人,她那双忧伤的眼睛由于

345

长年盯着远方而有点模糊了。自从这双眼睛定在那位死者身上长久盯着以来,这个女人只正眼看过自己的女儿一次;从那次以后,她那双眼睛就变得肆意指责,冷酷无情,残忍可鄙了。由于长期看着自己觉得好像是可鄙的东西,这双眼睛本身倒变得可鄙了。真是可怕!然而,她居然要指责别人?一个做母亲的有什么权利鄙视自己感情激动得不可见人的时刻造成的那个孩子呢?她这位受到尊崇、恪尽职责、结了果实、爱过别人也让人爱过的人,竟然看不起自己爱情的果实。是自己爱情的果实吗?不,倒不如说是它的牺牲品。

她想到她母亲一辈子备受呵护的生活,从来不曾面对过这种可怕的自由。好像一条藤蔓紧紧贴着向阳的暖墙似的,她母亲一直紧紧贴在她父亲的身边——直到现在还依然紧贴在莫顿。春天降下温馨滋润的雨水;夏天迎接强烈保健的阳光,冬天覆被深厚温柔的白雪——固然寒冷却能保护植物的卷须。一切的一切,她都有了。在她青春热情的岁月,她从来没有空待爱情——从来不知道什么是渴望、羞耻、堕落,而只知道在她的爱恋中保有无比的欢乐和无比的骄傲。她的恋爱在世人看来一直是纯洁无瑕的,因为她能够体面地沉溺在爱情之中。依然是体面地,她给她的配偶生了一个孩子——但却不是像她那样的一个孩子,这个孩子在她一生的岁月里决不能恪尽职责,否则就得生活在悲惨的蒙羞受辱之中。啊,这个母亲尽管温柔美貌,却必定是一个刻薄、无情的女人,在自己的孩子身上无耻地找寻耻辱。"我宁愿看见你死在我的脚下……""太晚了,太晚了,你的爱情给了我生命。现在我在这儿,我就是你的爱的产儿,你用你的激情创造了我这样一个人。

你怎么能否定我拥有爱的权利呢？但是，为了你，我是原本就不应该出生问世的。"

这时候斯蒂芬的脑子里又出现了一个对她折磨最厉害的东西，对她父亲的怀疑。他已经知道了，他却没把知道的事告诉她；他同情她，而同情并没有保护她；他一直担惊受怕，可是担惊受怕只救了他自己。她父亲竟是一个懦夫呀？她一下子跳了起来，在屋子里来回踱步。不是这样——她无法面对这个新的折磨。她已经玷污了自己的爱情，情人的爱——不敢再玷污这剩下来的一件东西，孩子对父亲的爱。如果连这点亮光也熄灭了，那么吞噬一切的黑暗就会把她淹没了，把她完全摧毁掉。人无法独自一人生活在黑暗中，为了得到拯救，他必须有一点光——一点光。众神之中最完美的神在他那黑暗中也呼唤要有光①——即使是他，众神之中最完美的神。这时好像是她的祈祷得到回答，她颤抖的嘴唇上并未讲出的祈祷得到回答，她忽然想起了一个耐心忍受、提供保护的脊背，好像肩负着别人的负担而压弯了的脊背，想起了那可怕的、撕裂灵魂的痛苦："不——不是那个——紧要的事——我要——要说。不要药——我知道我就要——要死了——伊文斯。"接着又是一阵英勇而且痛苦的挣扎："安娜——那是斯蒂芬——听着。"斯蒂芬突然向这个人伸出自己的双臂，他虽然死了，但是依然是她的父亲。

但是，即使是在这个痛苦缓解的神圣时刻，她一想到自己的母亲，心又抽紧了。一阵新的、痛苦的血浪又涌向她的心灵，所

---

① 见《圣经·旧约·创世记》第1章第4节。

以那点光似乎又差不多完全熄灭了。它那非常微弱的光就像浮标上的一盏灯，任凭暴风雨吹打。她在写字台前坐下，拿出纸和笔来。

她写道："母亲，我很快就要到国外去，可是我不去当面向你告别了，因为我不愿意返回莫顿。我几次回那儿的探访总是痛苦的；现在我的写作开始艰难了——这是我不能容许的；我仅仅是为我的写作而活，所以我打算将来要维护我的工作。现在不会有闲话或流言的问题，因为每个人都知道我是个作家，这样有时候就要去旅行。但是，不管怎样，我近来已经不大在意邻里的闲话了。因为将近三年的时间，我一直背负着你的枷锁——我一直努力保持耐心和理解。我一直在努力这样想：你的枷锁是正当的，对我现在这样一个人，你和我父亲生下的这样一个人来说，也许是个正当的惩罚，但是从现在起，我就不再背负这副枷锁了。如果我父亲还活着的话，他是会表示怜惜的，而你却从未对我表示同情，不过你还是我的母亲。在我最需要你的时候，你完全背弃了我。你把我赶走，好像我是什么不洁之物，不宜再在莫顿生活下去。你侮辱了对我来说既是自然又是神圣的东西。我走了，但是从现在起我再也不会回到你身边，或者回到莫顿了。帕德要和我待在一起，因为她爱我。如果我终究得救，那是她救了我；因此只要她希望把她的命运和我的命运连在一起，我都会让她这样做。另外只有一件事，她会随时把我们的地址通知你，但是不要给我写信，母亲，我要远远离去以便忘掉，而你的信只能让我想起莫顿。"

她把她写的这封信看了三遍，觉得根本不想再添什么，不添什么亲切的话,或者歉疚的话。她觉得浑身麻木,接着就是令人难以置信的寂寞,但她还是用她那遒劲的字体写下了地址:"塞文河畔阿普顿,莫顿大厦,安娜·戈登夫人。"她现在一定是哭起来了,她哭的时候用她那双深棕色的大手蒙着自己的脸。她精神上丝毫也没有因为哭了一场而感觉松快,因为这火热、愤怒的泪水炙烤着她的精神。就这样安娜·戈登通过自己的孩子而受到了火的洗礼,终于使他们失去了相互拯救的机会。

第三十一章

一

是乔纳森·布罗克特向斯蒂芬和帕德推荐了圣罗克路上的那个小旅馆,他们六月份的一个黄昏到达的时候困顿不堪,垂头丧气。他们发觉起居室内因为摆着玫瑰花,显得明亮——玫瑰花是送给帕德的——桌子上放着两盒土耳其香烟,是送给斯蒂芬的。他们获悉,这些东西是布罗克特从伦敦专门写信来订的。

他们到巴黎几乎还不到一个星期,乔纳森·布罗克特本人也出来了:"哈罗,我亲爱的,我特地过来看看你们。一切都很好吗?对你照料得好吧?"他在那唯一舒服的椅子上坐下,接着就施展种种办法讨好帕德。看来他在巴黎的公寓房是租出去了,他曾经想要在他们的这家旅馆订几个房间,没有成功,只好去了那个默里斯。"可是我不准备带你们去那儿吃午饭。"他告诉她们,

"天气太好了，我们去凡尔赛①。斯蒂芬，打个电话，让他们给你安排汽车，现在有辆好车！顺便问一句，伯顿现在过得怎么样？他还记得开车靠右边，超车靠左边吗？"②他的声音显得有点担心。斯蒂芬很高兴地让他放心，她知道，他坐汽车很容易神经紧张。

他们在鱼池饭店③吃午饭，布罗克特费了很多心思点了几样特别的菜。侍者都很殷勤，他们显然都认识他："是，先生，马上就来——立刻就来，先生！"④他们给布罗克特上菜的时候，其他顾客都一直等着，斯蒂芬能看出来，这让他觉得高兴。整个午饭时间，他都盛赞巴黎，仿佛情人谈他爱恋的女人似的。

"斯蒂芬，我有很久很久没回来了。我是要让你真正地崇拜她。你会懂得的，我要让你那么真诚地崇拜她，好让你发现你自己写作起来就像是一位天生的天才。世界上没有什么能像爱情那样刺激人的——你得去和巴黎谈情说爱！"他于是聚精会神地盯着斯蒂芬："我想，你是能够堕入爱河的吧？"

她耸耸肩，没有理睬他这个问题，但是她心里在想："他把眼睛对着锁眼呢。有时候他的好奇心是十分孩子气的，"因为她看见他的脸沉下来了。

"那么，好吧，如果你不愿意告诉我的话——"他嘟囔了一句。

"别犯傻！这没什么可说的，"斯蒂芬笑着说。但是她心中暗

---

① 法国巴黎市郊旧王宫，推翻王权后辟为公园。
② 英国的交通规则是左行，与欧洲大陆及世界大多数国家相反。
③④ 原文为法文。

暗记下:"要小心。布罗克特的好奇心表面上好像不过是孩子气的时候,却总是最危险的。"

他以他那种老练机敏,抛开了那种涉及人的调子。要想强迫她吐露内心秘密是没有好处的,他断定她太聪明过人了,不会让自己露馅的,特别是在这位严密提防的老帕德面前。他叫人结账,等账单送上来,他一项一项地检查,这时他皱起眉头:

"领班!"①

"是,先生!"②

"你们算错了;只有一杯白兰地——这儿还有一处错儿,我点了两份土豆,不是三份;老天爷,我真希望你们小心点!"布罗克特觉得不高兴的时候,总是显得小气:"马上改正,真讨厌!"他说得很粗鲁。斯蒂芬叹了一声,布罗克特听见了就抬起头来,一点也不觉得难为情:"嘿,我们没点的东西,干吗要付钱?"随后他脾气又突然好了,给侍者留下了很大一笔小费。

二

做什么事情也没有比学到当一个完全称职的向导的艺术更困难的了。这种艺术的确需要一个真正的艺术家才行,因为艺术家才有敏锐的观察力能看出差异,有眼光看清大的效果,而不是斤斤计较小的细节,尤其是具有想象力;而布罗克特只要愿意,就

---

①② 原文为法文。

可以当这样一个向导。

他用手把那些职业导游挥到一边,自己领着她们看了宫殿的一部分。为了斯蒂芬,他又让那些历史人物在思想上重新出现在这个地方,所以她仿佛见到了年轻的太阳王①领导那些跳舞人的风采;仿佛听到了那些小提琴颤动的韵律,和他们踏在长长的镜廊上那种节奏鲜明的舞步;仿佛见到了另外那些神秘的跳舞人在那一长排镜子里亦步亦趋的舞姿。但是技巧达到极致的是他为她再现了后来出现的那个倒霉王后②的形象;仿佛因为某种理由,这个不幸的女人一定会以某种个人独特的方式吸引住斯蒂芬。事情也真是这样,王后从这庞大的王宫中挑选出来的那几间不起眼的小屋子,使斯蒂芬深受感动——它们显得那么凄凉,那么富有不幸的思想和感情,直到现在也没有让人们完全忘掉。

布罗克特指着摆在小沙龙壁炉架上的那些小摆设,然后注视着斯蒂芬:"是蓝巴尔夫人③把那些东西送给王后的。"他轻声嘟囔着说。

她点点头,对他那句话的含意只是隐隐约约有点理解。

这时她们跟着他出来走进花园,前面那绿地毯④延伸有四分之一英里完全是一片绿色,他们站在那儿望过去是一条笔直优美的水道。

---

① 指法王路易十四。此人名及下文人名、地址原文多用法文。
② 指路易十六的王后玛丽·安托瓦内特,法国大革命中被革命者推上断头台。
③ 为法国贵妇人,法王路易十六的王后玛丽·安托瓦内特同性恋的对象。
④ 指草坪,原文为法文。

布罗克特说话的声音非常低，好让帕德没法听见。他说："那两位常常在日落黄昏到这里来。有时候她们在落日的余晖中乘着小船沿着这条河道划过去——难道你想象不出来吗，斯蒂芬？她们一定是常常感到相当痛苦，可怜的人儿呀；对种种托词和借口讨厌得要命。难道你对这种东西不也是觉得心烦吗？我的上帝呀，我就烦！"但是她没有回答，因为现在他的意思是明白无误了。

最后他把她们带到爱神殿①，它长久地立在爱它的那些情侣死去的心上，经历了许多默默无言的岁月；从那里又到村景，它的兴建是出于王后突发的奇想——一个憨厚傻气而又具有爱心的女人突发的那种憨厚傻气的奇想——这位王后准是在她那些惨遭蹂躏的农民忍饥挨饿的时候扮演过农民②。那些小屋迫切需要修缮，尽管小鸟在树间歌唱，夕阳闪着金光，这幅村景仍然透着凄凉。

驱车返回巴黎的路上，他们全都沉默不语。帕德觉得太累，不愿讲话，斯蒂芬为某种悲凉的情感压倒了——那种巨大而又美丽的悲凉，常常会在我们观赏了美景之后向我们袭来，这种痛在凡尔赛宫心中的凄凉③。布罗克特甘心愿意坐在汽车的那个可以折叠的硬板椅子上，面对着斯蒂芬。他要是坐在车夫旁边本来可以舒舒服服的，可是他宁愿坐在斯蒂芬对面，而且也是沉默不语，只是在暮色四合中偷偷注意她脸上的表情。

他离开她们的时候，他冷冷地微笑着说："明天，不等你忘掉

---

① 原文为法文。
② 当时法国宫廷生活骄奢淫逸，王公贵族常在宫内自扮自演戏剧舞蹈以自娱。
③ 这里作家将凡尔赛拟人化。

凡尔赛宫,我就想要你们去巴黎裁判所的附属监狱①。这是很有启发意义的——因与果。"

在那个时刻,斯蒂芬十分讨厌他。然而,他还是搅起了她的遐想。

三

在随后的几个星期里,布罗克特带斯蒂芬看了只是他希望她看的那一部分巴黎,这主要包括游客看的那个巴黎。至于那些并不那么简朴的牧场,只要他还有兴趣,他会过些时候带她去。然而现在,他认为,像亚甲②那样,欢欢喜喜走路才比较聪明。他已经一想到这个姑娘就让自己无法摆脱,简直到了异乎寻常的地步。他一向以自己本领高强能探出别人的隐秘而自豪,现在却让这个变态的年轻人也难住了。她是变态的,他无论如何毫不怀疑,但是他非常急切想弄清楚的是,她自己的这种变态对她有什么样的侵害——他相当有把握,她为这件事感到苦恼。而且他还真心实意喜欢她。他对男男女女进行活体解剖可谓肆无忌惮;而他本人

---

① 法国大革命时期著名的监狱之一。很多达官贵人王族受审后从这里走上断头台。

② 《圣经·旧约·撒母耳记上》第15章第32和33节:撒母耳说:"要把亚玛力王亚甲带到我这里来。"亚甲欢欢喜喜地来到他面前,心里说,"死亡的苦难必定过去了。"撒母耳说:"你即用刀使妇人丧子,这样,你母亲在妇人中也必丧子。"于是撒母耳在吉甲耶和华面前,将亚甲杀死。

作为一个性变态者,知道大家都偷偷恨他,他于是也偷偷恨他们,他以此为乐也可谓玩世不恭;然而他又以自己的方式为斯蒂芬感到可惜,而这又让他觉得惊讶,因为乔纳森·布罗克特自认为很久以前已经和同情绝缘了。但是他对别人的同情充其量也不过是件微不足道的事,这种同情从来也不会维护她,从来也不保护她,它总会在突发某个新的奇想前消散,而他此刻的奇想就是把她留在巴黎。

斯蒂芬对他不抱任何幻想,但却又完全在不知不觉中受到他的摆布。他成了一个让人高兴、可以让她分心的人,使她不思念英格兰。而且在他高明的指引下,她渐渐爱上了这座美丽的城市,所以有些时候她也觉得可以接受他,几乎觉得感激他,也感激巴黎。而且帕德也觉得感激。

这样突然之间和莫顿完全断绝了关系,已经影响到这位忠心耿耿、头发灰白的小女人。如果斯蒂芬来向她请教,她简直不知道提出什么样的忠告才好。现在她有时夜里睡不着,躺在那儿想起住在那所静悄悄的豪宅里那位日渐衰老的不幸母亲,这时她又起了怜悯之情,以前曾经起过的那种对安娜的怜悯——直到后来她想起斯蒂芬才不再怜悯她了。然后帕德就尽量非常冷静地去思考,去保持从未失望过的那颗勇敢的心,去保持她对斯蒂芬的前途的坚强信心——只是到了现在,她有些时候才觉得自己差不多已经衰老了,她才认识到自己的确衰老了。安娜有时给她写上一封平和友好的信,但是矢口不提斯蒂芬,这时帕德会感到害怕,是的,害怕这个女人,而有时又几乎害怕斯蒂芬。因为从这些措词审慎的信里,谁也无法知道写信人内心里是什么样的感情;而且从斯蒂芬认出笔迹时候那沉下的脸上，也是谁也无法知道她内心想的是什么。她常常是一走了之，根本不问莫顿的任何事情。

啊，是的，帕德感觉老了，而且真是感到担心，这两种感觉她都深深厌恶。所以不管她情况怎么样，作为一个不屈不挠的战士，她还是咬紧牙关，要了一杯滋补剂。她跟在不知疲倦的斯蒂芬和布罗克特身边，挣扎着走过巴黎的一座座迷宫；走过卢森堡和卢浮宫的画廊；登上埃菲尔铁塔——感谢老天爷，是坐了电梯的；下到和平路，上到蒙马特小山坡——有时坐小车，但是常常是步行，因为布罗克特希望斯蒂芬熟悉她的巴黎——而且很可能总是最后大吃一通，让疲乏不堪的帕德很不好受。在饭馆里，人们总是盯着斯蒂芬看，虽然这个姑娘装作浑然不觉，可是帕德知道，斯蒂芬尽管表面平静，内心却感到愤恨，感到局促不安，感到狼狈不堪。而且帕德因为疲倦，注意到那些人在盯着看，也觉得狼狈不堪。尽管帕德怒颜相向，还喝了滋补剂，有时还是确实得退让一下，休息休息。等回到巴黎旅馆独自一人的时候，她会突然起了乡愁，非常想念英格兰——当然很可笑，然而这又是事实，她对英格兰牵肠挂肚。在这种时刻，她会怀念一些滑稽可笑的东西：在多佛的火车上卖的那种便宜的小圆面包，英国脚夫那乐呵呵、红扑扑的面孔——那些年老的还有一小撮短短的络腮胡子；哈罗德[①]商店；支架很得体的扶手椅；咸肉

---

① 英国著名的百货商店。

鸡蛋①；布莱顿②的海滨。独自一人的时候想起这些滑稽可笑的事情，帕德对英格兰真是觉得牵肠挂肚，难舍难分。

一天晚上，她那困顿的心境一定闪回到她与斯蒂芬的友谊刚刚开始的日子里。从那时到现在简直像过了一辈子，一个又细又高像小马驹似的十四岁小姑娘逐渐在莫顿的教室里调教成人。帕德仿佛听到她自己当年讲的话："你忘了点什么，斯蒂芬；书是不能走到书柜那儿去的，可是你能，所以得要你把它们顺手拿过去，"接着又说："连我这脑子也受不了你那种毫无章法的习惯。"斯蒂芬十四岁——那是十二年以前。在这些岁月里，她帕德已经变得疲惫不堪了。她努力想为斯蒂芬寻找到一条出路，一条逃生之路，一条为斯蒂芬恪尽职责的路而疲惫不堪了。她们，她们俩好像一直在一条永不回头，无穷无尽的路上辛苦奔波；她自己是一个壮志未酬而日渐衰老的女人；斯蒂芬仍然年轻而且直到现在仍然英勇无畏——但是总有一天，她会青春不再，她的勇气也会因为这无穷无尽的辛苦奔波而消磨殆尽。

她想到布罗克特，乔纳森·布罗克特，对斯蒂芬来说，确实是个毫不足取的伙伴，彻头彻尾品行不端、玩世不恭的男人，而且由于才气焕发也是一个危险的人物。然而，她帕德实际上却是感激这个人的；因为她们处在那样可怜的境地，所以她要感谢布罗克特。接着她又想起了另外一个男子，马丁·哈拉姆——她曾经对他怀有极大的希望。他非常单纯、诚挚、善良——帕德觉

---

① 英式早餐中的主要内容。
② 英格兰南海岸著名海滨疗养地。

得，他还有许多优点值得称道。但是对于斯蒂芬这种人来说，像马丁·哈拉姆那样的男子却是世间难寻。这样的人作为朋友就委屈了她，而她反过来要做情人又委屈了他们。剩下的又是些什么人呢？乔纳森·布罗克特？物以类聚。不，不，这种想法叫人无法容忍！这样一种想法是对斯蒂芬的极大侮辱。斯蒂芬高尚正直，英勇无畏，她在友谊方面坚贞不渝，在爱情方面无私忘我；认为一定只有像乔纳森·布罗克特这样的男男女女才能做她的伙伴，这种想法是无法容忍的——然而——归根到底，别的又还有什么呢？留下的又是什么呢？孤寂，或者甚至更糟，更糟得多，因为它使灵魂堕入深渊；这是一种躲躲闪闪的生活；一种谨言慎行的生活；一种即使不是用言词也是用闪避来撒谎的生活。一种使自己也变成这个不公正世道帮凶的生活；任何时候都要保持审慎的缄默，以虚饰伪装来与所尊敬的人为友，并以虚饰伪装来保持友谊，因为他们，甚至是所尊敬的朋友，一旦了解真相，就会掉头离去。

帕德突然一下控制住自己的思想；这决不能有助于斯蒂芬。到了一定的时候就会成为祸害了。她站起身来，回到自己的卧室，洗了脸，理好头发。

"我简直不像个人了，"她照着镜子里自己的样子，暗暗抱怨自己说；在那个时刻，她的确显得比她的年岁更苍老。

四

一直挨到将近七月中，布罗克特才带斯蒂芬去瓦莱里·西摩家。瓦莱里外出了一段时间，现在也只是路过巴黎到她位于圣·特罗贝的别墅去。

他们开车去伏尔泰码头她的公寓，路上布罗克特开始大肆称颂他们那位女主人，赞扬她的机敏，她的文学才能。她写过一些精美的讽刺作品，关于希腊人品德的有趣随笔——这些随笔很是直言不讳，而且，瓦莱里的生活也很是直言不讳——她是，布罗克特说，某种先锋人物，大有可能载入青史——她的多数随笔是用法文写的，因为别的一切都不论，她还是位双语作家；她也很富有，她一位美国叔叔很有远见，把自己的财产遗赠给了她；她也很年轻，刚刚三十出头，据布罗克特说，还很好看。她过的那种生活，精神极其安宁平静，因为没有什么事情让她苦恼，很少事情让她悲伤。她坚定相信：一个人生在这个丑恶的时代，应该尽情地追求美。但是斯蒂芬可能觉得她有点自由撰稿人的味道，从内心来说，她是个自由思想家[①]；她那些风流韵事，即使经过筛选，也足够三卷之多。一些大人物爱过她，一些大作家写过她，据说其中有一个死了，原因是她拒绝了他，但是瓦莱里并没有给吸引到男人的身边去——然而，如果斯蒂芬去参加她的聚会，她就会看到，她在男人中间有许多忠贞不渝的朋友。在这方面，不管她是个什么人，她几乎都是无与伦比的，因为男人对她并不感到愤恨。当然一切有识之士都认识到，她是个与众不同的人，斯蒂芬一见到她也会认识到这一点。

布罗克特一路上喋喋不休，而且他说话的时候，声音里还带

[①] 原文为法文。

着女人腔,斯蒂芬对这种腔调一向是又讨厌又害怕。"啊,亲爱的,"他尖声尖气地高声一笑说,"你们这次见面,我真是太激动了。我有这样一种感觉,这事关重大。多有意思呀!"他那双又白又嫩的手开始不停地乱动,做出种种愚蠢的手势。

斯蒂芬冷冷地看着他,心里纳闷,她这会儿怎么能容得下这个年轻人——的确,她为什么愿意容忍他。

五

瓦莱里的公寓房给斯蒂芬印象很深的第一件事,就是它很大,而且有点堂而皇之地杂乱无章。这里有某种极其乐于显得落拓不羁的意味,仿佛它的女主人忙于太多其它的事情,而无法顾及公寓的状况。什么都摆得不是地方,而且许多都摆在不应该摆的地方,同时到处都蒙着一层薄薄的尘土——甚至是在那间宽阔的沙龙里。某个客人的东方香水味儿和放在十六世纪高脚杯里的晚香玉的味儿混在一起。一张真正具有王室气派的大沙发,占据在凹进去的那个阴暗斗室的显要位置,沙发上放着一匣富勒牌薄荷香脂和一把鲁特琴①,但是琴弦都断了。

瓦莱里带着欢迎的微笑走上前来。她并不美丽动人,也不是仪态万方,但是四肢非常完美匀称,给人一种她个子很高的假象。她举止得体,带有那种由于完美匀称而来的娴静自然、毫不做作

---

① 欧洲十四世纪到十七世纪流行的一种弹拨乐器,类似中国的琵琶。

的优雅。她的脸是富于幽默、和蔼宜人、老于世故的。眼睛很亲切、很蓝、很有光彩。她穿戴得一身雪白,纤弱尖俏的肩膀上裹着一条很大的白狐皮。另外,她有满头浓密的浅色头发,用发卡草草拢着;一眼看去,就能知道,它们讨厌约束,就像它们所在的那套公寓一样有点堂而皇之地杂乱无章。

她说:"我非常高兴,终于能够见到你,戈登小姐,请进来,请坐。如果你喜欢抽烟,就请抽吧。"她一眼看见斯蒂芬那不言自明的手指头,马上又加了后面那一句。

布罗克特说:"肯定不错。这真是太妙了!我觉得,你们会成为特别要好的朋友。"

斯蒂芬心想:"原来这就是瓦莱里·西摩。"

他们刚一落座,布罗克特就用一些私人的问题缠住女主人不放。在汽车上还是引而未发的那种情绪,现在变得肆无忌惮了,所以他在那个座位上躁动不安,做着那些很不得体的小动作。"宝贝儿,你看上去真是漂亮到家了!不过,请告诉我,你对波林斯卡干了些什么?你把她淹死在卡普里岛那个蓝洞①里了吗?我希望你那么干了,我亲爱的,她活着的时候是那样讨厌,那样卑鄙龌龊!请你一定告诉我波林斯卡的事。你把她带到卡普里去的时候,她的行为怎么样?你把她淹死以前,她勾上什么人了吗?我总是感到害怕,我腻烦让人勾上!"

瓦莱里皱起眉头:"我相信,她还好好的。"

---

① 意大利那不勒斯湾卡普里岛北部的洞穴,长54米,高15米,洞里有耀眼的蓝光,著称于世。

"那么你已经把她淹死了呀,宝贝儿!"布罗克特尖声大叫。

于是他就像发大水似的放出一些人的一大堆流言蜚语,这些人是斯蒂芬从来都没有听说过的。"帕特让人给甩了——你听说了吗,宝贝儿?你认为,她会去当修女,还是去喝可卡因,还是干别的什么?谁也不可能知道,像这样一个感情用事的人,下一步会干出什么来,是不是?艾拉白拉和简·格里格一块跑到丽都①去了。格里格家刚好得到大笔大笔的钱财,所以我希望,他们还没有花完的时候——我是指还有钱啊,他们发疯似的昏天黑地地快活逍遥……你听说拉歇尔·莫里斯的事吗?人家说……"他滔滔不绝,好像河流涨了春潮,而瓦莱里则呵欠连连,看来感到厌烦,只是嗯嗯啊啊简单作答。

斯蒂芬则坐在那儿,一言不发只是抽烟,皱着眉头心里寻思:"这全是因我而发的。布罗克特想让我明白,他知道我是什么人,而且他也想要瓦莱里·西摩明白——我料想,这是想让我受到欢迎。"她根本不知道,不管是觉得受到羞辱还是得到安慰,起码在这里用不着矫饰作假。

但是过了一会儿,她又胡乱想到,瓦莱里的眼睛开始评价起人来了。这双眼睛在估量她,而且评估的结果是暗暗赞许满意,她自己这样想象着。慢慢她又浑身冒火了。瓦莱里·西摩暗暗表示满意,不是因为自己的客人是个很体面的人:有工作的意愿,有经过熏陶的头脑,具备有朝一日成为贤才的条件;而是因为她看到眼前这个变态的人全部露在外面的烙印——真正是一个钉在十

---

① 意大利的小岛,靠近威尼斯,是著名海滨浴场的游乐胜地。

字架上的人的累累伤痕——这才是瓦莱里坐在那儿赞许的原因。

这时候,瓦莱里仿佛触到了她这些痛楚的想法,突然对斯蒂芬嫣然一笑。她转过身来背朝着喋喋不休的布罗克特,开始一本正经地对自己的客人谈论自己的工作,一般的书籍,一般的生活。她这样谈的时候,斯蒂芬逐渐更好地理解了许多人在这个女人身上感到的魅力,这种魅力主要不在身体的吸引力上,而在于极其谦恭有礼和善解人意,在于强烈希望取悦于人的意愿,在于强烈追求所有各式各样的美的冲动——是的,她的魅力就在这些地方。他们继续往下谈的时候,斯蒂芬领悟到,她面对的不仅仅是爱情花园里的自由民,而且还是生来就超越了她自己时代的人,一个用镣铐锁在基督教时代的异教徒,她肯定会对皮埃尔·路易[①]说:"现在世界向品质低劣者的进攻屈服了。"斯蒂芬还觉得,她在这双神采奕奕的眼睛里看出了狂热信仰者惨淡然而炽热的光芒。

这时候瓦莱里·西摩问她,她在巴黎会逗留多久。

于是斯蒂芬回答:"我要在这里长住下去。"她说这句话的时候对这句话觉得吃惊,因为就在这以前她还一直没有做出这种决定。

瓦莱里好像很高兴:"如果你想要座房子,我知道雅各比路有一处。那地方东倒西歪的,但是带一座优美的花园。干吗不去看看?你可以明天去。当然,你得住在这边,只有左岸[②]才可以算是巴黎。

[①] 皮埃尔·路易(1870—1925)法国诗人、小说家,创办过文学期刊数种,出版过数种诗集和长篇小说。下句引文原文为法文。

[②] 原文为法文,指塞纳河左岸环境幽美的住宅区。

"我愿意去看看那座老房子。"斯蒂芬说。

这样瓦莱里就走到电话那边,接着就给房东打电话。约好的时间是第二天上午十一点。"那是挺惨的一处老房子,"她预先告诉她,"有好一段时间了,谁也不愿意去找麻烦在那儿安家,但是如果你弄到它了,你可以整个改造一番,因为我料想,你会在那儿安你的家。"

斯蒂芬脸红了:"我的家在英国,"她很快答了一句,因为她的思想立刻飞回莫顿了。

可是瓦莱里回答:"一个人可以有两个家——许多家。对我们可爱的巴黎厚爱一点吧,让它承蒙不弃做你的第二个家——它会感到不胜荣幸的,戈登小姐。"她有时候讲点这样的客套话,而这些话出自她的口中,听起来显得莫名其妙地古板。

布罗克特,有些受到抑制,明显地显得郁郁不乐,就像以往瓦莱里怠慢他的时候一样,他抱怨说他右眼上面很疼:"我必须服点非那西汀才行,"他悲伤地说,"我右眼上面老是这样痛得很奇怪——你认为这是眼窦的问题吗?"——不管什么地方痛,他连一点都忍受不了。

他那位女主人叫人找来了非那西汀,于是布罗克特吞了两片:"瓦莱里再也不爱我了,"他叹了一口气,愁眉苦脸地看着斯蒂芬。"我认为这真太难以容忍了,可是事情总是这样,每次我介绍我要好的朋友相互认识,他们马上就聚在一起,却让我坐冷板凳;不过,感谢上苍,我这个人是很能原谅别人的。"

他们俩笑了起来,瓦莱里让他起来坐在那张大沙发上,他马上一躺就压在鲁特琴上了。

"啊,上帝呀,"他呻吟了一声,"现在我把脊椎骨硌坏了——我都没法直起来了。"这时候他就胡乱拨响了鲁特琴剩下的那一根琴弦。

瓦莱里走到她那张乱堆着东西的写字台旁边,写了一张地址:"这些地址对你会有用的,戈登小姐。"

"斯蒂芬!"布罗克特高声叫道:"叫这个可怜的女人斯蒂芬!"

"我可以吗?"

斯蒂芬表示赞成,"可以,请这样叫我吧。"

"那么非常好。叫我瓦莱里吧。这是一种交换条件吗?"

"这场交换条件敲定了,"布罗克特宣告。他用特别的技巧胡乱拨弄着那一根单弦,弹出"啊光棍儿米奥",这时他突然停了下来:"我还知道一件事——你的击剑,斯蒂芬,你已经把你的击剑忘掉了。我的意思是让瓦莱里告诉你比森的地址。据说他是欧洲最好的大师。"

瓦莱里抬起眼睛问道:"那么斯蒂芬击剑吗?"

"她击剑!她是了不起的击剑冠军。"

"他从来没见过我击剑,"斯蒂芬解释说,"我从来也没有希望当冠军。"

"你别听她的,她是尽力保持谦逊。我听说,她的击剑和她的写作简直一样高明,"他坚持说。斯蒂芬觉得受到了某种触动,布罗克特是在炫耀她的才能。

这时她提出开车带他走,他摇摇头:"不,谢谢你,亲爱的人。我还要待着。"于是她和他们告别;但是她离开他们的时候,听见布罗克特在向瓦莱里嘀咕,斯蒂芬觉得很肯定,她听见了她的名字。

六

"噢,你觉得西摩小姐怎么样?"斯蒂芬大约二十分钟以后到家的时候帕德问她。

斯蒂芬迟疑了一下,"我还不十分肯定。她非常友好,但是我总不能不感觉到,她喜欢我是因为她想到我——呃,是的,因为她想到我是怎么一个人,帕德。不过,我也可能想错了——她友好得不得了。布罗克特可是糟糕透了,可怜的家伙!他好像让周围的环境冲昏了头。"她疲倦不堪地倒在一把椅子上:"啊,帕德,帕德,这件事简直糟糕透顶了。"

帕德点点头。

这时候斯蒂芬很是突然地说:"反正我们要在巴黎这儿住下来。我们明天去看一座房子,雅各比路上的一座老房子,还带一个花园。"

帕德迟疑了一会儿,然后才说:"只有一件事情是不合适的。你想,你住在城市里会很快乐吗?你那么喜欢乡村式的生活。"

斯蒂芬摇摇头:"现在这都过去了,我亲爱的,离开了莫顿,就没有什么适合我的乡村了。但是在巴黎我可以安上那么一个家,我可以在这里写作——而且,当然,这里还有许多人……"

帕德的脑子里有个什么东西开始敲打起来了:"物以类聚!物以类聚!物以类聚!"这句话敲打着。

第三十二章

一

斯蒂芬买下了雅各比路的那所房子，因为她一走过从街上直通圆石铺地院子的那条幽暗的灰色拱道，看到她面前的那所荒弃无人的房子，她就立刻知道，她会在那儿住下。有时就会有这种事，我们从本能上感觉到和某些住所发生共鸣。

院子里阳光灿烂，四周还有围墙。院子右边有座铁门通向宽阔、凌乱的花园，这座花园虽然无人照管显得凄凉，那里面仍然保存着的树木却都是优良品种。一座大理石砌成的喷泉位于原来草地的中央。喷泉早就给杂草堵死了。花园最远那个犄角里立了一座半圆形神庙，不过那是老早以前的事，现在那座神庙完全成了废墟。

房子本身需要没完没了地翻修，不过它那些屋子的格局都是精心设计、安排得当的。有一间精致的屋子窗户朝着花园，可以做斯蒂芬的书房；她可以在那儿安安静静地写作；石板铺地的大厅另一头是一间比较小但很舒适的餐厅①;而经过石梯上到塔楼顶层,上面有一间小小的圆屋子可以做帕德专用的私室。楼上有几间卧室足够她们用,而且还绰绰有余;还有地方做两间浴室。斯蒂芬看了房子的第二天,她就立了文书同意购买。

瓦莱里离开巴黎之前来电话询问,斯蒂芬觉得那座老房子怎样,她听说她实际上已经买下了,表示自己感到高兴。

"我们现在简直要成为近邻了,"她说,"但是在你明确表示之前,我不去打扰你,哪怕我秋天回来了也不去。我知道,你得实实在在和那些工人打几个月的麻烦,你这亲爱的小可怜儿,我真为你难过。但是你一旦有可能,就让我来看看你——在这中间,如果我真能帮助你……"她还告诉斯蒂芬她在圣·特罗贝的地址。

自从离开莫顿以来,斯蒂芬现在是第一次用心思来安一个家。她通过布罗克特找到一个年轻的建筑师,他好像切望执行她的一切指示。他是那种很难得的建筑师,从不把自己的意见强加给主顾。就这样,一队工人涌进了雅各比路那座荒弃无人的古老房子,他们每天很早开始就敲敲打打,挖来挖去,弄得尘土飞扬,一直干到黄昏——一边抽着粗劣的烟丝,一边开玩笑,或者吵吵架,或者偷偷闲,或者吐口痰,或者哼小曲,而且快得出奇,不管你走到哪儿,都好像是踩在湿的水泥上,或者干的混着砖头瓦块的土堆上,所以帕德抱怨说,她所有的鞋都弄脏了,而斯蒂芬走出来的时候整洁的蓝哔叽衣服肩头上都成了灰色,连头发上都满是厚厚的尘土。

---

① 原文为法文。

有时候建筑师在傍晚来到旅馆,接着就进行长时间的讨论。他和斯蒂芬常常俯身在那张红木小桌上,聚精会神地研究种种计划。因为尽管要做些修改,她还是希望保存那地方的风貌完整无损。她决定要有一个帝政时代的书房、灰墙、帝国绿的窗帘,因为她喜欢拿破仑第一时代兴出来的那张宽大的写字台。餐厅的墙应当是白色,窗帘是棕色,而塔楼顶层帕德那间圆形的私室应当是黄墙和黄油漆,让人想象到阳光。斯蒂芬对这些事情非常专心致志,所以根本没有时间注意到乔纳森·布罗克特突然离开去了奥地利蒂罗尔的山顶。他的钱突然花光了,所以必须赶快写出一两个剧本,好冬季在伦敦演出。他给她寄过三四张冰川明信片,以后她就没有听到他更多的消息了。

八月底,修缮工作还在进行,她和帕德开车到各个村庄和小镇上转转,想搜求古旧家具,斯蒂芬发觉自己做这件事多么高兴,不禁感到吃惊。她发现自己一边开车,一边吹着口哨,等她们傍晚回到某个简朴的旅馆①;她就要大吃一顿晚餐。每天早晨她都要刻苦操练哑铃;她逐渐达到可以击剑的状态。自从离开莫顿以后,她根本没有练过击剑,因为在伦敦的时候她全神贯注在自己的写作上;可是现在她就要在比森面前击剑,所以她刻苦操练哑铃。在这两个月休假的期间,她慢慢爱上了法国那视野开阔、果实累累的乡村,甚至就像她已经爱上了巴黎那样。她从来没有像爱莫顿周围的群山和绵延的山谷那样爱法国,因为那种爱不知为什么成了她生命的一部分;而对法国的爱是因为它会给她一个家,一

---

① 原文为法文。

种安详而且非常诚挚的感情。每走过一英里的途程，她内心就增添一分感激之情，因为首先她具有的就是一种知恩必报的天性。

　　她们十月底返回巴黎。现在又要挑选地毯和窗帘；到布朗白色纺织品商店去挑选那些叫人着迷的毯子——精工印染好和任何卧室相配的毯子；挑选精美的床单被单之类，以及其它一些昂贵的东西，包括一套套的钢制厨房用具，然而后面这些东西都留给帕德去挑选。最后，大队工人撤离了，换了一家布列塔尼人①——棕色脸膛，手脚健壮有力，样子很能干——全家三口有母亲、父亲和女儿。来做管家的皮埃尔一度当过渔民，但是海上的艰苦使他未老先衰。他在那一行干了几年，得了关节风湿热，心脏受到伤害，使他不适应渔民操劳的生活。他妻子波利娜相当年轻，正是她要掌管厨房，他们的女儿阿德尔，一个十八岁的姑娘，要帮助父母，同时照顾家务事儿。

　　阿德尔像只春天的画眉一样快活，她老是好像要唱歌似的。但是波利娜却总是在渔民出海打鱼的时候，站在那儿守望着海上起的大风暴；她父亲在海上丧生了，她有个哥哥也是这样，所以她很少有笑容。她很阴郁，有仔细讲述人们不幸遭遇的癖好。至于皮埃尔，他有些迟钝，和善而且信神，长了一对长期注视辽阔空间那种人的眼睛。他留着平头，灰色头发剪得只留下些头发茬，他体形显得笨拙，走路的时候总是把两条腿叉开一点②，好像从来不相信房子会不动弹。他一见面就喜欢上斯蒂芬了，这是很幸运

---

① 法国最西端的半岛地区居民。
② 这应是他过去在海上船中生活留下的习惯。

的，因为人们很难得到一个布列塔尼人的好感。

就这样，杂乱无章变成井井有条。圣诞节前夕，斯蒂芬二十七岁生日的早晨，她搬进了古老的左岸①雅各比路上她自己的家里，开始她在巴黎的新生活。

二

斯蒂芬和帕德俩单独在棕白相间的餐厅里吃圣诞节大餐。帕德早已买好了一棵小圣诞树，并且修剪好，挂上了彩色的蜡烛。一个蜡制的小圣婴从他那根树枝上向下面，也向旁边弯下身来，仿佛他也在寻找他的礼物——只是现在并没有任何礼物。天色差不多完全暗淡下来的时候，斯蒂芬于是笨手笨脚地点燃那些蜡烛。她和帕德站在那儿看着那棵圣诞树，不过都沉默不语，因为她们俩一定都在回忆往事。但是皮埃尔像所有熟悉大海的人一样，内心依然像个孩子，高声喊叫起来。"圣诞树，真漂亮！"②他叫喊着，还把满脸阴郁的波利娜从厨房里拉出来，她也喊叫起来；于是他们俩又把阿德尔拉出来，三个人高声喊叫："圣诞树，真漂亮！"③这样一来，那个蜡制的小圣婴就不那么念念不忘他那份礼物了。

那天晚上，波利娜的两个兄弟来了——他们俩都是大兵，就驻扎在巴黎附近——他们还带来了另外一个年轻人，名叫让，他

---

①②③　原文为法文。

正在热烈追求阿德尔。很快就从厨房里传来了唱歌和大笑的声音，等斯蒂芬上楼去自己的卧室找本书，阿德尔正在那儿，她因为这位让而满面通红，两眼明亮，她匆匆忙忙铺好床，就展开爱情的翅膀飞回厨房去了。

不过斯蒂芬则是慢吞吞地走下楼来去到自己的书房，帕德正坐在壁炉前面；她以为帕德累了，正坐在那儿；她的手闲着，过了一会儿斯蒂芬才注意到，她是在打瞌睡。斯蒂芬轻轻地打开书，不愿意惊醒这位灰色的小小女人。她坐在那张大皮椅里显得那么小，她的头，好像认罪似的不停地点着。可是那本书好像值不得费力气去阅读。所以斯蒂芬立刻把它放在一边，坐在那儿看那些火苗忽隐忽现的木头，因为霜冻的缘故，木头发出响声和蓝色的火焰。在莫尔文群山上，现在大有可能是一片雪白；深深的积雪可能盖在伍斯特郡的灯塔上。英国帐篷山上的空气是香甜的，带着冬天的和开阔天地的气息——山谷下面，远处的点点灯火闪闪烁烁。在莫顿，湖面是平静的，而且结了冰，所以天鹅彼得总感觉很友好——冬天他老是从她的手上啄食——他现在一定很老了，这个名叫彼得的天鹅。咕咕！咕——咕！于是彼得向她慢慢地蹒跚着走过来。他能优雅大方地在水上漂游，这时却只能举步艰难地向她的手蹒跚走过来，啄取她拿在手上的那块干面包。让和他的阿德尔一起待在厨房里——他是个面目顺眼的男孩子，斯蒂芬早见过他——他们很年轻，两个都快活极了，因为他们的父母都赞成，所以有一天他们会结婚的。于是就会有孩子，就让的那瘪瘪的钱包来说，毫无疑问会是孩子太多；然而，过这种生活一个人要想得到快乐，就得付出代价——他们就得为这些孩子付出代价，而这就斯蒂芬来看是十分公平合理的。她觉得那已经是很久以前的事了,那时候她还是一个很小的孩子,和她父亲在地上嬉戏打闹,在马厩里缠着威廉斯,打扮成小纳尔森,在柯林斯面前装模作样,而柯林斯有时又拗着小纳尔森。她现在都快三十岁了,她又干出了些什么呢?写了一部好的长篇小说和一部很糟的长篇小说,再加上几篇平庸的短篇小说。啊,对了,她很快就要再开始写作了——她已经有了一部长篇小说的构想。不过她叹了一口气,帕德猛地一惊醒过来了。

"是你吗,我亲爱的?我是不是睡着了?"

"只不过几分钟,帕德。"

帕德对自己手腕上那只新金表看了一眼,这是斯蒂芬送给她的圣诞节礼物。"已经过十点了——我想,我要上床睡觉去了。"

"是呀,干吗不呢?我希望阿德尔把你的热水瓶灌满了。她对她那位让简直有点头脑发昏了。"

"没关系,我可以自己灌,"帕德笑着说。

她走了,斯蒂芬坐在壁炉旁边,两眼半睁,双唇紧闭。她必须赶走所有这些对往事的回忆,强使自己思考未来。像这样仔细琢磨往事,是完全不对头的;这是枉费精力,是没有骨气,是一种病态。她有自己的工作,大声疾呼要她去完成的工作,但是决不能再写那些毫无价值的书。她必须表明她是怎样一个人,她能够压倒一切反对的意见,登上成功的顶峰,哪怕举世力图把她压倒,她也要登上成功的顶峰。她的嘴变得严峻,她那敏感的嘴唇,按照权力来说是属于梦想家、属于情人的,这时出现了愤恨和痛苦的线条,他们改变了她整个的容貌,使它变得不那么俊美了。

在这个时刻,她原来那酷似她父亲的形象,从她脸上消失殆尽。

是的,这个世界以它那威力强大的自我满足,以它那沾沾自喜的行为规则力图把她压倒,而这些规则制定出来,不过是任由那些自以为属于正常之列而趾高气扬、自我夸耀的人来蹂躏践踏而已。他们骑在另外成千上万人的脖子上,而只有天知道是什么理由,这些人从创造出来就和他们不同;这些人以他们的憎恨、以他们自称为正义的判断为荣。他们罪过累累,甚至作恶多端,就像淫乱下贱的畜牲一样——但是他们反倒是正常的!他们之中最卑劣的家伙居然可以伸出手指头来,蔑视她而且还会得到高声喝彩。

"愿上帝罚他们下地狱!"她嘟囔着。

在厨房里又唱起了歌,那几个年轻男子唱出的声音又和谐又快活。阿德尔年轻的声音和他们混在一起,像合唱班男孩的声音似的,还没有多少女性的音调。斯蒂芬站起来,打开门,然后静静地站在那儿,聚精会神地听着。歌声从这些质朴的人们心中流泻出来,抚慰着她过分紧张的心灵。因为她并不嫉妒他们的幸福;她并不愤恨年轻的让和他的阿德尔,或是在自己的盛年有过男子汉的作为的皮埃尔,或是常常显得是个咄咄逼人的女性的波利娜。自从离开莫顿以来,这些年月她变得尖酸刻薄了,但是还没有尖酸刻薄到要愤恨这些质朴的人。她凝神静听着,这时他们突然停了一会儿,等他们接着再唱的时候,歌声却是悲愁的,带有多数男人心灵中常有的悲愁,特别是农人那种有耐受力的心灵中的悲愁。

"可你将怎么办,神父,
　　　　我的能人?"

她能清清楚楚地听到布列塔尼那柔和的字音。

"可你将怎么办,神父,
为了给我们做弥撒?"
"当夜幕完全降临时,
我将遵守我的诺言。"

"可你将怎么办,神父,
　　　　我的能人,
可你将怎么办,神父,
没有精致的祭坛罩布?"
"我们亲爱的天主,
将被安放在一块台布上。"

"可你将怎么办,神父,
　　　　我的能人?
可你将怎么办,神父
没有仪式用的大小蜡烛?"
"圣母娘娘将会
把天上的星星点亮。"
"可你将怎么办,神父,

> 　　　　我的能人?
> 可你将怎么办,神父,
> 没有响亮的管风琴?"
> "耶稣将会敲响,
> 轰鸣的波涛的键盘。"

> "可你将怎么办,神父,
> 　　　　我的能人?
> 可你将怎么办,神父,
> 如果敌人来骚扰我们?"
> "我只会为你们祝福一次,
> 为新兵们则加倍祝福!"

她随身带上书房的门,若有所思地爬着楼梯走向自己的卧室。

第三十三章

一

新年到来的时候,从瓦莱里·西摩那里送来了鲜花,还附了一封祝贺新年的短信。随后她来做了一次颇具礼节性的拜访,帕德和斯蒂芬款待了她。离去之前,她邀请她们俩去午餐,不过斯蒂芬以工作为托词谢绝了。

"我又苦干起来了。"

听她这样一说,瓦莱里笑了。"那么很好,回头见①。你知道到哪里去找我,等你有空了,就来电话,我希望不要等很久。"然后她就走了。

但是斯蒂芬刚好有相当长一段时间没去看她。瓦莱里也是一个忙人儿——除了写小说,她还有其它一些事。

布罗克特为了他的剧本留在伦敦。他写的很少,虽然他一旦

---

① 原文为法文。

写起来，就一心一意地写，甚至满怀激情。不过他现在是急功近利的。他并没有再次对斯蒂芬丧失兴趣，只是在这个时刻，她不适合他那光辉灿烂、财源滚滚的谋生计划。

所以她和帕德再次一起过着一种出奇地离群索居的生活，一种几乎完全与世隔绝的生活，帕德心中无法确定她到底是感到得到了排解，还是悔恨满怀。至于对她自己，她倒是满不在乎，她心急如焚，总像往常一样是为斯蒂芬。然而斯蒂芬却好像是心满意足——她动笔写她的书，对自己写的很为满意。巴黎激发她去好好工作，而作为消遣，她现在又开始击剑——每周两次她和比森击剑——他是个严格然而又是无与伦比的教练。

比森起初非常粗鲁："丑陋的、讨厌的、可怕的[①]英国人！"他大嚷大叫，斯蒂芬的姿势让他相当生气。尽管如此他对她还是有很大的兴趣。"你写书；多可惜！我能让你成为一个优秀的击剑手。你长着男人的肌肉，而且能使出很长的、优美的击刺，只要你忘了你是个英国人，也不要怕——你们怎么说？噢，对了[②]，难为情。我要是能早点发现你就好了——然而，你的肌肉还是很有活力而且很柔韧。"有一天他说："让我摸摸你的肌肉，"于是他伸出手来向下摸摸她的两条大腿，又摸摸她那强壮有力的腰："好本钱，好本钱！[③]"他嘟囔着。

在这以后，他有时带着惶惑的表情认认真真地盯着她看；但是她并不讨厌他，也不讨厌他的粗鲁和他对她的肌肉表现出技术性的兴趣。的确，她喜欢这个蓄着翘起的黑胡子的小个儿男人和

[①][②][③] 原文为法文。

他那火爆的脾气,他发一些空洞无物的议论①:"我们谈起自然来全都是些笨蛋。我们制定出自己的一些规矩,把他们叫作大自然②;我们说,她做这个,她做那个——笨蛋!她喜欢什么就做什么,"然后就把大拇指按在鼻子尖上做鬼脸表示蔑视。他这样说的时候,斯蒂芬既不觉得害臊,也不感到讨厌。

这些训练课是工作之余一种大大的放松,多亏这些课程,她的健康状况大有好转。她的身体本来惯于严格的训练,所以讨厌在伦敦的那种伏案久坐的生活。然而,现在她开始注意自己的健康了,每天在树林里③散步一两个钟头,或者探究她所在地区靠近她家的那些又高又狭的街道。对比之下,这种街道的尽头天空显得明亮,仿佛是从地道往外看的一样。有时她站在更宽、更繁华的圣父路凝视那些商店;古老家具店;十字架商店,窗口摆着几十种耶稣钉在十字架上的像——那么多用象牙雕成的耶稣受难像。她想,在巴黎每犯一次罪过就一定有一个这样的像。或者她也会跨过艺术桥,去到河的彼岸。一天早晨,她走到小田园路,她突然发现了舒瓦瑟尔穿堂门,因为那个时候下起雨来,她本来是迈步过去躲雨的。

啊,舒瓦瑟尔穿堂门的魅力,那奇特而又有点笨拙的吸引力。它确实是整个巴黎最丑陋的地方,屋顶是用白木架子和一块块玻璃搭成的——这种屋顶看来就像史前时期巨兽的脊椎骨架。糕点铺——有钱人去的那家大铺子,散发出巧克力的香味。拉夫吕有点低微的学生味,在那里人们用的橡皮筋是按克卖的,大家把它

---

①②③ 原文为法文。

叫作"橡皮手镯"。在那里,人们购买质量一流[①]、颜色深红、硬如纸板的吸墨纸,还有黑皮装订并有斑驳闪亮蓝边的那种薄薄的然而激动人心的手抄本书籍。在那里,人们找得到大批大批的铅笔和蘸水笔,有任何牌子,任何形状,任何颜色,任何价钱;而在外面那对人深信不疑的盘子上摆着的玛瑙橡皮,外表像大理石一样,而且也好像能在你的纸上擦出洞来。对于那些宁愿看书而不写书的人,总可以找到勒梅书店和他巧妙陈列的黄皮装订的书籍。至于那些不为想象所干扰的人,紧靠拐角处就有标本剥制店——他们可以细看那只吃蛾子的悲哀的火烈鸟,两只松鼠,三只鹦鹉和一只落满尘土的金丝雀。有些人给布店的便宜灯芯绒吸引住了,它们都大卷大卷地摆着,仿佛地毯一样。有些人去到那小小的邮票店,还有几个大胆的甚至进了药店——那个伤风败俗的解剖模具店,它那里的货物都未列入橡胶制品教学用具的开支之列。

在这个舒瓦瑟尔穿堂门里来来往往的还有数不清的闲游散逛或者忙忙碌碌的人,冬天带进来泥浆和雨水,夏天进来尘土和炎热,带进来天知道有多少想法,其中有一部分是怀有这种想法的人决不会忘掉的。穿堂门的空气由于有了所有这些秘而不宣的想法而显得沉重凝滞。

斯蒂芬的种种想法陷入了其他人的一些想法中间,不过她这一刻的想法都是女学生的想法,因为她的目光突然射到了拉夫吕,是让装有花哨的橡皮的盘子吸引过去的。一旦走进去了,她就抗不住那些"橡皮手镯",或者那些红得像玫瑰一样的吸墨纸,或者

[①] 原文为法文。

有斑驳蓝边的手抄本书籍了。她于是变得满不在乎,大量订购,理由很简单,这些东西看起来都大不一样。最后她实际上只是从那些激动人心的手抄本书籍中带走了一本,接着就坐了出租汽车回家,好早一点饱览一番。

二

那年春天,斯蒂芬在法兰西喜剧院的休息厅,偶然碰见一位中年妇女,勾起了一段往事。这个女人又粗又壮,戴着夹鼻眼镜;她稀疏的棕发已经有些灰白,长长的脸上有了双下巴,这张脸斯蒂芬觉得隐隐约约好像有点熟悉。就在这个时候斯蒂芬的双手突然给抓在了这位中年妇女的双手之中,紧紧握住了,同时由于高兴和激动而提高了的声音说出了这么一句话:

"噢,是呀,这就是我的小斯蒂芬娜呀!"[①]

这时闪回了一幅莫顿那间教室的图景,洒上墨水的桌面上还有一本敲坏了的红封皮的书——罗斯文库——《模范女孩》《好孩子》,还有迪福小姐[②]。

斯蒂芬说:"想想看——过了整个这么多年!"

"噢,多么高兴,多么高兴呀!"[③]迪福说个不停。

---

① 原文为法文。
② 本书此后所有提到"迪福小姐"处,均为法文。
③ 原文夹杂英文与法文,英文文法多有不通。

她现在捧住斯蒂芬的两边脸蛋儿，然后把她拉到跟前好好地看了又看。"可是你长得多么高，多么壮呀，我的小斯蒂芬娜。你还记得我说过的话吗：我们在巴黎见？那是我走的时候说的，'不过等你长大一点，我可怜的小宝贝，你再到巴黎来！'我一直看着你，看了又看，不过我是立刻认出你来的。我说：'是的，不错，这就是我的小斯蒂芬娜，谁也没另外长着一副我所爱的这样的脸，这只能是斯蒂芬娜长的。'我这么说。可现在来了！我是对的，我找到了你。"①

斯蒂芬断然地不过却是温和地从这位法国小姐手上摆脱出来，说着法语答话，好让她安静下来，因为她语言表达越来越费劲了。

"我已经完全在巴黎住下了，"斯蒂芬告诉她，"你一定得来看我——明天来吃正餐吧；雅各比路三十五号。"然后她介绍了帕德，她在一旁正看得高兴呢。

这两位昔日监护斯蒂芬年轻的心智发展的人，文质彬彬地相互握手。她们俩形成了一种强烈的对比，斯蒂芬看到她们在一起也不禁笑了起来。一位是个子那么小，那么安静，那么英国味；另一位是那么粗壮，那么容易流泪，那么法国味——感情那么丰富，甚至叫人哭笑不得。

等到法国小姐恢复常态平静下来，斯蒂芬才得以对她细看，她见到她的脸显得过分孩子气，这件事是她以前还是个孩子的时候没有注意到的。这不像一匹马的脸，倒更像一匹马驹的脸——一匹刚刚生下来的小马驹的脸。

---

① 原文夹杂英文与法文，英文文法多有不通。

小姐相当急切地说:"我非常高兴明天晚上去吃饭,但是你什么时候到我家来看我呢?它在大军林荫道。一套小小的房子,很小可是非常可爱——把珍藏品摆在自己身边是令人高兴的。天主①一直对我很仁慈,斯蒂芬娜,因为我婶婶克洛蒂尔德去世的时候给我留下了一点钱;这真是一个很大的安慰。"

"我很快就去,"斯蒂芬答应说。

于是小姐又大谈她的婶婶和她那也已经升天的妈妈;妈妈一直到最后的时刻每个星期天还有鸡吃,感谢天主!妈妈甚至连牙床上的牙齿都松动了的时候,星期天还要她的鸡。可是,天哪,那可怜的姐姐以前一直给和平路上的铺子用小玻璃珠做小袋子,她有那么一个过了今天没明天的狠心丈夫——可怜的姐姐现在完全瞎了,所以得依靠迪福小姐。这样一来迪福小姐就还得工作,给住在这儿的英国人教法文课;有时候也给那些跟着父母来访问巴黎的美国孩子教法文。不过做点工作还真是好得多;一个人要是老闲待着,就会发胖。

她用她那温和的棕色眼睛看着斯蒂芬。"他们不像你当年那样,我亲爱的小斯蒂芬娜②,没有你那么聪明,那么富有智慧,没有,有时候,我对他们的声调几乎都灰心了。然而,我一点儿也没有什么可憾的,这得感谢克洛蒂尔德婶婶,还有那些善良的小圣徒,他们的确促使她给我留下了那笔钱。"

斯蒂芬和帕德回到她们正厅前排座位的时候,小姐爬上顶层一个低廉的座位上,她离开的时候,还向斯蒂芬摆着她那肥厚

---

①② 原文为法文。

的手。

斯蒂芬说，"她变了那么多，刚开始我都认不出她来了，要不也许是我已经忘了。我觉得太罪过了，因为你来了以后，我想我都没有回过她的信。她走了十三年了……"

帕德点点头。"是的，我接替她的工作，逼着你把那个讨厌的教室收拾整洁，已经过了十三年啦！"然后她笑了。"不管怎么样，我喜欢她。"帕德说。

三

迪福小姐称赞雅各比路这所房子，而且这顿丰盛精美的正餐，她吃得很多。尽管她越来越发福了，她好像还是喜欢所有那些让人长胖的东西。

"我真是忍不住，"她第五次取蜜饯栗子的时候微笑着说。

她们谈论巴黎，谈它的美，它的魅力。后来小姐又谈起她妈妈，谈起给他们留下那笔钱的克洛蒂尔德婶婶，谈起她那位失明的姐姐朱利。

饭后，她突然有些脸红了。"啊，斯蒂芬娜，我一直没问起你父母！这种大不敬得让你怎么想呢？我一看见你就脑子犯糊涂了，而且变得自私起来——我想要你知道我和我妈妈的事儿；我尽顾着唠叨我的事。这种大不敬得让你怎么想呢？那位和气英俊的菲力普爵士现在好吗？还有你母亲，我亲爱的，安娜夫人现在好吗？"

现在倒是该斯蒂芬变得脸红了。"我父亲去世了……"她犹豫了一下，然后突然说了一句把话打断了，"我不再和我母亲住在一起，我不住在莫顿。"

小姐喘得透不过气来。"你不再住在……"她开始说，然而斯蒂芬脸上的某种神气提醒这位厚道却感到惶惑的客人不再问了。"听说你父亲去世了，我深深感到悲伤，我亲爱的，"她很轻地说。

斯蒂芬说，"是——我要永远怀念他。"

接着是一段长长的、相当难受的沉默，这时迪福觉得很为难。这母女之间出了什么事呢？这都是非常奇怪、非常令人不安的。而且斯蒂芬，她为什么要离开莫顿流落在外呢？不过小姐无法对付这些问题，她只知道她想要斯蒂芬幸福，这时她那和善的棕色眼睛露出急切的神色，因为她觉得并不很肯定斯蒂芬是幸福的。然而她又不敢请她解释，所以她就生硬地改变了话题。

"你们俩什么时候来我家喝茶呢，斯蒂芬娜？"

"我们明天就来，如果你高兴的话，"斯蒂芬告诉她。

小姐很早就走了，回自己的住所时一路上她都在为斯蒂芬操心。

她心里想，"她一向就是个很奇怪的小孩子，可是却那么招人疼爱。我还记得，她很小的时候，就像个男孩子一样，跨开双腿骑在她那匹马驹上；而且他好像多么得意呀，那位英俊的菲力普爵士——他们，那两位，看起来更像父子俩。可现在——她不是仍然有点奇怪吗？"

可是这些想法没有让她把问题想通，因为迪福小姐对大自然的旁门左道茫然无知。她天真无邪的头脑是纯朴真诚的；她相信亚当和夏娃的神话，在他们的那座花园里从来也没有发生过什么粗心大意的错误！

四

大军林荫道的那所公寓房子整洁的程度和瓦莱里家不整洁的程度是一样的。从那微型的厨房到那微型的沙龙，每一件东西都闪闪发光，仿佛新打磨过的一样，因为在这里，尽管财力很受到限制，却决不让尘土停留。

迪福小姐开门让客人进屋的时候，对他们真是满面春风。"对我来说，这真真是叫人非常高兴的事，"她说。然后她把他们介绍给她姐姐朱利，朱利戴了一副墨镜把自己的眼睛遮着。

沙龙里真是一点不假塞满了小姐所说的她的"珍藏"，几张桌子上摆满了不计其数的没有什么用处的东西，看来大部分都是纪念品。墙上挂着一些布格罗①的彩色复制画，椅子上镶着软垫，上面包的是一种很硬的天鹅绒，坐上去有点滑溜，然而用指头一触就感到很粗糙。这些坐着不大舒服的椅子，涂过很多漆，看起来有些黏糊糊的。在那个太小的壁炉上方，她妈妈年轻时候的画像展露着笑容。妈妈不知出于什么奇怪的理由穿着格子花呢的衣服，但是这种格子花呢却丝毫未与苏格兰高地打过交道——这幅画像是一位想当画家的侄儿送的一件礼品。

---

① 威廉·布格罗（1825—1905），法国画家。

朱利伸出一只白白的手摸索着。她像她妹妹,不过瘦得多;她脸上有一种隐秘的相当漠然的表情,这有时候是伴随失明而来的。

"哪位是斯蒂芬娜!"她用一种急切的声音问道,"关于斯蒂芬,我听说过那么多!"

斯蒂芬说:"我在这儿,"说着就抓住这只手,对这个女人的不幸充满怜悯。

但是朱利却爽朗地笑开了。"对了,我从感觉就知道,这就是你,"——她已经开始摸斯蒂芬的衣袖了——"我的眼睛最近已经长到我的手指头上了。这很奇怪,但是我好像能用手指头看。"然后她转过去找帕德,她也摸了她。"现在,你们俩我都认识了,"朱利说。

茶端上来的时候是那种麦秸色的[①],甚至现在在巴黎还可以碰到。

"特别为你买的英国茶,我的斯蒂芬娜,"小姐得意地说。"我们只喝咖啡,但是我对我姐姐说,斯蒂芬娜喜欢喝好茶,所以毫无疑问,帕德小姐一定也是这样。四点钟的时候,他们不会要咖啡——你看,我对你们英国记得多么清楚!"

然而,那些糕点却真算得上法国货,小姐吃着糕点,好像她很欣赏似的。朱利吃得非常少,也不多说话。她只是坐在那儿听着,静静地微笑着;她一边听,一边还用钩针织花边,仿佛就像

---

① 地道英国茶为红茶(Black Tea),冲泡后为红褐色。英国人习惯上午喝咖啡,下午喝茶。

她说的那样,她可以用手指头看东西。这时迪福小姐解释开了,那一双感觉细腻的手怎么变得那么熟练,怎么代替了给无尽无休的劳动夺走了宝贵视力的眼睛——解释得那么简单,然而又具有那么强烈的信念,斯蒂芬必定是听得惊讶不已了。

"这都是因为我们的小泰雷兹①,"她告诉斯蒂芬,"你听说过她吗?没有?啊,多么可惜!我们的泰雷兹是利济厄的加尔默罗会的修女,她说过:'我死的时候要让天上降一阵玫瑰花雨。'她是不久前死的,但是她的事迹已经由罗德里戈教长提交给罗马了!这真是了不起呀,是不是,斯蒂芬娜?但是她并不是等在那儿当上圣徒的。噢,不是,她很年轻,所以没有那份耐心,她早已为所有那些向她请求的人显示奇迹了。我请求说,朱利不应该因为瞎了眼睛而遭遇不幸——因为她无所事事的时候总是不幸的——所以我们的小泰雷兹就让她在手指头上长了一对新的眼睛。"

朱利点点头。"这是真的,"她很郑重其事地说,"在那以前,我因为眼睛瞎了感觉迟钝,什么事情都觉得非常奇怪,我像一匹瞎了眼的老马,走起路来跌跌撞撞的。我感觉迟钝极了,比许多人都厉害。有一天夜里,维罗尼克②请求泰雷兹帮助我,第二天我在屋子里就能找到路了。从那以后,我的手指头摸到什么就看见什么。现在因为我手指头上的这种视力,我连花边都能编织得很

---

① 泰雷兹确有其人,姓马丹(1873—1897),法国有名的天主教圣徒。人称小花或耶稣基督的泰雷兹。

② 迪福小姐的名字。

好。"说着她转身对着满面笑容的迪福小姐说："可是你为什么不把她的相片给斯蒂芬娜看看呢。"

于是迪福小姐就去拿来了泰雷兹的一张小相片,斯蒂芬仔细一看,发现那张脸年轻得出奇——圆圆的脸依然很有朝气,但是却又显得意志坚定。泰雷兹修女看上去好像真是要成为一个圣徒似的,就是魔鬼本身也难以阻止她。小姐领斯蒂芬去看一些遗物,一片法衣和其它一些东西,比如尊为圣徒时候的短裤,这时帕德必定也细看了那张相片。

他们走的时候,朱利请他们再来;她说:"常常来吧,这可以让我们非常高兴。"说着她就塞给客人十二码粗花边,他们谁也不愿意提付钱的事。

小姐喃喃说道:"对斯蒂芬娜来说,我们家很可怜,我们简直拿不出什么来送礼。"她心里想着的是雅各比路那所房子,那所宏伟的房子,随后她也忆起莫顿。

但是朱利由于盲人奇特的领悟,或者也许是因为她手指头上的那双眼睛,立刻就答了一句:"她不会在意的,维罗尼克,在你的斯蒂芬娜身上,我感觉不到那种傲慢。"

五

他们初次拜访以后,到小姐那个简朴的小住宅就去得很勤了。迪福小姐和她那文静的瞎姐姐现在的确是他们在巴黎仅有的朋友,因为布罗克特有事去了美国,斯蒂芬也没给瓦莱里·西摩打电话。

有时斯蒂芬忙于写作,帕德就自己一个人去。那时她和小姐谈到斯蒂芬的童年时代,谈到她的将来,不过谈得很谨慎,因为帕德必须小心翼翼,不要把任何事情泄露给这个好心、单纯的女人。至于小姐,她也必须小心翼翼,只是听听,决不提出任何问题。然而,尽管有无可避免的隔膜和局限,他们之间还是产生了真正的同情,他们都感到了对方是个宝贵的盟友,甘愿为斯蒂芬拼命战斗。而此时斯蒂芬也常常派她的汽车带失明的朱利到巴黎外边去兜兜风。朱利闻到郊外的空气就会告诉伯顿,她闻到绿色就可以看到那些树;伯顿总是带着微笑听着她那结结巴巴、断断续续的英语——那些法国人都是一伙很奇怪的人。间或他会开车送那另一位小姐到蒙马特①去参加星期天的早祷。她属于那种要用一颗心去和她打交道的人;这对伯顿来说都是不可思议的。他想起了那位板球打得那么好的神父,突然感到非常想家,想念莫顿。后来水果会源源送到那个小公寓住宅,还有糕点,加上大量的蜜饯栗子。于是迪福小姐变得索性开怀大嚼,躺在床上一边学关于神圣而且十分节俭的泰雷兹事迹的小册子,一边吃着甜食,而泰雷兹是肯定没有吃过蜜饯栗子的。

就这样,春天,一九一四年那个温和然而决定命运的春天,偷偷地进入了夏天。随着群花吐蕾,小鸟歌唱,它悄悄溜向天大的灾难;而斯蒂芬在巴黎,工作得比以往更辛勤。她的书现在正接近完稿。

---

① 巴黎北部一个区,有许多带歌舞表演的餐馆、酒吧,有著名的圣心教堂。

第三十四章

一

战争,令人难以置信然而早就有人预告过的战争已经开始了。人们清醒来会怀着灾难的感觉,但是这些是老年人,他们经历过战争,往事还历历在目。那些年轻人,法国的、德国的、俄国的、全世界的年轻人环顾四周,则感到惊异而又惶惑;然而又常有某种东西,它一旦进入他们的血管,就让血管里充满了莫名其妙的兴奋,它令人受到刺激——那是战争的痛苦而又无情的毒剂,刺激着、鞭策着他们的阳刚之气。

他们,那些年轻的男子,匆匆忙忙穿过巴黎的大街小巷;他们汇集在酒吧和咖啡馆里;他们站在那儿,张开大嘴吃惊地呆看着政府的那些预示不祥的标语牌:号召他们向军旗献出他们的青春和力量。

他们谈话很快,非常快,他们打着手势说:"这是战争!这是战争！"①他们不断地重复。

然后他们又相互回答："是的，这是战争。"②

而这座美丽的城市忠于自己的传统，力图用美丽来掩盖赤裸裸的丑恶，她把自己打扮得仿佛是迎接婚礼一般，她的旗帜成千成万，迎风招展。她力图用行头首饰和壮丽的游行队伍，来掩饰战争的真实意义。

但是，前几天孩子们还在香榭丽舍沿街嬉戏，现在军队已经在这里安营扎寨。他们的马啃着树皮，刨着地，弄出一个个的小坑；他们在夜间不睡觉，相对引颈长嘶，仿佛预料到什么可怕的事情。在僻街陋巷，战争那种毫无理性的精神发作了，引发出种种愤怒和无益的行动，有些店铺由于有德国店名而遭到捣毁，他们的货品拖出来扔进沟里。每一个街角都一定有大家想象中的间谍在偷偷窥探，直到人们对那些影子突击一番才算作罢。

"这是战争，"女人口中喃喃自语，心中想着他们的儿子。

于是他们相互应和："是的，这是战争。"

皮埃尔对斯蒂芬说："因为我有心脏病，他们会不要我！"他的声音因为愤怒而发抖，愤怒使他流出了眼泪，眼泪真的都溅到他制服背心上那一道道时兴的条纹上了。

波利娜说："我的父亲交给了大海，还有我的大哥。我还有两个弟弟，现在只剩下他们俩了，我把他们交给法兰西。天主呀③，当女人太可怕了，一个人交出一切！"不过，从她的声音里，斯蒂芬听得出来，波利娜以身为女人而得意。

---

①②③ 原文为法文。

阿德尔说:"让肯定会提升,他常常这样说,他不会老是当大兵的。等他将来回来,他会当上上尉——那有多好,我就要嫁一个上尉了!虽然我告诉他,他有个干音乐的好耳朵,可是他说打仗比给钢琴调音好。但是小姐应该看看他现在穿上军服的样子!我们大家都觉着,他看上去可神气呢。"

帕德说:"当然,英国毕竟是非参加不可,感谢上帝,我们没有把这件事拖得太久!"

斯蒂芬说:"莫顿的每个年轻人都会去——因为每个正派人都会去。"于是她把她那部未完成的长篇小说,放到一边坐在那儿,一声不响地盯着帕德。

二

英格兰,这片拥有富饶的牧场,拥有平静安宁,拥有层峦叠嶂的群山,拥有家园的国土,英格兰在为自己的生存权利而战。英格兰终于面对可怕的现实,英格兰正在派遣自己的男儿投入战争,她的军队此时正在横跨法国向前行进。前进,前进;前进,前进;英格兰的脚步声,她的男儿要保卫她生存的权利。

安娜从莫顿写来了信。她写信给帕德,但是现在斯蒂芬拿起那些信来,而且读了它们。经纪人入伍了,管家也是如此。菲力普爵士在世时的经纪人帕西瓦老先生又回到莫顿来帮忙了。马夫吉姆在拉夫特里死后留下来当马车夫,正说着要去;他想加入骑兵,这是当然的了,安娜正在利用自己的影响力来帮他的忙。六个花匠都已经参军了,不过霍普金斯已经过了限定的年龄;所以他必须干他那份小小的工作,照管葡萄——葡萄酒要送往伦敦供养伤员。现在宅子里没有男仆了,家里的农场也缺两个人手。安娜信上写道,她为自己雇用的那些人感到自豪,打算给入伍的人发一半工资。他们为英国打仗。安娜还马上把莫顿交给了红十字会,他们答应把疗养期的伤员给她送来。看来作为一个医院,这地方太偏僻了,但是对疗养员则刚好合适。教区牧师去当随军牧师了;维奥莱特的丈夫亚历克加入了飞行队;罗杰·安垂姆已经到了法国的某个地方;安垂姆上校在伍斯特的军营里担任了一项工作。

乔纳森·布罗克特来了一封怒气冲冲、草草写成的信,他已经从美国匆匆赶回了英国:"你曾经见过像这次战争这样愚蠢的事吗?它完全打翻了我的苹果车①——没法写关于圣乔治与龙②这种沙文主义的剧本了,而且我对'诸事如常'讨厌死了!难道我除了杀人就无事可做了吗,我亲爱的,而且流血总是让我头昏眼花。"然后又加了两句"又及":"我刚刚回来,马上就要去完成这种事了。等我坐在战壕里的时候,请给我寄几盒糕点来;我喜欢果味奶糖,当然还有什锦饼干。"是的,连乔纳森·布罗克特也要去——他也去入伍了,这从某个方面来说是很好的。

莫顿把自己的年轻男子大量输送出去,而他们反过来又会把

---

① 意指精心制订的计划。

② 圣乔治大约生活在公元三世纪,英王爱德华第三时封为圣徒。传说他曾屠龙,救出公主萨布拉,其人其事后来成为文学、艺术的题材。

自己的生命热血输送给莫顿。经纪人、管家已经在接受训练。马夫吉姆固然口齿不清，相当笨拙，可是也要去参加骑兵——这个从孩童时代起就一直在莫顿的吉姆。那些花匠，透着泥土气息的和善人，从事和平职业的平和安静的人，六个花匠已经走了，和自家农场的一对小伙子一起走了。没有男仆留在宅院里。看来古老的传统还保持着，英国的传统、莫顿的传统。

教区牧师很快就要担负起比打板球更严峻的事情，而亚历克必须抛开他的法律书，给自己装上一对翅膀——联想到亚历克长了翅膀真有意思。安垂姆上校匆匆穿上了卡其制服，一定是在军营里不停地咒骂。还有罗杰——罗杰已经来到法国某个地方了，要证实自己确实有阳刚之气。罗杰·安垂姆，他总是因为那种阳刚之气而趾高气扬，叫人难以容忍——哼，现在他可以找到机会来证明的！

不过乔纳森·布罗克特，他那双又白又嫩的手，还有那愚蠢的手势，还有那高声短促的笑——连他都可以证明自己的存在，因为他去入伍的时候，他们并未拒绝他。斯蒂芬从来没有想到，会去忌妒像乔纳森·布罗克特这样一个男人。

她坐在那儿吸着烟，他的信摊开在她面前的书桌上，他那封荒唐可笑而又勇气十足的信，而且不知道为什么，它让她的傲气扫地了，因为她没法像那样证明自己的存在。她这个由族类中男性传下来的每一种本能，每一种表示勇气的正当的本能，现在都一跃而起纷纷嘲笑她，因此她体格上一切男性的因素，好像都变得盛气凌人了，由于这个新的挫折而变得也许是前所未有的盛气凌人。她意识到自己的这种极其怪诞的心理不觉毛骨悚然。在这种举国激昂奋起的时刻，在这片没有男子的国土上，她不过是个给人撇在一边的畸形人。英格兰正在号召她的男儿投入战场，她的妇女走到受伤者和垂危者的床边，夹在这两支英武豪侠、汹涌澎湃的人流之间，她，斯蒂芬很可能会给挤压得无处存身——对她自己国家的用处比布罗克特还要少。她注视着自己那双骨节崚嶒、男子式的大手，它们对于照顾病人从来都不灵巧；它们尽管强壮有力，却又相当无能，不是可以用来救伤员的手。不，完全可以肯定，她的工作，如果她可以找到工作的话，不会是在伤员的床边。然而，老天爷，一个人总得干点什么呀！

她走到门口，把仆人都叫过来："我几天之内就要动身去英国，"她告诉他们，"我不在的时候，你们大家照看这座房子。我完全相信你们。"

皮埃尔说："一切事情都会按照你的希望去办，小姐，"而且她也知道，事情会是这样的。

当天傍晚，她把自己的决定告诉了帕德，帕德的脸上露出了喜悦的神色："我多么高兴呀，我亲爱的，战争到来的时候，每个人都应该站在自己国家的一边。"

"我很担心，他们不会要我这种……"斯蒂芬喃喃说道。

帕德把她那只坚定的小手放在她的手上："对于这件事，我不是太有把握，这场战争可能会给你这样一种女人提供自己的机会。我想，你会发现，他们需要你，斯蒂芬。"

三

在巴黎，除了向比森和迪福小姐，没有向别人告别。

迪福小姐流了一些眼泪："我找到了你可是却又失去了你，斯蒂芬娜。唉，可是好多朋友都要分别了，也许还是永别，都是这场可怕的战争——然而，除此以外，我们又能做些什么呢？我们没有什么可让人怪罪的！"

在柏林，人们也都在说："除此以外，我们又能做些什么呢？我们没有什么可让人怪罪的！"

朱利一直抚摸着斯蒂芬的胳臂："你摸起来那么强壮有力，"她说着，还轻声叹息了一下，"在这种时候，身强力壮又有勇气该多好呀，再加上自己的一对眼睛——哎呀，我是完全没用了。"

"人只要还能祈祷，就不是没有用的，我的姐姐，"小姐近乎严厉地责备她。

的确，有许多人都像她这么想，整个法国的教堂里都挤满了人。一阵虔敬的巨浪席卷巴黎，教堂里那些阴暗的忏悔室满都是人，所以面对大批的忏悔者，神父都有点忙得不可开交——再者由于每个适合参战的神父都应召参军了，情况就更加严重。在蒙马特，圣心教堂反复回响着虔诚信徒的祈祷，而那些暗暗落泪的信徒小声的祈祷，则像看不见的乌云笼罩着圣坛。

"救救我们吧，耶稣的圣心。怜悯我们吧，怜悯法国。救救我们，啊，耶稣的心！"

就这样，那些神父整天坐在那儿倾听肉体与灵魂所犯下的自古流传的罪过；因为在世上没有什么东西是真正新的。尤其是我们犯罪的方式，因此忏悔都是千篇一律的，倾听的时候令人生厌。多年来从未参加过弥撒的人，现在开始回忆起他们的第一次领圣餐仪式，因此许多顽固亵渎神灵的人，突然管住自己的舌头，温顺得像绵羊一般，穿着新的军靴，成群结队涌到圣坛，作出令人难堪的忏悔。

年轻的教士换上制服，和那些粗鲁不堪的大兵并排前进，分担他们的困苦，他们的希望，他们的恐惧，还有他们最崇高的英勇业绩。老年人低下头来，献出那不再使他们身躯矫健的精力，通过他们儿子的身躯奉献那份精力，他们儿子要大喊大叫、高声歌唱着冲上战场。各种年龄的妇人跪下祈祷，因为祈祷早就是女人的避难所。"人只要还能祈祷，就不是没有用的，我的姐姐。"法国的女人通过卑微的迪福小姐的嘴讲话了。

斯蒂芬和帕德向两姐妹说了再见，然后去比森的击剑学院，他们看见他正忙着给他的钝头剑上油。

他抬起头来："噢，是你呀，我必须继续上油。天知道我什么时候才能再用上它，明天我就参加我那个团队去了。"不过他就着他那件工作罩衣擦了擦手，先把一把椅子擦干净了让帕德坐，然后坐了下来。"这是一场没有绅士气派的战争，"他嘟囔着，"难道我会用一把剑来指挥我的战争吗？噢，绝不会！我要在手里拿一把肮脏左轮来指挥我的士兵，当然啰①！这是现代的战争！一部机

---

① 原文为法文。

器就可以把这个该骂的事情干得更好——我们全都会变得什么都不是,只不过是战争中的机器。无论如何,我还是会祷告我们会杀死许多德国人。"

斯蒂芬点燃了香烟,这时教练瞪起眼睛来,显然他现在脾气很坏:"继续抽吧,抽吧,把你的心抽到魔鬼那儿去,然后再来这儿,让我教你击剑吧!你一根接一根地抽,让我想起你们伯明翰那些可怕的烟囱——但是,当然女人做事总是要过分的,"他最后说了这么一句,显然是希望让她感到恼火。

然后他又对一般的德国人发表了几句很有启发性的议论,谈到他们的外表,他们的道德,尤其是他们的个人习惯——这些议论用法文说出来,比起用英文来说显得更为贴切。因为这位先生也像瓦莱里·西摩一样,对他所处的这个时代的丑恶充满了厌恶。他觉得,德国人现在正在做出他们最杰出的贡献。比森的心不是神往于米蒂利尼①,而是沉醉在昔日巴黎的辉煌之中,那时一个绅士的生活倚仗的是自己决斗使用的长剑的技巧和长剑后面得体的勇气。

"在以往的日子,我们杀人也杀得优美动人。"比森叹息道,"现在呢,我们仅仅是大规模地屠宰,要么就不管有多么下流的侮辱,也根本不去杀人。"

然而,等他们起身要告辞的时候,他又心平气和了:"战争确实是一种非常必要的罪恶,它能减少低能的人口,而这些人口总

---

① 米蒂利尼为希腊莱斯博斯岛主要城市,曾反抗雅典,后被镇压,还曾被土耳其占领。

是在杀死他们那些最有效益的微生物。人类并不会死,那么很好,战争来了,就把他们成千成万地扫掉。至少对于我们中间那些活下来的人来说,就会有更多的呼吸余地了,谢谢德国人——也许他们也是某种必要的罪恶。"

走到门口,斯蒂芬回头望了望。比森又给自己的钝头剑上起油来了,他的手指头慢慢移动着,然而极有决断——他几乎可以当个美容师,为太太小姐的脸蛋儿做按摩。

动身的准备工作并没有花很长时间,不到一个星期,斯蒂芬和帕德就和他们那几位布列塔尼仆人握手告别,以最高的速度开车驶往勒阿弗尔。再从那里渡海回英格兰。

四

帕德的预言看来是正确的,斯蒂芬很快就有了工作。她参加了伦敦救护纵队,那个救护纵队当年秋天就展开工作了,这时候帕德自己也在一个政府部门找到了工作。她和斯蒂芬在维多利亚[①]找到了一个小公寓,他们每天工作完了就在那里会聚。但是斯蒂芬又给自己的一个主意迷住了,这就是不管是否愿意,得离开这儿上前线。满怀同情的帕德听了一个又一个、个个都不同的计划,讨论来,讨论去。一个救护队已经设法暂时溜进了比利时,而且干出了些非常出色的工作。斯蒂芬也想出了一个类似的主意,但

---

① 伦敦市中心的繁华而又交通便利地区,临近白金汉宫。

是缺乏能够施加必要影响的必要关系。她提出由她自费组织一个队，但没有办成。答复是很有礼貌的，但却老是那一套，一个一成不变的答复：英国不派妇女上前线去战壕。她讨厌那个主意：参加到那伙人里面去，死乞白赖要求那些很有耐心的护照官员把她们立刻派往法国，不管理由多么不充分。除非她能在法国找到她想要的工作，否则她去法国有什么用呢？她宁愿守着她在英国的这份工作。

现在她在各个车站等待伤员的时候，可以看出一些不会弄错的人——她一眼就可以不会弄错地看出来，她可以根据本能把她们从人群中间挑出来。因为有许多人，甚至是像斯蒂芬，仿佛从战争这种恐怖中获得了勇气，从她的国家里爬出来，走到光天化日之下，走到光天化日之下来面对自己的国家："好了，来了，你是接受我，还是撇开我？"于是英格兰接受了她，没有提任何问题——她身强力壮，效率很高，她能顶替一个男人的工作，只要让她有发挥自己才能的余地，她也可以组织一批人马。英格兰说了："非常感谢你。你刚好就是我们所需要的……在当前这个时刻。"

就这样，和那些比她们更幸运的妇女并肩工作的就有：一直在乡下养狗的史密斯小姐；或是从出生以来除去孕育了一大堆变态心理之外就什么也没养育过的奥莉芬小姐；或是在切尔西更加贫困的郊区和一个非常亲密的朋友住在一起的特玲小姐。她们全都有一个巨大的缺点，这一点毋庸置疑，这就是要穿军装——然而为什么不呢？好工人是配背武装带的。而且她们也一样，她们根本不是弱不禁风，她们的脉搏经过最严重的空袭也跳动得很正常，因为炸弹也搅不乱性倒错者的神经，反倒是从上帝良民的那些炮台所发出的那种可怕的无声轰击会扰乱她们。

然而到了现在，连那些头发长见识短的真正可爱的女人，也常常觉得她们那些不那么正宗的姐妹们很有帮助。常常是这样："史密斯小姐，请把我的汽车发动起来吧——发动机那么凉，我可真发动不起来那东西"；或者是："奥莉芬小姐，请看看这些账目吧，我的脑子一塌糊涂，弄不清这些数目字"；或者是："特玲小姐，我能借用一下你那件军用厚呢短大衣吗？办公室今天早晨简直像北极一样了！"

并非那些有地地道道女性特点的女人不值得赞美，如果她们的优点确实是没有受到约束，或许她们更应该受到赞美——因为她们没有什么恶名要在战争中洗刷掉，没有必要去保卫她们受尊重的权利。她们堂堂正正地奋起响应自己国家的号召，也决不会被英国忘记。但是另一些人——因为她们也奉献了她们最大的力量，她们也决不会被忘记。她们可能看上去有点奇怪，的确她们中间有的人是有点奇怪，然而走在大街上，她们尽管步子迈得大一点——也许是由于难为情，也许是由于自己觉得有点想自我表现一下，而这和难为情常常是一回事——可是也很少有人盯着她们看。她们这是举国震荡的一个组成部分，而且这时是在按照她们本身的价值逐渐为人所接受。尽管她们的武装带上仍然没有佩剑，她们各式各样的帽子上仍然没有团队的徽记，但是在这些可怕的岁月里，一支队伍已经组成，这是再也不会被完全解散的。战争和死亡已经给了她们生活的权利，而且是味道甜蜜，对她们的口味来说非常甜蜜的生活。以后可能还会有苦难失望，但是这样一些女人决不会再屈服，被赶回她们原来的洞穴和角落里去。她们已经发现了自己——就这样,战争的车轮带来了猝然出现的雪耻机会。

五

时间在前进。战事进行的第一个年头转入了第二个,斯蒂芬仍然心怀希望,虽然她的抱负丝毫也没有进展。她尽管一直努力,还是没有上前线;在实际作战的前线,似乎还看不到即将给妇女干的工作。

布罗克特写来的信快活得让人惊异。每封信上都列有小小的清单,告诉斯蒂芬,他希望她给他寄去什么东西;但是他喜欢的糖果越来越稀少了,再也不总是那么容易弄到手了。而且现在他还要求在给他寄东西的匣子里装上肥皂。

"别把它装在奶油咖啡软糖旁边,要不就会让软糖吃起来有肥皂味,"他特别叮嘱,"务必设法给我寄两瓶洗发水,'雅典洗发液',我总是到'特鲁费特'去买。"他在一处糟糕透顶的前线,他们把他派到美索不达米亚去了。

维奥莱特·皮科克现在参加了志愿辅助勤务队,围裙上标了一个醒目的红十字;她偶尔能在家里找到斯蒂芬,然后就是大量令人厌恶的闲话。有时她还把她那填得过饱的孩子带来,她喂他们就像喂阉鸡一样。管他是正道还是邪道,维奥莱特总能给她的育儿室弄到非法的奶油——她属于那样一种母亲,他们对战争的反应是希望把没有用处的老人杀个精光。

"他们有什么用？把全国的食物都吃光！"她常常这样说，"我全力以赴是为了年轻人，我们需要他们来繁衍后代。"她非常走极端，她的观点让空袭给推翻了。

空袭就像饿死一样，把她吓坏了，等她吓坏了，她又很容易变得残忍成癖，所以她现在很想冲出去观察德国强盗留下的每一个废墟。她也常常第一个跑出来为齐伯林飞船①一边燃烧着一边可怕地向下坠落喝彩。

她喋喋不休地大谈亚历克，她现在是伦敦保卫者之一了；大谈罗杰，他已经得了军功十字奖章，转眼就要升为少校了；大谈伤员，她每天早晨都用海绵给他们擦脸，他们好像那么感恩戴德，凄切感人。

从莫顿偶尔有信给帕德；现在这些信更带有报告消息的性质。安娜有这样那样一些事情；花匠都由年轻女人代替了；帕西瓦先生证明是非常忠诚的，他和安娜一起把产业管理得很好；威廉斯害肺炎病得很重。然后是一长串低微的人的名单，有农场的，有安娜身边的人，或是单门独户的自耕农，再加上那些像莫顿这种大宅院里的人——因为富人和穷人在死亡的威胁中现在团结起来了。斯蒂芬常常念那份长长的名单②，那么多人都是她从儿童时代起就熟悉的，于是她懂得了，战争那赤裸裸的手臂已经深深地击中英格兰中部地区安宁的心脏了。

---

① 德国人齐伯林（1838—1917）发明的飞船。
② 指报载将士死亡名单之类。

第四卷

第三十五章

一

插在瓶口里的一根蜡烛头忽闪了一两下，马上就要灭了。斯蒂芬站起来，找到一根新蜡烛，把它点上，然后又回到她那个货箱，箱子上面放着一把残破的椅子，扶手和几条腿都没有了。

这间屋子是贡比涅①一座显赫的大别墅里一度独占鳌头的沙龙，但是现在窗户上的玻璃都掉光了，只剩下一些支离破碎的百叶窗，在一九一八年三月夜晚的凄风中瘆人地吱嘎作响。沙龙四壁的境况丝毫也不比窗户好，上面的织锦剥落了，悬在空中；最近光临的一场暴雨从屋顶溯进来，在这些精致的料子上印出了难看的斑斑点点——天花板上一摊水印还在不停地滴水。这儿曾经是一户人家，现在已是疮痍满目，几张散了架的小桌子，装在已经发乌的镜框里的一幅旧照片，一只儿童玩具木马，给这座别墅增

---

① 法国北部贡比涅森林西北边缘的城市。

添了无限的凄凉；现在这里驻扎着布雷克斯皮分队——这是一个由英国妇女组成的分队，隶属于法国陆军救护团，在法国服务已经有六个多月了。

这个地方好像到处都是大得出奇的黑影，是那些坐在或者蜷缩在地上的人投下的影子。皮尔小姐躺在她那个狙击兵的睡袋里鼾声如雷，冷得直掉气。德美-霍华德小姐一本正经竭尽所能地在做很困难的梳洗——正在梳理她的头发，她那头发漂亮极了，在烛光照耀下闪闪发光。布利斯小姐在给自己的上衣缝扣子；瑟洛小姐在凝视只写了一半的信；但是，挤在这座别墅里这个最安全的地方的多数妇女，尽管说是安全，却显然没有人睡得很熟。这座小城笼罩在一片令人毛骨悚然的寂静之中。经过许多小时的密集轰击之后，德国人正好有一个喘息的时间，然后好再次对准贡比涅展开袭击。

斯蒂芬低头看着那个裹着军毯蜷缩在她脚边的姑娘。姑娘累得精疲力竭，躺在那儿睡着了，头枕在自己的手臂上，呼吸沉重。她那苍白、尖俏的脸，还是那种非常年轻的人的脸，不会超过十九或二十岁。她那整个翻卷起来短短的黑睫毛，那又黑又弯的眉毛，还有那深棕色的头发——那光滑的头发一直长得在额头上方显出个尖儿，那是不久前为了方便才剪短了的——这些都衬得她的皮肤更显苍白。至于别的地方，她的鼻子头略微有点往上翘，而就她还这么年轻来说，她的嘴显得很有决断，嘴唇的形状很好，肌理细致，嘴角有深深的凹纹。斯蒂芬望着玛丽·卢埃林这幼嫩的样子，想了不止一会儿。这个最近补充进布雷克斯皮分队的队员，是五个星期前参加进来替换一个犯了炮弹休克症的队员的。

布雷克斯皮太太曾经对玛丽摇过头，但是在德军进攻这种令人忧心忡忡的日子，她不能坐视人手不足，所以尽管顾虑重重，她还是收留了她。

她还曾经摇着头对斯蒂芬说，"现在德国佬动起手来的时候，戈登小姐，不得不这样！看着她点好吗？她也许都顶得下来，不过，咱们俩说句知心话，我对这事儿十分怀疑。你可以把她当作副司机试试。"到现在为止，玛丽·卢埃林顶下来了。

斯蒂芬又把眼挪开，闭上了，又过了一会儿，就把玛丽忘掉。她自己重返法国以前的种种事情，一件接一件在她脑海里闪过。她在伦敦救护纵队的领导，通过她，她第一次见到克劳德·布雷克斯皮太太——她是一个好样的领导，一直是位忠实可靠的朋友。大好的消息：她，斯蒂芬被接受了，要上前线去当救护车司机。然后是帕德那阴沉的脸色："我必须给你母亲写信，这说明你会遇到真正的危险。"她母亲的短信是："在你离开以前，我非常希望你回来见我。"信上其余的不过是空洞无物的客套话。忽然想要拒绝，又渴望去，最后的结果是匆匆回了一趟莫顿。莫顿已经大大改观，然而又依然如故。说它大大改观，是因为有那些穿一身蓝色衣服的人，那些瘸子、拐子和半失明的人，他们都在那里找到了安宁和它仁慈的呵护。说它依然如故是因为这种呵护与安宁原本就是莫顿真正的精义要旨。威廉斯太太成了寡妇，她的侄女自从吉姆受伤失踪以来，一直郁郁寡欢——他休假回来的时候，他们结了婚，不久这个可怜人就怀上了孩子。威廉斯肺炎病愈后在第三次、也是最后一次中风的时候去世了。那只叫作彼得的天鹅再也不会投下他白色的倒影划过湖面，代替他的是他的一个粗野无礼的后代,居然扑打着翅膀想啄斯蒂芬。家庭灵堂,她父亲放置在那儿——这灵堂急需修缮了,——"男人都走了,斯蒂芬小姐,俺们缺石匠;夫人她老人家早就抱怨啦,可这种时候,抱怨管个啥用呢。"拉夫特里墓———块粗花岗石板:"纪念温和而又勇敢的朋友拉夫特里(按诗人之名命名)。"花岗石上的青苔已经把一半碑文遮盖了。浓密的树篱由于无人修剪而疯长。而她的母亲——一位白发如雪的女人,那张脸消瘦得已经脱了形,行动还很安静,不过已经不稳,而且还添了一种怪毛病,老爱把手指头上的戒指拧来拧去。"你回来真好。""你叫我回来的,母亲。"然后是长时间的沉默。双方都真正体会到,他们所能希望的也就是双方之间和平无事——要退回到过去已经太迟——尽管现在双方和平无事,但是他们还是无法退回到过去。然后是大家在书房里那辛酸的最后时刻——回忆,魂牵梦绕的那间老屋子——一个男子命在垂危,眼中还饱含着不朽的爱情——一个女人双臂拥抱着他,说着情侣之间互相倾诉的话语。回忆——他们是我身边唯一完美的事情。"斯蒂芬,答应我,到了法国给我写信,我想要听到你的消息。""我答应,母亲。"返回伦敦;帕德焦虑的声音:"嗯,她怎么样?""非常虚弱,你一定得回莫顿。"帕德那突如其来而且近乎猛烈的反抗,"我还是不去为好,我已经做了选择,斯蒂芬。""可是,我这是为了我才要求这样的,我很为她担心——即使我不远行,我现在也不能回去,住在莫顿——我们住在一起会让我们记起往事。""我也会记起往事的,斯蒂芬,而且我记起的往事是难以原谅的。要原谅对自己爱的人所做的伤害,那是很不容易的……"帕德的脸非常苍白,非常严肃,听到从帕德善良的嘴中说出这样的话是很奇怪的。"我知道,我知道,但是她孤独得要命,而且我还忘不了,我父亲爱她。"长时间的沉默,然后是:"我从来没有让你失望过——你说得对——我一定去莫顿。"

斯蒂芬的思路突然打断了。有个人进来了,穿着吱吱作响的军用靴在屋子里跌跌撞撞走过来。原来是布莱克尼,她手上拿着一张时刻表——说话只说简单几个字的那个滑稽可笑的老布莱克尼,她的白色卷发剪得很短,就像个德国枪骑兵,而她那张脸又叫人想起机灵的猴子。

"任务,戈登;叫醒那孩子!霍华德——瑟洛——准备!"

她们起来,匆匆穿上军大衣,找到防毒面具,最后戴上钢盔。

这时斯蒂芬推了推玛丽·卢埃林,非常轻柔地叫她:"到时候了。"

玛丽睁开她明亮的灰眼睛:"谁?干吗?"她结结巴巴地问。

"到时候了,起来,玛丽。"

姑娘晃晃悠悠地站起来,因为倦意未消显得懵里懵懂的。

穿过百叶窗的缝隙,微微透进了晨曦。

二

带有饥色的凄寒的黎明灰蒙蒙一片。小城像个受了致命伤的动物,被子弹打得支离破碎,被炸弹炸得疮痍满目。死去的街道——充满死亡的街道——在街道和房舍中的死亡,然而人们还能睡觉,还正在睡觉。

"斯蒂芬。"

"嗯,玛丽?"

"急救站有多远?"

"我想大概三十公里,干吗?"

"噢,没什么——我只是想问问。"

空旷田野上的公路一直通向远方。路两旁的铁丝网上挂着粗劣印染的破布头——伪装成树叶。公路被高高的铁丝护篱上的破布树叶遮掩着。每隔几码就有一个深深的弹坑。

"她们跟上了吗,玛丽?霍华德没事吧?"

那姑娘向后看了看:"是的,没事,她来了。"

她们默不作声地又开了两英里。早晨冷极了;玛丽直打哆嗦。"怎么啦?"这问题问得有点傻,因为她知道是怎么回事,知道得清清楚楚!

"他们又干起来了,"斯蒂芬嘟嚷着。

一颗炮弹在围场上爆炸了,把几棵树连根拔了出来。"没事吧,玛丽?"

"没事——注意!前面有弹坑!"她们在离弹坑只差一点点的地方飞掠过去,继续往前冲。玛丽忽然朝斯蒂芬靠近了一点。

"别碰我的胳臂,千万别碰,孩子!"

"我碰了吗?对不起。"

"是的——别再碰就行了。"然后她们又默不作声地向前开。

再往前她们在路上给一辆农场的马车堵住了。"军车!军车!军车!"①斯蒂芬大声喊叫。

---

① 原文为法文。

农夫无精打采地跳下车来，走到他那几匹跌跌撞撞的瘦马前面。"需要粮食，"①他一边解释，一边指着那辆马车，车上好像装满了土豆。

在右边的地里，有三个很老的女人在干活；她们吃苦耐劳，听天由命，耐心地挖着。随时都会有一颗流弹爆炸，而且说来就来！就在那几个老太太的左边一点。可是你又能怎么样呢？这是在打仗——已经打了那么久——人总得吃饭，哪怕是在德国人的鼻子下面，天主②是知道的，只有他才能保佑大家——所以这时候人也只好继续勤劳刻苦地挖。一只乌鸦在树上给自己唱歌，那棵树给炸得很厉害，都焦枯了；鸟儿头年春天就认得这棵树，尽管树给炸伤了，他现在照样认得出来，找到了它。她们刚刚听清楚他的歌声，他就突然停住了。

这时候玛丽看到他了："看哪，"她说，"那儿有只乌鸦！"也就是在这一会儿，她忘掉了战争。

然而，斯蒂芬就是现在也难以忘掉战争，这是因为有这个姑娘在她身边。她心里有一种奇怪的、紧张的感觉，她知道，担心害怕是可以和个人的勇气并存的，为别人而担心害怕。

但是现在她低头看了一会儿，笑着说："上帝保佑那只乌鸦，让你看到他了，玛丽。"她知道，玛丽喜欢野生的小鸟，她的确喜欢一切比较弱小的生物。

她们转进一条小道，那儿倒比较安全，但是大炮的轰鸣声却变得频繁。她们一定是越来越靠近急救站了，所以，因为那些大

---

①② 原文为法文。

炮,稍过一会又因为那些伤员,她们就不大说话了。

三

救护站是十字路口的一家旅馆,离战壕大约五十码。从原来当过酒窖的宽大地下室里,她们匆匆忙忙搬运伤员、残疾人和血肉模糊的人,这些人几个小时以前还是年轻力壮的男子汉。担架不是那么轻手轻脚地放下,摆在两辆等候着的救护车旁边地上的——不是那么轻手轻脚,是因为他们人数太多了,还因为在所有战争中都一定会有某种时候,惠顾太多甚至会让同情怜悯走了味。

伤员都很能忍耐,而且听天由命,就像刚才地里那几个年纪很大的老太太。两者之间唯一的区别就是:这些伤员本身就变成了那光秃秃的田野,任人狠狠地挖掘着,掘得满身是血。有几个人甚至没有毯子来遮盖,阻挡刺骨的寒风。一个大兵肚子上伤得很重,必须躺在那儿任凭鲜血凝结在绷带上。他旁边躺着一个人,脸炸掉了一半,可是只有上帝知道是为什么,他依然还有知觉。脸部受伤的人是第一个处理的,斯蒂芬自己帮忙抬起他的担架,他十之八九处在垂危状态,可是他并没有因此而诉苦,只是想见他母亲。从他那粗糙的、长满胡子的脖子里边发出的正是那种孩子想要妈妈的声音。脸上伤得可怕的那个人想要说话,可是他说出的不是人的声音。他的绷带向旁边滑了一点,所以斯蒂芬必须插到他和玛丽中间,急忙把它正过来。

"回到救护车上去!我要你开车。"

玛丽默默地服从她的命令。

现在开始了第一趟从救护站到野战医院那没有尽头的路程。她们要驾驶她们的轻型福特救护车来回接送二十四小时。她们开得飞快，因为伤员的生死可能就靠她们的速度了，然而每一根神经都绷得紧紧的，好尽可能避免到处都是车沟和弹坑的危险道路所造成的颠簸。

脸部坏了的那个人又开始说话了，她们可以从马达的震动声中听出他的声音来。斯蒂芬谛听着，有一会儿，这声音停下了，但是他的嘴已经没有了……一种让人受不了的声音。

"快点，开快点，玛丽！"

嘴唇苍白，紧紧闭拢，玛丽·卢埃林把车开得更快。

等她们终于到达野战医院的时候，那个长了胡子、肚子上受伤的大兵非常平静地躺在自己的担架上；他那毛茸茸的下巴微微向上翘着，他不再像个小孩儿那样说话了——也许他终于找到了他的母亲。

天更亮了，太阳光芒四射，照得司机眼花缭乱。黄昏降临，道路越来越看不清楚，一片模糊。黑夜到来——她们不敢冒险开灯，所以她们得使劲盯着，盯透黑暗。远方，天空变成凶险的红色，几枚流弹可能引发一个村庄的大火，那个高大的火柱大概可能是座教堂，从大炮沉重的轰击声判断，德国佬又在猛攻贡比涅。然而，世界上已经没有什么真实的东西了，剩下的只不过是浓重而且简直是无法穿透的黑暗，还有必须死死盯着又盯着的眼睛感到的疼痛和伤员强忍着的可怕的痛苦——世界上没有任何东西，只有处处都是伤员的痛苦的黑夜。

四

第二天早晨,那两辆救护车爬回他们在贡比涅别墅的基地。那是一项艰辛的工作,是长时间的紧张劳累,而使事情更糟的是,换班太迟,她们中间有一个人累垮了。这四个女人动作都是僵硬的,眼圈红肿,眼泪汪汪,一口气吞下几大杯咖啡;然后裹上军大衣和军毯,就那样倒卧在地板上了。尽管这座别墅让大炮轰得又摇又震,她们不到一刻钟就都睡着了。

第三十六章

一

世界上有一种东西是人类肯定摧毁不了的,尽管有某种毫无理性的意志想毁灭它,这就是它自己的理想主义,它本身存在的那个不可分割的部分。衰朽老化和玩世不恭固然可以挑起种种战争,但是青春朝气和理想主义却一定会和它们抗争,因此必然会发生敏捷的反应,而盲目的冲动并不总是包括在内。人在杀人的时候会咒骂,然而也可以完成自我牺牲的业绩,为了别人牺牲自己的生命;诗人会蘸着鲜血写作,然而也可以不写死亡,而书写永恒的生命;强烈坚定而又体贴周到的友谊可以产生,面对敌意与毁灭而坚韧不拔。这种对理想的渴求,首先是陷于没顶之灾时的渴求,是那样地百折不挠,所以人类,这个对美恣意摧残的毁灭者,必须立即努力创造种种新的美,以免他在自我颓败这种意义上消亡;而这种渴求触到了玛丽身上的凯尔特气质。

因为凯尔特的灵魂是经过多少世纪的幽暗小径流传至今的梦

想和渴望的大本营，其中寓有隐隐约约的不满，因此它必须永不停息地追求探索。而现在玛丽仿佛受到某种藏而不露的魅力吸引，仿佛受到某种难以抗拒的刺激推动，简直超过了她自己所能理解的范围，向斯蒂芬交出全部忠贞诚挚和全部天真无邪。谁能自诩可以阐释命运，包括自己的和别人的命运？如果谈到命运的话，为什么这个姑娘就该碰上斯蒂芬，或者斯蒂芬确实就该碰上这个姑娘？难道对她们俩来说，世界还不够大？也许正是——或者她们会合这件事早已由某个聪明的，也可说无情的纪录者写在石头纪录板上了。

玛丽从很小的时候就成了孤儿，一直跟着一位已婚的远亲在威尔士尚未开发的地区生活，一个并不富裕的家庭中多余的人。她除了上过附近村子里一所很小的私立学校之外，就没有受过什么教育。她对生活，或者男女之事一无所知，对自己、对自己热诚勇敢、爱冲动的性格甚至更加无知。幸好她那位远亲是个医生，不得不驱车到很大一片地区去行医，玛丽学会了开车，并且照顾他的车，充当不拿工资的司机——她也小小地算得上是一个好技工。但是战争让她很不满足于她那狭隘的生活。虽然战争爆发的时候，她还不满十八岁，她还是渴望独立，在这方面，她并没有遭到反对。然而，一个威尔士的乡村并无用武之地，因此无所作为，直到后来有一个偶然的机会，她从本地牧师口中突然听到布雷克斯皮分队的事，牧师是分队创办人的老朋友，他亲笔写信推荐了玛丽。就这样，这个姑娘直接从威尔士那僻静闭塞的地方开始了她曲折错综的行程，最后渡海来到法国，然后横穿这个备受战争蹂躏、支离破碎的国家。玛丽并不像布雷克斯皮太太所想象的那样,那么脆弱胆小。

斯蒂芬刚开始的时候,对于要指导新队员这件事感到厌烦,可是过了一阵,事情倒变成没有这个姑娘和她在一起的时候,她反而想念起她来了。又过了一阵,她发现自己注意起玛丽来了:注意到她的头发长得低低地压到了前额上,她那双略微有点斜着的灰眼睛离得很宽,眼睛上浓浓的睫毛使劲向上卷着;这些东西都使斯蒂芬动心,所以她不禁要用自己的手指头摸摸这个姑娘的头发。命运正在不断地把她俩拴在一起,在休息的时刻和在危险的时刻都是一样;即使她们想逃避也逃避不了,而她们又的确不想逃避。她们是无情而又复杂的生存游戏中的小卒子,让一只看不见的手在棋盘上挪到这儿挪到那儿,然而总是并排挪动着。就这样她们日益互相想望。

"玛丽,你在吗?"

一个多余的问题——答复永远是同样的。

"我在这儿,斯蒂芬。"

有时候玛丽谈到她将来的计划,她谈的时候斯蒂芬听着,面带微笑。

"我要到办公室去工作,我要自由。"

"你个子那么小,人家不会好好给你安排个工作的。"

"我有五英尺五呢!"

"你真有那么高吗,玛丽?不管怎样,你看上去个儿小。"

"那是因为你很高。我真希望我还能再长高一点。"

"不,别希望那样,你现在这样就很不错——这才是你,玛丽。"

玛丽想听莫顿的事,讲莫顿的事儿,她从来听不腻。她要斯蒂芬拿出照片来,她父亲的,她母亲的——玛丽觉得她很可爱——帕德的,尤其是拉夫特里的。然后斯蒂芬就告诉她,自己在伦敦的生活,以后又讲到巴黎的新房子;还得讲自己的事业和抱负,尽管她的两部长篇小说玛丽一部也没念过——从来没有图书馆订购过。

但是有时斯蒂芬的脸上也起了愁云,那是因为她不能告诉她的那些事情;因为必须说点假话,而且要闪烁其词,好填补她那奇怪生活经历中的空白。她俯视玛丽明澈的灰眼睛,自己晒黑了的脸上会突然泛起绯红,自觉有罪过,而且这种感觉会传给这个姑娘,让她不安,所以她就一定会抓住斯蒂芬的手握一会儿。

有一天她突然问:"你不快活吗?"

"我究竟干吗要不快活呢?"斯蒂芬笑着回答。

反正一样,现在斯蒂芬有些夜晚尽管劳累了很长时间,躺在那儿还是睡不着,听见炮声越来越近,可是她想的却不是炮声,而总是玛丽。无限的柔情蜜意逐渐笼罩住她,就像海上缥缈的雾霭笼罩着礁石和地岬。她常常仿佛是在安宁平静地漂流向某个和平幸福的港湾。她会伸出一只手来摸摸那个姑娘侧身躺着的肩膀,不过非常小心,深怕把她惊醒了。于是雾霭清澈了:"老天爷,我在做什么呀?"她会猛地一下坐起来,把睡着了的姑娘吵醒。

"是你吗,斯蒂芬?"

"是的,我亲爱的,接着睡吧。"

这时传来一阵烦恼不快的声音:"闭嘴,你们俩。你们真叫人讨厌,我刚刚要睡着!你们干吗老是要谈个不停!"

斯蒂芬会又躺下来,心中想:"我真是个笨蛋,我这是故意找麻烦。当然，我已经喜欢上这个孩子了，她那么有胆量，差不多谁都喜欢上玛丽了。我为什么不应该有感情和友谊呢？我为什么不应该有人类真正的兴趣爱好呢？仗打完以后，如果我们俩能待在一起，我可以帮她站稳脚跟——我会出钱帮她办个企业。"那片缥缈的雾霭遮盖了礁石和地岬，这时又聚拢起来，使整个知觉都模糊了，使过去那些粗鄙、丑陋的轮廓都抹掉了。"说到底，这个孩子喜欢上我了，这对她又有什么害处呢？"赢得这个年轻生命的好感，是一件多好的事呀。

二

德国人进逼贡比涅已经达到危险的地步了，布雷克斯皮分队奉命撤退。它的根据地现在设在一个不很重要的村庄边上的城堡废墟里——然而也不是那么不很重要——村子里整个堆满了军火。几乎所有不执勤的时间都得消磨在那些阴暗的、潮气很重的地下掩体里。掩体分成一些小隔间，其中有些给破坏了，不过有厚重的木头支撑着，上面还堆有沙袋保护着。分队的队员像狐狸似的爬出洞穴，来到光天化日之下，她们的军服上沾满泥土和沙砾，她们不停地眨眼，她们的手因为潮湿又冷又麻——那么冷又那么麻，要把马达发动起来，常常真是大成问题。

正在这时，发生了一两次小小的灾难。布利斯摇曲柄发动车的时候伤了手腕；布莱克尼和救护站其他三个人碰到了一次真正可怕的轰击，她们躲在曾经是制砖场的地方，爬进那个废弃的烧砖炉。她们在那儿蹲着等了大约八个小时，德国炮手这段时间一直轰了又轰，并且击中了那个高大显眼的烟囱。她们三个终于出来的时候，已经给砖灰憋得半死了。布莱克尼的眼睛里落进了什么东西，她揉了揉，结果肿得非常厉害。

霍华德开始变得令人不快，因为她热衷于侍理她那头秀发。她常坐在她那个地下掩体的犄角里，仿佛坐在邦德街理发店里那样地泰然自若；完成了她的梳头仪式之后，她会拿出随身带的小镜子自己照照。布莱克尼那只倒霉的眼睛罩上了绷带，看起来比以前更像猴子，一只生病的猴子。她那削减得简单极了的话语，并不是刻意要活跃分队的气氛。她近来几乎完全失去了语言，仿佛回返到了人类的原始状态。她对生活的一句评论就是："噢，我可不……"总是用一种轻快的上升语调说出来。这可以指任何意思，也可以没有任何意思，一切都随你的便，而且这早就成了她对付她认定是愚蠢的那个造物主所做的种种坏事的万应灵药。"噢，我可不……"而且的确她是不；可怜的、年老的、敏感的，只说单音节字的布莱克尼。一个大兵为分队供应定量口粮——冷肉、沙丁鱼、面包和酸红葡萄酒①；斯蒂芬发现他正在拆卸一个飞机炸弹。他面带微笑解释说，德国装炸弹的办法很狡猾："我都发现不了是怎么装的。"说着他露出他的左手——掉了一个手指头。"这，"他依然面带笑容告诉她，"是一个炮弹炸掉的，很小的一个炮弹，也是我正在拆卸的时候炸的。"她不大客气地劝告他的时

---

① 原文为法文。

候,他沉下脸说:"可是我想把这个给妈妈[①]!"

每个人都开始感到神经紧张,也许只有布莱克尼例外,她任何感觉都忍受得了。分队少了两个人手,剩下的队员就必须像名符其实的黑奴那样干活——有一次斯蒂芬和玛丽工作了七十个小时连气都难得喘一口。绷紧的神经必然会有绷紧的脾气跟踪而至,无缘无故就爆发激烈的争吵。布利斯和霍华德互相别扭了两天,后来又感到无所谓了,因为近来大家对斯蒂芬不满。尽人皆知,斯蒂芬和布莱克尼是布雷克斯皮分队里最好的驾驶员,所以应该轮流和所有的队员配对工作;但是可怜的布莱克尼正在将养那只肿得很厉害的眼睛,而斯蒂芬仍然继续只和玛丽一起开车。她们都是英勇非凡、慷慨大度的女人,每个人通常都十分高兴互相帮助和分忧解难,谈到朋友义气都能忍让而且与人为善。她们宠爱而且称赞最年轻的队员,而且大多数人都喜欢尊重斯蒂芬;尽管如此,她们现在却产生了孩子气的妒忌,而且这种妒忌还传到布雷克斯皮太太很尖的耳朵里。

布雷克斯皮太太一天早晨派人把斯蒂芬请了去。她坐在一张路易十五式的写字台旁边,这个写字台不知怎么在这个遭到破坏的城堡中幸存下来,现在放在她那阴暗的办公用地下掩体里。她的右手搁在陆地测量部的地图上,俨然一副母性将军的模样。她是在战争中牺牲的一个军官的遗孀,是两个大儿子和三个女儿的母亲,她一直过的是军营中普通妇女那种刻板的生活。然而在整个那段时间她一定是都在充实她那个潜意识的知识库,因为她突

---

① 原文为法文。

然之间展露才华，成了一个对人的性格有细致理解的领导。所以她此时隔着自己特别丰满的胸部朝斯蒂芬看过来，倒不是心怀恶意，而是相当体贴周到。

"坐下，戈登小姐，是说卢埃林的事，曾经请你接受她做副司机。我想，现在已经到了她应该在分队里更加独立的时候。她必须像分队里别的人一样，自己试着干，而不是紧靠着别人——请别误解，我非常感谢你对那个姑娘所做的一切——但是，当然你是我们最好的司机之一，在这种日子里，驾驶技术好关系非常重大，这可以说是性命攸关的事，这你是知道的。而且——嗯——要是玛丽老跟着你出车，那对别人就显得不大公平。是的，那对别人就很不公平了。"

斯蒂芬说："你的意思是说，她得轮流跟每一个人一起出车——比如说和瑟洛？"尽管她装得好像若无其事，她还是不大能保持声音不打颤。

布雷克斯皮太太点点头："这正是我的意思。"然后她又慢慢地说："现在是紧张狂热的时候，而这种时候很容易产生许多纯粹是虚妄的感情，纯粹是一个晚上就突然蹿出来的蘑菇，一点儿根儿也没有，只不过是我们的想象罢了。不过我相信，你会同意我的意见，戈登小姐，也会认为我们有责任不去鼓励带有亲密友情性质的任何事情，就像我想象的，一种反应，不过并不明智——不，我不认为这是明智的。这里面中学生味儿太多了一点，在分队里容易让人奚落讽刺。你的地位太重要了，不能这样；我是把你看作第二把手的。"

斯蒂芬说得很平静："我很理解。我这就去对布莱克尼讲，改变一下玛丽·卢埃林的时刻表。"

"好的,如果你愿意就去吧。"布雷克斯皮太太表示同意,说完就埋头研究她那张陆地测量部的地图,没有再看斯蒂芬。

三

如果说以前斯蒂芬一直对玛丽的安全感到担心,那么她现在更是十倍地担心。前线的情况变化多端,救护站也不断地变动。一个协约国救护车的司机头天晚上刚刚到达他所属的那个救护站,就让德国兵击中了。每个战区都发生了近战;分队竟然一直没有严重的伤亡,看来确实令人惊讶。现在协约国方面已经开始缓慢推进,一尺又一尺,一里又一里,非常缓慢,但是稳扎稳打。一个伟大的年轻国家①正在从自己青春的血管里给协约国大量输血,使他们精力充沛。

斯蒂芬现在心中为玛丽着急害怕的最严重的事就是瑟洛;因为瑟洛属于那种兴奋激动的司机,她们总爱根据自己不恰当的判断孤注一掷。她勇敢得过了头,碰到真正危险的事情常常喜欢卖弄一番。斯蒂芬经常好长时间不知道发生了什么事情,而且经常必须在玛丽返回之前离开基地,一直为她的安全提心吊胆。

斯蒂芬现在愁眉苦脸,然而仍旧怀着不屈不挠的勇气和忠诚,继续履行自己的职责。她们大家冒的危险一天比一天严重,因为

---

① 指美国。

敌人越来越接近失败，也就越来越不重视个人的死活了。斯蒂芬唯一能够比较宁静的时刻就是她自己开车带着玛丽的时候。这个姑娘仿佛失去了某种活力，某种一直在支撑着她的力量。她总显得萎靡不振，斯蒂芬常在下班以后和她一起稍事休息的时刻，看到她这种萎靡不振的样子，而且也会知道，除了她那凯尔特人的勇气以外，没有什么东西能让玛丽·卢埃林不至于垮掉。现在因为她们俩经常不在一起，连偶尔见一面也变得有重要意义了。她们在早晨准备出车的时候，可能碰面，如果碰到这种情况，她们就会相互凑近一会儿，仿佛靠近就能得到安慰。

家里常有信来，她总想把这些信念给玛丽听听。帕德除了写信以外，还寄点食物，有时甚至是战前那种奢侈的食品。她要弄到这些东西，一定用了行贿收买的手段，因为在英国，所有各种食品都越来越缺乏。看来帕德有一张巨幅地图，她在上面插着带有鲜艳小三角旗的针。战线每次移动一尺，帕德的针就会换一个新的地方；因为自从斯蒂芬离开她来到前线以后，战争对帕德就成了与她个人息息相关的事情。

安娜也写信来，斯蒂芬从她那里知道了罗杰·安垂姆牺牲了。他救了一个受了伤的上尉的命而得到一枚胜利十字奖章，同时也被子弹射中。他当时独自一人进到一个无人区，救了他那位躺在那儿昏迷不醒的朋友，就在他把那个受伤的人猛地一下推到安全处所的时刻，头上中了一颗子弹。罗杰——那样不近人情、那样粗鲁、那样残暴，那样一个毫无恻隐之心的恶霸——罗杰因为完全忘我而在转瞬之间变成了一个超凡脱俗的人。因此，这正是人类为理想而奋斗的永不衰竭的渴望降临到了罗杰的身上。斯蒂芬坐在那儿念到他去世消息的时候，心中豁然开朗，她祝愿他好，他的勇气从她心里，从她生活里永远扫除了一个巨大的痛苦。因此，罗杰在不知不觉之中，以自己的所作所为，以自己的那样一种死法，履行了是敌是友一律都是履行的法则——不可更改的为人效力的法则。

四

事态发展越来越猛烈。到那一年的六月份，有七十万美国士兵，那些健壮飒爽的男儿，从他们本国的大草原，从他们长满高大玉米的地里，从他们的农场和城市开拔，在法国这个浸透了鲜血的战场，为了保卫自由而献出了自己的生命。他们并得不到什么，而是牺牲很多；这并不是他们的战争，然而他们却来助战，这是因为他们年轻，而且他们的国家也年轻，青春的理想是永远有希望的。

七月，协约国发动反攻，现在，法国在自己胜利进军的时刻，才完全懂得，溃退的军队暴露无遗地摆着的，是一派巨大的废墟。因为这里不仅是家园毁灭，生灵涂炭，而且乡间到处都是在枝繁叶茂的时刻就遭到摧残的树木，夷为平地的果园，在强大的军队像潮水一般，一浪高过一浪席卷溃退的时候，呈现出一派毁灭的景象——大难临头时发生的暴行让人无法置信，让人震惊，让人愤怒。他们肯定是已经发疯了，因为德国人向来比任何人都更加挚爱树木。

斯蒂芬开车经过那惨遭蹂躏的国家，会发现自己想起了马丁·哈拉姆——马丁曾经用那样敬重和怜惜的手指头触摸过群山上那些老荆棘："你从未想过树木的巨大勇气吗？我想过，而且这好像让我很感到惊异。老天爷砰地一下把那些树压倒了，可是他们不管出了什么事都坚持不屈——这该需要一些勇气。"马丁一直相信，有个树木的天堂，为一切有坚贞信仰的人准备的森林的天堂。她有许多年从未想到过马丁，他属于最好还是忘掉的过去，但是直到最近，她有时候才又想知道他的情况。也许他死了，就在他所站的地方给击倒的，因为许多人都是在他们所站的地方死的，就像那些果树一样。想到他可能到了法国这儿，一直在打仗，在离她很近的地方战死了，想到这些也很稀奇。但是他也许终究没给打死——她从来没把马丁·哈拉姆的事告诉玛丽。

所有的思路好像都通到玛丽这里；而且在最近这些日子，除了担心她的安全外，还增加了一种对她一定会看到的事物日益增长的悲痛——比看到坚韧的伤员更加可怕的景象。因为现在到处都是战争的残迹，污秽的海洋掀起的海滩残骸——在日光下腐败、溃烂，给人类愚蠢的种子孕育腐败。她们俩最近一起开车的时候，两次碰到斯蒂芬不愿让玛丽看到的景象。一辆德国的运炮车给击中了，还有已经僵了的几匹死马和车上三个炮手的尸体——死得真可怕，炮手的脸都变黑了，正像黑人的脸一样，是因为中了毒气变黑变肿的，还是因为腐烂？还有一匹战马受了伤给扔下了，它一条前腿仿佛是用一条破布吊着的。旁边还躺着一个已死的年轻德国枪骑兵[①]，斯蒂芬解下德国兵的手枪把那匹牲口打死了，但是

[①] 原文为德文。

玛丽却突然抽泣起来："啊，上帝！啊！上帝！它是哑巴——它不会说话。一个东西在受罪，可是它又会问你为什么，看到这样子不知为什么那么可怕！"她抽泣了很长时间，斯蒂芬也不知道怎样安慰她。

现在分队跟在稳扎稳打向前推进的协约国军队后面缓慢移动。基地从一个毁坏的村庄缓慢地移到另一个村庄，临时宿营地也跟着变动。好像很少见到一所房子还有房顶，而且除了四周的墙壁以外也很少见到还有什么别的东西。她们常常躺在屋里仰望天上的星星，而星星也反望下来，高渺而且并未受到烦扰。大约就在这段时间，她们越来越缺水，因为多数水井据说都给下了毒。这种缺水成了一桩非常现实的苦恼，因为它严格限制了随便洗涤。然后就该是布利斯了，她在寻找一个因为疏忽而不见了的救护站[①]的时候给击中了。像那个协约国救护车的司机一样，她也给击中了，不过她这回只是碰上了一颗子弹——仅仅在胳臂最上面伤了一点皮肉，然而这也足以让她一时之间派不上用场。不得不把她送往医院。这样，分队又缺了人手。

这时天气变热了，以前是潮湿和寒冷，现在白天黑夜都好像热得几乎让人喘不过气来，白天，伤员得在外面躺在太阳下，等着轮到把他们抬上救护车，这时候还得受到苍蝇叮咬。仿佛不幸的事情总是相互吸引，仿佛真是祸不单行。斯蒂芬的脸又给一块弹片击中了，她的右脸颊给划开了一道大口子。救护站[②]的那个小个儿法国大夫，给她整整齐齐地缝好伤口，等他缝合完包扎好了，

---

①② 原文为法文。

他就非常郑重其事地鞠躬说:"小姐①会带上一道光荣的疤痕,作为勇敢无畏的标记。"说完他又鞠起躬来,所以最后斯蒂芬也得郑重其事地鞠躬。然而,幸运的是她仍然可以干她的活儿,这对人手不足的分队可是件大好事情。

五

秋天的一个下午,天空湛蓝,阳光灿烂,一位须发皆白的将军给斯蒂芬胸前别上了一枚军功十字奖章②,首先是慈母模样的克劳德·布雷克斯皮太太,她的上衣看来对她的胸部来说是紧得太厉害了,然后就是斯蒂芬和这个英勇果敢、不知疲倦的分队中另外一两个队员。将军依次亲吻了每个得奖者的双颊,这时一队空中英雄驾驶的飞机翱翔在头顶上,部队端着枪,这些受过战争考验有丰富作战经验的部队,人人眼中都饱含勇往直前的神情——因为法国人在这类事情上有很高的品味。现在斯蒂芬铜质的军功十字奖章绶带上有三颗小星星,每颗星代表在特别公报中记载过一次。

那天傍晚她和玛丽在田野里散步,向离她们临时营地不远的一个小镇走去,她们停了一会儿观看落日,玛丽抚摸着那枚新的军功十字奖章;然后直视斯蒂芬的眼睛,嘴唇在颤抖,斯蒂芬看出来,她正在哭。这以后她们必定是手牵着手走了一会儿。为什

---

①② 原文为法文。

么不呢？那时候并没有任何人在看她们。

玛丽说："我这辈子一直在等待着什么。"

"等待什么呢，我亲爱的？"斯蒂芬轻轻地问她。

玛丽于是回答说："我一直在等待你，而且等的时间长极了，斯蒂芬。"

斯蒂芬脸上那刚刚愈合的伤口泛红了，红得发紫，因为她能找个什么话来回答呢？

"等我？"她结结巴巴地说。

玛丽郑重地点点头："是的，等你。我一直在等你。可是打完仗以后，你会打发我走。"这时她突然揪住斯蒂芬的衣袖："让我和你待在一起吧——不要打发我走，我想要靠近你……我也解释不清楚……可是，我只是想靠近你，斯蒂芬，斯蒂芬——你说吧，你不会打发我走的……"

斯蒂芬把手扣在军功十字奖章上，但是这枚勇士的奖章让她的手指头感到冰冰凉；在那个时刻感到的是死一般的，冷冰冰的，正像那曾经为她赢得这枚奖章挂在胸前的英勇气概一样。她的眼睛越过她的头顶凝望着落日，因为她自己要做的答复而战栗。

这时她非常缓慢地说："打完仗以后——不，我不会打发你走，让你离开我的，玛丽。"

第三十七章

一

我们时代这次最令人吃惊、最令人心碎的愚蠢罪恶,已经接近骤然终止了。十一月,分队驻扎在圣康坦的一家小旅馆里,它虽然非常简陋,但住过战地掩体之后,却恍若天堂。

一天早晨,分队的一帮队员在咖啡室里,挤着围在用潮湿树枝烧起的一堆火前。刚才还可以清晰地听到炮声,这会儿却发生了什么几乎是反常的事情——一片沉寂,仿佛死神跟自己作对,打破了他自己毁灭的权力。谁也没有说话,大家都坐在那儿,你望着我,我望着你,脸上不露丝毫感情;大家的脸都显得茫然,就像许多抹去了每一根表达感情的线条的面具——大家都等待着——在一片沉寂中谛听。

门开了,进来一个邋里邋遢的法国大兵,他的样子吊儿郎当,声音平平淡淡:"好哇,小姐太太们,停战啦。"①但是他那对闪光发亮的棕色眼睛却一点也不平平淡淡。"是的,停战啦,"②他冷冰冰地重说了一遍;然后耸了耸肩膀,就像一个人要说"这跟我又有什么关系"。说完以后又不知不觉咧开大嘴嘻嘻笑了起来,他还非常年轻,然后他来了个向后转走了。

斯蒂芬说:"所以事情就结束了,"她看着玛丽,玛丽已经跳了起来,也看着斯蒂芬。

玛丽说:"这就是说……"但是她突然停下了。

布利斯说:"谁有火柴?噢,谢谢!"于是她就摸索她那个白色的金属烟盒。

霍华德说:"我要去做的第一件事就是到巴黎把我的头发好好洗一下。"

瑟洛尖声笑了起来,然后吹起口哨,一边吹着还一边用脚踢那个不肯听话的火堆。

但是有趣的、老说一个单词的老布莱克尼,白头发剪得短短的就像个枪骑兵的布莱克尼——她早就心如铁石了——却相当突然地把胳臂搁在桌子上,把头搁在胳臂上,然后她哭了又哭,哭了又哭。

二

斯蒂芬留在分队里,一直等到它出发去德国的前夕才离开它,

---

① ② 原文为法文。

她离开的时候还带上玛丽·卢埃林和她一起走。她们的工作已经完成了，剩下的只是荣幸地参加军队的胜利进军，但是玛丽·卢埃林完全累垮了，而斯蒂芬除了为玛丽着想之外，别的什么都不想。

她们向克劳德·布雷克斯皮太太，向霍华德和布莱克尼以及其余的伙伴道了别。斯蒂芬懂得，正如大家确实都同样懂得的，一次巨大的事件已经不知不觉成为历史，已经脱离她们走进了历史的王国——某种可怕然而光辉的事情，与生命在反对死亡的巨大斗争中结为一体。所有她们这些妇女尽管感到了和平的无限幸福，却全都隐隐约约地感到抱憾，因为她们谁也不知道将来会有些什么平凡的日子，又有些什么平凡的活动。巨大的战争之后有巨大的不满——修剪刀已经架在树上了，强烈的生长欲望透过支离破碎的枝条搏动着。

三

为了迎接斯蒂芬归来，雅各比路上那所房子一片欢腾[①]。皮埃尔竖起了一个很神气的旗杆，那上面飘扬起一面崭新的三色旗，是波利娜从隔壁面包店老板那儿强要来的。鲜花已经插在书房的几个花瓶里，阿德尔还下功夫以蜡菊为主[②]编了"欢迎"这两个字，并且把它悬在门口。

斯蒂芬和他们所有的人一一握手，还介绍了玛丽；玛丽也

---

①② 原文为法文。

和他们握了手。后来阿德尔就必定要喋喋不休谈起让,他虽然没当上上尉,可是却安然无恙;这时波利娜必定要岔开她的话,谈起失去四个儿子的隔壁面包店老板,还有她那断了右腿的一个兄弟——她的脸上非常阴沉,声音却是非常让人高兴的,她谈到不幸的事情的时候老是这样。立刻她对斯蒂芬脸上那道又长又直的伤疤必定要叹息:"唉,真可怜!这对一位女士可真是一场灾难呀!"①但是皮埃尔指着斯蒂芬上衣翻领上那红绿交错的绶带说:"这是军功十字奖章!"②于是他们最后都围过来称赞那半英寸宽的荣誉与辉煌。

啊,是的,这次归来是友好的、快乐的,正如这几位心怀善意、热情洋溢的布列塔尼人所能够做到的那样。然而斯蒂芬带着玛丽上楼到那间俯视花园的可爱卧室的时候,她却有一种受到限制的压抑之感,于是她突然说道:

"这就是你的屋子。"

"这儿真漂亮,斯蒂芬。"

这以后她们都沉默下来,也许是因为她们之间有那么多的事情是不会说的。

满面春风的皮埃尔摆好了正餐,菜肴非常精美,赛过波利娜平日的手艺,但是她们俩谁也没能吃下多少——她们相互之间都有一种过分尖锐的难为情的感觉。吃完饭以后,她们走进书房,尽管燃料奇缺,阿德尔还设法架起了一堆大火,火苗都蹿得超过半截烟囱高的地方了。屋子里闻得出暖房鲜花、皮革、旧木头和逝

---

① ② 原文为法文。

去岁月的微微气味，过了一会儿，又有了香烟的味道。

这时斯蒂芬强使自己轻声讲话了："来，坐在这儿壁炉边上，"她笑着说。

玛丽听从她的话，在她的旁边坐下，她还把一只手放在斯蒂芬的膝头，但是斯蒂芬好像没注意到那只手，因为她让它搁在那儿，自己还是继续讲话。

"我一直在想，玛丽，在考虑各式各样的计划。我想带你离开这儿一小段时间，巴黎的气候好像很糟。帕德曾经和我谈起特纳里夫①，她很多年以前带了一个学生到那儿去过。她住在一个叫奥罗塔瓦的地方；它一定很可爱，我相信——你觉得你会喜欢那儿吗？我可以设法打听到郊区某个带花园的住宅，那么你就可以轻轻松松晒太阳了。"

斯蒂芬没有注意到那只手，玛丽觉得很难为情，她说，"你真的想要离开这儿吗，斯蒂芬？那不会妨碍你的写作吗？"她的声音，斯蒂芬觉得听上去紧张而且不快。

"我当然想去，"斯蒂芬再次向她肯定地说，"为了假期我会工作得更好。无论如何，我必得弄清楚那对你更合适才行，"这时她突然把自己的手放在了玛丽的那只手上。

有时在两个人的身体之间存在着那神奇的感应，只要一接触就会激起许多隐秘而且危险的感情，在她们这样接触的一刹那，这种奇怪的感应就把她们俩笼罩住，她们很不自在地一动不动坐

---

① 特纳里夫为大西洋中西班牙所属加那利群岛最大的一个岛，在非洲西北，农产丰富，旅游业发达。

在壁炉旁边,觉得在她们这种一动不动之中才会有安全。但是这时候斯蒂芬又继续说起来,她现在说的纯粹是实际问题。玛丽必须到她表哥家待两个星期,最好是立刻就走,然后待在那儿,斯蒂芬自己这段时间则回莫顿。最后她们可以在伦敦会合,再从那里坐汽车直接去索斯安普顿,因为斯蒂芬可能会利用她们往来这些地方的机会,如果可能,就在她回莫顿去以前,找一个带家具的郊区住宅。她不断地说了又说,而且这样说着的时候,还用手指把她一直握住的玛丽那只手不停地一会儿抓紧,一会儿又猛然放开,玛丽就只好把她那些神经质的手指紧紧扣在自己手里,而斯蒂芬也没有挣脱。

这时玛丽也像以前很多别的人一样,本来心情沮丧,现在又快活起来。这是因为些许小事常常足以改变年轻时萦回心头的那种游移不定的感情趋向。她注视着斯蒂芬,眼中流露着感激之情,而且还怀有她本人也未意识到的意味更加深长的东西。现在轮到她说话了。她能打字打得相当好,她的拼写本领非常好;她可以为斯蒂芬的书稿打字,整理保管她的文件,帮她回信,照管房子,甚至在厨房里和阴郁的波利娜相周旋。到了秋天她写信到荷兰去买花的球根——她们必须在她们的市内花园里种很多球根,夏天她们应该种一些玫瑰——巴黎种花不像伦敦那么苛刻,她不是可以养些宽白尾巴的鸽子吗?它们和那个古老的大理石喷泉很相配。

斯蒂芬听着,不时点点头。是的,她当然可以养她那些白色扇形尾巴的鸽子,种她的球根和她的玫瑰,可以有她喜欢的任何东西,只要她过得好,觉得快活就行。

听到这里,玛丽笑着说:"啊,斯蒂芬,我亲爱的——难道你不知道，我真是快活死了吗？"

皮埃尔进来送傍晚的信；一封是安娜的，另一封是帕德的。还有一封长篇大论的信是布罗克特的，他看来好像在请求能够复员。一旦得到解脱，他一定要回英国去待几个星期，但是随后他就要来巴黎。

他写道："我渴望再见到你，见到瓦莱里·西摩。顺便问问，现在怎么样了？瓦莱里来信说，你从未给她去电话。真可惜，你居然这样不合群儿，斯蒂芬，我把它叫作讨人嫌，你会像只寄居蟹一样藏身在一只壳里，要不就会在脸上长了胡子，要不就会在鼻子上长个瘊子，要不就会更糟糕，这几样都全了。你也许甚至是将近中年染上了几种令人讨厌的习惯——最好读读费伦茨①！我真纳闷，你对瓦莱里的态度为什么那样恶劣呢？她是那样一个妙人儿，而且还那么喜欢你，就在前几天她还给我写信说：'你见到斯蒂芬·戈登，请转达我的问候，并且告诉她，几乎巴黎所有的街道迟早都要通向瓦莱里·西摩。'你可以给她写几个字，你也可以给我写——我已经觉得你的沉默值得怀疑。你在恋爱吗？我急切地想知道，既然如此，你为何不让我享受这一无害的乐趣呢？我们毕竟都知道，要有乐同享——我可以向你致以祝贺吗？隐隐约约但却令人兴奋的传言已经到我这儿了。就便告诉你，瓦莱里非常宽大为怀，所以你不要怕难为情，给她打电话吧。她属于那种有高度修养的人。受到怠慢也会照样安之若素，我也如此。忠诚的

---

① 山多尔·费伦茨（1873—1933）匈牙利心理分析学家，弗洛伊德的朋友和合作者，对心理分析的基本学说与治疗法有重大贡献。

布罗克特。"

玛丽把信折好,斯蒂芬看了看她说:"现在到了你去睡觉的时候了吧?"

"别赶我走。"

"我一定得赶,你太累了。去吧,好孩子,你看上去很累,都要打瞌睡啦。"

"我一点瞌睡也没有!"

"反正到时候了……"

"你就来吗?"

"现在还不行,我得回封信。"

玛丽站起身来,然后只有一会儿工夫,她们的目光相遇了,斯蒂芬于是赶快转过头去:"晚安,玛丽。"

"斯蒂芬……你不亲亲我说声再见吗?我们这是第一个晚上,两个人一起在你家里。斯蒂芬,你知道吗,你还从来没有亲过我呢!"

钟敲了十点;书桌上一朵玫瑰花散落下来,它那开败了的花瓣受不了那阵几乎是难以觉察的震动,斯蒂芬的心激烈地跳动。

"你想要我亲亲你吗?"

"比世界上任何东西都更想。"玛丽说。

这时斯蒂芬突然醒悟过来,而且露出了微笑,"那很好,我亲爱的。"她轻轻地在这个姑娘的脸上亲了一下,"现在你真的必须睡觉去了,玛丽。"

玛丽走了以后,她就写信了;给安娜写了几行,说明她要回去探望;给帕德和迪福也写了几行——对迪福她感到有愧,因为把她忘了。但是在几封信里，她都没有提到玛丽，对布罗克特的长篇大论，她没有回信。后来她从抽屉里取出她那部还未写完的长篇小说，不过它看起来索然无味，而且也没有什么价值，所以她叹了一口气，又把它扔下，然后锁好抽屉，把钥匙放进自己的衣兜里。

现在，她再也控制不住了，她心里的巨大欢乐，巨大痛苦，那就是玛丽。她只要一叫玛丽；玛丽就会来，带来她的全部忠诚，全部青春，全部热情。是的，她只要一声召唤，然而——她果真会残忍得要去召唤玛丽吗？她的心里想到这个字眼就退缩了；为什么说残忍呢？她和玛丽相互爱恋，相互需要。她可以供给她奢华的享受，让她一切得到保证。所以她就不必再为生活而去搏斗；她会享有金钱能够买到的一切安乐。为自己的生活而搏斗，玛丽还不够强。而且这时候她，斯蒂芬，已经不再是个孩子，不会为这种局面吓倒、低头。就在这个城市，在每个城市，都有许多另外的人，和她一模一样，而且他们并不全都是过着禁欲的生活，剥夺自己的欢乐，愚弄自己的头脑，成为他们自己的一次次挫折的牺牲品。相反，他们过着天然的生活——对他们来说不折不扣是天然的生活。他们也像别的任何人一样，有自己的感情，而且为什么不呢？他们也确实不辜负自己的感情吧？他们也有吸引力，这真是一大嘲讽，她本人就吸引了玛丽·卢埃林——这个姑娘十分单纯、十分公开地恋爱了。"我这一辈子一直在等待什么东西……"玛丽这样说过，她说过："我这辈子一直在等什么东西……我一直在等待你。"

男子——他们都自私自利，自高自大，占有欲强。他们能为玛丽·卢埃林做些什么？一个男人能给些什么，是她给不了的呢？一个孩子？但是她可以给玛丽那样一种即便没有孩子也是完美无缺的爱。玛丽如果跟了斯蒂芬，那么她的心里，她的生活里就没有了孩子的地方。如果她们俩任那种关系毫无限制地发展，所有的一切就都会相互合而为一：父亲，母亲，朋友和情人，所有一切——构成令人惊异的完美无缺；而且玛丽就是那个孩子，那个朋友，那个心上人。她拥有那种了不起的双重性格的纽带，她可以把玛丽箍得紧紧的，痛苦也会是甜蜜的，所以这个姑娘可以为了那种甜蜜而大喊大叫，把她的束缚往身上缠得更紧。世人可以谴责，但是她们却可以享受；光荣地被摒弃在外边，毫不羞愧，得意扬扬！

她开始在屋子里踱过来，踱过去，就像她往常感情激动的时刻那样。她的脸变得不详、阴沉而又忧郁；她嘴唇上的优美线条有点变样了，那双眼不那么明澈了，不大像她灵魂的侍从，倒更像她那急煎煎、热辣辣肉体的奴隶了；她脸上那道红疤痕鼓起来像道新伤口。这时她十分突然地开了门，盯着那灯光暗淡的楼梯。她向前跨出一步，然后又停下来；她让她自己，让她自己正在做的这件事情给吓坏了，吓得目瞪口呆。就在她站在那儿的时候，她想起了另外一个宽大的书房；她想起了一个像干瘦的小马驹似的姑娘，她的目光总是扫向窗户那边；她想起了一个男人，他向她伸出手来："斯蒂芬，到这儿来……什么是荣誉，我的女儿？"

荣誉，啊，天哪！这就是她的荣誉吗？玛丽，她的神经一直绷得紧紧的，都要绷断了！不警告一声就把她拖过来穿越这激情的迷雾，这是胆小鬼的行径。难道就让她一点儿也不知道，为了这种爱情，在前面等待她的究竟是什么，她得付出什么代价吗？她还年轻，对生活一无所知；她只知道她爱上了，而年轻人是热情似火的。她会给予斯蒂芬所要求她的一切，甚至更多，因为年轻人不仅热情似火，而且慷慨大方。既然给予了一切，她就毫无戒备了，既没有预先告诫，又没有预先武装自己，来抗拒这样一个世界，它会像一只残酷无情的野兽那样，猛扑过来把她撕碎。这是可怕的。不行，玛丽在计算清楚那项礼物的代价之前，在她身心都恢复平静，能够作出深思熟虑的判断之前，她决不能够给予。

这样斯蒂芬就必须把残酷的实情告诉她，她一定得说，"我是上帝在额头打了记号的那些人中间的一个。像该隐一样，我是打了记号，有了污点的。如果你跟了我，世人就会厌恶你，迫害你，会说你不洁净。我们的爱可以至死不渝，甚至更久远——然而世人可以把它说成是不洁净。我们相爱不会损害任何一个人；我们会因为我们的爱而在理解之情和慈善之心方面成长得更加完美；但是所有这一切都无法让你避开世人给你带来的灾祸，他们无视你最高尚的行为，而只是在你身上挑拣腐化和罪过。你会看到男男女女互相诋毁，把他们自己罪恶的负担加在他们的孩子身上，你会在世人称赞的那些人中间看到不忠，谎言和欺骗；你会发现，许多人变成了铁石心肠，变得贪婪，自私，残酷和荒淫；那时候你就会转而问我：'你和我比那些人还值得受尊重。为什么世人却要迫害我们呢，斯蒂芬？'我就会回答：'因为在这个世界上，对所谓的正常人只有容忍。'你到我这儿来寻求保护的时候，我会说：'我保护不了你，玛丽，这个世界剥夺了我保护人家的权利；

我一点办法也没有，我只能够爱你。'"

现在斯蒂芬浑身哆嗦。尽管她精力充沛，体格矫健，她还是得站在那儿浑身哆嗦。她觉得冷得要命，她的牙齿冷得格格打颤，她举步的时候摇摇晃晃。她爬那宽阔楼梯还是得极其小心，以免疏忽大意而跌倒；她的脚抬得极其缓慢，极其小心，因为如果她跌倒了，她就会惊醒玛丽。

四

十天以后，斯蒂芬就在对她母亲说这番话了："我需要在很长一段时间里把环境改变一下。很幸运的是，我在分队里碰到了一个姑娘，她无牵无挂，能够跟我一起去。我们在奥罗塔瓦找到了一个郊区住宅，很可能是备有家具的，还留下几个仆人，可是天知道那房子会是什么样子，它是一个西班牙人的；无论如何，阳光会很充足的。"

"我相信，奥罗塔瓦是个叫人高兴的地方。"安娜说。

但是帕德注视着斯蒂芬，一言不发。

那天晚上，斯蒂芬敲帕德的门；"我可以进来吗？"

"可以，请进来吧，我亲爱的。来坐在火边上——我给你冲点可可吧？"

"不要，谢谢。"

停了好一会儿，这时候帕德穿上了她那件柔软的毛棉混纺的灰色浴衣。然后她也拉了一把椅子到壁炉边，又过了一会儿："看到你真叫人高兴——你的老老师想你都想坏了。"

"不会比我想得更厉害,帕德。"这是真的吗?斯蒂芬突然满面飞红,两个人这时都非常沉默。

帕德知道得很清楚,斯蒂芬并不快乐。这些年来他们一直没有生活在一起,所以帕德现在不能从直觉判断;她觉得有把握的是,某种严重的事情发生了,她的本能向她自己发出了警告,这可能是什么样的事情,所以她暗中有些担惊受怕。因为坐在她身边的已经不是一个毫无阅历的年轻女孩儿,而是一个年近三十二岁的女人,已经超过她的指导所限了。这个女人会由她自己按她自己方式来处理自己的问题——而且确实已经常常这样做了。帕德提出问题必须尽量讲究方式。

她轻声问道:"给我讲讲你那位新朋友吧。你在分队里遇见她的吗?"

"是的——我们是在分队里遇见的,就像我傍晚时告诉你们的那样——她名叫玛丽·卢埃林。"

"她多大了,斯蒂芬?"

"还不到二十二。"

帕德说:"非常年轻——还不到二十二……"这时她扫了斯蒂芬一眼,沉默不语。

但是斯蒂芬这时却接下去讲得比较快了:"我很高兴你向我问起她,帕德,因为我打算给她安个家。她除了几个远房的表亲外,再没有别人了,而且据我所知道的,他们并不想要她。我要让她试试,为我打字,她这样要求过,这可以使她觉得她独立自主;在其它方面,当然她是完全自由的——如果这样结果不成功,她随时可以离开我——但是我很希望这会成功。她可以做伴，我们都喜欢一些同样的事情，不管怎样，她会给我生活上的乐趣……"

帕德心中想："她不打算告诉我。"

斯蒂芬拿出自己的香烟盒，从里面取出一张干净的小小快照："照片不大好，是在前线照的。"

但是帕德在凝视玛丽·卢埃林。然后突然抬头看着斯蒂芬的眼睛——她一言未发就把快照还给了她。

斯蒂芬说，"现在我想谈谈你的事情了，你立刻去巴黎呢，还是留在这儿等到我们从奥罗塔瓦回家来呢？就看你愿意怎么样了，房子是很现成的，你只需要给波利娜去一张明信片；他们随时都可以在那里等你去。"于是她等待帕德的回答。

这时帕德，这位个子虽小但却不屈不挠的斗士，独自站了起来，对自己进行战斗，好压下突然冒出的妒火，一种突然而且几乎是猛烈的怨恨。而且她看出来，那个自我是一个疲惫的老妇，由于长年工作而变得呆板、疲惫的女人，为了谋生而已经耗尽了理智的女人，现在由她做伴对斯蒂芬已经没有用了。一个冬天受风湿病折磨，夏天又无精打采的女人，一个在年轻时除了受到良心敏感的惩罚之外不知青春为何物的女人。而现在她已经垂老，生活又给她留下了什么呢？甚至失去了维护自己朋友的权利——因为帕德完全明白，她去巴黎只会造成尴尬，而且无可挽回。如果时刻已到，命运是无法阻挡的；然而——谁来承担这种指斥和谴责的任务呢？——她实际上发现她的内心是想要祈祷，让斯蒂芬能够得到几分完成使命之感，让她生活的伤口得到某种止痛剂："不要像我一样——不要让她变得像我似的弄得这样老。"这时她突然想起，斯蒂芬正在等待她的答复。

她平静地说："听着，我亲爱的，我一直都在想，我觉得我不应该离开你母亲，她的心脏不太好——当然，也不很严重——不过，她不应该孤零零地住在莫顿；即使不考虑健康问题，孤零零的生活也是件令人伤感的事情。也还有另外一件事。我已经变得很疲倦，很怠惰了，而且，如果我能做得到的话，我不想把我连根拔掉。一个人怎么样过上了几年，就对自己这种方式过惯了，而且我的方式和莫顿非常合得来。我以前并不想来这儿，斯蒂芬，这我告诉过你，可是，我完全错了，因为你母亲需要我——她现在比打仗的时候更需要我，因为打仗的时候她有事做。啊，可是天哪！我是个蠢老婆子——你知道吗，我老是想家，想英国。我老是想家，想吃一便士一个的小圆面包。你想想，可是我又住在巴黎！不过——"说到这里，她的声音有点哑了。"不过，只要你什么时候觉得你需要我，只要你什么时候觉得你想要听我的意见，或是我的帮助，你就可以召唤我，不行吗，亲爱的？因为，尽管我老了，如果我认为你真正需要我，我还是跑得动的，斯蒂芬。"

斯蒂芬伸出手来，帕德握住了它。"有些事情，我表达不出来，"斯蒂芬说得很慢，"你为我所做的一切，我表达不出来我的感激之情——我找不出任何语言来表达。但是——我想要你知道，我是尽量直来直去的。"

"你到头来总会直来直去的。"

就这样，这两个忠实可靠的朋友和伴侣，生活在一起将近十八年之后，现在实际上是分手了。

第三十八章

一

奥罗塔瓦的丝柏别墅建在港口高处的一个地岬上面。它是因为有优美的丝柏树而得名的,在那宽敞的花园里,有许多的丝柏。在港口[①]每当牛车装满一箱箱的香蕉吱吱嘎嘎颠簸着下到码头上去的时候,就掀起哄笑,呼叫和歌唱。在港口,大约可以会说是有商品交易,因为在堤岸外就有装运水果的脏轮船;但是丝柏别墅傲然高耸在上面,就像一个见过大世面过过好日子的显赫的西班牙贵族[②]——让人感到,它确确实实厌恶商品交易。

别墅比港口那些街道还要古老,尽管街道上那些年深日久的鹅卵石之间丛生着簇簇野草。那座小山人们叫作古老的奥罗塔瓦,山上建有一些古老的别墅,尽管别墅里那些百叶窗上绿色的框子都让亚热带充足至极的夏季的阳光晒得褪了颜色,丝柏别墅还是

[①②] 原文为西班牙文,下同。

比其中最古老的别墅还要古老。它的确是那么古老,没有哪个农夫能够准确地告诉你,它是什么时候盖出来的;记载都失散了。如果说有过记载的话——要问它的历史,得去问它的房东。但是房东总是住在西班牙,而负责保管修理那个地方的代理人,却懒得为这种小事给自己找麻烦。第一块奠基石何时埋下的,或者是谁埋下的,那有什么关系?别墅老是能租个好价钱就得了——他会打个呵欠,用手指头卷上一支烟卷,用他那又红又厚的舌头尖舔一下卷烟纸,最后就到太阳光下睡上一觉,做那尽是优厚佣金的梦去了。

丝柏别墅是一座低矮的石头房子,曾经上了柠檬黄的颜色。它的百叶窗比小山上那些别墅的百叶窗颜色要绿一点,因为每十年就要重新油漆一次。别墅主要的窗户都朝着小小山岬脚下的大海。别墅里有几间宽大阴暗的屋子,里面镶着拼花地板,墙上都画着古老的壁画,有些壁画很原始但很神圣;另外一些也很原始,但是很明显不那么神圣;不过,壁画全都毁损得很厉害,否则租房子的人看到那种对比一定会震惊不已。家具质量很好,但都是很阴暗的色调,而且少得可怜,因为别墅的主人在塞维利亚忙得要命,没有工夫侍理他在奥罗塔瓦的别墅。但是这所老房子的确有它了不起的地方;它的花园,一个货真价实的伊甸园,到处弥漫着一种切盼所有生育方式的原始冲动。它由于阳光照射和精气流溢而变得火热,因此在绿树荫下也是暖和的,而它那些花朵和树木的勃勃生机,又散发出一种奇异撩人的香味。那些树木很久以来都是小鸟的天堂,从头上顶着羽冠的戴胜鸟直到野生的金丝雀,它们在枝头组成了永不休歇的大合唱。

二

斯蒂芬和玛丽在圣诞节过后不久就到了丝柏别墅,她们在船上过的圣诞节,上岸以后又在圣克鲁斯逗留了一个星期,然后才坐车经过长途颠簸到达奥罗塔瓦。仿佛命运是吉祥如意的,或者也许不是吉祥如意的——谁会说得清呢?——花园显现的正是它最漂亮的样子,在落日的余晖里看起来真是美不胜收。玛丽睁圆了她的大眼睛高兴地看着;但是过了一个儿,她的眼睛就一定会像已往经常那样,转到斯蒂芬身上;而斯蒂芬那游移不定、忧心忡忡的眼睛就一定会充满对玛丽发自内心深处的热烈情爱对她回视。

她们俩一起游逛别墅,逛完以后,斯蒂芬笑了一下:"东西不是很多吧,玛丽?"

"不多,但是也很够了。谁要那么多桌子和椅子呀?"

"嗯,如果你觉得满意,我也一样,"斯蒂芬告诉她。的确,就丝柏别墅来说,她们俩都感到非常满意。

她们发现,干室内活儿的佣人是两个农妇;一个笑容满面的胖女人名叫孔恰,她按照岛上的老传统用白亚麻布头巾包着头;还有一个姑娘,黑头发精心梳理过,脸上的粉擦得很重——她是孔恰的侄女,名叫艾斯美拉达。艾斯美拉达显得很生气,不过这可能是因为她的眼睛斜得很厉害。

在花园里干活的是一个面目俊秀的人,名叫雷蒙,和他一起的还有一个十六岁的小伙子叫作帕德罗。帕德罗发育过早,无忧无虑,满脸雀斑。他讨厌在花园里干他那种简单的活儿;据雷蒙说,他喜欢赶着他父亲的骡马接送游客。雷蒙说英语还过得去,他这是跟数不清的房客一点点学的,而且以此自豪,所以在往屋子里搬行李的时候,不时停下来透露一点情况,最好从帕德罗的父亲那里雇骡子和毛驴——他有非常好的骡子和毛驴。最好别找人就找帕德罗当向导,因为这样就可以免去任何小小的不快。最好让孔恰帮你买所有的东西——因为她像圣母玛利亚一样诚实和聪明。最好一点儿也别申斥艾斯美拉达,她因为斜眼非常敏感,很容易受到伤害。如果你伤了她的心,她就会离开这所房子,孔恰也会和她一起走。这个岛上的女人常常这样;你惹烦了她们,看在老天爷的分上①,你的饭就可能烧糊!她们甚至都不肯等到给你开饭。

"等你回家来,"雷蒙微笑着说,"你会说,'什么烧糊了?我的别墅着火了吗?'于是你喊了又喊。没人答话……全都走了!"他摊开双手,做出一副机灵狡黠而又无可奈何的样子。

雷蒙说,最好从他那儿买花:"你要的时候,我从花园里现剪新鲜的。"他轻声细语地哄骗着。他连说他那蹩脚英语的时候,也带着当地农夫那种柔和又有点单调的拖腔。

"可是那都是我们的花呀?"玛丽问他,感到吃惊。

雷蒙摇摇头:"是你的,你可以看,可以摸,可是不可以摘,只有我才可以摘——我卖花,作为我小小工钱的一部分。可是卖给

---

① 原文为西班牙文。

你,我卖得非常便宜,小姐①,因为你就像让我们的花园里夜晚有香甜味道的神圣之夜②,我要让你看看我们漂亮的神圣之夜③。"他瘦得像根木头棍,浑身栗色像栗子一般,身上的衬衣脏得简直不成话,可是他那粗糙的赤脚和破损的脚指甲,走起路来却像一个国王。"今天晚上我把我的花摘下来当礼物送给你。我要送一大把塔瓦切罗④给你,"他说。

"噢,你可不要那样,"玛丽表示反对,一边掏出自己的钱包来。

可是雷蒙显得像是受到了侮辱:"我说过了。我送给你塔瓦切罗。"

三

他们的正餐包括一份当地的油炸鱼,鱼的形状非常奇怪,那油,斯蒂芬觉得,吃起来有哈喇味;还有一份鸡,很小,却都是瘦肉。但是孔恰准备了几大篮子水果,她准备的枇杷刚从树上摘下来还是温的,当地产的小个香蕉香味浓郁,橘子甜得像滴的蜂蜜,孔恰还准备番荔枝和番石榴。还加上一瓶岛上西班牙人特别喜欢的那种黄色柔和好喝的酒。

外面花园里是流光溢彩的夜色。这里的夜晚整个都具有一种流光溢彩的特质。这种蓝色的光彩是非洲独有的,这在我们比较

---

①②③④ 原文为西班牙文。

温和的气候条件下十分罕见,或者从未见过。一阵温暖的微风摇动了那些桉树,它们那天然刺鼻的味道,和天芥菜与曼陀罗的浓香,还有茉莉花那甜美却又令人忧郁的香气,还有丝柏那准确无误的淡淡气味,老是不断地混杂在一起。

斯蒂芬点燃一根香烟:"我们可以出去吗,玛丽?"

他们站在那儿站了一分钟,抬头看天上的星星,比在英国看到的要亮得多,大得多。在别墅较远的那一边,从池塘里传来无数青蛙的鼓噪,高唱着他们史前时期传下来的爱情之歌。一颗流星陨落了,划破夜空迅速落向地面。

这时玛丽就成了一种甜蜜蜜的东西,她好像骚动起来,和花园里那种急不可待的甜蜜融会在一起,和非洲夜晚那种蓝色的幽光融会在一起,就这样斯蒂芬站在那儿的时候能够放声痛哭了,因为她那些话是不必说出口来的,由于现在这个姑娘正在恢复健康,她的青春正在越来越明显可见,而玛丽的青春中某种特质,某种仿佛一把出鞘利剑的残酷可怕的东西,在这种时刻会一跃而闪亮在她们中间。

玛丽把自己冰凉的小手悄悄伸进斯蒂芬的手中,她们继续向地岬边上走去。有很长一段时间,她们远眺大海,而她们的思绪却总是萦绕在对方的身上。不过玛丽的思绪是断断续续的,而且因为她有一种隐约的不满足之感,所以她叹息了一声,而且向斯蒂芬靠得更近了一些,斯蒂芬突然把自己一只胳臂搂住她的肩膀。

斯蒂芬问她:"你累了吗;你这个小娃娃?"她那有点沙哑的声音极其温和,因此玛丽突然热泪盈眶。

她回答说:"我等了很久,很久,整整一辈子——现在我终于找到了你,可又没法靠近你。这是为什么?告诉我吧。"

"你还没靠近吗?我好像觉得你已经相当近了!"斯蒂芬一定是不由自主地笑了。

"是呀,可是你好像隔得很远似的。"

"那是因为你不仅很累,而且还傻!"

然而她们还是流连不去;因为她们回到别墅;她们就要分开,而她们害怕这种分开的时候。有时她们在夜晚还未降临以前就突然想起了黑夜,这时候她们彼此都会感到非常巨大的悲伤,她们的心里都会悟出对方的这种悲伤。

但是这时斯蒂芬拉着玛丽的胳臂说:"我相信那颗大星星已经走了六寸多了!天晚了——我们在外面一定待了很久很久了。"于是她领着那个姑娘慢慢走回别墅。

四

日子一天天溜走了,那些阳光灿烂的日子让玛丽身体健康精力旺盛起来。她苍白的皮肤晒成了健康的棕色,而且她的眼睛也不再因为困倦而显得沉重——现在只有她的表情并不常常显得快乐。

她和斯蒂芬常常骑着骡子在野地里走得很远;她们常常骑着骡子走进山里,爬山走到老奥罗塔瓦,那里的女人坐在她们那绿色的垫子①上,打发她们每天无所事事悠长而又宁静的时刻,直

---

① 原文为西班牙文。

到暮色苍茫。小镇的墙上满是鲜花。茉莉花，玻璃茉莉和叶子花。但是她们没有在老奥罗塔瓦多作逗留，一直继续不断地往上爬，一直爬到岩梨茁壮蔓生的地带。接着又向上爬，爬到更高的山坡。那里从前遍布大森林，现在却只留下了数量不多的西班牙栗子树，表明那片森林已经濒临灭绝了。

有时她们还带上午饭，她们这样做的时候，这个年轻的帕德罗就会跟她们一起去，因为得有另一匹骡子驮孔恰准备的那一篮子丰盛的午餐，帕德罗就得当那个赶骡子的人。帕德罗很热衷这种漫无目的的游览，这就可以作为借口不管花园了。他一路信步闲游，嘴里叼着几根草叶子，或是从墙上掰下来的花茎；也许还会压低嗓子轻轻哼着小曲，因为他知道他家乡这个岛上的很多歌。但是，如果那头骡子塞莱斯蒂诺绊了一跤，或者居然也要从墙上掰下几朵花来，那么帕德罗就会突然停下他那轻柔的歌唱，扯着嗓子教训那匹老塞莱斯蒂诺，"走呀，骡子！塞莱斯蒂诺，得儿！得儿，驾！"①他一边喊叫还一边打他一巴掌，所以塞莱斯蒂诺一气之下就得一口气吞下那几朵花，然后偷偷地给帕德罗尥一蹶子。

用午餐是在山里清凉的台地上，这时那些牲口就在附近安闲地啃着青草。衬托在蓝得叫人无法置信的天幕之下，那座高峰光芒四射，仿佛撒上了水晶粉一般——泰德，那座巍峨的雪山，心中藏着火焰，头顶撒满晶粉。下面弯弯曲曲的小道上，走过来一些山羊和羊倌，山羊身上的铃丁当作响，打破了这一派静谧。所有这些事物世世代代对双双情侣都是美妙无比的，甚至现在对玛丽

---

① 原文为西班牙文。

和斯蒂芬也是非常奇妙的。

有些日子她们会不去高山台地而是下到山谷，骑着骡子经过大香蕉园和大片长满熟透的西红柿的田野。天竺葵和龙舌兰在路旁的黑色火山灰中并排生长。从一直通向前方的奥罗塔瓦山谷，她们可以看到高山参差错落的线条。群山看上去都是蓝色的，像非洲的夜色一样，只有泰德峰与众不同，披着水晶般的白色素装。

过后黄昏时分，她们一起坐在花园里，有时会有些乞丐边走边唱着来到这里，这些衣衫褴褛的人熟练地弹着吉他唱着歌，他们那些古老的曲调来自西班牙，可那歌词却是直抒这座海岛的胸臆：

> 啊——呀——呀！没见到你以前我多安宁，
> 但是见到你，我如今多痛苦。
> 挖走我的眼睛吧，啊，冤家！啊，我的心上人！
> 挖走我的眼睛吧，因为它让我变成一团火。
> 我的血像泰德心中的火一样翻腾。
> 啊——呀——呀！没见到你以前——我多安宁。

这种带有躁动不安节奏的奇特小曲，具有一种非常强烈的魔力。所以一听到它心就加快跳动，人就为种种不应有的邪念而意乱神迷，灵魂就因为心满意足后的无尽愁烦而渐渐变得抑郁；但是肉体却只知追求完全的满足……"啊——呀——呀！没见到你以前我多安宁。"

她们并不懂得这软绵绵的西班牙语言，然而她们却能体味其中的含意，因为爱情不纯粹是语言的奴仆。玛丽总想让斯蒂芬把她搂在怀里，好让她的脸靠在斯蒂芬的肩上，仿佛她们俩也有享受这种音乐的权利，在世上的情歌中也有享受应有一份的权利。但是斯蒂芬总是立刻挪开。

"我们进去吧，"她会喃喃地说；她的声音显得有点粗鲁，因为那把光闪闪的青春之剑已经出鞘，亮在她们俩之间了。

五

随后来了这样一些日子，她们互相故意回避，想从避开不见求得安宁。斯蒂芬会独自骑骡子出去很久，留下玛丽在别墅里无所事事；她回来的时候，玛丽也不说话，而是自己到花园里去徘徊。斯蒂芬现在有点像是被恐惧紧紧抓住了，所以有时几乎变得态度生硬；因此她觉得，好像她应该对她所爱的这个姑娘说的话，都会成为致命的打击，以致玛丽身上的全部青春和全部欢乐都会给扼杀。

她的肉体、心灵和精神都在受害，所以她常常粗暴地把这个姑娘从身边推开："让我一个人待着吧，我再也受不了啦！"

"斯蒂芬——我不理解。你讨厌我吗？"

"讨厌你？当然你不理解——只是，我告诉你，我就是受不了。"

她们四目相对，脸色苍白，浑身发抖。

耿耿长夜现在变得甚至更加难挨，因为现在她们觉得分开独处十分可怕。白日悠悠,她们背负着相互误解的重担,长夜漫漫,她们又心怀疑虑、恐惧和思念。她们常常会像仇敌一样分开,然而又因为分离而痛感无边的孤寂。

日子一天天过去,她们也变得十分心灰意懒,她们这种心灰意懒让太阳失去了灿烂的光辉。让山羊身上的铃失去了音乐的韵味,让暗夜失去了流溢的光彩。乞丐在花园里香味最浓的时刻唱的那些歌,好像都充满了无情的嫌恶:"啊——呀——呀!没见到你以前,我多安宁。但是见到你,我如今多痛苦。"

所有的事情都是这样,在希望破灭的人们看来,就不是那样美好,不是那样圆满。

六

但是玛丽·卢埃林不是胆小鬼,也不是低能儿,于是有一天晚上,自尊心终于来搭救她了。她说:"我要和你谈谈,斯蒂芬。"

"现在别谈,太晚了——明天早晨吧。"

"不,就现在。"于是她跟着斯蒂芬,走进了她的卧室。

有一会儿工夫,她们躲着对方的眼睛,后来玛丽相当快地讲起来了:"我不能再待下去了。这都是一场令人伤心的错误。我原来想,你要我来是因为你愿意。我原来想——啊,我并不知道我原来想了些什么——但是我不愿意接受你的施舍,斯蒂芬,现在你变得像这样地嫌恶我,我也不愿意接受——我这就回英国老家去。我以前把自己强加给了你,我请求你带着我。我想必是疯了,你带着我不过是出于怜悯；你那是觉得我病了，为我感到难过。得了，我现在已经没病了，也不再发疯了，我要走了。每次我挨近你，你总是往后缩，或是把我推开，仿佛我让你厌弃似的。但是我想让咱们快点分手，因为……"她的声音变得沙哑了："因为老是和你在一起，而且觉得你真是变得越来越嫌恶我了。这让我痛苦难忍，我受不了这个；我宁愿不见你，斯蒂芬。"

斯蒂芬直愣愣看着她，脸色苍白，大吃一惊。于是顷刻之间多年的克制仿佛由于什么巨大的震撼而骤然飞散了。她什么也记不得，什么也觉不出了，只知道她心爱的这个姑娘要走了。

"你这个孩子，"她气喘吁吁地说："你不理解，你也不能理解——老天在上，我爱你！"这时她把这个姑娘抱在怀里，亲她的眼睛，亲她的嘴："玛丽……玛丽……"

她们俩站在那儿，时间观念没有了，理性观念没有了，除了彼此以外什么都没有了，完全为人类所有感情中只能是最顽强不屈的那一种控制住了。

这时斯蒂芬的两只胳臂突然又奋拉到自己的身边了："停住，停住，为了上帝的缘故——你得仔细听着。"

啊，但是现在，因为长期在心中憋着那些话而造成的郁闷，她必须付出最后的一个铜板了——甚至就像她父亲在她以前曾经付出过的那样。现在玛丽亲吻的余温仍然留在唇间，她必须付出，而且付完最后一个铜板了。由于痛苦已经超出了能够忍受的极限，她说得很粗鲁；那些话说出口来是残酷无情的。她既没有姑息那必须细听这些话的姑娘，也没有姑息必须强迫这个姑娘站在那儿细听的她本人。

"你理解吗?你现在明白如果你献身给我,那将是什么意思吗?"这时她突然停了下来……玛丽在哭。

斯蒂芬说着,她的声音已经变得十分平板单调:"问得真太过分了——你没错,是太过分了。我不得不告诉你——原谅我吧,玛丽。"

但是玛丽转过她那双非常明亮的眼睛来对着她:"你可以说这些——你,你谈到了爱!我干吗要在乎你说的那一切呢?我干吗要在乎世人的舆论呢?我唯一在乎的就是你,就是你现在这样的你——就像你现在这样,我爱你!你以为,我哭是因为你告诉我的这些话吗?我哭是因为你这张让人疼爱的带伤疤的脸……这张脸上的不幸……你理解吗,我所有的一切都属于你,斯蒂芬?"

斯蒂芬弯下身来,非常谦恭地亲玛丽的手,因为现在她再也找不出任何话说了……那天晚上她们没有分开。

第三十九章

一

这种崭新而且炽烈的满足感,看起来是件奇怪的、然而对她们俩来说又是件非常自然的事;它具有某种美好而迫切的东西,几乎是超出了她们的意愿。对于玛丽和斯蒂芬来说,她们的爱确实像是某种原始的而且和大自然本身一样古老的事。因为现在她们完全受控于造物主,受控于造物主那种可怕的创造冲动;这种冲动有时会盲目地闯进一些渠道。不管她们会果实丰盈或是颗粒无收全都一样。那种几近无法忍受的生命力会紧紧控制着她们,让她们成为它本身存在的一部分;所以,她们尽管永远也创造不出一个新的生命,然而在那种时刻依然具有生命的源泉……啊,伟大而且无法理解的无理性!

但是在这条波涛汹涌的河流所及的范围之外,还是有些温和而且极其宁静的避难港湾;在那些避难港里,肉体会满足地栖身,同时唇间会吐出轻言宛语,眼睛会看见一团迷蒙的金色雾霭,它就在那揭示美的全貌之时令人眼花缭乱。斯蒂芬会伸出手来,抚摸一下玛丽,玛丽则躺在那儿,只要感觉她在身边就充满幸福。时间一点点地溜走,于是到了黎明或者黄昏;茂盛的花园里花儿开了又谢,也许有时正好黄昏来临,乞丐也会唱着歌来到花园;这些衣衫褴褛的人熟练地弹着吉他唱着歌,他们那些古老曲调来自西班牙,可那歌词却是直抒这座海岛的胸臆:

> 噢,你呀,我心爱的人,你小巧又天真;
> 你的朱唇清凉,像月出时的海洋。
> 可是月亮落了又升起太阳;
> 黄昏过去又来了清晨。
> 海水变暖了是由于太阳的亲吻,
> 那么我的吻也会送温暖给你的朱唇。
> 噢,你呀,我心爱的人,你小巧又天真。

现在玛丽再也不必因为躁动不安而叹息,再也不必躺在那儿把脸挨着斯蒂芬的肩头;因为她正当的地位是在斯蒂芬的怀里,而且她真是常常躺在那儿,心里充满了和平宁静,正像一切幸福的爱侣在那种时刻一样。她们常常坐在一个枝叶交错形成的小小棚架里,遥望着一望无际的海洋。海面上闪着太阳的余晖,然后变成柔和迷茫的紫色,接着又重新泛起非洲之夜那奇异的深蓝色的光彩,过一会儿才是那迅速升起的月亮。"你的朱唇清凉,像月出时的海洋;可是月亮落了又升起太阳。"

斯蒂芬把那个姑娘搂在怀里的时候,她会觉得自己的确是玛丽的一切；父亲，母亲，朋友，心上人，一切。但是玛丽，因为她是个完满的女人，所以能够安心，不假思考，没有扬扬自得，没有任何疑问：觉得没有必要提任何问题，因为对她来说现在只有一个人——斯蒂芬。

二

时间，情侣们无情之至的敌人，怀着铁石心肠大踏步走进了春天。三月份了，所以叶子花在下面喧嚣的港口展颜怒放，而在上面那古老的奥罗塔瓦小镇上，白山茶花也盈枝盛开。在别墅的花园里，橘子树开花了，一树古老的紫藤，爬满那个俯临大海的小小棚架，紫藤那粗壮的树干足有三棵小树苗合起来那么粗。尽管一想到要离开奥罗塔瓦，憾意时时袭来，斯蒂芬还是满怀深切感激的幸福。一种像是她从来未曾梦想会得到的幸福，现在笼罩着她的肉体与灵魂——而且玛丽也很幸福。

斯蒂芬时常问她："我能让你满足吗？告诉我，世界上还有什么是你想要的吗？"

玛丽的回答总是一样的；她总是一本正经地回答："只想要你，斯蒂芬。"

雷蒙开始琢磨她们，这两个那样忠贞不渝的英国女人。他有时耸耸肩膀——老天爷，这有什么关系呢！她们对他都很客气，而且极其慷慨。如果说那位年纪大点的脸上显出那道难看的红色疤痕，年轻的那位看来并不在意。然而年轻的那位很美，美得像一朵神圣之夜，有朝一日，她会有个真正的男子汉来爱她的。

至于孔恰和斜眼艾斯美拉达，她们的舌头让她们弄到的黑心钱堵得说不出话来了。斯蒂芬对那种琐碎事情诸如糖和蜡烛的价钱根本毫不关心，所以她们变调了。

艾斯美拉达那双倒霉的眼睛很尖，然而她对孔恰说："我一丁点儿也没有见着。"

孔恰则回答说："我也没见到什么，最好是认为，没有啥事儿值得看，她们很有钱，那个大的还满不在乎——她完全信任我，所以我可以尽量弄一点。她让那个朋友①弄得迷迷糊糊的，我确实相信，我可以很容易地从她身上捞一把！谁知道呢②？她们的确很怪，那两个家伙——可是，我什么也看不见，这样最好；反正她们都不过是英国人！"

可是帕德罗却痛苦难熬，因为他爱上了玛丽，而且现在她和斯蒂芬骑骡子上山去的时候，他得留在家中花园里。现在她们好像希望只有她们俩在一起，她们带什么吃的东西也都塞进一个袋子里。这正是春季，帕德罗情思昏昏，所以他侍弄玫瑰的时候唉声叹气，一边叹气一边用脚趾头捻那硬实的泥土，给好性子的雷蒙摆出一副傲慢无礼的脸子。狠命去打死苍蝇，还在嗓子里哼着相思曲："唉——唉——呀！我看你就像一座火山。但愿我能融化你纯洁无瑕的积雪……"

"但愿我能把你踢到后面去！"雷蒙咧开嘴笑了。

有一天傍晚，玛丽用她那凑凑合合的西班牙语对帕德罗说话，

---

①② 原文为西班牙文。

请他唱歌。于是帕德罗去拿他的吉他；他本来这时候一定会站在那儿对着玛丽唱起来，可是他却只能够结结巴巴地唱了一首孩子气的老歌，既没有谈到感情，也没有说出相思：

> 我生在海水冲刷的一个沙洲上，
> 那是西班牙的一部分，叫特纳里夫。
> 我生在一个沙洲上……

不幸的帕德罗这样唱着。

斯蒂芬觉得这个眼睛里流露出相思之苦的瘦长条男孩很可怜，于是为了安慰他，就给了他一些钱，十个比塞塔①——因为她知道这些人很看重钱。可是帕德罗好像长得非常高大了，他轻声但是坚定地拒绝了这种安慰。这时他突然放声大哭跑开了，连他那把小小的吉他也没有带走。

三

白昼苦短，也和现在的夜晚一样——那些温暖的春夜，月光皎洁得令人难以置信。她们俩都感到某种东西正在流逝，所以常把自己的心思转向未来。未来是和现在十分靠近了；不到三个星期，她们就得动身去巴黎。

---

① 西班牙货币单位。

玛丽有时会突然依偎着斯蒂芬："说吧，你永远不会离开我，心爱的人。"

"我怎么能够离开你还活得下去呢？"

于是她们谈论未来就常常涉及爱情，而爱情的谈论永远是没完没了的。在她们的唇间，也和她们心里一样，常常是其他一对对不计其数的情侣讲过的那些话，因为爱情就是造物主构想中最甜蜜的老生常谈。

"答应我，你永远不会不爱我，斯蒂芬。"

"永远不会。你知道我根本不可能，玛丽。"

连她们自己也觉得，她们那些海誓山盟听起来是愚不可及的，因为谁也没有那么大的本领能够界定这些盟誓的意义。语言作为容器①的确是太小了，在心灵和肉体不知道为什么唤醒了精神上的某种反应的时候，它是容纳不了她们那些激情的。

现在她们去爬那群高山，在路上先去爬古老的奥罗塔瓦小镇的那条长长的坡道。她们常常停下来仔细观看某些花，或者凝望那些狭窄阴暗的小街，她们爬到山上那凉爽台地的时候，就把骡子松开，让它们安静地吃草，她们自己则手挽手坐下，眺望那座高峰，努力将这些景色留在心上，因为一切事情都要成为过去，而她们却希望永志不忘。山羊颈上的铃，常常打破那温馨的寂静，同时也打破她们梦幻中的寂静。但是铃声也是温馨的，成了她们

---

① 美国作家亨利·詹姆斯在他的小说《卡萨玛西玛公主》（1908）的"序言"中曾说："如果给任何假设的承受意识的器皿，或者更重要的是，给任何容量有限的器皿注入过多的意识是危险的。"

梦幻中的一部分,成了那寂静的一部分;因为所有的事物似乎都融合在一起,成为一体,甚至就像她们俩现在这样,也融为一体。

她们不再觉得自己是孤独寂寞,如饥似渴,打入另册的人,在世界上不再是无人爱怜、遭人厌弃、受人鄙视的人。她们是一对情侣,走在人生的葡萄园里,采撷着这座葡萄园里温润甜蜜的果实。爱情让她们腾空而起,仿佛给她们插上了火焰的翅膀,让她们变得英勇果敢,不可战胜,坚韧不拔,那些沐浴在爱河中的人是什么也不会缺少的——土地本身给她们奉献出最丰盈的馈赠。土地应和她们健康而且充满热望的肉体的接触,仿佛也活跃起来——那些沐浴在爱河中的人是什么也不会缺少的。

就这样,在充满幻景与霞光的云雾中,在奥罗塔瓦的最后那一段如醉如痴的日子,飞逝而去。

第五卷

第四十章

一

四月初,斯蒂芬和玛丽回到巴黎的那所住宅。这第二次回家由于安详宁静和幸福美满而显得甜蜜异常,所以她们走进大门的时候对每个人都满面春风,斯蒂芬还非常温柔地说:

"欢迎回家,玛丽。"

现在这所老房子第一次成为家了。玛丽从一间屋子到另一间屋子很快地走着,一边走还一边哼着小曲。她觉得她现在看待放在那些屋子里的毫无生气的东西有一种新的理解——难道它们不是斯蒂芬的吗?她得不时停下来摸摸它们,因为它们都是斯蒂芬的;然后她转身走进斯蒂芬的卧室,不是畏畏缩缩,害怕不受欢迎,而是毫无畏惧,毫不拘束,毫无羞怯之感,这给了她一点小小的温馨的快意。

斯蒂芬正忙着用两把蘸了水的刷子刷头发。水让她的头发显得颜色深了,黏成一绺绺的,但是也加深了她额头上头发的大波浪纹。她从镜子里看到了玛丽,并没有转身,只是对着镜子里的她们俩笑了一下。玛丽坐在一把扶手椅里看着她,注意到她大腿那强壮而瘦削的线条,也注意到她胸部具有某种美的曲线——略微鼓起而且结实。她脱掉了上衣,只穿着柔软的丝衬衣和深颜色的哔叽裙子。

"累吗?"她俯视这个姑娘问道。

"不,一点儿也不累,"玛丽微笑着回答。

斯蒂芬走到固定水盆那儿,就着水龙头洗手,洗的时候把白色丝衬衣的袖口溅湿了。她走到衣橱那里,拿出一件干净的衬衣,安上一对简单的金袖口,把衬衣换了;然后又打上一条新领带。

玛丽说:"谁照管你的衣服——缝缝扣子和这一类的事情?"

"我也弄不太清楚——帕德或者阿德尔。为什么?"

"因为将来要由我来做。你可以看到,我有一种非常实在的才能,那就是缝缝补补。我缝补的时候,缝补的地方就像一个篮子,上面都是交叉的十字纹。而且我懂得怎样找到长袜子脱线的地方,就像那隐身的缝补工一样!非常重要的是,缝补应当平整光滑,要不,你击剑的时候,就会给你磨出一个泡来。"

斯蒂芬的嘴唇抽动了一下,但是她相当严肃地说:"非常感谢,宝贝儿,我们别再谈我的长袜子了吧。"

从化妆室隔壁的门那边传来一阵阵砰砰声;原来是皮埃尔在放斯蒂芬的行李。玛丽起身打开衣橱,发现一长溜套服整整齐齐挂在沉重的桃花心木肩架上,她很有兴趣地仔细看了每一套衣服。这时她又去看壁橱,里面装有活动隔板,她小心地拉出一层又一层隔架,上面整齐摆放着一叠叠衬衣,双绉睡衣——分门别类摆得很好,还有厚绸子的男式内衣,斯蒂芬穿这种内衣已经有几年了。最后她发现一个很长的抽屉里放着许多长袜,她用迅速轻巧的动作细心把这些都理好,她把手伸到趾头和后跟,发现没有破洞。

"你一定花了很多钱买这些长袜子,它们都是手织的丝袜,"玛丽一本正经地小声说。

"我记不得付了多少钱——是帕德从英国买的。"

"她从谁那里买的,你知道吗?"

"我记不得;哪个女人,或者别的什么人吧。"

可是玛丽盯着不放:"我想要她的地址。"

斯蒂芬笑了:"为什么?难道你要给我订购长袜子?"

"宝贝儿,你以为我会让你光着脚过下去吗?我当然要给你订购袜子呀。"

斯蒂芬把胳臂肘搁在壁炉台上,用手托着下巴站在那儿望着玛丽。她这样望着的时候,再次为玛丽特有的那种青春焕发的模样打动了。她身穿简朴的衣服,系一根皮带,看起来比她的年龄二十二岁要小得多——她看起来的确比一个中学生大不了多少。然而在她脸上有一种相当新颖的东西,由斯蒂芬所注入的某种温和智慧的表情,看到她那么年轻然而又充满了这种智慧,她顿生怜悯之情;因为青春尽管光彩照人,然而对它所产生的激情有时却是出奇地回肠荡气,令人伤感。

玛丽抱着憾意叹了一口气,卷起了长袜;真可惜,它们都不需要织补。她这时正处在热恋之中,渴望给斯蒂芬做些女性擅长的工作。但是斯蒂芬所有的衣物都整洁得令人泄气;玛丽认为,她一定给服侍得非常好,这倒是真的——她像有些男人那样,让仆人精心服侍得无微不至。

这时斯蒂芬在从她梳妆台上的大匣子里给自己的烟盒装纸烟；这时她在戴上自己的金手表；这时她在刷她上衣上的一点土；这时她扯了扯自己整齐端正的领带；照着镜子对自己皱了一下眉头。玛丽以前见过她做这些事，见过许多次，但是今天不知为什么却截然不同；因为今天是她们一起在她们自己的家里，所以这些熟悉的小事就好像比以前在奥罗塔瓦的那些更加亲切。那间卧室只可能是斯蒂芬的；一间宽大、空气流通的屋子，陈设简单——白墙，古老的橡木，砖砌的壁炉里面一些相互支撑着的粗大原木正在着着。那张床只可能是斯蒂芬的床；床很笨重，样式也相当质朴，它看起来庄重大方，就像玛丽以前看斯蒂芬表现的那样，床上罩的是一床古老的蓝色锦缎，否则那就十足地朴质无华了。那几把椅子只能是斯蒂芬的椅子，有点显得拘谨，不易让人闲躺着。那梳妆台只能是她的，带有高大的银镜子和象牙刷子。所有这些东西都从它们的所有者那里吸取了一点点生命，直到最后它们似乎都在默默无言地想到斯蒂芬，因为是默默无言，就使它们的思想更加执著；而且它们的思想又凝聚了力量，同玛丽的思想融合在一起，所以她听见自己叫了一声："斯蒂芬！"这声音简直和痛哭相差无几，因为她从这个名字感觉到欢乐。

斯蒂芬回了她一声："玛丽——"

于是她们非常宁静地站在一起，突然变得一言不发。她们彼此都感到一点害怕，因为懂得了相互之间的伟大爱情有时可以变得那样势不可挡，即使最勇敢的人也心生恐惧。尽管她们用语言表达不出来，她们自己或者彼此之间也解释不清楚，她们在那个时刻却仿佛遥望到了尘世情感的汹涌激流之外,直接望进了已经改变了的一种爱情的眼睛——一种变得完美无缺、排除肉欲的爱情。

但是这个时刻过去了,她们靠在了一起……

二

她们抛在后面留给奥罗塔瓦的春天,很快又在巴黎追上了她们,有一天它来了,沿着这个区那些古老的街道温柔地吹过来——吹过塞纳路、教皇路、波拿巴路和她们自己的那条雅各比路。而且谁能抗拒巴黎早春的这些日子呢?从那一排排高大、平板的房子中间的空隙望上去,那一片片天空看起来比以往更加明亮。从艺术桥可以看到一条河,那是迎着阳光笑逐颜开的一条河;而在小田园路那边,春天在舒瓦瑟尔穿堂门来回奔跑,从它肮脏的玻璃屋顶上闪出道道金色的光辉——那屋顶看起来则像某种史前怪兽的脊椎骨一般。

所有的林园都在萌发新芽——一场生机与新绿的大联欢。小型的瀑布提高自己的声音,尽量想与尼亚加拉瀑布一样轰鸣。鸟儿歌唱。狗则看自己的大小和主人的爱好或者狂吠,或者怒吼,或者咆哮。孩子们拉着色彩鲜艳的气球出现在香榭丽舍大道,那些气球老想溜掉,而且哪怕只有一点儿机会,就总是真的溜掉了。

在杜伊勒利花园①,穿着棕色裤子和本色袜子的男孩,纷纷向那个经营出租小船生意的人租那种玩具式的小船。喷泉把水雾射到空中,制造出瞬间彩虹来娱人。从那个拱形可以看出是凯旋门,由于阳光普照,看起来更加喜气洋洋。那位在售货亭售货的老太太——她卖黑啤酒、醋栗汁、汽水和那些简单的食品如奶油圆蛋糕和羊角面包②——至于她本人,现在在一个值得纪念的星期天,戴着一顶有褶边的新帽子,披着一条上好的毛披肩,她也是笑容满面,而且咧开大嘴,也不顾满嘴牙都掉了这码事,对这一点她只记得,每到冬天东风一来,她那空荡荡的牙床就要疼起来。

在马德莱娜③那宁静的灰色侧厅下面,那些鲜花摊一个个都仰仗上帝的荣名而光彩照人——银莲花,长寿花,黄水仙花,郁金香,开黄花让手指头沾上金黄花粉的含羞草,用火车从里维埃拉运来的那种散发幽香、清心寡欲的白丁香,还有粉色、红色和蓝色的风信子以及许多皮实的杜鹃花的小树。

啊,可是春天是呼啸着冲进巴黎的!它就在人们的心里和眼睛里。拉大车的那些马,由于车夫眼睛里有了春天,而使劲地摇动脖子上的铃铛发出更大的声响。放荡惯了的老出租汽车,响起喇叭飞快转过街角,仿佛它们是在赛车道上。即使那些冷冰冰的东西,像和平路④上的钻石,也因为阳光射进了它们的那些棱面直

---

① 原为王宫,后废弃改为花园。
② 原文为法文。
③ 巴黎一著名建筑。
④ 和平路位于巴黎市中心,有许多珠宝店。

通内心而闪闪发光；蓝宝石则闪耀着蓝光，恍如非洲之夜在奥罗塔瓦的花园里闪着的光彩。

斯蒂芬——这个和玛丽一起在春天享有巴黎的斯蒂芬，有可能完成她那本书吗？玛丽——这个和斯蒂芬一起在春天享有巴黎的玛丽，有可能激使她这么做吗？这儿有那么多东西要看，那么多要让玛丽看，那么多新东西要一起去发现。到了现在斯蒂芬才感到要感激乔纳森·布罗克特；是他那样不辞劳苦地教她了解了她的巴黎。

她现在懒懒散散，这不必否认，懒懒散散而又幸福快乐而又无忧无虑。一个情人，像在她以前的那许许多多其他的情人一样，为自己的心上人意醉神迷。她早上一醒来就会发现玛丽在她身边，而且整个白天她都一直在玛丽身边，晚上她们相拥相抱而眠——只有上帝才知道，谁敢评判这种事情；不管怎样，斯蒂芬反正已经神魂颠倒，所以并不为当时那些吹毛求疵的问题而苦恼。

生活已经变成了一种新的启示。一些最世俗的事情也赋与了荣光；和缺少很多像样衣服的玛丽一起去选购衣物，然后还有她们俩一起吃的食物——仔细阅读酒的说明和菜单。她们常常在拉佩鲁斯饭店吃午饭或晚饭；它确实还是这整个讲究享受的城市里最讲究享受的饭店。在大奥古斯丁码头，它和它那不大起眼的入口显得寒酸；非常寒酸，不熟悉的人会不加注意扬长而过；不过斯蒂芬却不这样，她曾经和布罗克特一起来过。

玛丽喜欢迪福路上的普律尼埃，因为那里有大量海里的怪物。一整个柜台都摆满了令人难以置信的东西——身上披着黑甲布满尖刺的海胆、滨螺；形体如蛇的烟熏海鳗；[1]以及其它一些让斯蒂芬觉得不适宜英国人的肠胃而又有刺激性的东西。她们俩常常坐在她们特定的餐桌上，楼上临窗的一张桌子。因为经理很快就认识了她们；而且会满面春风鞠躬如仪。"您好，女士们。"[2]她们离开的时候，照顾花篮的侍者会给玛丽送上一束小巧玲珑的玫瑰花："再见，女士们。多谢——回头见！"[3]因为在普律尼埃，每个人都彬彬有礼。

有几个人会盯着看那个衣服做工讲究、头戴阔软边帽、脸上有伤疤的高个子女人。他们先看她，然后又注视她的同伴："可那位还在看我呢！她很漂亮，那个小个儿的；多么有趣呀！"[4]有几个人会笑笑，不过整个说来，她们并未引起多大的注意——他们见过许多这样的——这是战后的巴黎。

有时候吃完饭以后，她们会一路闲逛着回家，经过的那些街道上满是其他一些闲逛的人——男男女女，还有一对女人在一起——总是双双对对——那些美好的夜晚总容易成双结对。在空气中常常弥漫着不合逻辑的感觉，这种感觉是属于多数大城市的夜生活，首先是巴黎那种无忧无虑的夜生活。在大城市里，种种问题都很容易和落日一起消失得无影无踪。照耀得光辉夺目的林荫大道的诱惑，神秘幽暗的小街僻巷的诱惑，都会紧紧地抓住她们，让她们久久不愿回家，而只是信步闲游。月亮不像在奥罗塔瓦那样皎洁明净，无疑也不那样天真无邪，然而她悠然游荡在协和广

---

[1] 以上食物原文均为法文。
[2][3][4] 原文为法文。

场上空,俯视着那稳坐在灯柱上的其它众多的白色月亮,那妩媚几乎毫无逊色。咖啡厅里拥挤懒散的人群,因为辛勤工作的法国人很懂得如何优游岁月;在这些咖啡厅里散发着热咖啡和锯末的气味,劲头很大的劣质烟草的气味,男人女人的气味。在骑楼下面有些商店的橱窗灯火辉煌十分诱人。但是玛丽通常总是张望苏尔卡商店,给斯蒂芬挑一些领巾和领带。

"那一条!我们明天来买。噢,斯蒂芬,等一下——看看那件浴衣!"

斯蒂芬会笑起来,假装不耐烦,其实她心里是喜欢苏尔卡的货品的。

走到里孚列路,她们挽着胳臂走起来,直到最后拐弯经过那古老的圣日耳曼教堂,这个教堂的哥特式塔楼曾经率先敲钟号召那极其血腥的屠杀[①]。但是现在这座塔楼由于沉默而显得阴沉,做着异象纷呈的巴黎之梦——这些梦由于充满了血腥与美丽、贞节与淫欲、欢乐与绝望、生命与死亡、天堂与地狱而变得沉重;所有这些奇特的、异象纷呈的巴黎之梦。

然后跨过塞纳河,她们就到了她们住的那个区,那所房子。斯蒂芬把钥匙插进门锁,体会到来自门与钥匙之间的那种温暖的感觉。她们会心满意足地叹一口气,发现自己又回到这宁静古老的雅各比路上的家。

---

① 法国大革命前这一带曾是富人居住区,革命中受到严重冲击。

三

她们去看望慈祥的迪福小姐,这次访问对玛丽好像具有重大意义。她简直是带着某种敬畏的心情,凝视这位曾经教过斯蒂芬的女人。

"噢,不过是的,"迪福小姐微笑着说,"我教过她。她做听写①的时候顽皮极了。她还常写些谈论可怜的亨利的话——她谈论亨利太不着边际了。②斯蒂芬娜是个很怪的小娃娃,而且淘气——可是又那么可爱,那么可爱——我从来都不忍心责备她。和我在一起,她总是按她自己的方式行事。"

"请告诉我一些那个时候的事吧,"玛丽哄着她。

所以迪福小姐在玛丽身边坐下,拍着玛丽的手说:"像我一样,你爱她。那么现在让我想想——她有时候会生气,非常生气,于是她就会去马厩,和她的马谈话。但是击剑的时候,那真是了不起——她击剑就像个男人一样,她还是小娃娃的时候,就长得壮极了③,而且……"回忆一个又一个,她有那么多值得回忆的事儿,这位慈祥的迪福小姐。

谈着谈着,她的心也就慢慢向着这个姑娘了,因为她觉得对年轻的东西有无限的亲情:"现在帕德小姐在莫顿,我很高兴你来和我们的斯蒂芬娜生活在一起,斯蒂芬娜住那所大房子会很孤单

---

①②③ 原文均为法文。

的。这种新的安排对你们俩真是妙极了。她写作的时候,你可以管理家务①,难道不是这样吗?你照顾斯蒂芬娜,她照顾你。是的,是的,你来巴黎,我很高兴。"

朱利抚摩玛丽年轻光滑的脸,然后又抚摩她的胳臂,因为她希望用自己的手指头来观察。她笑容满面地说:"非常年轻,也非常厚道。感觉到你的厚道我非常高兴——它让我感到温暖而且非常快乐,因为和厚道一起的一定是非常善良。"

这位可怜的朱利,她毕竟是相当盲目的吧?

斯蒂芬听她说这番话,高兴得脸红了,她那双顾盼自如的眼睛转向玛丽,带着发自内心的温柔而且非常深沉的表情望着她——那双眼睛此时此刻陷入了沉思,仿佛在认真思考生活的奥秘——人们简直可以说,这是一位母亲的眼睛。

这是一次愉快幸福的访问;她们谈了整整一个晚上。

---

① 原文均为法文。

第四十一章

一

斯蒂芬原先在伦敦找到工作之后,伯顿立刻在伍斯特入了伍,现在他又回到巴黎,坚决要求买一辆崭新的汽车。

"这辆车看起来太不像样了!她那个狮子鼻——怪模怪样——什么都好像窝在汽车顶盖里,"他说。

于是斯蒂芬买了一辆雷诺旅行车,还给玛丽买了一辆漂亮的车顶后部可以开关的小汽车。挑选这两辆车滑稽极了;玛丽的那辆车停在陈列室里,她上上下下至少有六次之多。

"它很舒服吗?"斯蒂芬老是得问,"你想要它们在后背上垫厚一点吧?你完全肯定,你喜欢那灰色的马裤呢吗?如果你不喜欢,可以重新装个软垫。"

玛丽笑了起来:"我上上下下是为了显摆,只是要表明它是我的。他们很快就把它送去吗?"

"差不多立刻就送,我希望,"斯蒂芬微笑着说。

有钱现在对她来说好像是妙极了,因为有钱什么事都可以为玛丽做;在那些商店里,她们做起事来必定就像两个孩子,没完没了地把东西抽出来查看查看。她们开着新的旅行车去凡尔赛,穿过那些美丽的花园,一转就是几个小时。那座小村景在斯蒂芬看来不再像是悲不自胜,因为玛丽和她把爱带回到小村景了。随后她们又驱车到枫丹白露的森林,她们无论到哪儿,都有小鸟在歌唱——挑战似的、刺激人的、喜气洋洋的歌唱:"看看我们,看看我们!我们幸福,斯蒂芬!"斯蒂芬的心里喊叫着回应:"我们也是,看看我们,看看我们,看看我们,我们也幸福!"

她们不开车去乡间,或者不在巴黎到处搜寻以自娱的时候,斯蒂芬就会击剑,保持自己的健康——以前和比森一起从未像现在这样击剑,所以比森有时会龇牙咧嘴地说:

"可是看哪,看!①我从来没伤害过你,可是看起来好像你想杀了我似的!"

他把钝头剑搁在一边,转身走向玛丽,依旧是龇牙咧嘴地:"她击得非常好,嗯,你那位朋友?她刺过来就像一个男人,那么有力,那么优美。"不管怎么说,这番话是表现了比森的宽怀大度。

但是比森也常常会突然大发雷霆:"我付给我厨师的七十多法郎算是白花了!老天爷②,这就算打赢了,我们挨饿,我们没有黄油,没有鸡,而且情况肯定还会更糟,还不知哪天才能变好呢。我们都是大笨蛋,我们这些好心肠的法国人;我们饿了自己,

---

①② 原文为法文。

养肥了德国人。他们感恩戴德吗?见鬼,真岂有此理!可是当然啦①,他们是感恩戴德——他们爱我们爱得那么厉害,都朝我们脸上吐唾沫了!"他这种情绪经常发泄到斯蒂芬头上。

然而对玛丽,他却总是彬彬有礼。"你喜欢我们巴黎吗?我很高兴——那很好,你和戈登小姐成了一家人。我希望你制止她吸烟,那对她有害。"

尽管他一再发火,玛丽还是很敬重他,因为他对斯蒂芬的击剑很关心。

二

六月底的一个傍晚,乔纳森·布罗克特泰然自若地走了进来:"哈罗,斯蒂芬!我来了,我又露头儿了——倒不是因为我爱你,我是确确实实恨你。我几个星期几个星期地一直躲着不来看你。你为什么从来不给我回信?就连在一张带画儿的明信片上写那么一两行都不行!这里面除了眼面前看到的还有别的东西。帕德在哪儿?她一向对我很好——我可以把头俯在她怀里哭……"这时玛丽·卢埃林从犄角上那把很深的扶手椅里站了起来,他一见到她就突然把话打住了。

斯蒂芬说:"玛丽,这是乔纳森·布罗克特——我的一位老朋友;我们都是作家同行。布罗克特,这是玛丽·卢埃林。"

---

① 原文为法文。

布罗克特朝斯蒂芬那边迅速扫了一眼，然后弯身郑重其事地和玛丽握手。

现在斯蒂芬就要看到这位言行怪异的不速之客另外还有的一个方面了。他使出无穷的礼数和心计，一反常态尽显自己魅力无穷。以前他从来没有一个字、一个眼神会让人想到，他会有那种随机应变的才思。布罗克特的举止显露出其实他根本没有的天真无邪。

斯蒂芬满怀兴趣地对他研究起来。他们俩早在战争爆发之前就没有见面了。他发福了，整个人变得比以前粗壮，又宽又平的肩膀长了肉。她还觉得，他的脸肯定是变得苍老了，眼睛下面出现了小小的眼袋，嘴角上也现出了相当深的皱纹——战争在布罗克特身上留下了痕迹。只有他的那双手还保持未变，那双女人一样又白又嫩的纤纤素手。

他说："那么你们俩当时同在一个分队里。这是斯蒂芬交上好运了；我是说，要不然，现在老帕德回英国去了，她会感到极其孤独的。我看斯蒂芬是让自己出了名——军功十字奖章和很相配的伤疤。别反对，我亲爱的斯蒂芬，你知道，它是相配的。我所碰到的却是踝子骨严重扭伤；"他笑了起来，"你想象一下，跑到美索不达米亚去，踩在一块橘子皮上滑了一跤！我要是在巴黎这儿，可能会干得好一点，顺便告诉你，我现在又住在我的公寓房子里了；我希望你会带卢埃林小姐来共进午餐。"

他没有让人为难地待到很晚，也没有走得很早，让人有什么想法；他刚好在适当的时刻站起来离开。但是在玛丽走出这间屋子去叫皮埃尔的时候，他相当突然地用自己的胳臂挽起斯蒂芬的胳臂。

"好运气,我亲爱的,你应该得到它;"他小声说,他那锐利的眼睛几乎变得温和了:"我希望你非常、非常幸福。"

斯蒂芬带着惊讶的神色不声不响地抽出自己的胳臂:"幸福?谢谢你,布罗克特。"她微笑着点起一支烟。

三

她们没能让自己离家远游,那个夏季她们一直留在巴黎。总有许多事情要做,比如玛丽的卧室要整个重新装修——她用的是帕德原来那间俯临花园的屋子。等到这个城市变得空气太坏的时候,她们就开车高高兴兴地到乡下去,在哪个小客栈住两个晚上,因为法国多的是绿葱葱让人愉快的地方。有一两次她们和乔纳森·布罗克特一起在位于维克托·雨果路上他的公寓用午饭,这是所漂亮的公寓房,因为他有上好的品味,他在离开去多维尔[①]之前,还同她们一起用过餐——他的举止依然是十分小心谨慎。迪福一家外出度假了,比森去了西班牙,要待一个月——但是那年夏天她们要别人干什么呢?黄昏时分,她们不出去的时候,斯蒂芬就会给玛丽朗诵,引导这个姑娘适应性强的头脑进入尚未探索过的新渠道,教给她享受寓于书籍中的欢乐,甚至就像菲力普爵士当年教自己的女儿那样。玛丽生来就没读过什么书,所以选读的书

---

① 多维尔为法国西北部塞纳湾海滨胜地。

实际上是选不胜选的,但是斯蒂芬得开个头,于是就选了她们自己的巴黎那部不朽的古典名著《彼得·伊贝特森》①,玛丽说:

"斯蒂芬——如果我们真分开了,你觉得你和我是不是真会梦见?"

斯蒂芬回答:"我常常感到惊奇,我们该不会是真的一直都在做梦——那唯一真实的东西不会是在做梦。"于是她们谈了一会儿梦幻之类朦朦胧胧的东西,对于情侣来说,这些都好像是实实在在的东西。

斯蒂芬有时高声朗诵法文,因为她想使这个姑娘更好地熟悉这种迷人语言的魅力。就这样日积月累,她尽力以无微不至的关心来弥补玛丽因为所受教育极不完全而带来的比较明显的欠缺,而玛丽在倾听斯蒂芬的声音,那种深沉而且总是带点粗哑的声音的时候,就会觉得那些话出自斯蒂芬之口,就比音乐更加优美,更能激动心灵。

在这个时候,许多优雅而又充满情谊的事情都开始标志出玛丽的存在。例如在那古老安静的花园里有了花,喷泉的池子里有了红色的大鲤鱼,还有两对配好对的扇形尾羽鸽,它们住在一根高大木柱上面的窠里,不断咕咕咕咕高兴地倾诉着软语情话。这些鸽子对斯蒂芬毫不敬重;八月份它们常常飞进她的窗口,砰砰几声又软又重地落在她的写字台上,在上面高视阔步,不到她用玉米来喂,它们就是不肯离开。因为它们都是玛丽的,而且玛丽

---

① 《彼得·伊贝特森》,法裔英国作家乔治·杜·莫里耶(1834—1896)的小说,发表于1891年,是作者在精神病院里写的一部自传体文学作品,充满回忆和幻想。

爱它们,所以斯蒂芬就会笑笑,和它们一样镇定自若,还会用诱饵把它们那小小的嗉囊填得圆鼓鼓的,耐着性子哄骗它们飞回花园里去。顶楼上原来作为帕德私室的那间屋子,现在有满满的三笼子玛丽搭救下来的小生物——一些色彩斑斓的小鸟,羽毛耷拉着,由于缺少阳光而眼中起了白翳。玛丽老是从河沿上那些环境恶劣的鸟雀商店里把它们带回家来,因为她爱这些孤苦无助、遭灾受难的小东西,所以也就得跟着它们受罪。一只遭受不幸的小生物常常让她多少天都放心不下,所以斯蒂芬常常会半带认真的对她嚷嚷:

"去把巴黎所有动物商店里的东西都买光……什么都买,宝贝儿,只要不觉得难受就好!"

由于玛丽娴熟的调理,这些色彩斑斓的小鸟能稍有康复;但是她总是购买那些情况最糟糕的,所以其中有不少告别了这个令人伤心的世界,去到我们希望的某个温暖的自然天国——在花园里已经有了几个小小的坟墓。

后来有一天早上,斯蒂芬要给莫顿写几封信,玛丽就独自一人出去了,她偶然碰上了一个更加孤独的小东西,它跟着她一直走回雅各比路家中,径直走进斯蒂芬那一尘不染的书房。它个头很大,瘦得又难看又可怜;它浑身都是泥浆,鼻子上、背上、腿上和整个肚子上的泥浆都干了,它的爪子很沉重,耳朵很长,尾巴像一条老鼠尾巴,看上去好像没有长毛,但是弯弯地向上翘着,尾巴尖像一把小小的镰刀。它的脸非常光滑,仿佛长毛绒做的,那双发光的眼睛闪着琥珀的光泽。

玛丽说,"噢,斯蒂芬——他要来。他的爪子疼;看看他,他瘸着呢!"

于是这条无家可归的狗跌跌撞撞地爬上了桌子,站在那里一声不吭地凝视着斯蒂芬,她得抚摩着他那忐忑不安而且乱蓬蓬的头说:"我猜想,这就是说我们要收留他了。"

"宝贝儿,我非常害怕弄成这样——他说,他很抱歉成了这样一条野狗。"

"他用不着道歉,"斯蒂芬微笑着说,"他很好,他是条会游水的爱尔兰长毛垂耳狗,不过天知道他在这里干什么;我以前在巴黎从来一条都没见过。"

她们喂了他,那天下午她们又在斯蒂芬的浴室里给他洗了澡。洗了这次澡,结果把浴室弄得一塌糊涂,她们交给阿德尔去收拾。浴室成了泥塘,不过玛丽拯救出来的这条狗,除了他那张像长毛绒一样可爱的脸和弯着像把镰刀一样怪里怪气的尾巴以外,整个都是庞然一堆棕色的小卷毛。随后她们把他受伤的脚掌包扎起来,把他带下楼去;在这之后,玛丽又想了解他的全部身世,于是斯蒂芬又在书房的书架下一个小柜里,翻出一本有关狗的图画书来。

"啊,看哪!"玛丽从斯蒂芬肩头看着书的时候大叫起来,"他根本不是爱尔兰的狗,实实在在是威尔士的:我们在豪厄尔·达的威尔士法典[①]中发现有关此一机灵长毛垂耳犬的首批资

[①] 豪厄尔·达(?—950)为威尔士君王(910—950),在位期间主持编纂威尔士法典,法典以此得名。

料。伊比利亚人①将此品种带至爱尔兰……当然,这就是他跟着我回家来的原因,他见到我一眼就认出我是威尔士人!"

斯蒂芬笑了起来:"是呀,他的头发也像你一样,是从头顶尖儿往上长的——这一定是一种民族性的弱点。好啦,我们叫他什么名字呢?他的名字很重要:得要个很简短的。"

"大卫,"玛丽说。

那条狗一本正经地来回看了她们片刻,然后躺在玛丽的脚下,把下巴搁在他那包扎好了的爪子上,闭上眼睛,嗓子里发出称心如意的咕噜。就这样,事情就突然变了,这一段时间一直是她们俩,现在是他们仨了。有斯蒂芬和玛丽——还有大卫。

---

① 伊比利亚人系欧洲古代对伊比利亚半岛(今西班牙与葡萄牙所在地)居民之统称。

第四十二章

一

那年十月,升起了第一片乌云。它从英格兰飘到巴黎,是安娜来信要斯蒂芬回莫顿,但对玛丽·卢埃林只字未提。倒不是她在信中未提到她们的友谊,而是根本不加理睬;然而把玛丽撇在一边的邀请,看来是故意在斯蒂芬面前轻视玛丽。她一读再读她母亲那封短信的时候,不觉怒火上冲,直逼眉宇。

"我要和你讨论关于管理产业的某些重要问题。因为这块地方终究要归属于你,我想我们应当保持更多接触……"然后就是列举安娜希望讨论的那些问题;而这些问题在斯蒂芬看来,实在都是些无足轻重的小事。

她把信扔在抽屉里,坐在那儿阴凄凄地看着窗外。花园里玛丽正在和大卫说话,教训他不要往回叼鸽子。

"即使我母亲邀请她十次,我也不会带她回莫顿。"斯蒂芬喃喃自语。

哼，不过她懂得，而且懂得十分清楚，如果她们一起在那儿，那会是什么意思：说种种谎言，卑鄙地躲躲闪闪寻找托词，仿佛她们与罪人相差无几。这就会出现这样的情景："玛丽，别老待在我卧室里——请当心……当然，在我们一起在莫顿的时候……就是我母亲，她理解不了这些事情；在她看来，这些就像是某种罪行，某种侮辱……"于是眼睛和嘴都要设防警戒了；碰碰手也会有犯罪的感觉；假装作满不在乎，都是很平常的友谊——"玛丽，别那么盯着我看，好像你很倾心似的！你今天傍晚就是那样——别忘了我母亲。"

无法容忍的谎言与欺骗的泥沼！毁了她们视为神圣的一切——糟糕透顶地毁了爱情，而等到彻底毁了爱情，也就糟糕透顶地毁了玛丽……那么忠心耿耿，又那么英武侠义，可是在生存之战中却又那么可悲地未受过考验，仅仅用语言，出自情人之口的语言来警告，一旦要诉诸行动的时候，仅仅语言又有什么用呢？一个日见衰老的女人带着年深日久的那种眼光，依然是那么冷酷无情、那么肆意谴责的眼光——这种眼光很可能要怀着厌恶的神情朝向玛丽，落在她身上，甚至就像从前曾经落在斯蒂芬身上那样："我宁愿看见你死在我的脚下……"一句令人害怕的话，然而她确是那种意思，那个日见衰老的女人带着年深日久的那种眼光——她明知自己是母亲却说出了这样的话，但是至少不应该让玛丽知道这一点。

她开始考虑折磨过她，但也为她所深深伤害的这个日见衰老的女人。她这么考虑的时候，尽管十分生气苦恼，那深深的伤痕仍然让她畏缩，所以这股怒火逐渐让位于一种不大强烈、简直是很不情愿的怜悯。无知、盲目、毫无理性的可怜女人,她自身受大自然莫名其妙的一念之差的差遣驱使,结果自己也成为受害者。是的,已经有了两个受害者——难道现在还得有第三个——必得加上这个玛丽吗?她浑身发抖。在这个时刻,她无法面对它,她很虚弱,她完全让爱情吞没了。她曾经贪婪地渴求幸福,追求她们的结合带给她的欢乐与安宁。她力图把大事化小,她会说:"这只会是十天的工夫;我一定得赶快回去,把这件事情了结了。"而玛丽则很可能认为,没有邀请她去莫顿,是十分自然的,而且根本不会问任何问题——她是从不问任何问题的。但是玛丽会认为这种怠慢是相当自然的吗?她充满恐惧;她坐在那儿极其担心,害怕这片突然变成威胁的乌云——害怕然而下定决心誓不屈服,决不让它由于自己的默认而添加力量。

只有一种武器可以制服它。她站起身来,打开窗户:"玛丽!"

这姑娘还蒙在鼓里,匆匆忙忙带着大卫赶上楼来:"你叫我吗?"

"是的——走近点,再近点……再近点……心肝宝贝……"

二

玛丽忐忑不安而又极其委屈地让斯蒂芬离开她回莫顿去了。她没有让斯蒂芬的花言巧语骗住,现在对安娜·戈登已不抱任何奢望。安娜夫人对她们之间的真相起了疑心,不愿意见她,这是显而易见的,如果谈到那种事情,则更是显而易见到了残酷的地步——不过这些想法她都心怀慈悲对斯蒂芬隐藏起来。

她送斯蒂芬到车站,含笑对她告别:"我每天都会写信的。穿上外衣,宝贝儿,别到莫顿着了凉。到了多佛①给我发电报。"

然而现在她一个人坐在空荡荡的书房里,必然要把脸蒙起来,哭一小会儿,因为她在这儿,而斯蒂芬却在英国……而且当然这是她们第一次真正的离别。

大卫蹲着,用炯炯有神的眼睛看着她,这对眼睛里反映出了她秘而不宣的苦恼;然后他站起来,把一只爪子按在那本书上,因为他认为,现在到了不要再看这本书的时候了。他缺少拉夫特里懂得的那种语言——那种由许多小小的声音和小小的动作组成的语言——他是个笨头笨脑、口齿不清的家伙,可是有无限的爱心。他对玛丽怀有爱心和深深的感激之情,他伤心得几乎心都碎了。在这个时刻,他见到她不幸,就想把耳朵向后缩回去,绝望地嗥叫起来。他想发出大声的嗥叫,那种丛林中野兽发出的嗥叫——大卫从他母亲那儿听到的狮子、老虎和其他野兽发出的嗥叫——他母亲很久以前曾经在非洲跟着一个法国上校,但是他并没嗥出来,而是突然上去舔了舔玛丽的脸——那味道有点特点,他觉得,像海水一样。

"你想出去走走吗,大卫?"她轻声问他。

于是大卫尽其所能摇了摇他那根形状像把镰刀似的尾巴,表示同意。这时他跳跃起来,爪子砰砰地扑打在地上,在这之后,

---

① 英格兰东海岸重要港口,法英之间海上交通之要道。

他又汪汪叫了两声，想让她高兴高兴，因为她以前觉得这是很好玩的，尽管现在她好像连他的跳跃也没注意到。然而她还是戴上帽子，穿上了外衣；所以他一边汪汪叫着，一边跟着她穿过了院子。

他们沿着伏尔泰码头溜达，玛丽停下来凝视那条雾蒙蒙的河。

"我要潜水下去给你抓一只老鼠吗？"大卫用发疯似的前扑后冲来提问。

她摇摇头："停住吧，大卫；乖乖地！"然后她又叹了叹气，眼睛又盯着那条河，所以大卫也盯着看，不过他是看着玛丽。

十分突然，对她来说巴黎失去了它的魅力。这究竟是怎么一回事呢？不过是异国的一座大城市罢了——一座属于陌生人的城市，这些人丝毫不关心斯蒂芬，也丝毫不关心玛丽。她们是遭到放逐的人。她在自己的心里来回掂量着这个词儿——遭到放逐的人；这听起来像是多余的，孤单的，但是，斯蒂芬为什么一直是个遭到放逐的人呢？她为什么要把自己从莫顿放逐出来呢？真奇怪，她，玛丽，居然从来没有问过她——在此时此刻以前从来没想问过。

她继续走着，也不大在意她走到了哪里。天色逐渐昏暗了，而这种昏暗又带来了极大的渴望——渴望看、听、抚摸——它差不多成了一种肉体上的痛苦，这种渴望靠近斯蒂芬的感觉。但是斯蒂芬已经丢下她到莫顿去了……莫顿，那才确实是斯蒂芬真正的家，可是在那个真正的家里并没有玛丽的位置。

她并不怨恨。她并没有怪罪这个世道，也没有怪罪她自己或者斯蒂芬。她是无心去深思那些问题，既不要求正义，也不要求解释；她只知道，她的心受到了挫伤，所以所有各式各样的小事情都让她痛苦。她一想到斯蒂芬周围都是她从来没有见过的东西——桌子、椅子、图像，还有斯蒂芬所有的老朋友，所有亲密、熟知的老朋友，然而对玛丽来说却是陌生人，一想到这些她就感到痛苦。一想到斯蒂芬从童年时代开始就睡过的那个生疏的卧室，一想到斯蒂芬用功的那个生疏的教室，一想到莫顿的那些马厩，那些小湖和那些花园，她就感到痛苦。一想到正在等待斯蒂芬到达的那两个生疏的女人——斯蒂芬热爱和尊敬的那位帕德；斯蒂芬很少提及而且玛丽觉得也从来不爱斯蒂芬的那位安娜夫人，她也感到痛苦。玛丽忽然想到，斯蒂芬的生活中有那么长的一段是深藏不露的，不禁感到有点震惊。在那段生活中多少年来去匆匆，后来她们俩才终于彼此会面了。她连过去那段历史所属的那个家都进不去，她怎么能够希望和那段历史连续起来呢？这时，她作为一个女人，突然热切期望一个家会代表的那些安详愉快的事情了——安全、平安、尊重和荣誉、父母的慈爱、邻居的善意；可以和朋友共享的幸福，可以满怀自豪公开宣布的爱情。所有那些斯蒂芬极其热切地争取让她所爱的人得到的东西，她所爱的人现在十分热切地期望得到的东西。

而且仿佛她们之间灵犀相通似的，斯蒂芬的心里此时此刻也正感到苦恼，因为莫顿，这个不能和玛丽共享的真正的家，而感到无法容忍的苦恼，因为使另一个人蒙羞受辱而感到羞耻，因为可怜另一个人而满怀怜悯，遭受痛楚，她这时想到孤零零地留在巴黎的那个姑娘——那个本应当和她一起回到英国来的姑娘，那个本应当在莫顿受到欢迎和尊重的姑娘。这时她突然忆起过去的那句话,那句非常可怕的话:"你能娶我吗,斯蒂芬?"

玛丽转身走回雅各比路。大卫垂头丧气、心急如焚,拖拖拉拉地随在她身边。他尽了一切努力,想分散她的思想,不要专注于压在她心头的那些事情上。他曾经假装追捕一只鸽子,他曾经对一个吓坏了的乞丐粗声狂叫,他曾经给她找来一根棍子请她把它扔开,他曾经咬住她的裙子轻轻地拽,他拼命想吸引她的注意,最后差一点让一辆出租汽车碾着。最后这一着倒是真提醒了她:她把牵狗的带子给他套上了——可怜的、得不到理解的大卫。

三

玛丽走进斯蒂芬的书房,坐在那个宽大的写字台旁边,因为她现在突然只剩下一种急切的痛楚,这就是她对斯蒂芬的爱感到的痛楚。而且因为她爱她,她也就想安慰她,因为每一个有爱心的女人身上都有慈母的情怀。她写的这封信上,有许多事情是一支没有得到那么多特权的笔最好略而不书的——坚贞、忠实、安慰、热诚献身;她把所有这些还有其它许多都写给斯蒂芬了。她坐在那里的时候,她的心在她身体内好像膨胀起来了,仿佛是要应付某种强大的挑战。

于是这就成了玛丽迎头遇见的这个世界对她们的第一次突击,而且她把它打败了。

第四十三章

一

在所有情意缠绵的热恋中,总会有那么一个时刻,必须再一次面对生活,面对现实生活中各式各样、无穷无尽的义务,这时这位情人从他内心深处懂得,安宁幸福的日子已经过去。他很可能对这种令人生厌的干扰感到憾意,然而对他来说,这通常都好像是十分自然的,因此,既然爱心并没有丝毫减少,他也就迫于生存俯首就范了。但是对于女人来说,爱就是目的本身,因此她更难以平心静气地束手就擒。对于每一个坚贞不渝、情感炽烈的女人来说,就会出现一个遗恨无穷的时刻,她得努力奋斗来扼制这种干扰。"还不行,还不行,还得再坚持一会儿";直到最后大自然嫌她悠哉游哉,又给她强加上生儿育女的劳役。

但是在类似玛丽和斯蒂芬的这种关系中,大自然必须为实验付出代价;她可能还不得不甚至付出十分可观的代价——这大多有赖于阴阳交集于一身这种情况。在情人身上极少的一点点阳刚之气也强大无比,因此确实也会浪费。然而也有一些情况——斯蒂芬的情况就是其中之一——在这种情况下,阳刚之气会意气昂扬地出现;在这种情况下,激情和真正的坚贞结合在一起就会成为一种推动,而不是一种遏制;在这种情况下,爱情和努力就会并肩战斗,拼死奋争去寻求某种出路。

因此斯蒂芬从莫顿返回的时候,情况就是这样,玛丽判断出来,仿佛从直觉判断出来,沉醉在梦想中的时刻已经完结,已经过去;于是她紧紧地抱着她,连连亲吻——

"你还是和以前一样爱我吗?你爱我吗?"女人永恒的问题。

而斯蒂芬,如果可能的话,她会爱得更甚,差不多是粗暴地回答:"我当然爱你。"因为她的思想上依然压着她回莫顿探望而来的辛酸重负,而这是必须不惜任何代价瞒住玛丽的。

她母亲的态度并没有什么显著的变化。安娜很平静,而且礼貌周全。她们曾经一起去会见管家和代理人,和往常一样筹划莫顿的福利;但是有一个话题,安娜总是避而不谈,也不肯讨论,这就是玛丽。斯蒂芬有一天晚上由于突然给惹火了而谈起她来。"我想要玛丽·卢埃林认识我真正的家;哪天我得带她和我一起回莫顿来。"她看出安娜那警觉的神色——毫无表情,无动于衷;至于她的回答,那比语言更加雄辩得多——一种令人不知所措、含意明了的沉默。斯蒂芬如果说以前还有什么拿不准,此时此刻就没有希望再存任何犹豫了:她母亲避而不请那个姑娘的确是出于对玛丽的蔑视。她站起身来就去了父亲的书房。

帕德那段时间一直保持平静,就在斯蒂芬离开之前她才说:"我亲爱的,我知道,在莫顿什么都极其困难——关于……"她犹豫起来了。

斯蒂芬想起这件事情就觉得倍加辛酸:"好像她对玛丽连提都不愿意提。"她回答说,"如果你说的是玛丽·卢埃林,我肯定决不会带她来莫顿,就是说,只要我母亲还活着——我不允许她受到侮辱。"

于是帕德严肃地盯着斯蒂芬:"你现在没有写作,然而,作品是你唯一的武器。让世界尊重你,因为你通过你的作品能够做到这一点;这是给你朋友的最保险的避难港,唯一的避难港——你得记住——这要靠你来提供,斯蒂芬。"

斯蒂芬感到太痛心了,没法答复这番话;但是从莫顿到巴黎这漫长的旅途中,帕德的这番话一直在她脑子里铮铮作响:"你现在没有写作,然而,作品是你唯一的武器。"

这样,在她们重逢的第一个幸福的夜晚,玛丽躺在斯蒂芬怀里安眠的时候,她的情人却两眼圆睁无法入睡,计划着她明天一定得干的工作,咒骂她自己的懒惰和愚蠢,在毫无安全可言之中妄想安全。

二

她们很快就安定下来,很像非常普通的人所要做的那样,过起比较平淡的日子。她们俩现在各有各的任务——斯蒂芬干她的写作,玛丽干她的家务,付账单,整理收据,答复不重要的信件。但是玛丽还是有许多无所事事的时间,因为波利娜和皮埃尔简直是太周全了——他们总是笑容满面,用他们自己的方式照管这所房子;必须承认,比玛丽照管得更好。至于回信,那并不很多;至于账单,反正有足够的钱——不必尽心竭力去维持收支平衡,所以她也得不到那种天真幼稚的快乐,比如筹划给她爱的人准备点什么喜出望外的小东西,或者额外添点令人更加舒服的物件,这些在年轻人看来本来是可以增加一些生活情趣的。这时斯蒂芬已经发现玛丽打字打得太慢,所以把这件工作交给住在帕西①的一个女人去做;她十分着急要赶快完成她这部书,所以容不得任何拖延障碍。而且由于她们那种奇特的与世隔绝,玛丽有时感到非常寂寞。她认识谁呢?除了慈祥的迪福小姐和朱利以外,她在巴黎没有任何朋友。一点不假,她每星期可以去看一次比森,因为斯蒂芬还继续坚持击剑;布罗克特偶尔来逛逛,但是他的兴趣完全集中在斯蒂芬身上;如果她在工作,情况常常是这样,他也不在玛丽身上浪费很多时间。

斯蒂芬常常叫她去书房,看到这个姑娘可爱的样子能得到安慰。"来和我坐在一起,心肝宝贝,我喜欢你待在这儿。"可是很快她就完全把她忘了。"什么……什么?"她低声嘟囔,皱皱眉头。"别说话,就一分钟,玛丽,去吃你的午饭吧,好孩子;我干完这一点就来——你去吧!"可是玛丽可能只是孤零零一个人吃饭,因为吃饭对斯蒂芬来说已经成了一件讨厌的事。

当然还有大卫,那条感恩戴德、忠心耿耿的狗。玛丽可以老是对大卫讲话,但是他却无法回答她,所以谈话总是单方面的。

---

① 巴黎近郊的一个区。

而且他也表现得很清楚,他也是在想念斯蒂芬;他做了多次暗示,而她还是没有出来,这时他就在旁边转悠,显得很不满足。因为他的心虽然忠于玛丽,这位施舍一切援助的善人,然而潜藏在雄性心灵中的本能,也许自从亚当离开伊甸园以来就存在的本能,在俱乐部的窗口和其它那些男性隔离区所表现出来的本能,使他渴望那种撇下玛丽而与同性别者交往的散步。首先这会让他强烈渴望斯蒂芬那双强壮有力的手和坚定果敢的作风;渴望她身上某种奇特、难以名状而又能对他身上那种犬类的雄性气概产生吸引力的东西。她总是让他自己管自己,毫不大惊小怪;简单说来,她在大卫看来,是悠闲自在的。

玛丽,无声无息地溜出书房,可能会小声对他说:"我们去杜伊勒利花园。"

但是他们到了那儿,又能做些什么呢?因为,一条狗当然不能潜下水去捕捉金鱼——他不得在水池里戏水,池子里有讨厌的石头框和荒唐可笑的喷泉。他和玛丽沿着碎石路在人群中随意溜达,他们盯着大卫看,还取笑他:"多么滑稽的狗,瞧他那条尾巴!"[①]他们就像那样,那些法国人;他们曾经取笑过他母亲。她曾经告诉过他,决不要说:"汪!"其实他们有什么了不起?然而这还是叫他仓皇失措。虽然他一辈子都生活在法国——的确也不知道其它国家——他走在这堂皇富丽的杜伊勒利花园里的时候,他身上的凯尔特血液会勾画出许多幻景:那突起的高山峻岭上有山路蜿蜒,冬天急流一路倾泻轰鸣作响;泥土的气味,露水的气味,野物的

---

① 原文为法文。

气味，一条狗可以追逐这些野物而不犯法——所有这些还有更多别的，他的老母亲都曾告诉过他。过去正是这些幻景让他迷了路，连哄带骗让他一路上饥一顿饱一顿地来到了巴黎；甚至在这些平静的日子里，他在杜伊勒利花园里散步的时候，这些幻景有时也会重现眼前。但是现在，他的心得把它们撇在一边——他现在由于玛丽的爱而成了俘虏。

但是在玛丽眼前，只会产生一个幻景，那在奥罗塔瓦的一座花园的幻景；那座花园让暗夜的幽光照亮了，充满了永不宁静的抑扬的歌声。

三

秋天过去，冬天来临，随之而来的是雨雾连绵、昼短夜长、令人烦闷的日子。现在在巴黎已经没有多少美景留下了，街区的古老街道上笼罩着的是一片灰色的天空，不再是对比之下显得明亮的天空，仿佛是在隧道尽头看到的那样。斯蒂芬像着了魔似的写作，全部重新改写她战前写的那部长篇小说。这部小说原来就不错，不过还不够好；因为她现在是从一个更加广泛的角度来看生活；不仅如此，而且她现在是在为玛丽写这本书。她想起玛丽，想起莫顿。她就走笔如飞，一张又一张地写下去。她以真正灵感勃发的速度写着，有时候她写的东西都接触到了伟大的边缘。她并没有完全忘掉这个姑娘，她现在的这种巨大努力就是为了她——而且即使她想要那样，她也做不到，因为爱就是她努力的真正源泉。不过很快就到了这样的时候,她不愿意出去,或者即使她出去了,她也是心不在焉,所以玛丽问她什么问题,都得再问一次——那时很可能得到的还是一个模模糊糊的答复,而且很快又到了这样的时候,她真是离开了自己的写作,也是强使自己离开,是为了体贴照顾她才强使自己离开。

"你愿意哪天晚上去看看戏吗,玛丽?"

如果玛丽说愿意,并且买好了票,她们通常也是迟到,因为斯蒂芬老是工作到最后一分钟。

有时候斯蒂芬未能遵守诺言,也会有深切的——就算是小小的——失望。"听着,玛丽宝贝——如果我不和你一起去买那些裘皮衣服,你可以原谅我吗?我这儿有点工作,我怎么也得做完。你真能理解吗?"

"是的,我当然理解。"但是让她自己一个人去挑选她的裘皮衣服,她突然觉得,她不想要了。

这种事情发生得相当经常了。

要是斯蒂芬对她吐露真情就好了,只要对她说:"我在努力为你建造一个庇护所;记住我在奥罗塔瓦告诉你的那些话!"但是,没有,她退缩了,没有提醒这个姑娘,黑暗包围着她们的这一小片光明。只要她对玛丽那小心翼翼然而速度很慢的打字表现出多一点点的耐心,这样给她一个真正的职业,那就好了——但是没有,她必须把这项工作送到帕西,因为这本书完成得越早,对玛丽的前途就越好。就这样,她让爱情和想保护她爱的那个女人的愿望蒙住了眼睛,对玛丽犯了错误。

她每天完成了她的写作,常常在傍晚高声朗读。虽然玛丽知道这本书写得很精彩，然而她的思想仍然从书本转到斯蒂芬身上。那深沉粗哑的声音一直往下念，其中含着某种迫切动人的东西，所以玛丽一定会突然亲亲斯蒂芬的手，或是她脸上的伤疤，因为那声音本身比她念出来的东西所蕴含的还要多得多。

现在到了这种时候了，斯蒂芬要同时侍奉两个主人，她的热情要献给这个姑娘，她的意志要保护她，互相矛盾的愿望撕扯着她，互相对立的心灵与肉体的情感撕扯着她。她要让自己投身于自己的工作，她又要把自己完全奉献给玛丽。

然而她经常要写到深夜。"我还要干到很晚——你去睡吧，宝贝儿。"

等她最后拖着疲累的身子上了楼，她总是像个小偷似的悄悄溜过玛丽的卧室，虽然玛丽也差不多总能听出她来。

"是你吗，斯蒂芬？"

"是的，你怎么还没睡着？你知道吗，已经早上三点啦？"

"是吗？你别生气，好吗，亲爱的？我老在想，你一个人待在书房里。来吧，对我说，哪怕都早上三点了，你也不生我的气！"

于是斯蒂芬就会脱掉她那件旧的花呢外衣，倒在床上玛丽的身边，她太精疲力竭了，除了把这个姑娘抱在怀里，让她躺在那儿把头枕在自己肩头以外，别的什么也顾不上了。

但是玛丽会琢磨她在斯蒂芬身上发现的所有那些深深吸引人的东西——脸上的伤疤、眼睛的表情、她的力气和奇怪而又腼腆的温情——那种有时并不温柔的力气。她们躺在那儿的时候，斯蒂芬可能睡着了，经过那么长时间紧张的写作，她已经精疲力尽。但是玛丽会睡不着，即使她睡着了，那也是在晨曦照亮窗户的时候。

四

有一天早晨,斯蒂芬急切地看着玛丽。"到这儿来。你身体不大好,怎么回事?告诉我。"因为她觉得,这姑娘脸色苍白得异乎寻常,觉得她嘴角有点耷拉;她的心突然抽紧了。"马上告诉我,你到底是怎么回事!"她的声音因为焦急而显得粗鲁,她把一只手焦急不安地搁在玛丽的手上。

玛丽不以为然。"别犯糊涂了。什么事儿也没有。我身体再好也没有了——都是你的想象在作怪。"确实,这又能够有什么事呢?她不是在巴黎和斯蒂芬一起吗?但是她的眼里饱含泪水,所以她很快掉过头去,掩饰自己,为自己没有理性觉得害臊。

斯蒂芬抓住不放。"你看起来一点也不好。今年夏天我们本不应该留在巴黎的。"因为她那天自己的神经紧张到了极点,这时她皱着眉头说。"就是因为这种事;只要我不能去吃饭,你就不吃。我知道你不吃饭——这件事皮埃尔告诉我了。你决不能做起事来像个小娃娃一样呀,玛丽!如果我觉得你因为不吃饭生了病,那我一行也写不出来了。"她心里害怕,于是就发了脾气。"我这就去请大夫。"她最后粗暴地说了一句。

玛丽直截了当拒绝请医生。她要跟大夫说什么呢?她没有任何症状。皮埃尔夸大其词。她吃的很够了——她从来都不是个饭量很大的人。斯蒂芬最好继续去干她的工作,别那样无事忙。

但是斯蒂芬尽管努力,还是继续不下去——那天其余的时间,她工作得很不顺利。

在这以后,她常常离开写字台,到处溜达,寻找玛丽。"宝贝儿,你在哪儿?"

"在楼上我自己的卧室里。"

"嗯,下来吧,我想要你到书房这儿来。"等玛丽在壁炉边上坐好了,她又问:"现在老老实实告诉我,你觉得怎么样——很好吗?"

玛丽微笑着回答:"是的,我很好;我发誓,我是很好,斯蒂芬!"

这并不是一种理想的工作气氛,不过这本书现在已经有很大的进展了,除非是一场灾难,否则是没有任何东西可以让它停顿下来的——它属于那样的一些书,它们准备问世,而且不管它们的作者如何,都是日渐成熟的。另外玛丽的健康状况也并没有任何令人担惊受怕的。她看起来不算很好,也不过如此而已;有时候她好像有一点意气消沉,所以斯蒂芬得从自己的工作中挖出几个钟头来,好让她们能够一起出去一趟。她们也许在一家餐馆吃一顿午饭,或者开车到乡下去兜兜风,让大卫欢喜欢喜;要不只是手挽着手在街道上溜达,就像她们第一次返回巴黎的时候那样。而玛丽因为会感到快活,所以仿佛受了奇异的魔力,在这几个钟头里又会重新活跃起来。然而,等到斯蒂芬又回到自己的写字台上,她又得孤零零一个人待着,没有地方可去,没有人可以讲话,那么她又会憔悴下来,想到她年纪轻轻和她的处境,这也没有什么不自然的地方。

五

圣诞节前夕，布罗克特来了，还带来一些花。玛丽带着大卫出去散步了，所以斯蒂芬只得叹了一口气，离开写字台。"进来吧，布罗克特。哎呀，多么棒的丁香花！"

他坐下来，点燃了一支烟。"是呀，它不是很美吗？我是给玛丽带来的。她怎么样？"

斯蒂芬犹豫了一会儿。"不是太好……我一直在为她发愁。"

布罗克特皱起了眉头，若有所思地盯着炉火。他有些话想对斯蒂芬说，他正想提出警告，可是他觉得没有把握，不知道她会不会乐意听取——毫无疑问，那个可怜的姑娘被迫过这样一种枯燥无味到了极点的生活，是不大健康的！如果斯蒂芬愿让他说，他想提出劝诫，提出忠告；如果必要，可以坦率直陈。他对她的工作曾经坦率直陈，但是那不是这样微妙棘手的事情。

他感到坐立不安，那双又白又嫩的手不知如何是好，他用手指头敲打着椅子的扶手。"斯蒂芬，我一直想谈谈玛丽的事。上次我见到她的时候，她让我大吃一惊，看起来好像彻头彻尾闷闷不乐——那是什么时候？星期一，是的，她让我大吃一惊，看起来好像从里到外都很消沉。"

"噢，但是肯定你看错了……"斯蒂芬打断他的话。

"不，我完全肯定，我看得对，"他坚持说。这时他还说："我现在要冒一个大危险——我现在要冒失去你的友谊的危险。"

他的语声里是那样真正地显出抱憾。所以斯蒂芬只得问他："嗯——是怎么回事，布罗克特？"

"你，我亲爱的。你现在对那个姑娘不仗义；她过的那种生活，连一个女修道院长也会感到闷闷不乐的。它足以让随便哪个人垂头丧气，而且它现在就让玛丽害了神经衰弱症！"

"你究竟是什么意思？"

"别生气，我可以告诉你。注意，我现在不再装假了。当然我们大家都知道，你们俩是情人。你们正在慢慢地变成一种传奇了——为了爱情丢掉一切都好，而且这类事情……但是玛丽还太年轻了，不能变成一个传奇；而且在这种事情上，我亲爱的，你也是一样。但是你有你的工作，可玛丽什么也没有——那不幸的孩子在巴黎连一个人也不认识。请别打断我，我还且没说完呢；我一定得把我的话说出来，非说不可！你和她已经决定同居了①——就我看来，这和结婚同样糟糕！但是，如果你是个男的，那就会是另外一回事了，理所当然，你们会有许许多多的朋友。玛丽甚至还可以生个小孩儿。啊，看在上帝分上，别露出一副感到震惊的模样。玛丽是个不折不扣的正常年轻女子；她不会仅仅靠爱情生活，那完全是胡说八道——特别是我很尖锐地怀疑，你工作的时候，饭食是不是相当简陋。看在老天的分上，让她出去走走吧！你究竟为什么不带她到瓦莱里·西摩家去玩玩？在瓦莱里那儿，她会见到许多人；我问你，那又可能有什么害处呢？你躲避你自己的同类，仿佛他们是魔鬼似的！玛丽非常需要朋友，需要得要

---

① 原文为法文。

命,而且她还需要一定的娱乐。不过,对那些所谓的正常人要当心一点。"说到这里,布罗克特的语音变得气势汹汹,而且尖酸刻薄。"我不会去逼着他们做朋友——我现在对你想的没有对玛丽想的多;她年轻,年轻得容易受到挫伤……"

他是十分诚恳的。他尽力想能有些帮助,这是出于他对斯蒂芬的奇特的感情。在这个时刻,他感到非常友好和焦急,他丝毫也没有那种玩世不恭了——在这个时刻,他是在忠诚地根据自己的见解提出劝告——也许这些就是世界留给他的仅有见解了。

斯蒂芬简直无话可说。她讨厌否认和规避,讨厌心照不宣的谎言,这败坏她的天性,而且也好像是加给玛丽的侮辱;所以她对布罗克特那些比较大胆的说法未加非难。至于其余的部分,她略微搪塞了几句,因为她对瓦莱里·西摩还隐隐约约有些信不过,然而她知道得很清楚:布罗克特说得对——对玛丽来说,近来的生活常常一定是很孤寂的。她在这以前为什么没有想到这一点呢?她咒骂自己缺乏觉察力。

这时布罗克特机敏得体地转变了话题;他聪明得很,哪能不懂得适可而止。所以他现在对她谈起他的新剧本,这就他来说是一种很不寻常的做法。就在他滔滔不绝地说着的时候,斯蒂芬想到他知道……于是忽然有了一种奇异的如释重负之感,因为这个人知道她和玛丽的关系;因为再也没有必要做起事来总好像那些关系是可耻的了——无论如何在布罗克特面前是这样的。世界在她的森严戒备上终于找到了一个裂口。

六

"哪天我们一定得去看看瓦莱里·西摩，"那天晚上斯蒂芬相当漫不经心地说，"她在巴黎是个很有名气的女人。我相信她常常举行很有趣的聚会。我觉得，现在大概正是你该有些朋友的时候了。"

"啊，多开心呀！好哇，我们去吧——我爱去！"玛丽叫了起来。

斯蒂芬心想，她声音里透着欢喜与激动，尽管对她自己，她叹了一口气。但是毕竟除了玛丽应当得到健康和快乐以外，别的实在都算不了什么。她的确要带她去瓦莱里·西摩的家——为什么不呢？她很可能一直都非常傻，也很自私、固执自己的奇思怪想而牺牲了这个姑娘——

"宝贝儿，当然我们要去，"她很快地回答，"我希望，我们会觉得那好玩极了。"

七

三天以后，瓦莱里见过布罗克特就写了一封简单然而热诚的邀请信："如有可能，请务必于星期三光临——当然我是请你们二位，布罗克特答应来此；另有一二位颇为有趣的客人。长期未见，我渴望重续旧谊,并愿结识卢埃林小姐。然而,你为何一直未来看我?我认为这并非你的非常友好之举!不过你星期三来参加我的小聚,则可弥补前愆……"

斯蒂芬把这封信扔给玛丽,"邀请来了。"

"多么冲呀——可是你去吗?"

"你想去吗?"

"当然想呀。只不过你的工作怎么办?"

"花一个下午还是可以的。"

"你有把握吗?"

斯蒂芬笑了笑。"是的,我很有把握,宝贝儿。"

第四十四章

一

斯蒂芬和玛丽来到瓦莱里的招待会,这时她那几间屋子里早已挤满了人,那么拥挤,开头她们都见不着女主人,只好颇为狼狈地靠近门站着——没有人通报她们到来;大家到瓦莱里家里的时候,出于某种理由是从来不通报的。大家好奇地望着斯蒂芬;她的高个子,她的衣服,她脸上的伤疤,立即吸引了他们的注意。

"什么样的人呀!"[①]雕塑家迪朋对他身边的一个人小声说,而且当即就断定,他希望把斯蒂芬当作模特儿。"那头部真妙极了;我很喜欢那强有力的脖子。还有那嘴——它忠贞吧?它热烈吧?我真感到惊奇。一个人怎么能塑造出那么富有魅力的嘴呢?"这毕竟是迪朋,对他来说,为了自己的艺术,什么事都允许,所以他向前靠近了一步,以一种让人不知所措的敬慕死死盯着她,用自

---

① 原文为法文。

己的手指头捻着他那把有点灰白的胡子。

站在他身边的那位,也是他最近找到的情妇,是个浅颜色头发的小个子姑娘,像玩具娃娃一样美,她耸了耸肩膀。"你可不怎么招人喜欢了,迪朋,你的品味越来越怪,我亲爱的①——而且你还一直是精力充沛……"

他笑了起来。"安静点,我的小母鸡。我并不打算给你找个情敌。"这时他开始戏弄她了。"可是你又怎么样呢?我不喜欢那些毛茸茸的小犄角,哪怕它们并不比顶针大。它们惹人生气,那些毛茸茸的小犄角,而且它们开始长起来的时候,格外叫人痛苦——就像智齿一样,只不过比智齿更愚蠢。噢,是的,我也记得过去的一些事。以己之心度人之意。这正像英国人老爱说的——这些讲究实际的人!"

"你在做梦,我可怜的家伙②,"那个女士吆喝了一声。

这时瓦莱里朝门口走过来了:"戈登小姐!看见你和卢埃林小姐,我真是高兴极了。你们喝过茶吗?没有,当然没有,我可是个糟糕的女主人!来,到桌子跟前来——那个没用的布罗克特在哪儿?啊,他在这儿。布罗克特,请你像个男子汉的样子,给卢埃林小姐和戈登小姐上茶。"

布罗克特叹了口气,"那么你先来吧,斯蒂芬宝贝儿,你可比我在行得多了。"于是他把他那只又白又嫩的手搁在她肩上,轻轻地可是却坚定地推她上前。等到他们挨到餐台跟前,他还是安安静静地站在一边:"给我来一份冰激凌——香草的?"他小声说。

---

①② 原文为原文。

每个人好像都认识其他每个人，整个气氛是很亲切随便的，大家都像良朋好友一样打着招呼，不久他们就让斯蒂芬觉得很有意思了，玛丽也同样觉得他们很有意思，而且和善。

瓦莱里把斯蒂芬介绍给新客人，还巧妙地透露出她的才气："这是斯蒂芬·戈登——你知道的，那位作家；还有卢埃林小姐。"

她的态度很自然，然而斯蒂芬还是无法打消这样一种感觉，每个人都知道她和玛丽的事，或者如果他们并不真知道，那么他们就猜，而且都急于表现他们很友善。

她心想："嗯，为什么不这样呢？我讨厌撒谎。"

她往日对瓦莱里·西摩的怨恨都烟消云散了，让自己觉得受到所有这些聪明和有趣的人的欢迎，真叫人愉快得很——而且她们到那儿去，无可否认确实是聪明之举；在瓦莱里的沙龙里，智力的比例总的说来高于一般的水平。有些人本身是正常的，早就一直把智力置于体力之上；和他们在一起的是男男女女的作家、画家、音乐家和学者，他们生来就与众不同，决心要在人世凿出一座壁龛。其中有许多人已经功成名就，有些人还在相当勤苦地凿着；的确不错。不少人在中途会倒下去，但是他们倒下了，别人就会取而代之。在那些精疲力尽的同道者的尸体上，另外的人要么跟着倒下去，要么继续开垦着——就他们来说，对生活没有任何妥协，自我保存的鞭子抽着他们。有位帕特，她失去了她的艾拉白拉，让格里格和丽都小岛①金光闪闪的魅力夺走了。帕特本来出生在波士顿，依稀令人想到新英格兰的女教师。帕特的利比多与

---

① 丽都为意大利威尼斯附近一小岛，著名旅游胜地。

肉体分离了，流进了研究昆虫的渠道——人们得一看再看才能辨认出，她的踝子骨对一个女人来说显得太壮实，太沉重了。

还有一位杰米，更加决断得多。她是从苏格兰高地来到巴黎的；显得有点失常，因为音乐围困住了她的灵魂，而且拼命要通过她那些生硬呆板、带书卷气的作品表现出来。她四肢松懈，骨骼粗粝，而且眼睛近视；因为经常买不起新眼镜，眼圈老是红红的，还总是觑着眼睛，她把头向前伸得很厉害，好仔细看清。她那亚麻色乱蓬蓬的头发是她一个朋友剪的，发边老是不齐。

还有一位万达，正在奋斗的波兰画家；就一个波兰人来说，她肤色有点深，直挺的黑发剪得很短，她的皮肤黑黝黝的，嘴唇没有血色，然而并非就不楚楚动人。她长着一双奇妙的眼睛，深处藏着火焰，有时她有了醉意，则闪烁着惩罚罪人的地狱之火；但是在别的时间，则是比较柔和的火焰，虽然决不是那种玩起来可以安然无恙的火焰。万达的视野辽阔，她想象的一切都是宽广深厚的，她的画，她的激情，她的自责。她怀着几乎是一种无法满足的渴望而渴求着。她怀着几乎是一种无法忍受的恐惧而害怕着——不是害怕魔鬼，她醉醺醺的时候可以勇敢面对他而毫无惧色，而是害怕以救世主耶稣基督出面的上帝。她像一条挨鞭子的野狗爬到十字架跟前，没有勇气，没有信仰，没有侥幸获救的希望。她受到自己肉体的侮辱，所以一定要无情地惩罚它——可是毫无用处，她那贪婪的眼神就会揭她的底。她知道她所渴望过的和正在渴望的，于是就借酒麻醉，想方设法要用一种贪婪来淹没另一种贪婪。然后她就会站在她那高大的画架面前，身子有点摇晃，而那只手却总是稳稳当当：白兰地流进了她的腿。却并未流进她的手；她的手仍然会是令人意想不到的稳稳当当。她会着手涂抹某种篇幅巨大、令人悲痛欲绝的画，拼命把自己融进自己的画里去，拼命用笨拙然而又异常动人心弦的方式在宁静洁白的画布上涂抹，用来平息自己感情上的痛楚——根据迪朋的看法，万达有天才。不吃也不睡，她会变得瘦骨嶙峋，所以谁都会知道发生了什么事。他们从前也见过，唉，有多少次了，这样，对他们来说，悲剧也就不那么可悲了。

"万达又有点不妙了，[①]"有个人会咧着嘴说。"她今天早晨喝得醉醺醺的；这一次又是谁呢？"

但是瓦莱里却很生气，她痛恨酗酒就像痛恨瘟疫一般；她会觉得受到了这位万达的侮辱。

还有位奥坦斯·凯尔盖林女伯爵；尊贵而又自持，一位了不起的贵妇人，具有安详宁静、颇为老式的美。瓦莱里把她介绍给斯蒂芬的时候，斯蒂芬几乎立刻想起了莫顿。这位夫人抛弃了一切来找瓦莱里·西摩；丈夫，孩子们和家，她都抛弃了；面临着丑闻，詈骂，迫害。比所有这些极其重大的事情还要重大的，就是这个女人对瓦莱里·西摩的爱情。她好像一个费解的谜，很需要加以破解。而现在，友谊又取代了那种法外人的爱情；她们成了密友，这一对过去的情侣。

还有位玛格丽特·罗兰，女诗人，一位作品中富有才华、生动感人的女人。她是盟友中最坚强不屈的，情侣中最反复无常的，大有可能要在贫民救济院了此残生，因为她大手大脚一次次以金

---

① 暗指失恋。

钱补偿歉意，给她的存款造成了很大的漏洞。不喜欢她简直是不可能的，因为她唯一的缺点就是过分热切；每一次新的风流韵事，还没有告吹的时候都是最后一次，当然这其实是很容易误入歧途的。一件花钱花得很多、流泪也流得很多的事。她真正在心里受苦，也像在钱包上倒霉一样。玛格丽特的外表毫无动人之处，有时候她打扮得很好，有时候打扮得很糟，这要看当时的情况。但是她总是穿过分女性化的鞋，在巴黎的时候经常买模特儿的衣服，要不是有经验的耳朵从她的声音中听出有点特别的味道，因此引起怀疑，那就会说她比女人更像女人了。她的声音就像一个正在变嗓子的男孩子的声音。

那么还有位布罗克特和他那双又白又嫩的手；还有另外几位，和他非常相像。也还有位阿道夫·布兰克，设计师——他是位色彩的大师，他那原始的色调实际上革新了欣赏趣味，把简单这种乐趣找回到人们的视野中来。布兰克独自一人站在一个小小的壁龛里，有时也的确一定会非常孤独。一个文静、黄褐色皮肤的人，有一双希伯来人的眼睛，年轻的时候一直深受折磨。他曾经花了一天又一天的时间去探访一个又一个医生："我是个什么人？"他们一边收下他的就诊费，一边向他保证；不少人还假惺惺地开始要治好他。治好他，老天爷！根本没有办法治好他布兰克，在所有的男人中，他是最正常的反常人。他体验过反抗：谴责他那位上帝；他体验过绝望，没有上帝的绝望；他体验过放荡的疯狂时刻；他体验过长年累月的强烈自卑自贱。后来他突然灵机一动，醒悟了，这让他得以听天由命，所以他现在能够独自站在一个壁龛里，做一个慈悲的旁观者，观看他常常觉得惶惑难解的造物主的诡计。为了生活，他设计了许多漂亮的东西——家具，服装，芭蕾舞的舞台布景，如果有了兴致，甚至设计女人的长袍，但是他做这些都是为了物质生活。为了维持他那孤独的、饱受折磨的精神生活，他积累了非常深邃的学识。所以现在许多可怜人都来找他求教，他也来者不拒，虽然提出的意见也很丧气。这些意见也是老生常谈："尽你自己的力量去做，没有人能做得更多——但是决不要停止战斗。对于我们来说，没有比绝望更大的罪过，而且也许没有比勇气更重要的品德。"的确不错，来找这位温和而且博学的犹太人的，许多都是受过洗礼的基督徒里可怜的家伙。

这类人常常来找瓦莱里·西摩，男男女女，他们的额头上一定都打着上帝的标记。瓦莱里，平静而且自信，毕竟还创造了一片充满勇气的气氛；他们在瓦莱里·西摩家里聚会的时候，每个人都感到非常正常和勇敢。她在那儿，这个可爱的、有文化教养的女人，像在暴风雨中海洋上的一座灯塔。浪涛在她的脚周围拍打，可是她不为所动；狂风怒号，乌云压顶，冰雹横飞，雷鸣电闪，洪流肆虐，但是都摧毁不了她。风暴挟着越来越大的力量袭来，又席卷而去，留下的是失事的船舶，即将灭顶的人群。但是他们，那些叽叽喳喳、可怜巴巴的遭难者抬头一看，啊，他们看到的就只是瓦莱里·西摩！看到这个不可摧折的人，于是有些人就会勇气十足地奋力向岸边游去。

她并没有做什么，而且在任何时候都说得很少，也没有感到什么做慈悲事业的冲动。但是她在这方面却给予她的同胞姐妹兄弟很多：进入她的沙龙的自由，她的友谊的呵护；如果他们来参加她每月的聚会感到心情舒畅，他们总是受到欢迎的，条件是他们要保持清醒。她痛恨酗酒和服用毒品，因为这些是丑恶的——在伏尔泰码头的这套大名鼎鼎的公寓里，大家喝茶、冰咖啡、果子露、①橘子汽水。

啊，是的，这的确是非常怪诞的一伙人，如果从这种烙印或那种烙印来分析的话。嘿，他们中间的级度分得那么繁多又那么精细，所以最细心的观察对他们也无可奈何。声音的素质，手的肌理，一个动作，一个姿势——没有什么人像斯蒂芬·戈登那样突出，除非是万达，那位波兰画家。她，可怜的人，从来不懂得怎样打扮为好。如果她像个女人那样打扮，看起来就像个男人，如果她像男人那样打扮，看起来就像个女人！

二

他们的恋爱事件，多么离奇，多么让人困惑——多么难以区分吸引的程度。他们也并不总是吸引他们那一类的人，他们还非常经常地吸引相当普通的人。因此帕特的艾拉白拉像厌倦了她的前任一样厌倦了格里格，突然结婚了。根据传言，她现在快活得要命，因为她快要当母亲了。另外还有杰米的朋友巴巴拉，一个瘦小的姑娘，非常忠实和钟情，但是就像人们能够发现的所有女人一样，对杰米有一种女人的那种缱绻不舍。

这两个人从孩童时代起就一直是情侣，从她们远在苏格兰高

---

① 原文为法文。

地那个村庄的那些岁月起,在学校里或者和她们那些吵吵嚷嚷的小伙伴一起玩耍的时候,那个强者总是保护那个弱者。她们一起长大,就像在缺乏阳光、凄冷荒凉的苏格兰山坡上两棵遭到狂风吹打的小树一样。她们互相靠在一起,寻求温暖和保护,直到春回地暖,万物交配的时节,她们的枝杈才静静地互结连理。事情总是这样的,小树互结连理,非常简单,对她们来说又非常亲密,因为所有爱情都是神秘不可思议的,除此以外,毫无神秘不可思议或奇特之处。

对于她们自己来说,她们一直像其他情侣一样,情侣总是觉得,黎明更加明亮,黄昏更加温柔。黄昏时分,她们手牵手在村里的街道上大步走着,停下来静听风笛手吹奏。在那种忧伤、奇特的音乐里,有某种东西激动了杰米的心灵,因此她的脑子里涌出了巨大的和声,与风笛手哀怨的声音确实截然不同,然而都是出于同样神秘的苏格兰高地的特性。

幸福的日子,幸福的黄昏,夏日的余晖在严峻的山丘上一小时又一小时流连不去,比德兹农舍窗口亮起闪烁的灯光以后还久久流连不去。风笛手最后决定回家了,但是她们俩还漫步到荒原上去,在一块空地上并排躺在有弹性的小草和石南中间。

她们那时还是孩子,对语言,或者对生活,或者对爱情这件事的本身,都只是略知一二。巴巴拉身体虚弱,刚刚十九岁,瘦骨嶙峋的杰米还不满二十。她们谈着,因为话语可以使昂奋的精神平静下来;用断断续续、不成句子、羞羞答答的词语谈着。她们相互爱恋着,因为在那儿,在那柔软而又有弹性的小草和石南上,爱情自然而然地降临在她们身上。但是过不多久,她们的美梦就给粉碎了,因为她们的这种美梦在这个村子看来好像是奇闻怪事。村子里的人觉得,她们俩像一对情人一样,在一起到处闲逛,一待就是几个钟头,真是胡闹。

巴巴拉的奶奶是个严厉的老太太,巴巴拉从很小的时候起就和她一起生活。这位老太太不相信这种友谊。"俺可不懂那一套,"她皱起眉头说,"她和那个杰米真怪,老黏在一块儿。丫头们这样可不好,这可不合适!"

她当了多年村邮局的局长,说话有权威,邻居都点头称是。"这是不对;你说得好,麦克唐纳太太!"

闲话传到杰米那白发苍苍、温文尔雅的老父亲,那位牧师的耳朵里。他用惶惑不解的眼神瞧着她——他总是让自己的女儿弄得惶惑不解。她主持家务真是可怜,弄得乱七八糟;她要是做饭,就把锅子和厨房都弄得很脏;她的手拿起针来也笨得出奇;这他知道,因为他的脚后跟很受了些她打的补丁的苦头。他看着杰米的时候,想起她母亲来,于是连连摇头,唉声叹气。她故去的母亲是个柔和、胆小的女人,他自己非常谦让,但是他们的杰米则爱顶着狂风跑上山丘,是个粗鲁的男孩子似的女孩。还是个小孩子的时候,她就带着雪貂①去追兔子,叉开双腿横跨在邻居家干农活的马上,只垫一块麻袋,不用马镫、马鞍和缰绳;做过各式各样稀奇古怪的事情。而他呢,这个孤独可怜、惶惑不安的男人,还一直在思念妻子的男人,也比不上她。

然而,即使杰米还是个小孩子的时候,就坐在钢琴旁边,弹

---

① 犹如我国南方渔人用鱼鹰捕鱼,苏格兰人以雪貂捕猎物。

奏出她自己编的一些小曲子。她父亲也尽了他最大的努力，请紧紧相邻的那个村子里的莫里森小姐教她弹琴，因为好像只有音乐才能驯服她。杰米逐渐长大，她那些曲子也和她一起长大，和她的身体一起增长着意志和力量。在冬天的黄昏，如果巴巴拉坐在他们的客厅里听着，她可以即兴演奏几个小时。在神父的住宅里，她一直总是让巴巴拉受到欢迎。她们，那两个人，从童年时代起就那样形影不离——现在呢？她父亲想起那些闲话，不禁皱起了眉头。

他有点胆怯地对杰米说："听着，我亲爱的，你们老是在一起，那些小小子就没有机会来求爱啦，巴巴拉的祖母想要那个丫头结婚。让她在安息日的下午都去和一个小伙子散散步吧——这儿有个年轻的麦克格里戈，他是个挺好的稳重的人，据说，他爱上了这个小丫头……"

杰米盯着他瞧着，满脸不高兴："她不愿意和麦克格里戈出去散步！"

神父又摇起头来，在自己孩子的手里，他完全没有办法。

后来杰米去了因弗内斯①，为的是要把音乐学得更好，但是每个周末她都回神父住宅来过，她和巴巴拉的友谊并没有真正中断；她们的确好像比以前更加坚贞，毫无疑问是因为这种被迫性的分离。两年以后，牧师突然去世了，把他那一点点东西全都留给了杰米。她不得不搬出那所灰色的古老牧师住宅，在村子里靠近巴巴拉的地方租了一间房子。但是原来的对立情绪，由于对那位温

---

① 苏格兰西北部的一个郡。

文尔雅、孩子似的牧师的尊敬，曾经受到限制，现在则可以非常尖锐地感觉出来了——他们，这些善良的人，现在对杰米敌视起来了。

巴巴拉哭了。"杰米，让咱们走得远远地……他们讨厌咱们。咱们到没有人认识咱们的地方去。我现在二十一岁了。我喜欢去哪儿就去哪儿，他们挡不住我。带着我远远地离开他们吧，杰米！"

杰米真可怜，她愤怒而且完全不知所措，她用一只胳膊搂着这个姑娘，"我能把你带到哪儿去呢，你这可怜的小东西？你身体不壮实，而我又穷得要命，这你别忘了。"

可是巴巴拉不断地求她。"我可以工作，我可以擦地板，我可以做任何事情，杰米，只是让咱们走吧，去到没有人认识咱们的地方！"

于是杰米就去因弗内斯找她的音乐老师，央求他帮助她。她能做什么赚钱维持生活呢？这位老师相信她的才能，所以帮了她，给她出主意，还借给她一点钱，催促她去巴黎学习，完成她的作曲课。

"就我来说你程度真是太高了，"他对她说，"而且在那里你的生活费用可以便宜很多。还有汇率对你有利。我今天晚上就给音乐院的院长写信。"

那还是停战以后不久的事，现在她们俩已经一起来到巴黎了。

至于帕特，她收集了她那些蛾子和甲虫，运气好的时候，她当上个临时工，但是帕特的运气很少有好的时候——艾拉白拉把这怪罪在那些甲虫身上。可怜的帕特，最近变得相当阴沉，倒喜欢上摘引美国的历史了,阴郁地谈到她取名为"那支可怜的军队"在雪地上留下的一条血路。她也好像给那位卡斯特将军缠住了,那位英勇而且非常不幸的英雄①。"那是卡斯特一生中最后一次骑马出击,"她说,"没有什么好谈的,整个可恶的世界都出动了,想凌辱我们!"

至于玛格丽特·罗兰,从来没有一个年轻、自由和全心全意的人能够吸引住她——事实上,她是一个天生的偷猎者。

至于万达,她的情人属于各式各样,所以找不出任何规律来判断她们。她疯狂地爱,既没有地形图,也没有指南针。这是条没有舵的小帆船,她的感情遭狂风打击,一时这样,一时那样,随风转向,开头正常,然后反常;帆破了,桅断了,就这么回事,永远也看不到一个港湾。

三

正是这些人,斯蒂芬因为害怕玛丽与世隔绝而最终转向了他们;她转向她的这些同类,而且非常受欢迎,因为没有任何纽带比痛苦的纽带有更大的黏合力了。但是她的视线扫得更远,看到有那么一天,比较幸福的人也能够接受她,而且通过她也能接受这个姑娘,她,而且只有她,才必须为这个姑娘的幸福负责;看

---

① 乔治·阿姆斯特朗·卡斯特(1839—1876),在美国内战中以战功于23岁晋升为少将旅长,后在西部与印第安人作战中阵亡。

到有那么一天,她可以仅仅通过不懈的努力来为玛丽建起一座避风港。

所以她们现在驶进了那条静静地、深深地流过所有大城市的河流,它悄悄流过悬崖峭壁之间的边界,向前流着,流着,流到没有主人的土地——全世界最荒凉的地方。然而等她们回到家里,她们感到没有任何疑虑,连斯蒂芬的怀疑此时此刻也暂时麻醉了,因为首先这条奇异的河流具有忘川之水[①]那种神奇的疗效。

她对玛丽说:"这是一次很好的聚会;难道你觉得不是这样的吗?"

玛丽答复得很天真:"我喜欢它,因为那些人都对你那么好。布罗克特告诉我,你是一个有希望成功的作家。他说你是瓦莱里·西摩家的红人儿;我充满了自豪——它让我那么快乐!"

作为回答,斯蒂芬弯下身来吻了她。

---

① 古希腊神话中地狱里的一条河。鬼魂饮此河之水就会忘却人间与生前之事。

第四十五章

一

二月份,斯蒂芬的书改写好交到了她在英国的出版商手中。这使她心境安宁而且感到兴奋,一个作家提出了自己最好的作品,并且知道这部最好的作品并不是没有价值的,往往如此。她如释重负地叹了一口气,意味深长地伸了伸腰,揉了揉眼睛,向周围看了看。她这时的心情是一种紧张过去之后的反作用,而且是可以高高兴兴地寻欢作乐了;另外,春天的气息又弥漫在空中了,新年已经开始,太阳每天又把几小时的温暖带给了巴黎,白天又突然明亮起来了。

她们现在不缺朋友了,不再仅仅一方面靠这时候布罗克特,另一方面靠迪福小姐;斯蒂芬的电话相当经常有铃响,现在老有些什么地方要玛丽去,老有人急于要见她和斯蒂芬,和这样一些人,很快就可以要好起来,这样就可以省掉许多不必要的麻烦。然而,在这些人中间,玛丽对巴巴拉和杰米才发展了真正的感情。

她和巴巴拉组成了一个无害的联盟,这有时甚至带点凄婉动人的意味。一个谈杰米,另一个谈斯蒂芬,她们一本正经地把她们两个年轻的头脑凑在一起。"你发现了吗,杰米工作的时候都顾不上吃东西?你发现斯蒂芬睡不好觉吗?她这是不关心自己的健康吧?杰米有时候愁得不得了。"

或者她们也许更加随便,会坐在一起小声闲谈,笑声不断,用她们所爱的人来开点亲切的玩笑,就像女人从亚当那里要来那根肋骨①以后一直所喜欢做的那样。这时杰米和斯蒂芬就会装着受了委屈,装着她们也得团结一心,提防她们这种女人家的阴谋诡计。唉,是的,整个这件事都有些凄婉动人的意味。

杰米和她的巴巴拉都穷得揭不开锅,所以一顿饱餐都仿佛是上帝的赐福。斯蒂芬常觉得自己富有而很不好意思,她和玛丽老想着能够给她们吃的。斯蒂芬那时刚好闲散下来,所以经常执意要带她们出去吃饭。这时候她就常要点昂贵的美味佳肴——直接从马朗②运来的铜绿色的牡蛎,鱼子酱还有其它这类很贵的东西,然后又是几道更加奢侈的正菜——而且因为她们每个星期多是食不果腹,这种有伤胃口的暴饮暴食常常让她们的肚子很不舒服。两杯葡萄酒可以让杰米满面通红,因为她的头脑从来就不是最强的,不习惯这种金色的美酒,她平日主要的饮料是薄荷酒③,因为冬天它能祛寒,而且因为有点薄荷味和甜味,使她想起比德兹的圆形

---

① 参见《圣经·旧约·创世记》第3章第21、22节。
② 法国西南部位于比斯开湾海滨的一小镇,盛产海味。
③ 原文为法文。

硬糖块。

她们帮助这两个人可并不很容易,因为杰米受自尊心困扰,极其易怒。她从不接受馈赠的金钱或衣物,一直在努力奋斗。要还清她欠老师的债。连食物也是冒犯,除非和赠送的人一起享用。这非常值得赞扬,却又很愚蠢。然而,事情就是这样,你要么接受她,要么离开她,同杰米是没有妥协余地的。

吃完饭,她们游游荡荡回到杰米的住处,在古旧的维斯康提路上的一个创作室。她们要爬数不清数目的肮脏石头楼梯上到顶楼。这原来是座很好的房子,现在陈旧不堪,租给了杰米这类可怜的小耗子,照看房子的那位毫无怜悯心的女人,老和囊中空空的穷学生打交道,变得性情乖僻,从楼下她那阴暗的陋室里用怀疑的眼神偷偷看着她们。

"晚上好,蓝巴特太太。"①

"晚上好,女士们,"②她很不客气地咕噜了一下。

杰米的创作室很大,光秃秃的,四面透风。炉子太小了,而且有时还冒出怪味。刷过涂料的灰色墙壁到处斑斑点点,因为只要有冰雹雨雪,墙壁上的窗户和天窗就老是漏水。家具就是几把摇摇晃晃的椅子,一张桌子,靠墙有一张长沙发床,还有一架租来的大钢琴。差不多每个人都从沙发床上拿下一个给蛾子咬坏了的垫子来,坐在地板上。创作室还连着一间小屋子,里面有个总不打开的眼睛形状的小窗。这间小屋子里摆了一张很窄的行军床,杰米觉得完全没有睡意的时候就躺到这儿来。除此以外还有个水

---

①② 原文为法文。

龙头漏水的水池；一个柜子，里面放着薄荷酒，她们当时还有的那点吃剩下的东西，杰米的室内拖鞋和蓝色斜纹布上衣——没有这些，她一个音符也谱不出来——还有水桶、抹布和刷子，这些都是巴巴拉用来减轻那日益严重的脏乱的。杰米那棕发的脑袋老是在云里雾里茫然呆想，她不仅近视，而且邋里邋遢。尘土在她不算一回事，因为她不怎么看得见，而她的性格中又根本没有整洁这一条；她的东西很有限，居然能弄得那么乱七八糟，这确实令人惊讶。巴巴拉常常叹气，也经常骂她——她骂她的时候，就让人想起一只小小的鹪鹩努力想训练一只大杜鹃守规矩的样子。

"杰米，你的脏衬衣，把它给我——不管怎样，把它搁在钢琴上吧！"要不就是："杰米，到这儿来，看看你那把头发刷子，你总算还没去把它放在奶油旁边！"

于是杰米就使劲睁起她那红肿的眼睛瞅着，咕噜一声："唉，让我安静点吧，行吗，小丫头！"

巴巴拉以前经常看到这个四肢松垮的大个子让人无法容忍的习惯，总是不禁哈哈大笑，可是近来发生这种事的时候，她却总是咳嗽，而且她一咳嗽就咳得非常厉害。她们去看过一个大夫，他谈到肺，而且还直摇头；他告诉她们，不壮实。但是她们俩谁也听不大懂，因为她们的法文还只有那么一点点，而且她们又请不起高明的英国大夫。反正一样，巴巴拉咳嗽的时候，杰米就出汗，她一害怕就会引起极度急躁。

"来吧，把这点水喝了！别坐在那儿什么也不干，就只是折磨自己，把自己说得一文不值，它刺激我的神经，再去买一瓶那种药水吧。天哪，你要是不停地咳嗽，我怎么能创作呀！"她无精打采地走到钢琴那儿去,按下增音板,弹奏强音,好盖过那咳嗽声。但是等咳嗽声减少了,她又感到深深的悔恨。"啊,巴巴拉,你那么娇小——宽恕我吧。把你带到这儿来,这全都是我的过错,你身体不够壮实,受不了这种糟透了的生活,你都没有适当的吃食,或者任何合适的东西。"

到最后还是巴巴拉得来安慰了。"等到有一天,你的歌剧完成了,我们会有钱的——不管怎么样,我的咳嗽并没有什么危险,杰米。"

有时候,杰米的音乐完全出了岔子,那部歌剧根本写不下去了,在音乐学院里,她会表现得笨头笨脑,回到家里来会一言不发,皱起眉头把晚饭推在一边,因为她上楼的时候就听见那咳嗽声了。这时候巴巴拉感到甚至比以前更疲乏更虚弱了,可是她瞒着杰米。晚饭后,如果天气冷,她们就在炉火前面脱衣服,一声不吭地脱衣服。巴巴拉转眼工夫就利利索索脱掉衣服了,可是杰米却老得磨磨蹭蹭,先把这一件又把那一件扔在地板上,或者在穿上睡衣之前,先还要停下来装满她那小小的黑色烟斗,再把它点着。

巴巴拉会跪在长沙发旁边,像个孩子一样非常简单地祈祷起来。"我们的天父,"她这样开始,结尾总是:"请上帝保佑杰米。"因为信任杰米,她就需要信仰上帝,而且因为她爱杰米,她就必须也爱上帝——从她们还是孩子的时候起,就一直是这样。但是有时候她穿着整洁的棉布睡衣也会发抖,所以杰米急了,厉声对她说:

"唉,别再祷告了,别祷告。你和你那一套祷告呀!屋子里这样冰冷，你还跪在那儿祷告，你疯了吗？这就是你着凉的道理；现在，今晚上你又要咳嗽了！"

但是巴巴拉说什么也不肯改变主意；她还是静静地、热诚地继续她的祷告。她那粗粗的辫子在她两个塌下去的肩膀之上整齐地垂下来，会使她的脖子显得很细；而她那捂着脸的手也会显得很瘦——又瘦又透明，就像害了结核病的人的手。杰米憋着一肚子闷气，就会迈着沉重的步子走到那间有眼形窗户的小屋子里，在那里她自己也一定要嘟嘟囔囔地祷告一阵儿，特别是如果她听到巴巴拉咳嗽的话。

杰米有时陷于意气十分消沉，痛恨她流亡的这座美丽的城市。她突然怀念起家乡，怀念苏格兰高地上那个阴暗的小村庄比德兹。她想念它那些阴暗的砖和灰泥，甚至更想念它那阴郁而且值得尊敬的精神，想念安息日共有的那种安全感，想念那教会和它那些阴郁而且值得尊敬的人。她怀着由于不得不离去而产生的温情想起街角上的那家蔬菜水果铺，那里和洋白菜、葱头并排摆着卖的还有扎得整整齐齐的小把苏格兰石南，装在小瓦罐里不透明的石南蜜。她还想起那弯弯曲曲一望无边的辽阔荒原；想起夏天雨后泥土散发的气息，想起那位风笛手和他那饱经岁月风霜依然灵活轻捷的手指头，想起他那奇特音乐的忧伤呜咽；想起在那些日子里和她一起并排走过村里那狭窄大街的巴巴拉。这时她会用双手捧着头坐在那儿，痛恨巴黎的声音和气味，痛恨看房子的那个女人怀疑的目光，痛恨这个光秃秃的、根本不像个家的创作室，这时候泪水就会从只有苍天才知道而她们尚未完全理解的孤寂深渊中涌出来，溅在她的花呢裙子上，要么顺着她那通红的手腕流下来，一直把她那磨破了的法兰绒袖口都打湿了。回家来的时候用一个袋子装着她们的晚餐，这就是巴巴拉有时一定会看见的她的样子。

二

杰米并不总是这样满腹孤凄；也有些日子，她好像兴致很高；有一次在这种情况下，她打电话约斯蒂芬带玛丽在饭后一起来。每个人都会来，万达和帕特，布罗克特，甚至瓦莱里·西摩都要来；杰米为了她还特别劝说一对在音乐学院学习的黑人也来，在那个晚上为他们唱歌——他们答应唱黑人的圣歌，美国南方种植园古老的奴隶之歌。他们是很让人喜欢的黑人，他们姓琼斯——林肯和亨利·琼斯，他们是弟兄俩，林肯和杰米成了很要好的朋友；他对她写的歌剧很有兴趣。万达要把她的曼陀林带来——但是，要是没有玛丽和斯蒂芬，这个晚上就给毁了。

玛丽立刻戴上帽子；她得去给他们订购晚餐。因为她和斯蒂芬也要在那儿和他们一起共享，所以杰米那敏感的傲气就打消了。她要给他们送去很多很多吃的东西，这样他们就可以不断地吃呀吃。

斯蒂芬点点头："是的，给他们送上几吨晚餐去！"

三

十点钟她们来到了那个创作室;十点半万达和布罗克特一起进来了,然后是布兰克和瓦莱里·西摩,然后是帕特进来了,她在室内鞋外面套上实用的长统橡胶套鞋,因为正在下雨,然后是杰米的三四位同学,最后是那黑人弟兄俩。

这两位黑人彼此很不相同;哥哥林肯肤色比较苍白。他个子不高,一副敦实的体格,还有厚实而又聪慧的面孔——强有力的脸庞上出现了对一个三十岁的人来说是过多的皱纹。他的眼睛有一种忍耐、探询的表情。他非常文静地同斯蒂芬和玛丽握手。亨利则个子高大,像煤一样黑黝黝的,一个体格匀称挺拔但嘴唇粗厚的年轻黑人,目光闪来闪去,神情充满自信。

他说:"很高兴见到你们,戈登小姐——卢埃林小姐,"接着就噗通一声坐在玛丽旁边,非常随便地就攀谈起来。

瓦莱里·西摩很快就和林肯谈起话来,她的友好态度让他感到自在——只是在开始他显得有一点拘谨,但是帕特来自主张废除黑奴制的波士顿,她的态度平淡得多。

万达突然说:"我能喝一杯吗,杰米?"布罗克特给她倒了一杯烈性白兰地,加了苏打水。

阿道夫·布兰克抱着膝头坐在地板上;这时刻雕刻家迪朋大步走了进来——他没带他那位情妇——来到斯蒂芬身边。

这时林肯坐在钢琴前面,用他那准确熟练的手指试了试琴键,亨利则挺胸直立在他旁边，提高了嗓子，他的声音像天鹅绒一般光滑柔润，然而又像号角一样清澈响亮，动人心弦：

"深深的河，我的家在约旦河那边，
深深的河，主啊，我想过河走进营地布道场，
主啊，我想过河走进营地布道场，
主啊，我想过河走进营地布道场，
主啊，我想过河走进营地布道场……"

于是这个世界上那些完全绝望的人，那些必定是依托他们最后得救而活着的人的一切希望，从灵魂的无限痛苦中产生的那一切可怕的、令人痛苦的、思念故乡的希望，好像从这个人的身上迸发出来，而且震撼了那些听着这歌声的人，所以他们都垂着头、握着手坐在那儿——他们也是属于那些绝望的人，他们听着这歌声的时候都垂着头、握着手坐在那儿……连瓦莱里·西摩都忘了自己是异教徒。

他不是一个模范的年轻黑人；他确实还常常刚好相反。亨利有时可能是个粗鄙的动物，他常常嗜酒贪杯，乱找女人——正是这股原始的力量，由于嗜酒而变得危险，由于物质文明而变得无礼。然而他唱歌的时候，他的种种罪过好像都从他身上纷纷坠落了，让他变得纯洁，无愧于人，意气昂扬。他给他的上帝唱，给他灵魂的上帝唱，这个上帝总有那么一天会把这个世界的罪恶一笔勾销，对每一件不公正的事情给予丰厚的补偿："我的家在约旦河那边，主啊，我想过河走进营地布道场。"

林肯深沉的低音持续着一种低沉的呜咽。他时不时又唱出歌词来;但是他在弹钢琴的时候则摆动着身躯:"主啊,我想过河走进营地布道场。主啊,我想过河走进营地布道场。"

一旦唱开了,他们就好像停不下来;他们让他们的音乐迷住了,让那绝望中穷途末路的希望灌醉了——比亨利让纯威士忌醉得还要厉害得多。他们从一曲圣歌又唱到另一曲圣歌,而听他们唱歌的那些人则坐在那儿纹丝不动,差不多都屏住呼吸了。杰米的眼睛由于眼泪在眼圈里转,就像戴了副度数不对的眼镜一样感到痛楚;那位文雅、博学的阿道夫·布兰克双手抱膝思考着许多问题;帕特想起了她的艾拉白拉,从甲虫中只得到些许慰藉;布罗克特想到了某些勇敢的业绩,连他也在美索不达米亚干出了这些业绩——这些业绩并未记载在战地通讯里,除非是在那些记事天使的记载里;万达正在构思一幅巨画,尽写人间的一切不平;斯蒂芬忽然发觉了玛丽的手,于是用力把它握在自己手里,把它都攥疼了;巴巴拉那疲惫不堪、孩子气的棕色眼睛转过去焦急地定在她的杰米身上。他们所有的人全都从内心深处让那种古怪的、半是反抗、半是乞求的音乐激动起来了。

而现在发出了一种挑战;傲慢的,高声的,差不多是让人恐怖的。他们大家一起唱,那两个黑人兄弟和他们的嗓音示意大家群起呼号。他们像是在代表他们自己和一切遭到痛苦折磨的人,高声发出挑战:

"我主并未解救丹尼尔,
　　丹尼尔,丹尼尔!

我主并未解救丹尼尔,

那么为什么不每个人都去呢?"

这个永恒的问题,对于那些坐在那儿倾听的着了魔的人来说尚未得到解答的问题……"我主并未解救丹尼尔,那么为什么不每个人都去呢?"

为什么不?……是的,可是要多久呢?啊,主啊,要多久呢?

林肯猛地一下从钢琴边站起来,微微鞠了一躬,看起来蠢得出奇,同时还讲了几句有点做作的话,代表他自己和他弟弟亨利表示感谢:"你们这样耐心地听,我们非常感谢;我们相信,我们让你们还听得下去,"他嘟囔着说。

演唱结束了。他们也就只是两个长着黑皮肤的人,额头上还冒着汗珠。亨利走到一边去取威士忌,林肯在一块精致的白色丝手绢上擦他那有点粉红的手掌心。每个人都马上开始说起话来,点起烟来,在创作室内走动起来。

杰米说:"来吧,朋友们,到吃晚饭的时候了,"说着她就喝了一小杯薄荷酒,但是万达又给自己倒了一些白兰地。

相当突然地,他们大家都高兴起来,无缘无故就笑了起来,互相取笑;连瓦莱里也比她以往放松了。布罗克特作弄她,她也并未显出讨厌的样子来,可是大家几乎都没注意到。

亨利·琼斯不知道自己在干什么,掐了一下帕特瘦削的肩膀,然后又转了转眼睛:"喂,小子!这一帮子!你说,伙计们,咱们今儿晚上不是过得好极了吗?你们谁要是到我那个小小的老纽约去,嗯,我可以带你们到处转转。了不起的城!"说着他吞下了一大口威士忌。

晚饭后,杰米弹了她那部歌剧的序曲,大家对那颇为枯燥的音乐大声欢呼——杰米那么学究气,那么枯燥无味,那么死板,那么缺乏表现力。这时万达拿出她的曼陀林,坚持要给他们唱波兰情歌;她用深沉的女中音唱着,由于白兰地的影响,声音显然不很稳定。她熟练地演奏这把玎玲玎玲的乐器,奏出了相当美妙的和弦,但是她的眼神和她的指法都是猛烈的,所以这时一根弦砰地一声断了,这一下显然完全打破了她的平衡。她向后一倒,手脚朝天躺在地上,迪朋和布罗克特把她拽了起来。

巴巴拉的咳嗽又很厉害地发作了一阵:"这没有什么……"她气喘吁吁地说,"我咽东西呛了一下;别慌,杰米,……亲爱的,……我告诉你,这……没有什么。"

杰米脸已经红了,又喝了一些薄荷酒,这一次她把它倒在一个玻璃杯里,加上了一点苏打水,一口气就喝下去了。但是阿道夫·布兰克却阴沉沉地盯着巴巴拉。

聚会一直到凌晨才散;一直到四点他们才决定回家。每个人都一直逗留到最后一分钟,也就是只除了瓦莱里·西摩——她吃罢晚饭就马上走了。布罗克特像往常一样,清醒得老挖苦别人,不过杰米老闪烁着眼睛,像一头猫头鹰,帕特碰到自己的橡皮套鞋摔了一跤。至于亨利·琼斯则扯开很高的假嗓[1]使出最大的劲头唱道:

---

[1] 原文为意大利文。

"啊,天哪,救命呀救命,难道我不是什么人的娃娃?

啊,天哪,多么丢人呀,我不是什么人的娃娃。"

"别胡喊乱叫啦,你这可怜的傻瓜!"他哥哥呵止他,但是亨利还是继续大喊大叫:"啊,天哪,多么丢人呀,我不是什么人的娃娃。"

他们让万达酣睡在一堆枕头上——她很可能不到中午就醒不了。

第四十六章

一

斯蒂芬的书那年五月出版,一上市就在英国和美国获得巨大的成功,引起轰动,甚至获得比《犁沟》还要更加显著的成功。由于它那杰出的文学价值,它的销量大得出人意料;两国的批评家都高声赞美,许多报纸上都可以看到斯蒂芬的老照片,还加有十分恭维的标题。总而言之,她在巴黎一夜醒来发现自己已经相当出名[①]。

瓦莱里,布罗克特,所有她的朋友确实都衷心向她祝贺;大卫的尾巴也大大地摇摆起来了。他清楚地懂得,发生了某种令人高兴的事:这座房子里的整个气氛足够让像大卫这样一个聪明的家伙懂得这件事情了。甚至玛丽的那些色彩斑斓的小鸟好像也活

---

① 英国浪漫主义大诗人拜伦的长诗《柴尔德·哈罗德游记》第一、第二两章出版后,反响强烈,诗人自己说,一夜醒来,发现自己已经出名。

得更带劲儿了；而在外面花园里，那些骄傲地当了父母的鸽子也忙作一团——那几只羽毛未丰的小鸽子摇着大脑袋和惺忪的眼睛赶来凑热闹，参加庆祝。阿德尔边干活边唱歌，因为让最近得到提升的许诺了，这就意味着，他一年的积蓄或许就可以达到够他们结婚的数目。

皮埃尔对他的朋友、隔壁的那个面包师傅吹牛，谈起斯蒂芬作为一个作家名气很大，连波利娜也高兴了一点。

玛丽订餐的时候很令人感动，她给斯蒂芬订了这种或那种精美的食品，波利娜竟然面带笑容对她说："对啦，一个伟大的天才必须补补脑子！"①

迪福小姐因为教过斯蒂芬而间接地在她那些学生的眼里有了重要地位。她会点点头，而且说得很得体："我总是说，她要成为一位伟大的作家。"因为她很老实，所以会紧接着又加上一句："我的意思是说，我知道，她是个与众不同的人。"

比森承认，斯蒂芬坚持写作，这也许终究是很好的。这本书也卖了版权译成法文出版，这件事情本身给比森先生印象深刻。

从帕德那儿来了一封得意扬扬的长信："我告诉过你什么啦？我早就知道，你会做到的。"

安娜也写来一封较长的信给她女儿。奇中又奇的是，维奥莱特·皮科克也来了一封滔滔不绝得令人为难的信。她下次到巴黎来一定要来看望斯蒂芬；她渴望，她这么说，重温旧日的友情——她们俩毕竟还是孩子的时候就在一起。

---

① 原文为法文。

斯蒂芬用炯炯有神的眼睛凝视着玛丽，而思想一定是迈进了未来。帕德一直是对的，只有写作才能算数——头脑聪明而又讲究实际、悟性很高的老帕德！

她用一只胳臂搂着玛丽的肩头："决不让任何事情伤害你。"她向她保证，心中感到极其坚强有力，极其有能力保护她。

二

那年夏天，她们驱车去意大利，大卫骄傲地坐在伯顿的旁边。大卫对一些农民汪汪叫上几声，对其他一些狗挑战，总是摆出一副神气活现的样子。他们决定在科莫湖①边度假两个月，于是下榻贝拉吉奥的佛罗伦萨旅馆。这家旅馆的花园一直通到湖边——那里阳光灿烂，令人心旷神怡，充满和平景象。他们白天四处短途游览，黄昏时刻则坐一条小船在湖中漂流，船上还有条纹鲜艳的小帆，这对大卫来说是种奇怪的游乐方式。佛罗伦萨旅馆里有许多英国客人。不少人还硬要和斯蒂芬交往，因为在一个主要都是失败者组成的世界里，一事成功就好像事事顺利。看到旅馆休息室摆着一些她的书，或者某个聚精会神的读者在贪看她的书，让斯蒂芬感到像孩子一样高兴；她会把这种景象指给玛丽看。

"看，"她小声说，"那个男的在念我的书！"因为作家离儿童只有咫尺之遥。

---

① 意大利北部紧靠瑞士的旅游胜地。

他们的有些相识是乡下人，她对他们很表同情。他们对生活的那种宁静和辛苦的观点，他们对土地的爱，他们对自己家庭、对传统习俗的关心，终究是她本身的一部分，是由莫顿的创建者遗传给她的。看到玛丽为这些满头灰发的女人和绅士一般的男人所接受，而且也让她感到她自己受到他们的欢迎，这使斯蒂芬得到了一种非常深刻的欣慰之感；这在斯蒂芬看来是非常舒畅的。

这时候，因为我们每个人都会有些喘息的时刻，在这种时刻，一个人的心里就不肯面对眼前的问题，所以斯蒂芬坚决把她那些疑虑抛在一边，那些疑虑老是在低声嘀咕："假定他们知道了——你以为他们对玛丽会那么友好吗？"

在那个夏天，所有那些想同他们攀扯的人中间，最为热心的就是马希夫人和她女儿。马希夫人是个身体柔弱的老妇人，尽管身体不好和年事渐高，还是不知疲倦地追求娱乐——和名人交往是她的一大乐事。她老是安定不下来，放纵自己，而且不大真诚，是个耽于奇思、屡发怪想的人；然而她对斯蒂芬和玛丽所表现的喜爱，还不仅是表面上的那些。她常请她们到她的起居室去，想要她们在花园里同她一起坐坐，有时坚持要她们参加聚餐，请她们和她同桌进餐。她女儿阿格尼丝是个红头发的快活姑娘，很快就喜欢上了玛丽，她们的友情神速成熟，在无所事事的夏季事情常常如此。至于马希夫人，她宠爱玛丽，像个母亲一样照看她，仿佛她是一个娃娃，很快她也像个母亲一样对待斯蒂芬了。

她常常说，"我好像又找到了两个新的孩子。"斯蒂芬当时处在一种受到感动的心绪之中，对这位上了岁数的女人也变得很是依恋。阿格尼丝和费茨毛里斯上校订了婚，上校大有可能秋天要在巴黎同她们会合。如果他去巴黎，那么他们大家一定会立刻聚会的，她坚持要这样——他对斯蒂芬的书大为崇拜，而且写过信，说他渴望会见她。但是马希夫人还比这更进一步，她热情表示了她的友情——斯蒂芬和玛丽一定得到柴郡上她家做客；她打算在布朗斯科姆院①举行圣诞节家宅聚会；她们一定得去她家过圣诞节。

玛丽好像对这件未来的事兴致很高，老是和斯蒂芬谈论这次访问："你觉得，我需要穿哪种衣服呢？阿格尼丝说，这可是一次很大的聚会。我想，我会需要几件新的晚礼服吧？"又有一天她问："斯蒂芬，你还比较年轻的时候，你去过阿斯科特②或者古德伍德③吗？"

阿斯科特和古德伍德对斯蒂芬来说也不过是两个地名而已；她年轻的时候一直轻视的两个地名，然而现在它们好像并没有失去重要意义，因为它们现在代表了某种超出了它们自身的东西——某种应当属于玛丽的东西。她会捡一份马希夫人来自伦敦的《塔特勒》或是《速写》，随手翻翻，看看那些事业有成、志得意满的人士的图像——这位或那位小姐坐在一根猎人手杖上，依偎着身边不久就要娶她的男子；某某夫人和她新出生的后代；或者几个人站在一所乡间大宅旁边。突然，斯蒂芬会觉得不那么自信了，因为她一定在心里忌妒那些人，忌妒那些普普通通的男男女

---

① 马希夫人家在乡间的别业。
② 阿斯科特为伦敦西南伯克郡一村庄，距温莎宫六英里，女王安1711年在该村首创两英里赛马，每年6月举行。
③ 古德伍德为英国位于苏塞克斯的著名赛马场，建于1802年，每年7月底举行大赛，竞争古德伍德奖杯。

女和他们那些古怪的猎人手杖；她们那些满面春风的未婚夫；她们的丈夫，他们的妻子，他们的身份地位和他们那些受到细心呵顾的温和宁馨的孩子。

玛丽有时会怀着新奇而且也许有点痴心妄想的兴趣，隔着她肩头想看看，这时斯蒂芬就会突然一下合上报纸。"我们到湖上划划船去，"她说，"把这么灿烂的黄昏浪费掉可不好。"

但是这时她回想起马希夫人邀请她们到柴郡去过圣诞节的事，忽然又构造起空中楼阁来——设想一下，她自己在布朗斯科姆院附近买一个宅院——靠近已经那么喜欢玛丽的那些和善的新朋友？玛丽也有她自己的想法，想起对于像阿格尼丝那样的一些姑娘，她们生活是平静的，安逸的，稳妥的；对于那些姑娘，世界必定像是幸运友好的。这时她会突然想起她自己为人拒之于莫顿之外的事，觉得有点刺痛。想到这样一些事情以后，她必定紧紧抓住斯蒂芬的手，必定总是紧紧地坐在斯蒂芬身边。

三

那年秋天，她们常常看到马希一家，她们还是住在里兹饭店①她们常住的那个套间，常常邀请玛丽和斯蒂芬去吃午饭。马希夫人、阿格尼丝和费茨毛里斯上校，一个很让人愉快的男子，也到雅各比路这所安静古老的大宅来访问过几次，一起用餐；那

---

① 巴黎著名的豪华旅馆。

些晚上总是特别友好,斯蒂芬同费茨毛里斯上校谈论书,马希夫人则大谈布朗斯科姆和她对即将到来的圣诞节的种种计划。有时候斯蒂芬和玛丽送些花到里兹饭店去,一些温室植物或是一大匣子特别品种的玫瑰——马希夫人喜欢在自己的屋子里摆满朋友们送来的鲜花,这增加了她的显要之感。作为回报,总送来充满爱心的谢函;她常常这样写:"我真诚感谢我这两位非常亲爱的孩子。"

十一月份,她和阿格尼丝回了伦敦,但是还通过书信保持友谊,因为马希夫人那支笔很多产,的确她写起东西来是最快活不过的了。现在玛丽买了几套新的晚礼服,她还拽着斯蒂芬出去选购几条新领带。去布朗斯科姆院的访问越来越近,她们几乎很少有一刻不想到这件事情——在斯蒂芬看来,这好像是她辛勤劳作的第一批果实;而对玛丽来说,这就像一座大门,一定会通向非常安全和稳妥的生活的一座大门。

四

斯蒂芬从来没有想到,敌人准备的打击,竟是由马希夫人下手的。也许一直暗藏着怀疑的是费茨毛里斯上校;他肯定早已知道斯蒂芬的许多事——他有些朋友住在莫顿附近的地区。也许这仅仅是牵涉到布罗克特或者瓦莱里·西摩的一些不怀好意的闲言碎语,牵涉到玛丽和斯蒂芬认识的一些人,虽然恰巧是马希夫人从没见过的。但是这毕竟无关宏旨,问题在于,这种事是怎么发生的?相形之下,这种侮辱本身使事情的来源显得非常无关紧要了。

那封信是在十二月份到的,刚好在她们正要动身回英国的前一个星期。一封洋洋洒洒的长信,不够得体达到了可悲的程度,充满了笨拙不堪、伤人至深的借口:

"如果我未曾变得对你们俩如此厚爱,"马希夫人写道,"那么这种痛苦就会小得多了——因为是这整个事情令我十分不快,但是我必须考虑我在全郡的地位。你知道,所有人都期望我作为表率——首先我必须考虑我女儿。传到我耳中的有关你和玛丽的种种流言——我不愿介入这种事情——直接迫使我不得不断绝我们的友谊,而且还不得不说:我必须请你们不要来这里过圣诞节。当然,一个处于我这种地位、众望所归的女人,不得不特别谨慎从事。这件事让人过于心烦意乱和难过至极——如果我未曾一直对你们俩如此厚爱——但是你知道,我曾经对玛丽多么喜爱……"这封信就是如此这般往下写的;一种充满了自视甚高而又自怜自叹的悲鸣。

斯蒂芬一边念信,脸上,直到嘴唇都变得煞白了,玛丽一跃而起:"你念的什么信?"

"马希夫人来的。是关于……关于……"她都说不出声儿来了。

"让我看看,"玛丽坚持要看。

斯蒂芬摇摇头:"不——我看还是不。"

这时玛丽又问:"是关于我们的拜访吗?"

斯蒂芬点点头:"我们不去布朗斯科姆过圣诞节了。宝贝儿,这很好——别做出那个样子……"

"但是我想知道,为什么我们不去布朗斯科姆。"于是她伸出手来,抢走了那封信。

她从头至尾念了一遍，然后突然坐下放声大哭。她大声痛哭，而且还像一个无缘无故受到殴打的孩子那样伤心地抽泣，久久不停。"啊……我还以为，他们喜欢我们呢……"她抽泣着说。"我还以为，也许……他们理解呢，斯蒂芬。"

现在斯蒂芬必须强忍着听这种抽泣，看到玛丽因为她的爱而受到这样的伤害，而且完全给压垮，受到这样的羞辱和作践，让人剥夺了一切尊严和保障，她似乎觉得，至今为止，生活所强加给自己的一切痛苦，比起她现在这种难以忍受的痛苦来，就都不在话下了。

她觉得莫名其妙地无可奈何："别——别，"她一边恳求，一边让怜悯的泪水模糊了自己的眼睛，慢慢流淌在她那有伤疤的脸上。她在这个时刻失去了一切按比例和透视观察事物的感觉，径直从一个爱虚荣而又不机敏的妇人身上，看出了一个巨大的毁灭天使的形象，看出了落在她和玛丽身上的灾祸。突然，马希夫人在斯蒂芬面前从来没有显得像此时此刻那样庞大。

玛丽的抽泣慢慢停息了。她又坐回椅子上，一个小小的、凄凉孤独的人儿，还不时抽上一口气，一直到斯蒂芬走到她跟前，抓起她一只手来，用自己冰凉发抖的手抚摩着——但是她说不出任何安慰的话。

五

那天夜里，斯蒂芬把这个姑娘粗鲁地抱在怀里。

"我爱你——我那么爱你……"她结结巴巴地说着;她吻玛丽,在嘴唇上吻了许多次,但是很残酷,因此她的吻是痛苦——从她心灵深处经过嘴唇一跃而出的痛苦:"上帝呀!像这样去爱,真是太可怕了——这是地狱——有多少次,我简直忍受不了啦!"

她处在强烈的精神兴奋之中;好像没有任何东西能够让她再平静下来。她好像在奋力通过与玛丽的某种奇特而且痛苦的融合,来忘掉自己,不仅自己,而且忘掉整个敌对的世界。这的确是可怕的,非常像是走向死亡,这让她们俩都完全精疲力竭。

这个世界取得了它的第一次真正的胜利。

第四十七章

一

她们的那个圣诞节自然是阴影重重，因此好像是出于共同的冲动，她们转向巴巴拉和杰米这些人，这些人既不会轻视也不会侮辱她们。是玛丽首先建议邀请巴巴拉和杰米来和她们共进圣诞晚餐，而斯蒂芬必定是突然怜悯起万达这个遭人误解、十分不走运的天才，也邀请了她——说到底，为什么不呢？万达更多的是用罪过来反抗，而不是犯罪过。她酗酒，唉，是的，万达是借酒浇愁；谁都知道这一点；斯蒂芬像瓦莱里·西摩一样，痛恨酗酒像痛恨瘟疫——但是不管怎样，她还是邀请了万达。

这是一场不祥的风，不会给任何人带来吉祥。巴巴拉和杰米欢天喜地接受了邀请；年底是她们最缺钱的时候，要是没有玛丽这最合时宜的邀请，她们俩本来是吃不上圣诞晚餐的。万达也好像很高兴来，她搁下她那激流汹涌的巨幅油画，来享受这座有舒适屋子和友好仆人的温暖大宅里井然有序的安宁生活。三个人早在晚餐前足足一个小时就全到齐了，本来遇到这种场合，晚餐一般是在天黑以后的。

万达去参加过了圣心教堂的午夜弥撒，她郑重其事地告诉她们；斯蒂芬想起了迪福小姐，觉得很抱歉，没有主动给她派车去。毫无疑问，她一定也去了蒙马特，去参加午夜弥撒——多么奇怪，她和万达。万达很沉静，情绪低沉，十分清醒；她穿了一件直统统的衣服，一马黑色的，不知怎么让人想起某种长外套。常常有这种情况，她清醒的时候比她喝醉了的时候更多重复自己说过的话。

"我去了圣心，"她又重复说，"去参加午夜弥撒[①]；那非常有趣。"

但是她没有透露那悲惨的真相：她正要靠近祭坛围栏的时候，突然感到恐惧，所以她又急急忙忙返回她的座位，害怕接受圣诞节圣餐。即使那详尽痛苦的忏悔，忏悔酗酒，忏悔眼睛和心灵的放纵，忏悔偶尔有之的肉体的罪过；即使白发苍苍的年迈神父宣示赦罪文，用温和怜悯的声音指导他面前的忏悔者向圣心祈祷；而他那发自内心的怜悯也是从圣心那里引来的——即使所有这一切都未能使万达得到勇气，去接受圣诞节圣餐。而现在她坐在斯蒂芬的餐桌上，几乎没吃什么东西，只是喝了三杯葡萄酒；后来她们到书房去喝咖啡，她也没要白兰地，但是她一定要谈她信仰的那座伟大的圣殿，那日以继夜，夜以继日在巴黎上空守望着的圣殿。

[①] 原文为法文。

她用她那非常纯正的英语说着:"难道这不是法国所做的一件伟大的事情吗?从法国每个城镇和乡村都送钱来盖蒙马特的那座教堂。许多人都买了盖教堂的石头,那些石头上永远刻下了他们的名字。我要做这件事,只是手头太紧了——不过我真喜欢拥有一小块石头。我只要刻上'万达捐赠',当然不啰啰嗦嗦刻上姓;我的姓拼起来那么长,那么困难——是的,我愿意让他们说:'万达捐赠'。"

杰米和巴巴拉彬彬有礼地听着,然而并不同情,也不理解;可是玛丽,甚至还一定会微笑一下,她觉得不过是迷信。但是这好像触动了斯蒂芬的想象,于是她询问她的宗教信仰。这时万达用感激的目光望着斯蒂芬,突然想要赢得她的友情——她看上去那样自信、那样安详地坐在她那宁静、摆着一行行书籍的书房里。她是一位伟大的作家,难道每个人不都是这样说吗?然而她还是确实甚至像万达一样……啊,不过斯蒂芬已经占了她命运的上风,她已经和她的命运较量过了,所以现在它必须听命于她;这可真棒,这才确实是真正的勇敢,真正的伟大!在那个圣诞节,除了玛丽以外,可能谁也不知道斯蒂芬心中的酸楚,更不用说冲动成性、乖戾无常的万达了。

万达并不需要别人再次邀请就又谈了起来,很快她的眼睛里就闪着与生俱来宗教狂热的火光。这时她谈起了波兰的那座小镇,镇上的教堂,教堂里总是丁当作响的那些钟——刚刚破晓就响起来的弥撒的钟声,祈祷钟,晚祷钟——它们总在长鸣。万达说:经过迫害和抗争的年代,战争和无尽无休的战争流言的年代,她那极其不幸的国家惨遭破坏,人民像母亲教会①的忠实儿女一样,紧紧依附他们古老的信仰,万达这样说。她本人有三个弟兄,全都是神父;她父母都是非常虔诚尽责的人,他们现在都已经去世了,去世多年了;万达在胸前划着十字,表示对父母灵魂的尊敬。然后她努力解释她的信仰的意义,但是她讲得极其糟糕,因为她发现,在用词必须包含精神事物,就是那种她自己依靠本能而认识的事物的时候,常常不容易找到适当的词语;由于白兰地的缘故,近来她的脑子不清楚,连比较清醒的时候也是如此。她略去了她到巴黎来的详细情况,但是斯蒂芬认为,自己可以很容易地猜想出来,因为万达曾经怀着奇怪的自豪说过,她那几个弟兄都是铁石心肠。按万达的说法,他们全都是圣徒,毫不妥协,凶狠残忍,冷酷无情,只看见一条又直又窄的小道,两边都是悬崖绝壁。

"我可不像他们那样,啊,不!"她认真地说,"我也不像我父亲和母亲;我是——我是……"她突然一下打住了,用她那火辣辣的眼睛凝视着斯蒂芬,那神色十分明白地在说:"你知道我是什么人,你理解,"于是斯蒂芬点点头,她猜透了万达离乡背井的理由。

但是玛丽突然变得不安起来了,她放开了留声机,打断了这种长篇大论。这架新的留声机是斯蒂芬送给她的圣诞节礼物。留声机放出了最新的狐步舞曲,巴巴拉和杰米于是一跃而起,跳起舞来,而斯蒂芬和万达则搬开桌子椅子,卷起地毯,并且向汪汪乱叫的大卫解释,他不能参加跳舞,不过如果他愿意的话,他可

---

① 指负责将孩子抚养成人的教会。

以坐在长沙发上看她们跳。这时万达伸出一只手搂住了玛丽,她们开始翩翩起舞,这是很不协调的一对,一个穿着像个神父似的黑色衣服,另一个穿着蓝色雪纺绸①的轻柔晚礼服。玛丽轻轻靠在万达的胳臂上,在斯蒂芬的眼里,她好像是跳得无可挑剔——她点燃一支烟,看着她们跳。舞曲完了,玛丽换上了一张新唱片;她面泛红晕,两眼闪烁着光辉。

"你为什么从来没有告诉我?"斯蒂芬小声问她。

"告诉你什么呀?"

"嗯,你跳舞跳得这么好。"

玛丽犹豫了一下,然后她也小声回答:"你不跳舞,说了有什么用?"

"万达,你得教我跳狐步舞,"斯蒂芬微笑着说。

杰米把巴巴拉搂在她乱糟糟的胸前,磕磕绊绊地在屋子里乱转;后来她和巴巴拉又唱起狐步舞曲那无伤大雅却有些愚蠢的歌词——如果仆人在厨房里唱起他们布列塔尼古老的圣歌,谁也不会费神去听的。杰米变得有点疯魔,唱得声音更高,抱着巴巴拉发疯似的旋转,一直到巴巴拉半似大笑、半似咳嗽地请求她停下来,央求她饶了她。

万达说:"你现在就可以来上一堂课,斯蒂芬。"

她把手放在斯蒂芬的肩头,开始讲解比较简单的步法,这对斯蒂芬来说根本不困难。音乐就像融进了她的双脚,所以她的脚不得不随着音乐跳起来。她非常惊奇地发现,她喜欢这种不那么

---

① 原文为法文。

拘于形式的现代舞蹈,所以过了一会儿,她就稳稳当当地搂住玛丽,然后她们一起活动起来,万达则大声喊着指导:

"步子迈大一些!保持膝盖挺直——再直一点!不要那么歪向一边——瞧,就是这样——这样抱住她;总是要正对着你的舞伴。"

这堂课上了足足两个钟头,直到最后连玛丽都像是有些精疲力竭了。她突然摇铃叫皮埃尔,他端着一盘简单的夜宵上来。这时玛丽做了一件非同寻常的事情——她给自己倒了一杯威士忌加了苏打。

"我累了,"她颇为不安地解释,用这来回答斯蒂芬惊讶的神气;她突然转过身去,还皱了皱眉头。可是万达却避开了白兰地,仿佛惊了的马要避开火似的;她喝了两大杯柠檬汽水——她做一切事情都走极端,这位万达,不久她就说,她得回家睡觉了,因为她最近的那幅画要用她身上的每一分精力;不过她在离去之前热切地对斯蒂芬说:

"一定得让我带你去看看圣心教堂,你当然看过它,可是只是作为一名游客;那根本不是真正的看,你必须和我一起去那儿。"

"好的,"斯蒂芬答应了。

等到杰米和巴巴拉也走了,斯蒂芬把玛丽抱在怀里:"我最亲爱的……归根到底,难道这不是一个非常美好的圣诞节吗?"她几乎有点畏缩地问道。

玛丽吻着她:"这当然是个美妙的圣诞节。"这时她年轻的脸突然改变了表情,灰色的眼睛变得坚强起来,嘴上也露出了愤恨:"让那个女人为她对我们做的事去倒霉吧,斯蒂芬——那侮辱我们的勾当!但是我得到了教训;我们不要马希夫人和阿格尼丝,还有的是朋友，这些朋友并不把我们当作道德上的麻风病人。"于是她笑了，一次奇特的，并不是出于什么欢快的笑。

斯蒂芬想起了布罗克特的警告，不觉退缩了一下。

二

万达那种受到磨炼的节酒的心绪一直拖了几个星期，她在那种心绪中，就像一个溺水的人，死揪着斯蒂芬，从早到晚赖在这所宅子里不走，一会儿也不敢一个人待着。斯蒂芬让她缠得可真是不亦乐乎，因为现在已是新年，她正在勤奋工作，写一系列文章和短篇小说，不愿意想见失败，她再次开始打磨自己的武器。但是从万达坚持戒酒的可怜的努力中，在她恋恋不舍的依赖中，却有某种深深打动人心的东西，所以斯蒂芬觉得不愿意抛弃这个不幸的人，还是把自己的工作放到了一边。

她们几次长途步行去圣心教堂朝圣；只是她们俩，因为玛丽总是不愿意和她们一起去；她对万达的宗教信仰怀有偏见。她们要迈着飞快的脚步爬上那些有一段段台阶的很陡的街道，那些从城里通过来的灰色的街道，灰色的台阶。万达的眼睛总是直直地盯着她们的目标——在斯蒂芬看来，那总像是朝圣者的眼睛。到达教堂之后，她和万达要站在那儿从门廊穿过那些宏伟巨大的廊柱向外俯视，但见穹窿①林立、云雾缭绕的巴黎，由于忽明忽暗的阳

---

① 指许多大建筑物的圆形屋顶。

光而只显露出一半。高处的空气好像很纯洁,纯洁缥缈得像精灵一样。在那座巨大的信仰的神殿里,那向着崇高的令人惊异的冲击中,那种由一个民族向它的造物主发出的无言然而清晰的呼号中,有某种东西唤醒了斯蒂芬身上的一种回应,因此她好像是要去抹平一个古老而且相当可怕的奥秘——永恒的善与恶和奥秘——的折皱。

教堂里面,除了由无穷无尽许愿还愿者的蜡烛发出的琥珀色火焰所形成的苍茫一片外,其余部分都隐没在阴影之中。在高高的祭坛上,装在圣餐匣中的圣饼在烛光中好像透着奇异的白光。那种祈祷的声音,单调、低沉、坚持不断,都是发自那些祈祷者,他们伸出双臂,或者交叉双臂,整日整夜都在为巴黎的罪恶祈祷。

万达走向那银色的耶稣雕像,她一只手按着自己的心,另一只手向外伸着在祈求。她跪下来给自己画十字,然后蒙住自己的眼睛,忘掉了斯蒂芬。斯蒂芬静悄悄地站在她后面,心里纳闷,不知道万达在向银色的耶稣说些什么,也不知道银色的耶稣在向万达说些什么。她会想,他,这位一定得听那么多祈求的耶稣,看起来非常疲倦。此时此刻,种种奇特的、不想就来的念头,源源向她涌来;这个人,他就是上帝,等候在那儿的上帝,他能够回答万达的生存之谜吗?能够回答她自己的生存之谜吗?如果她提出问题,他能够回答吗?如果她突然大喊大叫:"看看我们吧,我们虽然只两个人,可是我们却代表了许多人。我们是大批大批的人,我们也都在等待,我们都等累了,唉,而且是累得要死……你会给我们最后解脱的希望吗?你会告诉我们让我们获救的奥秘吗?"那会怎样呢?

万达做完祈祷,身子有点僵硬,她会站起来去买几支还愿的蜡烛,她把它们插进烛台的时候,摸了摸那位银色耶稣的脚,像是和他告别——一种年深日久的习俗。然后她和斯蒂芬就可以回转身来,再到笼罩在圣餐匣周围的烛光中去。

但是有一天早晨,她们到达教堂的时候,圣餐匣不在高高的圣坛上。圣坛刚刚打扫装饰过了,所以圣饼还在圣母堂里。正当她们站在那里观看圣饼的时候,来了一位神父,和他一起还有一位头发灰白的助祭;他们把他们的上帝再抬回他的原处,放在有无穷无尽的人为他守夜的那个昂贵的神龛里去。助祭首先点燃他那个悬在一根竿上的小灯笼,然后抓住他的铃铛。神父从圣餐匣里抬起他的主,把他放在一个丝绸座上,抱着他,好像一个人抱着一个孩子似的——护卫着,轻轻地,然而又是很有力地,好像某种遭受压抑的父性的本能通过这种方式得到神奇的表达。灯笼有节奏地晃来晃去,铃声也发出急迫的警告;这时小心翼翼的神父紧跟着在前面开路的助祭,走向伟大崇高的圣坛。甚至就像在很久以前,有这样一个铃铛曾经作为死亡的前导握在那个麻风病人溃烂的手里:"不洁净!不洁净!"死亡与溃烂——这个发出警告的铃铛握在那个永远也不会再知道健康为何物的可怕的手里——现在这个铃铛响出的是宣告最高的洁净的到来,治愈麻风病人的拯救者的到来,由于怜悯而来到地上,但是怜悯是这样广阔,这样紧急,所以这块小小的白色圣饼一定包括了这整个受苦受难的宇宙。因此那位爱的囚徒在还有一个精神上的麻风病人尚未治愈的时候,就绝对得不到自由,他就只得以他那耐心的方式,身背重负走过去。

万达突然跪了下来，捶打自己的干瘦而且从未结过果实的胸部，因为她像以往那样，感到非常羞愧惶恐，而她的惶恐是一种痛苦而又极其致命的侮辱。她望见了自己得救的前景，不觉目光下垂，双手战栗，畏缩不前。但是斯蒂芬则毅然挺立，镇定异常，目光射进那空空荡荡的圣母堂。

第四十八章

一

那年春天,她们第一次真正认识了巴黎那光怪陆离而且又富有悲剧色彩的夜生活。它在斯蒂芬·戈登这种人面前是敞开着的。

在这以前,她们不大在深夜里外出,除非偶尔几次创作室的聚会,或者偶尔同巴巴拉和杰米在比较像样的咖啡馆喝杯咖啡;但是那年春天玛丽好像疯了似的,急于想同帕特那一伙可怜的人生死与共。以前给剥夺了社会交往的机会,她觉得是很自然的,而且还觉得高兴,现在她却竭力挺身而出,面对一个敌对的世界,证明她可以不靠它而继续生活。把她带到法国来的冒险精神,在小分队里受到磨炼的勇气,凯尔特人那种热情、鲁莽的性格,这些东西现在在玛丽身上结合在一起,产生出一种坐卧不宁的状态,一种值得同情的反抗,反对生活中的不公平。一只虚弱的、根本不考虑别人的手施加的打击,甚至比斯蒂芬想象的更加致命,因为在显然获得成功的时刻遭到的那迅雷不及掩耳的一击，撕碎了她们的任何一点点幻想。

斯蒂芬看得出，这个姑娘正处在焦急苦恼之中，所以常有一种因为自己的无能为力，无法提供一种比较正常的完全生活而产生病态的恐惧，一种病态的痛苦。那么多天真的消遣，那么多无害的社会娱乐，玛丽为了她们融洽而都得放弃——可是她仍然年轻，仍然不到三十岁。现在斯蒂芬已经面对着介于预警和现实之间的那条鸿沟——所有她那些关于这个世界的令人痛苦的预警，都无法减轻落下来的打击，都无法让玛丽对它比较容易忍受。斯蒂芬想到玛丽被排斥在莫顿之外，想到这个姑娘因为忠心耿耿、矢志不移而必须忍受种种侮辱，就会感到蒙羞受辱——所有玛丽因为青春年少而应当享有却——失去的东西，现在都会群起谴责和折磨斯蒂芬。她的勇气会恰如风中灯烛摇曳不定，几乎就要熄灭。她会觉得不像以前那么坚定，那么有能力来继续这场战争，这场为了生存权而进行的无尽无休的战争。这时她的笔会从她无力的手指间掉下来，不再是一种锐利而且果断的武器。是的，那个春天看到斯蒂芬本人变得虚弱了——她觉得非常困倦，有时显得比她的年龄老得多，尽管她的身心还是精力充沛的。

她需要让玛丽来使自己安心；有一天她问她："你对我的爱有多少？"

玛丽回答："我现在变得有多少恨就有多少爱……"从玛丽这么年轻的嘴唇上听到的是刻薄的语言。

现在，斯蒂芬有些日子里自己也渴望得到某种缓解，某种分心。既然她以前的成功看来就像死海之果①,那么她要取得成功的意愿也就像是自以为是到了荒唐的地步了。她是什么人,居然要站出来反对这整个的世界,反对执意要毁灭她和她这一类人的多达百万、千万冷酷无情、穷追不舍的人?而她不过是一个无法胜任的可怜人而已。她会开始在书房里来回踱步,来来回回,来来回回,一种极其孤寂的踱步;甚至就像多年以前她父亲在莫顿他自己那安静的书房里踱步一样。这时她那些靠不住的神经就要辜负她了,所以玛丽带着大卫——他感到有点什么不妙的事情,有点垂头丧气——走进来的时候,她常常对这个姑娘发作起来,厉声问她:

"你们究竟到哪儿去啦?"

"只出去散了散步。我逛到杰米家去了,巴巴拉身体不好;我给她送去了几听布兰德牌的肉冻。"

"你没有权利不让我知道你到哪里去就走掉——我早就告诉过你,我不喜欢这样!"她的声音会很粗哑,玛丽根本不知道她那些神经都紧张得要崩断了,会一下子满脸通红。

仿佛是要抓住某种仍然有保证的东西,她们常去看望善良的迪福小姐,不过比过去要少,因为斯蒂芬有一种负罪感压在身上。看着那张温和、像小马驹似的脸,架着高度近视眼镜的那双天真无邪的眼睛,她心里暗想:"我们到这里来,做出假象。如果她知道我们是什么人,她就不会要我们,我们俩,她谁也不要。布罗

---

① 十七世纪法国诗人泰沃诺在自己的游记中说:死海边长着一种苹果树,上结爱情果,但果子里面全是灰烬。

克特是对的，我们应该同我们这种人拴在一起。"所以她们去看迪福小姐就越来越少了。

小姐带着她那淡淡的听天由命的情绪说："这很自然，现在我们的斯蒂芬娜出名了。她为什么要在我们身上浪费她的时间呢？我当过她的老师就已经大大满足了。"

但是什么也看不见的朱利却愁苦地摇着头说："不是那么回事；你错了，我的妹妹。我能感觉到，斯蒂芬娜身上有严重的孤寂——玛丽身上的朝气也没有了。这是怎么回事？我问问我的手指头，为什么会有那种孤寂，可她们却瞎了，什么也摸不出来。"

"我要到圣心教堂去为她们俩祈祷，圣心是了解所有事情的。"迪福小姐说。

的确，她自己的心是努力想去理解，但是斯蒂芬已经变得疑虑重重了。

所以她们现在非常急切地转向她们的同类，因为正如帕德以前曾经确切悟出来的，对于像斯蒂芬这样的人，这就是"物以类聚"。因此有一天帕特出乎意料之外来邀请她们参加当天晚上在理想酒吧举行的一次聚会，玛丽立时痛痛快快地接受了，斯蒂芬对玛丽此举并不反对。

帕特说，他们是轮流邀请。万达要去，布罗克特十之八九也要去。美国飞行员狄基·韦斯特正在巴黎，她也答应要去。啊，是的，而且还有瓦莱里·西摩——瓦莱里是让珍妮·毛里尔把她从洞里挖出来的，这是她最新的战绩。帕特推想瓦莱里会喝柠檬汽水，她通常是灌凉水的。所以她肯定会弄得昏昏欲睡觉得乏味，她不习惯这种聚会。不过她们能够指望斯蒂芬的汽车吗？在那种寒冷灰暗的黎明时分，有时在蒙马特是很难找到出租车的。斯蒂芬点了点头，心想帕特在谈寒冷、灰暗的黎明以及她们站在蒙马特等车的时候，真是拘泥得可笑。她走了以后，斯蒂芬皱了皱眉头。

二

玛丽和斯蒂芬终于到达并和她们聚齐的时候，那五个女人已经在门口一张桌子上了。帕特看来闷闷不乐，正在呷淡啤酒。万达喝着白兰地，眼睛火辣辣的，脾气也火辣辣的。她又开始很厉害地酗酒了，因此最近老是避开斯蒂芬。桌子旁只有两个生面孔：珍妮·毛里尔和人们谈论得很多的女飞行员狄基·韦斯特。

狄基长得短粗壮实，非常年轻，她不会超过二十一岁，不过看上去比二十岁小得多。她戴了一顶小小的深蓝色贝雷帽[①]，脖子上围着一条强盗式[②]的领巾——除此之外，她穿了一身整洁的哔叽套服。配上一件裁剪合适的双排扣外衣。她的脸显得诚实，牙齿很大，嘴唇有皲裂，皮肤是饱经风霜的。她看起来像个讨人喜欢、思想单纯的学生，为参加盛典而洗刷得干干净净。她说话的时候，声音有点过于热诚。她属于那种比较年轻，因此比较冒失、也比较冲动、也比较自信的一代。她们这一代投入战斗是昂首阔步、大张旗鼓的，她们这一代是在战后对心怀敌意的世界又发动了一

[①②] 原文为法文。

场新的战争。她们在心理上从头到脚都很好地武装起来了,所以她们至今为止还没有留下带血的足迹;她们至今为止还是满怀希望的,拒绝直截了当地相信存在一支受苦受难的大军。她们说:"我们就是我们这个样;那又怎么样?我们才一点儿都不在乎呢,事实上我们都是高高兴兴的!"她们既然是那个样,她们就一定得走极端,就得经常在犯罪这方面超过那些男人;然而她们所犯的罪过都是年轻人的罪过,由于压迫而产生的反抗罪。但是狄基根本不是格外恶劣——她过的生活很像一个男人所过的生活。而她的心是那么忠实,那么坚信,那么善良,所以这种生活也让她深感羞愧,也暗自脸红。她作为一个情人是很慷慨的,在爱心爱意没有任何问题的时候,甚至更加慷慨。她那些朋友像一些贪得无厌的蚂蟥一样叫着:"给呀,给呀!"[①]狄基就大手大脚地给,不问任何问题。她对别人要求帮助的呼吁从来都不是完全无动于衷的,许多人觉察到这一点,就不断呼吁帮助。她喝酒倒还适可而止,抽骆驼牌的烟则一直抽到手指头都变成黄褐色的了;还爱慕舞台上的美人。她最大的缺点是爱搞那种超过适当限度的恶作剧。她那些恶作剧是危险的,有时甚至是残酷的——狄基在自己的恶作剧中很不会胡编。

珍妮·毛里尔是个高个子,差不多和斯蒂芬一样高。她是个举止优雅的人,穿件领口开得很低的白缎子背心,脖子上戴着珍珠项链。她穿的衣服缝制得完美无缺,头发也理得完美无缺;她

[①] 《圣经·旧约·箴言》第30章第15节:"蚂蟥有两个女儿,常说给呀给呀。"

那深颜色、伊顿式①的朴素短发干净利落。她的外貌是希腊型的,眼睛又蓝又亮——活脱脱一个非常引人注目的年轻女子。到现在为止,她过的是一种忙忙碌碌的生活,无事忙而又事事忙。不过现在她成了瓦莱里·西摩的情人,终于也相当显赫。

瓦莱里则安静而且超然地坐在那儿,她漫不经心地朝咖啡馆的四处打量,并不过于吹毛求疵,然而又仿佛在说:"这整个世界最后竟变得非常丑恶,不过毫无疑问,对某些人来说,这就是快乐逍遥。"

从屋子那一头那到处洒了酒的酒吧柜台上传来了普约尔先生哈哈大笑的声音。普约尔先生对顾客和蔼可亲,啊,不过很有些,的确他很像是一个父辈的样子。然而没有什么事情能逃过他那双冷静的黑眼睛——他,普约尔先生是他这一行当中了不起的能手。一个人可能酷爱许多种收藏:古老的瓷器、玻璃器皿、绘画、钟表和小巧的古玩②;珍稀古籍、地毯、价值连城的珠宝。普约尔先生对这些东西觉得不屑一顾,它们是死东西——普约尔先生收集那些性倒错者。普约尔先生的癖好令人吃惊,他还长了一副苍老的凶汉脸,又刚刚第二次结婚③,而且早已有了六个婚生的孩子。他一直像一匹目标明确的优良种马,而且现在依然如此,他那位年轻的妻子马上就要生孩子了。啊,是的,这个男子中间最积极进取的正常人,谁也没有这位可怜的普约尔太太对他了解得更清楚

---

① 伊顿为英国最著名的贵族学校之一,学生有固定的制服和发式。毛里尔的这种发式,特指女人而蓄男发的一种。

②③ 原文为法文。

了。不过在酒吧的背后有一间塞得满满的小小密室,这个奇怪的人在里面给他的藏品都编好了目录。密室的墙上都密密麻麻地挂满了附有签名的照片,还有相当不少的速写画像。每一个相框的背后都有一个书写整齐的小小号码,和一本锁起来的皮面笔记本的编号正好相符——他早就养成了习惯,每天要写完了他的笔记才带上第二天早晨喝的牛奶回家。顾客看到自己的脸,但是看不到自己的编号——没有哪位顾客猜疑过那本上了锁的皮面笔记本。

普约尔先生的老朋友常常到这间密室来喝杯黑啤酒或是一小杯烧酒①,然后再谈买卖;有的时候,普约尔先生也像其他一些收藏家一样,乐意自己唠叨一番。他那些朋友心里记得住他那许多相片,也知道它们的来龙去脉,几乎和他一样清楚,可是他根本不管这一套,还是要把许多陈年老账搬出来,让他那些顾客厌烦。

"一个很不错的家伙,是不是?②"他常常咧咧嘴说起来。"看到那个男的吗?吓,可不是,一个真正伟大的诗人。他喝酒把自己喝死了。在那些日子,是喝苦艾酒——他们喜欢这种酒,因为它给他们那种勇气。那一位到这儿来的时候就像个吓破了胆的白老鼠,但是,见鬼,他走的时候却大吼大叫像一头公牛一样——当然是因为喝了苦艾酒——它给了他们巨大的勇气。"或者说:"在那儿的那个女人,长了多么奇怪的一个脑袋!我记得她,非常清楚,她是个德国人,埃尔莎·韦宁是她的姓名——战前她常来,带着一个她在巴黎这儿拾到的姑娘,不过是个普通的妓女,一种奇怪极了的生意。她们爱得很深。她们常常坐在那个角落里的一张桌子

---

① ② 原文为法文。

上——我可以指给你们看看她们真正坐过的那张桌子。她们从来不多讲话,她们喝得也很少;就喝酒来说,她们俩不是什么好顾客,但是她们那么有趣,所以我也就不大在乎了——我差不多都给埃尔莎·韦宁迷住了。有时候她自己一个人来,来得很早。'普,'她说的法语糟透了;'普,她决不应该再回到那个地狱里去。'地狱,真是见鬼啦①——她居然叫它地狱!她们真让人吃惊,我告诉你们,这伙人呀。吓,那个姑娘又回来了,当然她又回来了,可埃尔莎自己投了塞纳河淹死了。她们真让人吃惊——那些性倒错的人②,我告诉你们!"

但是并不是所有的往事都像这件事那么悲惨;普约尔先生也发现其中有些是很有趣的。他能讲许多吵架的故事,一打又一打小小私通的故事。他会模仿别人的讲话,手势,走路的样子——他可真是一个善于模仿的好演员——他表演这些的时候,他那些朋友并不感到厌烦;他们会坐在那儿,高兴得几乎笑破了肚皮。

这时候普约尔先生自己在哈哈大笑,一边说着俏皮话开着玩笑,一边偷偷观察他那些顾客。斯蒂芬从她和玛丽坐的那个靠门的地方,可以听到他高兴的哈哈大笑。

"天哪,"帕特叹了一口气,啤酒还没让她恢复生气,"有些人今天晚上好像觉得真是不错。"

万达不喜欢这个一味逢迎的普约尔,而且她的神经也绷紧了,所以发起怒来。她抓住了一句特别粗鲁的亵渎神灵的话,即使在这个愚蠢的亵渎神灵的时代都算是粗鲁的。"下流胚!"她大叫一

---

①② 原文为法文。

声,由于酒的刺激,接着又喊出了一个甚至更不客气的字眼。

"别说了,别说!"听了很不舒服的帕特,急忙抓住万达的肩膀叫了起来。

但是万达是为了卫护自己的信仰站出来的,她用了有点特别的语言来卫护。

大家都转过头来盯视着;万达让大家转变了话题,狄基咧嘴笑了笑,而且巧妙地怂恿她接着干,没有觉察这对万达是一场悲剧。狄基尽管心地温柔慷慨,可是仍然还是个愣头愣脑的年轻人,不懂得什么叫作害怕和震惊。斯蒂芬急切不安地看了玛丽一眼,有点想打断这已经乱了套的聚会;可是玛丽一只手托着下巴坐在那儿,好像对万达的发作无动于衷。她的眼睛碰上斯蒂芬的眼睛的时候,还微微一笑,这时还接过了珍妮·毛里尔敬给她的香烟;她这种泰然自若、漠不关心的态度,和她年轻的身份很不相称,把斯蒂芬吓了一跳。所以她只好很快地也点起一支烟来,而帕特则仍然在努力让万达不要再说。

瓦莱里神秘莫测地微笑着说:"现在我们可以进行我们的下一个娱乐节目吗?"

她们付了账,劝说万达暂且放下对那个亵渎不恭的普约尔的痛骂。斯蒂芬抓起她一只胳臂,狄基·韦斯特抓起另一只,她们俩夹着她,把她哄进了汽车;然后他们大家也都挤进去了——就是说除了狄基以外,她坐在司机的旁边,好给不认识路的伯顿指点。

三

在水仙酒吧,她们对那个开头看起来好像是最平凡乏味的家庭聚会感到惊异。时间已经很晚了,可是那简陋的屋子还是空空的,没有顾客,因为水仙酒吧不到巴黎的教堂钟声宣告午夜降临是不睁开眼睛的。店老板和一位有礼节性称呼的太太,坐在铺有红白格子桌布的一张桌子旁,大家称她为"夫人"。和他们一起的还有一个姑娘和一个眉毛拔了很多的俊秀青年。他们的相互关系是……很好……反正一样,他们给别人显示的是某种家庭聚会。斯蒂芬推开那破旧的转门的时候,他们正在玩贝洛特[①]。

屋子周围的墙壁上挂着一些镜框,上面画满了丘比特,沾满了苍蝇的污点。一阵各式各样混杂的淡淡的气味,从靠近卫生间的厨房里飘过来。店老板立刻站起来和客人握手。每个酒吧好像都有自己的社交习惯。在理想酒吧,顾客得分享普约尔先生那种淫秽的玩笑;在水仙酒吧,顾客得和店老板郑重其事地握手。

店老板个子很高,而且瘦得出奇——这个人胡子刮得很干净,嘴唇很有禁欲主义的意味。脸上薄薄施有一层胭脂,眼睑上薄薄涂了阿拉伯眼影膏;但是眼睛本身却是那种婴儿一般的蓝色,带着要受责备和感到惊讶的神情。

为了酒吧多得好处,狄基要了香槟;这酒又不凉又有甜味,

[①] 一种玩纸牌的游戏。

而且上头，叫人很不舒服。只有珍妮、玛丽和狄基有勇气品尝这种怪味的饮料。万达还是喝她的白兰地，帕特喝她的啤酒，斯蒂芬则喝咖啡；但是瓦莱里·西摩温和地一定要柠檬汽水——要用鲜柠檬来调，引起了一点麻烦。这时候顾客开始成双成对地到来了。他们在各自的桌子上坐定以后，很快就把这个世界、难喝的香槟酒和相互双方等等全忘在脑后了。从一个隐蔽的暗处冒出来一个女人，提着满满一篮能够断言身份的玫瑰花。这个壮健的小贩①戴着一枚硕大的结婚戒指——难道她不是一个品行极其端正的人吗？不过她狠狠抓住那些比较明显是一对对情侣的时候，她的眼神是既精明又锐利的；斯蒂芬看着她一路穿过那间屋子，突然为那些玫瑰花感到羞怯起来。这时候店老板点了点头，随后就响起了音乐；这时候随着留声机里乐队的喇叭嘟嘟一响，大家就跳起舞来。狄基和万达为舞会开场——狄基敦实稳定，万达则有些摇摇晃晃。其他人也跟着跳起来。这时玛丽隔着桌子俯身小声问道：

"你愿意和我跳跳吗，斯蒂芬？"

斯蒂芬犹豫起来，不过只是一小会儿。随后她猛地一下站起身来，和玛丽一起跳。

那位眉毛吃了点苦头的俊秀年轻男子彬彬有礼地向瓦莱里·西摩鞠躬，遭到拒绝以后，他又走向帕特，帕特马上接受了，珍妮觉得非常有趣。

布罗克特来了，在这张桌子上坐下。他当时是一种极想打听一切又带着冷嘲热讽的心情。他冷眼旁观，注视着斯蒂芬，注视

---

① 原文为法文。欧美习俗，玫瑰花是男性送给女情人的礼物。

着狄基带着摇摇晃晃的万达，注视着帕特在那个俊秀青年男子的怀里，注视着那群跌跌撞撞、推推挤挤跳舞的人。

那混杂的气味越来越冲，布罗克特点燃一根烟。"喂，瓦莱里宝贝儿？你看起来就像一尊给糟蹋了的埃尔金大理石雕刻①。随和一点，亲爱的，随和一点；你得活，也得让别人活，这就是生活……"说着他摆了摆他那又白又嫩的手。"遵守这一条——它是了不起的，宝贝儿。这就是生活、爱情、反抗、解放！"

瓦莱里安详地微微一笑，说道："我想，等我们大家都成了殉难者的时候，我是愿意这样做的！"

跳舞的人又回到各自的座位，布罗克特想办法坐到了斯蒂芬的旁边。"你和玛丽在一起跳得很好，"他喃喃低语，"你们快活吗？你们是自得其乐吧？"

斯蒂芬讨厌这种诘问的神气，这种诘问常常会使她更加激动，于是一边掉过身去，一边冷冷淡淡地回答说："是的，托你的福——我们大家今天晚上过得都很不错。"

这时候店老板站在他们的桌子旁边，他对布罗克特弯了弯腰，就开始唱了起来。他的声音是一种高亢而且甜美的男中音。他唱的是必定短命的爱情之歌，唱的是结果要导致死亡的生命之歌。在这样一个地方听来不同寻常的一首歌——忧郁而且非常感伤。有几对情侣的眼眶中已经饱含泪水——大概是由于香槟也同样由于这

---

① 指英国埃尔金伯爵出使奥托曼帝国时，于1799—1803年安排运送在雅典巴特农神庙收集到的石雕至伦敦，途中曾遇险受损。主要为神庙廊柱中楣和人字顶等。藏品后为英政府所得，于1816年始藏于大英博物馆。

忧郁的歌唱而充满的泪水。布罗克特又新要了一瓶香槟来慰问店老板,然后他就用一种不耐烦的姿态挥挥手叫他走了。

随后那些热恋的情侣又接着跳舞,又接着要酒,又接着调情。店老板的情绪变了,现在他得唱一首巴黎最下等的小夜总会①的歌了。他唱的时候,还像一个做表演的小狗一样跳着,做着怪相,用双手打着拍子,指挥从各张桌子上站起来的顾客参加的合唱。

布罗克特感到厌恶,耸耸肩膀叹了口气,斯蒂芬又一次扫了玛丽一眼;但是玛丽,她看得出来,并未听懂那首歌中令人难以容忍的含义。瓦莱里在和珍妮·毛里尔谈话,谈她在圣特罗贝的别墅;谈到花园、大海、天空,她为一座绿色大理石喷泉所画的设计图。斯蒂芬听得见她那悦耳动人的声音,那么有文化教养,那么沉着冷静——这声音本身就像一座喷泉;她对这个女人完美的姿态,能使自己超然物外的才能,不禁感到惊叹;瓦莱里已经把那支歌拒之耳外,还不仅是耳外,而且是思想、心灵之外。

这个地方已经热得叫人无法忍受了,地方也太窄,不好跳舞了。眼皮垂下来了,嘴巴松下来了,头靠在肩上——有人在接吻,在角落里一张桌子上频频接吻。空气里充满酒气和各种各样的气味;对斯蒂芬来说,已经变得无法呼吸了。狄基大大打了一个哈欠,不加掩饰的哈欠;她还年轻得很,还能够感到睡意蒙眬。但是万达好像让她那双眼睛给勾住了,她眼神里的贪欲沉重地压在她身上,所以帕特悲伤至极地摇摇头,咕咕噜噜谈起卡斯特将军来了。

---

① 原文为法文。

布罗克特站起来，付了账；他似乎很不高兴，因为斯蒂芬刚才有意怠慢了他。他一言不发待了总有半个钟头，并且直截了当地拒绝再陪他们。"我要回家睡觉，谢谢——再见，"大家挤进汽车的时候，他心情不快地说。

他们又去了几家酒吧，但是都只停留了几分钟，狄基说他们都枯燥乏味，珍妮·毛里尔也同意——她建议去阿历克。

瓦莱里挑起一道眉毛，哼哼着表示不满。她厌恶透顶了，她觉得饿极了。"我真希望找到点冷鸡。"她嘟囔着。

四

斯蒂芬只要还活着，她就不会忘记她对那个名叫阿历克的酒吧的第一次印象——这是所有那些最可怜的人聚会的地方，这些人组成了那支可怜的大军，那些受遍打击、最终被他们的同胞踩在脚下而残存下来的人，常常在这里逗留，干些冷酷无情、毒品买卖、和死亡打交道的事情；他们遭到世人的鄙视，也必定自己鄙视自己，好像失去了一切得救的希望。他们坐在那儿，在桌子旁边紧紧挤靠在一起，他们衣着褴褛然而又俗气花哨，提心吊胆然而又公然反抗——而且他们的眼睛，斯蒂芬永远也忘不了他们那一双双眼睛，那些性倒错者令人烦恼、饱受折磨的眼睛。

他们具有各个不同的年龄，各种程度不同的灰心失望，各式各样的精神和身体的变态，然而他们又随时发出尖锐刺耳的大笑，用脚跟着音乐的节奏打拍子，跟着乐队的演奏一起跳舞——在斯蒂芬看来，那种舞蹈好像是死亡之舞。不少人手上戴着硕大华美的戒指，不少人手腕上戴着过分花哨的手镯；他们戴的珠宝首饰也只有这些男人像这样一起聚会的时候才会戴。在阿历克酒吧，他们敢于纵情于这种爱好——他们在阿历克才尽情显露他们仅存的一切。

失去了一切社会尊严，一切指导人的行动的社会章法，根据神圣的权利规定每一个活着的人应当享有的亲情友谊；遭到憎恶，受到唾弃，从降生之日起就遭到无尽无休的迫害，甚至比他们的敌人所能知道的还要低下，比天地万物中最微不足道的糟粕还要悲哀绝望。而且因为他们中间有许多人原来都是优秀的，具有良好、无私，有时甚至是高尚的感情，却一直都蒙羞忍辱，被视为邪恶卑劣，因此他们自己也就逐渐堕落下来，堕落到正是世人所厌恶反感的地步。斯蒂芬怀着一种憎恶的情绪看着这些人，其中不少人浑身都浸透了酒味，吸食毒品，然而她又感觉到，在阿历克酒吧这间不幸的屋子里，到处弥漫着一种可怕的东西。说它可怕，是因为如果真有一位上帝，那么他对这样一种强烈的不公正一定会勃然大怒。他们的命运甚至比她的更加可悲，而且因为这些人，这个世界所受的报应应当更大。

阿历克，这个教唆者，这个美梦的贩卖者，这个出售幻想，比白雪还要洁白高尚的幻想的药剂师；阿历克，这个用小包可卡因换取大卷钞票的奸商，现在满面春风用一种夸张的动作在隔壁那张桌子上打开酒瓶。

他放下酒瓶:"得啦,我的姑娘们!"①

斯蒂芬注视着那些男人;他们好像都很志得意满的样子。

靠墙坐着一个秃了顶、肌肉松弛的男人,他的手指拨动着一串琥珀念珠。他的嘴唇咕哝着;只有上帝才知道,他在向谁祈祷,也只有上帝才知道,他在祈祷什么——他样子很可怕,独自一人坐在那里,手指间拨弄着那串劣质的念珠。

乐队奏起一种狐步舞曲来。狄基仍然在跳,不过是在和帕特跳,因为万达现在已经跳不动了。但是斯蒂芬不愿意跳,不愿意在这些男人中间跳,于是她用一只手按住玛丽,尽管她感觉到了他们那可怕的痛苦不幸,可是她没法在这种地方和玛丽跳舞。

一个年轻人和一个朋友走过这边,跳舞的人太拥挤了,这一对给堵在她的桌子前面。他向前弯下来,这个年轻人,一直到他的脸几乎弯得和斯蒂芬的脸一样高——一张让毒品伤害了的灰色的脸,嘴唇不停地颤动。

"我的姐姐,"②他低声说。

有一小会儿,她真想用自己没戴手套的手揍那张脸一拳,把它消灭掉。这时她突然注意到了那对眼睛,忆起了一个不幸的小东西,完全发了狂,因为肺炸了而不断流血,给追得无路可逃,一会儿看看这边,一会儿看看那边,仿佛是在寻找什么东西,什么避难之处,什么希望——回想起来了:"它在寻找创造它的上帝。"③

---

① ② 原文为法文。
③ 斯蒂芬回忆起少时在莫顿猎狐的一幕。

斯蒂芬哆嗦起来了,她盯着自己那双紧紧握着的手;指甲把肉都掐白了。"我的兄弟,"[1]她喃喃说。

就在这个时候,一个人从人群里面挤过来了,一个文静的棕色皮肤的男人,长着一双犹太人的眼睛:阿道夫·布兰克,那位文雅、博学的犹太人,他坐在斯蒂芬旁边狄基的座位上,用手轻轻拍着她的膝盖,仿佛她还年轻,非常年轻,很需要安慰似的。

"我看你看了好一会儿了,戈登小姐。我就坐在那边靠窗户的地方。"然后他又和别的人打招呼,他打完招呼就像是忘了他们的存在;看起来他过来完全是为了要和斯蒂芬谈谈。

他说:"这个地方——这些可怜的男人,让你感到震惊。我在两场舞曲之间一直看着你。他们很可怕,戈登小姐。因为他们是那些摔倒了但是还没爬起来的人——他们确实并没有犯任何巨大的罪过,像悲观失望那样不可饶恕的罪过;然而你和我一定能够宽恕……"

她沉默不语,她不知道应该回答什么。

但是他继续往下说,并没有因为她沉默无言而停了下来,他说得很轻。仿佛只是说给她听的,但是,他还是像一个负有迫不及待而且生死攸关的使命因而显得心力交瘁的人那样,说了这番话:"我很高兴你到这个地方来了,因为那些有勇气的人,也有责任和义务。"

她点点头,然而还未理解他的意思。

"是的,我很高兴你到这儿来了,"他又重复了一下。"在这间

---

[1] 原文为法文。

小小的屋子里，今天晚上，每天晚上，都有那么深重的悲惨不幸，那么深重的悲观失望，环顾四壁好像都太狭窄了，容纳不下——许多人已经变成了铁石心肠，许多人已经变得卑微恶劣，但是他们身上的这些东西都是悲观绝望，戈登小姐。然而在外面却有快乐的人，他们可以心安理得，睡他们所谓的公平正义的大觉。他们一觉醒来，就要去迫害另一些人，这些人自己虽然并没有什么人所共知的过错，可是一出娘胎就遭到隔离，得不到人们的任何同情，任何理解。那些安然睡着幸福大觉的人，对别人漠不关心——有谁来让他们动动脑筋呢，戈登小姐？"

"他们可以念书，"她结结巴巴说："有许多书呀……"

但是他摇了摇头。"你以为他们是学生？啊，但是，不，他们不去念医学书；那些人关心大夫干什么？而且又有哪一个大夫能够懂得全部的真相？他们常常碰到的只是一些神经衰弱的人，我们中间那些神经衰弱的人，对于他们来说，生活已经是过分悲惨了。他们是好人，那些医生——其中有些还是很好的人；他们辛辛苦苦地工作，想解决我们的问题，但是有一半的时间，他们只得在不了解真情的情况下工作——只有正常的性倒错者才懂得全部的真情实况。大夫他们不能够不知实情而随意思考，也不能够抱有希望，让大家都能了解成百万人的悲惨处境。只有我们自己中间的一个人有朝一日能做到这一点……这需要大无畏的勇气，但是一定能够做到。因为一切事物都必须为达到至善至美而努力；并没有任何真正的浪费，而且没有毁灭。"他点着了一支烟，若有所思地盯着她看了那么一会儿。然后他碰了一下她的手："你理解了吗？并没有什么毁灭。"

她说:"一个人到这样一个地方来的时候,就会感到无尽的悲哀和屈辱,就会感到:得到任何真正的成功,取得任何真正的成就,可能性真是微乎其微。那么多人失败了,谁又能希望成功呢?也许结局就是这样。"

阿道夫·布兰克正视她的眼睛。"你错了,大错特错——这还只是开头。许多人死了,许多人戕害了自己的身体和灵魂,但是他们扼杀不了上帝的正义,他们甚至也扼杀不了永恒的灵魂。这永恒的灵魂要从他们的沦落中升起来,强烈要求得到世界的同情和正义。"

真奇怪——这个男人居然真的说出了她的想法,然而她还是一言未发,无法回答。

狄基和帕特回到桌子旁边来,阿道夫·布兰克悄悄溜走了。等到斯蒂芬环顾周围的时候,他那个地方是空的,她也看不到他穿过那些可怕的跳舞人熙熙攘攘的迷宫穿过这间屋子。

五

狄基在车上就睡得很熟,把头枕在帕特那不太情愿承受的肩膀上。他们到了她的旅馆,她扭了一下,伸了个懒腰:"现在是……现在是起床的时候了吗?"她嘟嘟囔囔地问。

下一轮是瓦莱里·西摩和珍妮·毛里尔在伏尔泰码头那所公寓下车;然后是帕特,她住的地方要再过几条街。最后但不是最省事的就是酩酊大醉的万达。斯蒂芬得把她抱出汽车,然后尽最大努力把她架上楼去,伯顿在一边帮忙,玛丽在后面跟着。花了相当长的时间才走到门口,斯蒂芬还得到处摸那不知去向的打开大门的弹簧锁钥匙。

最后她们到家了,斯蒂芬躺进一把椅子里。"老天爷,怎么样的一个夜晚呀——真可怕。"她内心充满了深深的沮丧和厌恶,这样一连串游逛是容易引起这种情绪的。

但是玛丽装出一副无动于衷的样子,其实她远远不是这种感觉,因为生活还没有把她那比较精细的本能磨得迟钝;到现在为止,它还只是引起了她的恼怒。她打了一个哈欠。"嗯,至少我们可以在一起跳舞而不让别人看作是怪诞的行为;其中还是有些名堂的。在这个世界上,叫花子是不能挑三拣四的,斯蒂芬!"

第四十九章

一

在一个晴朗的六月天,阿德尔在胜利女神圣母教堂里嫁给了她的让——这是香火不断、拥有无数圣烛和祝福的神龛,也是慷慨赐福的圣母玛利亚的神龛。从破晓开始,雅各比路上那座静静的老宅子就有了动静——波利娜准备婚礼早餐①,皮埃尔铺设和打扫他们的起居室,而且他们俩都时不时停下来,拥抱他们那双颊绯红的幸福的女儿。

斯蒂芬早就送了结婚礼服,婚礼早餐和一笔钱;玛丽给的是新娘子的面纱、白缎子鞋和白丝袜;大卫送的是一架镀金大钟,是在皇宫②替他买的;而伯顿这边,则是开车送新娘子去教堂,再送这一对新人去火车站③。

---

① ② 原文为法文。
③ 指新人乘火车去度蜜月。

九点钟光景，整个这条街都轰动了，因为波利娜和皮埃尔很讨邻居喜欢；再加上正像面包师傅对他太太所说的，在这样一所气派的宅子里办的必定是隆重的喜事。

"他们毕竟很大方，这些英国人，"他说，"再说即使戈登小姐外表显得古怪，可是也不要忘了，她给法兰西①服务过，现在不但带着绶带，还得带着伤疤。"随后，想起自己在战争中打死了的四个儿子，他叹了口气——不管对国王还是面包师傅，儿子就是儿子。

大卫变得非常兴奋，楼上楼下地冲过来冲过去，想帮很多没人需要的忙，尤其是在新娘子手忙脚乱慌里慌张地穿很紧的缎子鞋的时候。

"去你的吧，你帮不了我的忙，我的小东西，你还是闭嘴吧！"②阿德尔请求他。

最后玛丽不得不找出脖圈和绳子，把大卫拴在书房的书桌那儿。他在那儿一边咂着他那个白缎子蝴蝶结，一边仔细琢磨着，认定只有这四条腿的东西是让人高兴的，但是阿德尔最后总算在玛丽和斯蒂芬跟前露面了。她那善良诚恳的脸和那乌鸫似的明亮的圆眼睛显得特别动人，斯蒂芬从心眼里希望她如意，这个等她心上人等了那么长时间的姑娘——那么耐心那么忠心地等了那么长时间的姑娘。

---

①② 原文为法文。

二

教堂里有很多朋友和亲戚；还有那些愿意走好多路来参加红白喜事的闲人。可怜的让因为穿了一身廉价的礼服而显得比平常无论什么时候都不如，斯蒂芬还能从他头发上闻出润发油的味儿；闻上去虽然很香却又油腻又热乎乎的，但是他摸索戒指的时候手直哆嗦，因为他感到既得意又卑怯；因为爱得厉害，他一定还要爱得更厉害，而且觉得自己一点也不配。而就在那摸摸索索、把握不稳的手上，在那光滑油腻的头发上，在那极不合身的穿戴上，有某种东西触动了斯蒂芬，因此她希望让他确信，告诉他他所奉献的礼物是多么地贵重——体体面面的安全、平和和爱。

年轻的神父郑重其事地重述祷词——古老而又原始的祷词，但由于风俗习惯而淡化了。穿着紫色绸衣的波利娜跪在那儿哭了；但是皮埃尔的手绢却垫在他跪的凳子上了，用来保护他灰色新裤子的膝盖。紧挨斯蒂芬坐着的是波利娜的两个弟弟，一个穿着军服，另一个退役的穿了便服；但是两个人胸前都戴着奖章，而这也就足以代表军队了。那位面包师傅与他太太和三个女儿在一起，因为三个女儿都还没结婚，她们的眼睛在穿了一身寒碜礼服的让身上盯的次数比她们自己祈祷书上的次数还要多。那位蔬菜水果店老板陪着那位太太，波利娜总习惯在她卖的鸡胸骨上戳戳看看的；而那位给皮埃尔补鞋补靴子的皮匠，则坐在那儿对那位丰满好看的年轻洗衣妇送着秋波。

弥撒快要结束了。神父请求赐福给这对新人；祝福他们二人活到不仅看到他们自己的孩子，而且能看到孩子的孩子，甚至看到第三代，第四代，然后他谈到他们对上帝以及他们彼此的责任，最后，在他们低垂的年轻的头上洒下大量圣水。就这样，在这座胜利女神圣母教堂——这慷慨赐福的圣母的教堂，让和阿德尔在他们教会的心目中，在他们的上帝的心目中，结为一体，可以毫不畏缩地面对世人的一体。

他们手挽手走过一道道沉重的转门，坐进斯蒂芬那辆等在那儿的汽车。伯顿因为上衣里的喜庆赏赐而喜笑颜开；人群伸长了脖子，也都喜笑颜开。回到家里，斯蒂芬、玛丽和伯顿要给新娘和新郎祝酒。然后皮埃尔感谢他的雇主为他女儿操办这么风光的婚礼所做的一切。但是等到斯蒂芬走了，玛丽跟着她进了书房，那位面包师傅的太太皱起眉毛挖苦说：

"这号人！简直像个男人；可又不是那种可以当个丈夫的男人！"①

客人们哈哈大笑起来。"的确不错，她可真是怪里怪气。"②于是众人开始就斯蒂芬开了些无伤大雅的玩笑。

皮埃尔面红耳赤，跳起来维护斯蒂芬说："她心眼好，她为人大方，我特别尊敬她，我太太也是一样——至于我们的女儿，阿德尔在这儿有很多理由感恩戴德。再说，她还从战壕里搭救过咱们那些受伤的人，为这还得过军功十字奖章呢。"

面包师傅点点头。"你说得很对，我的朋友——和我早晨刚说

---

①② 原文为法文。

过的一模一样。"

但是在美酒佳肴盛宴欢庆之中,斯蒂芬的外观立刻就给忘得一干二净。这次盛宴庆祝是由她付钱操办,由她费尽心思操办的。这时还开了一些玩笑,但不再是针对她的——如果说有点儿粗俗的玩笑是针对羞羞答答的新郎开的,那也是无害的,好心的。随后,在波利娜还没想起时间来以前,伯顿就跨进了厨房,于是阿德尔就得赶紧跑去换衣服;同时让也得去换,不过是在餐具室。

伯顿看了一眼表。"我们得动身了,赶快,如果你们要赶上那趟火车的话。"他像一个很有权威的人那样宣告。"到雄狮车站还有很长一段路呢。"①

三

那天夜晚,这栋老房子经过这一番宴饮作乐,似乎出奇地陷入了联翩浮想,也出奇地显得感伤悲戚。大卫的第二个白蝴蝶结松开了,结的两头软塌塌地耷拉在脖圈两边。波利娜到教堂点圣烛去了;皮埃尔和来顶替阿德尔的波利娜的侄女一起做晚餐,房子里这种悲戚流溢而出,和斯蒂芬的悲戚混合在了一起。阿德尔和让,事情那么单纯质朴……他们相爱,他们结婚,他们随后又会重新互相关心照顾,在他们子女的身上重温他们的青春和他们的爱情。事情似乎是那样地平常、从容、稳妥,这种社会的组合

---

① 原文中英法文混杂在一起。

通过创造而发展；对这两个年轻热烈生命的守护，都是为了有可能接踵而来的那些生命。这必定是一条果实累累而又和平安谧的道路。莫顿的创业人也走过同样的道路，他们从父到子、从父到子、一代代生出儿子，一直传到斯蒂芬这一代；他们的血脉就是她的血脉——他们在他们的时代觉得是好的东西，似乎对他们的后代也同样是好的。肯定从未有过像这一代，戈登家族的最后一代这样，在心眼里更加奉公守法而成为被放逐者的。

因此她此时此刻整个陷入了无边的悲戚之中，因为她从阿德尔和让的结合看到了尊严与美，非常单纯而又合乎习俗，而这种悲戚又和这所房子里的悲戚融合在一起，汇成一股洪流，淹没玛丽，又经过玛丽淹没大卫，他们俩都到书房里来紧靠斯蒂芬坐在长沙发上。暮色渐浓，他们仨越靠越紧——大卫的头枕在玛丽的膝头，玛丽的头依着斯蒂芬的肩膀。

第五十章

一

那年夏天斯蒂芬本应回英国一趟,莫顿已经换了经纪人,于是又出现了一些问题,要她亲自仔细关注。但是时光并未缓解安娜对玛丽的态度,而且时光也并未减轻斯蒂芬的激愤——玛丽再也不掩藏遭这种冷遇而在内心感到的凄楚,这又加剧了斯蒂芬的激愤。因此斯蒂芬写了很多冗长烦人的信去处理那些事情,不愿踏进玛丽·卢埃林不受欢迎的那所宅子。但又总是一想到英格兰就感到刺痛——随之而来的还是那常常有的思念——在她伏案写那些烦人的事务函件的时候,她常感到乡愁。这甚至就像杰米渴望那疾风扫过的灰色街道和疾风扫过的比德兹高地一样,斯蒂芬也渴望那起伏的群山,还有莫顿那绵长的绿色树篱和牧场。杰米在这种情绪上来的时候就公然哭泣,但斯蒂芬却泪不轻弹。

八月杰米和巴巴拉同他们一起住在斯蒂芬在乌勒加①租下的别墅里。玛丽希望沐浴对巴巴拉会有好处；她情况很不好。杰米为她发愁。而这个姑娘确实越来越虚弱，现在虚弱得就连家务活都让她累得要命；她独自一人的时候不得不坐下捂住肋骨止痛而从不向杰米提起。而且这些日子她们两人的事也都不顺。贫穷，有时甚至挨饿，感到自己成了多余的被抛弃的人，意识到她们属于那类人——善良的和真诚的人——大家都厌恶和轻视她们，这样的一些事情早已证明，像巴巴拉和杰米这样心灵敏感的人同居是很糟糕的。

粗犷、无依无靠、邋里邋遢而且又身陷绝境的杰米常常要挣扎着完成她的歌剧；但是这些天来她时常把自己写的东西撕得粉碎，因为知道她写的东西没有价值。每当出现这种事的时候，她就会唉声叹气，在创作室到处盯着看，隐隐约约地感到有些东西跟以前不一样，隐隐约约地为这地方的脏乱，她本人也添了一份的脏乱而沮丧——杰米，她以前从没注意过脏乱，而现在却常因为这种不卫生的情况而感到烦恼。她会站起来把巴巴拉的一条干净毛巾沾湿，用来擦钢琴的琴键。

"没法弹，"她会咕噜着说，"这些琴键都黏住了。"

"啊，杰米——我的毛巾——去拿揩布！"

接着发生的争吵会引起巴巴拉的咳嗽，这回过头来又会引起杰米的神经震颤。然后怜悯，再加上毫无缘由的愤怒和一阵突如

---

① 法国卡尔瓦多省的水疗胜地，位于勒阿弗尔西南15英里处，面临英吉利海峡。

其来的性挫折会使她觉得简直要发疯——由于巴巴拉的健康日益恶化,她们俩如今不过是名义上的情人罢了。而且这种强制性的节欲又从杰米的创作和她的神经质上显露出来,破坏了她的音乐,因为那些坚持说北方冷的人,同时也就告诉我们地狱是天寒地冻的。不过,她还是竭尽所能了,这个粗野的家伙,她克制住肉欲之爱而将它转化成纯洁的、更加忘我的精神之爱——那种肉欲在杰米身上已经完全不是原来的样子了。

那个夏天,她做了极大的努力,单独和斯蒂芬在一起的时候把事情说了出来,减轻自己的重担。斯蒂芬苦口婆心地安慰和劝说,但也知道自己无能为力,她所有提供钱财减轻劳苦的努力都遭到断然拒绝,有时几乎是粗暴的拒绝——她确实很为杰米着急。

在玛丽那方面,她是深切地关怀;她对巴巴拉的感情从没有丝毫动摇,她长时间陪着那个姑娘坐在花园里,这个姑娘衰弱得已经不能洗浴,而且散步也让她精疲力尽。

"让我们帮一帮吧,"玛丽抚摸着巴巴拉那消瘦的手恳求着,"我们毕竟过得比你们好得多。难道你们俩不喜欢我们本人?那么为什么我们不可以帮一帮呢?"

巴巴拉慢慢地摇着头:"我很好——请不要跟杰米提钱的事。"

但是玛丽能看得出来,巴巴拉远非很好。那种温暖的气候已经显得没有什么益处,甚至小心照顾和有益的饮食以及阳光还有休息,似乎都不能缓解老是不停的咳嗽。

"你应该立刻去找专家大夫,"她一天早上很严厉地对巴巴拉说。

但巴巴拉还是摇头:"别价,玛丽——别价,请……你会吓着杰米。"

二

秋天她们回到巴黎以后,杰米有时参加夜间聚会,脸色相当阴沉地从一个酒吧到另一个酒吧,痛饮大量薄荷酒,这让她想起比德兹的圆形硬糖块,以前她从来不注意这些聚会,但是此时她愚蠢地想逃避那种痛苦的生活,至少避开几小时。巴巴拉通常是留在家里,或是和斯蒂芬与玛丽一起消磨晚上的时间。但是斯蒂芬和玛丽并不总是在家,因为她们现在也出去得相当频繁;而除了酒吧她们又能到哪儿去呢?没有任何别的地方,两个女人能够一起跳舞而不引起议论和讥笑,而不被视为畸形人,玛丽这样辩解。因此,斯蒂芬与其让这个姑娘不由她陪着去,还不如放下自己的工作——她最近已经开始写第四部小说了。

有时候,这是事实,她们的朋友到她们这儿来,这是一种不那么不舒服也不那么让人过分疲劳的事;但是即使在她们自己的家里,喝酒也是过分随便的。"我们不能做唯一一对不给人白兰地和苏打的主人,"玛丽说,"瓦莱里的聚会极其枯燥乏味,这是因为她故意让自己变得太古怪了!"

就这样,玛丽那些刚刚开头的时候还比较优雅的知觉,就渐渐变得粗俗起来。

三

几个月过去了,现在一年多的时间也流逝过去了,斯蒂芬的小说还没有写完,因为玛丽的脸庞挡在她和她的作品中间——那张嘴和那双眼睛一定是阴沉起来了吧?

斯蒂芬仍然不愿意让玛丽不由她陪着出去,所以拖着疲乏的身体到各个酒吧和咖啡厅去转,越来越着急地看到玛丽像所有其他人那样喝酒——也许并不很多,但已足够让她对现实生活产生一种轻松愉快的看法。

第二天早晨她就常常陷入深深的沮丧,突然感到一阵泪眼汪汪相当难过,她会问:"这太糟糕了——我们为什么要这么干?"

而斯蒂芬会回答:"上帝知道我不愿意去,但是我又不愿意让你没有我陪着去那种地方。难道咱们就不能不去了吗?那儿龌龊反常得吓人!"

然后玛丽突然发起火来,她只要觉得她那根弦稍稍拉了一下,她的情绪就会变化。难道她们就该没有朋友?她会问。她们就该一动不动地坐着,让世界把她们碾碎?如果她们不得已非到巴黎的酒吧去不可,那又是谁的错儿?不是她的,也不是斯蒂芬的。噢,不是,那是安娜夫人和马希夫人的错儿,是她们关上了她们的大门,那么害怕会给玷污!

斯蒂芬常常用手支着头坐着,在她那乱作一团的脑子里搜寻那么一线光亮,那么一种适当的回答。

四

那个冬天,巴巴拉病得非常厉害。杰米一天早上一路冲进屋子里来,帽子也没戴,眼中含着深沉的痛苦:"玛丽,请你来一下——巴巴拉起不了床啦,她肋下疼。啊,上帝——我们吵架了……"她的声音尖厉刺耳,而且说得很快:"听我说——昨天夜里——地上有雪,天气很冷——我很生气……我记不清了……但是我知道,我很生气——我就像那样。她出去了——她在外边待了足足两个小时,等她回来的时候,她哆嗦得厉害。啊,上帝啊,可是我们为什么要吵架呢,不管怎么说?她动不了啦,她的肋下疼得要命……"

斯蒂芬冷静地说:"我们立刻就来,不过我先给我自己的大夫打个电话。"

五

巴巴拉躺在那间小极了的屋子里,它的窗户是眼睛形的,总是关着。那只炉子已经搬到创作室去了,而且空气又冷又潮,十分污浊。那架钢琴上放着一些乐谱稿纸碎片,是杰米头一天晚上撕的。

巴巴拉睁开眼睛，"是你吗，我的小小儿①？"

她们以前从未听见巴巴拉叫她这个——这个又高又大、笨手笨脚、大骨骼、长腿脚的杰米。

"嗯，是我。"

"靠近点……"那声音轻飘飘的。

"我在这儿——啊，我在这！我一直握着你的手。看着我，再睁睁眼——巴巴拉，听着，我在这儿——你觉不出我来了？"

斯蒂芬想制止这尖厉刺耳、极其痛苦的声音："别这么大声说话，杰米，也许她睡着了。"但是她很清楚地知道不是这么回事，这个姑娘此时没有睡觉，而是昏迷了。

玛丽找了一些燃料生起炉火，然后开始收拾那间乱七八糟的创作室。地上到处都是烟灰碎末，厚厚的尘土在钢琴盖上蒙了一层。巴巴拉一直在做失败的斗争，这个像这尘土一样渺小的东西到头来要是能取胜，那就怪了。吃的东西一点也没有，玛丽最后穿上外衣去弄牛奶和其它这类就要用的着的东西。在楼梯上，她让看管房子的迎上了；这个女人显得垂头丧气，仿佛让这突如其来而又毫无道理的病弄得深感难过。玛丽塞了些钱在她手里，然后匆匆而去，一心只想去买她的东西。

她回来的时候大夫已经到了；他非常严肃地对斯蒂芬说："这是双侧肺炎——相当严重的病例——这姑娘的心脏那么弱，我要派个看护来，那个朋友怎么样？她是不是可以派点用场？"

"她要是不行，我可以来看护。"玛丽说。

---

① 原文Bairn，为苏格兰及英格兰北方方言。

斯蒂芬说:"你确实知道怎么开账单吧——护士的还有所有那些?"

大夫点点头。

她们强逼着杰米吃东西:"为了巴巴拉……杰米,我们跟你一起,你不是孤单一人,杰米。"

她觑着她那红眼边的近视眼,似懂非懂她们跟她说的话,但是照着做了。然后她站起来,连一句话也没说,就又回到那间带眼形窗户的屋里去了。她依然一声不响,蜷缩着伏在床边的地上,像一只不会说话、忠心耿耿的狗,默默地忍受着,她们就让她一个人,让她以她那种可怜巴巴的样子待着,而这可不是她们那个耶稣钉死在十字架上的地方,而是杰米的家里。

看护来了,一个沉稳老练的女人:"你最好躺一小会儿,"她跟杰米说,于是杰米不声不响地躺在了地板上。

"不是,我亲爱的——请你去躺在创作室里。"

她慢慢起来,服从了这个新命令,面朝墙壁,躺在了长沙发上。

看护转向斯蒂芬:"她是亲属吗?"

斯蒂芬犹豫了一下,然后摇了摇头。

"很可惜,遇到像这样严重的病例,我想最好是和某位亲属接触一下,某位有权为事情做主的亲属。你明白我的意思——这是双侧肺炎。"

斯蒂芬生硬地说:"不是——她不是亲属。"

"只是朋友?"看护问道。

"只是朋友。"斯蒂芬嘟囔着。

六

她们晚上又回来了,一直待了一整夜。玛丽帮忙看护;斯蒂芬照看杰米。

"她是不是有点儿——我是指那位朋友——她的精神是不是有点儿,你明白?"看护打着耳语,"我没法跟她说话——当然,她很着急;不过,反正这很不自然。"

斯蒂芬说:"是呀,就你看来,好像是不自然。"于是她的脸唰地一下直红到发根。我的上帝呀,这是对杰米的一种侮辱。

但是杰米对这种侮辱似乎无知无识。她一次又一次站在门口往里觑着看巴巴拉憔悴的脸,听着巴巴拉疼痛难忍的一呼一吸,然后把她那困惑的目光转向看护,转向玛丽,但是最主要的还是转向斯蒂芬。

"杰米——回来坐在炉子旁边;玛丽在那儿,一切都好。"

传来一种奇怪的吞吞吐吐的声音,是费了很大劲才说出来的:"可是……斯蒂芬……我们吵架来着。"

"过来坐在炉子旁边——玛丽和她在一起,我亲爱的。"

"嘘,请别说话,"看护说,"你们在打扰我的病人。"

七

巴巴拉和死神的战斗十分简短,甚至好像没有什么争斗的性质。生命没有留给她一点气力去打退这最后的敌人——也许,他正是那个似乎对她很友善的人呢。就在她死前,她亲吻了杰米的手,而且使劲想说话,但是吐不出那些字来——那些表示原谅和爱杰米的字。

随后杰米扑在床边,紧紧贴着不放,在那神秘莫测的寂静中一动不动。斯蒂芬始终不知道,在看护执行最后那慈悲的任务时,她们是怎样把杰米弄走的。

但是在鲜花安放到巴巴拉手里,玛丽又点起两支蜡烛的时候,杰米又回去了,静静地低头盯着看那张躺在枕上的蜡黄色小脸,而且转身向着看护:

"太感谢你了,"她说,"我感谢你做的所有这些该做的事——现在我想,你会希望马上走了吧?"

看护瞥了斯蒂芬一眼。

"好了,我们会待在这儿。我想也许——如果你不反对的话,看护……"

"很好,这应该看你的意思,戈登小姐。"

等她已经走了,杰米猛然掉转头来,走回那间空荡荡的创作室,随后刹那之间,那道闸门大开,她哭了又哭,像一只发疯的动物。她恸哭那伤了巴巴拉的天气、害了她的精神的艰苦流亡的生活；她恸哭那强迫她们离开高地故乡的天命法则；她恸哭那对仍然爱着的人来说就是死亡而又必须正视的可怕的东西。不过所有这些诀别时的剧烈痛苦，比起那远为细腻、难以捉摸的伤痛，似乎就微不足道了。"我悼念她的时候无法不使她的名字不蒙羞受辱——我现在无法回老家去悼念她。"杰米号啕痛哭，"啊，我想回比德兹，我想回家和自己的人在一起——我要他们知道我多么爱她。啊，上帝，啊，上帝！我甚至无法悼念她，而我想在她老家比德兹那儿哀悼她。"

她们所能说的只是一些没用的废话："杰米，别价，别价！你们彼此相爱——难道不算一回事？记住这个，杰米。"她们只能说在这种场合对人说的无用的废话。

但是过了一会儿，好像已经雨过天晴，杰米好像突然变得镇静自持："你们俩，"她郑重地说，"我想对你们为巴巴拉和我所做的一切感谢你们。"

玛丽哭了起来。

"别哭，"杰米说。

夜晚来临。斯蒂芬点起了灯，随后她生上火，与此同时玛丽摆好了晚饭。杰米吃了一点点，而且斯蒂芬倒给她一杯淡威士忌的时候，她还真笑了笑。

"喝了它，杰米——它能帮你睡点觉。"

杰米摇摇头："我不用它就会睡着——可是今夜我想一个人待着，斯蒂芬。"

玛丽反对，但是杰米很坚决："请吧，我想单独跟她一起待着——你能理解，斯蒂芬，是不是？"

斯蒂芬犹豫了一下,然后看着杰米的脸:它充满新的沉静的决心。"这是我的权利,"她说着,"我有权利在他们——把我心爱的女人抬走以前,单独和她待在一起。"

杰米掌灯照着她们下了楼——她的手,斯蒂芬认为,似乎莫名其妙地沉着。

八

第二天她们清早就到创作室去的时候,听到最顶层的楼梯口人声嘈杂。那个看管房子的正站在杰米的门口,一个年轻人和她站在一起,是房客当中的一个,看管房子的想进门,但是门锁着,没有人回应敲门声。她给杰米送上来一杯热咖啡——斯蒂芬看到,咖啡已经洒到了碟子里,或者是怜悯,或者是记着玛丽给的大笔小费,显然打动了这个女人的心。

斯蒂芬大声敲打着门:"杰米!"她喊着,然后一遍又一遍地喊:"杰米!杰米!"

那个年轻人把自己的肩膀顶在门板上,他一边顶门还一边说着话。他就住在正下边一层,但是昨天夜里不在家,直到早晨快六点的时候才回来。他事先就听说有一个姑娘死了——那个小的——总是看起来很弱。

斯蒂芬给他加上了一把劲。木板已经发潮,因为年深日久,已经腐朽了,门锁突然松开,门向里开了。

斯蒂芬立刻就看见了:"别进这儿来——退回去,玛丽!"

但是玛丽已经跟着他们进了创作室。

那么整洁,那么出人意料地整洁,这都是因为杰米,她一向总是那么邋里邋遢,她一向总是用她那笨拙的大个子和破烂东西把那地方弄得乱七八糟,她一向总是让巴巴拉无可奈何……只有一两滴血在地板上,只是一个整整齐齐的小窟窿在她的左肋下面。她一定是对好目标很准地开了枪——而且她们以前甚至都不知道,她藏了一把左轮手枪!

杰米就这样因为怕她心爱的女人蒙羞受辱而不敢回比德兹老家,杰米生怕巴巴拉的名声在葬礼上遭污受损而不敢公开悼亡,杰米敢于回上帝的那个老家——相信她自己会得到他的更完全的怜悯,甚至像已经先她一步回老家去了的巴巴拉那样。

第五十一章

一

巴巴拉和杰米的惨死,在每一个认识她们的人身上都投下了阴影,但是在玛丽和斯蒂芬身上投下的更甚。斯蒂芬一而再,再而三地责备自己在那个性命攸关的夜晚离开了杰米;假如她一定坚持留下不走,这场惨剧很可能就不会发生,她无论如何也会给那姑娘增添一点继续活下去的勇气和力量。不过尽管这件事让斯蒂芬理所当然地大为震动,它对玛丽的震动却更大,因为她除了自然而然地非常难过以外,还增加了一种很为意想不到的新情绪,一种害怕的情绪。她突然担起心来,而且这种害怕的情绪已经在她说到杰米的时候从她的眼神里显露出来,让她的声音颤抖。

"弄到以这种方式了结,弄到杀死自己;斯蒂芬,多么可怕呀,居然发生这种事——她们很像你和我。"随后她就会从头到尾详细叙说巴巴拉病危的每一个令人伤心的细节,她们在杰米遗体上发现的每一个细节。

"你觉得她开枪打死自己的时候让她感到很痛苦吗?你在前线开枪打死那匹受了伤的马的时候,他抽搐得那么厉害,我永远也不会忘——而杰米整个那天夜里都是独自一个人,她疼痛难受的时候没人帮助她。想到这让她很痛苦,真是可怕!"

斯蒂芬引用医生的话,他说过那是当时立刻就死了的,但是毫无用处,玛丽让这件可怕的事紧紧缠住了,而且不仅只是生理上的恐惧,还有精神上和心灵上的痛苦,这势必更有力地将意志摧毁。

"这样令人绝望,"她常说,"彻头彻尾地绝望……而且那就是她们全部爱情的结局,我受不了这个!"然后她就会把自己埋在斯蒂芬那坚强有力、担当保护的肩头。

噢,是的,如今已经没有怀疑的余地了,这整个事情正在狠狠地折磨着玛丽。

有些时候,莫名其妙的、春意缠绵的情绪会抓住她,这时她必定要相当粗狂地亲吻斯蒂芬:"不要放开我,宝贝儿——永远不要放开,我害怕,我想这是因为已经出的事。"

她的亲吻会唤起迅速的响应,而就这样,在这些笼罩着死亡阴影的日子里,她们以当初成为情人时所体验到的那种热情,不顾一切地抓住生命,仿佛只要不断地给那股火焰添薪加柴,她们就有希望阻挡住某种肉眼看不见的灾难。

二

在这震惊、焦虑、紧张的时刻，斯蒂芬转向了瓦莱里·西摩，正像在她以前其他许多人做过的那样。这个女人在狂风暴雨当中那样岿然不动，不仅仅安抚而且帮助了斯蒂芬，因此，她现在时常到伏尔泰码头的那个公寓房里去；时常独自前去，这是由于玛丽很少陪她——她出于某种原因怨恨瓦莱里·西摩。但是斯蒂芬不顾这种怨恨而必须去，因为此时此刻她有一种难以抑制的迫切要求，想摆脱有关性倒错的许多问题压在心头的苦恼。像大多数性倒错者那样，她在谈论痛苦难挨的境遇当中找到了一种暂时的解脱；残酷无情地一点一点剖析，尽管她得不出任何解决办法。但是自从杰米死后，老是和玛丽琢磨这件事似乎并不是明智之举。在另一方面，瓦莱里已经突然对珍妮·毛里尔厌烦了，所以此时十分自由，更何况她总是欣然乐于聆听的。就这样，在她们之间突然冒出了一种真正的友情———一种如果说不总是基于相互理解，也是相互尊重的友情。

斯蒂芬会一遍又一遍地叙说与巴巴拉和杰米最后相处的那些撕心裂肺的日子，抱怨导致她们的悲剧和凄惨下场的那种令人发指的不公平行为。她常常怒不可遏地攥紧拳头。这种迫害还要继续多长时间？上帝对自己的创造物所受的这种侮辱还要坐视容忍多长时间？对所谓性倒错不是自然的一个组成部分的这种荒谬绝伦的说法，还要默认多长时间？所有存在的东西都是自然的一个组成部分!

但是瓦莱里怀着同样的苦涩,也会说到像万达这类人所荒废了的生命,万达堕入了世界的最底层,正好为这个世界提供了它正在寻求的用来指责他们的借口。他们,他们中有许多人,是一些很不好的例子,不过——要不是由于一种出生时意想不到的偶然事故,万达现在甚至也许早已成了一个伟大的画家呢。

然后她会谈论各种非常不同的人,她一直受到启发因而相信他们的存在;这些勤恳工作、正直体面的男男女女,其中有些具有优秀的智力,但却缺少勇气承认他们的性倒错。似乎在各个方面都是正直体面的,只有世界所强加在他们身上的这一点除外——他们只有靠这样一种不体面的谎言,才能希望求得平和宁静,才能希望提出要求生存的权利。而且这些人总是必须把这些谎言像小毒蛇一样紧紧贴在自己的胸口上[①];必须不光彩地掩藏和否认他们的爱情,而这本来可能正是他们身上最优秀的东西。

而那些曾经在战时工作过的妇女们又怎么样了呢——她曾经在伦敦周围看见过的那些沉静、憔悴的妇女?英格兰曾经号召她们,而且她们曾经来了,一度泰然自若地,她们曾经来到光天化日之下,可是如今,因为她们没有准备偷偷溜回并且藏进她们原来那些洞穴和旮旯里,于是那些她曾经为之效过力的公众,就首先翻脸对她们吐唾沫,大声叫嚷:"躲开我们中间这些有毒的细菌,这一窝邪恶腐朽的人。"这就是她们出于热爱英格兰而做的工

[①] 小毒蛇原文ASP,为尼罗河产,传说古埃及女王克丽奥巴特拉战败,即以此蛇置于胸口而自杀。可参见莎士比亚《安东尼与克丽奥巴特拉》第5幕第2场。

作所得到的感激。

宗教经常与性倒错携手并进，面对宗教的强烈渴望又怎么样了呢？很多这样的人笃诚信教，同时这肯定又是他们那些最辛酸的问题之一。他们信奉过，而且由于信奉，他们渴望在他们中某些人视为神圣的问题上——在一种忠实与坚贞不渝的联姻问题上，受到祝福。但是教堂里的祝福不是为他们的。他们可能是忠诚的，过着正常有序的生活，与人无害，但是教会却转身不认他们，教堂的祝福都是严格限于正常人的。

然后斯蒂芬会涉及所有其它问题中的一件事，对她来说就是她感到最为痛苦不堪的问题。青春，青春又怎么样了？为了它那天然无害的种种娱乐，它能转向何方？这里有狄基·韦斯特，还有更多像她一样的人，一些血气方刚、勇敢无畏、心地善良的年轻人，但却被摒弃在那样多理当属于每一个年轻人的赏心乐事之外——而且更加可怜的，是一个本身正常但将自己的爱情给了一个性倒错者的姑娘的命运。青年人有权享受他们天真无邪的欢乐，有权进行社会交往；也确实有权憎恨孤独寂寞。但是在这里，像在世界上所有的大城市一样，他们都遭受孤立直到沉沦；直到他们在不知不觉、满怀憎恨当中，转向那仅有的一种公共生活，而这正是一心要毁灭他们的那个世界留给他们的；转向他们当中那些最不可救药的分子，那些经常出没在巴黎的酒吧中的人。他们的情人也无能为力，其实他们又能怎么办呢？他们头脑空空，什么也拿不出来。而且甚至那些宽怀大度的正常人也无能为力——例如那些赴瓦莱里的聚会的人。假如他们有子女，他们把子女留在家中；而且综观一切，谁又能责怪他们呢？至于他们本身，他们太过老迈——只是宽容忍受，无疑是因为他们上了岁数。他们不会有青春年少的人完全出于天性所刻意追求的那种轻薄无聊之举。

斯蒂芬的声音不由自主地颤抖了，瓦莱里懂得她是想到了玛丽。

瓦莱里真正希望能有所帮助，但是简直找不到什么安慰的话可说。这在年轻人身上是很难的，她自己也曾经这样想过，但是有些人顺利地过来了，虽然有少数也会沉沦。大自然总是在力图做她那点事儿，性倒错者就会越来越多地出生，随后不久，他们的数目就会有影响，即使对那些不理会大自然的傻瓜也不例外。他们仅仅必须等待自己的时机——承认就会到来。但在这个期间，他们应该培植更多的自尊自重，应该学会以他们甘于孤立而感到自豪。她觉得，找不到多少理由来原谅像帕特这种可怜的傻瓜，甚至更没有理由来原谅万达这种醉鬼。

有些人耻于公开自己的情况，只为求得平静生存而潜踪匿迹，她是绝对瞧不起这类耍小聪明的人的；她坚持认为，他们背叛了他们自己和他们的同类。其实世界对于性倒错者往往智力优秀这种情况承认得越早，那它的禁锢就会取消得越快，而且这种迫害也就会停止得越快。迫害永远是令人害怕的，会哺育令人害怕的种种观念——而这类观念都是危险的。

至于那些曾在战时工作过的女人，她们给下一代树立了榜样；而且这本身就是一种报偿。她早听说过在英国许多这样的女人采取了在乡间饲养狗的生活。是呀，为什么不呢？很好的人才养狗。

"我越是懂得人，就越发爱狗。"①在乡下有很多事比养狗还不如。

相当真实的是，性倒错者常常是笃信宗教的，但是上教堂去在他们则是一种微弱无力的表达形式；如果他们觉得当真需要信教，那么他们本身必定是一种宗教的体现。至于祈福祈祷，他们无疑使教会获利，否则他们就仅只是迷信了。不过话又说回来，她自己是个异教徒，只承认美的神祇；而鉴于当今整个世界都如此丑恶，让它对她不闻不问，她唯有感激不尽。也许这是偷懒——她相当懒惰。她从未达到用她的写作可以达到的一切。但是人类总是分成两个部分：一部分人做事情，而另一部分人在旁看着他们做。斯蒂芬属于做事情的那一类——如果是在不同于今的环境和天生的条件之下，她大有可能成为一个革新家。

她们常常几小时几小时地争辩，这两个见解可谓南辕北辙的不同寻常的朋友，而且尽管她们极少有意见统一，她们还是能继续保持礼节和友情。

瓦莱里有时似乎是极其不近人情，完全超然于一切个人利害之外。但是有一天她突然对斯蒂芬说："我当真对你很不了解，但是这一点我是了解的——你是一只候鸟，你不属于巴黎这里的生活。"看到斯蒂芬沉默不语，她于是又继续更加郑重其事地说："你是一个了不起的联合体：你具有作为畸形人一切标志特征的神经——你聪明过人，简直到了令人震惊的程度，斯蒂芬——好啦，然后我们再从这枚奖章的背面看看②，你具有男人所有那种生儿育女、播种耕耘的可敬的乡土本能——你家的围栏出了缺口总会让你

---

①② 原文为法文。

心神不宁；在你心智的一面又是健康得咄咄逼人。我无法看出你的将来，但是我觉得你会成功；不过我必须说：所有那些罕见的人中间……但是假如你能使你天性的这两个方面达到一种和谐的统一，强使它们为你所用，而且通过你而及于你的写作——我真看不出来还有什么可以阻挡你。现在的问题是，你能不能把它们结合在一起？"她微笑着。"如果你登上了最高峰，瓦莱里·西摩也不会在那儿看见你。我们俩所建立起来的是一种动人的友谊，但是它就要过去了，像那么多动人的事物一样；不管怎样，我亲爱的，让我们在它还存在的时候享用它吧，而且……在你进入你的王国的时候，别忘了我。"

斯蒂芬说："我们初次见面的时候，我差不多是不喜欢你的。我那时以为你的趣味纯粹是科学性的，或者纯粹是病态的。我这样和帕德说过——你记得帕德吧，我想你见过她一次。现在我想向你道歉，告诉你我对你的好意是多么感激。我到这儿来，一小时又一小时地聊天，你是那样耐心，而这是那么一种放松；你怎么也不会了解，找到某一个人可以聊天是一种放松。"她迟疑了一下。"你知道，总让玛丽听我的一切忧愁烦恼是不公平的——她还相当年轻，而道路又艰难得要命……后来又出了杰米那件可怕的事。"

"你觉着喜欢就常来吧，"瓦莱里告诉她，"而且，只要你一想要我的帮助或意见，你就来。但你可一定要记住：这个世界并非像它给人涂抹的那样漆黑一团。"

第五十二章

一

一天早晨，玛丽亲手栽在花园里的一棵樱桃树苗出了一桩赏心悦目的事——它所有那鲜嫩的细枝上正在抽出叶子和密密麻麻粉红的骨朵儿。斯蒂芬在她的日记里记下了这样一段话："今天，玛丽的樱桃树含苞欲放。"这就是为什么她永远忘不了她收到马丁·哈拉姆来信的日期的原因。

那封信是从莫顿转寄到这里的；她认出了帕德那工整严谨的笔迹。而那另一种笔迹——粗大、相当潦草，但是用有力的、向下斜的黑色笔迹写的，而且字母"T"上的一道写得很重——她皱着眉头若有所思地看着它。这字迹一定也是熟人的吧？然后她注意到了信角上巴黎的邮戳——这很奇怪。她扯开了信封。

马丁写得非常质朴："斯蒂芬，我亲爱的，经过这么些年之后我现在给你写信，如果你还没有完全忘了还有那么一个叫马丁·哈拉姆的人。

"过去这两个月我一直在巴黎。我不得不过这边来是为了要看我的眼睛。我那时在法国这儿头上中了一颗子弹——这相当严重地影响了我的视神经。但现在的问题是：如果我照我现在打算做的那样飞到英国去，我能去看你吗？我非常不善于表达自己的意思——我拿起笔来面对纸的时候一定也不善于——再加上我感到紧张，因为你已经成为那样了不起的作家。但是我真想努力使你理解，我为我们的友谊一直感到多么痛心疾首地惋惜——我们那早年完美的友谊让我现在感觉到似乎是一种极为值得惋惜的事。不管你相信不相信我，我很多年来一直在想这件事；而且那错处都在我不了解真情。我那时候真是一个不懂事的小小童子军，得啦，总之你愿意见见我吗？我现在是那么一个孤单的家伙，所以假如你心眼儿好，你要是在莫顿的话，你是会邀请我开汽车去那里逛逛的；然后，假如你喜欢我，我们就会把我们的友谊从哪儿断的再从哪儿续上。我们只当作我们又都很年轻，在那些山丘上散步，天南地北地谈论生活，天哪，在早年那些时候，我们是多么出类拔萃的一对伙伴呀——像一对亲兄弟！

"我写所有这些让你觉得奇怪吗？这是好像很奇怪，不过假如我真的到了英国并且待在那儿，那我早就写了；但是除了我匆匆忙忙跑过来入伍的那段日子，我一直牢牢地在不列颠哥伦比亚扎了根，我现在甚至都不确切知道，你到底在哪儿，因为多年来我一直没遇见一个知道你的人。我当然听说了你父亲去世，而且极感悲痛——除此以外，我什么也没听说；然而，我想我把这封信寄到莫顿去是最保险的。

"我现在住在我姑姑德·米拉克伯爵夫人处，她是英国人，两次嫁人而且又成了寡妇，她待我一直都像是再好没有的天使，我自从来到巴黎一直都跟她在一起，好啦，我亲爱的，如果你已经原谅了我的过错——而且请告诉我说你已经原谅了，那时候我们俩都很年轻——那就按萨拉姑姑的地址给我写信，还有如果你写信，别忘了写上"帕西"，在法国，邮件是那样不保险，而我是非常不愿意想到他们会把你的信弄丢的。你忠实的朋友马丁·哈拉姆。"

斯蒂芬从窗户向外望着，玛丽正在花园里，还在赞赏她那棵美丽的小樱桃树，时不时地她还会喂一下鸽子——就是的，她还在开始穿过草坪往棚子那边走，她在那儿存放着喂鸽子的混合饲料——但是她很快就会进来了，斯蒂芬坐下来，开始很快地想。

马丁·哈拉姆——他一定快三十九了。他在战争时期打过仗，而且受了很重的伤——在那次激烈的进击期间，她曾经想到过他，那些被击毁的树曾经提醒过她……他那时一定时常离她很近；他现在很近，就在城外帕西那儿，而且想要见她，他奉出了他的情谊。

她闭上眼睛以便更好地思索，但是此时她脑海里幻化出了很多图景。在安垂姆家舞会上一个很年轻的男子——噢，只是非常年轻——长着一副棱角突出的脸，说起那些树的美，那些树的好处来容光焕发……那个高高的、四肢稀稀松松的年轻人，走起路来懒懒散散，仿佛马骑得太多了似的。那连绵的山丘……冬天因为长了蕨类杂草而变成铁锈色的山丘……马丁用手指轻柔地去碰那些年深日久的荆刺。"嘿呀，斯蒂芬——这些老家伙多么勇敢！"经过这么多年之后，她把这些话记得多么清楚。而且她也记得她自己的那些话："除了父亲以外，你是我有生以来唯一真正的朋友——不知为什么，我们的友谊这么奇妙……"而他的回答是："我懂，一种奇妙的友谊。"一种深切的幸获知音之感，宽慰舒畅之感——有他在她身边是那样地愉快；她喜欢他那平静关切的语声，还有他那悠然顾盼、满含思想的蓝眼睛。他那时满足了一种真正的需要，她一直有而且如今还有的需要，需要男人的友情——马丁曾经多么完美地满足了这种需要。直到……但是她毅然决然地打住了她的思路，不去想象那最后的图景，他现在知道了，那是一个天大的错误——他理解——他实际上也这样说了，他们能把他们的友谊从哪儿断的再从哪儿续上吗？如果他们仅仅能够……

她猛然站起身来，走到她书桌上的电话机那儿。看着马丁的信，她拨了一个电话号码。

"喂——喂？"

她立刻听出了他的语音。

"是你吗，马丁？我是斯蒂芬。"

"斯蒂芬……噢，我太高兴了！可是你到底在哪儿呢？"

"在我巴黎的家里——雅各比路三十五号。"

"可是我弄不明白，我原以为……"

"是的，我懂，但是我已经在这儿住了好多好多年了——从战前开始。我刚刚收到你的信，从英国转回来的，真好玩，是不是？你要是有时间，干吗不晚上来吃饭——八点钟。"

"哎呀，我当真可以？"

"当然……来跟我的朋友和我一起用餐。"

"多少号？"

"三十五——3、5，雅各比路。"

"整打八点钟的时候,我准到。"

"那好——再见,马丁。"

"再见,谢谢,斯蒂芬。"

她挂上听筒,打开窗户。

玛丽看见她就喊起来:"斯蒂芬,请说说大卫吧,他刚刚咬掉一朵藏红花,还吞进去了!噢,快到这儿来,那些西勒①已经出来了,我从没见过像它们这样蓝的。我想我得去收我那些鸟儿了。现在太阳照得墙那边已经够暖的了。大卫,别闹,你真想毁了那些花坛吗!"

大卫摇着一根光秃秃但却会讨好的尾巴,随后又伸出鼻子,在那些鸽子中间嗅来嗅去,噢,所有这些都该死,为什么春天来了就该只有一种诱人的特别的香味!而且为什么这儿就没有一件可以让长耳狗干的真正带刺激性的事,还可以看作是规规矩矩的呢?他叹了口气,用他那琥珀似的眼珠恳求般地先看看斯蒂芬,再看看他的女神玛丽。

玛丽原谅了他吃藏红花的事,还拍拍他的头,"宝贝儿,你有一磅多的生肉做晚餐,你不必这样装假,你当然不饿——这纯粹只是淘气。"

他汪汪叫着,不顾一切地拼命想解释,"这是春天,我浑身都是春意,噢,女神呀!噢,慷慨的所有佳肴美味的备办员,让我一直刨到把每一棵该死的藏红花都连根刨出来;为了享受这种生

---

① 原文Scyllas。Scylla作为专有名词本为意大利墨西拿海峡的一处岩礁,希腊神话中居于此岩礁上的六头十二手的女妖也以此礁得名。此处应指一种蓝花。

活的快乐，就让我犯一次罪过吧，为了享受这种古老高雅的犯罪的快乐。"①

但是玛丽摇摇头："你必须当一只好狗；而好狗都是从来不盯着扇尾鸽看的，也不在花坛上走，也不把花咬下来——是不是，斯蒂芬？"

斯蒂芬笑了，"恐怕他们不会，大卫。"然后她说，"玛丽，听我说——今天晚上的事，我刚刚听到我的一位老朋友的消息，我在英国认识的一个姓哈拉姆的人。他现在在巴黎；这真是太出奇了。他先写信去莫顿，他的信又由帕德转回来了，我给他打了电话，他就要来吃晚饭了。最好立刻告诉波利娜，好吗，宝贝儿？"

但是玛丽自然一定要问一点儿问题，他是怎么样的一个人——斯蒂芬在哪儿认识他的，在伦敦还是在莫顿？

最后是："你认识他的时候多大了？"

"让我想想——我必定是刚刚十八岁。"

"他多大呢？"

"二十二——很年轻——我只在相当短的一段时间跟他很熟，那以后他去了不列颠哥伦比亚，但是我非常喜欢他——我们是真正的好朋友——所以我希望你很快地也会喜欢上他，宝贝儿。"

"斯蒂芬，你真怪，为什么你从来没告诉过我，你有一阵儿有过一个真正的好朋友——一个男的？我一向都以为你不喜欢男人。"

"恰好相反。我非常喜欢他们，但是我已经许多年许多年不见

---

① 按基督教《圣经·旧约·创世记》的说法，人类的始祖亚当因偷吃禁果而犯了罪，因此此处将偷吃东西视为古老高雅的犯罪。

马丁了,我差不多是直到今天上午接到他的信才又想起他来,好,心肝,咱们可不想让这个可怜的人饿肚子——你真的必须去想法找到波利娜。"

等她去了,斯蒂芬若有所思而又心神不定地用手摸着自己的下巴。

二

他来了,他令人吃惊,简直没有什么变化。他还是那个老样子的马丁,脸上刮得光光的,棱角分明,长着悠然顾盼的蓝眼睛,带着动人的表情,稀稀松松的身架,因为骑马骑得太多,走起路来懒懒散散,只是如今在他眼睛周围有一点隐隐约约的细皱纹,在他的鬓角上有了雪白的头发,正在那右太阳穴上有一个很深的小伤疤——那想必是新近落下的,因为那颗子弹。

他说:"我亲爱的,看到你真好。"于是他把斯蒂芬的手握在自己那两只瘦瘦的褐色的手里。

她感觉到他那温暖、亲切的手指紧紧地握着,于是那些岁月一下都溜走了。"我真高兴你写了信,马丁。"

"我也是,我没法告诉你,我有多高兴,而且整个那段时间,我们俩都在巴黎,而我们却一点都不知道。好了,现在我已经找到了你,你要是不反对的话。我们死也不松手了,斯蒂芬。"

玛丽走进屋子里来的时候,他们正在放声大笑。

她看上去不大疲倦,斯蒂芬满意地想,或许这是因为她的衣服和她相配——她在晚间总是处于最佳状态。

斯蒂芬说得十分简单:"这是马丁,玛丽。"

他们握了手,而且他们这样做的时候都微笑着,然后他们互相凝视了一会儿,几乎是很严肃地。

果然和他谈话是十分容易的,他似乎一点也不惊讶,玛丽·卢埃林已经当了斯蒂芬家里的女主人;他只是在发现事实以后接受了事实。不过,他把握住适当的时机,让事实不言而喻地得到理解。

饭后斯蒂芬问起他的视力:是否受到了严重的伤害?他的眼睛看上去那么正常。于是他详细告诉她们这桩麻烦的经过,以大多数孩子和单身生活的人所表现出的那种对人的信任谈到一些细节。

他是在1918年给打中的。那颗子弹蹭到了视神经。起初,他去到一处后方医院,但是一有了可能,他就立刻来到巴黎,让一位非常著名的人治疗。他右眼曾经有失明的危险;这把他吓坏了,他跟她们说,但是三个月以后他不得不回家;因为代理人经营不善,他的一部分农场变得越来越糟。那位眼科专家警告过他,毛病还会再犯,因此他应该继续处于观察状态。得,毛病四个月以前复发了。他吓了一跳,又急忙赶回巴黎。他在一间遮掩得漆黑的屋子里躺了三个星期,不敢想象可能的判决,眼睛是那么讨厌地会互相影响:如果一只完了,另外一只也会很容易跟上。但是,感谢上帝,事实证明还没有像那位眼科专家所害怕的那么严重,他的视力得救了,但是他得慢慢来,而且一直还在治疗。这只眼睛还得继续观察一段时间;所以他在帕西这儿和萨拉姑在一起。

"你们一定要见我的萨拉姑姑,你们俩;她是一个可爱的人,她是我父亲的姐妹,我知道你们会喜欢她,她自从第二次结婚以后已经变得非常法国味儿了,可能有点太圣热尔芒的法堡味儿①了,但是那么和善——我想要你们立刻就去见她,她在帕西是个十分出名的女主人。"

他们一直谈到都过了十二点——那天晚上他们在一起非常快乐。他告辞的时候答应第二天早晨就打电话给她们,商量和他的萨拉姑姑一起吃午饭的事。

"喂,"斯蒂芬说,"你觉得我的朋友怎么样?"

"我觉得他好极了,真了不得。"玛丽说。

三

萨拉姑姑住在那座富丽堂皇的大厦里,那是她那位对她心怀感激的后夫遗留给她的。长年以来她一直容忍他那种种小小的不检点行为,耐着性子没闹出任何丑闻,结果是,他所拥有的每一件东西,除了那些早已归到他原先的一个儿子名下的——而且德·米拉克伯爵生前非常富有——就都以种种方式落入了忍辱负重的萨拉姑姑手中,她是当今还存留下来的那种女人当中的一个,这些人把男人看作享有特殊权力的人物。她判断女人则较为严格,

---

① 圣热尔芒为法国北部伊夫林省的一个市镇,在巴黎西北约11英里,位于塞纳河畔,是以森林和公园著称的避暑胜地,法堡属于该镇。

无疑是受古老的典章制度①的影响，而如今她甚至比法国人还更法国味儿，她说起他们的话来就像个生在巴黎的人。

她六十五岁，高个儿，长着个鹰钩鼻子，她那满头铁灰色的头发梳理得一丝不苟；至于其它方面，她长着马丁那种悠然顾盼的蓝眼睛和瘦削的脸庞，不过她缺少马丁那种动人的表情。她养了几只日本长耳狗，对那些事事都顺应双亲意愿的年轻姑娘很和善，对长得好看的男人特别客气，而且依恋她这位仅存的侄子。按照她的看法，马丁不会出毛病，不过她还是希望他会在巴黎长住下来。由于斯蒂芬和玛丽是她侄子的朋友，她事先就认定她们是非常讨人喜欢的；更何况前者的祖先都是无可挑剔的，而且她的父母曾经善待过马丁，马丁事先告诉她的只是他希望她知道的，而且有关往日在莫顿的事没有多提一个字。她因此对斯蒂芬的情况毫无思想准备。

萨拉姑姑是位很讲究礼数的老夫人，而且在她的餐桌上受到款待的人都是神圣不可侵犯的，只要她们还是她的客人。但是斯蒂芬是个不幸的心灵感应者，午餐②还没吃到一半，她就意识到，她已经引起马丁的萨拉姑姑的深恶痛绝，这位德·米拉克伯爵夫人并没有一个字或是一个眼神泄露了自己的感情，她非常庄重有礼，她谈论起文学来就想当然像是大家同好的问题，她称赞斯蒂芬的那些书，而一点也不问为什么她与母亲分居另过之类的问题。马丁固然事先咬定她们俩会成为朋友——但是礼貌周全却也蒙不过斯蒂芬。

---

①② 原文为法文。

而这也是实情,德·米拉克伯爵夫人在斯蒂芬身上看到的正是她极不信任的那类人,她看到的正是一个没有女性功能的人的那副模样,她那剪得齐刷刷的头发和衣着纯粹是一种矫揉造作;一个模仿男人特点的人,完全丧失了女人所有的魅力与优雅。伯爵夫人差不多在所有其它方面都是一个明达聪慧的人,但可能从未接待过一个纯属天生的性倒错者。她曾听到过人们悄悄议论这类事,这一点不假,但是几乎没有理解这类事的真正含义,她天真幼稚而又固执己见;而且既然如此,那她也就不是怀疑斯蒂芬的品行道德,而只是怀疑她显然想要模仿她本来没有的东西——在伯爵夫人的席间,正如在乡镇宴会上,人们是一味坚持男女有别的。

在另一方面,伯爵夫人对玛丽倒有极大的兴趣,她很快就发觉玛丽是孤儿。在很短一会工夫她已经知道很多玛丽在战前的生活和她在分队遇到斯蒂芬的事,也知道了她几乎是身无分文——因为玛丽急于想让每个人都知道,她过上了好日子是全凭斯蒂芬。

萨拉姑姑暗自可怜这个姑娘,认为她一定是过着一种枯燥乏味的生活,无疑是因为对这个阴阳怪气、一脸主子相的女人怀有感恩戴德的错误念头而受到束缚——漂亮姑娘应该找到她们自己的丈夫和家庭,而她认为,这个姑娘是极其漂亮的。既然如此,事情就成了这个样子:玛丽以满腔忠诚和一心情爱在竭尽全力夸奖斯蒂芬的优点,给人一种印象是,她服侍这样一位大作家,照看她的房子和私人生活需要,是她自己的幸福,是一种殊荣,那她只不过做到了使自己变得让人可怜,但是好运气常常会是这样,她幸亏并没有意识到,她的话引起了这种怜悯,确实,她感到在帕西萨拉姑姑慷慨大方的家中很是愉快。

至于马丁，他从来就不是个细心人，而此时又必定是因为重续长期中断的旧谊而很高兴——对他来说，那像是一顿很开心的午餐。即使是在客人告辞以后，他仍然兴高采烈，因为伯爵夫人能够出人意料地圆滑。而且在夸奖玛丽漂亮和讨人喜欢的同时，她也留神决不贬低斯蒂芬。

"噢，是呀，一点不错是个了不起的作家，我同意你的看法，马丁。"她就是这样做的，但是书是一回事，而写书的人又是另一回事。在她觉出有一切理由对她侄子表现圆滑的同时，她觉得没有什么理由要对这位作家的那种令人难受的装模作样改变看法。

四

坐车往家走的时候，玛丽握着斯蒂芬的手，"我觉得自己高兴得不得了，你呢？只是——"她皱起了眉头，"只是这还会继续下去吗？我是说，我们决不要忘记马希夫人。但是他那么好，而且我喜欢那位老姑姑。"

斯蒂芬很肯定地说，"当然这会继续下去，"随后她撒了个谎，"我也觉得很高兴。"

而即使是在她撒谎的时候，她还是下了决心，这个决心好像那么奇怪，以至她都有点退缩了，因为自从她们成为情人以来，她还从来没把这姑娘和她自己分开来考虑过。不过这时候她决定，玛丽应该再到帕西去——但是应该不和她一起去。她在汽车里往后靠了靠,半闭着眼睛,就在这一刻,她不想说话了,生怕她的声音会对玛丽流露,她打退堂鼓了。

第五十三章

一

因为马丁回来了,斯蒂芬才认识到,她对他的思念有多么深切;她对他现在所给予的东西还是多么需要;她渴望这种东西确实又有多么长久——这是一个正常并且富有同情心的男人的友谊,一个智力与她自己旗鼓相当的男人的友谊,这种友谊使人不仅能欣然接受,而且也无所顾忌,是的,这固然非常奇怪。可是和这个正常的男人在一起,远比她和乔纳森·布罗克特在一起安然自在,比和他所有的思想都远为契合,而且有些时候对自己的性倒错也想得少得多;马丁似乎不仅阅读过而且也思考过大量这方面的问题。然而他很少提到他的研究,只是就她现在的样子接受她,不问任何问题,而且礼貌周全地接受她的大多数朋友,既不是作为庇护人,也不抱任何病态趣味的怀疑。就这样在开头那些日子,他们看来就已经达到重又鱼水相得。只是有些时候,玛丽会时常很随便地和马丁谈到万达之类的人,谈到巴黎的咖啡馆和酒吧的夜生活——言谈中透露出,这些地方大多数马丁也曾去过——谈到一直还没有远远离开玛丽心头的巴巴拉和杰米的悲剧,虽然极其完美的春天已经匆匆朝夏天走去——在玛丽向他谈这些事情的时候,马丁就会非常严肃地看着斯蒂芬。

但是现在他们很少去酒吧,因为马丁提供了一些娱乐休闲活动,这些都更加让玛丽喜欢,马丁这个善良而又完全正常的人,在他们寻求乐趣的时候,好像从来没有对他们要到什么地方去或者要做什么事感到过为难。现在他对巴黎了如指掌,而他在那个春天让她们看到的巴黎,对玛丽完全是一个意外的发现。他常常带她们去布洛涅①用餐,旁边的那些餐桌上会有男男女女的客人,衣饰整洁、做工考究的男人;打扮漂亮入时的女人。这些女人大声谈笑,强烈意识到性别以及性的广泛深远的重要性——总之一句话,这是些正常的女人。也许他们会到克拉里吉去喝咖啡,或是到西罗去用餐,然后又接着到一家同样时髦的餐馆去吃晚饭,玛丽在巴黎发现了很多这类餐馆。而尽管人们仍然要对斯蒂芬多看上两眼,但是玛丽觉得他们这样看的时候少得多了,因为马丁在场起了保护作用。

当然在这样一些地方,两个女人一起跳舞②并没有什么问题,而且人人都跳舞,所以最后玛丽也得起来跟马丁跳。

马丁事先还问:"你不反对,是不是,斯蒂芬?"

她摇着头说:"不,当然我不反对,"而且她看到玛丽有了一

---

① 巴黎市西部著名的森林公园,人们比较随意的休闲场所。
② 在正式的舞会上,按习俗一般自然是男女共舞。

个好舞伴，确实非常高兴。

但是这时斯蒂芬独自坐在他们的桌子旁边，一根接一根地点烟卷，感觉到因自己的服饰和孤身独坐而引人注目，心中很不舒服——她瞥见那姑娘依在马丁的两臂间，听到她经过眼前那一刹那的笑声，她会感觉自己的心莫名其妙地紧紧抽了一下，仿佛有一只带护甲的拳头已经逼近了它。这是怎么了？仁慈的上帝，真的不是愤恨吧？她想到友谊，她对马丁那真诚美好的友谊可能会遭到背弃而感到恐惧。等他们回来的时候，玛丽微笑着，满面绯红，斯蒂芬会勉强让自己也笑笑。

她会说："我一直在想，你们俩跳得多好——"

而等玛丽再次小心翼翼地问："你独自一人枯坐，当真不觉得厌烦吗？"

斯蒂芬回答："别犯傻，宝贝儿；我当然不厌烦——继续和马丁一起跳吧。"

但是那天夜里，她伸出双臂——情人的生硬无情，强加于人的双臂，把玛丽抱在怀里。

温和的日子，他们会驱车都到乡下去，就像玛丽和她在她们到巴黎头一个春天那几个月经常做的那样，如今常去的是巴比宗①，因为马丁喜爱在森林里散步，而且在那里他必定谈起树木，他的脸由于发自内心的奇妙神采而容光焕发，此时玛丽则听得有些如醉如痴。

有一天晚上她说："但是这些树都这么小——你弄得我特别想

---

① 法国北部塞纳-马恩省的一个村庄，靠近枫丹白露森林。

看看真正的森林,马丁。"

大卫喜爱这种远足,他也喜爱马丁,不是因为真对斯蒂芬不忠心耿耿,而是认准了这个男的是一个更为完全的人,一个更加完完整整不缺不憾的伙伴,而这种小小不言的背叛,尽管本身微不足道,也有力量造成其大无比的伤害,因此斯蒂芬会深切感到,像自己在少不更事的岁月因那只叫彼得的天鹅而感到的那样。她那时就想过:"也许他觉得我是个脾气乖张的畸形人。"而此时她看着马丁为大卫扔着大木棍,有时候也一定要想着同样的事——说来很奇怪,许多荒唐可笑的小事近来也有伤害她的力量。不过她还是不顾一切地紧紧抓住马丁的友谊,觉得自己哪怕只有片刻心存狐疑也完全是卑劣;确实他们俩都忠诚地紧抓着他们的友谊。

他常常央求她接受他姑姑的邀请,在玛丽去帕西的时候陪她一块儿去。

"你不喜欢那位老家伙吗?玛丽真是喜欢她——你为什么不肯来?你这样可真不好,斯蒂芬,你不在场的时候,那种乐趣就会消减大半,"他常常老老实实地以为他说的是实情,以为这个聚会或午餐或是不论什么事情,没有了斯蒂芬,乐趣就会消减大半。

但斯蒂芬总是以工作当作借口:"我亲爱的,我正在尽快完成一部小说。我好像写了一年又一年,连瑞普·万·文克尔[①]都变得白发苍苍了。"

---

① 原为美国作家华盛顿·欧文同名小说中的主人公。他在山中睡了一觉,醒来回到村里,世上已经过了几十年,他则依然青春年少。

二

有些时候他们的友谊像是完美无缺的,他们愿意使它变成那样完美无缺的事,在一个这样相互完全理解的日子,斯蒂芬就突然对马丁提起莫顿。

那时只有他们俩一起在她的书房里,她说:"有件事我忘了告诉你——你一定很奇怪我为什么离开自己的家。"

他点点头:"我从来也没很想要问,因为我知道你多爱那地方,你仍然多么爱它……"

"是的,我爱它。"她答道。

于是她拆除了马丁面前的一切屏障,欣喜若狂地意识到她在做什么。自从帕德离开她以来,她还从来没有畅所欲言地谈到她的弃家流亡。而且她一旦说开了,就根本不想打住,而必须全都告诉他,没有删除任何细节,除了荣誉感不允许她说的一点——她闭口未谈安吉拉·克罗斯比这个姓名。

"这对玛丽真是太难了,"她最后说,"想想看,玛丽还从没见过莫顿,这么多年当中她甚至没见过帕德!当然,帕德无法很安心地到这儿来住下——她怎么能来这儿然后又回到莫顿去呢?而且我还想让她跟我母亲住在一起……但是这整个事情对玛丽似乎都是一种严重的侮辱。"接着她又跟他谈起她的父亲:"如果我父亲还活着,我知道,他会帮助我。他那么爱我,而且他理解——我发现了我父亲知道所有我的事,只是——"她迟疑了一下,又说:

"可能他太爱我了,没法告诉我。"

马丁很长时间一句话没说,而他一旦开口,就说得十分严肃:"玛丽——她对所有这些知道多少?"

"我是尽可能少告诉她。她知道我不能跟我母亲一起过,还有我母亲不肯邀请她去莫顿;但是她不知道我不得已离开家园是因为一个女人,不知道我当初是给驱逐出来——我想尽可能在一切方面不伤着她。"

"你想你过去做得对吗?"

"是的,想过千百次。"

"嗯,只有你能判断这件事,斯蒂芬,"他低头看着地毯,随后猛然问道:"她知道有关你和我,有关……"

斯蒂芬摇着头说:"不,她一点不知道,她认为,你只是我以前很好的朋友,就像你现在一样。我不想让她知道。"

"因为我的缘故?"他追问道。

她慢慢地回答说,"嗯,是的,我想是……为了你的缘故,马丁。"

接着一种意想不到的,而且令她非常感动的事出现了,他满眼饱含怜悯的泪水嘟囔着说:"天啊,这为什么非要落到你的头上呢——这种不可理解的天命?这已经足够使人否定上帝存在的了!"

斯蒂芬感到深切需要使马丁放心。他站在那儿,满眼饱含怜悯的泪水,出于他那人类的同情心而怀疑上帝,在那片刻,他显得似乎比斯蒂芬年轻得多。"还有那些树呢。别忘了那些树,马丁——因为他们,你一向是相信上帝的。"

"那么你已经变得相信上帝了?"他小声说。

"是的,"她告诉他,"这很奇怪,但是现在我知道,我必须——我们当中很多人最终找到了这条路。我并不像其他一些人那样真正虔信,但是我已经到了承认上帝存在的程度,不过有些时候我还是想:'他真可能存在吗?'一个人看到我在巴黎这儿已经看到的,就不得不这样。但要不是真有上帝,我们当中有些人又能上哪儿去找到甚至我们也还具有的这一点勇气呢?"

马丁默默无言地凝视着窗外。

三

玛丽又渐渐平静下来了;她现在有些时候非常和平宁静,因为幸福让人和缓,而这些日子玛丽莫名其妙地幸福。有马丁·哈拉姆在眼前而安下心来,又重新恢复起自信与自尊,她能够在观察世界的时候不再怀着往昔的孤寂之感,能够在转瞬间把自己的剑插回剑鞘,而这样一种暂时的缓解又给她带来一种安宁康泰之感。她发觉,她的内心既不像她以前想象的那么勇敢无畏,也不那么叛逆对抗,像在她以前一个又一个的女人那样,她对自己所受到的保护感到很满意,一周又一周渐渐过去,她开始淡忘了她那辛酸的怨恨。

只有一件事使她扫兴,这就是在她去帕西的时候,斯蒂芬拒绝陪她。她不理解这件事,于是就把它归之于瓦莱里·西摩的影响,她曾经见过马丁的姑姑,而且讨厌她,确实,这种讨厌是互相的。这样一来,原先瓦莱里在这个姑娘心中引起的隐隐约约的怨恨就变得相当明显,以至于斯蒂芬十分震惊地觉察到,玛丽在嫉妒瓦莱里·西摩。然而这看来似乎又是一件多么莫名其妙而又令人哭笑不得的事,所以斯蒂芬断定,这只能是一时之兴,而且也不会在眼前都让马丁占满的这些日子里发展得十分严重。由于此时马丁的视力已经恢复得相当不错,他谈到秋天要回家,于是每当得空能从他姑姑那儿溜出来,他都想与斯蒂芬和玛丽一起度过。他说到他要动身的时候,斯蒂芬有时就想象出玛丽的脸上布满愁云,这时她心里就对她产生疑云,尽管她还是暗暗告诉自己,他们俩自然都会想念马丁。同时玛丽也从来没有比这时更忠贞不渝,很明显地更加急切想要以千百次小小的忠诚之举来证明自己的爱情,甚至有些时候相形之下她对马丁的态度会显得唐突无礼,很不友好,她在每一件小事上和马丁争论,还引用斯蒂芬的话给自己的意见撑腰——是的,尽管她近来恢复了平和宁静,有些时候她对马丁可不那么平和宁静。而这种突然出现和始料不及的情绪变化,常常给斯蒂芬留下不安和疑惑,因此有一天她急煎煎地说道:

"你今天晚上为什么对马丁那样凶狠呀?"

而玛丽却装作听不懂她的话:"我怎么凶狠了?我不过还是老样子。"斯蒂芬一再坚持这样说的时候,玛丽就亲她的伤疤:"宝贝儿,现在不要开始工作,已经太晚了,再说还有……"

斯蒂芬把工作撂到一边,然后突然粗暴地把这个姑娘抓紧:"你爱我有多深?快告诉我,快!"她的语声里透露出一种像是害怕的颤抖。

"斯蒂芬,你让我难受死了——别价,你让我难受了!你知道我多爱你——比命还爱。"

"你就是我的命……我整个的生命。"斯蒂芬嘟囔着。

第五十四章

一

命运,如今已把她们抓在手心里的命运,开始更快地玩起了它的花招。那个夏天,她们去了彭特瑞西纳①,因为玛丽从来没有见过瑞士。但是那位伯爵夫人要进行两次治疗,第一次在维希②,然后在洛恩的巴尼奥尔③,这就让马丁可以很方便地和她们在一起了。于是,斯蒂芬此时才第一次悟出了和马丁一起事事都不妙。

尽管竭尽所能,马丁还是无法瞒哄她,因为这个人诚实得差不多到了让人难受的地步,而且任何一点瞒哄行为都让他变得那么笨拙,简直就像是一身极不合身的衣服。而且现在还有些时候,

---

① 瑞士格里松斯州的一个村庄,著名旅游胜地。
② 法国中部城市,以温泉和疗养地闻名,第二次世界大战中一度为法国政府所在地。
③ 法国阿朗松省一温泉疗养地。

他避开她的目光,他变得沉默寡言,和斯蒂芬一起很不自在,仿佛某种不可避免而又令人不快的事情已经插足于他们的友情当中;而且更严重的是,有某种他怕告诉她的事。接着有一天,斯蒂芬在一阵照得人难以睁眼、洞悉一切内心的闪光中,知道了那是什么——那是玛丽。

像是一拳整整打在两眼正中,这件事让她头晕目眩,于是她首先暗中摸索。马丁是她的朋友……但这又是什么意思?而且玛丽……如果那是真的,那就难以置信地可悲了。但这是真的吗,马丁·哈拉姆已经渐渐爱上了玛丽?还有另外一种更加难以置信的想法——难道就玛丽这方面说,她也爱上了马丁?

迷雾渐渐拨开;斯蒂芬变得像钢铁一样冰冷,她的感觉变得像匕首一样尖利——直扎入她的内心,让她的灵魂深处滴滴淌血的匕首。于是她监视着。她仿佛浑身都是眼睛和耳朵,成了一个怪物,完全退化成了低等动物,不过还剩下一种几乎无法承受的技能,以一种敏锐的辨别力来传导自己的认知。

而马丁在这件事情上可不是斯蒂芬的对手,他这个情人,在她那也是情人的眼睛前面,无法掩饰自己那泄露实情的眼光;无法憋住他和玛丽说话时流露出来的那种腔调。因为他所感到的所有一切,都是斯蒂芬本人的一部分,他又怎么能对斯蒂芬掩饰它们呢?而且他也知道她已经发现了真相,而在斯蒂芬这一方,她也觉察出马丁知道这一点,但是他们俩谁也不说破——她在死一样的静寂中监视着;而他则在静寂中忍受着她的监视。

这对他们三人都是个可怕的夏天。尤其是在黄昏降临到积雪上,将光洁无痕的白色顶峰变成宝石蓝,然后又变成暗紫,罗塞格冰川①宽阔的斜坡上空挂着惊人的大星星,他们四周都是一派美景和无边的宁静之时,这样的夏天就越发显得可怕。因为他们的心中都充满难以名状的畏惧,充满狂躁不安的情感,充满与这种宁静完美和大自然的温馨安适极不协调的惶惑烦乱——而且玛丽的惶惑烦乱也不亚于他人。她的缓解似乎已经又可叹地溜走了;如今她被针锋相对的感情撕扯着,她意识到马丁对她的意义已经超过了朋友,啊,不过少于,肯定还是比斯蒂芬的少得多,于是感到害怕,觉得惊异。她对这个女人的热爱,像是一道熊熊燃烧的火墙,阻挡着她对这个男人的爱;因为一个打破了童贞神秘性的人所拥有的力量,有时正如童贞神秘性本身一样强大,而在那些日子里,斯蒂芬身上仍然拥有这种力量。

马丁躺在他那光秃秃的小旅馆卧室里,常常苦苦琢磨那令他心神不安的问题,他从心底确信,玛丽·卢埃林只是为了斯蒂芬才会爱上他,不仅会爱,而且几乎已经爱上了他。然而斯蒂芬是他的朋友——他找到了她,几乎是将自己的友情强加给了她;而且强行挤进了她的生活,她的家,强行得到了她的信任;她一直相信他正派高尚。而现在,他必须要么彻头彻尾背叛她,要么忠于他们的友情从而背弃玛丽。

他觉得他知道,而且知道得很清楚,生活会对玛丽·卢埃林做些什么,生活已经对她做了些什么;难道他没有看到她心中的辛酸痛楚,那种只能导向灰心丧气的怨恨,那种只能导向灾难祸害的反抗?她是在以自己的弱点来对抗这整个的世界,而渐渐地,

---

① 瑞士阿尔卑斯山的著名冰川之一,峰高约1300英尺。

也是肯定地,这个世界会向她渐渐包围过来,直到彻底将她粉碎。她是非常正常的,这种情况中就潜藏着危险。玛丽,这个完完全全的女人,缺乏如果她是斯蒂芬那种人就会拥有的那种与生活抗衡的东西。啊,那种极其令人同情的结合是那样地坚如磐石,但却又于事无补;在感情方面那样地果实累累,但却又那样凄惨地无法生儿育女;这种令人心灰意冷、伤心断肠,但却又英勇无畏的结合,即使至今仍然将她们残忍无情地捆绑在一起。但是如果他要打破这种结合,把这个姑娘带走,带到平和安全中去,为她赢得世人的认可,从而使她的脊梁再也不必感受鞭笞,使她的心对这种鞭笞之苦渐渐淡忘——如果他,马丁·哈拉姆要做这件事,在他得胜的那天,斯蒂芬又会发生什么事?她是否还有勇气继续战斗?或者她,就她来说,会不会屈服呢?上帝帮助他吧,他不能这样地背叛她,他不能给斯蒂芬带来灭顶之灾——然而如果他不伤害她,他又会毁掉玛丽。

在那个夏天苦痛难捱的几个月中,夜复一夜地,马丁独自躺在他那间卧室里苦苦思索,想要在那种几乎近于绝望的境地之中寻求某种希望之光。而且夜复一夜,斯蒂芬那双果决专宠的胳臂会拥抱住玛丽那温香绵软的身体,而同时又仿佛由于寒冷彻骨而颤抖不已。躺在那里,她会因恐怖与爱而发抖,而且她的这种痛苦又会整个将玛丽包围起来,因此有些时候,她为所有这些伤痛而哭泣,然而这种痛苦,却又难以言传。

"斯蒂芬,你为什么哆嗦呀?"

"我不知道,我的宝贝。"

"玛丽,你为什么哭呀?"

"我不知道,斯蒂芬。"

就这样,那些痛苦的夜夜转为日日,那些焦虑的日日又复转为夜夜,给这稀奇古怪的三位一体没有带来任何好主意,也没有带来任何开心丸。

二

这是在他们又回到巴黎以后,一天早上马丁在斯蒂芬独自一人的时候找到她。

他说:"我想跟你谈谈——我必须谈。"

她放下手中的笔,直视着他的眼睛:"好,马丁,谈什么?"但是她已经知道了。

他回答得很简单:"是玛丽。"接着他说:"我要走了,因为我是你的朋友同时我又爱上了她……因为我们的友情,还因为我想玛丽已经渐渐注意起我来了,我必须走。"

他认为玛丽注意起……斯蒂芬慢慢站起来,猝然间,她一点也不再是她自己,而成了她这类人的整体,要出来和这个男人较量,要出来维护他们自己所拥有的权利,要出来证明他们的勇气不可动摇,他们既不容忍也不惧怕任何敌手。

她冷冰冰地说:"如果你走是因为我,因为你以为我胆怯——那就待着。我向你保证我一点也不害怕。此时此地我对你要从我这儿抢走她不屑一顾!"即使是她在说这些话的时候,她也对自己感到惊奇,因为她害怕,极其害怕马丁。

他因为她口气里那种不动声色的轻蔑而脸红了,它激起了他身上所有那些好斗的男子汉气概:"你认为玛丽不爱我,可是你错了。"

"那很好,你证明我错了看看!"她告诉他。

他们带着绝对势不两立的神气彼此瞪了一会儿,随后斯蒂芬较为和缓地说:"凭你的本意你并不是要侮辱我,但是我也不赞成你走,马丁。你觉得我不能留住我爱的这个女人,让她不爱你,因为你具有胜过我,胜过所有我这类人的优势。我接受挑战——如果我要保持完全配得上玛丽,我就必须接受这种挑战。"

他点头行礼:"一定按你希望的办。"随后他突然开始很快地说起来:"斯蒂芬,听着,我讨厌我所要说的事,但是上帝做证,这已经到了无论如何非对你说不可的地步了!你勇敢并且高尚,还有你一心向善,但是生活却正借你之手在精神上谋害玛丽。你难道没有看清这一点?难道你没有认识到她需要的一切东西并不在你力所能及的范围之内?儿女、保护、能敬重她而且也能为她所敬重的朋友——难道你没有认识到这个吗,斯蒂芬?为数不多的人可以在你们这种关系中偷生,但是玛丽·卢埃林不会是这当中的一个。要去和整个世界战斗,要去顶住迫害和侮辱,她还不够坚强有力;那会赶着她沉沦,而且已经开始了——她已经被迫转向万达那样一些人。我明白我说的是什么,我已经看到了这件事——那些酒吧,那些痛饮,那些可怜的反抗,那些可怕的、徒劳无益的虚度年华——是的,我告诉你,这是在精神上谋害玛丽。我本来早就要远远地走开,因为我是你的朋友,但是在走之前,我得把这些都对你说出来,我本来愿意请求你,恳请你放了玛丽,如果你爱她的话。我本来会给你下跪,斯蒂芬……"

他住口了,而她听到她自己十分镇定地说:"你不了解,我坚信我的写作,十分坚决地相信,有朝一日我会攀上顶峰,而且那就会迫使世人就按照我的样子接受我。这只是个时间问题,但是为了玛丽的缘故,我一定要成功。"

"上帝怜惜你!"他突然脱口而出,"你的成功如果会来,那么对玛丽来说,也会来得太迟。"

她用一种惊呆了的神气瞪着他:"你怎么敢!"她结结巴巴地说:"你怎么敢来打消我的勇气!你口口声声说是我的朋友,可是又居然说出这种话来……"

"我正是在向你的勇气呼吁。"他回答道。他又开始非常平静地说:"斯蒂芬,如果我留在这儿,我就要和你争斗。你理解吗?我们得把这件事争出个结果来,直到我们当中有一个承认他打败了。我要拿出浑身的力量来把玛丽·卢埃林从你这儿抢走——一切都是光明正大的,这就是——因为我们老老实实地干,因为无论你怎么想,我都是你的朋友,只不过,你知道——我爱玛丽·卢埃林。"

这时她反击了,一面仔细看着他那副聪敏的脸,一面十分缓慢地说:"你好像把整个这件事都想透了,不过,当然,我们的友谊让你有时间……"

他退缩了,她知道怎样可以刺中,就微微笑了:"也许,"她继续说,"你可以告诉我你的计划。设想一下,如果你赢,我会操办那场婚礼吗？①玛丽是不是会从我家里出去嫁给你，或许这会是一桩社交上的严重失利吧？而且，假设她因为爱你而想很快离开我——你会把她带到哪儿去，马丁？为了体面的缘故，会到你姑姑那儿去吗？"

"别价，斯蒂芬！"

"但是为什么别价？我有权力知道，因为，你看，我也爱玛丽，我也考虑她的名誉。是的，我整个都想了，咱们要讨论讨论你的计划。"

"在我姑姑那儿，她永远是受欢迎的。"他坚定地说。

"那么如果她从我这儿跑去找你，你就会带她去那儿吗？人永远也不知道会出什么事，是吧？你说她已经看上你了……"

他的眼神严厉起来了："如果玛丽愿意要我，斯蒂芬，我会先带她到帕西我姑姑家去。"

"随后呢？"她逗弄着说。

"我要从那儿娶她。"

"随后呢？"

"我要带她回我的家。"

"到加拿大——我懂——当然是一个很保险的距离。"

他伸出他的手："啊，看在上帝的分上，别价！无论怎样这也很可怕——慈悲吧，斯蒂芬。"

她苦笑起来："为什么我就应该对你慈悲？我接受你的挑战，

---

① 按英国传统习俗，婚礼要由女方娘家操办，婚礼当天，新娘需从娘家走出去教堂举行仪式，然后与新郎一起从娘家出发去度蜜月。

我给你自由出入我家,我不轰你出去,也不禁止你到这儿,难道这还不够吗?什么时候你愿意来,就想方设法来。你甚至可以把我们所谈的话说给玛丽听;我是不会那么做的,但是,如果你觉得你有可能占到一点便宜,那就不要让它阻止你。"

他摇着头说:"不,我不愿意再说这个。"

"啊,那好,那你必定是觉得这样最好。我倒是打算做出若无其事的样子来——而现在,我必须去干我的活儿了。"

他迟疑了一下说:"你不愿意握手吗?"

"当然愿意,"她微笑着说,"难道你不是我很好的朋友吗?但是你知道,你现在必须真的离开我了,马丁。"

三

他走了以后,她点起一支烟卷,那动作纯粹是机械性的。她感到莫名其妙地兴奋,也莫名其妙地麻木——两种感觉极其奇怪地绞在一起;随后,她突然感到极其不适和眩晕。她上楼到自己的卧室去,洗了脸,坐在床上试图思考,发现自己的脑子里一片空白。她什么也没有想——甚至也没有想玛丽。

第五十五章

一

这是现在必然要在马丁和斯蒂芬之间燃起的一场激烈而又极其古怪的战火；但却是悄悄进行的，以免他们所爱的那个人会因为他们而遭受涂炭。还有也不是并非不奇怪的一点，这两个人还必须常常小心在意地保护对方，他们同玛丽在一起的时候，要在眼睛上和嘴上站岗放哨。为了这个他们力求保护的姑娘，他们实际上必须时常彼此保护。谁也不会屈尊俯就或恶意相加，尽管斗争在暗地里进行，他们还是体体面面地做着。而且在整个这段时间里，他们的心都在高声呼喊，反对这件残酷而又险恶的事，它已经向他们那注定要毁灭的友情动手了———场不折不扣地激烈而又极其古怪的战火。

而此时斯蒂芬，给人逼得面对无边孤寂的威胁，退而寻求每一件可以寻到的武器，好在斗争中维护自己拥有的权利。她与玛丽之间由岁月铸成的每一种联系，将她们的过去与炽烈的现在紧紧捆在一起的，每一种温柔而又热情的回忆，每一个快乐的瞬间——唉，甚至每一个愁烦的瞬间，她全都用来对付马丁以自卫。而且这种完美的相伴相随和相互理解所形成的结合的强大力量，也并非她所有武器当中威力最小的一种，多亏了现在和过去，她武装精良——但是马丁唯一的武器却在将来。

他必须利用因爱情而产生的灵巧敏感，把这个姑娘的心思慢慢引到向往一种保险而且安宁的生活；与他结婚就会得到的那样一种生活。他必须千方百计加倍努力，一点一滴地使自己成为她必不可少的人，在她身上围起一件能保护她的温暖而又幸福的大氅，甚至使得这个敌对的世界似乎也友善起来。而且虽然他直到此时仍然守口如瓶，尚未开诚布公地说出来，而只是施展了很多手段和耐性——虽然他希望在说出来以前，预先能有把握：玛丽·卢埃林在他呼唤她的时候，因为爱他而出于自愿，会来到他的面前——但是无论如何，她已经意识到了他的爱情，因为男人是无法将这种认知对女人隐瞒住的。

真是可怜，玛丽·卢埃林在这些日子里给两种交战的力量撕扯着：如果她觉得失去马丁就很不幸，一种不忠的感觉就总是在她心中挥之不去；如果她有时渴望马丁可以提供的生活，她就会痛恨自己是一个背叛的胆小鬼；更严重的是，她对这个渐渐溜到她与斯蒂芬之间来的男人真是害怕极了，而正是这种害怕的事实，使她以一种从未有过更加不要命的狂热委身于那个女人，这样一来，那种结合就比以前更加牢固——白天可能是马丁的，但夜晚又是斯蒂芬的。还有一层，斯蒂芬在不眠的长夜直躺到黎明，她的胜利形同失败；一想起马丁那句话："你的成功如果会来，那么对玛丽来说,也会来得太迟",这种胜利就犹如失败,就会灰飞烟灭。在早晨她会走到书桌那儿去写,以一种像是发疯似的态度工作,仿佛此时是在展开一场世人与她的终极成就之间的殊死较量。以前她从来没有像这样工作过;她常常感到她那支笔是浸在血里,每写一个字她都在流血。

二

圣诞节来而复去,让位于新年,马丁继续作战,但是他战斗得更加顽强。这些日子他也被失败的鬼怪附了体,痛苦地意识到,不管他会做什么,几乎每一种优势都在斯蒂芬一边。他对玛丽最倾心恋慕的一切,她的坦率爽直,她那温柔忠贞的心灵,她对任何苦难的同情怜惜,正是这些特性都对他不利,而且正如它们所做的那样,都有助于使她更坚定地和她一直忠诚相待的那个人紧紧联结在一起。此时只有一件事支撑着这个男人,这就是深信不疑尽管有这一切,玛丽·卢埃林还是渐渐爱上了他。

他们在一起的时候,她那样小心翼翼,那样严加防范,生怕会泄露自己的感情,她还那样可怜地坚持认为一切还都不错——生活绝不会消损她的勇气。但是马丁不受这些断言的蒙骗,知道她多么依恋他所能给予的东西,她多么高兴转向正常人唾手可得的那些简单的东西。在她所竭力展示出来的英勇豪侠背后,他看出了一种严重的精神上的疲惫困顿,一种与世人和平相处的强烈渴望,能够面对那些男人,心安理得地懂得,她不必怕他们,只要她要求，她就能够得到他们的情谊，他们的法律规章也会保护她。所有这些马丁都看出来了；但是斯蒂芬的知觉却更加准确深远，因为她又有了一种令人意气消沉的认识，就是她所爱的这个女人极不幸福。起初她还对这一真相视而不见，以慷慨激昂的战斗豪情，以能无视那个男人而坚决抵住的力量，以她已经激起的那种急切的反应支撑着。但是那一天终于来临，此时，她不再视而不见；此时，除了正在由玛丽不声不响忍受着的那种令人悲痛的不幸之外，已经没有任何一点需要考虑的东西。

马丁，如果他想要报复，他就完全可以从斯蒂芬那里得手。但是他简直不知道，玛丽在怎样一步一步削弱着斯蒂芬的防卫，逐渐摧毁她的意志，她那誓不退让的坚定决心，她内心具有的那种男性的雄威。所有这些那个男人却一无所知；这是斯蒂芬的秘密，她知道怎样保守这种秘密。但是有一天夜里她突然把玛丽推开，盲目地、几乎是不知道她正在做什么；只是意识到，她就那样弃置不用的武器已经变成一种毫无价值的东西，一种对她和这个姑娘的爱情的侮辱。而这一夜又出现了这样一种可怕的念头：她的爱情本身就是一种侮辱。

此时她为那种任何力量，甚至连那长年的迫害也未能摧毁的正常人天生就有的尊严，确实必须好好付出昂贵代价了——那是一种额外的负担，是莫顿那些默默无言但却密切注视着的建造者传下来的。她必须为她的天性付出代价了，正是由于这种天性，她在童年就从父母之间存在的爱情中悟出了那种完美的事物，而且对它产生了一种类似崇拜的感情。她以前从来没有这样分明地看出，所有这些对玛丽·卢埃林都是没有的，所有这些都会从她犹犹豫豫的双手中溜掉,也许会随着马丁离去永不复返——子女、一个世人会尊重的家,世人会永远视为神圣的感情的纽带,摆脱了世人的迫害而得到的天赐的安全与和平,而且突然之间,马丁在斯蒂芬眼中成了一个无限慷慨、乐善好施的人,他手中拥有一切无价的礼物,而这些是她,一个爱情的乞丐,所永远拿不出的。只有一件礼物她能付与所爱的人,付与玛丽,而那件礼物就是马丁。

在一种梦境中,她悟出了这些事情。在梦境中,她活动着,存在着几乎意识不到这种梦会做到那里,与此同时,她的每一种知觉都非常敏捷。而且她的这个梦又极其令人信服,因此,她所做的一切似乎明明都是命中注定的;她不能改变做法,也不能采取错误步骤,尽管是在做梦。像梦游者面临深渊,因为失去了所有危险之感而无所畏惧,斯蒂芬此时正走在她命运的边缘,只有一种恐惧,一种梦魇般的恐惧,对为了给玛丽自由她所应该做的事情的恐惧。

为了服从那法力无边但却无影无形、一直掌握着这活生生梦境的意志,她不再回应那姑娘的温情,也不再同意她们俩应该是情人。她变得像这个世界一样冷酷无情,而且几乎是同样残忍地不断伤人。她不顾玛丽种种明显的焦虑,越来越勤地去看瓦莱里·西摩,因此随着日子一天天过去,玛丽的心渐渐被疑虑紧紧抓住了。然而斯蒂芬还是一次又一次地打击她,在这中间又不顾死活地伤害自己,只不过由于她对玛丽所做的事而感到难过,她对自己的伤口并不感到怎样疼痛。但是在她的打击之下,那结合却似乎更紧,每打击一次,它都连结得更加无懈可击。此时玛丽紧抓住她那极度沮丧和屈辱的存在的每一根纤维,抓住斯蒂芬搅起的每一桩记忆;抓住斯蒂芬培养出的每一种情感;抓住斯蒂芬曾经激起的与马丁战斗的每一种忠诚的本能。那曾经给玛丽戴上枷锁的手似乎无力再把它们从身上摘下。

终于到了那么一天,玛丽拒绝见马丁。她转向斯蒂芬,脸色苍白而且指责说:"难道你就不能理解?难道你是完全瞎了——你现在长眼睛是不是只看瓦莱里?"

而斯蒂芬仿佛给人一下子打得哑口无言,她的嘴仍然紧紧闭着,一句话也没有回答。

于是玛丽就对她又是哭又是喊:"我不让你去——我不让你去,我告诉你!我用我这样的方式爱你,这是你的错。我不能没有你,是你教给我离不开你的,而现在……"她不得不站在那儿以半带羞愧半带挑衅的话央求斯蒂芬让步,而斯蒂芬也不得不听着从玛丽口中发出的这些央求。随后,在这姑娘还没明白过来这话是什么意思的时候,她就说了:"要不是为了你,我本来早就爱上马丁·哈拉姆了!"

斯蒂芬听着从远处传来的自己余音不绝的话语:"要不是为了我,你本来早就爱上马丁·哈拉姆了。"

玛丽不顾死活地用胳臂抱着她的脖子:"不,不!不是那样,我不知道我在说些什么。"

三

已经吹来了春天的第一股微风,把黄水仙花送到了巴黎的花摊上。花园里,玛丽的樱桃树苗又一次沿着那些幼嫩的枝条满满地抽出嫩叶和粉红色的小花苞。

马丁写信来说:"斯蒂芬,我在什么地方能见你?必须是单独一个人。我想最好别在你家,如果你不反对的话,这是因为玛丽。"

她指定了地点。他们要在勒皮路上的老家旅馆①会面。他们俩要第二天傍晚在那儿见。她走出家门的时候一句话也没有说。玛丽还以为她是到瓦莱里·西摩那儿去了。

斯蒂芬在犄角的一张桌子那儿等着马丁到来——她自己先到。那张桌子上铺着崭新鲜亮的格子台布——红与白,白与红,她数着那些方格,仔细地用手指一格一格地数着,酒吧柜台后面的那个女人捅捅她的伙伴说:"啊,瞧那个怪女人——还有那么个伤疤,老天爷!"②斯蒂芬苍白脸上的伤疤显出了铁青色。

马丁来了,不声不响地坐在了斯蒂芬旁边,为了做做样子要了咖啡。也是为了做做样子,直到咖啡送来,他们一直都彼此微笑着互相交谈,但是等茶房转身走开,马丁就说:"你已经打败我了,斯蒂芬……这种结合太强固了。"

她回答的时候,他们郁郁不乐的目光碰在了一起:"我尽力加强这种结合。"

他点点头:"我知道……好啦,我亲爱的,你成功了。"然后他又说:"我下个星期就离开巴黎。"尽管他竭力保持镇静,他的嗓音都有些变了,"斯蒂芬……尽你的所能照顾玛丽……"

---

①② 原文为法文。

她还没意识到就抓着他的手了。或许这是别的什么人坐在他旁边，紧盯着他那张聪敏、困惑的脸，说着这样奇怪的话？

"别，别走——先别走。"

"但是我不明白……"

"你一定要相信我，马丁。"此时她听到她自己非常严肃的说话的声音："你相信我是不是达到了这样的地步，就是我要你做任何事情你都肯做，即使这种要求好像很莫名其妙？如果我说，我要求的事是为了玛丽，是为了她的幸福，你是不是相信我？"

他的手指握紧了："上帝做证，是这样。你知道，我会相信你！"

"那么很好，别离开巴黎——现在别。"

"你当真想让我继续待下去，斯蒂芬？"

"是，我无法解释。"

他迟疑了一下，随后似乎是突然下定了决心："好啦……你要求我做任何事，我都做。"

他们付了咖啡钱，起身准备走："让我陪你走到你那所房子那儿。"他请求说。

但是她摇摇头说："别，别，现在别。我会给你写信……很快……再见，马丁。"

她看着他匆匆在街上走远，等他终于在人群中的身影消失了，她才慢慢转身，穿过薄饼磨坊①那些五光十色的灯火，沿路向山坡走去。风车慈悲的翼板在风中转动，永远不停地磨掉那些糠秕似

---

① 原文为法文。

的罪恶——从巴黎贫民窟中吹送过来的糠秕似的罪恶。过了一小会儿，小山已经近在眼前，她就得爬那尘土飞扬的石头阶梯，推开那沉重的慢慢移动的大门，那扇始终焦急但却永不疲倦地守护着世人强大信仰的殿堂的大门。

她并未想到她为什么要做这种事，也没有想到对这尊一只手放在心口上，另一只手伸出来做出耐心祈求姿势的银质基督说什么。那祈祷的声音单调、低沉、执著，发自那展开双臂，那受尽折磨的双臂祈祷的人——像是海洋的浪潮，它涨起又退下，又再涨起，冲刷着天堂之岸。

他们正在吁求圣母："圣母玛利亚，圣母呀，请你帮助我们这些可怜的罪人吧，从今以后直到我们死去的时刻。"①

"到我们死去的时刻。"②斯蒂芬听到她自己重说着。

他显得极为疲倦，那尊银基督："但是他永远显得疲惫不堪。"她模模糊糊地想；她站在那里，找不出什么话要说，像一个人面对别的什么人的悲伤时常常表现的那样窘迫。至于她本人，她没有什么感觉，既无怜悯也无悔恨，她不知为什么没有任何感觉，空空如也，又过了一会儿，她离开教堂往前走，穿过蒙马特一带疾风扫过的那些街道。

---

①② 原文为法文。

第五十六章

一

瓦莱里困惑不解地瞪着斯蒂芬说:"但是……你问的是这样一件令人吃惊的事!你肯定走这一步是对的吗?至于我自己,我什么也不在乎;我为什么就得在乎?如果你想假装是我的情人,那好,我亲爱的,坦白说吧,我倒希望那是真的呢——我有把握你会成为一个很招人疼爱的情人。尽管如此,"此时她的语声听起来显得急切,"这件事还是不能马虎,斯蒂芬。你真的是要异想天开地自我牺牲吗?你能给那姑娘的很多很多呀。"

斯蒂芬摇头说:"我无法给她保护和幸福,但是她还不肯离开我,现在只有一条路……"

瓦莱里总是不愿谈到悲剧,就像逃避瘟疫一样,这时她发起火来,简直是怒不可遏:"保护!保护!我讨厌这个字眼。让她别要什么保护吧;难道你对她还不够吗?老天爷呀,你值得上二十个玛丽·卢埃林!斯蒂芬,你在下定决心以前把事情再好好想想——我觉得这好像是发疯了。看在上帝分上留住这姑娘，从生活中去取得你能够得到的幸福。"

"不，我不能那么做。"斯蒂芬木然地说。

瓦莱里站起身来："你既然是这样一种人，我想你是不能——你天生就是当牺牲者的。很好，我同意。"她突然不说了，"不过这一下我可落在了生平最为荒唐可笑的境地了，破天荒第一次！"

那天夜里斯蒂芬给马丁·哈拉姆写了信。

二

两天以后，在斯蒂芬穿过马路往家里走的时候，她看见马丁在门廊的阴影中。他迈步跨出来，他们就彼此面对面地站到了石铺地上。他遵守诺言，那时正好十点。

他说："我已经来了。你为什么叫我来，斯蒂芬？"

她阴沉地答道："因为玛丽。"

她脸上有某种东西让他屏住了呼吸，因此那些问话刚到嘴边就都打住了："我会照你所说的去做，"他嘟囔着。

"这很简单，"她告诉他，"这一切都非常简单。我想让你只是在这个门廊下等着——只是在这儿能从屋子里看到你的地方。我想让你一直等到玛丽需要你的时候，我想她会那样的……这不会要很长时间……我能拿得准一旦她需要你，你正好在这儿吗？"

他点点头："是——是的！"他让她眼睛里那种令人不解的表情弄得不知所措，也大吃一惊；但是他还是让她从眼前走过去，进入院子里。

三

她用钥匙打开门,让自己进到屋子里。这个地方似乎到处都有一种隐忍未发的沉默,随时会大声喧哗着从每个犄角冲出来——一种厌恶、轻蔑、怀恨的沉默,她举手一挥,将它扫到一边,仿佛那是某种实际有形的东西。

但是将这种沉默扔到一边去的那个人是谁呢?不是斯蒂芬·戈登……啊,不是,肯定不是……斯蒂芬·戈登死了;她昨天夜里已经死了:"到我们死去的时刻……"① 刚刚不久以前许多人还在说着这些带有预兆性的话——也许他们那时已经想到了斯蒂芬·戈登。

不过此时,有个人正在缓缓爬上楼梯,然后停在楼梯口谛听,然后打开玛丽卧室的门,然后一声不响地站在那儿,盯着玛丽。这是大卫熟悉和热爱的一个人;大卫跳上前来,尖声轻轻叫了一声表示欢迎。但是玛丽缩了回去,仿佛挨了一拳——因为失眠而脸色苍白眼睛发红的玛丽——或许那是因为哭得太多吧?

她说话的时候那声音听起来很生疏:"昨天夜里你在哪儿?"

"和瓦莱里在一起,我想无论如何你会知道……最好还是坦坦白白地……咱们俩都讨厌说谎……"

---

① 原文为法文。

还是那种奇怪的声音:"上帝呀——而我是那样尽心竭力地想不相信这件事!跟我说,你现在是在跟我说谎;说呀,斯蒂芬!"

斯蒂芬——那么她终究还没有死;或许是死了?可是现在玛丽正紧抱着——紧抱着。

"斯蒂芬,我无法相信这件事——瓦莱里!这就是你总是狠狠拒绝我的原因……这些日子你总是不想亲近我的原因吗?斯蒂芬,回答我:你是她的情人吗?说话呀,看在基督的分上:别像哑巴似的站在那儿……"

迷雾四合,浓重的黑雾。有个什么人把这姑娘推开,一句话也不说。玛丽的声音在昏暗中响起,被这浓重的黑雾捂得瓮声瓮气,只有几句话断断续续传过来:"我的一生都给了……你已经杀了……我爱过你……残忍,啊,残忍!你真难以形容地残忍……"然后是猛烈而又可怜的抽泣声。

不,站在那儿,丝毫不为这可怜的抽泣声所动的肯定不是斯蒂芬·戈登。但是站在迷雾中的那个人影做什么呢?它心烦意乱、发疯似的乱动,整个抽泣的这段时间它都在乱动:"我要走了……"

走?但是它能到哪儿去?到哪个能离开这迷雾的地方,哪个能进入光明的地方?刚才说话的是谁……等等,那说的是些什么话?"要照亮坐在黑暗中的人……"①

现在谁也没有再动一动了——那儿只有一只狗,一只叫大卫

---

① 参见《圣经·新约·路加福音》第1章第79节:"要照亮坐在黑暗中死荫里的人,把我们的脚引到平安的路上。"

的狗。现在得做点什么事了。走进卧室,斯蒂芬·戈登的那间朝向院子的卧室……只有几小步就到了窗前。一个姑娘,没戴帽子,沐浴着满洒在她头上的阳光……她简直是在跑……她猛地愣了一下。不过现在是两个人在下面的院子里——一个男人把双手放在那姑娘弓着的两个肩膀上。他在问她,是的,是那样的,他在问;于是那姑娘告诉他为什么她在那儿,为什么她逃离那浓重可怕的黑暗。他正看着这所房子,将信将疑,困惑不解,迟迟疑疑仿佛正要走进来;但是那姑娘继续往前走,于是那男人转身跟在后面……他们肩并着肩,他正抓住她的胳臂……他们走了;他们从门廊穿过去了。

随后突然之间,那沉默打破了:"玛丽,回来!回到我这里来,玛丽!"

大卫蜷缩着,哆嗦着。他朝着床爬过来,趴在那儿用琥珀似的眼睛看着,哆嗦着,因为这种传遍他周身的疼痛就像是给鞭子抽的一样;而他又能怎么办,这个不会说话的、可怜的畜牲?

她转过身来看见了他,但只是片刻,因为现在这间屋子里仿佛挤满了人。他们是谁,这些眼睛阴凄凄的生人?不过,他们都是人吗?那不正是万达吗?还有一个人胸侧有一个整整齐齐的小窟窿——杰米抓着巴巴拉的手;巴巴拉的胸前戴着白色的丧花。啊,但是他们人很多,这些不请自来的客人。他们还喊叫着,起初声音很轻,然后就大起来。他们正在喊着她的名字招呼她说:"斯蒂芬,斯蒂芬!"那些活生生的,那些已经死了的,那些尚未出生的——都在叫她,起初声音很轻,然后就大起来,当然还有来自亚历克的那些不可救药、触目惊心的弟兄们,他们也在这儿,他们也正在喊叫:"斯蒂芬,斯蒂芬,跟你的上帝说,并且问他,他为什么让我们受人摒弃!"她能看见他们那些歪七扭八、带着责备的脸和性倒错者那一双双鬼鬼祟祟、阴郁消沉的眼睛,那些对这个缺乏一切怜悯、一切理解的世界已经看得太长久了的眼睛,"斯蒂芬,斯蒂芬,跟你的上帝说,并且问他,他为什么让我们受人摒弃!"于是这些触目惊心的人开始用哆嗦着的、白皮肤的、娇嫩的手指着她说:"你和你这类人偷走了我们与生俱来的权利;你偷走了我们的力气,把你的软弱给了我们!"他们用苍白的哆嗦的手指指着她。

痛楚的火箭,燃烧着的痛楚的火箭——他们的痛楚,她的痛楚,都熔化在一起成为一种让人心力交瘁的剧烈痛苦。痛楚的火箭冲上去,炸开来,将灼热炙人的火的泪花滴在灵魂上——她的痛楚,他们的痛楚——所有在亚历克酒吧的苦难。而那些无数其他人的压力和喧嚣——他们战斗,他们践踏,他们把她踩在脚下。他们发起狂来,通过她把意思说得明明白白,他们正在把她撕得粉碎,踩在脚下。他们现在到处都是,切断了她的退路;门栓和栅栏都救不了她。那一堵堵墙在他们面前倒下了,垮作一堆;在他们受苦受难的哭喊当中,那一堵堵墙倒下来了,垮作一堆:"我们来了,斯蒂芬——我们还要不断地来,而我们的名字是军团——你不敢不和我们认同!"她举起双手,尽力想把他们挡住,但是他们越逼越近:"你不敢不和我们认同!"

他们抓住了她。她那贫瘠的子宫变得果实累累——它由于它那可怕的、不能生育的压力而疼痛。它为那些凶猛但却无助的儿女而疼痛,这些儿女会徒然叫嚷着争取他们获救的权利。他们会首先转向上帝,然后再转向世人,再转向她。他们会呼号着谴责:"我们一直要求着面包,你们会给我们一块石头吗?①"

而现在这儿只有一种声音,一种要求:她自己的声音汇入了那千百万人已经汇入的声音。一种像是可怕而又沉重的滚滚雷声;一种像是万泉归斛的要求。一种令人心惊胆战的声音,震得她耳鼓颤动,震得她脑浆颤动,震得她肝肠颤动,直震得她不得不蹒蹒跚跚几乎跌倒在这种声音令人惊恐的重压之下,把她扼制在它那要说出来的意志里。

"上帝,"她倒抽着气说,"我们信奉;我们一直告诉你,我们信奉……我们一直没有否认你,那么起来保卫我们吧。承认我们,啊,上帝,在全世界面前。也把我们生存的权利给我们!"

——完——

---

① 参见《圣经·新约·马太福音》第7章第8—9节:"因为凡祈求的,就得着;寻找的,就寻见;叩门的,就给他开门。你们中间谁有儿子求饼(bread),仅给他石头呢?"

汉译文学名著

第一辑书目（30种）

伊索寓言	〔古希腊〕伊索著	王焕生译
一千零一夜		李唯中译
托尔梅斯河的拉撒路	〔西〕佚名著	盛力译
培根随笔全集	〔英〕弗朗西斯·培根著	李家真译注
伯爵家书	〔英〕切斯特菲尔德著	杨士虎译
弃儿汤姆·琼斯史	〔英〕亨利·菲尔丁著	张谷若译
少年维特的烦恼	〔德〕歌德著	杨武能译
傲慢与偏见	〔英〕简·奥斯丁著	张玲、张扬译
红与黑	〔法〕斯当达著	罗新璋译
欧也妮·葛朗台 高老头	〔法〕巴尔扎克著	傅雷译
普希金诗选	〔俄〕普希金著	刘文飞译
巴黎圣母院	〔法〕雨果著	潘丽珍译
大卫·考坡菲	〔英〕查尔斯·狄更斯著	张谷若译
双城记	〔英〕查尔斯·狄更斯著	张玲、张扬译
呼啸山庄	〔英〕爱米丽·勃朗特著	张玲、张扬译
猎人笔记	〔俄〕屠格涅夫著	力冈译
恶之花	〔法〕夏尔·波德莱尔著	郭宏安译
茶花女	〔法〕小仲马著	郑克鲁译
战争与和平	〔俄〕列夫·托尔斯泰著	张捷译
德伯家的苔丝	〔英〕托马斯·哈代著	张谷若译
伤心之家	〔爱尔兰〕萧伯纳著	张谷若译
尼尔斯骑鹅旅行记	〔瑞典〕塞尔玛·拉格洛夫著	石琴娥译
泰戈尔诗集：新月集·飞鸟集	〔印〕泰戈尔著	郑振铎译
生命与希望之歌	〔尼加拉瓜〕鲁文·达里奥著	赵振江译
孤寂深渊	〔英〕拉德克利夫·霍尔著	张玲、张扬译
泪与笑	〔黎巴嫩〕纪伯伦著	李唯中译
血的婚礼——加西亚·洛尔迦戏剧选	〔西〕费德里科·加西亚·洛尔迦著	赵振江译
小王子	〔法〕圣埃克苏佩里著	郑克鲁译
鼠疫	〔法〕阿尔贝·加缪著	李玉民译
局外人	〔法〕阿尔贝·加缪著	李玉民译

图书在版编目（CIP）数据

孤寂深渊/（英）拉德克利夫·霍尔著；张玲，张扬译.—北京：商务印书馆，2021（2022.11重印）
（汉译世界文学名著丛书）
ISBN 978-7-100-20215-2

Ⅰ.①孤… Ⅱ.①拉… ②张… ③张… Ⅲ.①长篇小说—英国—现代 Ⅳ.①I561.45

中国版本图书馆CIP数据核字（2021）第156272号

权利保留，侵权必究。

汉译世界文学名著丛书
孤寂深渊
〔英〕拉德克利夫·霍尔　著
张玲　张扬　译

商 务 印 书 馆 出 版
（北京王府井大街36号　邮政编码100710）
商 务 印 书 馆 发 行
北京新华印刷有限公司印刷
ISBN 978-7-100-20215-2

2021年10月第1版　　开本 850×1168　1/32
2022年11月北京第2次印刷　印张 21½
定价：97.00元